KNAUR

Über die Autorin:
Aufgewachsen in Deutschland, studierte Kate O'Hara Germanistik sowie Theater-, Film- und Fernsehwissenschaft. Nach dem Studium war sie als freie Journalistin für den Rundfunk sowie für Tageszeitungen und Zeitschriften tätig. Sie veröffentlichte zahlreiche Kurzgeschichten und Reportagen als Reiseschriftstellerin und wanderte in den 90er Jahren in die USA aus, wo sie heiratete und die amerikanische Staatsbürgerschaft annahm. Sie arbeitete viele Jahre als Musik- und Reisejournalistin für Printmedien und den Rundfunk, bevor sie sich dem historischen Roman widmete.

Kate O'Hara

STRASSE DES RUHMS

Roman

KNAUR

Besuchen Sie uns im Internet:
www.knaur.de

Aus Verantwortung für die Umwelt hat sich die Verlagsgruppe Droemer Knaur zu einer nachhaltigen Buchproduktion verpflichtet. Der bewusste Umgang mit unseren Ressourcen, der Schutz unseres Klimas und der Natur gehören zu unseren obersten Unternehmenszielen. Gemeinsam mit unseren Partnern und Lieferanten setzen wir uns für eine klimaneutrale Buchproduktion ein, die den Erwerb von Klimazertifikaten zur Kompensation des CO_2-Ausstoßes einschließt. Weitere Informationen finden Sie unter: www.klimaneutralerverlag.de

MIX
Papier aus verantwortungsvollen Quellen
FSC® C014496

Originalausgabe Juni 2021
Knaur Taschenbuch

Ein Imprint der Verlagsgruppe
Droemer Knaur GmbH & Co. KG, München

Ein Projekt der AVA International GmbH Autoren- und Verlagsagentur
www.ava-international.de
Redaktion: Susanne Wallbaum
Covergestaltung: Alexandra Dohse / grafikkiosk.de
Coverabbildung: Collage aus mehreren Motiven von © Ildiko Neer / Trevillion Images, © akg-images / arkivi, © Underwood Archives / UIG / Bridgeman Images und Shutterstock.com
Satz: Daniela Schulz
Druck und Bindung: GGP Media GmbH, Pößneck
ISBN 978-3-426-52719-1

2 4 5 3

Für H.,
Love of My Life

»Hollywood ist ein Ort, wo sie dir tausend Dollar für einen Kuss bezahlen und fünfzig Cent für deine Seele.«

Marilyn Monroe

»Man muss dem Leben immer um mindestens einen Whiskey voraus sein.«

Humphrey Bogart

Erster Teil

1926

1

Wie flüssiges Silber glitzerte die Lagune im Licht der Mondsichel, die in den sternenübersäten Nachthimmel von Samoa aufstieg. Weit draußen brachen sich die Wellen am langen Bogen des Korallenriffs, das die Bucht vor Stürmen und Haien schützte. Die Gischt zog eine silbrig schäumende Linie über den Horizont. Zart wie Seide strich die warme Meeresbrise über den Strand und entlockte den Palmwedeln leises Rascheln und Raunen.

Für den jungen Seemann Gordon Sloan war es das süße Flüstern der Verlockung. Einer paradiesischen Verheißung, der er längst erlegen war. Sein Entschluss stand fest. Er würde hier auf der Insel bleiben und mit Hei'ura, dem zauberhaften Geschöpf, das ihm gerade den frisch tätowierten Rücken mit Kokosnussöl einrieb, ein neues Leben beginnen. Was kümmerte ihn der verdammte Heuervertrag mit Captain Whitehead? Die Dreimastbark Amelia Star, die mit schweren Sturmschäden im Hafen von Apia im Trockendock lag, hatte noch wochenlange Reparaturarbeiten vor sich, bevor der Alte wieder Segel setzen lassen konnte und die Fahrt nach Indien weiterging. Bis dahin hatten Hei'ura und er alles organisiert, damit er nicht von dem rabiaten Suchkommando erwischt wurde, das der Skipper in den Tagen vor dem Auslaufen mit Sicherheit losschickte, um seine Mannschaft vollständig an Bord zu bekommen.

Gordon Sloan lag nackt auf dem Tuch aus bunt bedrucktem Calico, das Hei'ura hinter dem Palmenhain ausgebreitet hatte. Durch das dünne Baumwollgewebe spürte er die Wärme, die der Sand den Tag über aufgenommen und gespeichert hatte. Aber das war nicht die Ursache für die Hitze, die ihm das Blut in den Unterleib trieb. Hei'ura wurde ihrem Namen mal wieder gerecht. In der

Sprache der Samoaner hatte Hei'ura zwei Bedeutungen, nämlich sowohl »Krone aus Federn« als auch »Feuerkrone«. Und wie sehr seine junge Eroberung sich darauf verstand, mit ihren federzarten Händen in ihm das Feuer zu entfachen!

Er ertrug es nicht länger, ruhig liegen zu bleiben. Mit einem gequälten Stöhnen drehte er sich auf den Rücken und wollte sie auf sich ziehen. Sie war so nackt wie er. Quecksilbergleich floss das Mondlicht über ihren hinreißenden Körper, glitt wie eine zweite lebendige Haut über ihre Schultern und die herrlichen Brüste. Er wusste, dass sie bereit war für ihn.

»Warte, Tau-Tau«, flüsterte sie und stellte die Holzschale mit dem Kokosöl neben sich in den Sand.

Er lachte mit belegter Stimme. »Tau-Tau? Ist das mein neuer Name?« Ta-tau nannten die Samoaner das Stechen, das Tätowieren, und er hatte sich in den letzten Wochen Dutzende von polynesischen Tattoos stechen lassen. Selbst über seinen rasierten Schädel und sein Gesicht zogen sich heilige Symbole und Wellenmuster in blauschwarzer Farbe.

Hei'ura lächelte. »Tau-Tau kein guter Name?«, neckte sie ihn und setzte sich auf ihn.

Gordon stöhnte auf. Im selben Moment erlosch das geheimnisvolle Glitzern auf der Lagune. Die Myriaden Sterne auf dem tiefschwarzen Himmelstuch verblassten und verschwanden mit der Mondsichel hinter dunklen Wolken. Auch die Meeresbrise verlor schlagartig ihre Milde. Ein starker Wind kam auf, und plötzlich zogen Nebelschwaden über die Bucht, die alle tropische Schönheit verloren hatte und nun mit schroffen Ufern drohte. Regen setzte ein.

Verschwunden waren aber nicht nur die Palmen und der Strand, sondern auch Hei'ura. Er befand sich nicht auf Samoa, sondern auf dem schwankenden Deck der verfluchten Leviathan. Das nervöse Zischen und Raunen von anderthalb Dutzend Chinesen vermischte sich mit den rauen Flüchen und gedämpften Kommandos von Captain Caldwell und seiner Mannschaft. Zwei Chinesen glitt eine Kiste aus den Händen, und eine Flut von kostbarer Jade ergoss sich neben der Luke über die Planken. Fast augenblicklich brach wütendes Geschrei los. Die gellende Stimme des Skippers wurde übertönt von der seines jüngeren Bruders. Messer blitzten im Licht der Schiffslaterne, dann fiel der erste Revolverschuss, der dem Chef der chinesischen Sippe das halbe Gesicht wegriss und ihn tot zwischen seine Jadeschätze schleuderte.

Das Massaker begann.

Schüsse krachten in schneller Folge. Er vernahm die scharfen Detonationen eines Repetiergewehrs, aber er sah nichts mehr, war dem Gemetzel an Deck der Leviathan blind ausgeliefert. Er spürte, dass ihm jemand nach dem Leben trachtete, und rollte sich wimmernd zusammen. Vor seinen Augen wogte klebrige Schwärze. Etwas floss über sein Gesicht, sickerte zwischen seine Lippen und kroch in seinen Mund.

Kroch?

Mit einer Mischung aus Würgen und ersticktem Aufschrei fuhr Tau-Tau aus seinem Albtraum hoch. Sein richtiger Name, Gordon Sloan, war selbst ihm schon seit Jahrzehnten fremd.

Etwas Krustiges lief über seine Zunge und knirschte, als er unwillkürlich zubiss, zwischen seinen Zähnen. Angewidert spuckte er aus. Und noch bevor der letzte Rest Schläfrigkeit von ihm gewichen war, wusste er, dass er auf eine verfluchte Kakerlake gebissen hatte.

»Teufel auch!«, stieß er hervor, griff nach seiner Beinprothese und suchte nach dem Ungeziefer, das er auf den Steinboden seiner Zelle im kalifornischen Staatsgefängnis San Quentin gespuckt hatte.

2

Bekleidet nur mit Franks Oberhemd, das zuzuknöpfen sie sich nicht die Mühe gemacht hatte, stand Harriet Shaw am Fenster. Sie hatte die königsblauen Samtvorhänge nur schulterbreit aufgeschoben. Von der Suite hier oben im fünften Stockwerk des luxuriösen »Fairmont Hotel«, das sich auf dem Millionärshügel Nob Hill über das Häusergewimmel erhob und einen ganzen Straßenblock zwischen Mason und Powell Street einnahm, hatte man einen herrlichen Blick über die Stadt, den Hafen und die gewaltige San Francisco Bay. Die Sicht reichte bis hinüber nach Sausalito und zu den sanften dunkelgrünen Bergketten des Marin County auf der Nordseite der Bay. Zum Greifen nah lag der weite Bogen der Waterfront, der mit seinen zahllosen Piers von oben wie ein riesiger, an den Strand gespülter Tausendfüßler wirkte.

Es versprach ein klarer Morgen zu werden. Weit und breit keine Spur von den Nebelfeldern, die so häufig im Morgengrauen vom Pazifik herantrieben und sich im Nu über Stadt und Bay legten. Noch waren das Meer im Westen und die Landenge des Golden Gate mit ihren zerklüfteten Ufern in tiefe Dunkelheit getaucht. Der Dampfer, der gerade auf die enge Passage zuhielt, war nur anhand seiner Positionslichter und Schiffslaternen auszumachen, aber weiter im Osten fingen sich schon die ersten Sonnenstrahlen in den rechteckigen drachenblutroten Segeln zweier hochbordiger chinesischer Dschunken, die mit ihren Schleppnetzen nach Shrimps fischten. Eine Vielzahl winziger Lichtpunkte auf den dunklen, eiskalten Fluten nahm sich wie ein tanzender Schwarm Glühwürmer aus. Sie markierten die kleinen Fischerboote, die unweit von Little Italy aus der Fisherman's Wharf ausliefen und in alle Himmelsrichtungen segelten. Besser zu erkennen waren die beiden gedrungenen Barkassen mit ihren kraftvollen Motoren und das schnittige, hell erleuchtete Lotsenboot, die Kurs auf den einlaufenden Überseefrachter nahmen und ihn an die ihm zugewiesene Landungsbrücke bugsieren würden.

Nichts davon nahm Harriet, die ihre Stirn gegen das kühle Fensterglas presste, wirklich wahr. Genauso wenig bewusst sah oder hörte sie die voll besetzte Cablecar, die unter lautem Rattern und Bimmeln den steilen Hügel erklomm und an der Kreuzung Sacramento und Powell Street einen ganzen Schwung Hotelbedienstete ausspuckte. Keine vierundzwanzig Stunden waren vergangen, seit Frank und sie einander in die Arme gefallen waren. Mit welcher Wildheit sie sich geliebt hatten!

Keine vierundzwanzig Stunden!

Im Schlafzimmer hinter ihr herrschte noch Dunkelheit. Frank schlief tief und fest. Schlaf hatte es für sie beide wenig gegeben. Sie hatten einfach nicht genug voneinander bekommen können, als hätten sie einander immer aufs Neue versichern wollen, dass sie tatsächlich wieder zueinandergefunden hatten und nun alles gut werde.

Aber wurde es das auch?

Noch wenige Tage zuvor war Harriet sich ihrer in allem so sicher gewesen. Wie fest sie davon überzeugt gewesen war, ihr Leben im Griff zu haben! Sie war doch nicht mehr das naive Mädchen, das sich Hals über Kopf in einen verwegenen Austernräuber und Abenteurer mit zerzaustem strohblonden Haar und umwerfenden hellblauen Augen verliebte, sondern Mutter eines neunzehnjährigen Sohns und eine gestandene Geschäftsfrau von mittlerweile einundvierzig Jahren!

Und nun das!

Was hatte sie getan? Wie war es möglich, dass sie der Versuchung einfach nicht hatte widerstehen können und gestern zu ihm ins Hotel gekommen war? Hatte sie denn völlig vergessen, was sie nach dem Erdbeben von 1906, dieser entsetzlichen Katastrophe in so vieler Hinsicht, zwei Jahrzehnte lang voneinander ferngehalten hatte? Sie lebten doch in völlig verschiedenen Welten, und das nicht allein geografisch gesehen. Frank hatte sich in Hollywood ein Leben aufgebaut und führte mit den von ihm selbst gegründeten Silver Screen Studios eines der großen Unternehmen der jungen Filmindustrie. Dagegen galt ihre Leidenschaft der Caldwell Shipping Company mit ihrer Flotte aus einunddreißig Frachtern unter Dampf und den vier verbliebenen Segelschiffen, allesamt stolze Dreimaster.

Aus dem Nichts hatte ihr verstorbener Vater Arthur die Schifffahrtslinie in den 80er-Jahren des vergangenen Jahrhunderts aufgebaut, angefangen mit dem schnittigen Schoner Sansibar. Schon als Kind hatte Harriet nichts lieber getan, als sich bei ihm im Hafenkontor aufzuhalten, mit einem Buch still in der Ecke zu sitzen und alles, was besprochen wurde, wie ein Schwamm in sich aufzusaugen. Der Vater hatte sie dann auch nach seinem Schlaganfall trotz aller familiären Widerstände nicht nur zu seiner rechten Hand gemacht, sondern testamentarisch zu seiner Nachfolgerin bestimmt. Sie hatte sich den väterlichen Respekt in langen, bitteren Jahren wahrlich hart erkämpft.

Onkel Henry aber, der achtzehn Jahre jüngere Bruder ihres Vaters und an der Firma mit einem Viertel beteiligt, hatte diese Entscheidung nicht akzeptiert. Er hatte auch nach dem Tod ihres Vaters gegen sie intrigiert und es mit seinen dreckigen Tricks tatsächlich geschafft, sie um die Anteilsmehrheit zu bringen und aus der Geschäftsleitung zu drängen. Aber was Onkel Henry und die Firmenleitung betraf, war noch lange nicht das letzte Wort gesprochen. Den Kampf um die Vorherrschaft über die Caldwell Shipping würde sie nicht aufgeben, ganz im Gegenteil. In wenigen Stunden würde sich zeigen, wie ihre Aussichten standen, Onkel Henry mit seinen eigenen Waffen zu schlagen.

Ihre Gedanken kehrten zu Frank und der Frage zurück, wie es mit ihnen weitergehen sollte. Sie fand keine Antwort darauf, und doch verspürte sie, wie sie zu ihrer Verwunderung feststellte, nicht den Hauch von Reue, dass sie nun hier war. Hatte das Schicksal vielleicht einfach gewollt, dass es so kam?

Was auch immer sie bewogen hatte, es zu wagen, es fühlte sich trotz aller Einwände, die ihr Verstand vorbrachte, ganz wundervoll und unausweichlich richtig an. Und dafür war nicht allein der himmlische Sex verantwortlich.

Aber was kam auf sie zu? Welche Opfer würden sie bringen, nein, zu welchen Opfern würden sie bereit sein müssen, damit ihre Liebe über gelegentlichen wundervollen Sex hinaus eine Chance hatte?

Harriet fürchtete sich vor der Antwort. Nicht nur vor seiner, sondern auch vor der, die sie finden musste.

3

Durch das Gitter des handtuchschmalen Fensters hoch oben in der dicken Granitwand drang das fahle Licht des Vollmonds in die Zelle. Es reichte, um zu finden, wonach Tau-Tau suchte. Die Kakerlake, fast so groß wie sein Daumen, lag auf dem gepanzerten Rücken und lebte noch. Im nächsten Moment fuhr die konisch zulaufende Fußstange der Beinprothese auf sie nieder und zerquetschte sie.

Tau-Tau wischte die eklig schmierigen Überreste des Ungeziefers mit einem Zipfel seiner kratzigen Gefängnisdecke von der Spitze. Die Prothese, wie abgenutzt und primitiv sie mit ihren Lederbändern und rostigen Schnallen auch sein mochte, war ihm heilig. Und das hatte etwas zu bedeuten, denn er hatte es weder mit der Religion, noch neigte er zu sentimentalen Gefühlsaufwallungen. Den Glauben an einen barmherzigen Gott und menschliches Mitgefühl hatte ihm nicht erst San Quentin ausgetrieben. Das Verdienst gebührte einer ganzen Reihe von brutalen Skippern, Maschinisten und anderen Befehlshabern, die ihm schon viele Jahre zuvor mit der Faust, einem Tauende oder einer Klinge beigebracht hatten, welche Gesetze im Leben galten und welche unbedeutende Rolle er in diesem gnadenlosen Universum spielte. Da hätte es der vielen anderen Schicksalsschläge, die sein Leben seit der vergeblichen Flucht auf Samoa und der Auspeitschung damals an Deck der Amelia Star geprägt hatten, gar nicht bedurft. Seine Seele war vernarbt und sein Herz nicht mehr als ein alter Klumpen Fleisch, der immer mühsamer Blut durch den abgenutzten Körper pumpte.

Einem Menschen aber hatte er ewigen Dank geschworen, nämlich dem Zimmermann Mitchell Sumner. Der hatte damals nach dem Unfall auf der Josefine sein Bestes gegeben, damit er nicht zu einem Leben als hilfloser Krüppel verdammt war. Er hatte für die Prothese nicht zu einem beliebigen Stück Schiffsholz gegriffen, das buchstäblich ein Klotz am Bein gewesen wäre, sondern teures, aber leichtes Balsaholz verwendet, sogar ein Stück »quarter grain«, das aus der Mitte eines Balsastammes kam und damit die beste Qualität aufwies. Der Captain der Josefine hatte getobt, als er davon erfuhr, aber da war die Prothese schon fertig gewesen und er hatte nicht mehr dagegen tun können, als die Kosten von Tau-Taus restlicher Heuer abzuziehen.

Obendrein hatte Sumner ihm ein perfektes Versteck für Geld und andere Wertsachen geschenkt, indem er die beiden Hälften des Holzstücks ausgehöhlt hatte, bevor er sie gut miteinander verklebte und vernagelte, ein Gewinde in das untere Ende des Hohlkörpers drechselte und das viel dünnere kurze Endstück dort anschraubte. Dieses doppelte Geschenk hatte Tau-Tau ihm nie vergessen. Deshalb begab er sich an jedem Jahrestag seines Unfalls in eine Kirche, zündete für den alten Sumner, der als Ire immer einen Psalm oder sonstigen Bibelspruch auf den Lippen gehabt hatte, eine Kerze an und murmelte ein paar Worte des Dankes – wenn auch nie, ohne eine lästerliche Verwünschung für den Captain, den zehnmal verfluchten Schinder, hinzuzufügen. Selbst in den bittersten Zeiten, als er kaum ein paar Münzen in der Tasche gehabt hatte, war er seinem Schwur treu geblieben, indem er notfalls eine Kerze gestohlen hatte.

Nachdenklich zog Tau-Tau unter dem Strohsack, der ihm auf der Eisenpritsche als Matratze diente, eine verbeulte Blechdose hervor. Den einst bunten Aufdruck »Batavia Gold – The World's Finest Tobacco« konnte längst nur noch erahnen, wer wusste, dass es ihn einmal gegeben hatte. Er drehte sich von den letzten Krümeln Tabak, die gut zur Hälfte mit Flocken aus getrocknetem Gras und Unkraut aus dem Gefängnishof versetzt waren, eine Zigarette, riss ein Streichholz an und sog den scharfen Rauch tief in die Lungen.

Er zögerte kurz und lauschte, ob sich ein Schließer auf dem Gang vor den Zellen herumtrieb, dann legte er sich die Prothese quer über die Oberschenkel und drehte das Fußstück heraus. Vorsichtig schüttelte er seinen geheimen Schatz aus dem Hohlraum. Doch nicht die zusammengerollten Geldscheine im Wert von neun Dollar waren das Kostbarste, was sich in der Prothese verbarg.

Nein, was sich nicht einmal mit dem Hundertfachen der paar Dollar aufwiegen ließ, die er trotz so mancher Versuchung all die Zeit nicht angerührt hatte, war die gut mit Kordel verschnürte Rolle aus Wachspapier, etwa so lang wie ein Zigarrenstumpen der billigen Sorte, aber nicht ganz so dick. Unter dem Wachspapier verbargen sich das Foto der Chinesin und der Ausriss aus der

Napa Gazette mit dem Bild der frisch verheirateten Tochter von Captain Arthur Caldwell sowie die Notizen, die er auf Fetzen Papier gekritzelt hatte. All die Jahre hatte er seinen Schatz, seine schäbige Prothese, dieses geheime Versprechen auf eine goldene Zukunft, gehütet. Eine Zukunft, die begann, wenn er in wenigen Stunden aus dem Gefängnistor in die Freiheit schritt. Denn dies war der Tag, auf den er fünfzehn gottverfluchte Jahre in der Hölle von San Quentin gewartet hatte.

Würde George Gillmore, mit dem er fünf Jahre lang die Zelle geteilt hatte und der sich längst wieder seiner Freiheit erfreute, Wort halten und nachher mit allem zur Stelle sein? Hatte es etwas zu bedeuten, dass er am letzten Besuchstag nicht gekommen war? Diesem mausgesichtigen Frettchen war alles zuzutrauen.

Unruhe erfasste Tau-Tau, und sein Mund wurde trocken vor Beklemmung. Plötzlich fürchtete er, einen kapitalen Fehler gemacht zu haben, indem er das Frettchen in seinen Plan eingeweiht und zu seinem Komplizen gemacht hatte. Was, wenn der kriecherische Kerl es sich anders überlegt und beschlossen hatte, das Ding auf eigene Faust zu drehen? Konnte es sein, dass er eins und eins zusammengezählt und irgendwie herausgefunden hatte, dass Caldwell der Name war, den er ihm verschwiegen hatte?

Jetzt verfluchte Tau-Tau sich dafür, dass er Gillmore von Bobby Flake und Wilbur Burke erzählt hatte, die Zeugen des Massakers gewesen waren. Was, wenn Gillmore sich mit ihnen zusammengetan und die fette Kuh längst gemolken hatte?

Kalter Schweiß brach ihm aus, als ihn die Angst beschlich, einmal mehr in seinem elenden Leben auf das falsche Pferd gesetzt zu haben und nach fünfzehn gottverfluchten Jahren geduldigen Wartens und Planens in San Quentin doch wieder mit leeren Händen dazustehen.

4

Das Rascheln seidiger Bettwäsche holte Harriet aus ihren Gedanken. Sie lächelte und gab ein wohliges Seufzen von sich, als Frank sich Augenblicke später an ihren Rücken schmiegte und sie seinen nackten bettwarmen Körper spürte. Seine Händen glitten unter das Oberhemd, strichen zärtlich über ihren Bauch und kamen dann mit sanftem Druck auf ihren Brüsten zu ruhen. Sein Kopf senkte sich in ihre Halskuhle.

»Bist du schon lange wach?«

»Mhm, ja, schon eine Weile«, sagte sie und schmiegte ihre Wange an seine. Das leichte Kratzen der Bartstoppeln störte sie nicht. Von seinen Armen fest und doch zärtlich umschlungen zu sein und seine Haut zu spüren beruhigte sie. Es nahm der bangen Frage, ob eine gemeinsame Zukunft vielleicht bloß eine romantische Illusion war, viel von ihrer quälenden Kraft.

»Und? Worüber hast du nachgedacht?«, fragte er und küsste sie auf die Schulter.

»Ach, über dies und das«, murmelte sie vage.

Er lachte leise. »Und was genau ist dies und das?«

»Nun, etwa dass ich mittlerweile auf die Fünfzig zugehe …«

»Was redest du denn da? Du bist gerade einundvierzig geworden! Was soll denn ich mit meinen sechsundvierzig Jahren sagen?«, fiel er ihr lachend ins Wort. »Davon abgesehen können dir in Sachen Aussehen und Ausstrahlung noch nicht einmal halb so alte Frauen das Wasser reichen, und seien sie noch so attraktiv!« Und das war nicht übertrieben. Mit den rabenschwarzen, leicht bläulich schimmernden Haaren, die ihr, dem modischen Trend zum jungenhaften Bob zum Trotz, mit herrlicher Fülle auf die Schultern fielen, und den smaragdgrünen Augen hatte Harriet noch nichts von ihrem betörenden Zauber verloren. Und dasselbe galt für ihre Figur, für ihre gesamte Erscheinung.

Ihre Augen leuchteten auf, doch sie ging nicht auf seinen Protest ein, sondern fuhr eher nüchtern als wehmütig fort: »... und dass wir so entsetzlich viel Zeit verloren haben, Frank. Zwei volle Jahrzehnte genau genommen.«

Das traf Frank wie eine kalte Dusche, und seine Stimmung verdüsterte sich schlagartig. Er musste schlucken und sich fassen, bevor er antworten konnte. Und die Antwort fiel ihm nicht leicht. »Was allein meine Schuld ist. Ich hätte damals, als du mit deiner Mutter in Boston warst, nicht an deiner Liebe zweifeln dürfen, nur weil in den Monaten deiner Abwesenheit kein Brief mehr von dir eintraf«, erklärte er, so bitter es ihn auch ankam. »Und schon gar nicht hätte ich aus verletzter Liebe und gekränktem Stolz die alte Beziehung wieder aufnehmen und mich in diese unselige Ehe mit Florence stürzen dürfen. Damit habe ich es nur noch schlimmer gemacht. Für uns alle.«

Dass Florence, als das Erdbeben halb San Francisco in ein tagelanges Flammeninferno verwandelt und eine Trümmerwüste von fünfhundert zerstörten Häuserblocks hinterlassen hatte, hochschwanger beim Einsturz ihres Hauses auf der Octavia Street umgekommen und in der Stunde der Not allein gewesen war, weil er die Nacht heimlich mit Harriet verbracht hatte, das würde er sich sein Lebtag nicht verzeihen. Er fühlte sich für ihren Tod verantwortlich, und für ihn stand fest, dass es für sein Versagen keine Entschuldigung gab. Dieses Wissen hatte ihn seelisch aus der Bahn geworfen. Deshalb war er damals Hals über Kopf aus San Francisco geflüchtet und, getrieben von Scham und Schuldgefühlen, vier Jahre lang mit seinem alten Lieferwagen sowie einem Projektor und einem halben Dutzend kurzer Stummfilme ziel- und rastlos durch die Provinzstädte und Dörfer des amerikanischen Westens gezogen. Bis er an einem heißen Sommertag des Jahres 1910 am

Fuß der Santa Monica Mountains in Hollywood, einem staubigen, verschlafenen 500-Seelen-Nest von Citrusfarmern, gestrandet war, in der Bar des »Hollywood Hotel« Vergil Hall kennengelernt hatte, den Kameramann einer kleinen Filmfirma, und spontan auf dessen verrücktes Angebot eingegangen war, für die Centurio Film Company aus Philadelphia zu arbeiten und sich ins Handwerk des Filmens einweisen zu lassen. Ach, wie er seinen alten Partner und Freund Vergil doch vermisste!

»Nein, ist es nicht«, widersprach Harriet ruhig und legte besänftigend ihre Hände auf seine, die noch immer ihre Brüste umschlossen. »Mich trifft nicht weniger Schuld, also quäl dich nicht länger mit diesen Selbstvorwürfen. Was bringt es, wenn wir unsere Versäumnisse und Fehler gegeneinander aufwiegen? Wir haben eine zweite Chance bekommen, nicht wahr?«

»Ja, das haben wir. Und wir werden sie nutzen!«

»Aber wie soll es weitergehen, Frank?«, fragte sie. »Mein Leben spielt hier in San Francisco, wo ich alle Hände voll zu tun habe, um mich gegen Onkel Henry zur Wehr zu setzen und die Kontrolle über die Reederei zurückzugewinnen.«

»Was dir bestimmt gelingen wird, vielleicht sogar schon heute, bei deinem Treffen mit den Anderson-Brüdern. Mit deren sechzehn Prozent hättest du wieder die Mehrheit in der Firma. Ich bin sicher, du schaffst es, dein Plan ist einfach zu gut. Sie müssten schon reichlich dumm sein, wenn sie nicht auf dein Angebot eingehen«, sagte Frank, während sein Blick einem Doppeldecker mit zitronengelbem Anstrich folgte. Das Flugzeug tauchte über dem Häusermeer nördlich von Nob Hill auf, flog eine Schleife über das Hafenviertel, drehte ab und entschwand in Richtung Oakland.

»Ja, darauf vertraue ich, aber das heißt noch lange nicht, dass sie auch wirklich an mich verkaufen«, erwiderte sie. »Oft genug habe ich Geschäfte, die angeblich in trockenen Tüchern waren, noch im letzten Moment platzen sehen. Und selbst wenn mir die

Andersons ihre Anteile verkaufen, kann es für mich noch eine Zeit lang raues Wetter mit hohem Wellengang geben.«

Frank lachte trocken. »Damit beschreibst du genau das, was mich in Hollywood erwartet. Es wird ein verdammt harter Kampf, meine Partner davon zu überzeugen, dass die Stummfilmzeit auf ihr Ende zurast und die Zukunft den Talkies gehört.«

»Bist du dir dessen so sicher?«, fragte sie.

»Absolut! Sehen und Hören, Ton und Bild gehören einfach zusammen, Harriet. Die Pantomime der Schauspieler und die erklärenden Zwischentitel, die zum Verständnis der Handlung eingeblendet werden, sind bestenfalls Krücken. Sie widersprechen den menschlichen Sinnen und der natürlichen Form der Darstellung fundamental. Sonst würden ja wohl auch Theaterstücke stumm aufgeführt.«

»Also was ich in der letzten Zeit gesehen habe, hat mich doch sehr beeindruckt, besonders die Verfilmung von Elliots Roman, den man wohl nicht bewegender auf die Leinwand hätte bringen können«, sagte sie voller Stolz auf ihren »kleinen« Bruder, der mittlerweile zweiunddreißig war, sich als Romanautor einen Namen gemacht hatte und schon seit vielen Jahren in Paris lebte, wo seine sexuelle Veranlagung wenig Beachtung fand. Er fehlte ihr.

Unweigerlich musste sie an Ashley denken. Ihre Schwester, vierzehn Jahre jünger als sie, war vor vier Jahren nach Hollywood gegangen und hatte sich der Schauspielerei verschrieben. Nun ja, mit ihrer gertenschlanken Erscheinung, dem puppenhaften Gesicht und dem honigblonden Haar brachte sie zumindest die äußerlichen Voraussetzungen mit. Und an Ehrgeiz fehlte es ihr auch nicht. Dumm nur, dass sie versucht hatte, an ihre erste Rolle zu kommen, indem sie ausgerechnet Frank erpressen wollte. Sie hatte ihm alte Liebesbriefe präsentiert, die sie bei ihr, Harriet, gefunden und heimlich entwendet hatte. Das war böse ins Auge gegangen. Was nun ihre Talente als Schauspielerin betraf, so hatten sich diese in den drei, vier belanglosen Filmen, in denen sie in Nebenrollen mitgespielt hatte, als eher bescheiden erwiesen. Ganz abgesehen davon, dass Harriet für diese Slapsticks genannten Klamauk-Filme nichts übrighatte. Aber vielleicht war sie auch zu kritisch. Es gab leider so vieles, das ihre Schwester und sie trennte, und sich das einzugestehen war schmerzlich. Manchmal quälten sie Gewissensbisse, weil sie als die Ältere den Kontakt zu Ashley so vernachlässigt hatte. Es betrübte sie, dass sie sich mit ihr so wenig verstand und noch keinen Weg gefunden hatte, ein schwesterlich-herzliches Band zu ihr zu knüpfen. Allerdings war das wohl nicht allein ihre Schuld. Ashley machte es einem mit ihrer Arroganz und Großspurigkeit wahrlich nicht leicht. Ihre berechnende Art war einfach zu verletzend. Und wann hatte Ashley sich das letzte Mal bei ihr gemeldet? Nur wenn sie dringend Geld für ein Filmprojekt brauchte, erinnerte sie sich an ihre Schwester, die ihr mit erheblichen Summen aus der Klemme helfen konnte. In weiser Voraussicht hatte ihr Vater in seinem Testament festgelegt, dass Ashley erst mit Vollendung des siebenundzwanzigsten Lebensjahrs über den ihr vererbten zehnprozentigen Anteil an der Firma verfügen konnte. Das hatte sie nicht davon abgehalten, mit ihr, Harriet, einen Vorverkaufsvertrag abzuschließen und sich einen Vorschuss von vierhunderttausend Dollar auszahlen zu lassen. Harriet wünschte, sie hätte sich nicht dazu erweichen lassen, aber Ashley hatte sie derart angefleht und sich nicht gescheut, zu sticheln, sie, Harriet, sei »dank« Jordans frühem Tod ja nun eine der reichsten Frauen Kaliforniens, dass sie gar nicht anders gekonnt hatte, als nachzugeben.

»Hast du in letzter Zeit mal was von meiner Schwester gehört?«, fragte sie. »Oder bist ihr begegnet? Sie hat sich schon so lange nicht mehr gemeldet. Obwohl das ja nichts Neues ist.« In Gedanken fügte sie hinzu: und auch kein schlechtes Zeichen sein muss. Zumindest bedeutet Funkstille, dass sie nicht wieder Geld braucht! »Aber ich wüsste doch gern, wie es ihr geht.«

Frank zögerte. Begegnet war ihm Harriets Schwester in den letzten Monaten mehrfach, immer mit anderen Männern und meist ziemlich betrunken. Aber Letzteres traf ja wohl auf die Mehrzahl der Leute zu, die in Hollywood vor oder hinter der Kamera arbeiteten, ihn eingeschlossen. »Ich weiß nur, dass sie bei einem Projekt von Grand Horizon Pictures eingestiegen ist. Soll sich um einen historischen Kostümfilm handeln. Sie hat sich wohl mit einem erheblichen Beitrag an der Produktion beteiligt.«

Harriet verzog das Gesicht. »Nicht ganz ohne mein Zutun, ehrlich gesagt. Ich habe ihr einen Teil ihres Erbes auszahlen müssen. Hoffentlich hat sie da keinen Fehler begangen. Ist denn das Studio solide?«

»Grand Horizon Pictures? Na ja, gemeinhin produzieren sie solide Unterhaltungskost«, antwortete er diplomatisch. In Wirklichkeit gehörte die Firma zu den Filmproduzenten von Poverty Row, wie die abseits gelegenen und mies ausgestatteten Hinterhofstudios fern vom Sunset Boulevard und den anderen Filmzentren der Stadt abschätzig genannt wurden. Ein B-Movie für das Vorprogramm einer Vorstellung in der Provinz war schon das Höchste, was aus diesen Studios in die Kinos kam.

»Hat Ashley eine Chance, wenn der Tonfilm sich tatsächlich durchsetzt?«, fragte Harriet. »Sei ehrlich.«

Er zuckte die Achseln. »Wer kann das schon sagen? Nicht einmal bei meinen derzeitigen Stars würde ich die Hand dafür ins Feuer legen, dass sie den Sprung in die neue Zeit schaffen. Was nun deine Schwester betrifft, so fürchte ich, dass ihre Begabung vielleicht nicht mit ihrem eigenen Anspruch mithalten kann. Und ihre Stimme … na ja …« Er ließ den Satz offen, schließlich kannte Harriet die etwas näselnde, snobistisch-träge Sprechmelodie ihrer Schwester.

Harriet gab einen schweren Seufzer von sich. »Vielleicht bleibt es ja doch beim Stummfilm.«

»O nein, das wird es nicht«, widersprach er mit Nachdruck. »Ich habe mich eingehend über die Produktion von Tonfilmen informiert. Und Warner Brothers sind nicht die Einzigen, die sich mit dieser neuen Technik beschäftigen. Nächstes Jahr bringen sie ›The Jazz Singer‹ heraus, und ich gehe jede Wette ein, dass die Menschen begeistert sein und mehr Filme dieser Art fordern werden.«

»Aber deine Geschäftspartner sehen das anders, wenn ich dich richtig verstanden habe«, sagte sie, löste sich sanft aus der Umarmung und drehte sich zu ihm um. Seine Locken, deren einstiges Weizenblond im Laufe der Jahre einen etwas dunkleren, goldbraunen Ton angenommen hatten, waren wild zerzaust, was ihm, zusammen mit der blassen sichelförmigen Narbe links auf der Stirn, etwas Verwegenes gab. Was jedoch nichts von seiner Strahlkraft verloren hatte, war das Blau seiner Augen, in dem man sich so leicht verlieren konnte.

Frank verzog das Gesicht. »Das ist leider wahr.«

»Das heißt, dass du nicht nur ein gutes Stück Überzeugungsarbeit vor dir hast, sondern danach auch schwer beschäftigt sein wirst, um deine Silver Screen Studios auf die neue Technik umzustellen.«

»Auch damit hast du den Nagel mitten auf den Kopf getroffen«, räumte er ein. Harriet hatte in zweifacher Hinsicht einen wunden Punkt berührt, und noch bevor er vom Thema ablenken konnte, formulierte sie auch schon die Frage, die sich aus alldem ergab.

»Wie also soll es mit uns weitergehen, wenn ich hier Gott weiß wie lange mit rauem Wetter zu kämpfen habe und du bis über beide Ohren mit der komplizierten und sicher teuren neuen Technik beschäftigt bist? Was bleibt dann noch für uns?« In ihrem Blick lag Beklommenheit, ja beinahe Angst.

Er lächelte gequält und legte ihr die Hände auf die Schultern. »Ehrlich gesagt: Ich weiß es nicht, Harriet. Was ich jedoch weiß, ist, dass ich dich liebe und wir irgendwie einen Weg finden werden, diese schwierige Zeit zu überstehen. Und wir müssen natürlich Geduld miteinander haben.«

Einen langen Augenblick sah sie ihm forschend in die Augen, dann nickte sie und rang sich ein Lächeln ab. »Ja, eine andere Wahl, als das Beste daraus zu machen, haben wir wohl nicht.«

»Und das werden wir, das verspreche ich dir.«

»Gut, aber was ist mit Adrian?«

»Was soll mit ihm sein? Hatten wir das nicht gestern schon besprochen?«, fragte er leicht irritiert zurück. Adrian war ihr gemeinsamer, mittlerweile neunzehnjähriger Sohn, von dessen Existenz er viele Jahre nichts gewusst hatte. Kurz nachdem er damals kopflos aus San Francisco geflohen war, hatte sie von ihrer Schwangerschaft erfahren. Jordan Shaw, ihr langjähriger Verehrer und Sohn eines Bankiers, hatte sie auf der Stelle geheiratet und damit einen Skandal im Hause Caldwell verhindert. Jordan war vor einigen Jahren an der Malaria gestorben, die er sich bei seinen oft Monate währenden archäologischen Ausgrabungen in Ägypten und anderen Ländern zugezogen hatte.

»Nun, ich weiß, dass Adrian sich mit dir ausgesöhnt hat und dass es ihm viel bedeutet zu wissen, wie sehr du in den letzten Jahren heimlich an seinem Leben Anteil genommen hast. Aber er hat Jordan abgöttisch geliebt, und Jordan ist noch keine vier Jahre tot. Das mit mir und dir könnte alte Wunden aufreißen«, sagte sie besorgt. »Wann also sagen wir es ihm?«

Frank zuckte die Achseln. »Der richtige Zeitpunkt wird sich ergeben. Lassen wir es auf uns zukommen, Harriet. Er ist ja kein Kind mehr.«

»Also behalten wir es noch eine Weile für uns, auch wenn es mir widerstrebt, vor meinem Sohn Heimlichkeiten dieser Art zu haben«, sagte sie und wechselte das Thema. »Sag, wie lange kannst du überhaupt bleiben?«

»Nur ein paar Tage«, antwortete er und versuchte, die bittere Wahrheit ins Scherzhafte zu ziehen, indem er fortfuhr: »Länger kann ich es im Augenblick nicht riskieren, den Brandherden, die auf meinem Studiogelände schwelen oder bald auszubrechen drohen, fernzubleiben.«

»Dann sollten wir die kostbare Zeit nutzen.«

»Für ein frühes Frühstück?«, fragte er neckend.

»Ich denke, das kann noch ein bisschen warten. Noch fehlt mir dafür der richtige Appetit.«

»Worauf hast du dann Appetit?«

Sie schenkte ihm ein verführerisches Lächeln, während ihre Hand über seine Brust strich und abwärts wanderte. »Auf dasselbe wie du, wie ich spüre«, flüsterte sie und streifte sich mit der anderen Hand das Oberhemd von der Schulter.

Frank nahm ihr Gesicht in beide Hände und teilte ihre Lippen mit der Zunge. Ohne voneinander zu lassen, bewegten sie sich auf das zerwühlte Bett zu.

Das Telefon auf dem Nachttisch klingelte, noch bevor sie auf das Laken sinken konnten. Ohne dass sich ihre Lippen voneinander lösten, schüttelte Harriet energisch den Kopf.

Frank war versucht, das Klingeln zu ignorieren, doch dann brach er den Kuss ab und schob sie sanft, aber doch nachdrücklich von sich. »Tut mir leid, mein Schatz, aber das muss etwas Wichtiges sein!«, stieß er hervor. »Nur drei Menschen wissen überhaupt, wo ich bin. Bitte entschuldige, aber den Anruf muss ich entgegennehmen.«

»Schon gut, wenn du es sagst«, seufzte sie, zog eine Grimasse und setzte sich auf die Bettkante. »Aber mach es kurz. Du willst doch nicht, dass mir der Appetit vergeht, oder?«

»Um Gottes willen, nein!«, versicherte er, gab ihr noch schnell einen Kuss und hob den Hörer mit dem massiven Messinggriff und den Ohr- und Sprechmuscheln aus elfenbeinfarbenem Porzellan aus der doppelten Gabel.

»Mr Maynard, Sir?«

»Ja, bitte?«

»Roswell hier, Sir, Ihr Nachtmanager. Ich bitte vielmals um Entschuldigung, dass ich Sie zu dieser frühen Morgenstunde aus dem Schlaf hole«, begann der Mann unten an der Rezeption hörbar zerknirscht. »Aber ich habe hier einen Anrufer in der Leitung, Sir. Einen Anrufer aus Los Angeles, Sir. Der Herr ist sehr hartnäckig, gelinde ausgedrückt, er besteht darauf, unverzüglich mit Ihnen verbunden zu werden. All meine Versuche, ihm …«

»Wie ist der Name?«, fiel Frank ihm ins Wort und warf Harriet, als er die Enttäuschung in ihren Augen las, einen flehentlichen Blick zu.

»Es ist ein gewisser Mr Tony Russo, der Sie …«

Erneut ließ Frank den Nachtmanager nicht ausreden. »Stellen Sie ihn durch!« Tony Russo war seit Jahren der Chef seiner Presse-&-PR-Abteilung. Genau genommen war er eine Menge mehr als das. Er war der unersetzliche Feuerwehrmann der Silver Screen Studios, wenn es um Brandherde ging, die zwar nichts mit tatsächlichem Feuer zu tun hatten, aber eine ebenso verheerende Wirkung haben konnten. Tony Russo war sein »Fixer« und in der schillernden Branche der Fixer einer der Besten.

Harriet blieb noch einen Augenblick auf der Bettkante sitzen, dann stand sie auf und begab sich ins Bad. Der erotische Zauber war gebrochen. Angespannt wartete Frank auf die Verbindung – und Tonys Hiobsbotschaft. Denn dass ihn eine schlechte Nachricht erwartete, lag auf der Hand. Auf das Knacken in der Leitung folgte ein atmosphärisches Rauschen, Jaulen und Zirpen. Dann legte sich ein undefinierbarer Lärm über dieses störende an- und abschwellende Grundrauschen, das noch immer so viele Ferngespräche plagte. Er hörte Musik, Gelächter und wirres Stimmengewirr, es klang nach einer wilden Party.

»Tony? … Hallo, Tony?«

»Sind Sie dran, Boss? … Hören Sie mich?«

Nur schwach setzte sich die Stimme gegen die laute Geräuschkulisse und die statischen Störungen durch, aber es war unverkennbar Tony Russo. »Nicht sehr gut. Von wo um alles in der Welt rufen Sie an, Tony? Von einer aus dem Ruder laufenden Party?«

»… vorn im … Gate …«, klang es im gut fünfhundert Meilen entfernten »Fairmont« aus dem Hörer.

»Ich versteh kein Wort, Tony! Decken Sie die Sprechmuschel mit der Hand ab!«

Anstelle einer Antwort hörte Frank ein ausgiebiges Rascheln, das alle anderen Geräusche bis auf das Hintergrundrauschen übertönte, dann erscholl wieder Tony Russos Stimme, diesmal halbwegs verständlich. »Ich bin vorn im Schankraum vom ›Hell's Gate‹, Boss. Tut mir leid wegen dem Lärm, aber hier feiert noch immer der harte Kern einer Flapper-Hochzeit, und es kümmert kein Schwein, dass ich ein wichtiges Telefongespräch führen muss. Und 'ne schalldichte Telefonzelle gibt's in dem Schuppen nicht.«

»Sagen Sie bloß, Sie haben bis jetzt am Pokertisch gesessen!« Das »Hell's Gate«, in dessen Hinterzimmer regelmäßig Pokerrunden für gut betuchte Spieler aus der Filmbranche stattfanden, war die bevorzugte Flüsterkneipe seines Fixers.

»Ich weiß, Boss. Ich sollte wissen, wann Feierabend ist, und mich nicht so selbstlos für die Firma aufreiben«, spottete Tony. »Aber Sie können mir später noch dafür danken, dass ich mir die Nacht mit einer Runde durch die bevorzugten Kneipen unserer Stars und Sternchen um die Ohren geschlagen habe und am Schluss hier gelandet bin.«

»Selbstlosigkeit ist zweifellos eine Ihrer hervorstechenden charakterlichen Stärken«, gab Frank zurück. »Aber nun rücken Sie schon damit heraus. Wo brennt es?«

»Es raschelt ordentlich im wilden Gebüsch von Eden, Boss.«

Ein freudloses Lächeln flog über Franks Lippen. In ihrer Branche, in der es von Zynikern nur so wimmelte, benutzten viele Eden als Synonym für Hollywood und die Filmindustrie. Wobei sie natürlich nicht das Paradies der Unschuld meinten, sondern das Eden nach dem Sündenfall.

»Und was genau tut sich in unserem sündhaften Eden?«

»Ein paar beutegierige Schlangen, die sich bislang versteckt gehalten haben, kriechen aus dem Gebüsch, um die Gunst der Stunde zu nutzen. Und das Gift dieser Nattern gilt Ihnen, Boss!«

5

Der alte Schleppkahn, den nur noch der Rost und der hart gebackene Uferschlamm zusammenhielten, hatte schon im Jahr des Erdbebens in einer versandeten Bucht auf der Nordseite der San Francisco Bay seinen letzten Ruheplatz gefunden. Die schmale Pier, an der er lehnte wie ein Betrunkener mit schwerer Schlagseite, war halb eingebrochen, und ebenso brüchig waren die Taue, die den Kahn einst längsseits gehalten hatten.

Helles Morgenlicht fiel durch das nach Osten gehende Bullauge in der rissigen Wand des Wohnverschlags. Dieser Verschlag im Heck war das letzte von ehemals drei billigen Quartieren, in die der verrostete Schleppkahn für Kohle und Schotter vor zwanzig Jahren mit hastig zusammengezimmerten Brettern verwandelt worden war. Die beiden vorderen Hütten waren längst in sich zusammengefallen.

Der kalte Luftzug, der durch die Ritzen zwischen den Brettern drang, holte George Gillmore aus dem Schlaf. Er erwachte mit pelziger Zunge und pochenden Kopfschmerzen. Als er die Augen aufschlug, traf ihn der hereinflutende Sonnenschein wie Scheinwerferlicht. Fluchend kniff er die Augen zusammen und drehte sich zur Seite. Dabei stieß seine Hand auf ein weiches, warmes Hindernis.

Er stutzte, setzte sich auf und zerrte die dicke Flickendecke zur Seite. Beim Anblick des nackten knabenhaften Körpers auf seinem Matratzenlager blinzelte er verdutzt. Für einen Augenblick war sein Gehirn leer wie eine blank gewischte Tafel, dann kam, widerwillig wie ein stotternd anspringender Motor, die Erinnerung in Gang. Natürlich, er hatte sich mal wieder Shenmi ins Bett geholt. Wusste der Teufel, warum er immer wieder auf diese chinesische Hure verfiel. Gut, sie war jung und billig zu haben, für einen halben Dollar die Nacht, aber an weiblichen Reizen hatte sie nichts zu bieten. Sie war platt wie ein Bügelbrett mit zwei Erbsen drauf und konnte gut als Junge durchgehen. Aber er nahm sie ja auch nur von hinten oder ließ sich einen blasen, da konnte es ihm egal sein, ob sie Titten hatte oder nicht.

Trotzdem machte es ihn hinterher jedes Mal wütend, dass er von diesem Typ Nutte einfach nicht loskam. Und dann hieß sie auch noch Shenmi, was in der Sprache der Chinks angeblich »Geheimnis Gottes« bedeutete. Offenbar ein verdammt gut gehütetes Geheimnis, vielleicht das beste der Welt. Ach was, ein schlechter Witz!

Angewidert weckte George Gillmore sie mit einem Fußtritt. »Los, wach auf! Beweg deinen Arsch, hast du gehört? Raus mit dir! Nimm deinen Fummel und verschwinde!«

Ohne ein Wort des Protests sprang die junge Chinesin auf, zog sich an und hielt wortlos die Hand auf. »Halbes Dolla!«, sagte sie. Ihre Lippen lächelten, doch ihre dunklen Augen blickten hart und kalt.

Am liebsten hätte er sie von seinem Kahn gejagt, ohne zu bezahlen, aber das konnte er sich nicht erlauben. Das würde Ärger geben, und Ärger war das Letzte, was er jetzt gebrauchen konnte.

Chinese Cove, wo die Dschunken der chinesischen Shrimper ihren Ankerplatz hatten und die Hütten der Schlitzaugen sich auf Stelzen über dem Wasser erhoben, lag von seiner Unterkunft kaum mehr als einen Steinwurf entfernt. Tag und Nacht drang der Fischgestank aus der Siedlung durch die Ritzen seiner Bretterwände, aber dieser Ort war ein ideales Versteck und damals billig zu haben gewesen, zumal noch der windschiefe Schuppen neben der Pier im Preis inbegriffen gewesen war. Zurzeit verbarg er dort weder Hehlerware noch geschmuggelten illegalen Alkohol, sondern das gelb-grün lackierte Taxi, das er letzte Nacht in Oakland vom Autohof der Checker Cab Company gestohlen hatte.

»Ein halber Dollar! Schon mit 'nem Dime wärst du gut bezahlt. Ich sollte dich zum Teufel jagen«, knurrte er, griff aber zu seinem Geldbeutel und warf ihr einen halben Dollar zu, den sie in der Luft auffing. Fast ohne ein Geräusch huschte sie aus der Kabine und vom Kahn.

Gillmore bedachte sie noch mit einem halblauten Fluch, der eigentlich mehr ihm selbst galt als ihr. Den halben Dollar, so kläglich der Betrag auch war, hätte er bei der derzeitigen Ebbe in seinem Geldbeutel gar nicht ausgeben dürfen. Nur gut, dass er in den vergangenen Tagen schon alles besorgt hatte, was er für Tau-Tau benötigte.

Hastig zog er sich an, denn ihm war kalt. Dann fiel sein Blick auf die Flasche San Gabriel Brandy. Es war die letzte, die noch übrig war, und sie war für Tau-Tau gedacht. In dem Steinkrug daneben war billiger schwarzgebrannter Schnaps, etwas für wirklich bittere Notfälle, wenn er sich nichts halbwegs Ordentliches leisten konnte. Aber warum sollte Tau-Tau seinen ganzen Brandy bekommen? Zwei, drei kräftige Schlucke waren da schon noch für ihn selber drin. Die nahm er sich nun, um den ekligen Geschmack im Mund und die bohrenden Kopfschmerzen loszuwerden. Dann machte er sich daran, Kleinholz und Kohle im Kanonenofen aufzuschichten.

Ein Blechbecher voll Kerosin sorgte dafür, dass das Feuer schnell brannte.

Er zog sich einen dreibeinigen Hocker heran, genehmigte sich einen weiteren Schluck aus der Flasche und rieb sich in dem Hitzeschwall, den der Kanonenofen ausstrahlte, die klammen Hände. Und erst dann wurde ihm wirklich bewusst, dass dies der Tag war, dem er seit anderthalb Jahren entgegenfieberte.

In ein paar Stunden wurde Tau-Tau entlassen. Der Mann, mit dem er fünf Jahre in San Quentin die Zelle geteilt und unter dessen Schutz er gestanden hatte. Die Erinnerung an den Preis, den er für diesen Schutz bezahlt hatte, verursachte ihm Übelkeit. Schnell spülte er den sauren Geschmack mit einem weiteren Schluck Brandy hinunter.

Gillmore zwang seine Gedanken weg von den hässlichen, nicht allein mit Tau-Tau verknüpften Bildern der Vergangenheit. Von den zweiunddreißig Jahren seines Lebens hatte er elf hinter Gittern verbracht. Mit siebzehn hatte er läppische siebenundachtzig Dollar unterschlagen, was das Ende seiner Buchhalterlehre und der Beginn einer erbärmlichen Laufbahn als Kleinkrimineller gewesen war. Auch als Scheckbetrüger hatte er versagt und dafür mit erneutem Einsitzen bezahlt. Und ebenso wenig war es ihm gelungen, als Einbrecher einen richtig fetten Coup zu landen und anständig Kasse zu machen. Ein verdammtes Hausmädchen hatte ihn nicht nur auf frischer Tat ertappt, sondern ihm auch, als er versucht hatte zu fliehen, mit einem Kerzenleuchter eins übergezogen. Der erfolglose Bruch hatte ihm die fünf Jahre in San Quentin eingebracht, aber mit Tau-Tau auch die Chance seines Lebens.

Ja, jetzt war seine Stunde gekommen. Am Nachmittag würde der alte Seemann die entscheidende Information, die er ihm bislang vorenthalten hatte, endlich herausrücken. Sie war der Schlüssel zu allem, zu Tausenden von Dollar. Diesen Schlüssel zum Reichtum würde er Tau-Tau entreißen!

6

Frank wurde bleich, und seine Hand krampfte sich um den Telefonhörer. Die Verbindung war noch immer durchzogen von dem ewigen Rauschen und Zirpen, aber zumindest legte sich der Partylärm im Hintergrund. »Sind Sie sich dessen ganz sicher, Tony?«, stieß er hervor. Zugleich wusste er, dass er sich die Frage hätte sparen können. Tony hörte buchstäblich das Gras wachsen. Zudem hätte er ihn nicht mitten aus seiner Pokerrunde heraus angerufen, wenn er seine Information nicht aus zuverlässiger Quelle erhalten hätte.

»Patterson hat's mir gesteckt, Boss.«

»Der für den *Los Angeles Examiner* schreibt?« Das auflagenstarke Blatt gehörte zum Zeitungsimperium von Randolph Hearst, und Terence Patterson hatte im *Examiner* seine eigene Kolumne, jedoch nicht als Klatschreporter, sondern im Wirtschaftsteil. Er hatte mit seinen Insiderinformationen, die er zumeist geschickt in eine Frage kleidete oder als nicht bestätigtes Gerücht deklarierte, schon so manche Firma in finanzielle Bedrängnis gebracht, aber auch so mancher sich müde dahinschleppenden Aktie zu einem jähen Höhenflug verholfen.

»Genau der, Boss«, bestätigte Tony.

»Aber woher will er das wissen? Von Holbrook oder Kirkland bestimmt nicht, die verstehen sich aufs Dichthalten. Und Wells Fargo dürfte als unsere Hausbank ebenso wenig daran interessiert sein, dass jemand im Vorfeld Wind von dem Treffen bekommt, schon gar nicht ein Pressefritze wie Patterson.«

»Da ist schon was dran«, erwiderte Tony, »nur haben die drei Musketiere ihre Rechnung ohne Pattersons Schwägerin Joslyn gemacht. Die sitzt beim dicken Rutherford im Vorzimmer, hat Kirklands Anruf zu ihm durchgestellt und nicht gleich aufgelegt, sondern mitgehört. Die Bank ist mit den Film- und Öl-Leuten hier groß im Geschäft und schreibt fette schwarze Zahlen, aber eine Gehaltsaufbesserung hat die gute Joslyn seit Jahren nicht gesehen. Und da kommt wohl Patterson gelegentlich mit wohltätigem Beistand ins Spiel. Er hat ja ein üppiges Spesenkonto. Vielleicht sollten wir Mr Hearst bei Gelegenheit mit einer Grußkarte unseren Dank aussprechen.«

Frank war viel zu entsetzt, um auf die Bemerkung einzugehen. »Und woher haben Sie das alles? Sitzt Patterson vielleicht mit Ihnen am Pokertisch?«

»Ganz recht, Boss. Der Gute hatte heute, der Vorsehung sei Dank, eine wahre Pechsträhne. Wir haben ihm die Hosen ausgezogen. Da er seinen Platz aber nicht räumen wollte, hat er mir in einer Pinkelpause die Information verkauft, um im Spiel bleiben zu können. Billig hat er's nicht gemacht, das will ich Ihnen gleich sagen, Boss.«

»Das interessiert mich jetzt nicht! Heben Sie sich die bittere Pille für später auf!«, fiel Frank ihm ins Wort. Der Schock war überwunden, seine ganze Konzentration galt allein der Frage, wie er der Gefahr begegnen sollte. »Die wollen sich also treffen. Wann und wo?«

»Im ›Plaza‹, und zwar schon heute Abend«, sagte Tony, war jedoch bei all den atmosphärischen Störungen kaum zu verstehen und musste sich auf Franks Nachfrage wiederholen. »Sie haben sich für halb sieben heute Abend im ›Russian Eagle‹ verabredet.«

»Verdammt!«

»Ja, da wird es dann noch gähnend leer sein. So mancher steigt in Hollywood ja um die Uhrzeit gerade erst aus dem Bett und überlegt, wo er sich die Nacht um die Ohren schlagen soll«, sagte Tony. »Rutherford hat wohl später im ›Los Angeles Country Club‹ noch eine Verpflichtung, da findet sich die Crème de la Crème der hiesigen Ölindustrie zu einem Wohltätigkeitsfest ein, Kirkland hat aber darauf bestanden, sich heute noch mit ihm und Holbrook zusammenzusetzen, weil er morgen wieder nach New York muss.«

»Verdammt!«, wiederholte Frank, ballte die Linke zur Faust und hämmerte sie gegen das dick gepolsterte Kopfteil des Bettes. Seine Geschäftspartner heckten etwas gegen ihn aus, und er saß hier fest. Mit der Eisenbahn würde er niemals rechtzeitig in Hollywood sein, ganz abgesehen davon, dass es direkt dort gar keinen Bahnhof gab. Man konnte erst in Downtown Los Angeles aussteigen, und dann war es mit dem Taxi noch ein gutes Stück bis hinauf nach Hollywood. Zudem hatte, wie ihm ein schneller Blick auf die Uhr verriet, der Frühzug nach Süden San Francisco schon vor zwanzig Minuten verlassen, und mit dem nächsten Zug, der gegen Mittag ging, würde er erst lange nach Einbruch der Dunkelheit in Los Angeles eintreffen. Er konnte versuchen, sich einen schnellen Wagen zu leihen, alles aus dem Motor herauszuholen, und darauf hoffen, dass er die fast sechshundert Meilen ohne Panne überstand. Was bei den unbefestigten und von Schlaglöchern übersäten Landstraßen jedoch einem Wunder gleichkäme. Abschnitte mit fester Asphaltdecke waren auf der staubigen Strecke bislang so selten wie Perlen in einer Austernbank. Aber selbst wenn er solch einen Höllenritt wundersamerweise heil überstand, blieb ungewiss, ob er es noch rechtzeitig ins »Plaza« schaffte.

»Hören Sie, Boss. Ich hab da so ein paar Ideen, wie ich den drei Musketieren in die Suppe spucken und dafür sorgen kann, dass heute aus dem Treffen nichts wird. Dann hätten Sie genug Zeit, um zurückzukommen und ihnen persönlich an den Kragen zu gehen.«

»Und was wären das für Ideen?«

»Zum Beispiel könnte es, kaum dass Rutherford sich in seinen Wagen gesetzt hat, einen bedauerlichen Unfall geben«, schlug Tony vor. »Das ließe sich schnell und problemlos inszenieren. Ich kenne ein paar arbeitslose Stuntmänner, die das sauber und ohne viel zu fragen hinkriegen. Am besten gleich mit zwei alten Schrottkisten, die Rutherfords Cadillac in die Zange nehmen und ihn schön lange festhalten. Nichts Spektakuläres, Boss, aber eine solide Sandwich-Karambolage mit ordentlichem Blechschaden und einem hitzigen Streit über die Schuldfrage. Bis die Polizei da für Ruhe und Durchblick gesorgt hat, könnte es für das Treffen im ›Plaza‹ wegen Rutherfords anderer wichtigen Verabredung zu spät sein. Das wäre eine Option. Ich könnte mir aber auch vorstellen …«

Eine Erinnerung regte sich in Frank, vor seinem inneren Auge stieg ein Bild auf, das ihm augenblicklich die rettende Idee eingab. »Warten Sie! Unternehmen Sie vorerst nichts!«, rief er. »Womöglich brauche ich in dieser Sache gar nicht auf Ihr Organisationstalent zurückzugreifen. Gehen Sie nach Hause und gönnen Sie sich ein paar Stunden Schlaf. Ich gebe Ihnen Bescheid, wenn ich weiß, ob ich die Sache in den Griff kriege, und wenn nicht, ist immer noch Zeit genug, um auf Ihren Vorschlag zurückzukommen.«

»Ganz wie Sie meinen, Boss.«

Frank legte auf, tippte zweimal auf die Gabel des Telefons und hatte die Telefonvermittlung des »Fairmont« am Apparat. »Bitte verbinden Sie mich mit Mr George Cutter von der Detektei Cutter Investigations. Er hat sowohl sein Büro als auch seine Wohnung auf der Market Street. Versuchen Sie es aber zuerst unter seiner privaten Nummer.«

»Sehr wohl, Mr Maynard.«

Frank hängte den Hörer ein und blickte zum Badezimmer hinüber. Die Tür war geschlossen, die Dusche lief. Kurz dachte er daran, zu Harriet zu gehen, aber falls Cutter den Anruf annahm, musste er ja doch gleich wieder ans Telefon. Deshalb ging er hinüber in den geräumigen Wohnbereich der Suite, zog die Vorhänge auf, goss sich an der Hausbar einen Whiskey ein, ordentliche zwei Fingerbreit hoch, und nahm einen kräftigen Schluck. Auf nüchternen Magen entfaltete der Drink buchstäblich schlagartig seine Wirkung. Himmel, nach dieser Hiobsbotschaft hatte er das gebraucht! Jetzt hing alles von Cutter ab. Wenn ihm einer helfen konnte, dann er. Auf den Ex-Pinkerton war Verlass. Er verstand sein Geschäft und pflegte ein weites und engmaschiges Netz nützlicher Verbindungen. Er war wie Tony Russo ein Fixer, wenn auch auf seine eigene Art. Gerade als Frank zu seinen Zigaretten greifen wollte, klingelte das Telefon auf dem altenglischen Sekretär.

»Ihr Gespräch mit Mr Cutter, Sir. Ich verbinde.«

»Danke.« Es knackte kurz, dann hatte er den Privatdetektiv in der Leitung. »Mr Cutter?«

»Was kann ich für Sie tun, Mr Maynard?« Cutter vergeudete auch nicht eine Sekunde mit Höflichkeitsfloskeln. Nichts ließ darauf schließen, dass er angesichts des frühmorgendlichen Anrufs überrascht oder gar verdrossen gewesen wäre.

Auch Frank hielt sich nicht mit langen Erklärungen auf. »Ich muss heute Abend um sechs in Hollywood sein. Können Sie jemanden auftreiben, der ein Flugzeug besitzt und mich rechtzeitig zu meinem Termin bringt? Die Kosten spielen keine Rolle.«

Cutters Antwort ließ einen Augenblick auf sich warten. Dann sagte er schlicht: »Das sollte zu machen sein.«

Frank atmete auf und räusperte sich, weil ihm das, was er jetzt zu sagen vorhatte, etwas peinlich war. Immerhin hatte er noch nie in einem Flugzeug gesessen, und wenn er sich auf diese zweifelhafte Art der Beförderung einließ, dann nur unter bestimmten Voraussetzungen. »Ich denke dabei aber nicht an diese fliegenden Bretterkisten aus dünnen Holzleisten und mit Stoff bespannten Flügeln, sondern an eine solide Maschine und einen erfahrenen Piloten.«

»Ich auch, Mr Maynard«, erwiderte Cutter trocken, ließ sich die Zimmernummer im »Fairmont« geben und versprach, ihm in einer guten halben Stunde mitzuteilen, was er hatte arrangieren können.

Frank nahm noch einen kräftigen Schluck Scotch, griff zu der grünen Schachtel mit seinen britischen Woodbine-Zigaretten und steckte sich eine an. Er mochte das leichte Schwindelgefühl, das ihn beim ersten tiefen Zug erfasste. Dass Cutter so sicher war, ihm eine solide Maschine und einen gestandenen Piloten organisieren zu können, dämpfte seine Wut. Diese sogenannten Partner konnten aushecken, so viel sie wollten – er war jedenfalls noch im Spiel!

Keine zwanzig Minuten später rief Cutter zurück. »In anderthalb Stunden sind Sie in der Luft, Mr Maynard«, sagte er schlicht. »Haben Sie was zum Mitschreiben zur Hand?«

»Ja, mit Kompliment des ›Fairmont‹«, sagte Frank aufgekratzt und setzte sich an den Sekretär.

»Ihr Pilot heißt Doug Collins, ein Mann mit mehr als tausend Flugstunden. Seine Maschine ist eine Junkers-Larsen mit geschlossener Kabine, ein Tiefdecker. Wird in Mineola, im Staat New York, gebaut und ist eines der wenigen Ganzmetallflugzeuge. Die Reisegeschwindigkeit liegt bei siebzig bis achtzig Meilen die Stunde, hängt aber natürlich von Wind und Wetter ab«, ratterte Cutter herunter. »Reichweite rund siebenhundert Meilen, eine Zwischenlandung zum Auftanken wird also nicht nötig sein, es sei denn, es herrscht starker Gegenwind. Collins erwartet Sie um neun draußen auf dem Mills Field.«

»Wo liegt das?«

»In San Mateo, direkt an der Bay, etwa dreizehn Meilen außerhalb der Stadt. Das Flugfeld wird gerade erst angelegt, noch ist da überwiegend Farmland. Die offizielle Eröffnung ist für Mitte nächsten Jahres angesetzt. Ich soll Ihnen sagen, dass der Start in Ermangelung einer gewalzten Rollbahn etwas holprig ausfallen dürfte.«

Frank verzog das Gesicht. »Wenn das das Schlimmste ist, was mir heute bevorsteht, will ich mich nicht beklagen«, sagte er, besprach noch kurz die Rechnung mit Cutter und legte den Hörer zurück auf die Gabel.

»Wie lange haben wir noch?«

Er wandte sich um. Harriet stand, in einen flauschigen weißen Bademantel gehüllt und die Haare noch nass, in der Tür zum Schlafzimmer. Wie lange lehnte sie schon da am Tührrahmen? Ihr Anblick versetzte ihm einen Stich, und die Wut auf seine Geschäftspartner kehrte mit ganzer Bitterkeit zurück.

Er sah sie flehentlich an. »Gerade genug Zeit, um unten zusammen einen Kaffee zu trinken. Es tut mir schrecklich leid, aber ich muss um jeden Preis heute Abend in Hollywood sein. Da braut sich so etwas wie eine Palastrevolte zusammen«, unterrichtete er sie bedrückt. »Cutter hat ein Flugzeug und einen guten Piloten aufgetrieben, der mich noch rechtzeitig hinbringt. Um neun muss ich auf dem Flugfeld sein, dreizehn Meilen vor der Stadt.« Aber vorher musste er noch mit Tony die Lage besprechen.

Sie lächelte tapfer. »Ich bring dich.« Sie kam zu ihm, zog ihm die Zigarette aus dem Mundwinkel und nahm einen tiefen Zug, bevor sie ihm die Woodbine wieder zwischen die Lippen steckte. Kurz legte sie den Kopf in den Nacken und blies den Rauch zur reich mit Stuck verzierten Decke, dann sah sie ihn beklommen an. »Wird das jetzt immer so sein, Frank? Kurze flüchtige Treffen voller Leidenschaft und dazwischen lange Zeiten der Trennung? Wie eine heimliche Affäre?«

7

Der Pilot wackelte mit den Schwingen, flog mit röhrendem Motor tief über Harriet hinweg und legte die Junkers-Larsen in eine steile Rechtskurve. Noch einmal winkte Harriet dem Flugzeug nach, obwohl sie annahm, dass Frank sie hier unten auf dem grob planierten Feld nicht mehr sehen konnte. Wie ein riesiger Vogel mit silbernen Flügeln stieg die Maschine über der tiefblauen San Mateo Bay in den Himmel und entschwand nach Süden. Harriet wischte sich die Tränen aus den Augenwinkeln, setzte sich in ihren Packard Phaeton und fuhr zurück nach San Francisco.

Zwanzig Minuten später erreichte sie die westlichen Außenbezirke und bog in die Vallejo Street ein. Die Straße durchschnitt die Stadt von West nach Ost und endete unten am Hafen an der gleichnamigen Pier, wo auch die Caldwell Shipping Company mit dem Kontor ihren angestammten Sitz hatte – beziehungsweise jahrzehntelang gehabt hatte und hoffentlich bald wieder haben würde. Harriets Mund verhärtete sich, als ihr Wagen den Russian Hill erklomm, wo Onkel Henry eine der stattlichen Stadtvillen bewohnte.

Energisch gab sie Gas, um das Viertel schnell hinter sich zu lassen. Einem spontanen Entschluss folgend bog sie kurz dahinter links ab und fuhr hinauf zum Telegraph Hill. Dort stieg sie aus, setzte sich auf das Reststück einer alten, kniehohen Mauer und steckte sich eine Zigarette an. Während ihrer Kindheit hatte hier, auf dem höchsten Punkt von San Francisco, der Semaphor gestanden, der aus schweren Balken gezimmerte Mast mit zwei beweglichen Signalarmen. An der Stellung dieser Arme hatten die Bewohner der Stadt, insbesondere aber die Kaufleute und Reeder ablesen können, welches Schiff gerade in die Bay einlief. Die Einführung der elektrischen Telegrafie hatte dem Hügel seine langjährige merkantile Bedeutung schließlich geraubt. Was sich der Telegraph Hill jedoch durch alle Zeitläufte bewahrt hatte, war, dass man von hier oben einen einzigartigen Blick über die Stadt hatte, die Meeresenge des Golden Gate und die flimmernde Weite der Bay eingeschlossen.

Es war töricht, dass Franks unverhoffte Abreise sie so getroffen hatte. Was war bloß in sie gefahren, dass sie so empfindlich reagiert hatte? Sie wusste doch, dass er von tausend Verpflichtungen in Atem gehalten wurde und jetzt auch noch um die Zukunft seiner Silver Screen Studios kämpfen musste. Er war nun mal kein reicher Privatier, wie ihr Mann es gewesen war. Der hatte sich seine Tage nach Lust und Laune einteilen können. Allerdings hatte ihn das nicht davon abgehalten, sich fast jedes Jahr über viele Monate fern von ihr seinen archäologischen Ausgrabungen zu widmen.

Nein, sie durfte jetzt nicht ungeduldig werden, und schon gar nicht durfte sie zu viel erwarten, wie groß die Sehnsucht auch war. Sie hatte zwanzig Jahre gewartet, auch wenn sie sich dessen nicht immer bewusst gewesen war oder es sich nicht hatte eingestehen wollen. Ihn zu drängen oder gar Ansprüche zu stellen, das konnte nur mit einer neuerlichen Enttäuschung enden.

Entschlossen, nicht noch einmal mehr vom Schicksal zu erwarten, als es zu geben bereit war, drückte sie die Zigarette aus. Bis zu ihrer Lunch-Verabredung mit den Anderson-Brüdern hatte sie noch reichlich Zeit, deshalb machte sie noch einen zweiten Umweg, der sie hinunter zum Hafen und zu ihrem Kontor brachte.

Harriet liebte den Hafen über alles, und das von Kindesbeinen an. Hier war sie aufgewachsen, mit dem Geruch von Teer und frischer Farbe, von Seetang, Werg und feuchtem Tauwerk, dem Geruch von Getreide, Kohle und exotischen Gewürzen, von Holz, vom Essen der Garküchen und Wirtshäuser und von vielem anderen mehr. Ebenso vertraut war sie mit den zahllosen Geräuschen eines Tag und Nacht pulsierenden Hafens, dem Surren von Flaschenzügen und Knarren und Ächzen von Schiffsmasten und Rahen, dem Schlagen von losen Tauen und Segeltuch und dem Gesang des Windes in der Takelage der Segler, dem Klang der Glasen schlagenden Schiffsglocken, dem Chor aus Sirenen und Nebelörnern, dem unablässigen Rattern dampfbetriebener Kräne, dem rhythmischen Klatschen der Schaufelräder, dem Rauschen der Bugwellen, dem Kreischen der Möwen und dem ewigen

Wellenschlag. In dieser einzigartigen Welt hatte sie ihre Leidenschaft gefunden, ihre Berufung.

Sie fuhr an der Vallejo Pier vorbei, wo seit zwei Tagen der Überseefrachter Somerset vertäut lag. Wie alle Schiffe der Caldwell-Reederei war der Dampfer nach einer Insel benannt. Diese Tradition hatte der Vater mit seinem ersten Schiff, dem Schoner Sansibar, begonnen. Das erst kürzlich aufgestockte und erweiterte Kontor dagegen lag verwaist an der Waterfront, das Firmenschild abgeschraubt, die Türen verschlossen. Und die beiden Lagerhäuser hinter dem prächtigen zweistöckigen Backsteingebäude warteten darauf, wieder mit Waren von Caldwell-Schiffen gefüllt, statt kurzzeitig vermietet zu werden. Henry aus dem Kontor zu werfen und ihm die Verwendung der Lagerhäuser zu verwehren hatte ihr damals Genugtuung bereitet. Immerhin gehörten die Gebäude ihr allein, das hatte der Vater in seinem Testament so bestimmt. Aber längst war dem Hochgefühl, das diese kleine Vergeltung ihr bereitet hatte, Ernüchterung gefolgt. Es wurde höchste Zeit, dass dort drüben wieder das geschäftliche Herz der Caldwell-Line schlug – und sie den Kurs bestimmte. Nun, in weniger als einer Stunde würde sie den Andersons die Kaufverträge vorlegen, und es musste schon mit dem Teufel zugehen, wenn sie dieses Geschäft ausschlugen!

Bei dem dichten Verkehr am Hafen kam Harriet nur im Schritttempo voran, aber sie hatte ja keine Eile. Vielmehr genoss sie die Fahrt entlang der Waterfront, die offiziell East Street North hieß, so aber nur von Auswärtigen bezeichnet wurde. Zu ihrer Rechten, auf der Landseite, reihten sich auf einer Strecke von fast zwei Meilen von Wind und Wetter gezeichnete Lagerhäuser und Kontore aneinander wie die Perlen einer Kette. Dazwischen drängten sich Werkstätten sowie Seemannsunterkünfte und Wirtshäuser in reicher Zahl. Den Häuserfronten gegenüber erstreckte sich entlang der Landungsbrücken ein Wald von Schornsteinen, Masten und Rahen mit aufgerolltem Segeltuch.

Auf dem breiten Plankenweg der Waterfront herrschte lärmendes Treiben, ein in alle Richtungen strebendes Wogen von Menschen aller Klassen, aus aller Herren Länder und aller Sprachen. Ungeduldige Fuhrleute, die sich mit knallender Peitsche einen Weg zu bahnen suchten, Automobile mit quäkender Hupe, Lieferwagen aller Art, dazwischen Reiter, Mietdroschken, offene Einspänner und stattliche Kutschen.

Auf der Höhe der Pacific Street löste Harriet sich schließlich aus dem Gedränge und folgte der Montgomery Street bis zu ihrem südlichen Ende. Da, wo sie auf die Market Street traf, erhob sich das »Palace Hotel«, ein Wahrzeichen der Stadt und nach dem Erdbeben von 1906 in aller Pracht wiederaufgebaut. Sie überließ ihren königsblauen Packard Phaeton dem livrierten Valet Boy, klemmte sich die dünne ledergebundene Mappe mit den Vertragspapieren unter den Arm und begab sich ins Hotel. Gute zehn Minuten kam sie zu spät, ganz so, wie sie es geplant hatte. Sie war sicher, dass die Andersons schon auf sie warteten. Pünktlichkeit zeichnete Bittsteller aus.

Das »Palace« war seinem Namen zu allen Zeiten mehr als gerecht geworden, daran hatte sich auch nach dem Wiederaufbau nichts geändert. Die Lobby mit ihren Bodenplatten und den zwei Stockwerke hohen Säulen war eine einzige Pracht und wurde in ihrer Wirkung allenfalls von der Hauptattraktion übertroffen, dem Palm Court. Um diesen herum war das Hotel wieder errichtet worden. Die Säulengänge aus rotbraunem Marmor setzten sich im Palm Court fort, und diesen krönte ein atemberaubend hohes Deckengewölbe aus getöntem Glas. Von den elegant geschwungenen Stahlstreben, die das Dach mit seinen zahllosen Glasplatten hielten, hingen gut zwei Dutzend ausladende Lüster herab, ein jeder ein funkelndes Meer von kunstvoll geschliffenen Kristallen und mit unzähligen elektrischen Kerzen bestückt. Zwischen den mit feinstem Leinen, Silber und Porzellan eingedeckten Tischen schmückten mehr als mannshohe Palmen in bauchigen Steinkübeln den vornehmsten Speisesaal von San Francisco. Cremefarben lackierte Spaliergitter, von rankendem Grün bewachsen und nur scheinbar zufällig in dem großen Saal verteilt, fungierten als Paravents und gewährten Diskretion.

Bradley Anderson saß in einer der ersten Tischreihen links außen bei den Säulen. Fast hätte sie ihn nicht erkannt. Sie hatte ihn lange nicht gesehen, und in ihrer Erinnerung war er ein stämmiger Mann von Ende fünfzig mit kantiger Statur und harten Gesichtszügen. Davon war wenig übrig. Fast konnte man ihn als hager bezeichnen, so viel Gewicht hatte er verloren, und das fahle Gesicht mit den eingefallenen Wangen ließ ebenfalls darauf schließen, dass er nicht die beste Zeit seines Lebens durchmachte. Er rauchte nervös und rutschte auf seinem Stuhl hin und her. Gekleidet war er jedoch tadellos. Kein Anzug von der Stange, sondern Maßarbeit. Die Seidenkrawatte war makellos geknotet und saß ebenso perfekt wie das Einstecktuch und die Krawattennadel mit der grauen Perle.

Vergebens hielt Harriet Ausschau nach dem drei Jahre älteren Bruder Gregory. Womöglich war er kurz zur Toilette gegangen, die üble Situation, in der die beiden steckten, konnte einem schon auf den Magen schlagen. Nun, wo Gregory auch sein mochte, die Sache war so gut wie gelaufen, das sah sie Bradley sofort an.

Als sie zu ihm an den Tisch trat, drückte er hastig seine Zigarette aus und erhob sich. »Mrs Shaw«, grüßte er und rang sich ein Lächeln ab, das wohl Unbeschwertheit ausdrücken sollte.

»Schön, dass Sie kommen konnten, Mr Anderson«, sagte sie und schenkte ihm ein überaus freundliches Lächeln, als hätte sie Grund, für diesen Termin dankbar zu sein, aber sie achtete darauf, dass ihr Händedruck kräftig ausfiel.

Er zuckte scheinbar gleichmütig die Achseln. »Nun ja, ich hatte sowieso in der Stadt zu tun, da ließ sich das Treffen mit Ihnen einschieben, Mrs Shaw. Aber Zeit für einen Lunch habe ich nicht, um das gleich vorwegzuschicken«, fügte er rasch hinzu und warf einen vielsagenden Blick auf die Uhr. »Termine, Sie verstehen.«

Harriet nickte. Sie verstand sogar sehr gut. Nur überzeugte seine Masche sie nicht. Nichts als mühsam aufrechterhaltene Fassade. Der Mann saß auf Kohlen und hätte notfalls auch eine halbe Stunde und länger auf das Gespräch mit ihr gewartet. Seinem Bruder und ihm stand das Wasser bis zum Hals!

»Natürlich, ich werde Ihre kostbare Zeit auch nicht lange in Anspruch nehmen. Aber wo haben Sie denn Ihren Bruder gelassen?«, erkundigte sie sich und nahm Platz.

»Gregory konnte nicht kommen. Er hat wieder schlimm mit der Gicht zu tun«, sagte er und griff zu seinen Zigaretten. Dass er ihr nicht einmal anbot, sich aus seiner Schachtel zu bedienen, verriet einmal mehr, wie angespannt er war.

Harriet bekundete höflich Bedauern und bestellte beim inzwischen herbeigeeilten Oberkellner einen trockenen Sherry, während Bradley Bourbon pur orderte. Die Prohibition mochte seit fünf Jahren Gesetz sein, aber die Nation ignorierte das Alkoholverbot hartnäckig. Und in den noblen Hotels und Restaurants, in denen hohe Politiker ebenso verkehrten wie honorige Gesetzesvertreter, kamen alkoholische Getränke längst wieder ungetarnt auf die Tische, waren hier doch Razzien noch viel weniger zu befürchten als in den Flüsterkneipen, in denen die Normalsterblichen ein und aus gingen.

Bradley räusperte sich, zog ausgiebig an seiner Zigarette und fragte mit erwartungsvoll hochgezogenen Brauen: »Was wollten Sie denn mit uns besprechen, wenn Sie erlauben, dass ich gleich danach frage?« Und mit falscher Höflichkeit schob er nach: »Meine anderen Termine, Sie wissen.«

Harriet lächelte. Also gut, er konnte die Erlösung ohne lange Umschweife haben, ihr war es nur zu recht. »Wie Sie und Ihr Bruder den drohenden Bankrott abwenden und aus dem Verkauf Ihrer Anteile an der Caldwell Shipping das Beste machen können – das wollte ich mit Ihnen besprechen.«

Bradley riss die Augen auf und schnappte nach Luft. Ganz so, als hätte ihn unverhofft ein Tiefschlag getroffen. »Was … was reden Sie da?«, keuchte er. »Bankrott? … Das … das ist ja lächerlich!« In dem Moment kamen ihre Getränke, und er griff nach dem Bourbon wie ein Ertrinkender nach einem Rettungsring. Seine Hand zitterte.

»Sparen Sie sich die Entrüstung, Mr Anderson. Abgesehen davon, dass Sie als Schauspieler nichts taugen, die Zahlen Ihrer Bank dokumentieren eindeutig, wie katastrophal Ihre Lage ist«, sagte Harriet, zog ein Blatt aus der dünnen Ledermappe und schob es ihm zu. »Sie haben nicht nur Ihr ganzes Vermögen in die Automobilfirma American Steamer investiert, sondern auch noch einen hohen Kredit aufgenommen, weil Sie von deren Erfolg so überzeugt waren. Nun ist die Firma bankrottgegangen, weil Automobile mit dampfbetriebenem Motor sich nicht gerade als Verkaufsschlager erwiesen haben, nicht wahr? Und jetzt müssen Sie Ihre Anteile an der Caldwell Shipping verkaufen, um Ihre Schulden zu begleichen.«

Er schluckte schwer. »Woher wissen Sie das?«

»Was kümmert es Sie, woher ich meine Informationen habe? Entscheidend ist doch wohl, dass ich weiß, dass Sie verkaufen müssen!«

Bradley schnaubte abfällig. »Natürlich, Ihr Mann war ja auch Banker. Und eine Krähe hackt der anderen kein Auge aus!«

Harriet ließ ihn in dem Glauben. Dabei hatte sie ihr Wissen von Cecil Slocum, ihrem treuen Prokuristen. »Kommen wir zurück zum Thema, Mr Anderson. Sie wollen sich bei Ihren anderen wichtigen Terminen doch nicht verspäten, oder?«

Er presste die Lippen aufeinander.

»Sie sind erledigt, Ihr Bruder und Sie, das wissen Sie so gut wie ich. Sie müssen verkaufen, und das noch in dieser Woche!«, fuhr sie unbarmherzig fort. »Jetzt geht es nur noch darum, wer Ihnen den besten Preis für Ihre Anteile macht.«

Bradley gab das Leugnen auf. »Also gut, was bieten Sie?«, stieß er grimmig hervor.

Sie zog ein weiteres Papier hervor und platzierte es vor ihm auf dem Tisch. »Das ist die Schätzung der First National Bank, was Ihre jeweils acht Prozent wert sind.« Es war ein Betrag von einer Million achthunderttausend Dollar. »Die Pacific Maritime Bank setzt den Wert vierhunderttausend Dollar niedriger an, weil die Flotte überwiegend aus älteren und reparaturanfälligen Schiffen besteht.«

Dass Harriet auch über diese Zahlen verfügte, erschreckte ihn sichtlich. »Was eine Bank schätzt, ist nicht unbedingt das, was bei einem Verkauf letztlich im Vertrag steht. Der Preis hängt ja auch davon ab, wie versessen jemand darauf ist, sich in den Besitz der Anteile zu bringen«, wandte er mit verschlagenem Grinsen ein. »Ob wir nun an Sie oder Ihren Onkel verkaufen, der Preis wird um einiges über den …«, er tippte auf das Blatt mit der Schätzung der Bank, »… eins Komma acht liegen!« Das verkündete er geradezu triumphierend. Endlich hatte er wieder Oberwasser.

»Deshalb biete ich Ihnen auch zweihunderttausend mehr, also glatte zwei Millionen pro Kopf«, sagte sie trocken. Sie konnte sich diese Großzügigkeit erlauben. Ihr verstorbener Mann war ein Sprössling alten kalifornischen Geldadels gewesen. Die Bank der Shaws hatte schon zu Zeiten des Goldrausches prächtig floriert und zählte seitdem zu den führenden Geldhäusern der Westküste. So hatte Jordan ihr nicht nur die feudale Villa auf dem Nob Hill und das stattliche Weingut Seven Oaks im Napa Valley hinterlassen, sondern auch ein Millionenvermögen in bar sowie einen zwanzigprozentigen Anteil an der väterlichen Bank, auch wenn die Hälfte davon ein unverkäufliches Treuhandvermögen war, das an seinem dreißigsten Geburtstag Adrian zufallen würde. »Ich habe die Verträge schon aufsetzen lassen. Ihr Bruder und Sie brauchen nur zu unterschreiben und können schon morgen über vier Millionen Dollar verfügen. Da bleibt nach Begleichung der Schulden genug übrig, damit Sie beide weiterhin ein komfortables Leben führen können. Es reicht mir aber auch, wenn nur einer von Ihnen mir seine acht Prozent verkauft.«

Er grinste breit. »Das klingt doch schon ganz annehmbar. Mal sehen, ob Ihr Onkel uns nicht ein besseres Angebot macht. Und bei Ihnen ist bestimmt auch noch mehr drin. Wo Sie doch die Kontrolle über die Reederei zurückwollen!« Nun wurde sein Grinsen geradezu abstoßend siegessicher.

Damit hatte Harriet gerechnet. »Das wird er ganz sicher nicht, Mr Anderson, ganz im Gegenteil«, erwiderte sie. »Mein Angebot gilt nur heute bis Mitternacht. Und da mein Onkel sich meines Wissens irgendwo in Mexiko aufhält und erst morgen Abend wieder in der Stadt ist, wird sein Angebot weit unter allen Angeboten liegen.«

»Das bleibt abzuwarten, Mrs Shaw.«

Sie fixierte ihn kalt. »Wenn Sie glauben, ich würde mich von Ihnen in einen Bieterwettstreit mit meinem Onkel treiben lassen, dann irren Sie sich.« Sie öffnete die Mappe und entnahm ihr einen Brief. »Dies ist ein Brief an meinen Onkel. Darin teile ich ihm mit, dass ich mich nicht mit ihm auf ein Wettbieten um Ihre Anteile einlassen werde. Zudem gebe ich ihm mein Ehrenwort beim Grab meines Vaters, dass ich ihm bei seinen Verhandlungen mit Ihnen in keinster Weise in die Quere kommen werde. Er hat also freie Hand, Ihnen und Ihrem Bruder die Anteile zu einem Preis abzupressen, der gerade so ausreicht, damit Sie Ihre Schulden loswerden. Und genau das wird mein reizender Onkel sicher tun. Oder hegen Sie diesbezüglich irgendwelche Zweifel?«

Bradley las den Brief an Henry Caldwell und wurde noch blasser, als er ohnehin war. Der schwere Briefbogen glitt ihm aus der Hand. Harriet nahm ihn an sich, faltete ihn in aller Ruhe und steckte ihn vor Bradleys Augen in den bereits adressierten und frankierten Umschlag. Dann winkte sie den nächsten Kellner heran und bat ihn, den Brief für sie einzuwerfen.

»Sind wir uns handelseinig, Mr Anderson?«

Bradley gab sich geschlagen, seine plötzlich kraftlos herabsackenden Schultern sagten es deutlich. Er kippte den restlichen Bourbon auf einen Zug hinunter. »Okay, Sie haben gewonnen«, sagte er und wischte sich fahrig über die Augen. »Wir nehmen Ihr Angebot an … zumindest kann ich das für mich sagen.«

Harriet hätte laut jubeln mögen. Sie hatte alles auf eine Karte gesetzt – und das Spiel war aufgegangen. Die letzte Schlacht im Kampf um die Kontrolle über die Reederei mochte Henry für sich entschieden haben, doch den Krieg mit ihm hatte nun sie gewonnen!

»Kein Grund, so ein Gesicht zu ziehen«, sagte sie und hatte Mühe, nicht zu aufgekratzt zu klingen. »Alles in allem machen Sie ja ein formidables Geschäft. Eigentlich sollten Sie mir dankbar sein, aber ich will den Bogen nicht überspannen. Nehmen wir die Dinge, wie sie sind, und damit können wir beide hochzufrieden sein, würde ich sagen. Hier ist der Vertrag. In der Annahme, auch Ihren Bruder hier anzutreffen, habe ich ihn auf Sie beide ausstellen lassen. Entweder streichen Sie den Namen Ihres Bruders überall aus, oder Sie begeben sich umgehend zu ihm und bringen mir die unterzeichneten Papiere noch heute zurück. Das Ultimatum steht, damit das klar ist!«

Bradley nahm die Mappe an sich und nickte. »Seien Sie unbesorgt, er wird unterschreiben. Was bleibt uns auch anderes übrig? Nur mit dem Verkauf beider Anteile können wir die Verbindlichkeiten decken«, räumte er ein und klang wie ein erschöpfter alter Mann. »Aber ich muss ihn natürlich erst einmal über alles in

Kenntnis setzen … nun ja, die Sache mit dem Brief an Ihren Onkel und …« Er zuckte mit den Achseln. »Immerhin ist er mein älterer Bruder …« Er unterbrach sich. »Ach, lassen wir das. Sie bekommen den Vertrag noch heute zurück, von uns beiden unterzeichnet.«

»Gut. Wann kann ich damit rechnen?«

Er warf einen Blick auf die Uhr. Den Fahrplan der Fähren nach Oakland hatte er im Kopf. »Ich habe tatsächlich noch etwas in der Stadt zu erledigen, aber wenn ich um drei Uhr die Andrew Jackson nehme, könnte ich bequem um neunzehn Uhr zurück sein.«

Harriet lächelte huldvoll und erhob sich. »Gut, dann machen wir es doch so. Um neunzehn Uhr wieder hier im ›Palace‹.« Sie nahm ihre Handschuhe und überließ es ihm, ihren Sherry, den sie nicht angerührt hatte, zu bezahlen. Wie auf Wolken schritt sie über den Teppich des Palm Court. Niemals zuvor schienen die Lüster über ihr strahlender gefunkelt zu haben als in dieser Stunde des Triumphes.

8

Als Juwelier konnte man sich kaum etwas Besseres wünschen, als seine Schaufenster an der Ecke Market und Montgomery Street, also direkt gegenüber vom »Palace Hotel«, präsentieren zu können. Die Besitzer von Bishop & Grace Jewelery wussten ihren Vorteil zu nutzen. Im Bewusstsein der Kaufkraft und des hohen Anspruchs ihrer Kundschaft boten sie nur hochkarätigen Schmuck an.

Mit dem neuen Feuerzeug verließ Guy Caldwell das Geschäft. Das Geschenk, das er sich selbst gemacht hatte, war aus dickem Gold und wog entsprechend schwer in der Hand. Und es trug sein

Monogramm, wobei das G seitenverkehrt eingraviert war, sodass die Bögen der beiden Buchstaben einander elegant überschnitten. Guy Caldwell schob das teure Stück in die Westentasche und blieb kurz vor dem Schaufenster des Juweliers stehen, um sein Spiegelbild zu mustern. Er sah einen elegant gekleideten Mann von zweiunddreißig Jahren, jedoch von leider etwas gedrungener Gestalt. Gut, er war nicht unbedingt ein Adonis und er hätte sich schon gewünscht, hochgewachsen und von eher sportlich-schlanker Figur zu sein, aber das Gesicht unter dem rauchblauen Fedora besaß mit seinen ebenmäßigen Zügen, den warmen braunen Augen und dem künstlerisch anmutenden schwarzen Van-Dyke-Bart durchaus eine gewisse Ausdrucksstärke. Zudem war er ein Mann von Rang und Namen. Immerhin war er der einzige Sprössling des Großreeders Henry Caldwell und damit Erbe einer der bedeutendsten Schifffahrtslinien der Westküste.

Der Gedanke an seinen Vater trübte die Hochstimmung kurz, und er wandte sich von seinem Spiegelbild ab. Henry hatte nur noch ein Jahr bis zu seinem Sechzigsten, dachte aber nicht daran, das Kommando abzugeben, nicht einmal teilweise. Nach wie vor regierte er mit störrischer Selbstgerechtigkeit und harter Hand, und zwar innerhalb der Familie ebenso wie in der Firma. Ja, er weigerte sich, ihm, seinem einzigen Sohn, einen verantwortungsvollen Posten zu übertragen. Würde seine kränkliche Mutter nicht so an ihm hängen und könnte er über ein gewisses Startkapital für ein eigenes Unternehmen verfügen, er hätte seinem Vater und San Francisco wohl längst den Rücken gekehrt. Sein Vater behandelte ihn wie einen Laufburschen, was schlimm genug war, aber er ließ ihn auch ständig spüren, dass er ihm nichts zutraute, und das schlug tiefe Wunden – zusätzlich zu den vielen, die er schon im Lauf seiner Kindheit davongetragen hatte. Die väterliche Missachtung kratzte nicht nur an seinem Selbstbewusstsein, sondern erfüllte ihn mit jedem Jahr, das er ohne jede Verantwortung in der

Firma ertragen musste, mit wachsendem, wenn auch ohnmächtigem Zorn. Eines Tages, das schwor er sich, würde er seinem Vater die Augen öffnen! Er würde ihm zeigen, was in ihm steckte.

Guy stemmte sich gegen den tiefen Groll und das Gefühl der Ohnmacht. Er wollte sich nicht selbst die Stimmung verderben. Deshalb überlegte er auch nicht lange, ob er sich ins Kontor oder erst noch auf ein oder zwei Drinks in die herrliche Bar des »Palace« begeben sollte – er hatte in der Firma ja doch nichts zu sagen. Und wo sich der Vater gerade in Tijuana aufhielt, angeblich, um über den Kauf von drei mexikanischen Küstenfrachtern zu verhandeln, traf sowieso der Prokurist, der alte Pedant und Sauertopf Cecil Slocum, die wichtigen Entscheidungen. Das mit den geschäftlichen Verhandlungen nahm er seinem Vater allerdings nicht ab. Tijuana, ein paar Meilen südlich von San Diego und gleich hinter der mexikanischen Grenze gelegen, war mit seinen Spielkasinos, Bars, Freudenhäusern und Rennbahnen ein zu allen Jahreszeiten beliebtes Ausflugsziel vergnügungssüchtiger Amerikaner, umso mehr, als man dort billig auf seine Kosten kam, egal, wonach es einen gelüstete. Wenn er sich nicht sehr täuschte, hatte Tijuana in diesen beiden Novemberwochen eine ganz besondere Attraktion zu bieten, nämlich eine Art Fiesta blutiger Hahnenkämpfe. Und sein Vater, der ein leidenschaftlicher Glücksspieler war, liebte nichts mehr, als auf den Ausgang von Pferderennen und Hahnenkämpfen zu wetten.

Eine Cablecar ratterte die Market Street hinunter. An der Kreuzung Montgomery Street sprang ein barfüßiger Straßenjunge mit einem Packen Zeitungen unter dem Arm vom langen Steigbrett der Kabeltram. Guy winkte ihn zu sich, kaufte ihm eine Ausgabe des *San Francisco Chronicle* ab, nickte dem livrierten Portier jovial zu und trat in die marmorne Pracht der Hotellobby. Gerade wollte er sich, kurz vor dem Eingang zum Speisesaal, nach rechts wenden, wo es in die berühmte »Pied Piper Bar« ging, als sein Blick in den Palm Court fiel, auf eine attraktive Frau mittleren Alters mit rabenschwarzem, schulterlangem Haar und in einem figurbetonten Herbstkostüm aus safranfarbener Wolle. Sie stand an einem der vorderen Tische, und er sah sie im Profil. Er stutzte und blieb stehen.

Harriet?

Natürlich, sie war es. Wie hatte er auch nur einen Moment daran zweifeln können? Eine Frau wie seine Cousine, auch wenn sie schon über vierzig war, konnte man einfach nicht verwechseln oder gar übersehen. Selbst jetzt noch blickten sich die Männer nach ihr um. Sein Vater jedoch konnte sie auf den Tod nicht ausstehen, vermutlich weil sie ihm die Stirn zu bieten wagte und genauso viel von den Geschäften der Reederei verstand wie er. Und das als Frau. Aber was ihn wohl noch mehr in Rage versetzte, war die eisige Verachtung, die Harriet ihm entgegenbrachte. Die beiden blieben einander jedenfalls nichts schuldig.

Was ihn, Guy, betraf, so hatte er nichts gegen seine Cousine. Sie hatte sich ihm gegenüber stets liebenswürdig gezeigt, selbst als er noch ein dicklicher Junge und sicher eine rechte Nervensäge gewesen war. Dennoch waren die Fronten zwischen ihnen klar, und er wusste, aus welcher Tasche seine monatliche Zuwendung kam.

Guy trat näher, hielt sich aber im Schutz der Schatten, die die Säulen in den Wandgang rechter Hand warfen. Jetzt erkannte er auch den Mann, der da gerade aufgestanden war und seine Cousine begrüßte, es war einer der Anderson-Brüder, die er vor Kurzem bei Slocum im Büro gesehen hatte. Bradley, wenn er sich nicht sehr irrte, wobei es keine Rolle spielte, mit welchem Anderson Harriet sich hier traf. Und nach einer zufälligen Begegnung sah es nicht aus.

Als er die beiden Platz nehmen sah, war er alarmiert. Sein Vater ließ ihn zwar nichts eigenständig tun und hielt ihn an der kurzen Leine, aber in geschäftlicher Hinsicht hatte er keine Geheimnisse vor ihm. Ganz im Gegenteil, er gefiel sich darin, sich mit einer Zigarre im Mund lang und breit darüber auszulassen, welche lukrativen Frachtverträge er gerade abgeschlossen hatte, wie er die missgünstige Konkurrenz in Schach hielt und mit welchen hochfahrenden Plänen er die Caldwell Shipping zu noch größeren Erfolgen zu führen gedachte. Und in diesen Plänen spielte die Übernahme der Anderson-Anteile eine zentrale Rolle. Die First Pacific Bank hatte er für diese kostspielige Übernahme schon ins Boot geholt.

Guy wagte sich näher heran. Den Kopf abgewandt, schlenderte er lässig den Gang hinauf. Zum Glück saßen die beiden nicht irgendwo inmitten des Palm Court, sondern an einem Tisch ganz außen. Hinter der Säule, die sich auf einer Höhe mit ihnen befand, blieb er stehen, lehnte sich rücklings gegen den kühlen Marmor und tat so, als studiere er die Zeitung. Die Entfernung bis zum Tisch betrug noch gute vier, fünf Schritte, weshalb er auch nicht jedes Wort verstand, aber näher hätte er nicht herangehen können, ohne von ihnen bemerkt zu werden. Es war auch gar nicht nötig. In den nächsten Minuten schnappte er genug Gespräch auf, um zu begreifen, was da verhandelt wurde, und in höchste Aufregung zu geraten.

Harriet wollte sich mithilfe der Andersons die Stimmenmehrheit in der Firma wieder sichern und seinen Vater entmachten! Dies konnte die lang ersehnte Gelegenheit sein, zu beweisen, dass er aus dem richtigen Holz geschnitzt war, um eine hohe Position zu bekleiden und tatkräftig Entscheidungen zu treffen!

Nur was, um alles in der Welt, sollte er tun? Er zermarterte sich das Hirn, doch es fiel ihm beim besten Willen nichts ein. Sein Schädel schien wie leer gefegt. Und als ihm bewusst wurde, dass er ratlos und einer Panik nahe war, brach ihm der Schweiß aus.

Zumindest widerstand Guy dem Reflex, sich Bradley an die Fersen zu heften. Er hatte gehört, dass der Mann in der Stadt noch etwas zu erledigen hatte und mit der Andrew Jackson um fünfzehn Uhr nach Oakland übersetzen wollte. Damit blieben ihm noch gute anderthalb Stunden, um sich Rückendeckung zu verschaffen, was immer jetzt auch getan werden musste.

Er beglückwünschte sich dazu, dass er trotz allem so klar denken konnte, und doch hinterließ die Erkenntnis, von Anweisungen abhängig zu sein, einen bitteren Geschmack. Aber so groß sein Widerwille auch war, er musste seinen Vater anrufen und sich Direktiven geben lassen. Und da es erst Mittag war, hatte er gute Chancen, ihn in seinem Hotel in Tijuana ans Telefon zu bekommen. Vermutlich war er gerade erst aufgestanden, Pokerrunden, Backgammon-Turniere und selbst die Hahnenkämpfe waren nächtliche Vergnügungen. Ja, sogar viele Pferderennen fanden bei den Mexikanern erst gegen Abend statt.

Guy wartete, bis Harriet und Bradley das Hotel verlassen hatten, dann begab er sich an die Rezeption und meldete ein Gespräch nach Tijuana an.

»Welche Nummer, Sir?«

»Damit kann ich Ihnen leider nicht dienen. Sagen Sie der Vermittlung, ich möchte mit dem Zimmer von Mr Henry Caldwell im ›Hotel Caesar's‹ in der Avenida Revolución verbunden werden.«

»Und Ihr Name, Sir?«

»Ebenfalls Caldwell … Guy Caldwell von der Caldwell Shipping Company«, sagte Guy und reichte dem Mann an der Rezeption seine Visitenkarte.

»Sehr wohl, Mr Caldwell. Erlauben Sie mir, Sie um ein wenig Geduld zu bitten«, erwiderte der Mann mit ausgesuchter Höflichkeit und redseliger, als es Guy recht war. »Wir tun natürlich unser Bestes, aber gelegentlich kann eine Verbindung nach Mexiko eine rechte Herausforderung darstellen. Zum Glück ist das nicht alle Tage so. Manchmal steht die Leitung in wenigen Minuten. Hoffen wir, dass die Vermittlung heute schnell durchkommt.«

Guy bedankte sich und ging in der weiträumigen Lobby auf und ab. Sich in einen der schweren Polstersessel zu setzen, dazu fehlte ihm die Ruhe. Seine Nervosität steigerte sich mit jeder Minute und wurde zu einer Beklemmung, die seinen Puls jagen ließ. Was, wenn er seinen Vater nicht mehr erreichte? Dann musste er eigenständig handeln.

Grundgütiger!

Gerade wollte er sich die dritte Zigarette anzünden, als ein livrierter Hotelboy auftauchte und ihm mitteilte, er könne sein Gespräch in der dritten Telefonkabine entgegennehmen.

Guy stürzte förmlich in die mit blauem Samt ausgeschlagene Kabine, zog die Tür mit dem ins Glas ziselierten Hotel-Logo zu und griff zum Hörer. Er hatte direkt seinen Vater in der Leitung, und die Verbindung war bis auf das übliche Rauschen mehr als passabel.

»Ich hoffe, du hast einen guten Grund, mich aus dem Schlaf zu holen!«, blaffte Henry.

»Harriet verhandelt mit den Andersons!«, platzte Guy heraus. »Das heißt, genau genommen ist sie mit ihnen so gut wie einig geworden.«

Henry lachte abfällig. »Aus welcher Gerüchteküche hast du denn diesen Schwachsinn? Die Andersons werden nie einen Handel mit ihr abschließen, ohne vorher mich nach einem Angebot gefragt zu haben! Also lass mich gefälligst mit derartig einfältigen …«

»Herrgott, es ist, wie ich sage! Ich habe es mit eigenen Ohren gehört!«, fiel Guy ihm ins Wort. »Zumindest das meiste von dem, was sie vorhin hier im Palm Court des ›Palace‹ beredet haben.«

»Warum sagst du das nicht gleich?«, herrschte Henry ihn an. »Los, erzähl!«

Atemlos berichtete Guy von dem Ultimatum und dem Brief, den Harriet in Gegenwart von Bradley Anderson in ein bereits adressiertes und frankiertes Kuvert gesteckt und einem Kellner übergeben hatte, damit er ihn für sie auf den Weg brachte.

Henry stieß einen lästerlichen Fluch aus. »Verdammt, sie versucht, mich auszutricksen! Aber das wird ihr nicht gelingen, der hinterhältigen Schlange. Um keinen Preis lasse ich zu, dass sie wieder das Sagen hat! Gregory darf nicht von Harriets Angebot und diesem Ultimatum erfahren. Zumindest nicht bis Mitternacht. Danach habe ich ja Harriets Ehrenwort, und wie ich sie kenne, wird sie sich daran halten, die dumme Kuh! Also, ich zähle auf dich!«

»Ja, gut, aber … was genau soll ich denn jetzt tun?«, fragte Guy.

»Herr im Himmel! Streng deinen Grips an!«, rief Henry aufgebracht. »Es liegt doch wohl auf der Hand, was jetzt getan werden muss! Ich kann erst morgen wieder zu Hause sein, also musst du Bradley ausschalten!«

»Aber ich kann ihn doch nicht einfach … umbringen!«, stieß Guy erschrocken hervor und senkte beim letzten Wort die Stimme.

»So, kannst du nicht?«, höhnte Henry. »Und du willst mein Sohn sein? Na, wenn du Geistesriese eine bessere Möglichkeit weißt, Harriets Deal mit den Andersons platzen zu lassen – bitte schön. Aber wehe, du versagst und lässt zu, dass Harriet triumphiert! Vergiss nicht, dass es hier auch um deine Zukunft geht.«

»Aber Vater, du kannst doch nicht von mir verlangen, dass ich …« Guy war bestürzt.

Mit eisiger Kälte erwiderte Henry: »Und ob ich das kann! Das bist du mir schuldig. Wer finanziert denn dein aufwendiges Junggesellenleben? Wenn du dich heute als Feigling erweist, ist es damit vorbei, das schwöre ich dir. Lieg mir nicht mit Gejammer in den Ohren, sondern zeig endlich, dass ein echter Caldwell in dir steckt! Und ein Caldwell tut, zum Teufel noch mal, was in so einer Situation getan werden muss! Ich nehme den nächsten Zug nach Hause, und du kümmerst dich um diesen Hund, der uns in den

Rücken fallen will, verstanden? Ob du es mit einer Klinge oder einer Kugel machst, überlasse ich dir.« Und damit hängte er ein.

Guy war in Schweiß gebadet. Mit zitternden Händen zündete er sich eine Zigarette an und sank auf den gepolsterten Sitz. Minuten verstrichen, bis er endlich die Kraft fand, die Telefonkabine zu verlassen, das Ferngespräch zu bezahlen und sich von der Garderobenfrau Hut und Mantel geben zu lassen.

Tun, was getan werden musste …

Ihm blieb noch eine gute Stunde, um sich darauf vorzubereiten, sich als ein echter Caldwell zu beweisen. Fast auf die Minute pünktlich um fünfzehn Uhr legte die Andrew Jackson im Fährhafen ab. An Bord herrschte wenig Betrieb, was für diese Tageszeit nicht ungewöhnlich war. Bradley Anderson und Guy Caldwell gehörten zu den wenigen, die zu dieser Stunde nach Oakland übersetzten. Bei der doppelstöckigen Fähre mit den seitlichen Schaufelradkästen handelte es sich um einen in die Jahre gekommenen Raddampfer, der diese Route schon seit der Jahrhundertwende bediente. Er hatte Mühe, mit den neueren, viel schnelleren Fähren mitzuhalten, nahm jedoch auf die eigene Altersschwäche wenig Rücksicht. Das brachte an diesem Novembertag anderthalb Dutzend Passagieren den Tod, erwies sich für Guy aber als Glücksfall.

Auf Höhe der Insel Yerba Buena explodierte einer der Kessel. Das Unglück geschah, als Bradley gerade in den Gang zu den Toiletten hinunterstieg und Guy ihm unauffällig folgte. Guys Rechte krampfte sich im Mantel um den Horngriff des Klappmessers, das er vor nicht einer Stunde am Hafen gekauft hatte, und in seiner Jackentasche steckte für den schlimmsten Fall ein geladener zweischüssiger Derringer.

Die schwere Explosion riss auch Guy von den Beinen und schleuderte ihn halb bewusstlos zu Boden, doch er kam schnell wieder hoch. Nicht so Bradley Anderson. Der lag, halb unter Trümmern begraben, bewusstlos im Gang und ein Balken mit einem Stück rissigem Verschalungsblech drückte ihm auf die Kehle. Eine bessere Gelegenheit hätte Guy sich gar nicht wünschen können. Er brauchte weder das Messer noch den Derringer, um zu tun, was getan werden musste. Mit dem Stiefel ein bisschen mehr Druck auf den Balken und das scharfe Blech riss Bradley die Halsschlagader auf.

9

Wie ein Raubvogel, der seine Beute erspäht hat, stieß die Junkers-Larsen aus über zehntausend Fuß Höhe hinab in die Tiefe. Die dunkelblaue Fläche des Pazifiks verschwand. Dafür flog ihnen das San Fernando Valley mit seinen spärlich bewaldeten Bergketten entgegen, als wollte es nach ihnen greifen. Innerhalb weniger Augenblicke nahm die karge Landschaft, die seit gut sechzehn Jahren Franks Heimat war, Konturen an. Was aus großer Höhe ausgesehen hatte wie ein abstraktes Gemälde mit Wellen in braunen und grüngrauen Tönen und einem breiten dunkelblauen Streifen am rechten Rand, war nun als spärlicher Bewuchs zu erkennen, als die typische Flora eines Landstrichs, der fast das ganze Jahr hindurch starker Sonneneinstrahlung ausgesetzt war und regelmäßig vom Santa Ana heimgesucht wurde, dem glühend heißen Wind aus der nahen Mojave-Wüste.

Das Triebwerk röhrte, Wind jaulte um die Maschine. Frank sackte der Magen weg, und das Blut schoss ihm in den Kopf. Er umklammerte die Stahlstreben seines Sitzes, doch zugleich lachte er und genoss den Rausch. Er hatte es so gewollt, den Piloten geradezu herausgefordert, und Doug Collins, ein stämmiger, vollbärtiger Mann Ende dreißig und nicht aus der Ruhe zu bringen, war seinem Wunsch nur zu gern nachgekommen. In fünftausend Fuß Höhe fing er die Maschine routiniert ab, und über dem San Fernando Valley erschien wieder der milchig blaue Himmel.

Was für ein Glück, dass er auf die Idee mit dem Flug gekommen war! Sicher, er war mit einer guten Portion Angst eingestiegen und hatte sich regelrecht dazu gezwungen, zum Piloten ins Cockpit zu klettern, obwohl er hinten in der Passagierkabine viel bequemer gesessen hätte. Er hatte es nicht bereut. Schon nach wenigen Minuten in der Luft hatte sich sein Herzschlag beruhigt, und die anfängliche Anspannung war wachsender Begeisterung gewichen.

Im warmen Licht der tief stehenden Sonne ragte die bucklige Kette der Santa Monica Mountains am Horizont empor und rückte rasch näher. Sie verlief quer zu den San-Fernando-Bergen und streckte sich dem nahen Meer zu ihrer Rechten entgegen. Und jenseits der Santa Monica Mountains breiteten sich Hollywood und Los Angeles aus, zwei wild boomende und ineinanderwachsende Städte. Im Süden der Stadt warf ein Wald von Bohrtürmen und Pumpstationen seine gezackte Silhouette vor den Horizont. Was sie aus dem Erdinneren pumpten, war das schwarze Gold, auf dem sich der atemberaubende Aufstieg und Wohlstand der Stadt der Engel gründete.

Hier gab der Herzschlag der amerikanischen Filmindustrie den hektischen Lebensrhythmus vor. An keiner Straße der Welt gab es mehr Studios als am Sunset Boulevard. Aber schon auf der nördlichen Seite der Santa Monica Mountains, hier im weiten San-Fernando-Tal, lag ein weiteres großes Zentrum der Filmindustrie mit unter anderem den Studios von Universal, Warner Brothers und nicht zuletzt der Triple S, wie die von Frank gegründeten Silver Screen Studios in der Branche genannt wurden. Es sagte auch kein Insider mehr Metro-Goldwyn-Mayer, stattdessen sprach man einfach von MGM.

Die Studios breiteten sich jeweils über viele Hektar aus. Mit ihrer Vielzahl von Aufnahmehallen, Verwaltungsgebäuden, Werkstätten, Unterkünften, Versorgungsbetrieben und technischen Anlagen sowie den Dutzenden permanenter Außenkulissen – nicht nur typische Fassadenanlagen für Western, sondern auch viele original nachgebaute Straßenzüge oder Plätze ferner Städte und unterschiedlicher Kulturen – glichen sie eigenen kleinen Stadtvierteln. Und das allgegenwärtige bunte Treiben der kostümierten Schauspieler, Komparsen und Statisten auf dem Gewirr der Studiostraßen konnte den Eindruck erwecken, als hätten hier Menschen nicht nur aus allen Kulturen, sondern auch aus allen Zeitaltern der Menschheit zusammengefunden.

Auf Franks Bitte ging es im Tiefflug über sein Studiogelände an der Ventura Road hinweg. Stolz erfasste ihn, als die Maschine in einem weiten Bogen um den alten Bohrturm neben dem hohen weißen Studiotor herumflog. Mit dem Scheinwerfer auf der Spitze und der Verkleidung aus silbern lackiertem Blech war der Bohrturm seit Jahren das Wahrzeichen der Triple S und tauchte im Vorspann eines jeden Films auf. Hier hatte vor fünfzehn Jahren alles begonnen, mit diesem stillgelegten Ölbohrturm auf einem staubigen Feld, einem windschiefen Wellblechschuppen und einem aufgebockten ausrangierten Zirkuswagen als Unterkunft.

Augenblicke später jagte Collins seine Maschine zweimal laut röhrend über das zweistöckige Verwaltungsgebäude hinweg – das unüberhörbare Zeichen für Tony Russo, sich auf den Weg zum Flugfeld in West Hollywood zu machen. Sie flogen noch eine zweite Runde über das Studiogelände, und dann sah Frank den nachtschwarzen Cadillac seines Fixers mit den Weißwandreifen und der halben Tonne blitzenden Chroms vom reservierten Parkplatz rollen.

Er blickte hinunter auf die staubige Piste, die sich über die Bergrücken schlängelte und der Tony Russos Cadillac nun zügig folgte.

Sein eigener altersschwacher Maxwell-Lieferwagen hatte es damals gerade noch über den Cahuenga Pass geschafft und auf der Fahrt hinunter nach Hollywood endgültig seinen Geist aufgegeben. So war es gekommen, dass Frank in der kühlen Bar des »Hollywood Hotel« gestrandet war und Vergil Hall getroffen hatte.

Auf Vergil hatte er sich immer verlassen können. Einen besseren Freund hatte er nie gehabt. Aber Vergil war dem Stress in ihrem rasant wachsenden Studio nicht gewachsen gewesen. Vielleicht hatte er auch keinen Sinn darin gesehen, ihm weiterhin standzuhalten. Jedenfalls hatte er seinen Anteil an der Triple S schon vor Jahren an Holbrook und ihn verkauft und sich mit dem Geld seinen Lebenstraum verwirklicht. Er hatte sich in Wyoming am Fuß der Grand Teton Mountains eine Ranch mit viel Land und einer stolzen Rinderherde gekauft und sich mit seiner jungen Familie dorthin zurückgezogen.

Ach, Vergil, mit dir an meiner Seite wäre ich jetzt nicht in dieser heiklen Situation! Verdammt, du fehlst mir!

10

Zwei Wärter führten Tau-Tau zu der Manntür, die in den linken Flügel des großen Eisentors von San Quentin eingelassen war. Schlüssel klirrten, schwere Riegel fuhren kreischend in rostigen Halterungen zurück, und dann öffnete sich ihm nach fünfzehn Jahren die Tür in die Freiheit.

»Raus mit dir, Einbein!«

Ein letzter brutaler Stoß traf ihn zwischen die Schulterblätter. Er taumelte hinaus in den grauen, nasskalten November. Nieselregen schlug ihm entgegen und böiger Wind von der See.

»Dann bis später, Einbein, wir sehen uns bestimmt wieder!«, rief einer der Wärter ihm nach. »Wir halten dir 'ne Pritsche warm.«

»Und 'nen schimmeligen Strohsack voller Wanzen!«, fügte der andere hinzu.

Die Wärter lachten hämisch, und dann fiel die Tür mit metallischem Dröhnen zu.

»Zur Hölle mit euch!«, fluchte Tau-Tau und spuckte in Richtung Tor. Aber zum Teufel mit dem Dreckspack, er war in Freiheit! Er schlug den Kragen seiner Jacke hoch und blickte sich auf dem weiten Vorplatz um, suchte nach Gillmore, der versprochen hatte, ihn abzuholen. Aber von dem Kerl war weit und breit nichts zu sehen. Nur ein Taxi stand unten neben dem Kiosk an der Bushaltestelle. Schon wollte er einen weiteren Fluch ausstoßen, als sich der gelb-grün lackierte Wagen in Bewegung setzte und auf ihn zuhielt. Augenblicke später erkannte er hinter dem Steuer seinen einstigen Zellengenossen.

Er grinste breit, als Gillmore neben ihm hielt und aus dem Wagen sprang. »Tod und Teufel, das lass ich mir gefallen! Du hast mir gar nicht erzählt, dass du einen Job als Taxifahrer hast, Frettchen.« Er boxte ihn in die Seite.

Gillmore erwiderte das Grinsen. »Bin schon früher mal ein paar Monate für die Firma gefahren, und ich hab's nun mal mit Überraschungen«, sagte er und hielt Tau-Tau die hintere Tür auf. »Los, steig ein. Du machst es dir am besten hier hinten bequem. Der Beifahrersitz ist leider mit Sirup verschmiert. Bin noch nicht dazu gekommen, das klebrige Zeug wegzumachen. Hinten hast du es mit deinem Holzbein sowieso bequemer.« Das mit dem Sirup war gelogen, aber Tau-Tau hinten sitzen zu haben würde es ihm später leichter machen. Außerdem sah ihn dort niemand.

Tau-Tau stieg ein, und Gillmore fuhr los.

»Hast du was zu rauchen, Frettchen?«

»Klar doch!« Gillmore warf ihm eine halb volle Schachtel Chesterfield nach hinten. Dann griff er zu der Flasche, die er dem Alten am liebsten an den Kopf gepfeffert hätte. Wie er es hasste, wenn der ihn Frettchen nannte! Aber er würde dafür bezahlen, wie auch für alles andere, das er ihm angetan hatte, und zwar bald! »Und hier ist Brandy!« Er reichte die Flasche nach hinten.

»Brandy?« Tau-Tau war begeistert. »Verdammt, dass du daran gedacht hast, Junge! Aus dir kann noch mal was werden.«

Gillmore machte gute Miene zu bösem Spiel. »Muss doch gefeiert werden, dass du nach fünfzehn verfluchten Jahren wieder draußen bist! Also, runter mit dem Zeug!«

»Worauf du einen lassen kannst!« Tau-Tau packte den Korken mit den Zähnen, zog ihn aus dem Flaschenhals, nahm gierig zwei, drei kräftige Schlucke und verzog das Gesicht. »Heiliger Donnerkiel, wenn das nicht ein verflucht scharfer Brandy ist! Wo hast du denn den aufgetrieben?«

»Ist bester Schwarzgebrannter, hab ich mir sagen lassen!«, rief Gillmore, um in Gedanken hinzuzufügen: Und bestens geeignet, den bitteren Geschmack von Laudanum zu überdecken, von dem ich dir eine ordentliche Portion in den Fusel gemischt habe, du alter Sack! Du bist doch ganz scharf auf Opium, hast du mir selber erzählt. Na dann, zieh es dir rein!

Tau-Tau nahm noch einen Schluck und spürte, wie ihm der Brandy zu Kopf stieg. »Na los, gönn dir auch einen Schluck, Frettchen!«

»Nee, ich mach mir nichts aus dem Zeug, das weißt du doch. Mein bevorzugtes Gift ist Gin!« Gillmore zog eine Flasche Gordon's Gin aus der Ledertasche an der Fahrertür und hob sie hoch. Tau-Tau verabscheute Gin, das wusste er. »Also dann, auf den großen Coup, den wir jetzt endlich landen können.«

Sie stießen mit den Flaschenböden an, und dann wollte Tau-Tau wissen, ob sein ehemaliger Schiffskamerad Bobby Flake immer noch als Nachtwächter auf der Morgan-Werft unten am China Basin arbeitete.

»Ja, der dreht da noch seine Runden«, sagte Gillmore und stieß erneut mit ihm darauf an. Dass er inzwischen auch noch Wilbur Burke ausfindig gemacht hatte, den Kerl mit den verkrüppelten Ohren, der damals auf der Leviathan Koch gewesen war, verschwieg er. Der Mann betrieb seit Jahren im Süden der Waterfront, gegenüber dem Fabrikgelände der Union Iron Works, eine schäbige Garküche. Das war schon mal ein Joker, von dem Tau-Tau nichts wusste.

»Mann, geht mir das Zeug in die Birne«, stöhnte Tau-Tau bald und hatte nicht nur hörbare Schwierigkeiten mit der Artikulation, sondern auch sichtlich Mühe, die Augen offen zu halten. »Verdammt, ich vertrag doch nichts mehr, Frettchen!«

»Das kommt schon wieder mit der Übung! Und scheiß doch drauf, Kumpel! Komm, wir nehmen noch einen.«

Tau-Tau gab keine Antwort. Der Schwarzgebrannte und das Laudanum hatten ihn ausgeknockt wie eine gestreckte Gerade mitten auf die Kinnspitze. Ihm fiel der Kopf auf die Brust, und als Gillmore kurz darauf von der Landstraße in einen einsamen Sandweg abbog, der zur Küste führte, kippte Tau-Tau wie ein lebloser Sack zur Seite weg.

Hinter der Kurve hielt Gillmore im Schutz von Büschen und Bäumen und vergewisserte sich, dass Tau-Tau in tiefem Betäubungsschlaf lag. Er rüttelte ihn, doch der Alte rührte sich nicht. Er schlief mit offenem Mund und gurgelndem Schnarchen. Womöglich wachte er aus diesem Schlaf nicht wieder auf, aber das würde sich gleich entscheiden, wenn Gillmore wusste, was an Informationen in der Prothese steckte und ob er die Nummer mit der Erpressung auch ohne den tätowierten Mistkerl durchziehen konnte.

»So gefällst du mir schon besser, du verdammter alter Narr«, sagte er, hob Tau-Taus linkes Bein auf den Rücksitz und schraubte das schmale Endstück aus dem klobigen oberen Teil der Prothese. All die Jahre in der Zelle hatte der Alte doch wahrhaftig geglaubt, er habe das Geheimnis mit dem Hohlraum vor ihm bewahrt. Dieser Tölpel!

Vorsichtig zog Gillmore eine schmutzige, mit einem Stück Kordel verschnürte Rolle Wachspapier aus dem Hohlraum. Streifte die Kordel ab und rollte das Wachspapier aus. Vor ihm lagen ein Foto und ein Zeitungsausschnitt. Verblichen und das Zeitungspapier stellenweise brüchig, war dennoch beides dank des Wachspapiers und der Trockenheit in dem fest verschlossenen Hohlraum in einem so guten Zustand, dass die Chinesin mit der kostbaren Jadekette um den hageren Hals genauso gut zu erkennen war wie die Zeilen des Zeitungsartikels und das Bild der jungen Frau, die am Arm ihres frisch angetrauten Ehemanns Jordan Shaw vor einer kleinen Kirche stand, laut Bildunterschrift Harriet hieß und die älteste Tochter des angesehenen Reeders Arthur Caldwell war.

Allein das hätte Gillmore vollauf gereicht. Aber Tau-Tau hatte auf der Rückseite des Fotos Bleistiftnotizen hinterlassen. Offenbar hatte er im Lauf der Jahre versucht, sich an die Namen all jener Männer zu erinnern, die damals mit ihm auf der Leviathan gefahren waren. Unter der dick unterstrichenen Überschrift »Crew der Sansibar/Leviathan« standen da elf Namen, auch der des Decksjungen und der des jungen Hilfskochs. An erster Stelle jedoch stand Arthur W. Caldwell, Captain, gefolgt von Henry Caldwell/Hurensohn von Bruder. Darunter hatte Tau-Tau seinen erpresserischen Plan mit einigen Stichworten umrissen.

Gillmore studierte die Notizen eine Weile. Dann wickelte er alles wieder ins Wachspapier, steckte die Rolle in die Jackentasche und lächelte zufrieden. Wie erhofft hatte Tau-Tau ihm, dem unterwürfigen Frettchen, ein ganzes Blatt von Trümpfen in die Hand gegeben. Jetzt konnte er Vergeltung üben für all die Quälereien und Erniedrigungen, die er hatte ertragen müssen. Nur schade, dass der alte Narr das nicht mehr mitbekam!

Und ihm, Gillmore, durfte kein Fehler unterlaufen.

11

Frank schätzte, dass Tony Russo mit dem Wagen eine knappe halbe Stunde brauchte, deshalb flog Collins auf seine Anweisung hin noch eine weite Schleife über Los Angeles und das Umland. Dann erst nahm er Kurs auf das DeMille Airfield, dessen Gelände sich am nordwestlichen Ende des Wilshire Boulevard, Ecke Crescent Avenue erstreckte. Sie befanden sich schon im Anflug, als ein feuerwehrroter Doppeldecker mit offenem Cockpit rechts an ihnen vorbeischoss, sich um die eigene Achse drehte und aus der Fassrolle heraus in einen Steilflug überging.

»Heiliger Jakob, jetzt macht er auch noch ein Looping!«, rief Frank gegen den Motorenlärm an. Er war fasziniert. »Und hängt gleich noch ein zweites dran! Der muss doch lebensmüde sein!« Atemlos beobachtete er, wie die Maschine ins Trudeln geriet und in einer rasenden Spirale dem Erdboden entgegentaumelte. Das Schicksal des Piloten schien besiegelt. Doch dann schoss der rote Flieger aus dem Kreiseln heraus und jagte, um seine eigene Achse rollend, wieder in die Höhe. »Möchte wissen, was für ein Irrer da am Steuerknüppel sitzt!«

Collins lachte. »Das ist Harry Bonefish mit seiner aufgemotzten Curtiss Jenny. Keine Sorge, der weiß, was er tut. Er war Kampfflieger im Ersten Weltkrieg, ein echtes Flieger-Ass mit einer langen Latte von Abschüssen. Jetzt ist er Kunstpilot, fliegt für MGM und Warner Brothers Stunts und betreibt eine Flugschule. Hat wohl gerade einen neuen Schüler«, brüllte er zurück. Wenig später setzte er butterweich auf der Landebahn auf und rollte zu den Wellblechhangars hinüber. Der feuerrote Doppeldecker kam gleich hinter ihnen herein, stürzte wie ein Habicht auf sie herab und saß ihnen beim Aufsetzen fast zu sehr im Nacken.

Frank dankte Doug Collins und gab ihm zu der ausgemachten Summe noch ein stattliches Trinkgeld. Kaum hatte er sich verabschiedet und war aus dem Cockpit geklettert, traf auch schon Tony Russo ein. Er schoss auf Frank zu, kam mit quietschenden Bremsen zum Stehen und sprang wieselflink aus dem Cadillac.

»Da haben Sie die Scheiben der Hütte ja ordentlich klirren lassen, Boss!«, sagte er und grinste, im Mundwinkel die obligatorische Zigarette. Der Triple-S-Pressechef, der nie still stehen oder gar sitzen konnte, war wie immer extravagant gekleidet. Er trug einen pflaumenblauen Anzug mit fingerbreiten weißen Streifen, dazu ein pinkfarbenes Hemd und einen Krawattenschal aus weißer Seide. Das krause schwarze Haar glänzte vor Pomade. Und weil er die Körpergröße seiner neapolitanischen Eltern geerbt hatte, trug er Stiefeletten mit zwei Finger hohen Absätzen. »Tolle Idee, das mit dem Flieger. Es wird den drei Musketieren nicht schmecken, dass Sie plötzlich aufkreuzen und ihnen den flotten Dreier vermiesen. Aber erst mal muss ich drüben bei der Mercury Aviation tanken.«

»Machen Sie das, Tony.«

»Ich habe die Mappe mit den Produktionsplänen, Kostenvoranschlägen und Vertriebsvereinbarungen hinten im Wagen liegen. Ist alles drin, was Sie haben wollten. Wenn Sie schon mal reinschauen wollen …«

Frank winkte ab. »Später, Tony.« Es tat ihm gut, an der frischen Luft zu sein und sich nach dem langen Flug die Beine zu vertreten. Er steckte sich eine Woodbine an und schlenderte gemächlich Tonys privater Limousine hinterher, hielt aber wegen der brennenden Zigarette ein paar Schritte Abstand zu den Zapfsäulen. Interessiert schaute er hinüber zu dem roten Doppeldecker, der vor dem benachbarten Blechschuppen ausrollte. Der dröhnende Motor erstarb, und der Propeller blieb mit einem letzten Rucken stehen. Aus dem offenen Cockpit stiegen zwei Männer in dunkelbraunen Flugoveralls und mit Lederkappen und taucherbrillenähnlichen Schutzbrillen. Der deutlich Jüngere verschwand nach einem kurzen Wortwechsel mit seinem Begleiter im Hangar, während sich der andere, ein untersetzter Mann mit zahlreichen Ölflecken auf dem Overall, an der Maschine zu schaffen machte. Frank nahm an, dass das Harry Bonefish war.

Tonys Cadillac war gerade aufgetankt, der Zapfstutzen eingehängt und die Rechnung bezahlt, als der junge Mann wieder aus dem Hangar kam. Er hatte sich umgezogen und trug nun silbergraue Cordhosen und über einem weißen Hemd eine schwarze Lederjacke. Eine bauchige Ledertasche hing ihm am langen Gurt über der Schulter.

»Gentlemen!«, rief er und kam eiligen Schrittes auf sie zu. Er war gut aussehend, mittelgroß und schlank, hatte welliges dunkles Haar und ein offenes, freundliches Gesicht mit aufmerksamen Augen. »Entschuldigen Sie, Gentlemen, fahren Sie zufällig in die Stadt?«

»Hier zu übernachten hatten wir eigentlich nicht vor«, sagte Tony wenig einladend.

Die höfliche Abfuhr kam bei dem Fremden, den Frank auf etwa zwanzig schätzte, nicht an, oder aber er ließ sich davon nicht einschüchtern. Mit entwaffnendem Lächeln fragte er: »Würde es Ihnen etwas ausmachen, mich mitzunehmen? Ich muss ins ›Ambassador‹.«

»Liegt so direkt auf unserem Weg wie Mount Rushmore«, brummte Tony mit wippender Zigarette im Mundwinkel und hielt Frank die Beifahrertür auf. »Schon mal was von Taxis gehört? Kann man sich drüben in der Bude der Flugaufsicht bestellen.«

»Lass es gut sein, Tony. Die Zeit für den kleinen Umweg haben wir doch. Also, steigen Sie ein, junger Mann!«, hielt Frank dagegen.

Der Fremde nahm auf dem Rücksitz Platz und schob die Aktenmappe, die dort lag, zur Seite. Sie trug das Logo der Silver Screen

Studios mit dem Bohrturm und dem aufgeblendeten Scheinwerfer an der Spitze.

»Da haben Sie sich mit Ihrem Fluglehrer ja auf ganz schön verrückte Sachen eingelassen«, sagte Frank.

»Sieht schlimmer aus, als es ist«, wiegelte der junge Mann ab, doch sein Lächeln verriet Stolz. »Und Sie glauben gar nicht, wie schnell einem ein paar Loopings und eine Todesspirale den Kopf frei machen.«

»Vergessen Sie nicht, den kühlen Rasenplatz mit dem schweren Grabstein drauf zu erwähnen«, sagte Tony, drehte sich um, nahm die Mappe an sich und schob sie unter seinen Sitz.

Das Firmenlogo war dem jungen Mann nicht entgangen. »Arbeiten Sie für die Triple S?«, erkundigte er sich freudig überrascht.

»Könnte man so sagen«, antwortete Frank und schmunzelte verstohlen.

Tony schnaubte.

»Famos! Dann sind wir ja Kollegen!«, rief der Fremde, räumte jedoch gleich darauf ein: »Na ja, so richtig vielleicht noch nicht. Ich suche immer noch nach einem vielversprechenden Filmprojekt, nach einem richtig guten Stoff für meinen ersten großen Film.«

»Was soll's denn werden, Kleiner? Ein Einspuler?«, spottete Tony. Das Wort »Einspuler« stammte aus den Anfängen der Stummfilmzeit, als fast ausschließlich Streifen von wenigen Minuten Länge auf einer Filmrolle produziert und in den Nickelodeons gezeigt wurden. Mittlerweile war es zum Synonym für die Möchtegern-Produzenten, Kleinkrämer und Hinterhofstudios der Filmindustrie geworden.

Der junge Mann nahm es nicht als Beleidigung, sondern lachte gutmütig. »Um Gottes willen, nein! Ich steige gleich ganz oben ein. Das wird was Großes, was Abendfüllendes, Leute. Mein alter Herr, möge er in Frieden ruhen, hat mir einfach zu viel Geld hinterlassen, als dass ich mich mit Kleinkram abgeben würde. Wenn ich was anpacke, dann gleich eine Riesenproduktion. Geld muss in Bewegung bleiben, das ist meine Devise. Nur wenn es sich kräftig mit anderem Geld reibt, pflanzt es sich auch fort!«

»Das Prinzip von Reibung und Fortpflanzung ist mir nicht fremd«, bemerkte Tony. »Nur auf Geld angewendet will es mir nicht so recht einleuchten.«

»Sieht so aus, als gingen Sie mit offenen Augen durchs Leben, Mister …?« Frank drehte sich halb zu dem jungen Mann um.

»Entschuldigen Sie, dass ich mich noch gar nicht vorgestellt habe, Gentlemen. Der Name ist Hughes … Howard Hughes!«, sagte der und streckte die Hand aus.

Frank schüttelte sie und nannte seinen Namen.

Howard Hughes riss die Augen auf. »Der Frank Maynard von der Triple S und der Maynard-Palace-Kinokette?«, fragte er.

»Ebender, Mr Hughes. Und das ist mein Presse- und PR-Chef Mr Tony Russo.«

»Ist mir eine Ehre, Ihre Bekanntschaft zu machen, Gentlemen!«, versicherte Howard Hughes, der erst im Dezember einundzwanzig wurde, aber schon jetzt entschlossen war, nach den Sternen zu greifen.

»Wir werden's in den Kalender schreiben«, spöttelte Tony, während er in den Wilshire Boulevard einbog.

»Vielleicht darf ich mich an Sie wenden, wenn ich mal Rat von einem alten Hasen brauche«, sagte Howard Hughes, als wenig später das Hotel »Ambassador« in Sicht kam. Es war die erste Adresse der Stadt, und sein Nachtclub »Coconut Grove« stand ganz oben auf der Liste der exklusiven Bühnen, auf denen sich das allabendliche Schaulaufen der Star und Starlets und all derer abspielte, die in Hollywood Macht und Namen hatten. Fast ausnahmslos Selbstdarsteller mit raumgreifendem Ego.

»Nur keine Hemmungen, Mr Hughes«, sagte Frank. »Solange Sie weder meine Bilanzen noch meine Produktionspläne einsehen wollen …«

»Muss ja nicht gleich beides auf einmal sein«, erwiderte der angehende Filmproduzent und stieg aus. »Und sagen Sie bitte Howard!«

»Gern doch. Also dann, viel Glück mit Ihren Filmprojekten, Howard!« Frank verabschiedete sich mit einem festen Händedruck von dem jungen Mann, der ihm gefiel.

Tony lenkte den Cadillac aus der Hotelauffahrt und fädelte sich wieder in den Verkehr Richtung West Hollywood ein. Der Himmel hatte sich mit dunklen Wolken zugezogen, Regen lag in der Luft. »Das also ist der junge Howard Hughes.«

»Sie kennen ihn?«, fragte Frank.

»Nur dem Namen nach. Der Vater, Howard R. Hughes senior, war in der Ölindustrie hier und auch sonst im Land ein bedeutender Mann. Hat sich ein paar wichtige Patente gesichert«, erläuterte Tony, der schon von Berufs wegen alle Illustrierten und Klatschkolumnen las. »Keine Bohranlage ohne wichtige Technikteile, für die Lizenzgebühren an die Hughes fällig werden. Der Senior ist vor zwei Jahren gestorben und hat ein unanständig großes Vermögen hinterlassen; so stand es in den Zeitungen. Ich erinnere mich, gelesen zu haben, dass der Junior schon vor einem Jahr mit seiner Frau Ella ins ›Ambassador‹ gezogen ist.«

»Sie meinen, seitdem lebt er da im Hotel?«

Tony nickte. »In der Präsidentensuite. Und jetzt geht er also unter die Filmproduzenten! Na, ich schätze mal, das Erbe kriegt er selbst dann nicht so schnell durch, wenn er am laufenden Band Flops produziert. He, Boss, hören Sie mir überhaupt zu?«

»Hm, hm«, brummte Frank und blinzelte in die Abendsonne, die wie eine glühende Kugel unter den dunklen Wolken und über dem Wilshire Boulevard schwebte. Schon flackerten die farbigen Leuchtreklamen auf und konkurrierten mit der verblassenden

Glut des sinkenden Sonnenballs. Die ersten dicken Regentropfen zerplatzten auf der Windschutzscheibe.

»Ich frag mich was ganz anderes.«

Sie passierten die La Brea Tar Pits, die stinkenden und blubbernden Teertümpel am Wilshire Park, wo seit Menschengedenken die schwarze zähe Masse heiß brodelnd und Blasen schlagend aus der Tiefe an die Oberfläche stieg.

»Und das wäre?«

Der Regen nahm zu, und die Räder des Automobils sangen auf dem nassen Asphalt, auf dem die tausend bunten Neonlichter zu einem sich ständig verändernden Kaleidoskop verschwammen.

Frank steckte sich eine Zigarette an. »Der junge Hughes hat vorhin mit seinem Fluglehrer ein paar Kunststücke gemacht. Rollen, Loopings und solche Sachen. Ich wüsste gern, wie sich so ein Looping da oben in der Luft anfühlt.«

Tony warf ihm einen halb spöttischen, halb mitfühlenden Blick zu. Er wusste, was an diesem Abend für Frank auf dem Spiel stand. »Dafür müssen Sie nicht zu so einem Verrückten ins Flugzeug steigen. Ich schätze, es fühlt sich nicht wesentlich anders an als das, was Sie im ›Russian Eagle‹ erwartet, Boss.«

12

Gillmore warf die leere Prothese in den Fußraum des Beifahrersitzes und zerrte Tau-Tau von der Rückbank des Taxis, dessen Motor gleichmäßig vor sich hin tuckerte. Der Seemann war schwer wie ein Sack Kohlen. Als er den schlaffen Körper um den Wagen herum zur Fahrertür schleifte, riss ihm ein Windstoß den Filzhut vom Kopf und fegte in seinen offenen Trenchcoat.

Fluchend ließ er Tau-Tau in den Dreck fallen, griff nach den flatternden Mantelschößen und rannte seinem Hut hinterher. Er hatte nur den einen. Zum Glück blieb das gute Stück in einem Gebüsch hängen. Er stülpte ihn sich auf den Kopf und zog ihn tief in die Stirn, dann knöpfte er den Mantel bis oben hin zu, schlug den Kragen hoch und bändigte den herumschlagenden Gürtel mit einem festen Knoten.

Missmutig leckte er sich Tropfen von den Lippen. Hätte der verdammte Regen nicht noch eine Stunde warten können? Jetzt würde er es nicht mal halbwegs trocken über den Berg und zurück zur Landstraße schaffen, von der Fähre ganz zu schweigen. Aber was getan werden musste, musste getan werden, Sauwetter hin oder her. Und er hatte keine Zeit zu verlieren.

Dass Tau-Tau der Länge nach im Dreck lag, machte es zumindest leichter, seine Taschen zu durchsuchen. Die Ausbeute war erwartungsgemäß bescheiden: ein paar Dollarscheine, der zerknitterte Haftentlassungsschein von San Quentin sowie ein zerfleddertes Seaman's Certificate of Discharge Book, das Heuerbuch eines jeden Seemanns, in dem all seine Fahrten mit jeweiliger An- und Abmusterung verzeichnet waren. Zwar wusste Gillmore nicht, wie der Entlassungsschein oder das Heuerbuch ihm einmal von Nutzen sein konnte, aber er schob beides in die innere Brusttasche seiner Drillichjacke.

Schließlich wuchtete er Tau-Tau unter einigem Ächzen auf den Fahrersitz, holte aus dem Kofferraum zwei einstige Weinflaschen, die er mit Kerosin gefüllt hatte, und goss den Brennstoff über die abgewetzten Polster von Vorder- und Rückbank. Die leeren Flaschen schmiss er weit von sich ins Gestrüpp, dann vergewisserte er sich noch einmal, dass er den Wagen beim Anhalten gut ausgerichtet hatte. Das Taxi stand schräg auf dem sandigen Weg und wies wie geplant in Richtung Klippen. Es war die ideale Stelle für sein Vorhaben, er hatte sie sorgfältig ausgekundschaftet. Das

Gelände fiel bis zum Abgrund stark ab, und weder das wilde Gestrüpp noch die buckligen Felsbrocken, die hier und da aus dem Erdreich ragten, stellten ernsthafte Hindernisse dar. Das Automobil würde nur wenig Anfangsgeschwindigkeit brauchen, wofür das Handgas völlig ausreichte, dann würde es schnell Tempo aufnehmen, unaufhaltbar auf die Klippen zurollen und nach knapp hundertfünfzig Yards in die Tiefe stürzen.

Die letzten Handgriffe waren schnell getan. Abschließend klemmte Gillmore eine halb geöffnete Schachtel mit langen Streichhölzern zum Anzünden von Zigarren zwischen die Vordersitze und setzte die Zündhölzer in Brand. Fauchend schoss eine Stichflamme aus der Schachtel. Die soliden Holzstäbchen würden lange genug brennen, um den Wagen noch vor dem Aufprall am Fuß der Klippen in eine gewaltige Fackel zu verwandeln.

»So, nun gehst du auf deine letzte Fahrt, du Dreckschwein!«, stieß Gillmore hervor und beugte sich bei offener Fahrertür noch einmal ins Wageninnere. Tau-Tau zeigte keine Reaktion. Die glasigen Augen halb geschlossen, den Mund weit offen, den Kopf im Nacken und die Arme von sich gestreckt, hing er über der Rückenlehne. »Nicht einen lausigen Cent wirst du sehen von dem Batzen Geld, den du dir fünfzehn Jahre lang im Knast erträumt hast. Ich werde Kasse machen, hörst du, Alter? Die Caldwell-Goldader gehört jetzt mir!« Zum Abschied rammte er Tau-Tau brutal den Ellbogen an den Kopf, und dann drückte er den Hebel für das Handgas hinein.

Der Motor erwachte aus seinem gleichmütigen Getucker, und der Wagen rollte los. Gillmore packte das Lenkrad und lief ein Stück nebenher, um ihn auf der richtigen Bahn zu halten. Schnell nahm der Wagen Fahrt auf.

Es wurde Zeit, das Lenkrad loszulassen und von der offenen Fahrertür wegzuspringen, was Gillmore auch tat – besser gesagt: was er versuchte. Womit er nicht gerechnet hatte, war der innere

Türgriff, der gut am Gestänge verschweißt war. Dieser gekrümmte Griff hatte sich, als er sich über das Lenkrad gebeugt hatte und die paar Schritte mitgelaufen war, hinten unter seinen Mantelgürtel geschoben.

Es riss ihn von den Füßen, er schlug mit dem Kopf gegen den Türrahmen und wurde brutal mitgeschleift. Unter gellendem Geschrei versuchte er, sich von dem immer schneller werdenden Wagen zu befreien, doch es gelang ihm nicht. Verzweifelt zerrte er, während er herumgeschleudert wurde, an seinem Gürtel. Vergebens. Kopfüber hing er an der hin und her schwingenden Fahrertür. Immer wieder knallte er gegen den Rahmen, das Chassis oder eine Bodenunebenheit. Blut floss ihm in den Mund, Gestrüpp peitschte durch sein Gesicht, etwas stach in sein rechtes Auge. Dann raste ein beinlanges Stück von einem morschen Baumstamm auf ihn zu. Er versuchte, seinen Kopf zu schützen, konnte den Zusammenprall aber nicht verhindern. Der Schlag raubte ihm fast das Bewusstsein. Gleichzeitig bohrte sich etwas in seinen linken Arm. Wieder wurde er herumgerissen, als der Wagen über eine Unebenheit bockte. Immer neue Stöße, Schläge und Schnitte. Er schrie und hörte nicht mehr auf. Erdreich flog ihm in den Mund und erstickte seinen Schrei, während der Wagen auf die Abbruchkante zuraste. Wild schwang die Wagentür mit ihm am Griff vor und zurück wie ein Pendel. Plötzlich war ihm, als hörte er Mantelstoff reißen. Gleichzeitig schleuderte es ihn erneut nach außen, wobei Kopf und Arme über den Boden geschleift wurden. Er spürte, wie der harte Zug um seine Hüften plötzlich nachgab. Noch auf der Schwelle zur Bewusstlosigkeit formte sich in ihm der erlösende Gedanke, dass er doch freikam, bevor der Wagen ins Nichts schoss und Sekunden später, von einem Feuerball umhüllt, am Grund zerschellte. Doch statt dass er vom Wagen weggerissen worden wäre, schleuderte ihn die wieder zufallende Tür zurück. Der Gürtel riss. Aber sein Körper hatte so viel Schwung, dass er unter den Wagen katapultiert wurde, genau vor die Hinterachse. Dass die Räder über ihn hinwegrollten, spürte Gillmore schon nicht mehr.

13

Im Licht der gedämpften Wandleuchten und schweren Lüster schimmerte der rubinrote Damast der Wandbespannung im »Russian Eagle« wie der Lack einer Matrjoschka-Puppe. Der gekrönte doppelköpfige Adler, Zeichen des Russischen Kaiserreichs, das sich als legitimer Nachfolger des Römischen und Byzantinischen Reichs verstanden hatte, prangte, mit Goldfaden eingewebt, auf jedem dritten Paneel.

Halb sieben war nicht die Zeit, zu der man sich im »Plaza Hotel« zum Dinner setzte oder in Abendgarderobe in der Bar die bunten Federn der Eitelkeit spreizte. Gemessen an der Größe des hohen Raums, in dem ein ganzes Kosakenheer Platz gefunden hätte, herrschte noch gähnende Leere im »Russian Eagle«. An der verspiegelten Theke, lang wie die Transsibirische Eisenbahn, hockten in großen Abständen fünf, sechs einsame Trinker, jeder mit sich und seinem Drink beschäftigt. Und nicht einmal ein Dutzend der eingedeckten Tische, von denen es so viele gab wie einst Liegestühle auf der Titanic, war besetzt. Auf der Bühne an der hinteren Stirnseite packten die Mitglieder einer fünfköpfigen Combo gerade erst ihre Instrumente aus.

Niemand schenkte Frank Beachtung. Die drei Männer saßen in einem der halb offenen Separees, die sich an der rechten Längswand der Bar aneinanderreihten und einen gewissen Grad von Privatsphäre boten. Jeweils sechs rote Ledersessel mit blitzendem

Chromgestell waren um einen niedrigen Rauchtisch gruppiert, dessen Platte aus gehämmertem Silberblech mit dem Doppeladler in der Mitte auf eisenschwarzen Adlerkrallen ruhte. Umschlossen wurden die Sitzgruppen jeweils von einem hufeisenförmigen schwarzen Lederpolster. Noch blockierte der Kellner, der die Getränkebestellungen aufgenommen hatte, die Sicht. Für die drei stand Frank urplötzlich vor ihrem Separee, wie aus dem Nichts aufgetaucht. Der Schock war dementsprechend. Ihr Gespräch erstarb.

»Tut mir leid, dass ich mich verspätet habe, Gentlemen!«, sagte er betont heiter. »Aber die Einladung zu diesem Treffen der Anteilseigner ist mir irgendwie durchgerutscht. Na, nicht weiter schlimm, ich hab's ja noch geschafft, nicht wahr?«

Sekundenlang war es still wie in einer Gruft. Die Männer starrten ihn an, als sei er eine Erscheinung. James Rutherford wäre um ein Haar die Zigarre aus dem Mund gefallen.

»Habe ich schon etwas Wichtiges versäumt?« Frank klatschte seine Aktenmappe auf den Tisch, machte es sich in einem der Sessel bequem und griff zu seinen Zigaretten. »Jack, wie wär's mit Ihnen?«, wandte er sich an seinen Western-Chefregisseur, der zwanzig Prozent an der Triple S hielt. »Warum bringen Sie mich nicht auf den neuesten Stand, Partner?« Damit drehte er sich wieder von ihm weg, als sei diese Zusammenkunft etwas ganz Alltägliches, winkte den Kellner heran und bestellte sich einen doppelten Whiskey.

Jack Holbrook, ein stämmiger Mann Anfang vierzig, gehörte fast seit der Gründung zur Triple S, aus Franks Sicht war er eins der Urgesteine der Crew. Diesem gestandenen Mann, der nicht so leicht aus der Ruhe zu bringen war, schoss nun die Schamröte ins Gesicht.

»Woher …«, setzte Holbrook verstört an und wusste nicht weiter. Die Röte erfasste sein ganzes herb-markantes Gesicht, das von einem üppigen Schnauzbart dominiert wurde.

»Nun, ich habe zwei und zwei zusammengezählt und kam irgendwie auf vier. Damit liege ich hoffentlich nicht falsch.« Frank hob spöttisch die Brauen. Fast tat Holbrook ihm leid. Eigentlich konnte er ganz gut mit ihm, aber diesen versuchten Coup d'État würde er ihm nicht so schnell verzeihen. Auch wenn er nicht glaubte, dass Jack den Anstoß dazu gegeben hatte.

Mitch Kirkland, gelackter New Yorker Investmentbanker und mit seinen sechsunddreißig Jahren der Jüngste in der Runde, fasste sich als Erster. Er hüstelte affektiert, als hätte er sich am Rauch seiner Zigarette verschluckt, und lächelte. Es war ein kaltes Lächeln. »Wie schön, dass Sie es doch noch einrichten konnten, Frank«, sagte er mit verlogener Freundlichkeit. »Nach Ihrem plötzlichen Aufbruch vorgestern haben wir nicht mit Ihnen gerechnet. Wir nahmen an, Sie würden einige Zeit in San Francisco bleiben und daher verhindert sein. Wie hilfreich, dass dem nicht so ist. Das gibt uns die Gelegenheit, die wichtige Besprechung, die Sie im ›Coconut Grove‹ leider abgebrochen haben, zu einem für uns alle befriedigenden Abschluss zu bringen.«

Frank sah zu ihm hinüber. Man musste Mitch Kirkland wohl als gut aussehend bezeichnen. Er war schlank und hochgewachsen und hatte ebenmäßige Züge. Das schwarze Haar, von Brillantine platt auf die Kopfhaut gepresst, trug er streng nach hinten gekämmt, wobei der Mittelscheitel mit dem Lineal gezogen zu sein schien. Er war arrogant und selbstgefällig wie ein Schauspieler, dem Selbstzweifel fremd ist, hatte aber die kalten Augen eines toten Fischs. Frank fiel unweigerlich ein, was Tony einmal über ihn gesagt hatte: »Ich mag den Kerl nicht, Boss. In seiner Gegenwart habe ich immer das Gefühl, dass jemand einen Kühlschrank offen gelassen hat.« Treffender war Kirklands Ausstrahlung kaum zu beschreiben.

»Ich schätze mal, dass der Abschluss in meiner Abwesenheit für Sie drei befriedigender ausgefallen wäre, Mitch«, erwiderte er.

»Was für eine Nummer wollten Sie denn abziehen, wenn ich fragen darf?« Er blickte herausfordernd in die Runde. »Kommen Sie, legen Sie Ihre Karten auf den Tisch, Gentlemen! Dann präsentiere ich Ihnen meine. Wollen doch mal sehen, wer hier die Asse und wer die Nieten hält!« Er spürte, wie er in Fahrt kam. Die angestaute Wut wollte heraus. Wenn es nach ihm ging, konnten sie das Geplänkel lassen und mit dem Kampf beginnen. Er war bereit, aufzufahren, was sein Waffendepot nur hergab!

»In Gottes Namen, wovon reden Sie, Maynard?«, blähte James Rutherford sich auf. Er war Mitte fünfzig und reichlich korpulent. Sein Mondgesicht war geprägt von Hamsterbacken und einem fleischigen Mund unter einer zu kurzen Knollennase, auf seinem fast kahlen Kopf behaupteten sich ein paar letzte weiße Strähnen. Er trug schon seinen maßgeschneiderten schwarzen Smoking mit weißer Hemdbrust und perfekt gebundener Fliege, alles für seine spätere Abendgesellschaft im Kreis der Ölmagnaten, die sich im »Los Angeles Country Club« ein Stelldichein gaben. »Diese ebenso absurden wie ehrabschneidenden Unterstellungen verbitte ich mir!«

»Und ich verbitte mir, dass Sie mich für dumm verkaufen wollen, Rutherford«, konterte Frank. Der Banker war zwar nicht mit überragender Intelligenz gesegnet, aber er war gewieft und konnte unerwartete Schläue zeigen. Ihn zu unterschätzen wäre ein Fehler gewesen. »Spielen wir uns doch nicht gegenseitig etwas vor. Wir wissen alle, worum es geht … nämlich um die Zukunft der Triple S.«

Holbrook holte vernehmlich Luft. »Darum geht es in der Tat«, sagte er ruhig und an keinen Bestimmten gerichtet. »Ich denke, um eine Entscheidung darüber, wo nun die Zukunft liegt, kommen wir nicht länger herum. Und damit ist nicht nur die Zukunft der Triple S gemeint, sondern die der gesamten Filmindustrie.«

»Das ist doch unverkennbar«, rief Kirkland. »Der Stummfilm wird den Markt beherrschen, nach wie vor. Er hat sich zu einer Kunstform entwickelt, die einfach nicht mehr wegzudenken ist.«

»Alle Welt liebt den Stummfilm!«, pflichtete Rutherford ihm bei und fuhr dozierend fort: »Wie die Natur einem Blinden die fehlenden Augen durch eine Verfeinerung des Gehörs ersetzt, so hat der zur Stummheit verurteilte Film mit der Zeit eine eigene Ausdruckskraft gefunden und den fehlenden Ton mit seinen ureigenen Mitteln ersetzt, nämlich durch eine besonders eindringliche Bildhaftigkeit. Zweifellos gehört die Zukunft allein dem Stummfilm.«

Kirkland nickte. »Ich halte es mit Charlie Chaplin. Der hat letztens in einem Interview darauf hingewiesen, dass der Stummfilm eine universale Sprache ist, die jeder versteht, egal wo.«

»Und weil diese stumme Bildhaftigkeit so unabänderlich ist, hat William Fox den deutschen Tonfilmtechnikern von der Tri-Ergon die Patentrechte an der Movietone-Technik abgekauft, ja?«, fragte Frank. »Und zwar für ein gehörige Summe.«

Kirkland machte eine wegwerfende Geste. »Das ändert nichts daran, dass der Tonfilm eine technische Spielerei ist, ein modischer Gag, der schon morgen vergessen sein wird.«

»Also ich sehe auch nicht viel, was auf Dauer für diese modische Neuheit sprechen würde«, bemerkte Holbrook eher zurückhaltend.

»Ganz abgesehen von den Unsummen, die der Bau von Tonateliers verschlingen würde«, fuhr Kirkland fort. »Und die Betreiber der Lichtspielhäuser müssten Zehntausende in die Umrüstung ihrer Häuser stecken – ohne Garantie, dass sich eine solche Investition am Ende auszahlt. Nein, das sind nichts als Spinnereien von ein paar technikverrückten Fantasten!«

Während der Kellner ihnen die Drinks hinstellte und ihr Streitgespräch angespannter Stille wich, zwang Frank sich zur Ruhe. Noch hatte er die Hoffnung, zumindest Holbrook von der Zukunft des Tonfilms überzeugen zu können, nicht aufgegeben. Jack liebte das Medium Film mit Haut und Haaren, für Kirkland und Rutherford dagegen war die Beteiligung an einem Studio nur eine von vielen Möglichkeiten, Geschäfte zu machen.

»Im Augenblick hat es vielleicht den Anschein, aber Ton und Bild gehören nun einmal zusammen, das sagt uns doch schon der gesunde Menschenverstand! Seit Jahrzehnten wird daran gearbeitet, den Film aus seinem Stummsein zu erlösen, und zwar überall auf der Welt, wo helle Köpfe nach der Technik der Zukunft forschen«, appellierte er. »Wäre es nicht so, dann hätte Shakespeare seine Dramen nicht für sprechende Schauspieler, sondern für Pantomimen geschrieben. Sind Ihnen namhafte Dramatiker bekannt, die so etwas verfasst haben? Ich kann mich auch nicht erinnern, je von der Aufführung eines stummen Theaterstücks gehört zu haben.«

»Da ist schon was dran«, räumte Holbrook widerstrebend ein, was Rutherford zu einem unwilligen Schnaufen veranlasste.

»Und was die Kosten einer Umrüstung angeht«, fuhr Frank unbeirrt fort, »so sind Studios wie Fox und Warner Brothers nicht bekannt dafür, dass sie Hunderttausende für zukunftslose Spielereien aus dem Fenster werfen. Schon für den im Nadeltonverfahren aufgenommenen ›Don Juan‹, der im August in New York angelaufen ist – ein Kassenerfolg, nebenbei bemerkt –, haben Warner Brothers eine Stange Geld hingelegt, aber den ›Jazz Singer‹ mit Al Jolson in der Hauptrolle, der nächstes Jahr in die Kinos kommt, haben sie sich fast achthunderttausend Dollar kosten lassen, das größte Budget, das sie jemals hatten. Das sollte jedem in unserer Branche zu denken geben.«

»Insbesondere die Schuldenfalle, in die sich Warner Brothers mit diesem wahnwitzigen Tonfilmabenteuer gebracht haben«, hielt Kirkland dagegen. »Außerdem sind das gar keine richtigen Tonfilme, habe ich mir sagen lassen, sondern es gibt nur ein paar kurze Passagen mit Ton. Der Ton ist auf so einer Wachsscheibe aufgenommen und wird bei der Vorführung synchron mit dem Film von einer sogenannten Vitaphone-Scheibe abgespielt. Eine mit Bildern kombinierte Schallplatte, wie es in der *Photoplay*-Kritik so treffend stand.«

»In *Variety* und *Moving Picture World* stand Ähnliches«, warf Holbrook mit einem fast entschuldigenden Blick in Franks Richtung ein. »Man ist sich also alles andere als einig, wohin die Reise geht.«

»Und wer will schon Schauspieler sprechen hören«, warf Rutherford abfällig ein. »Was für eine lächerliche Vorstellung!«

Frank ignorierte die Bemerkung und wandte sich mit einem sparsamen Lächeln an Kirkland. »Ich habe nicht von der Vitaphonetechnik gesprochen. Die Trennung von Ton und Film ist eine Sackgasse, da gebe ich Ihnen recht.«

»Ha!« Rutherford stieß mit seiner langen Zigarre nach Frank, als hätte er ihn auf frischer Tat ertappt. »Da haben wir's! Und überhaupt, Tonfilm! Da könnte man sich während der Vorführung ja gar nicht mehr mit seinem Nachbarn über die Handlung austauschen, sondern müsste die ganze Zeit zuhören! Ein Unding!«

Frank spülte seinen Zorn über die Ignoranz des Dicken mit einem Schluck Whiskey hinunter und bedeutete dem Kellner, ihm einen zweiten zu bringen. Er ahnte, dass er ihn brauchen würde. »Vergessen Sie Vitaphone. Ich meine das neue Verfahren, bei dem der Ton fotografiert und als Tonmuster auf den Filmstreifen aufgetragen wird.«

Der Bankdirektor furchte die Stirn. »Wollen Sie mich auf den Arm nehmen, Maynard?«, fragte er. »Töne kann man nicht fotografieren!«

»Doch, kann man«, entgegnete Frank. »Schallwellen lassen sich sehr wohl auf einem fotografischen Band festhalten. Dabei wird der Ton über einen mitschwingenden Spiegel in Helligkeitsschwankungen des Lichts übertragen, die ihrerseits in Stromschwankungen umgesetzt werden. In diesem Vorgang spielt eine

Quecksilberdampflampe eine wichtige Rolle. Der Ton kommt dann nicht von einer Schallplatte oder sonst einem externen Medium, sondern mit dem Bild direkt vom Zelluloidstreifen, nämlich bei der Aufnahme durch Variationen von Filmschwärzung, die beim Abspielen wieder in verzerrungsfreien Ton umgewandelt werden. Es klingt kompliziert, was es auch ist. Aber wenn Sie sich wirklich für die physikalischen Prinzipien, die dabei im Spiel sind, interessieren und genug Zeit haben, erkläre ich sie Ihnen gern in aller Ausführlichkeit.«

»Wüsste nicht, was das bringen sollte«, knurrte der Banker, wohl wissend, dass er mit seiner Wissenslücke kein Ruhmesblatt errungen hatte. »Ich verstehe sowieso nicht, was all das Gerede überhaupt soll. Die Technik, die wir haben, ist doch ausgezeichnet. Dafür liefern Sie selbst mit Ihren Häusern den besten Beweis.«

Frank runzelte die Stirn. »So?«

Rutherford nickte und rollte die Zigarre zwischen seinen fleischigen Lippen, bevor er antwortete: »Ich war erst kürzlich mit meiner Frau in Los Angeles in Ihrem Maynard Palace. Wir haben uns ›The Gondoliers‹ angesehen, diese Sullivan-und-Gilbert-Operette, und uns hat nicht nur das Schauspiel begeistert, sondern auch Ihr Orchester. Da saß jeder Ton.«

»Was kein Wunder ist. Fünfundsechzig Berufsmusiker im Orchestergraben, und alle können Noten lesen«, erwiderte Frank trocken. Bei Operetten-Filmen wurden die Noten unten auf den Bildstreifen kopiert und für die Musiker, aber auch jeden anderen im Saal sichtbar auf die Leinwand projiziert. Manchmal gesellte sich auch noch in einer Ecke des Zelluloidstreifens ein gefilmter Kapellmeister hinzu, der das Orchester von der Leinwand herab dirigierte. »Übrigens kostet so ein Berufsorchester mich, wie jeden Betreiber eines Premiere-Filmtheaters, mindestens hundertfünfzigtausend Dollar im Jahr. Für die fünfundachtzig Musiker im Capitol Theatre in New York City belaufen sich die jährlichen Kosten sogar auf eine Viertelmillion. Dagegen wäre die einmalige Umrüstung auf Ton mit kaum mehr als zwanzigtausend Dollar Kosten ein Klacks.«

Franks Kette umfasste landesweit mittlerweile dreiundzwanzig derartige Premiere-Filmtheater, die jeweils über mindestens tausendfünfhundert Sitze verfügten und aufgrund ihrer opulenten Ausstattung zu Recht »Palast« genannt wurden, sowie knapp fünfhundert einfache Nickelodeons, die allerdings längst nicht mehr nur einen Nickel Eintritt verlangten. Dort sorgte ein einzelner Klavier- oder Orgelspieler für die musikalische Untermalung. Insgesamt waren das viele Lichtspielhäuser, die mit ihren laufenden Kosten mächtig zu Buche schlugen. Aber wenn man bedachte, dass es allein in New York mehrere Tausend Kinos gab, war seine Kette schon nicht mehr ganz so eindrucksvoll. Allein sein Freund Byron Alderson, der seinen alten Mentor Ezra Silverman und später auch ihn in San Francisco mit illegalen Einspulern versorgt hatte, bediente mit seinem Filmverleih Continental Film Union Distributors mehr als zweieinhalbtausend Häuser. Damit hatte man in Verhandlungen mit den Studios eine echte Machtposition, die Byron auch skrupellos zu nutzen wusste.

»Der Tonfilm wird einen Siegeszug erleben, so viel steht fest«, erklärte Frank grimmig. »Gut möglich, dass sich der Stummfilm davor noch einmal kurz aufbäumt, aber das wird am Ende nichts ändern. Er wird sterben! Bei manchen Ritualen und Sitten zieht sich das Sterben einfach ein bisschen in die Länge, das ist alles. Übertragen auf unsere Filmindustrie bedeutet das, dass die kapitalstarken Studios, die jetzt noch am Stummfilm festhalten, diesen Prozess vermutlich überstehen werden – wenn auch mit einigen Blessuren. Wir dagegen steuern in den sicheren Ruin, wenn wir weiterhin endlos Filme produzieren, die im nächsten, spätestens aber im übernächsten Jahr keiner mehr sehen will.« Er schlug die Mappe mit den Unterlagen auf, die Tony vorbereitet hatte.

»Wir haben für das Vertriebsjahr 1927 einundzwanzig Stummfilme abgedreht und geschnitten, elf weitere befinden sich in der Endproduktion, und für 1928 ist die Stummfilm-Vorproduktion für neun Western, sieben Historiendramen, drei Abenteuerfilme und acht Komödien angelaufen. Meine Herren, wir haben fertige und fast fertige Filme im Wert von über fünfeinhalb Millionen auf Lager!«

Kirkland zuckte die Achseln. »Und? Es ist nun mal gang und gäbe, dass ein Studio seine Filme als Jahresproduktion an die Kinoketten verleiht. Wäre ja auch noch schöner, wenn sich die Vertriebe die Filme herauspicken dürften, die ihnen in den Kram passen.«

»Aber gerade da liegt doch die Gefahr!«, insistierte Frank. »Die fertigen sowie die fast fertigen Produktionen fürs nächste Jahr werden wir mit Glück noch en bloc absetzen können, vielleicht sogar zu den üblichen Konditionen. Aber wenn wir jetzt weiter wie wild Stummfilme produzieren, sitzen wir Ende nächsten Jahres auf einer Halde unverkäuflicher Streifen. Dann schreiben wir tiefrote Zahlen, und zwar siebenstellige! Und wenn wir erst einmal so tief in Schulden waten, wo soll dann das Geld für die Umrüstung auf Tonfilm herkommen?«

»Immer vorausgesetzt, der von Ihnen vorhergesagte Siegeszug des Tonfilms tritt ein«, sagte Kirkland.

»Können Sie nicht sehen, wohin die Entwicklung in unserer Branche geht, ja logischerweise gehen muss, oder wollen Sie nicht?« Frank schüttelte den Kopf. »Auf der Titanic hätten Sie nach dem Zusammenstoß mit dem Eisberg vermutlich angefangen, die Liegestühle zu streichen.«

»Weit und breit ist kein Eisberg in Sicht, Maynard. Wir segeln in sicheren Gewässern«, erwiderte Kirkland mit genervter Miene.

Holbrook rutschte schon seit einiger Zeit unruhig im Sessel hin und her und zupfte an seinem Schnauzbart. Nun meldete er sich wieder zu Wort. »Wir könnten den Markt ja mal mit einem Streamliner testen«, schlug er vor. Streamliner oder Short waren die geläufigen Bezeichnungen für einen Kurzfilm.

Frank wusste, dass Holbrook auf einen Kompromiss aus war und ihm mit dem Vorschlag ein Friedensangebot machte. Aber hier ging es nicht um kleine Justierungen ihrer Produktion, sondern um eine grundlegend neue Ausrichtung. »Streamliner? Jack, ich bitte Sie! Niemand will mehr Ein- oder Zweispuler sehen, das wissen Sie so gut wie ich. Aber selbst wenn, auch um einen Testfilm von zwölf Minuten zu produzieren, braucht man ein modernes Tonfilmstudio mit der entsprechenden Kamera-, Beleuchtungs- und Tontechnik.«

»Und was würde ein solches Atelier kosten?«, wollte Kirkland wissen.

»Wohl nicht unter einer halben Million«, sagte Frank und hätte am liebsten hinzugefügt, dass ein großes Studio wie die Triple S nicht mit einem einzigen Tonfilmatelier an den Start gehen konnte. Wenn sie nicht gleich wenigstens drei davon bauten, würden sie innerhalb kürzester Zeit vom Markt gedrängt werden. Diesen Tiefschlag aber konnte er jetzt nicht anbringen.

»Vergessen Sie's, Frank! Dieses lachhafte Abenteuer schlagen Sie sich gefälligst aus dem Kopf. Von Wells Fargo gibt es dafür jedenfalls keinen Kredit!«, sagte Rutherford, und dann rückte er mit dem Grund für dieses Treffen heraus. »Unsere Entscheidung, dass die Triple S ein reines Stummfilmstudio bleiben soll und keiner von uns Mittel für so ein unsinniges Tonfilmatelier bewilligen wird, steht, auch wenn wir sie noch nicht schriftlich festgehalten haben. Und ich denke …«

Frank platzte der Kragen. »Denken ist keine so einfache Sache, Rutherford! Das könnte bei Ihnen Schaden anrichten.«

Empört richtete der Bankdirektor sich auf. »Was fällt Ihnen ein? Ihr Ton gefällt mir nicht, Maynard!«

»Soll ich die Tonlage wechseln?«, fragte Frank bissig. »Kein Problem. Wenn Sie Ihre Pleite lieber in Moll statt in Dur vorhergesagt haben wollen – auch damit kann ich dienen.«

»Es gibt keine Pleite, wenn …«

»Und ob es die geben wird. Wir werden schneller pleitegehen, als Sie sich vorstellen können«, versicherte Frank. »Und diese Pleite wird uns alle vier erwischen. Sie wird auch Ihr finanzielles Begräbnis sein. Lassen Sie mich als Erster kondolieren.«

Kirkland verzog den Mund. »Jetzt werden Sie aber sehr melodramatisch, Maynard«, spottete er.

Frank warf ihm einen kalten Blick zu. »Wissen Sie, wie Sie mir vorkommen? Und zwar Sie alle drei?«

»Wir bitten um Erleuchtung«, höhnte Kirkland.

»Sie kommen mir vor wie ein zum Tode Verurteilter, der auf dem Weg zur Hinrichtung kurz anhält, um sich eine Maniküre machen zu lassen, und denkt: Na, bis hierher läuft's doch prächtig!« Frank kippte den Rest von seinem zweiten Whiskey hinunter und winkte dem Kellner mit dem leeren Glas. Zum Teufel, wenn alles den Bach runterging, würde er dafür sorgen, dass die drei Ignoranten mit im Boot saßen. »Wenn Sie sich weigern, die Dinge so zu sehen, wie sie sind, werde ich dafür sorgen, dass unter dem Fallbeil auch Ihre Köpfe rollen!«

Rutherford schnappte nach Luft. »Das ist ja wohl der Gipfel!«

Kirklands Augen vereisten, sofern es bei ihm überhaupt noch kühler ging. »Wollen Sie uns drohen?«

»Nein, aber ich sage Ihnen, was passieren wird«, antwortete Frank und hielt dem stechenden Blick des Brokers stand. »Sie können Ihr Geld nicht aus der Firma ziehen, ohne dass wir Bankrott anmelden müssen. Und da die Pleite, wenn Sie alle am Stummfilm festhalten, auf jeden Fall kommen wird, kann ich das Studio auch bewusst vor die Wand fahren. Immerhin habe ich noch die Mehrheit. Wenn der Zusammenbruch kommt, verlieren wir alle, was wir in das Studio gesteckt haben. Nun, mir bleibt immer noch meine Kinokette.«

Holbrook riss die Augen auf und schluckte. »Frank, das können Sie nicht tun!«

»Nicht? Ich wüsste nicht, wie Sie oder irgendjemand sonst mich daran hindern könnte!«

»Es gibt noch Gerichte!«, rief Rutherford und fuchtelte drohend mit seiner Zigarre durch die Luft.

Frank bedachte ihn mit einem mitleidigen Blick. »Nur zu, verklagen Sie mich! Für die Klatschreporter wäre das ein gefundenes Fressen. Allerdings nehme ich an, das, was im Wirtschaftsteil der Zeitungen über die enormen Summen stehen wird, die Wells Fargo bei der Triple-S-Pleite abschreiben muss, hat noch viel schwerwiegendere Folgen – insbesondere für Sie. Ich schätze mal, dass man im Kreis Ihrer Direktorenkollegen Sie für das Desaster verantwortlich machen wird.«

Der Banker wurde blass. »Das wagen Sie nicht!«, keuchte er, doch seine hervorquellenden Augen verrieten, dass er es ihm sehr wohl zutraute.

»Sie bluffen!«, warf Kirkland ein.

Frank hielt seinem Blick stand. »Sind Sie sicher? Okay, stellen Sie mich auf die Probe!«

»Grundgütiger, das kann nicht Ihr Ernst sein!«, rief Holbrook und sah Frank beschwörend an. »Nehmen Sie doch Vernunft an!«

»Seit wann hat Filmeproduzieren etwas mit Vernunft zu tun?«

»Die Triple S ist doch Ihr Lebenswerk!«

Frank zuckte die Achseln. »Das ohne eine Umstellung auf Tonfilm nur noch für eine Meldung in der Rubrik Firmenbankrotte gut sein wird. Die Geschichte wird so oder so in einer Katastrophe enden, also was macht es für einen Unterschied, wenn ich das Sterben etwas verkürze? Zumindest bin ich dann nicht der Einzige, der einen hohen Preis zahlt.«

Ein dünnes Lächeln erschien auf Kirklands Gesicht. »Patt, würde ich mal sagen«, stellte er mit widerwilliger Anerkennung fest.

»Kann man so sehen«, sagte Frank und steckte sich in aller Ruhe eine neue Zigarette an. Er wusste, dass seine Partner ihm die Drohung abnahmen. Damit standen sie mit dem Rücken zur Wand. Aber ebenso gut wusste er, dass es bei dem Patt nicht bleiben konnte. Letztlich würde es auf irgendeine Art von Kompromiss hinauslaufen. Kirkland war ein eiskalter Zocker, deshalb nahm Frank an, dass er ein Ass aus dem Ärmel zaubern würde, um das Patt zu brechen – und ihm zu den nötigen Tonfilmateliers zu verhelfen. Die Frage war nur, zu welchem Preis.

14

Harriet hatte die schweren Vorhänge in ihrem Schlafzimmer fest zugezogen und alle Lampen gelöscht. Nur aus dem Bad drang durch einen winzigen Spalt unter der Tür ein Schimmer Licht. Ihr war noch immer kalt. Dabei trug sie ihren wärmsten Pyjama aus Winterflanell und hatte sogar eine Wärmflasche mit ins Bett genommen. Zumindest die Magenkrämpfe hatten sich gelegt. Von dem dritten Glas Cognac hätte sie die Finger lassen sollen. Aber wer hätte an ihrer Stelle nicht versucht, die maßlose Enttäuschung mit Alkohol hinunterzuspülen?

Das Telefon stand neben ihr auf dem Bett. Es klingelte Punkt halb elf, wie Frank es versprochen hatte. Sie hatte ihm gesagt, dass sie gewöhnlich um diese Zeit zu Bett ging und sich wünsche, seine Stimme mit in den Schlaf zu nehmen.

»Wie schön, dich zu hören! Ich hab schon so darauf gewartet, und ich hab mir Sorgen gemacht, ob du den Flug gut überstanden hast und noch rechtzeitig angekommen bist.«

»Der Flug war sehr gut, auch von der Zeit her hat es wunderbar geklappt. Aber sag, liegst du schon im Bett?«

»Schon eine ganze Weile.«

Er lachte leise. »So? Was müsste ich dir dann ausziehen, wenn ich jetzt bei dir wäre? Und nirgendwo sonst auf der Welt wäre ich lieber, mein Schatz«, scherzte er.

Ein flüchtiges Lächeln glitt über ihr Gesicht. Was hätte sie darum gegeben, ihn jetzt neben sich zu haben! »Einen reizlosen Pyjama aus dickem Flanell.«

»Es muss ja nicht immer Spitze oder Seide sein, der Reiz liegt schließlich im Auspacken, nicht in der Verpackung ... Und in deinem Fall könnte nicht einmal ein Kartoffelsack das Vergnügen schmälern!«

»Ach, Frank, sei mir nicht böse, aber mir ist heute nicht danach«, sagte sie müde.

»Was ist los, Harriet? Ist es so kalt geworden, oder hast du Probleme mit der Heizung?«

Sie seufzte. »Ich wünschte, nur das Wetter oder eine kaputte Heizung wäre der Grund, dass ich mich so mies fühle und am liebsten losheulen würde.«

»Mein Gott, was ist passiert?«, fragte er. »Bist du krank geworden, oder ist das mit den Andersons nicht so gelaufen wie erhofft?«

»Letzteres. Ich bin raus aus dem Deal. Henry sichert sich endgültig eine überragende Anteilsmehrheit«, erzählte sie deprimiert. »Der Vogel war schon im Netz und ist mir im letzten Moment doch noch entkommen. Aber nein, so darf ich das nicht sagen, das wäre herzlos.«

»Wie bitte? Das gibt es doch gar nicht!«, rief Frank. »Wie konnten sie dein Angebot ausschlagen? Ein besseres werden sie nie bekommen. Das ergibt doch keinen Sinn! Haben sie das mit dem Brief an deinen Onkel nicht begriffen?«

»Doch, schon …«

»Das war doch perfekt ausgedacht!«

»Offenbar doch nicht perfekt. Jedenfalls wollte es das Schicksal anders«, erwiderte Harriet bitter und erzählte ihm von ihrem Treffen mit Bradley Anderson, ihrer Vereinbarung und der Explosion der Andrew Jackson. »Bradley wollte genau mit dieser Fähre zurück nach Oakland, um die Unterschrift seines Bruders einzuholen. Er muss an Bord der Fähre gewesen sein, die vor Yerba Buena Island gesunken ist, und zwar binnen Minuten. Es waren zwar schnell Rettungsboote an der Unglücksstelle, aber es hat doch viele Tote gegeben, wie es heißt. Du weißt, wie eisig das Wasser in der Bay ist, selbst im Sommer.«

»Ja, schon, aber warum gehst du davon aus, dass ausgerechnet er unter den Toten ist?«

»Weil er sonst um sieben mit dem unterschriebenen Vertrag im Hotel gewesen wäre, und er war nicht da. Ich habe übrigens erst Stunden später durch ein Extrablatt der Zeitungen von dem Unglück erfahren und mich sofort bei der Polizei nach einer Liste der geborgenen Toten und der Vermissten erkundigt«, berichtete sie. »Aber die lag noch nicht vor, es wurde immer noch nach Leichen gesucht, auch im Wrack. Die Route der Oakland-Fähre geht ja recht nahe an Yerba Buena Island vorbei, sodass die Andrew Jackson in relativ seichtem Gewässer liegt und Taucher sie leicht erreichen können. Natürlich habe ich sofort bei Bradley angerufen, aber es hat niemand abgenommen.«

»Und sein Bruder? Hast du bei ihm nachgefragt?«

»Natürlich, der ist auch sofort an den Apparat gegangen. Allerdings hat er mich schon nach wenigen Worten abgewürgt. Es täte ihm leid, aber nach allem, was passiert sei, sei ich aus dem Rennen. Ihre sechzehn Prozent gingen geschlossen an Henry, und daran sei nicht zu rütteln. Er war erschüttert, und es hat sich alles etwas wirr angehört, aber dass Henry trotz meines besseren Angebots den Zuschlag bekommt, war unmissverständlich.«

»Das tut mir schrecklich leid, Schatz«, sagte Frank voller Anteilnahme. »Wo du dein ganzes Herzblut in die Reederei gesteckt und …«

»Schon gut, Frank. Bitte, lassen wir das!«, fiel sie ihm ins Wort, denn sie fürchtete, wenn sie mit ihm am Telefon dem nachtrauerte, was sie schon für sich entschieden geglaubt hatte, würde sie die Tränen nicht zurückhalten können. »Ich habe versucht, was in meiner Macht stand, aber offenbar sollte es nicht sein. Reden wir nicht weiter darüber. Das war heute nicht mein Tag. Ich komm schon darüber hinweg. So, und jetzt erzähl du, wie es bei dir gelaufen ist.«

Er lachte freudlos. »Mein Tag war es auch nicht. Obwohl, was es genau gebracht oder mich gekostet hat, muss sich es erst noch zeigen«, sagte er und erzählte, welchen Verlauf das hitzige Gespräch mit seinen Geschäftspartnern genommen hatte.

»Und wie habt ihr die Pattsituation gelöst?«

»Indem ich mich nun doch darauf eingelassen habe, mit den Silver Screen Studios an die Börse zu gehen.«

»Und was bedeutet das für dich?«

»Zunächst einmal, dass ich das Geld für die Tonfilmateliers kriege und zügig mit der Umrüstung beginnen kann, denn mit dem Gang an die Börse fließt eine Menge frisches Kapital in die Firma. Kirkland rechnet mit mindestens fünf Millionen. Vertraglich geregelt ist zudem, dass ich Chefproduzent der Tonfilmsparte bin und als Präsident für die nächsten fünf Jahre die alleinige Kontrolle über diesen Bereich des Studios habe.«

»Das ist ja wunderbar, Frank!«, rief sie. »Aber ich nehme an, dieser Sieg ist dir nicht einfach so in den Schoß gefallen. Du hast sicher Zugeständnisse gemacht.«

»Ja, ich habe ordentlich Federn gelassen. Ich musste meine Kinokette an die Firma verkaufen und meine Premiere-Lichtspielhäuser hoch mit Krediten belasten, um mir wenigstens knappe dreißig Prozent der Aktien zu sichern. Es ist ein verdammt schmerzhaftes Zugeständnis, das mir die Bande abgerungen hat«, räumte er ein. »Mit dem Gang an die Börse gebe ich unweigerlich einen Großteil meiner Entscheidungsgewalt über die Triple S ab. Ich werde nicht mehr mit fünfundfünfzig Prozent die Stimmenmehrheit haben, sondern nur noch eine simple Sperrminorität. Unter dem Strich bedeutet der Börsengang, dass ich dann eine blutgierige Meute von Großaktionären im Nacken habe.«

»Du wirst sie schon in Schach halten.«

»Das hoffe ich. Wenn der Tonfilm wirklich so einschlägt, wie ich glaube, dass er es tun wird, bin ich in sicheren Gewässern und habe das Ruder vermutlich fest in der Hand«, sagte er. »Aber sollten unsere Tonfilme floppen und die Geschäfte schlecht laufen, liegt mein Kopf auf dem Richtblock. Kirkland und Rutherford werden nur darauf warten, dass ich einen größeren Fehler mache, und genüsslich die langen Messer zücken. Es ist noch lange nicht gesagt, wer aus dieser Geschichte als Sieger hervorgeht. Gut möglich, dass ich nur einen Pyrrhussieg errungen habe.«

15

Guy hatte sich an dem gut bestückten Barwagen im Büro seines Vaters einen Manhattan gemixt. Er mochte die Mischung aus leicht bitteren und süßen Geschmacksnoten. Drinks »hard and straight«, wie sein Vater sie bevorzugte, waren nicht sein Ding. Er zündete sich eine Zigarette an, trat mit dem angosturaroten

Cocktail ans offene Fenster und blickte hinunter auf das geschäftige Treiben der Waterfront. Er hielt Ausschau nach dem Taxi, das seinen Vater direkt vom Bahnhof zu ihm bringen würde. Allzu lange konnte es nicht mehr dauern – sofern der Zug einigermaßen pünktlich angekommen war. Sein Vater würde Augen machen, wenn er hörte, mit welcher Geistesgegenwart und Tatkraft er Harriet noch im letzten Moment ausgebootet hatte. Nicht zuletzt hatte er dabei sein Leben riskiert.

Vor dem angemieteten Kontor und der heruntergekommenen Lagerhalle, die sich an die Rückfront anschloss, erstreckte sich die dreckige Folsom Pier. Obwohl, dreckig war hier unten im Industriegebiet so gut wie alles. Die Folsom Pier lag nun mal »south of the slot«.

»Südlich der Spalte« nannte der Volksmund das Stadtgebiet südlich der Market Street, in deren Mitte unter dem Eisenschlitz einer der unablässig surrenden, stählernen Kabelstränge der Cablecar verlief. Die Market Street durchschnitt San Francisco diagonal vom Fährenterminal bis an den Fuß der Twin Peaks. Sie war eine der Hauptverkehrsadern und zugleich eine gesellschaftliche Trennlinie. Nördlich davon befanden sich das Handels- und Finanzzentrum, die vornehmen Einkaufsstraßen, die Hotelpaläste, das Opernhaus, die teuren Restaurants und natürlich die gutbürgerlichen Wohnviertel, wobei der Nob Hill und Teile des Russian Hill den prunkvollen Villen der Millionäre vorbehalten waren. In diesem Bezirk gab es zwar auch kleine anrüchige Enklaven wie Chinatown, Little Italy oder die Barbary Coast, aber im Großen und Ganzen lebte man dort auf mehr Raum, zudem besser und sicherer, und dort konzentrierte sich auch das Geld, das so üppig durch San Francisco floss.

Dagegen hatten sich »south of the slot« die schmutzige, stinkende und lärmende Industrie mit ihren rauchenden Schloten sowie allerlei Kleinbetriebe und dubiose Geschäftsleute angesiedelt. Hier wohnten ein Großteil der Arbeiterschaft von San Francisco und das Heer der Einwanderer, die ums tägliche Überleben kämpften und sich mit einer billigen Unterkunft in einer der zahllosen düsteren Mietskasernen zufriedengeben mussten.

Persönlich hatte Guy nichts gegen Harriet, aber dass sie sie letztes Jahr aus ihrem angestammten Kontor gegenüber der Vallejo Pier geworfen hatte und sie auf die Schnelle nur hier unten hatten unterkommen können, das nahm er ihr sehr wohl übel. Er verabscheute die Lage ihres neuen Kontors mit dem alten Lagerhaus hintendran.

Für einen Moment ließ er, vom Cocktail schlürfend, seinen Blick über die Bay schweifen. Ihm bot sich ein vertrautes Bild. Da draußen herrschte ein ähnlich geschäftiges Treiben wie auf der Waterfront, nur wimmelte es dort vor Schiffen und Booten aller Art. Da geleiteten bullige Barkassen und schnittige Lotsenboote Überseedampfer und große Segelschiffe zu und von ihren Landungsbrücken. Dazwischen schnitten bunt bemalte Fischerboote mit prall gefüllten Segeln sowie Zollkutter durch die eisigen Fluten. Fast allgegenwärtig waren die plumpen Kohlenfrachter und rostigen Lastkähne, die sich schwer beladen und mit qualmendem Schornstein ihrem Ziel entgegenkämpften. Der kühle Wind, der vom Pazifik durch die Meeresenge des Golden Gate wehte, war erfüllt von den vielfältigen Geräuschen auf dem Wasser.

Das Schlagen einer Wagentür lenkte seine Aufmerksamkeit zurück auf die Straße. Er sah gerade noch, wie sein Vater mit wehendem, pelzbesetztem Mantel unten die Tür aufriss.

Endlich. Jetzt kam seine große Stunde!

Sichtlich im Zustand höchster Anspannung stürmte Henry Caldwell in sein Büro. »Wie ist es gelaufen?«, stieß er hervor und warf die Tür hinter sich zu. »Hast du … hast du ihn aufhalten können?«

Die sonnigen Tage in Tijuana hatten ihm zu einer leichten Gesichtsbräune verholfen. Sie stand ihm gut. Und natürlich war er wie aus dem Ei gepellt. Guy kannte ihn gar nicht anders als teuer und tadellos gekleidet. Er trug einen hellgrauen Nadelstreifenanzug mit rauchblauer Seidenweste, über deren Wölbung die Kette der Taschenuhr einen goldenen Bogen warf. Für seine bald sechzig Jahre war er, wie Guy insgeheim neidvoll zugeben musste, noch recht attraktiv. Wenn auch nicht gerade groß gewachsen, war sein Vater doch von kräftiger Statur. Sein Haar, dessen dunkler Ton allmählich ins Eisengraue überging, war noch voll, und der gleichfalls leicht ergraute Schnäuzer hatte ebenso wenig von seiner Dichte verloren. Der Zwirbelbart gab seinem eher runden Gesicht mit den scharf taxierenden Augen eine etwas spöttische Note, die gut zu seinem Wesen und zu seiner Neigung passte, scharfzüngige Bemerkungen zu machen – insbesondere gegenüber seinem Sohn.

Guy grinste. »Es stand auf des Messers Schneide, und zwar im wahrsten Sinne des Wortes«, sagte er und dachte nicht daran, die kurze Version zu präsentieren und all die köstlichen Details seiner Großtat zu verschenken. Endlich hatte er seinem Vater etwas zu bieten, das galt es auszukosten.

»Komm mir nicht mit langem Geschwafel, Guy!«, fuhr Henry ihn an. »Ich habe lange genug auf Kohlen gesessen. Also erzähl, verdammt noch mal!«

»Hab auch nichts anderes vor, Vater«, erwiderte Guy, nahm aber erst noch genüsslich einen Schluck von seinem Cocktail. »Also wie gesagt, der Deal war so gut wie an Harriet verloren.«

»Du wiederholst dich!«, fauchte Henry, trat nun selbst an den Barwagen und goss sich einen Brandy ein.

»Ich bin zu Fields & Streams auf der Pine Street gegangen und habe mir einen kleinen zweischüssigen Derringer und ein Klappmesser zum Ausweiden gekauft, ganz wie du …«

»Fass dich endlich kurz, verdammt!«, bellte Henry. »Wo man Jagdwaffen kaufen kann, weiß ich selber, also spar dir diese Girlanden! Hast du ihn nun erledigt oder nicht?«

Guys Hochstimmung fiel in sich zusammen wie ein angestochener Luftballon. Die herrische Art seines Vaters erfüllte ihn eher mit Enttäuschung als mit Groll, wobei er aus Erfahrung wusste, dass der Groll ihm später umso härter zusetzen würde. Wie hatte er auch glauben können, der Vater würde ihm die Zeit lassen, die Geschichte in aller Ruhe zu erzählen? Seinen Vater interessierte nur das Ergebnis, aber nicht, wie es erreicht worden war.

»Beinahe hätte die Kesselexplosion mir das abgenommen.«

»Welche Kesselexplosion?«

Kurz und knapp schilderte Guy, was an Bord der Fähre geschehen war und wie er Bradley Anderson im Gang zu den Toiletten vorgefunden hatte. »Er war schon so gut wie tot.«

Henry nickte und schenkte ihm ein zufriedenes Lächeln. »Dann hat der Tritt auf das Trümmerstück ihm ja geradezu einen Gnadentod beschert und du hast dir nichts vorzuwerfen. Das hast du wirklich gut gemacht.«

Guy räusperte sich und wich dem Blick des Vaters aus. Seine Hand zitterte, als er das Cocktailglas am Rand des Schreibtischs abstellte. »Ja, das glaube ich auch. Aber ich habe ihm das Eisenblech nicht in die Kehle getreten.«

Henry erstarrte. »Wie bitte?«

»Ich konnte es einfach nicht!«, stieß Guy hervor, während ihm der Schweiß ausbrach. »Er ist genau in dem Moment wieder zu Bewusstsein gekommen und hat mich angesehen. Da strömte schon Wasser herein, ich musste mich schnell entscheiden. Die Andrew Jackson bekam Schlagseite und sank erschreckend schnell. Mein Gott, wie er mich angefleht hat! Wenn du das gesehen hättest, du hättest auch nicht anders gehandelt.« Er redete immer schneller, und zugleich sah er den Zorn in den Augen seines Vaters aufflammen. »Jedenfalls habe ich Bradley unter den Trümmern hervorgezogen, an Deck geschleppt und eine ganze Weile über Wasser gehalten, bis der Schlepper uns aufgenommen hat.«

Henry quollen beinahe die Augen aus den Höhlen. »Du hast was getan?«, rief er. »Du hast dem Kerl, der schon so gut wie krepiert war, das Leben gerettet?«

»Ich konnte nicht anders!«, erwiderte Guy. »Ich bin nun mal nicht zum Morden geschaffen!«

Henry knallte sein Glas auf den Schreibtisch, dass der Brandy überschwappte. Seine Augen sprühten rasenden Zorn. Mit zwei schnellen Schritten war er bei seinem Sohn und schlug ihm mit dem Handrücken rechts und links ins Gesicht. »Du Idiot!«, brüllte er.

Guy, die Augen fassungslos aufgerissen, taumelte zurück. Seine Wangen brannten, aber den Schmerz registrierte er erst viel später.

»Gottverdammter Idiot!«, donnerte Henry erneut, außer sich vor Wut. »Keiner ist dazu geschaffen! Aber wenn die Situation es verlangt, dann tut man, was getan werden muss, du verfluchter Schwachkopf! Dann beweist man sich als Mann!« Und verächtlich fuhr er fort: »Aber in dir steckt ja nicht eine Unze von einem echten Caldwell!«

Guy schoss die Schamesröte ins Gesicht. »Aber Vater … ich … ich habe doch erreicht, was du wolltest!«, stammelte er und zog ein gefaltetes Papier aus der Jackentasche. »Hier ist der Vorvertrag, unterschrieben von Bradley und Gregory Anderson!« Jetzt würde er wohl Gnade finden vor den Augen seines Vaters.

»Wie, Vertrag?«, blaffte Henry verständnislos.

»Na, ich habe so getan, als sei ich zufällig auf der Fähre gewesen, und als wir gerettet waren, habe ich das Gespräch darauf gebracht, dass sein Bruder und er ja einen Termin mit dir haben und so«, sprudelte er hervor, um die Schmach schnell vergessen zu machen. »Kurz und gut, wir sind dann zu seinem Bruder und haben über alles geredet. Sie haben mir von Harriets Angebot erzählt, aber weil ich Bradley das Leben gerettet habe, wollten nun beide nicht mehr an sie verkaufen, weil sie meinten, dass sie mir das schuldig sind. Und damit sie es sich nicht anders überlegen, habe ich gleich einen

Vertrag mit ihnen geschlossen – und zwar habe ich ihnen für ihre Anteile den Preis geboten, der genau zwischen den Schätzungen der beiden Banken liegt. Eine Million sechshunderttausend pro acht Prozent sind ein guter Preis, für beide Seiten.«

Henry riss ihm den Vertrag aus der Hand. »Du hast mich auf eine Million sechshunderttausend verpflichtet?«, schrie er. »Ja, bist du denn von allen Geistern verlassen? Wie kannst du es wagen, so eine Entscheidung zu treffen? Du hast doch von Harriets Brief mit ihrem Ehrenwort gewusst! Jetzt, da sie in unserer Schuld standen, hätte ich die beiden noch unter eins-vier herunterhandeln können. Deine Dummheit und Feigheit kosten mich fast eine halbe Million! Und du willst mein Sohn sein? Ein elender Idiot und Versager, das bist du!«

Guy brannte das Gesicht, und ihm war so übel, dass er meinte, sich gleich erbrechen zu müssen. »Ja, aber …«

»Geh mir aus den Augen! Verschwinde, auf der Stelle!«, brüllte Henry mit sich überschlagender Stimme. »Raus mit dir, du hirnloser Trottel! Du taugst wirklich zu gar nichts! Raus, habe ich gesagt! Ich kann deinen Anblick nicht mehr ertragen!« Er griff nach dem Cocktailglas und warf es seinem Sohn, der das Büro fluchtartig verließ, hinterher.

Das Glas zerschellte neben Guy am Türrahmen. Ein Splitter brachte ihm einen blutigen Kratzer auf der linken Wange bei. Aber das war seine geringste Verletzung.

16

Die Kameras auf dem Set der Grand Horizon Pictures standen still. Einer der großen Scheinwerfer war mit einem bösen Zischen erloschen. Nun warteten alle darauf, dass der Studioelektriker den abgebrannten Kohlestab in der anfälligen Kohlebogenlampe ersetzte. Als der Scheinwerfer schließlich wieder aufflammte und in Position geschoben wurde, hing der typische Gestank schwelender Kohle über dem Set, aber es konnte weitergehen. Auch Ashley Caldwell, die siebenundzwanzigjährige Hauptdarstellerin in dem historischen Streifen über die Liebesbeziehung zwischen Cäsar und Kleopatra, hatte nichts mehr zu mäkeln. Wie verlangt, hatte sie ihr »eigenes Licht«. So hieß es im Beleuchterjargon, wenn sich einer der Scheinwerfer auf eine einzige Person konzentrierte.

»Den tiefen Teller hat sie ja sicher nicht erfunden, aber wie sie ihre Schokoladenseite ins rechte Licht setzt, das hat die Kleine raus«, brummte William Rodnick, Studioboss und Regisseur in einer Person. Ungeduldig klopfte der gedrungene Mittvierziger mit seinem protzigen Goldring, einem Löwenkopf mit aufgerissenem Maul, auf die hölzerne Armlehne seines Regiestuhls. Und dann blaffte er: »Können wir endlich weiter, Leute? Okay! Lester, romantische Musik, wenn ich bitten darf!«

Hinter den Kulissen griff der kahlköpfige Pianist, ein Mann mit der freudlosen Miene eines vom Leben enttäuschten Künstlers, in die Tasten. Er war seit ewigen Zeiten im Filmgeschäft.

Ashley lag auf dem monumentalen Lotterbett, dessen Pfosten mächtigen Tempelsäulen glichen. Ihr strassbesetztes Pharaonin-Fantasiekostüm entblößte mehr Haut, als es bedeckte. Beim Einsetzen der lieblos heruntergespielten Musik verzog sie das Gesicht. Schon wieder klimperte der Kerl die *Liebesträume* von Franz Liszt! Wie oft sie die in den letzten Wochen gehört hatte! Dem alten Sack fiel wirklich nichts ein. Kein Wunder, dass er es als Pianist zu nichts gebracht hatte und sein Dasein fristete, indem er auf den Sets von Hinterhofstudios für die musikalische Untermalung sorgte. Die großen Studios beschäftigten professionelle Kapellen als Stimmungsmacher oder zumindest ein gut eingespieltes Trio. Bei dem knappen Budget der Grand Horizon war so etwas natürlich nicht drin, aber damit konnte sie leben. Entscheidend war allein, dass sie in *My Love, the Goddess* die Hauptrolle spielte. Und sie würde eine grandiose Kleopatra sein, das hatte Billy, wie sie den Studioboss natürlich nur unter vier Augen nennen durfte, ihr mehr als einmal versichert.

»Achtung, Aufnahme!«, rief Rodnick. »Kamera … ab!«

Die Klappe mit der Kreideaufschrift »Cleo shot 27/take3« knallte vor der laut surrenden Kamera und verschwand sofort aus dem Bild, während sich Lester am Klavier in neue romantische Höhen mühte. Im Hintergrund telefonierte Rodnicks Geschäftspartner Peter Conway. Man hörte ihn fluchen. Auf der Straße vor dem Studio kläffte sich ein Hund die Lunge aus dem Leib. Kurz wurde das Bellen vom dröhnenden Motor eines vorbeifahrenden Lastwagens übertönt. Irgendwo hämmerte jemand. Alltäglicher Lärm auf einem Set, nichts, was eine routinierte Stummfilmdarstellerin aus der Ruhe oder gar aus der Rolle gebracht hätte.

»Ashley, bleib in der Haltung!«, wies der Regisseur seine Hauptdarstellerin an, die sich zwischen einer Flut von Kissen aufreizend räkelte und vorgab, einen feurigen Brief ihres Geliebten zu lesen. »Pass auf, dass der Schatten von dem Papyrus nicht auf dein Dekolleté fällt. Das Einzige, was auf deine Möpse fallen darf, sind die Blicke der Zuschauer! … Ja, gut so, streck sie schön vor! Prächtig, prächtig! Denk an die Zunge! Langsam über die Lippen lecken! Gut, gut! … Aber mehr von dem lasziven Blick, auf den du dich so gut verstehst …«

Kate Dillon, das Skriptgirl, stand zwischen den Scheinwerfern und blickte, das metallene Klemmbrett an die Brust gedrückt, bewundernd zu Ashley hinüber. Die Zwanzigjährige aus Kansas lebte nun schon seit zwei Jahren in Hollywood, und sie hatte schnell begriffen, dass sie nie vor einer Kamera stehen würde. Was nicht so sehr an ihrem etwas strohigen rotblonden Haar oder ihrer eher molligen Figur lag, sondern daran, dass ihr für die Schauspielerei einfach jedes Talent fehlte. Umso mehr bewunderte sie Ashley. Mit welchem Selbstbewusstsein die sich halb nackt und völlig entspannt der Kamera präsentierte! Wie sie da mit leicht gespreizten Beinen zwischen den Kissen lag und ohne jede Scham ihren sanft gewölbten Venushügel unter dem engen goldenen Trikot und dem dünnen Gewand darbot, war atemberaubend. Ashley war die Frau, die sie liebend gern gewesen wäre. Und dass diese Frau, die so hinreißend in die Rolle der Kleopatra geschlüpft war, immer ein nettes Wort für das Skriptgirl hatte, machte sie umso liebenswerter. Letztens hatte sie ihr sogar die Ohrringe geschenkt, die sie so bewundert hatte. Nichts Teures, aber immerhin. Heute nun hatte sie ihrerseits etwas für die himmlische Miss Ashley, deshalb konnte sie es kaum erwarten, dass Rodnick mit dieser letzten Szene des Tages endlich zufrieden war.

Das erlösende Kommando ließ zum Glück nicht lange auf sich warten. »Danke … Schnitt! … Okay, die Szene haben wir im Kasten! Feierabend, Leute!« Rodnick stand auf, streckte sich und ging hinüber zu Ashley, die mit einem Seufzer der Erleichterung vom Bett rutschte. Sie fasste sich in den Rücken und knöpfte das Kostüm auf. »Das war fabelhaft, einfach wunderbar!«

Ashley schenkte ihm einen koketten Blick. »Ja? War es Ihnen lasziv genug, Mr Rodnick?« Dabei schlüpfte sie aus dem strassbesetzten Gewand und überließ es der ältlichen Kostüm- und Maskenbildnerin, die sofort zur Stelle war. Nur in dem Trikot, das wie eine zweite Haut an ihrem Körper klebte, stand sie da, völlig unangefochten von den Blicken, die sich auf ihre intimsten Stellen richteten. Im Gegenteil, sie genoss die Situation, gab sie ihr doch das Gefühl von Macht. Zudem: Wer keinen Hang zum Exhibitionismus hatte oder gar unter Schamgefühlen litt, hatte ihrer Meinung nach in Hollywood sowieso nichts verloren.

»Die Rolle der Kleopatra ist Ihnen auf den Leib geschrieben. Jedenfalls verstehen Sie sich sehr gut darauf, das Blut eines Mannes in Wallung zu bringen«, sagte Rodnick mit einem hintergründigen Lächeln, das Ashley sehr wohl zu deuten wusste. Und das nicht erst, seit sie mit ihm ins Bett ging. Billy war vielleicht nicht der Mann ihrer Träume, aber so lief es nun mal in ihrem Geschäft: Jede Neue musste über die sprichwörtliche Castingcouch der Filmbosse und Produzenten und sich willig zeigen. Alle taten es. Wer nicht mitspielte, hatte in der unablässigen Jagd nach dem nächsten magischen Gesicht, dem nächsten verführerischen Ausdruck, dem nächsten noch unentdeckten Stern keine Chance. Die Ware musste probiert werden, insbesondere die frische. »Ich freue mich schon darauf, mir heute Abend mit Ihnen die Muster anzuschauen.«

»Mit größtem Vergnügen. Ich hoffe, sie entsprechen Ihren Erwartungen«, erwiderte sie nicht weniger zweideutig, das Becken leicht vorgestreckt und die Hand auf der Hüfte.

»Dessen bin ich mir sicher«, beteuerte er und zwinkerte ihr zu. Dann sah er zu Peter Conway hinüber, einem kleinen, rundlichen Mann Anfang fünfzig, der wild in ihre Richtung gestikulierte. Rodnick hob die Hand zum Zeichen, dass er verstanden hatte, und verdrehte, wieder an Ashley gewandt, die Augen. »Sie entschuldigen mich, aber mir scheint, bei meinem werten Produktionschef brennt es mal wieder irgendwo. Wir sehen uns später.« Und im Weggehen flüsterte er ihr noch zu: »In einer halben Stunde bei mir!«

Ashley mochte den Dicken mit dem schwabbeligen Gesicht und den kleinen, gierigen Augen nicht. Conway hatte etwas Schmieriges an sich. Schon ihm die schweißige Patschhand drücken zu müssen ekelte sie an. Zum Glück hatte sie nichts mit ihm zu tun. Das Sagen bei Grand Horizon hatte letztlich ihr Billy, und den wickelte sie, wenn es darauf ankam, um den Finger.

Auf dem Weg zu ihrer Garderobe kam sie an dem kurzen Korridor vorbei, der zum Büro der Geschäftspartner führte. Da standen die beiden, keine zwei Schritte von ihr entfernt, und im Vorbeigehen hörte sie, wie Conway aufgeregt sagte: »Verdammt, es gibt schwer Ärger. Ganz wie ich es vorausgesagt habe!«

Ashley kam nicht dazu, darüber nachzudenken, was damit wohl gemeint sein könnte, denn plötzlich tauchte Kate Dillon neben ihr auf. »Miss Ashley, darf ich Sie einen Moment stören?«

Ashley blieb vor ihrer Garderobe stehen. Eine Garderobe nur für sie! Darauf hatte sie bestanden, als sie mit Rodnick über ihre Beteiligung an dem Filmprojekt verhandelt hatte. Immerhin spielte sie die Hauptrolle, und eine eigene Garderobe bewies, dass sie auf dem Weg nach oben war, auch wenn sie das gehörig was gekostet hatte. »Aber natürlich, Kate. Was hast du denn auf dem Herzen?« Sie genoss die Rolle der allen anderen weit entrückten Schauspielerin, und Kate gab ihr immer das Gefühl, bereits im Olymp der Leinwandgöttinnen angelangt zu sein. Außerdem war sie nett. Wusste der Teufel, warum sie eine Schwäche für die Kleine hatte. Eigentlich war es gar nicht ihre Art, sich mit Bediensteten gemeinzumachen.

»Ach, Sie waren mal wieder himmlisch als Kleopatra!«, schwärmte Kate. »Aber ich möchte Sie nicht aufhalten. Hier, das ist für Sie, Miss Ashley. Ein kleines Dankeschön, weil Sie doch immer so nett zu mir sind und überhaupt.« Mit einem verlegenen Lächeln hielt sie ihr eine mit Orangenblüten bedruckte Blechdose hin.

Ashley hob die fein gezupften Augenbrauen und gab sich erfreut. Dabei konnte sie es kaum erwarten, sich abzuschminken und zu Billy zu kommen, wo bestimmt eiskalter Champagner wartete – vermutlich neben dem schon aufgeschlagenen Bett. Billys Appetit war beachtlich, bedauerlicherweise, aber dieses Gekeuche und Gerammel zu ertragen gehörte nun mal auch zu ihrem Leben. »Das ist aber reizend, Kate. Und was genau ist das?«, fragte sie und drehte die Dose in ihren Händen.

»Ein neues Badesalz, das ganz herrlich nach Orangenblüten duften soll. Jedenfalls behauptet das Lilly, also die Frau, mit der ich mir die Wohnung teile, und die muss es wissen, weil sie in der Fabrik in Pasadena, wo es hergestellt wird, arbeitet. Und wo Sie doch lange Duftbäder lieben, wie Sie mir mal verraten haben. Da musste ich natürlich sofort an Sie denken.«

Ashley rang sich mehr Dank ab, als sie tatsächlich empfand, und verschwand schnell in ihrer Garderobe. Eine gute halbe Stunde später stieg sie im Hof des Studios in ihr himbeerrotes Duesenberg-Cabrio mit den weißen Ledersitzen und fuhr hinauf in den Laurel Canyon. Der gehörte seit etwa einem Jahr zu den bevorzugten Wohngegenden betuchter Filmleute. Rodnick hatte sich kurz vor Beginn der Dreharbeiten dort in bester Hanglage einen herrlichen Bungalow im spanisch-mexikanischen Hazienda-Stil gemietet.

Gewöhnlich erwartete er sie schon in seiner seidenen Robe, erregt und bereit, möglichst schnell auch diese letzte Hülle fallen zu lassen und sie aufs Bett zu werfen. Doch nicht an diesem Abend. Und dass etwas ganz und gar nicht stimmte, war offensichtlich, denn er war nicht nur vollständig bekleidet, sondern stand über den Esstisch gebeugt, wo Dutzende von Papieren ausgebreitet lagen und dazu ein großer Notizblock, der mit langen Zahlenkolonnen vollgekritzelt war. Billy sah elend aus. Immer wieder schüttelte er den Kopf, als sei ihm unbegreiflich, was er da auf den Papieren sah, und fuhr sich nervös durch die Haare.

»Um Gottes willen, was hast du?«, fragte sie erschrocken.

Er drehte sich um, so schwerfällig, als habe er kaum die Kraft dazu. Auf seinem Gesicht lag ein gequälter Ausdruck. Er hob die Hände und ließ sie gleich wieder fallen, als fehle ihm auch dazu die Energie. »Ich fürchte, wir können den Film nicht zu Ende drehen«, sagte er mit zittriger Stimme.

Nun fuhr ihr der Schreck erst richtig in die Glieder. »Das kann nicht dein Ernst sein!«, stieß sie hervor. »Du hast doch gesagt, dass die Produktion mit meinen dreihundertfünfzigtausend Dollar zusätzlich gesichert ist.«

Er verzog das Gesicht. »Ja, auf dem Papier sah es anfangs auch so aus, aber die Kosten haben sich nicht an unsere Annahmen gehalten«, sagte er mit bitterem Sarkasmus. »Allein schon, was wir für Rohfilm ausgegeben haben! Wir haben doppelt so viel Film verdreht wie eingeplant. Weißt du, was tausend Fuß Rohfilm kosten?«

Nein, wusste sie nicht.

»Und das ist bloß die Spitze des Eisbergs, der uns leckgeschlagen hat!« Und dann ratterte er eine ganze Litanei von Ausgaben herunter, die weit über dem lagen, was Peter und er für »My Love, the Goddess« veranschlagt hatten. Er griff verschiedene Rechnungen aus dem wüsten Meer von Papieren und versuchte, ihr begreiflich zu machen, wo und wieso die Kosten schon jetzt ihr gesamtes Budget aufgefressen hatten. Dabei lagen noch bestimmt neun, zehn Drehtage mit der gesamten Crew vor ihnen. Und dann musste der Film noch geschnitten werden. Von den Kosten für die Kopieranstalt und die Werbemaßnahmen für den Kinostart im Frühjahr, die schon jetzt gebucht und angezahlt werden mussten, gar nicht zu reden.

Bald schwirrte ihr der Kopf von all den Zahlen, und sie sank erschüttert auf den nächsten Stuhl. Endlich spielte sie in einem großartigen Historiendrama die Hauptrolle, und nun, so kurz vor dem Ziel, sollte alles vergebens gewesen sein? Das durfte nicht sein. Und sie brauchte nicht lange zu überlegen, um zu wissen, was zu tun war.

Rodnick war noch immer damit beschäftigt, einzelne Rechnungen aus den Stapeln herauszuziehen und angeekelt wieder auf den Tisch zu werfen. Dabei erging er sich in Verwünschungen und Selbstvorwürfen, dass er sich so blind auf seinen Partner verlassen hatte. Immerhin sei es vornehmlich Conways Aufgabe als Produzent, die Finanzen in jeder Phase der Produktion im Blick zu behalten, frühzeitig Alarm zu schlagen und Gegenmaßnahmen einzuleiten.

»Wie viel brauchst du, damit wir den Film fertigstellen können?«, unterbrach sie sein Klagen.

Er schien sie nicht richtig verstanden zu haben. »Was?«, fragte er. »Wie … wie meinst du das?«

»Ich werde nicht zulassen, dass mein Film unvollendet bleibt!«, erklärte sie. »Also, wie viel brauchst du von mir, damit der Film im Frühjahr in die Kinos kommt?«

Ihm klappte der Mund auf. Für einen Moment starrte er sie an, als könne er nicht glauben, was sie da anbot. »Aber du … du kannst doch nicht noch mehr eigenes Geld zuschießen!«, wehrte er ab. »Und wo sollst du auch so viel herholen? Es handelt sich ja nicht nur um ein paar Tausender – die könnte ich wohl noch von der Bank bekommen –, sondern um richtig viel Geld!«

»Lass das mal meine Sorge sein, Billy. Von meinem Erbe ist noch genug übrig, um uns über die Ziellinie zu bringen!«, versicherte sie voller Stolz. »Sag schon, wie groß ist die Finanzierungslücke?«

Rodnick druckste herum. »Na ja, es geht ja nicht nur um die letzten zwei Wochen Dreh, sondern auch um den Schnitt, und dann müssen einige Hundert Kopien gezogen werden«, zählte er auf. »Nicht zu vergessen die Werbemaßnahmen und …«

»Billy, ich frage nicht noch mal!«

Abwehrend hob er die Hände. »Okay, okay, ich sag's dir ja! Also gut hunderttausend müssten es schon sein, wenn wir nicht überall Kröten schlucken und Kompromisse eingehen wollen, die den Erfolg eines solchen Filmes natürlich gefährden würden.«

»Ich besorg dir die hunderttausend!« Dass sie darauf bestehen würde, ihren prozentualen Anteil am Verkaufserlös des Films in ihrem Vertrag mit der Grand Horizon der neuen Situation anzupassen, verstand sich von selbst.

»Das werde ich dir nie vergessen, Ash«, flüsterte Rodnick sichtlich bewegt und zückte sein Taschentuch. Als er sie in seine Arme zog, schimmerten in seinen Augen Tränen.

Nun, da die Krise überstanden war, kehrte auch sein Appetit zurück. Er konnte gar nicht schnell genug ins Schlafzimmer kommen. Gerade noch nahm er sich die Zeit, den Champagner aus dem Eisfach zu holen und die Flasche zu entkorken, dann lag er schon auf ihr. Nachdem er gekommen war, wollte er gleich ein zweites Mal. Und weil sie in Spendierlaune war, kam sie seinem Wunsch, sie möge seiner schlaffen Nudel neues Leben einblasen, bereitwillig nach. Er war kein sonderlich guter Liebhaber, aber auch kein sonderlich schlechter, und Ashley hatte, was das anging, einige Erfahrung. Sex als rein körperlicher Akt hatte ihr nie viel bedeutet, außer als Mittel der Macht. Jedenfalls hatte noch keiner sie im Bett in jenen Zustand der Entrückung oder gar Ekstase versetzt, von dem so viel hergemacht wurde. Und die irgendwie unvollendete Erregung, die sie manchmal bei diesem schweißtreibenden Ringen zweier nackter Körper erfasste, fiel in der Regel schnell in sich zusammen und machte einer großen Ernüchterung Platz.

Deshalb ergriff sie auch die erste sich bietende Gelegenheit, um aus dem Bett zu kommen. »Wenn du nichts dagegen hast, nehme ich jetzt ein Bad«, sagte sie, als er von ihr herunterrollte und nach seinen Zigaretten griff. »Es war ein langer Drehtag, und du kannst auch ganz schön anstrengend sein, Billy.« Sie tätschelte seinen Oberschenkel und bedachte ihn mit einem Lächeln, als hätte er sie mit seinen Liebeskünsten in den siebten Himmel der Lust geführt.

»Tu das, und lass dir nur Zeit«, sagte er und schwang sich ebenfalls aus dem Bett. »Ich glaube, ich muss da auf dem Tisch erst mal für Ordnung sorgen und dann Peter anrufen und ihm sagen, dass du uns rettest. Also wirklich, dich hat der Himmel geschickt!«

Ashley begab sich ins angrenzende Bad, das mit seinem schwarzweißen Marmor, den goldenen Armaturen und der schlittenförmig geschwungenen Wanne auf goldenen Klauenfüßen auch einem römischen Konsul oder Kaiser gut zu Gesicht gestanden hätte. Was für ein Luxus. Dafür zahlte Billy doch sicher ein Schweinegeld an Miete.

Sie ließ Wasser ein und schloss die Tür. Mit einem Bein stand sie schon in der Wanne und wollte nach einem der Badesalze greifen, die in der Wandnische über der Wanne aufgereiht standen und allesamt maskuline Düfte versprachen, da fiel ihr das Geschenk von Kate ein. Orangenblüten, das wollte sie ausprobieren!

Also stieg sie wieder aus dem Wasser, schlang sich ein Badetuch um die Hüften und ging, um den flauschigen Teppichboden nicht allzu nass zu machen, auf Zehenspitzen zurück ins Schlafzimmer. Aus dem Wohnbereich drang Billys Stimme durch die halb offene Tür. Offenbar telefonierte er mit dem feisten Conway. Sie wollte ihn schon rufen und bitten, ihr die Dose mit dem Badesalz aus ihrer Handtasche zu holen, da hörte sie ihn voller Häme sagen: »Ich hab dir doch gesagt, dass die dumme Kuh voll auf die Masche mit der drohenden Pleite reinfällt!«

Ashley erstarrte. Sie konnte nicht glauben, was sie hörte. Das Blut rauschte ihr in den Ohren.

»Was? … Nein, sie spuckt, ohne mit der Wimper zu zucken, hundert Riesen aus … Ja, sag ich doch! … Genau, dumm wie ein Pfund Brot! … Mit der Tussi machen wir das Geschäft unseres Lebens … Und ob da noch mehr zu holen ist! Nein, ganz anders … wir verkaufen ihr schon vor Spielbeginn des Scheißfilms die Fortsetzung … Klar doch, die Affäre zwischen Cleo und Antonius … Nein, nein, überlass das nur mir. Du hättest mich sehen sollen vorhin, ich hab mir vor Rührung über ihre Opferbereitschaft doch tatsächlich ein paar Tränen abgequetscht. Ich sag dir, ich hätte auch vor der Kamera Karriere machen können … Worauf du dir einen runterholen kannst! … Klar, wie ’ne Zitrone quetschen wir das selbstverliebte Püppchen aus! … Nee, ich deichsle das schon … ja, auf meine elegante Art.«

Schallendes Gelächter.

Ashley fühlte sich einer Ohnmacht nahe. Mit letzter Kraft wankte sie zurück ins Bad, schloss hinter sich ab, sackte kraftlos zu Boden und presste sich das Badetuch vors Gesicht, damit Billy ihr Schluchzen nicht hörte.

17

Ein weißes Feuer verschlang ihn, fraß von innen und außen gleichzeitig an ihm, als hätte man ihn in einen Bottich mit Salzsäure getaucht. Er hörte Schreie in der feurigen Helle, wusste aber nicht, von wem sie kamen. Manchmal war ihm, als stiegen sie aus ihm selbst empor, mitten aus dem grellen Feuer, dann wieder überschwemmte ihn das herrliche Wohlgefühl, das das Feuer in ihm einfach erlöschen ließ. Aber nicht lange, und es loderte wieder mit teuflischer Inbrunst, bis die betäubende Glückseligkeit dem Wüten erneut Einhalt gebot. Hellblaue Gestalten mit weißem Brustharnisch und turmhoher Krone aus gezacktem Eis geisterten durch seine Träume.

Als Gillmore zum ersten Mal bewusst die Augen aufschlug, konnte sein Geist mit dem, was er um sich herum wahrnahm, nichts anfangen. Er sah sein rechtes Bein weiß umwickelt an einer Art Galgen schräg nach oben drapiert, den rechten Arm, ebenso weiß verpackt, im rechten Winkel unbeweglich vor seiner Brust, sah die weiß getünchten Wände und die drei eisernen Bettgestelle mit den fremden Männern darin und begriff nichts von alldem. Wie ein durchdrehendes Rad kamen seine Gedanken einfach nicht von der Stelle. Er blinzelte und merkte, dass mit seinen Augen etwas nicht stimmte, hätte aber nicht sagen können, was es war. Seine Gedanken hingen fest, völliger Stillstand im Hirn. Eine

Welle von Schmerz jagte durch seinen Körper und ließ ihn laut stöhnen.

Im nächsten Augenblick erschien eine matronenhafte Frau in den Fünfzigern an seinem Bett. Sie trug eine gestärkte weiße Schürze über einer hellblauen Uniform, und eine weiße Haube verdeckte den größten Teil ihrer dicken, graubraunen Haare. Auf ihrer Oberlippe zeichnete sich der Schatten eines Damenbarts ab, aber ihre großen Augen blickten warm und gütig.

»Was … aah … wo?«, stammelte Gillmore heiser.

»Endlich! Jesus, Maria und Joseph sei's gedankt!«, rief sie und bedachte ihn mit einem warmen Lächeln. »Sie sind wieder bei Bewusstsein! Und dabei haben wir schon das Schlimmste befürchtet, wo Sie doch so lange im Koma lagen!«

»Koma?«, krächzte er, und langsam setzten sich die Räder seines Denkens in Bewegung, als müssten sie sich durch Sirup kämpfen. Tau-Tau! Die Klippen. Der Wagen. Der Türgriff, an dem er hängen geblieben war! Kalter Schweiß brach ihm aus. Was war geschehen, nachdem der Wagen ihn überrollt hatte? Hatte Tau-Tau überlebt? Nein, unmöglich. Dafür war das Taxi zu nahe am Abgrund gewesen. Aber was war geschehen? Was hatten sie am Fuß der Klippen gefunden? War das Wrack in Flammen aufgegangen? Nun rasten die Gedanken wie die Blitze eines Tropengewitters durch sein Hirn.

Die Schwester nickte mit ernster Miene. »Geschlagene zehn Tage, gestern haben wir den ersten Advent gefeiert. Grundgütiger, Sie waren so gut wie tot, als man Sie bei den Klippen gefunden hat. Und dann wollten Sie einfach nicht aus dem Koma erwachen. Fast hätten wir Sie aufgegeben. Aber der Allmächtige, er sei gepriesen, hat es in seiner Barmherzigkeit anders bestimmt.«

»Wo bin ich? Was ist mit mir?«, stieß er, von jäh auf ihn einstürmenden Ängsten bedrängt, hervor. Was, wenn der Wagen nicht in Flammen aufgegangen war und die Polizei ihn belastende Spuren gefunden hatte? Dann drohte ihm lebenslänglich San Quentin!

»Sie sind im St. Luke's Hospital und damit in besten Händen«, versicherte sie und stellte sich als Schwester Cecilia vor. »Sie können Gott danken, dass Sie überhaupt noch am Leben sind. Dr. Mortons überragende ärztliche Fähigkeiten haben dabei natürlich eine gewisse Rolle gespielt. Er wusste gar nicht, was er zuerst operieren sollte, hatten Sie sich doch mehrere Rippen, die rechte Hüfte sowie den rechten Arm und das rechte Bein gebrochen, Mr Sloan.«

»Mein Name ist …«, setzte Gillmore an, brach aber ab, weil er husten musste. Jedes Wort bereitete ihm Schmerzen, als sei ihm jemand mit einem Reibeisen durch die Kehle gegangen.

Schwester Cecilia legte ihm beruhigend die Hand auf die Schulter. »Strengen Sie sich nicht zu sehr an. Wir wissen, wie Sie heißen, Mr Sloan. Man hat Ihr Seemannsbuch und die …«, sie zögerte kurz und schien verlegen, »… nun ja, die anderen Papiere bei Ihnen gefunden. Ist alles zusammen mit Ihrem Geld hier in der Schublade des Nachtschränkchens.«

Gillmore starrte sie einen Augenblick verständnislos an. Dann begriff er. Natürlich, sie mussten ihn ja für den Seemann Gordon Sloan halten! Er hatte nichts bei sich gehabt, das verraten hätte, wer er wirklich war, dagegen aber alle Papiere, die er Tau-Tau abgenommen hatte. Und aus der Tatsache, dass man ihn für Gordon Sloan hielt, folgte ganz zwangsläufig, dass sie im Taxiwrack nichts gefunden hatten, anhand dessen sie Tau-Tau hätten identifizieren können. Mit einem langen Stöhnen der Erlösung schloss er die Augen.

Schwester Cecilia deutete das falsch. »Haben Sie starke Schmerzen? Warten Sie, ich setze Ihnen eine Morphiumspritze. Wir müssen aber bald anfangen, die Dosis zu reduzieren, sonst kommen Sie nicht mehr davon los. Nun ja, bis wir Sie aus den Streckverbänden nehmen können und Sie wieder richtig auf den Beinen sind, haben wir noch einen langen Weg vor uns. Aber das Schlimmste haben Sie hinter sich. Willkommen zurück unter den Lebenden, Mr Sloan.« Sie tätschelte ihm die Schulter und ging die Spritze holen.

Später erfuhr Gillmore, dass er auch sein rechtes Auge verloren hatte und dass es Monate dauern würde, bis er wieder richtig gehen konnte – sofern er Glück hatte und nicht für den Rest seines Lebens auf Krücken angewiesen war.

Zwei Tage später bekam er Besuch. Die beiden Polizisten wollten wissen, was an den Klippen vorgefallen war. Schwester Cecilia hatte ihm schon am Tag vorher mitgeteilt, dass die Polizei Fragen an ihn hatte, daher hatte er Zeit gehabt, sich eine glaubhafte Geschichte zurechtzulegen.

»Also, ich wollte runter zur Fähre …«, begann er mit extradünner Stimme, als fühle er sich sowohl geistig als auch körperlich kaum in der Lage, sich auf dieses Gespräch zu konzentrieren. Sollte er etwas Falsches sagen, konnte er später behaupten, noch unter dem verwirrenden Einfluss des Morphiums gestanden zu haben. Man musste sich immer eine Hintertür offen halten.

»Dich hatten sie gerade erst aus San Quentin entlassen, nicht wahr?«, unterbrach ihn der Ranghöhere, ein Sergeant mit kleinen kalten Augen und dem platten Gesicht eines erfolglosen Boxers. Er wollte wohl klarstellen, dass sie wussten, dass sie einen vor sich hatten, der fünf Jahre im Knast gewesen war. Sie dachten überhaupt nicht daran, ihn mit »Mister« anzureden.

Gillmore nickte. »Weiß der Teufel, was der Kerl sich gedacht hat, als er mich ausnehmen wollte. Wer frisch aus dem Knast kommt, hat ja wohl nichts, was sich zu rauben lohnt, oder?«

Der Sergeant schnaubte abfällig. »Ihr beide hättet euch schön die dreckigen Hände reichen können.«

Gillmore hob fragend die Brauen. »So?«

»O ja! Wer immer der verkohlte Kerl in dem Wrack war, der Wagen hat ihm nicht gehört. Es war ein Taxi der Checker Cab

Company, das einen Tag vorher in Oakland als gestohlen gemeldet worden war«, warf der jüngere Polizist ein.

»Ach was«, sagte Gillmore nur.

»Weiter!«, drängte der Sergeant.

Gillmore zuckte die Achseln. »Viel weiter gibt's da nicht, Officer. Ich wollte wie gesagt runter zur Fähre, und da fiel ihm plötzlich ein, dass er pinkeln musste«, murmelte er. »Er ist auf diesen Sandweg abgebogen, hat mich mit einem Messer bedroht und gesagt, ich soll gefälligst rausrücken, was ich an Geld bei mir habe. Na, da bin ich aus dem Wagen gesprungen und hab versucht zu fliehen. Er ist mir hinterher und hat mich umgefahren, bevor ich mich noch in die Büsche schlagen konnte. Und was dann passiert ist, weiß ich nicht.«

»Irgendwie verrückt, dass der Bursche, nachdem er dich schon unter den Rädern hatte, noch direkt auf den Abgrund zugefahren ist«, sagte der Sergeant verdrossen, als suche er nach etwas, das er dem ehemaligen Knastbruder anhängen konnte.

»Vielleicht hat er in der Aufregung vergessen, in welche Richtung er davongerast ist«, meinte sein Kollege achselzuckend.

»Kann schon sein, ist aber trotzdem komisch«, knurrte der Sergeant, klappte seinen Notizblock zu, sah Gillmore noch einmal verächtlich an und stiefelte mit seinem Kollegen aus dem Zimmer.

Gillmore schickte ihnen einen lautlosen Fluch hinterher. Die Erleichterung darüber, dass sie nichts gegen ihn in der Hand hatten und ihn wie das Krankenhauspersonal für Gordon Sloan hielten, wich jedoch schnell wieder ohnmächtiger Wut auf sich selbst. Er hätte schreien mögen. Wie hatte ihm bloß dieses Missgeschick mit dem Türgriff passieren können? Nun war er für weiß der Teufel wie lange ans Bett gefesselt! Den einzigen Trost fand er darin, dass dennoch nicht alles verloren war. Egal, wie lange er sich quälen musste, er würde wieder auf die Beine kommen. Und dann würde er die Caldwells zur Ader lassen!

18

Es war noch eine gute Stunde bis Sonnenaufgang, als Frank sein Haus hoch oben im Coldwater Canyon verließ und sich in den silbergrauen Hispano-Suiza setzte. Er steckte sich eine Zigarette an, kurbelte das Fenster herunter und rollte rückwärts aus der Auffahrt. Das Licht der Scheinwerfer riss das Haus aus dem gnädigen Dunkel. Einmal mehr nahm er sich vor, die Maklerin zu drängen, dass sie endlich einen Käufer für diese architektonische Scheußlichkeit fand. Mittlerweile war ihm selbst ein Verkauf mit hohem Verlust recht.

Gemächlich folgte er den Windungen hinunter in die Stadt, während seine Gedanken zur Vielzahl der vor ihm liegenden Aufgaben zurückkehrten. Die vergangenen anderthalb Wochen war er unentwegt damit beschäftigt gewesen, die organisatorischen Grundlagen für sein Vorhaben zu schaffen, denn in einem halben Jahr wollte er mit der Produktion seines ersten Tonfilms beginnen. Manchmal hatte er sich gefühlt wie im Zentrum eines Wirbelwinds, der ihn in mehrere Richtungen gleichzeitig zu zerren versuchte. Er hatte kaum eine ruhige Minute gehabt und nur wenig geschlafen, war ständig unterwegs und unzählige Stunden am Telefon gewesen. An manchen Tagen hatte er sogar vergessen, Harriet anzurufen, weil er noch in irgendeiner Besprechung gesessen hatte. Er hatte sich förmlich Fransen an den Mund geredet, um für den Aufbau seiner Tonfilmstudios Fachleute anzuwerben. Diese Experten waren nicht nur rar wie schwarze Trüffel, sondern wurden auch von vielen Seiten heiß umworben. Aber er hatte es geschafft, ausreichend Leute zu gewinnen, die auf dem Gebiet des Lichttonverfahrens bei Western Electric gearbeitet hatten und die notwendige Erfahrung mitbrachten. In wenigen Tagen begann auf dem Gelände der Triple S der Abriss der Halle Stage 3. Auch die angrenzenden Außenkulissen mussten für den Neubau der drei Tonfilmateliers weichen und weiter hinten auf dem noch freien Gelände neu errichtet werden.

Frank konnte es nicht erwarten, dass das Studio sich an Tonfilmproduktionen wagte. Es war eine harte, aber auch eine aufregende Zeit, fast so aufregend wie damals, als er den Sprung in die Selbstständigkeit gewagt, das alte Bohrgelände jenseits des Cahuenga Pass gekauft und die Silver Screen Studios gegründet hatte. Auch jetzt setzte er wieder alles auf eine Karte.

Als er ans Ende der schmalen Bergstraße kam, die am Fuß des Coldwater Canyon in den von Palmen und Pfefferbäumen gesäumten Sunset Boulevard mündete, bog er links ab und fuhr zügig in Richtung Beverly Hills. Immer wieder glitten die Lichtkegel der Scheinwerfer über die Umfriedungen großer Grundstücke, wobei es sich überwiegend um Zypressen- oder Buchsbaumhecken handelte. Aber es tauchten auch Begrenzungen aus Oleander, Frangipani oder Jasmin sowie aus üppigen Bougainvillea- und Rosensträuchern auf.

Manchmal konnte er nicht glauben, dass erst anderthalb Jahrzehnte vergangen waren, seit die Filmindustrie Hollywood und sein Umland für sich entdeckt hatte. Noch vor wenigen Jahren war Beverly Hills eine zwar landschaftlich reizvolle, aber kaum bewohnte Gegend gewesen. Mittlerweile schossen hier großartige Villen und Stadthäuser aus dem Boden wie Pilze nach einem warmen Regen, wobei offenbar auch der Geschmacklosigkeit keine Grenzen gesetzt waren. Häuser im spanisch-mexikanischen Stil hatte es hier von Anfang an gegeben, nun aber bauten sich die Reichen der Filmindustrie auf ihren parkähnlichen Grundstücken auch Prunkhäuser, die französischen Châteaus, englischen Herrenhäusern im Tudor-Stil oder den säulenreichen Palästen der römischen und griechischen Antike nachgeahmt waren. Und dazwischen fanden sich maurische Bauten sowie mit Wehrtürmen und

Ringmauer bestückte Schlösser, die sich am Ufer des Rheins gut gemacht hätten. Jemand, der ganz besonders hervorstechen wollte, hatte sein Protzhaus sogar so bauen lassen, dass es aussah wie eine Burgruine aus dem Mittelalter, im Innern jedoch mit allem nur erdenklichen Luxus ausgestattet war.

Einige Leute in Hollywood verdienten einfach zu viel und zudem oft noch zu schnell. Und Geld war eben noch nie ein Synonym für guten Geschmack, ging es Frank durch den Kopf. Dabei hätte er fast das halbe Dutzend teurer Automobile übersehen, die vor dem hell erleuchteten »Mirador« parkten. Immerhin, Laura Lynns lindgrünen Rolls-Royce mit den blitzenden Speichenreifen erkannte er im Schein der Straßenbeleuchtung noch rechtzeitig. Laura war nicht nur sein größter und einträglichster Star, sondern auch einer der wenigen Menschen in Hollywood, die ihm wirklich etwas bedeuteten.

Zu dieser frühen Stunde herrschte gottlob wenig Verkehr auf dem Boulevard, sodass sein abruptes Bremsmanöver niemanden behinderte oder gar gefährdete. Er drehte mit quietschenden Reifen und parkte neben Lauras Nobelkarosse.

Seit Laura ihren letzten Film für die Triple S abgedreht hatte, waren sie einander nicht mehr begegnet, und das war fünf, sechs Wochen her. Frank freute sich, dass sie von ihrer Kubareise mit Ehemann Nummer drei – oder war es schon Nummer vier? – zurück war.

Laura gehörte zu den wenigen Schauspielern, zu denen er eine tiefe persönliche Beziehung unterhielt. Daran hatte sich auch nach dem Ende ihrer Jahre zurückliegenden kurzen, aber leidenschaftlichen Liebesbeziehung nichts geändert. Sie hatte für immer einen besonderen Platz in seinem Herzen. Immerhin hatte er sie vor gut dreizehn Jahren am Strand von Santa Monica buchstäblich entdeckt und zum Star gemacht. Nun ja, dabei hatte auch der gute Vergil die Hand im Spiel gehabt. Vielleicht fühlte er, Frank, sich

Laura auch deshalb so verbunden, weil sie ihn in so vielem an Harriet erinnerte, und zwar nicht nur durch ihre aparte Erscheinung, die weit mehr war als makellose Züge, blauschwarzes Haar und smaragdgrüne Augen.

Das im spanischen Stil gehaltene Restaurant lag nur zwei Blocks vom »Plaza Hotel« entfernt und gehörte zu den beliebten Treffpunkten der örtlichen High Society. Es hatte Tag und Nacht geöffnet und stand im Ruf, die besten Bloody Marys, die saftigsten argentinischen Steaks und die schmackhaftesten Pancakes von ganz Hollywood zu servieren, wobei sich die Kundschaft darüber stritt, ob es sich bei dem alkoholischen Zusatz in den Pancakes um Rum aus Jamaika oder mexikanischen Tequila handelte. Ein Geheimnis, das der Restaurantbesitzer, ein waschechter Ire ohne jeden südländischen Hintergrund, nicht zu lüften gedachte. Das Personal trug eine spanische Fantasieuniform, die jeden noch so prächtig herausgeputzten Matador vor Neid hätte erblassen lassen. Darin erschöpfte sich jedoch das Spanische im »Mirador«, von spanischer Küche ganz zu schweigen. Das wunderte hier niemanden. In Hollywood triumphierte ganz selbstverständlich die schöne Fassade über das Echte. So war es schon gewesen, als hier noch keiner Filme gedreht hatte und die Gründungsväter das Nest auf den Namen Hollywood getauft hatten, obwohl es weit und breit nicht einen »holly tree« gab. Es war doch nichts so machtvoll wie die Imagination.

Jedenfalls erfreute sich das »Mirador« zu allen Tages- und Nachtzeiten großer Beliebtheit. So früh am Morgen traf man hier jene Partygänger an, die nach durchzechter Nacht ein stimmungsvolles Restaurant mit guter Küche für ein Katerfrühstück suchten.

Beschwingt trat Frank ein und fand Laura in bester, nein exklusiver Gesellschaft. Sie saß an einem der runden Tische nicht nur mit zwei seiner besten Regisseure zusammen, Andrew Talbot und dem deutschstämmigen Erich von Traunstein, sondern auch mit vier Schauspielern, von denen drei zum Hochadel der Leinwand zählten: Douglas Fairbanks, strahlender Herzensbrecher und Held tollkühner Leinwandabenteuer, und seine Frau Mary Pickford, seit Jahren Amerikas angehimmeltes Sweetheart, beide absolute Stummfilm-Publikumslieblinge mit millionenschwerem Bankkonto. Das glanzvollste Paar Hollywoods hatte sieben Jahre zuvor mit Charlie Chaplin und D. W. Griffith ein eigenes Filmstudio gegründet – die United Artists. Der dritte »Royal« in der Runde war der Schönling George O'Brien, der den Olymp vielleicht noch nicht ganz erklommen hatte, aber auf die Rolle des edelmütigen Liebhabers und Salonlöwen abonniert und ebenfalls ein Garant für volle Kinokassen war. Die junge und bildhübsche Schauspielerin, die an seinem Arm hing und den typischen Pagenschnitt sowie das kurze Fransenkleid der Flapper trug, war für Frank ein unbeschriebenes Blatt. Vermutlich ein Starlet, das O'Brien letzte Nacht aufgegabelt hatte. Jugend und Schönheit fand man in Hollywood in jeder Bedienstetenuniform, an jeder Tankstelle und hinter jeder Verkaufstheke.

Dass sie, allesamt in eleganter Abendgarderobe, vom Zustand der Nüchternheit noch weit entfernt waren, verriet schon das Gejohle, mit dem Frank empfangen wurde. Er ging um den Tisch und begrüßte alle, wobei die junge Fremde ihm als Alice Sutton vorgestellt wurde; mit den anderen war er gut bekannt. Studiobosse mochten Konkurrenten sein, aber wenn es den gemeinsamen Interessen diente, setzte man sich doch oft zusammen. Zudem waren Douglas Fairbanks und Mary Pickford ebenso leidenschaftliche wie großzügige Gastgeber, und Frank stand regelmäßig auf der Gästeliste.

»Ha, das müssen Sie gerochen haben, dass wir Sie dringend brauchen, Frank!«, rief Douglas Fairbanks. Mit seinem guten Aussehen und dem charmanten Lächeln hatte er im wahren Leben dieselbe einnehmende Präsenz wie auf der Leinwand. »Endlich haben wir einen, der hier in der gestrandeten Artusrunde den Schiedsrichter geben kann!«

»Worüber soll ich denn richten?«, erkundigte sich Frank und legte Doug die Hand auf die Schulter. Sich einen Stuhl heranzuziehen und sich zu ihnen zu setzen kam ihm nicht in den Sinn.

»Ich bin für das Ei!«, trompetete Andrew Talbot mit schwerer Zunge. Mit seiner randlosen Brille, den jungenhaften Zügen und der schlaksigen Figur sah der Regisseur aus wie ein Hochschullehrer, der gerade die ersten tapsigen Schritte ins Berufsleben macht. Ein Eindruck, wie er trügerischer kaum hätte sein können. Talbot war ein Fuchs und ein Meister seines Fachs, und das seit vielen Jahren.

Das Starlet kicherte.

»Also, wir reden hier von dem Mysterium und der weiblichen Heldentat des Kinderkriegens, Frank!«, erklärte Erich von Traunstein, der sich nüchtern gab, indem er überdeutlich zu artikulieren versuchte, was jedoch den gegensätzlichen Effekt hatte. Er war gerade erst dreißig geworden, aber in der Sparte Slapsticks Komödien schon seit Jahren Franks bester Regisseur. »Und das Ei ist da nach intensiver Beleuchtung aller wünschenswerten Möglichkeiten in die finale Auswahl der Alternativen gekommen. Ist doch so, oder?« Er blickte mit glasigen Augen in die Runde.

Frank lachte, und Laura, die von allen am wenigsten betrunken schien, schüttelte den Kopf über den Unsinn.

»Also genau betrachtet, kommt mir das schon äußerst fragwürdig vor«, nuschelte Andrew Talbot, der offenbar vollkommen vergessen hatte, dass er gerade noch dafür gewesen war.

»Einfach mal so zwischen zwei Einstellungen ein Ei zu legen«, fuhr von Traunstein fort, »wo das Kind drinsteckt, so wie Mary es vorgeschlagen hat, wäre doch viel praktischer und …«

Douglas Fairbanks winkte ab. »Ach was, von und zu Traunstein. Ich finde, man sollte Kinder erst mal 'ne gute Weile kennenlernen dürfen, bevor man sich entscheidet, ob man sie wirklich haben will! Bist du nicht auch dafür, Herzallerliebste, du schönste Blume der Prärie?« Eine Teetasse in der schwankenden Hand, wandte er sich an seine Frau.

Mary Pickford nickte und sagte mit filmreifem Schmollmund und Kleinmädchenstimme: »Alles, was du willst, Liebling. Aber zuerst führen wir ein, dass es Ehemänner nur mit Rückgabeschein gibt.«

Alles lachte.

»Gibt's doch längst«, meldete sich George O'Brien mit schwerer Zunge zu Wort. »Hat unsere Ex-und-hopp-Laura doch gerade erst wieder praktiziert. Eiskalt abserviert hat sie den Schuft! Los, einen Toast auf unsere Ex-und-hopp!«

Frank warf Laura einen fragenden Blick zu. Sie hatte ihren letzten Ehemann, einen Unternehmer aus der Ölbranche, doch erst vor einem Jahr geheiratet!

Laura zuckte die Achseln, als sei die Angelegenheit nicht der Rede wert. »Ich finde, eine Ehe ohne Kinder zählt nicht wirklich«, sagte sie leichthin, doch ihr Lächeln kam Frank angestrengt vor.

»Leute, ich sage euch, das Leben tendiert zum Chaos!«, warf Talbot ein und hatte Mühe, das Feuerzeug lange genug still unter seine Zigarette zu halten, um sie anzuzünden.

»Und ich sage, das Leben ist kein Ponyhof, aber geritten wird trotzdem«, erwiderte Douglas Fairbanks mit einem Grinsen.

»Fragt sich nur, wie lange du dich im Sattel hältst!«, gab seine Frau nicht weniger anzüglich zurück.

»Na, unser letzter Ritt …«

»… war Zielsprint im fliegenden Galopp.«

Lautes Gejohle.

»Ein kluges Pferd springt nur so hoch, wie es muss«, konterte Douglas Fairbanks und wurde für seine heitere Abgeklärtheit mit einem Kuss belohnt.

»Ja, ja, klammerst du die Liebe aus, ist die Erde ein Grab«, murmelte von Traunstein und winkte einen der Kellner heran. »Noch mal auftanken, Torero!«

Der Kellner verzog keine Miene und kam mit einer silbernen Teekanne zurück. Aber was da so bernsteinfarben in die Tassen lief, war nicht Tee, sondern Brandy. Im »Mirador« handhabte man das Einschenken alkoholischer Getränke dezenter als andernorts in der Stadt; immerhin lag das Polizeirevier gleich um die Ecke. Dem zollte man Respekt, auch wenn jeder Polizist wusste, was da ausgeschenkt wurde.

»Okay, ich muss weiter«, sagte Frank und hob die Hand zum Abschied. Er war einfach zu nüchtern für diese Art von Unterhaltung. »Hab gleich einen Termin. Also, macht's gut. Man sieht sich!«

»Ich muss auch los. Außerdem muss ich noch kurz mit dir reden, Frank«, sagte Laura fast erleichtert und stand auf.

»Lass nur, geht hier alles auf mich. Werd's der Fox als Spesen in Rechnung stellen, für den tapfer abgewehrten Versuch, dich von diesem Schinder-Studio Triple S abzuwerben«, rief George O'Brien großspurig, als Laura Geldscheine aus ihrer Handtasche zog, und warf Frank ein freches Grinsen zu.

Frank grinste breit zurück.

»Ihr beide, Silvester bei uns auf Pickfair!«, rief Douglas Fairbanks ihnen nach. »Nicht vergessen, okay?«

»Ich sorge dafür, dass die Einladung mit in die Lotterie kommt, Doug!«, gab Frank zurück, reichte Laura den Arm, winkte den anderen noch einmal zu und trat mit ihr hinaus in den Dezembermorgen.

Laura atmete tief durch. »Mein Gott, wie gut die frische Luft tut! Allmählich werde ich zu alt für diese durchgefeierten Nächte.«

Darauf ging er nicht ein. Sie war noch keine vierzig und sah noch immer hinreißend aus, was sie sehr wohl wusste. Sie würde noch lange die mondäne, leicht geheimnisvolle Dame von Welt spielen, der die Männer zu Füßen lagen. »Es ist wirklich aus?«, fragte er und sah sie mitfühlend an.

Sie nickte. »Die verunglückte Episode ist abgeschlossen. Glatter Schnitt, Frank. Der Scheidungsantrag liegt schon bei Gericht. Ich wusste nicht, dass er ein krankhafter Spieler ist und bei jeder Pechsträhne Zuflucht im Jähzorn sucht. Gut, dass es in Havanna Casinos gibt und ich erkannt habe, wer er wirklich ist.«

»Tut mir leid, Laura«, sagte er.

Sie seufzte und bemühte sich um ein Lächeln. »Mit Männern, die mir einen Ehering an den Finger stecken, habe ich offenbar kein Glück. Keiner hält dem Vergleich stand«, sagte sie und ließ unerwähnt, welchen Vergleich sie meinte. Dabei sah sie ihn wehmütig an, ein Blick, der ihn unwillkürlich an leidenschaftliche Nächte in ihrem Strandhaus zurückdenken ließ. Doch schon im nächsten Augenblick verschwand der schutzlose Ausdruck von ihrem Gesicht, und mit einem Schulterzucken fuhr sie scheinbar selbstbewusst fort: »Es erfüllen sich nun mal nicht alle Blütenträume, Frank. Man muss zum Jäger werden, will man nicht Hase sein – und das ist das Letzte, was ich will. Aber lassen wir das. Erzähl mir lieber, ob es stimmt, was man sich erzählt. Setzt du jetzt wirklich auf den Tonfilm? Und heißt das, du produzierst bald keine Stummfilme mehr?« Es war unübersehbar, dass sie sich um ihre Zukunft als Schauspielerin sorgte.

Frank grinste. »So ist es!« Natürlich hatten Holbrook und er es nicht an die große Glocke gehängt, dass die Silver Screen Studios bald auch Tonfilme zu produzieren und dafür ganz neue Ateliers zu bauen gedachte. Aber wenn man derart intensive Erkundigungen einzog und so viele Fachleute unter Vertrag nahm, wie er es getan hatte, dann sickerten diese Informationen unweigerlich durch. »Trotzdem brauchst du dir wegen deiner Karriere nicht den Kopf zu zerbrechen. Bei deiner samtweichen Stimme wird der

Tonfilm dich nur noch berühmter machen, du wirst sehen. *Bitter Harvest* wird dein erster sein. Aber lass uns darüber später in Ruhe reden.« Er bot ihr an, sie nach Hause zu fahren, doch sie versicherte, sie sei nüchtern genug, um die kurze Strecke selbst zu bewältigen. Sie bedankte sich und gab ihm zum Abschied einen langen Kuss auf die Wange.

Frank setzte sich in seinen Wagen, sah ihr kurz nach und fuhr dann zu seiner Verabredung. Als er auf dem DeMille Airfield vor dem Hangar von Harry Bonefish hielt, brachte das erste Licht des Tages den Himmel über den östlichen Hügeln zum Glühen. Der Kunstpilot bastelte an einem aufgebockten Triebwerk. Er war Frühaufsteher, wie er Frank tags zuvor hatte wissen lassen.

»Frank Maynard, wir haben gestern telefoniert«, stellte Frank sich vor.

Harry Bonefish, ein Mann um die fünfzig mit wettergegerbtem Gesicht, musterte ihn aus hellen, aufmerksamen Augen. »Und ich soll Sie beim Kauf Ihres ersten Flugzeugs beraten, ja?«

Frank nickte. »Sie sind mir empfohlen worden, unter anderem von Mr Hughes.«

Harry Bonefish lachte trocken. »Ach, der Heißsporn. Nun ja, das weiß ich zu schätzen. Was schwebt Ihnen denn vor? Haben Sie schon eine Maschine im Auge? Und welche Preisklasse kommt infrage, Mr Maynard?«

»Ich habe nicht den blassesten Schimmer von Flugzeugen und was sie kosten, Mr Bonefish.«

Die buschigen Brauen des Fliegers hingen leicht in die Höhe. »Aber Sie wollen eine Maschine kaufen, richtig?«, vergewisserte er sich.

»Ja, unbedingt.«

»Was haben Sie denn bisher geflogen?«

»Eine Junkers-Larsen«, antwortete Frank und fügte mit einem Grinsen hinzu: »Als Passagier.«

»Oh!«, entfuhr es Harry Bonefish, und sein Gesicht zeigte kurz einen Ausdruck von Verwirrung. »Aber ich nehme an, Sie wollen die Maschine irgendwann auch selber fliegen?«

»Ja, und zwar so schnell wie möglich. Aber dass ich noch nicht fliegen kann, steht ja dem Kauf eines Flugzeuges nicht im Weg, oder?«

»Nicht unbedingt, nein«, sagte Bonefish und musterte ihn noch einmal mit gefurchter Stirn. »Und wann gedenken Sie, mit dem Flugunterricht zu beginnen?«

»Wie wär's mit sofort, Mr Bonefish?«

19

Am letzten Tag des Jahres versank San Francisco einmal mehr in dichtem Nebel. Schon vor dem ersten Licht trieben die Nebelfelder wie tief hängende Wolken vom Meer heran, rollten über die felsige Landenge des Golden Gate hinweg und krochen die Hügel hinauf. Als die Stadt zum Leben erwachte, waberte eine nasskalte Suppe über der Bay und zog durch alle Gassen und Straßenschluchten. Die milchige Flut dämpfte alle Geräusche, nur das lang gezogene Tuten der Nebelhörner, die sich manchmal zu einem dunklen Chor verbanden, war weithin zu hören. Für Stunden fiel die Stadt in eine hilflose Starre. Kaum jemand wagte sich vor die Tür, zu groß war die Angst, sich in dem Nebel zu verirren, sich in einer Baugrube die Knochen zu brechen oder von einem Gefährt erfasst zu werden, dessen Besitzer die Rücksichtslosigkeit besaß, sich trotz fehlender Sicht hinters Lenkrad zu setzen.

Ungeduldig wartete Harriet darauf, dass die Sonne an Kraft gewann und der Nebel sich weit genug lichtete, dass sie zum Grab ihrer Eltern fahren konnte. Sie dachte nicht daran, mit ihrer Gewohnheit zu brechen und den Friedhofsbesuch auf einen anderen Tag zu verschieben. Nur Rituale, die man entschlossen einhielt, gaben Halt.

Franks Anruf kam kurz nach acht, als Harriet gerade wieder einmal aus dem Fenster geschaut und nichts als graue Schleier vor Augen gehabt hatte. Sie freute sich, unverhofft seine Stimme zu hören, füchtete aber auch, dass der Grund dafür etwas Unerfreuliches sein könnte.

»Nein, bei mir läuft bislang alles nach Plan, was bedeutet, dass hier der ganz normale Irrwitz eines Studios im Umbruch herrscht«, versicherte er aufgekratzt. »Ich wollte einfach noch mal kurz deine Stimme hören, bevor ich hier wieder den Kampf aufnehme.«

Sie lächelte. »Wie lieb. Das macht gleich alles erträglicher«, sagte sie und erzählte ihm von dem Nebel, der wieder einmal das alltägliche Treiben zum Erliegen gebracht hatte. »Aber ich bin zuversichtlich, dass er sich wie üblich bis spätestens elf verzogen hat. Ich will ja noch zum Friedhof, bevor hier das große Getümmel einsetzt.«

Er lachte. »Stimmt, heute steigt bei dir ja eine Riesenparty.«

»Das kannst du wohl sagen. Wild bin ich nicht darauf, dass die halbe Universität von Berkeley bei mir feiert«, sagte sie mit einem Seufzer. »Aber Adrian hat sich nun mal gewünscht, seinen Zwanzigsten und Silvester in einem zu feiern. Er hat mich sogar dazu gebracht, ihm zu gestatten, dass er eine fünfköpfige Swing-Band engagiert. Du kannst dir vorstellen, was hier los sein wird.«

»Ach was, ich bin sicher, dass auch du deinen Spaß haben wirst.«

»Na, ich habe da so meine Zweifel. Gut fünfzig von seinen Freunden und Kommilitonen haben schon zugesagt. Gott weiß, wie viele noch ungeladen kommen! Ach, Frank, ich wünschte, du wärst hier und ich könnte dich küssen, wenn die Schiffssirenen um Mitternacht losheulen und die Glocken das neue Jahr einläuten.«

»Ich auch, Liebes.«

»Wo wirst du denn nun feiern?«

»Douglas Fairbanks hat mich eingeladen. Mary und er haben in Beverly Hills ein fantastisches Anwesen, mit Swimmingpool, Tennisplatz und Reitstall.«

»Der Douglas Fairbanks aus *Robin Hood* und *The Mask of Zorro*? Bei dem bist du eingeladen?«, rief sie.

Frank lachte. »Natürlich in Begleitung meines größten Stars. Ein Studioboss allein macht ja bei unserem Film-Hochadel nicht viel her. Aber letztlich sind Douglas Fairbanks, Mary Pickford, Charlie Chaplin und Gloria Swanson auch nur Menschen wie du und ich.«

»So weit würde ich nicht gehen«, sagte Harriet trocken.

»Sie lassen sich nur besser fotografieren als die meisten anderen«, gab er zurück. »So, ich muss jetzt leider. Wir hören uns später!«

Harriets Hoffnung auf besseres Wetter erfüllte sich. Kurz nach zehn riss die Nebeldecke auf, und eine halbe Stunde später hatte sich die Sicht so weit verbessert, dass sie sich unbesorgt in ihr Auto setzen und zum Laurel Hill Cemetery an der Ecke California Street und Presidio Avenue fahren konnte, wo unter einer schwarzen Marmorplatte mit goldenen Lettern ihr Vater Arthur und ihre Mutter Evelyn begraben lagen. Jordan, ihr Ehemann, hatte seine letzte Ruhestätte auf seinem geliebten Weingut Seven Oaks im Napa Valley gefunden, ganz oben am Waldrand, von wo aus man einen wunderbaren Blick über die Weinberge und das von Eichen umstandene Gutshaus auf der kleinen Anhöhe hatte.

Harriet hatte trockenes Laub von der Grabplatte gewischt und die Blumen auf den kalten Marmor gelegt, als sie das Knirschen von Schritten auf dem Kiesweg hörte. Sie richtete sich auf, drehte sich um und sah ihren Onkel auf sich zukommen, in einem pelzbesetzten Mantel, den eleganten Spazierstock munter schwingend und mit einem falschen Lächeln auf dem Gesicht. Die langen Enden des pomadesteifen Zwirbelbartes ragten keck in die Höhe.

»Wie schön, dass man sich mal wieder trifft, liebe Nichte!«, sagte er und lüftete den schwarzen Bowler. »Und das auf dem Friedhof. Passend, findest du nicht?« Seine Augen funkelten höhnisch.

Harriet glaubte nicht, dass dieses Zusammentreffen ein Zufall war, dafür kannte Onkel Henry ihre Gewohnheiten, was die Besuche am Grab anging, viel zu gut. »Ich wüsste nicht, was daran passend sein sollte«, erwiderte sie kühl.

»Nun, hier trägt man zu Grabe, was einem lieb und teuer ist, nicht wahr?«, erklärte er, um dann süffisant fortzufahren: »Und du musstest schließlich in letzter Zeit so einiges zu Grabe tragen. Nicht zuletzt die kindische Illusion, du könntest mir die Kontrolle über die Reederei streitig machen und mich beim Anderson-Deal ausstechen.« Er bleckte die Zähne zu einem hämischen Grinsen. »Tot und auf ewig begraben, würde ich mal sagen.«

Der Stich saß. Harriet presste die Lippen aufeinander, ballte die Fäuste und starrte ihn mit ohnmächtiger Wut an.

»Also für einen Weiberrock war die Idee mit dem Brief und diesem rührenden Ehrenwort ja recht originell, das muss ich zugeben«, fuhr Henry fort, während er ihren Brief aus der Manteltasche zog und verächtlich damit wedelte. »Aber mit solchen Kinkerlitzchen kommst du Weibsstück nicht gegen mich an, und das hättest du wissen müssen. Jemand wie du kann mir nun mal nicht das Wasser reichen. Schade nur, dass mein irrlichternder Bruder das nicht begriffen und dir solche Flausen in den Kopf gesetzt hat.«

»Blas dich nicht so auf!«, fauchte Harriet. »Du wärst raus gewesen, hätte es auf der Fähre nicht die Explosion gegeben.«

Abfällig hob er die Brauen. »So, wäre ich das? Na, da bin ich aber anderer Meinung. Ich hätte schon dafür gesorgt, dass die Andersons nicht an dich verkaufen, glaub mir!« Sein Blick war wie seine Stimme, kalt und schneidend wie die Klinge eines Messers.

Harriet lachte bitter auf. Sie hatte von Slocum erfahren, dass auch sein Sohn Guy auf der Andrew Jackson gewesen war und

Bradley das Leben gerettet hatte, woraufhin die Andersons in seiner und Henrys Schuld gestanden hatten. Sie hatte von Anfang an nicht an einen Zufall geglaubt, nun aber wusste sie, dass Henrys Sohn Bradley auf die Fähre gefolgt war, vermutlich mit verbrecherischen Absichten. Wie auch immer er von ihrem Treffen mit Bradley sowie dem Brief erfahren haben mochte. »Natürlich, du und dein feiner Sohn, ihr beide schreckt vor nichts zurück!«

Henry begegnete ihrem Abscheu mit dem kalten Lächeln des Überlegenen. »Glückwunsch, das ist dein erster klarer Gedanke heute, aber immerhin, du lässt Einsicht erkennen!«, höhnte er. »Ist auch nur zu deinem Vorteil, wenn du endlich begreifst, dass du nicht das Zeug dazu hast, dich mit mir anzulegen. Höchste Zeit also, dass du dich von deinen Kleinmädchenträumen verabschiedest, Harriet. Silvester ist doch geradezu ideal für solch einen Entschluss! Also dann, schönes neues Jahr, liebe Nichte!« Er wandte sich zum Gehen.

»Warte!«, rief sie, und ein unbändiger Hass packte sie.

Er blieb stehen und hob die Brauen. »Hast du noch was auf dem Herzen?«

»Deine Krawatte, Onkel. Sie ist verrutscht, du wirst nachlässig«, sagte sie, trat nah an ihn und rückte die Seidenkrawatte zurecht. Dann aber hielt sie sie fest und zerrte ihn noch näher zu sich heran, bis ihre Nasen einander fast berührten. Er war so perplex, dass er sich nicht zur Wehr setzte, sondern nur die Augen aufriss. »Du bist ein verkommenes Subjekt und wirst ein schlimmes Ende nehmen, Onkel Henry!«, zischte sie. »Und noch etwas: Wage es nicht noch einmal, mir zu drohen. Auch ich bin eine Caldwell, vergiss das nicht!« Dann stieß sie ihn von sich wie einen lästigen Bittsteller und entfernte sich mit energischen, aber nicht eiligen Schritten.

»Was glaubst du denn, wer du bist? Nichts als ein blödes Weibsstück!«, rief er ihr mit einem bösartigen Lachen hinterher, aber es klang nicht mehr so selbstsicher wie noch wenige Minuten zuvor.

Bis in den frühen Nachmittag hatte sie gottlob zu viel zu tun und zu bedenken, als dass sie noch lange der Auseinandersetzung mit ihrem Onkel hätte nachhängen können. Ein Großteil der kostbaren Möbel sowie die Teppiche mussten unter ihren kritischen Blicken aus dem Grand Salon geräumt werden, um eine Tanzfläche für mindestens fünfzig, sechzig Gäste zu schaffen. Auch das halbrunde Podest für die Band wartete darauf, an der Stirnseite des Raums aufgebaut zu werden, neben den hohen Flügeltüren zur rückwärtigen Terrasse. Dazu kam das Schmücken des Salons, der nun einem Ballsaal glich und wohl der Mittelpunkt der Party sein würde. Für diese und viele andere Aufgaben hatte sie ein Dutzend Bedienstete zusätzlich zu ihrem fest angestellten Personal engagieren müssen, und diese Aushilfen brauchten in dem fremden Haus nicht nur klare Anweisungen, sondern auch aufmerksame Überwachung. Zu einem gewissen Teil hatte sie diese Aufgabe Adrian übertragen. Ihr Sohn hatte darauf zu achten, dass niemand sich unbefugt oben in den Zimmern aufhielt oder gar lange Finger machte.

Gerade wollte Harriet mit ihrer Köchin noch letzte Kleinigkeiten besprechen und sich vergewissern, dass auch genug eisgekühlter Champagner im Haus war, als ihr Hausmädchen einen ersten Gast meldete. Er warte unten in der Eingangshalle, mit einem großen und hübsch verpackten Geschenk für den jungen Herrn Adrian.

»Das kann nicht sein, Tessa!« Harriet wollte nicht glauben, dass jemand einen derartigen Fauxpas beging. »Wir haben noch keine vier Uhr. Vor neun hat hier keiner zu erscheinen. Bitte geh runter und sag ihm das, in aller Höflichkeit!« Eine plötzliche Eingebung ließ sie zögern. »Warte, hat er seinen Namen genannt?«

»Natürlich, Ma'am!« Hastig entschuldigte sich die junge Bedienstete dafür, dass sie vergessen hatte, ihn zu erwähnen, aber es gehe an diesem Tag im Haus nun mal zu wie in einem Taubenschlag. »Der Gentleman hat sich als Mr Maynard vorgestellt, Ma'am.«

Beinahe hätte Harriet einen Freudenschrei ausgestoßen. Die Nachricht schoss wie ein Stromstoß durch ihren Körper. Frank! Hier bei ihr! Wie konnte das sein? Sie hatte sich über die Zugverbindungen informiert. Frank hatte sie kurz nach acht angerufen, sodass er nur den Zehn-Uhr-Zug nach San Francisco hätte nehmen können. Der aber lief erst später am Abend in San Francisco ein. Also wie um alles in der Welt ... Egal, wie er es fertiggebracht hatte, entscheidend war, dass er bei ihr war und nicht mit Douglas Fairbanks und all den anderen Leinwandberühmtheiten Silvester feierte! Und sie würde ihn küssen, wenn das neue Jahr begann und das Feuerwerk am Himmel über San Francisco seinen farbigen Sternenregen versprühte!

Sie konnte gar nicht schnell genug die geschwungene Treppe hinunter und in die Halle kommen, zu ihm. Was musste sie sich beherrschen, um ihm nicht um den Hals zu fallen, aber dazu sahen zu viele fremde Augen zu.

»Mein Gott, wie hast du das gemacht?«, fragte sie und strahlte ihn an. »Sag bloß, du bist wieder in so ein schrecklich zerbrechlich aussehendes Flugzeug gestiegen?«

Er lachte. »Was blieb mir denn anderes übrig? Wie konnte ich zulassen, dass du ungeküsst ins neue Jahr gehst?«, wich er einer direkten Antwort aus. Dies war nicht der rechte Augenblick, um ihr von seinem wochenlangen frühmorgendlichen Flugunterricht und der herrlichen Douglas Arrow, seinem eigenen Flugzeug, zu erzählen.

Bevor Harriet noch etwas sagen konnte, erschien Adrian oben am Treppengeländer. »Mom, du musst unbedingt ...« Als er sah, wer da unten bei seiner Mutter stand, brach er jäh ab. »Oh, das ist aber eine Überraschung!« Er klang leicht spöttisch, aber nicht feindselig. Der Groll, den er seinem biologischen Vater einst entgegengebracht hatte, war verflogen. Er wusste längst, wie sehr Frank in den letzten dreizehn Jahren an seinem Leben Anteil genommen hatte – unsichtbar und aus der Ferne, aber über fast alles, was sich in seinem Alltag ereignet hatte, informiert. Nicht zuletzt hatten dazu auch zahlreiche Fotografien beigetragen, die Franks Privatdetektiv in all den Jahren heimlich von ihm gemacht und nach Hollywood geschickt hatte.

»Bitte lass dir nichts anmerken, was uns beide angeht. Nicht heute!«, flüsterte Harriet mit dem Rücken zu ihrem Sohn, der mit federnden Schritten die Treppe herabkam.

Frank nickte kaum merklich und betrachtete seinen gut aussehenden Sohn, der die schlanke, sehnige Figur eines Athleten besaß, voller Stolz.

Mit einem angespannten Lächeln beobachtete Harriet, wie Frank und ihr Sohn aufeinander zutraten. Adrians Gesichtsausdruck war freundlich, aber sie meinte auch eine Spur Zurückhaltung darin zu entdecken. Unwillkürlich fragte sie sich, ob Adrian wohl jemals »Dad« zu Frank sagen würde. Sie wünschte, der Tag würde einst kommen, wusste aber, dass dies eine vergebliche Hoffnung war. Für Adrian gab es nur einen Vater, und das war Jordan, daran würde sich nie etwas ändern. Nicht, weil Jordan ihn vor dem gesellschaftlichen Makel bewahrt hatte, als Bastard geboren zu sein, sondern weil es für Adrian keinen liebevolleren Vater hätte geben können und er diese Liebe mit ganzer Kraft erwidert hatte.

»Was verschafft uns denn die Ehre?«, fragte Adrian leichthin, als die beiden Männer einander die Hand gaben.

»Ich hab von deiner kombinierten Geburtstags- und Silvesterfeier gehört«, sagte Frank. »Und da ich geschäftlich in San Francisco, Oakland und Concord zu tun habe und in meinen Lichtspielhäusern nach dem Rechten sehen muss, dachte ich, ich bringe dir mein Geschenk persönlich vorbei.« Er deutete auf die große Kiste, die er neben der Eingangstür abgestellt hatte.

»Und was steckt da drin? Ein Dutzend ausrangierter Filmrollen?«, spöttelte Adrian.

Frank nahm die kleine Spitze ungekränkt hin. »Ich glaube nicht, dass du damit viel anfangen könntest, es sei denn, die Filme hätten etwas mit Weinanbau zu tun, nicht wahr?«

Adrian schmunzelte. »Stimmt. Und was ist es dann?«

Frank schlug das Geschenkpapier zurück, öffnete die Kiste und zog eine Flasche hervor. »Da du schon in so jungen Jahren so viel vom Weinanbau verstehst und dir zum Ziel gesetzt hast, nach deinem Studium der Agrarwissenschaften aus Seven Oaks ein Weingut von Weltrang zu machen …«

»Wofür aber erst einmal die unselige Prohibition aufgehoben werden muss, von Uniprüfungen und anderen Hürden ganz zu schweigen«, warf Harriet gut gelaunt ein.

»… dachte ich mir, dass du zwanzig Flaschen Bordeaux, Jahrgang 1906 und von einem der besten französischen Weingüter, wohl zu schätzen weißt«, fuhr Frank unbeirrt fort.

Adrian nahm die Flasche entgegen und machte große Augen. »Château Lafite Rothschild!«, rief er beeindruckt, und als er sich für das Geschenk bedankte, war von einem Vorbehalt nichts mehr zu spüren. Adrian war es dann auch, der zu Harriets heimlicher Freude darauf bestand, dass Frank, wenn er seine geschäftlichen Pflichten erledigt hatte, nicht nur mit ihnen Silvester feierte, sondern auch über Nacht blieb. Frank beteuerte, er wisse dieses Angebot sehr zu schätzen, könne es aber auf keinen Fall annehmen, doch große Entschlossenheit legte er dabei nicht an den Tag. Und Adrian wollte ohnehin nichts davon wissen. »Es ergibt doch keinen Sinn, dass er sich irgendwann am frühen Morgen noch auf den Weg zum Hotel machen muss«, sagte er, an seine Mutter gewandt. »Wo wir hier so viele Gästezimmer haben.«

»Nein, das wäre wirklich Unsinn, vor allem wenn man bedenkt, dass hier einiger Champagner fließen wird«, pflichtete Harriet ihm nach vermeintlichem kurzen Zögern bei und musste alle Willenskraft aufbringen, um das glückliche Lächeln, das sich auf ihr Gesicht drängen wollte, zurückzuhalten.

Erst um zehn kehrte Frank zu Harriet zurück. Dass er tatsächlich wichtige Geschäfte in San Francisco, Oakland und Concord zu erledigen gehabt hatte, versetzte ihr einen kleinen Stich. Also hatte er die anstrengende und nicht ganz ungefährliche Reise mit einem Flugzeug nicht allein ihretwegen auf sich genommen. Aber sie schalt sich sofort für diesen egoistischen Gedanken. Zählte denn nicht allein die Tatsache, dass er es eingerichtet hatte, hier bei ihr zu sein? Außerdem, vielleicht verhielt es sich ja auch genau umgekehrt, vielleicht hatte er Geschäftliches angehängt, weil er nun mal in San Francisco war und ein paar freie Stunden zur Verfügung hatte?

Die Silvesterfeier war ein rauschendes Fest, auch für Harriet, was natürlich wesentlich damit zu tun hatte, dass Frank sie auf dem Tanzparkett in den Armen hielt und sie ihn zu Beginn des neuen Jahres draußen auf der Terrasse küssen konnte, ohne Verdacht zu erregen, küsste doch jeder jeden.

Doch der mit Abstand schönste Teil des Festes waren die kostbaren Stunden, die sie heimlich bei Frank im Gästezimmer verbrachte.

»Ich liebe dich«, hauchte er ihr ins Ohr, als sie selig ermattet auf seine Brust sank. Draußen wurde es schon hell, und er wusste, dass sie sich bald wieder aus seinem Zimmer schleichen musste.

»Ich fürchte, ich dich auch«, gab sie zurück.

»Warum fürchtest du das?«

»Weil es einfacher wäre, wenn ich dich nicht so sehr lieben würde«, flüsterte sie, und eine dunkle Ahnung schnürte ihr plötzlich die Kehle zu.

ZWEITER TEIL

1927

20

Die Studiobosse sowie ihre erfolgreichsten Regisseure und Produzenten trafen sich am 11. Januar 1927 im Hotel »Ambassador«. Der Gebäudekomplex am Wilshire Boulevard, aus der Vogelperspektive ein riesiges H aus weißen Wänden und roten Ziegeldächern, war im Stil der italienischen Renaissance erbaut, wies aber auch Art-déco-Elemente auf. Das »Ambassador« galt unbestritten als die Krone unter den kalifornischen Nobelhotels, wozu nicht zuletzt sein legendärer Nachtclub »Coconut Grove« beigetragen hatte, ein glanzvoller Treffpunkt der High Society von Hollywood und Los Angeles.

Louis B. Mayer, Präsident von Metro-Goldwyn-Mayer und zweifellos der mächtigste unter den Filmmogulen, hatte die Crème de la Crème der Filmindustrie zu einem formellen Abendessen eingeladen. Für den wichtigsten Teil der Zusammenkunft jedoch kamen die sechsunddreißig Männer zuvor im Royal Club Room zusammen – und zwar hinter verschlossenen Türen.

Jedes Mal, wenn Frank diesen Raum betrat, fühlte er sich in die Lounge eines gediegenen englischen Clubs versetzt. Die Wände waren mit honiggoldener Eibe getäfelt, abgesetzt mit Zierleisten aus Ebenholz. Schwere Orientteppiche bildeten seidene Inseln auf dem dunklen Parkett, und das genietete Leder der Sessel und Sofas glänzte wie polierte Jade. Die Männer standen in kleinen Gruppen zusammen und verqualmten den Raum, in dichten Schwaden hing der Rauch unter der stuckverzierten Decke. Alle trugen Abendgarderobe, ausnahmslos teuerstes Tuch und Maßanzüge. Frank nickte einigen kurz zu und steuerte zunächst die Bar neben dem Kamin an, wo Carl Laemmle die reich bestückten Glasregale inspizierte.

»Prächtig, prächtig, dass man sich mal wiedersieht, Frank«, rief der kauzige Gründer und Chef von Universal Pictures. Mit seinen sechzig Jahren war er der Älteste in dieser exklusiven Runde, und wenn er von der Statur her auch der Kleinste unter den Studiobossen war, so war er doch als wegweisender Pionier ihrer noch jungen Industrie ein Riese und genoss größten Respekt, selbst bei den schärfsten Konkurrenten. Daran änderte auch sein nach über vierzig Jahren noch stark schwäbisch eingefärbtes Englisch nichts. Schließlich waren viele von denen, die sich im Royal Club Room versammelt hatten und großen Filmstudios vorstanden oder als Regisseure und Produzenten arbeiteten, Einwanderer. Die gebürtigen Amerikaner waren hier klar in der Minderzahl.

»Die Freude ist ganz meinerseits, Uncle Carl.« Frank schüttelte ihm die Hand. Nicht nur, dass er auf seinem Studiogelände eine Hühnerzucht betrieb, Carl Laemmle hatte auch sonst zahlreiche Marotten. Eine davon war, sich von Freunden und Geschäftspartnern mit »Uncle Carl« anreden zu lassen. »Und, wie geht's? Was machen die Prachthühner?«

Laemmle warf ihm durch seine randlosen runden Brillengläser einen leidvollen Blick zu. »Die gackern und blähen sich genauso auf wie meine Schauspieler, Regisseure und Produzenten, nur wirft das Federvieh mehr ab. Da ist auf den Ausstoß Verlass!«

Frank lachte, auch wenn er sich nicht sicher war, ob Laemmle scherzte oder nicht. Da konnte man sich bei ihm nie sicher sein. »Es ist doch beruhigend, wenn man neben der Produktion von leicht entflammbaren Zelluloidrollen noch ein zweites, solideres Standbein hat«, erwiderte er mit gutmütigem Spott.

»Wohl wahr! Und gerade Sie sollten sich das auf Ihren Badezimmerspiegel schreiben, mein Bester«, sagte Uncle Carl und musterte ihn besorgt. »Mir ist nämlich zu Ohren gekommen, dass Sie all Ihre Eier in einen ziemlich dubiosen Korb legen wollen. Dabei habe ich Sie so gar nicht für einen Spieler gehalten.«

»Und das sagt einer, der wie kein anderer alles auf eine Karte gesetzt und den Kampf gegen das Edison-Syndikat angeführt hat!«, konterte Frank.

Laemmle schmunzelte geschmeichelt und wiegte den fast kahlen Kopf. »Touché, mein Bester, touché. Na, dann hoffe ich mal für Sie, dass Ihr Einsatz sich auszahlt. Bin mir noch nicht sicher, wohin der sprechende Hase, hinter dem Sie da her sind, letztlich läuft«, sagte er und griff zu einer der mit Whiskey gefüllten Kristallkaraffen. »Und jetzt zu den wirklich wichtigen Dingen des Lebens: Sagen Sie mir, wie Sie Ihren Whiskey trinken.«

»Ich nehme ihn, wie er kommt. Wenn ich die Wahl habe, pur.«

»Ha, das gefällt mir, ein Mann mit klaren Präferenzen! Dann wollen wir Mayer und Kompagnon heute doch mal den größtmöglichen Schaden zufügen …« Laemmle zwinkerte ihm zu. »Man hat ja nicht alle Tage die Chance, MGM bluten zu lassen.« Louis B. Mayer, dick und klein und ein Meister der Selbstinszenierung, war mächtig, aber bei seinen Kollegen keineswegs beliebt. Er musste stets im Vordergrund stehen und die Gewissheit haben, dass er das beste und erfolgreichste Studio besaß und über die teuersten Filmstars verfügte.

Sie grinsten beide und stießen gerade an, als Adolph Zukor sich zu ihnen gesellte. Der gebürtige Ungar, der erst mit Jesse Lasky die Famous Players zu einem erfolgreichen Studio gemacht hatte und nun mit Mitte fünfzig auch noch der Kopf von Paramount war, beeindruckte wie stets durch seine lässige Eleganz. Mit Laemmle und Zukor verstand Frank sich besonders gut, fast verband sie eine Freundschaft, soweit das in dieser Haifischbranche überhaupt möglich war. Zukor und er setzten sich öfter mal auf einen Drink zusammen und halfen sich, wenn es irgendwo in einer Produktion klemmte, gegenseitig. Schon mehrfach hatte der eine dem anderen Schauspieler oder Regisseure ausgeliehen, was für beide stets ein gutes Geschäft gewesen war.

»Kann mir mal jemand verraten, was Mayer im Schilde führt und wie die Herrschaften da drüben ins heutige Abendprogramm passen?«, fragte Zukor mit gedämpfter Stimme und nickte unmerklich in Richtung einer Gruppe von fünf Männern auf der anderen Seite des Clubraums. Es waren die Besitzer kleiner Filmateliers, die abseits vom Glanz und Ruhm der großen Studios mit bescheidenen Budgets ausschließlich B-Movies, billige Massenware und Leinwandschrott für die Provinzkinos produzierten. »Der dicke Mayer macht sich doch sonst nicht mit dem niederen Volk von der Poverty Row gemein«, ätzte er. Dass er den großspurigen Boss von MGM nicht ausstehen konnte, war kein Geheimnis.

»Ich hab keinen blassen Schimmer«, sagte Frank, nahm noch einen Schluck Whiskey und steckte sich eine Zigarette an. Er spürte, wie der Alkohol die Anspannung löste. Eigentlich war ihm egal, warum Louis Mayer sie eingeladen hatte und was er hinter verschlossenen Türen besprechen wollte. Er war einfach froh, dass er einen Vorwand hatte, sich für ein paar Stunden nicht um seine zahllosen Aufgaben und Probleme kümmern zu müssen.

Laemmle wiegte sinnierend den Kopf. »Gentlemen …«, begann er, und es wurde dank seiner Aussprache zu einem butterweichen »Schänddelmin«, »wenn unser werter Louis, der stets mit spitzem Bleistift rechnet, für sechsunddreißig verwöhnte Gaumen ein Abendessen im ›Ambassador‹ schmeißt und uns vorher noch eine Open Bar bietet, hat er zweifellos eigene Interessen im Sinn.«

»Kann gar nicht anders sein«, pflichtete Frank bei.

Zukor schenkte sich ebenso großzügig ein wie eben Uncle Carl, nahm einen kräftigen Schluck und schüttelte, während sie die Bar freigaben und sich einen Platz jenseits des Kamins suchten, den Kopf. »Verrückt«, sagte er. »Absolut verrückt.«

»Als da wäre?«, fragte Frank.

Zukor ließ seinen Blick durch den Raum schweifen. »Ich dachte nur gerade, was für eine verrückte Truppe sich doch hier in Hollywood zusammengefunden hat!«

Uncle Carl nickte bedächtig. »Ja, das kann man wohl sagen.«

»Harry Warner und seine Brüder polnisch-russische Schuster und Fahrradverkäufer ...« Zukors Blick wanderte von einem Filmmogul zum anderen. »Selznick ebenfalls Russe und einstiger Juwelenhändler ... Der gute Samuel Gelbfisz – oh, Pardon, er hat sich ja schon vor langer Zeit in Goldwyn umbenannt – ein Handschuhmacher aus Warschau ... Unser dicker Lazar Meir, äh, Louis Mayer, gleichfalls Russe und aus der Ukraine, ist mit seinem Handkarren über Land gezogen und hat mit Schrott gehandelt ... William Fox alias Wilhelm Fuchs oder Vilmos Fried, so genau weiß das ja keiner, ist zur Abwechslung Ungar und damit von edlerer Herkunft so wie ich.« Zukor grinste. »Und er hat sich als Wäschevertreter mehr schlecht als recht durchgeschlagen, bevor er den Film entdeckte ... Harry Cohn hat vor dem Schneiden von Filmen das Schneiden und Zusammennähen von Stoffen erlernt ... Tja, und dann ich, der ich in einer fragwürdigen New Yorker Pelzschneiderei angefangen habe.« Er schüttelte erneut den Kopf. »Und dieser bunte Haufen Einwanderer stellt die führenden Köpfe der amerikanischen Filmindustrie!«

»Vergessen Sie nicht den Wäscheverkäufer und Hühnerzüchter aus dem schönen deutschen Schwabenland«, warf Laemmle mit scherzhaftem Tadel ein.

»Wie könnte ich? Ich bitte um Nachsicht für diese unverzeihliche Unterschlagung, Uncle Carl!« Zukor wandte sich an Frank. »Und was haben Sie aus Ihrer Vergangenheit Pittoreskes beizutragen?«

»Austernräuber.«

Die beiden hielten das für einen gelungenen Scherz und lachten. Bevor sie nachfragen konnten, kam Mack Sennett in ihre Nähe.

Der Kanadier mit dem gelackten, perfekt in Wellen gelegten Haar war in Franks Alter, aber das war auch das Einzige, was sie verband. Ihre wechselseitige Antipathie war vor gut fünfzehn Jahren entstanden und hatte sich seitdem nur noch verstärkt. Damals hatte Mack Sennett Franks ersten Gehversuch in der Branche mitleidig belächelt und ihm jede Chance abgesprochen, sich mit den Silver Screen Studios am Markt zu behaupten. Bei einem zufälligen Treffen in der Bar des »Hollywood Hotel« hatte er sogar um einen Kasten Champagner gewettet, dass Frank keine zwei Jahre durchhalten würde. Zu jener Glanzzeit der Keystone Studios hatten noch Charlie Chaplin und Roscoe Arbuckle, absolute Garanten für Millioneneinnahmen, bei Sennett unter Vertrag gestanden. Die verlorene Wette hatte ihm bitter zugesetzt. Der eitle Kerl hatte sich nicht einmal überwunden, den Champagner persönlich zu überbringen; er hatte seinen Fahrer geschickt, ohne jeden Gruß. Seit Charlie Chaplin sein eigenes Filmatelier hatte und der fette Komiker Roscoe Arbuckle nach einem Prozess wegen angeblicher Vergewaltigung reinstes Publikumsgift war, auch wenn es letztlich keinen Schuldspruch gegeben hatte, stellten die Silver Screen Studios die Keystone Studios in Sachen Umsatz und Stars weit in den Schatten, und das wurmte Sennett.

»Ah, der zukünftige Tonmeister von Hollywood!«, sagte er im Vorbeigehen.

»Keine Sorge, die Ohren werden bald auch Ihnen klingen, wenn Sie mir auf der Kriechspur hinterherjapsen!«, erwiderte Frank. »Übrigens sollten Sie sich mal *Brides of a Vampire* ansehen, den neuen Slapstick-Flick von Republic Pictures.«

Sennett furchte die Stirn. »Wieso?«

»Weil er eine geistige Einöde ist – also ganz Ihre Kragenweite.«

Zukor lachte schallend, und selbst Uncle Carl, der in Auseinandersetzungen gern den Ausgleichenden gab, musste lachen, was er schnell mit einem Hüsteln kaschierte.

Sennett funkelte Frank wütend an und suchte nach einer ähnlich kränkenden Erwiderung, fand jedoch so schnell keine. »Ach, leckt mich doch!«, zischte er und ging schnell hinüber zur Bar.

»Komisch«, sagte Zukor vergnügt, »da hat der Sennett einen ganzen Stall voller Komiker unter Vertrag, und er selbst hat nicht eine Unze Humor im Leib.«

»Humorlosigkeit im echten Leben soll bei Komikern so was wie ein Naturgesetz sein«, sagte Uncle Carl achselzuckend.

Wenig später beendete Louis Mayer das Stimmengewirr im Royal Club Room, indem er zweimal laut in die Hände klatschte und mit sonorer Stimme um Aufmerksamkeit bat. »Gentlemen, wir sind vollzählig, wir können anfangen!«, rief er den fünfunddreißig Männern zu, und wie üblich sprach er ohne Punkt und Komma. Sein Redefluss war so legendär wie seine gefürchtete Angewohnheit, Schauspielern in seinem Büro ihre Rollen vorzuspielen, wie er sie sich vorstellte, sich dabei theatralisch zu Boden zu werfen, die Hände zu ringen und Rotz und Wasser zu heulen, als wollte ihm jemand das Herz aus der Brust schneiden. »Zuerst einmal danke ich Ihnen, dass Sie meiner Einladung gefolgt sind. Sie werden sich zweifellos gefragt haben, warum ich so früh im neuen Jahr um eine Unterredung bitte, und ich werde es Ihnen sagen: Es geht um die Zukunft der Filmindustrie im Allgemeinen und um die Kontrolle darüber im Besonderen!«

21

Warum in Herrgotts Namen tue ich mir das an?

Ashley fragte sich das nicht zum ersten Mal, und auch diesmal wusste sie keine Antwort darauf, während sie auf dem harten Kinostuhl saß und mit brennenden Augen das Geschehen auf der Leinwand verfolgte. Sie hatte *In Times of Darkness* mit Laura Lynn in der Hauptrolle schon ein halbes Dutzend Mal gesehen, kannte jede Einstellung und hätte den Text eines jeden eingeblendeten Zwischentitels im Schlaf herunterbeten können. Und dennoch ging sie immer wieder hin, wenn der Film, der längst aus dem Programm der großen Filmpaläste verschwunden war, in irgendeinem schäbigen Vorortkino von Los Angeles gezeigt wurde.

Es zog sie einfach unwiderstehlich in diesen Film, der Laura Lynn über Nacht zum Weltstar gemacht hatte und der doch eigentlich ihr Sprungbrett zu Ruhm und Starstatus hätte sein sollen. Gut, Laura Lynn hatte schon vorher Erfolg gehabt und war auch gar keine so üble Schauspielerin, das musste sie ihr lassen, aber die Verfilmung des Kriegsromans ihres Bruders Elliot, der in Amerika und Europa ein Bestseller gewesen war, hatte Lynn aus der großen Riege der landesweit bekannten Mimen auf den doch sehr spärlich besetzten Olymp der Weltstars katapultiert.

Nicht nur Frank und Harriet hatten sie, Ashley, um die ihr zustehende Rolle in *In Times of Darkness* betrogen, sondern auch ihr schwuler Bruder, der sich seit dem Ersten Weltkrieg in Frankreich versteckte und dort mit einem Mann zusammenlebte, hatte sie schändlichst im Stich gelassen. Sie hätte über seine Perversität großzügig hinweggesehen, wenn er seiner brüderlichen Pflicht nachgekommen wäre und bei der Verfilmung seines Buches keine andere als sie in der Hauptrolle zugelassen hätte. Und es sollte ihr keiner sagen, dass das nicht in seiner Macht gestanden hätte. Nicht einen Finger hatte Elliot für sie gerührt. Er hatte sich hinter der dämlichen Ausrede verschanzt, der Vertrag seines Agenten gestatte ihm leider keinerlei Einflussnahme bei der Besetzung der Rollen. Lächerlich!

Statt im Blitzlichtgewitter über den roten Teppich glanzvoller Premierentheater zu schreiten, spielte sie in miesen kleinen Filmen, die in miesen kleinen Ateliers auf der miesen Poverty Row gedreht wurden. Nicht einer hatte sie erkannt, als sie sich vor Vorstellungsbeginn bewusst lange im Vorraum des Kinos aufgehalten hatte, niemand hatte ihr auch nur einen zweiten Blick geschenkt. Aber woher hätte ihr Gesicht den Leuten auch vertraut sein sollen? Von den acht, neun bedeutungslosen Streifen, in denen sie ausnahmslos dämliche Nebenrollen gespielt hatte? Bei der neunten Produktion war ihre kleine Rolle als betrunkenes Flapper Girl beim Final Cut sogar dem Messer am Schneidetisch zum Opfer gefallen.

Aber das würde sich nun ändern. Im März kam *My Love, the Goddess* in die Kinos, und damit würde sie ein für alle Mal aus dem Schatten treten. Zum ersten Mal würde sie die Leinwand dominieren, und das gleich in einer Hauptrolle, die es in sich hatte. Natürlich würde ihr der Film keinen Weltruhm einbringen, wie es Laura Lynn mit *In Times of Darkness* vergönnt gewesen war – aber man konnte nie wissen. Immerhin war es ein guter Film geworden und vor allem war sie gut, was noch viel wichtiger war. Das würde garantiert auch den Filmkritikern und Leuten wie Frank Maynard ins Auge fallen.

Dass William Rodnick, dieser verfluchte Schweinehund, und Peter Conway, sein fetter Fiesling von Partner, sie böse über den Tisch gezogen hatten, stand auf einem anderen Blatt. Welch ein Glück im Unglück, dass sie ihnen auf die Schliche gekommen war! Sonst hätten diese Charakterschweine sie noch um Unsummen erleichtert. Hätte Kate Dillon ihr nicht das Badesalz geschenkt, wäre sie wohl erneut ihren dreckigen Lügen aufgesessen. Das würde sie dem Skriptgirl niemals vergessen.

Natürlich hatte sie Rodnick nicht zur Rede stellen können, denn dann hätten die beiden womöglich ihre Zusagen in Bezug auf den Verleih und die Werbemaßnahmen nicht eingehalten. Es hatte sie alle Willenskraft gekostet, Rodnick nach dem Bad nicht das Gesicht zu zerkratzen und ihm mit aller Kraft einen Tritt in die Eier zu geben. Sie hatte Magenkrämpfe und das unerwartet frühe Einsetzen ihrer Periode vorgetäuscht, was ihm gleich jegliche Lust genommen hatte. Dummerweise hatte sie danach angeblich auch noch eine eklige und leider langwierige Scheidenentzündung entdeckt, was ihm das letzte Interesse geraubt hatte.

Was das Geld betraf, so hatte sie Rodnick vorgelogen, ihre zickige Schwester in San Francisco als testamentarische Verwalterin ihres Erbes wolle erst sehen, dass der Film auch wirklich in den Kinos anliefe. Dann würde sie auch per Vorverkaufsvertrag einige Hunderttausend Dollar für die Kleopatra-Antonius-Fortsetzung von Harriet loseisen können, auch wenn sie ihre Firmenanteile angeblich von Gesetzes wegen noch gar nicht verkaufen dürfe. Dass sie schon achtundzwanzig war, wusste er nicht. Sie hatte sich vier Jahre jünger gemacht. Zum Glück hatte Rodnick ihr die Lüge mit dem vorerst noch gesperrten Erbe abgenommen. Er hatte die Finanzlücke, die die Fertigstellung des Films angeblich bedroht hatte, durch einen kurzfristigen Bankkredit überbrücken können – dank ihrer Zusage, im März einen nennenswerten Betrag zur Begleichung des Kredites wie zur Finanzierung der zweiten Kleopatra-Produktion zur Verfügung zu stellen. Aber darauf konnte der Drecksack lange warten!

Voller ohnmächtigem Groll über die Ungerechtigkeiten des Schicksals und die nicht minder gemeinen Quertreibereien, mit denen ihre eigenen Geschwister sowie Männer wie Frank Maynard und andere ihr in Hollywood bislang Steine in den Weg zum Ruhm gelegt hatten, verließ Ashley das Kino und setzte sich in ihren Wagen. Einmal mehr spürte sie, wie in ihr das Gefühl, sich betrinken, all die bitteren Enttäuschungen mit ein paar extrastarken Highballs ertränken zu müssen, übermächtig wurde.

Für einen angehenden Filmstar wie sie wäre das »Coconut Grove« oder der »Russian Eagle« natürlich die adäquate Adresse für ein gepflegtes Besäufnis gewesen, aber beide kamen nicht infrage. Die Wahrscheinlichkeit, dort auf Rodnick zu treffen und von ihm mit Beschlag belegt zu werden, war ihr zu groß. Stattdessen entschied sie sich für die Bar des »Hollywood Hotel«.

Es war das älteste Nobelhotel im Ort. Es stand hier schon seit der Jahrhundertwende, damals, als Hollywood noch ein staubiges Nest von gerade einmal fünfhundert Einwohnern gewesen war, noch als weißer Elefant. Der im Zuckerbäckerstil erbaute Komplex nahm zwischen der Highland und der Orchid Avenue einen ganzen Häuserblock ein, hatte drei Stockwerke und war reichlich mit Balkonen, Erkern und Türmchen bestückt. Rot-weiß gestreifte Markisen warfen Schatten über Fenster, Türen und Balkone. Schatten boten auch die breiten Veranden unter den weit vorgezogenen Vordächern, die mit bauchigen Steinkübeln voll rot blühender Geranien geschmückt waren. Schließlich umgab ein gepflegter Garten mit saftig grünem Rasen und blühenden Blumenbeeten die Anlage, die wie eine Kreuzung aus herrschaftlicher Hazienda und Ritterburg wirkte.

Ashley überließ ihren Duesenberg einem jungen Valet, dem sie großspurig einen halben Dollar in die Hand drückte, und steuerte die im Bodega-Stil gehaltene Bar an.

»Highball, doppelt aufgeladen!«, rief sie dem mexikanischen Barkeeper zu, der nicht mit der Wimper zuckte, und schob sich auf einen der Barstühle.

Den ersten kippte sie auf ex hinunter, für den zweiten nahm sie sich etwas mehr Zeit. Sie war beim dritten und hatte die Zigarette noch nicht ganz aus ihrem silbernen Etui gezogen, als der Gast zwei Stühle weiter sich zu ihr herüberbeugte und sein Feuerzeug aufflammen ließ.

»Sie gestatten, Miss?«

Ashley hielt die Zigarettenspitze in die Flamme und beäugte den Fremden über den flackernden Schein hinweg, während sie das Feuer in den knisternden Tabak sog. Ihr gefiel, was sie sah. Der

Mann mochte Mitte dreißig sein, war schlank, aber auf muskulöse Art, und sah vor allem gut aus. Er machte den Eindruck von einem, der in der Branche etwas darstellte. Aber selbst wenn nicht, ihre Ansprüche an einen Verehrer, der sich um sie bemühte und sie aus ihrer Depression holte, waren an diesem Abend nicht sehr hoch. Notfalls genügte auch das Äußere.

Der Fremde rutschte einen Barhocker näher heran und reichte ihr die Hand. »Gestatten, Mark Simmons«, stellte er sich vor.

»Kleopatra«, erwiderte sie und nahm einen ordentlichen Schluck von ihrem dritten Highball, der wegen des ersten aufgeladenen eigentlich schon der vierte war.

Er lachte. »Es ist mir ein Vergnügen, Ihre Bekanntschaft zu machen, Kleopatra. Erlauben Sie mir, Ihr Cäsar zu sein?«

Sie neigte den Kopf und sah ihn mit einem koketten Augenaufschlag an. »Es heißt, Cäsar habe Kleopatra eine Stele in Rom errichtet. Können Sie mir was Ähnliches bieten?«, fragte sie anzüglich.

»Da könnte mir schon was einfallen«, erwiderte er, und einen Drink später fragte er: »Haben Sie Hollywood schon mal vom Balkon im dritten Stock aus bewundert? Ich habe da oben ein Zimmer, das ich Ihnen gern zeigen würde.«

»Ich weiß was Besseres, das Sie mir zeigen können, Cäsar«, sagte Ashley und hatte hörbar Schwierigkeiten mit der Artikulation. »Und dafür brauchen wir keinen Balkon, Süßer.«

»Dann sollten wir nicht länger warten, du Schöne vom Nil«, sagte ihr Verehrer, bedeutete dem Barkeeper, alle Getränke auf seine Rechnung zu setzen, und half ihr vom Barhocker, damit sie nicht strauchelte.

Ashleys Blitzeroberung hatte die Hand schon unter ihrem Kleid und sie die ihre an seinem ausgebeulten Hosenschlitz, noch bevor er die Tür seines Zimmers mit einem Fußtritt zugeworfen hatte. Eigentlich machte sie sich nichts aus Sex, aber aus dem Gefühl, begehrt zu werden, umso mehr. Alkohol und Sex in hemmungslosem Übermaß – nichts half besser ihre inneren Dämonen zu betäuben. Zumindest für eine Weile.

22

»Es ist unsere dringlichste Aufgabe, uns um jeden Preis uneingeschränkte Handlungsfreiheit zu bewahren!«, erklärte Louis B. Mayer den versammelten Kollegen im Royal Club Room. »An der Ostküste stehen die Zeichen mittlerweile auf Sturm. Die Streiks der Filmvorführer in Chicago und Philadelphia sind Ihnen zur Genüge bekannt.«

»Verdammte Kommunisten, allesamt!«, rief jemand grimmig und erntete zustimmendes Gemurmel.

»Wir müssen verhindern, dass diese Arbeitskämpfe an die Westküste herüberschwappen und unsere Industrie lahmlegen«, fuhr Mayer mit Nachdruck fort. »Noch sind wir handlungsfähig, noch ist die Lage bei uns ruhig. Aber der Wind kann sich schnell drehen. Deshalb müssen wir auch den zaghaftesten Versuchen der Einflussnahme Einhalt gebieten, bevor wir zum Spielball der Gewerkschaften werden. Wenn wir unser Geschäft nicht gefährden wollen, müssen wir unsere Handlungsfreiheit schützen.«

»Und weil das so lebenswichtig für unsere reibungslosen Geschäfte ist, habt ihr von den Big Five Studios damals die schwachsinnige Selbstzensur ins Leben gerufen«, beschwerte sich der Inhaber eines B-Movie-Studios von der Gower Street, »und diesen abgehalfterten ehemaligen Postminister Will Hays auf den Posten des Saubermanns und Präsidenten unserer Produzentenvereinigung gehievt. Dafür, dass er uns seit fünf Jahren das Leben schwer macht und wir ihm jedes beschissene Skript zur Prüfung und Freigabe vorlegen müssen, kriegt der Kerl auch noch hunderttausend Dollar im Jahr! Von unseren sauer verdienten Beiträgen!«

»Reg dich ab, Tommy!«, rief Mack Sennett. »Es weiß doch jeder, dass wir das damals tun mussten, um die hysterischen Gemüter und die Öffentlichkeit zu beruhigen.«

»Ja, das moralisch verdorbene Hollywood, das kalifornische Sodom und Gomorra, so hieß es landesweit in der Presse! Es hätte nicht viel gefehlt, und wir hätten wegen all der Skandale in unserer Branche einen Untersuchungsausschuss des Kongresses am Hals gehabt«, ergänzte ein anderer.

»Mag sein, aber der Sennett soll mal nicht so eine dicke Lippe riskieren«, verteidigte sich der B-Movie-Studioboss. »Aus welchem Stall sind denn all die skandalträchtigen Leute gekommen? In der Mehrzahl aus dem von Keystone! Von den zahllosen Affären gewisser Stars mit minderjährigen Mädchen gar nicht zu reden.«

Ein Raunen ging durch den Raum, und so manch einer riskierte einen Blick zu Charlie Chaplin hinüber. Dessen Affären mit halbwüchsigen Starlets waren geradezu sprichwörtlich, und wenn er die knapp sechzehnjährige Lita Grey damals nicht überstürzt in Mexiko geheiratet hätte, wäre ihm eine lange Haftstrafe sicher gewesen. Mittlerweile lag er mit seiner Kindsbraut schon wieder in Scheidung. Doch Chaplin focht das alles nicht an. Er saß mit lässig übergeschlagenen Beinen in seinem Sessel, lächelte entspannt und nippte an seinem Drink.

Sennett drehte sich um und funkelte den anderen eisig an. »Du hältst besser die Klappe, bevor ich persönlich dafür sorge! Der Schweinkram, den du noch unter der Hand produzierst …«

»Halt bloß die Luft an, Sennett!«, fuhr ihm der B-Movie-Boss über den Mund. »Du bist als Moralapostel ungefähr so geeignet wie ein Igel als Arschwisch!«

Lautes Gejohle verriet, dass der Keystone-Boss und gebürtige Kanadier nicht gerade zu den beliebtesten Filmmogulen zählte. Das Blut schoss ihm ins Gesicht. Er sah aus, als wollte er jeden Moment aufspringen und seine Drohung wahrmachen.

Louis Mayer griff beherzt ein. »Gentlemen, ich verrate Ihnen bestimmt kein Geheimnis, wenn ich sage, dass auch ich nicht gerade glücklich darüber bin, wie ernst Mr Hays seine Arbeit nimmt«, trompetete er mit voller Lungenkraft und lenkte damit von dem Streit ab, bevor es zwischen den Kontrahenten zu Handgreiflichkeiten kam.

Es gab Gelächter. Jeder wusste, worauf Mayer anspielte. Er wollte Tolstois *Anna Karenina* verfilmen, doch ihr puritanischer Zensur-Zar machte Probleme und drohte damit, die Verfilmung zu verbieten, weil Anna Karenina Ehebruch begehe und die Heldin eines Films, zudem noch eine von Adel, dem Publikum unmöglich eine derart unmoralische Botschaft präsentieren könne.

»Ich werde dem Film einen anderen Titel geben müssen, den Ehebruch entschärfen und zwei Versionen vom Ende drehen lassen, damit die Kinobesitzer in den Großstädten die härtere Version wählen können, während die auf dem Land einen sauberen Tolstoi mit Happy End serviert bekommen«, erklärte Mayer. »Aber lassen wir dieses unerquickliche Thema, es gibt Wichtigeres zu besprechen – und zwar die Frage, wie wir uns vor der wachsenden Macht der Gewerkschaften schützen, ohne dass es so aussieht, als wollten wir den Leuten keine Rechte einräumen.«

»Also ich wette meine Hühnerzucht darauf, dass unser verehrter Louis Mayer sich schon einen Dreh ausgedacht hat, wie wir uns die Gewerkschaften vom Hals halten und trotzdem das Gesicht wahren können«, warf Uncle Carl launig ein. »Sonst säßen wir wohl nicht hier und warteten mit knurrendem Magen darauf, dass es endlich zum Abendessen geht!«

Erneut schallendes Gelächter.

»Also. Raus damit, Mayer!«, rief der Starregisseur Cecil DeMille. »Wie heißt die Zauberformel, die uns schützen soll?«

Mayer bleckte die Zähne zu einem breiten Grinsen. »Ganz einfach, wir gründen unsere eigene Gewerkschaft, um alle, die für eine reibungslose Produktion unersetzlich sind, unter einem Dach zu organisieren!«, verkündete er schwungvoll. »Nur nennen wir die Organisation nicht schnöde ›Gewerkschaft‹, sondern geben ihr einen hübscheren und weniger verfänglichen Namen. Ich hatte an ›Academy‹ gedacht, vielleicht auch in Verbindung mit ›Arts‹. ›Academy of Arts‹, das klingt so richtig gewichtig nach Wissenschaft und Kultur, oder?«

»›Academy of Arts‹? Gefällt mir gut«, sagte Jesse Lasky von Paramount, und das beifällige Nicken fast aller Anwesenden verriet, dass Mayers Vorschlag auch ihnen zusagte. »Könnte glatt der Name eines exklusiven Herrenclubs sein.«

»Genau diese Exklusivität schwebt mir vor, Gentlemen«, bestätigte Mayer, und nun entspann sich eine lebhafte Diskussion darüber, wie dieser gewerkschaftsähnliche Zusammenschluss aussehen sollte. Die Versammlung kam schnell zu dem Schluss, dass ihre Academy fünf Berufsgruppen umfassen sollte: Schauspieler, Regisseure, Drehbuchautoren, Produzenten und Techniker. Wer künftig für die Filmindustrie arbeiten wollte, sollte dieser Academy angehören und sich ihren Vorschriften unterwerfen.

»Und damit das alles noch einen etwas gehobeneren, ja akademischen Anstrich bekommt, sollten wir darüber nachdenken, ob wir nicht mit der örtlichen Universität zusammenarbeiten und einen Lehrstuhl für Filmwissenschaften sponsern sollten«, lautete einer der Vorschläge. »Deshalb sollte im Namen unserer neuen Organisation auch das Wort ›Science‹ vorkommen. Das gibt der Sache zusätzlich Gewicht.«

Die Idee stieß auf ungeteilte Zustimmung.

»Hier wird Geschichte geschrieben!«, verkündete Irving Thalberg. Der kränkliche, schmächtige Mann war der Starregisseur Hollywoods und galt als »wonder boy« der Filmbranche, hatte er es aufgrund seines Talents und zahlreicher Kassenerfolge doch schon zwei Jahre zuvor zum Chefproduzenten von MGM geschafft – mit gerade einmal sechsundzwanzig Jahren.

»Wann wird es das mal nicht?«, erwiderte Uncle Carl trocken.

»Es würde sich auch gut machen, wenn die Academy jedes Jahr an die Besten dieser Berufsgruppen Preise vergibt!«, schlug ein anderer vor, was sofort auf Begeisterung stieß und einen der Studiobosse veranlasste auszurufen: »Unbedingt! Mit nichts kann man diese eitlen Schauspieler und Regisseure besser bei Laune halten als damit, ihnen eine Trophäe in die Hand zu drücken oder eine Medaille um den Hals zu hängen! Kommt uns billiger, als sie mit höheren Gagen zu ködern.«

Erneut gab es schallendes Gelächter und gut gelaunten Protest und Buhrufe von den wenigen Regisseuren und Schauspielern unter ihnen. Es wurde beschlossen, eine Kommission einzusetzen, die all das für die baldige offizielle Gründung im Detail ausarbeiten sollte. Ebenso wurde beschlossen, dass die sechsunddreißig Anwesenden die Gründungsväter der Academy of Motion Picture Arts and Sciences sein sollten. Dann ging es in bester Feierstimmung in den angrenzenden Saal zum gemeinsamen Abendessen.

»Trinken wir an der Bar noch einen, Frank?«, fragte Adolph Zukor, als die Tafel zwei Stunden später aufgehoben wurde und die Gründungsväter der Academy sich verstreuten.

»Wüsste nicht, was dagegenspricht, Addy.«

»Na dann, sichern wir uns mal schnell im ›Grove‹ einen Platz, bevor der übliche Heuschreckenschwarm von Nachtschwärmern den Laden überrennt!«

Der Nightclub im »Ambassador Hotel« war der Laufsteg für die High Society von Hollywood und Los Angeles wie überhaupt für alle, die sehen und gesehen werden wollten. Dunkelhäutige Pagen in Fantasielivree, die Frank stets an arabische Haremswächter denken ließen, öffneten ihnen beflissen die Doppeltüren, die aus schwerem, schwarzem Glas bestanden und, geschmückt von goldenen Palmwedeln, den in großen goldenen Lettern eingravierten Schriftzug »Coconut Grove« trugen. Die Klänge eines erstklassigen Swing-Orchesters wehten ihnen entgegen, während sie die grandiose Treppe in das Zauberland für Erwachsene hinuntergingen. Wie die Pagen oben an den Türen sorgten auch die aufwendigen Wandmalereien und Dekorationen entlang der Treppe dafür, dass man sich wie auf dem Weg in einen marokkanischen Palast fühlte. Am Fuß der Treppe erwartete den Gast der weiße Strand einer arabischen Oase: mit weißem Leinen eingedeckte runde Tische für tausend Personen, angeordnet rund um eine Tanzfläche. Darüber spannte sich an der hohen indigoblauen Decke ein funkelnder Sternenhimmel, und an der hinteren, nach Süden ausgerichteten Wand, die im Rücken des Orchesters lag, prangte ein Mond über einer kunstfertig aufgemalten tropischen Landschaft, die Hawaii darstellen sollte. Der von der Wand herabstürzende Wasserfall war echt, nicht echt, sondern aus Pappmaschee waren dagegen die hohen Kokospalmen, die sich überall zwischen den Tischen dem blinkenden Sternenhimmel entgegenreckten und einst die Kulissen von Rudolph Valentinos Kinohit *The Sheik* gebildet hatten. In den Palmen hingen mechanische Affen, die mit glühenden Augen auf die Tische hinunterblickten. Zwischen den Palmen schaukelten junge weibliche Schönheiten in knappen Kostümen über den Köpfen der Gäste, die in Abendgarderobe die Bar, Tische oder die Tanzfläche bevölkerten. Es war noch früh am Abend, gerade halb zehn, und der große Andrang stand noch aus.

Frank und Zukor verzogen sich ans hintere, ruhige Ende der Bar, wo sie auf Cecil DeMille trafen. Der Regisseur biblischer Epen und Monumentalfilme wie *The Ten Commandments* und des Jesus-Films *King of Kings* nickte ihnen wortlos zu und widmete sich wieder den Kritzeleien in seinem ledergebundenen Notizbuch.

Sie bestellten Whiskey, redeten eine Weile über Mayers Idee mit der Academy, die sie beide geradezu genial fanden, und hechelten ein paar aktuelle Klatschgeschichten der Branche durch.

»Sag mal, hast du noch diesen gut aussehenden jungen Mann unter Vertrag, der in ›The Thundering Herd‹ eine kleine Rolle gespielt hat?«, erkundigte sich Frank und bedeutete dem Barkeeper, er solle eine weitere Runde bringen.

»Meinst du Raymond Hatton oder Timothy McCoy?«

»Nein, die sind doch keine jungen Männer mehr, sondern bestimmt schon vierzig. Es war ein ganz junger Bursche, so Anfang, höchstens Mitte zwanzig mit einem richtig frischen Gesicht«, sagte Frank und versuchte, sich an den Namen zu erinnern. »Er hat auch in ›Wild Horse Mesa‹ gespielt, jeweils kleine Rollen, aber ich fand ihn richtig gut. Gesichter wie seins liebt die Kamera. Warte, jetzt fällt's mir ein. Ich glaube, er heißt Gregg Copper oder Gary Culper.«

Zukor, der ein fantastisches Gedächtnis für Namen hatte, schüttelte den Kopf. »Nein, der Bursche heißt Gary Cooper!«

»Genau, den meine ich«, rief Frank, während ihnen der Barkeeper neue Drinks hinstellte.

Zukor lachte. »Ich muss den armen Kerl recht mies bezahlt haben.«

»Wie meinst du das? Du zahlst doch immer mies.«

»Na, wenn ich mich recht erinnere, hat er auf dem Set immer Hemden verkauft, um seine Gage aufzubessern. Frag mich nicht, wie er an die Hemden gekommen ist. War ordentliches Material, aber deutlich preiswerter als in den Geschäften. Er hat zweifellos eine kreative Ader, dieser Gary Cooper.« Zukor grinste und prostete Frank zu.

»Ich weiß nicht, warum du ihn nicht größer besetzt. Aus dem kann mal was werden. Ich hätte jedenfalls demnächst Verwendung für so einen. Also wenn du ihn mir ausleihen könntest …« Frank sah ihn fragend an.

»Würde ich schon machen, aber er ist nicht mehr bei mir unter Vertrag. Er ist zu Fox gegangen, hat in *The Johnstown Flood* mitgespielt, aber ohne Credit, nicht mal im Abspann. Vielleicht kriegst du ihn von Fox, dürfte dich nicht viel kosten«, meinte Zukor und bediente sich bei Franks Woodbines. »Die haben noch so einen, der ohne Credit mitläuft und billig zu haben sein sollte. Sein Name ist Clark Gable und soviel ich weiß …« Er brach ab, als Charlie Chaplin auftauchte und sich ganz selbstverständlich neben ihn setzte.

»Das Übliche, Sean«, sagte Chaplin beiläufig zum Barkeeper und hielt schon im nächsten Moment wie hingezaubert ein Glas Champagner Rosé in der Hand.

Gemeinhin war der Starkomiker, der sich zu kleiden wusste und auch noch mit einem blendenden Aussehen gesegnet war, ein umgänglicher und charmanter Gesellschafter, doch manchmal hatte er ein Auftreten an sich, dem die Botschaft innewohnte, dass er sein Licht nicht allein von dieser Welt empfing. So auch an diesem Abend, als er gleich anfing, Frank und Zukor seine neueste Idee für eine grandiose Komikerszene zu erläutern, statt erst einmal zu fragen, ob sie die überhaupt hören wollten.

»Also der Film spielt in einem Nachtclub, und zur Unterhaltung der Gäste wird auf der Bühne die Kreuzigung Jesu gezeigt«, begann er und gönnte sich ein halbes Glas des exquisiten Champagners. »Doch die meisten Gäste sehen überhaupt nicht hin.«

DeMille zeigte keine Reaktion, sondern fuhr ungerührt mit seinen Eintragungen in das Notizbuch fort. Doch Zukor und Frank warfen einander einen Blick zu und fragten sich, ob Chaplin sich mit ihnen einen Scherz erlaubte oder schon schwere

Schlagseite hatte, was jedoch offensichtlich beides nicht der Fall war.

»Als Unterhaltung in einem Nachtclub kommt mir das doch recht fragwürdig vor«, bemerkte Frank, während Zukor geradeheraus sagte: »Die Idee stinkt von hier bis nach Timbuktu!«

Weder Franks noch Zukors Bemerkung hatte auch nur die geringste Wirkung, vielmehr fuhr Chaplin mit ungebrochener Begeisterung fort: »An einem der Tische sitzen ein paar Geschäftsleute, die sich erregt über einen anstehenden Deal unterhalten. An einem anderen Tisch sagt eine Frau indigniert: ›Also, ich weiß wirklich nicht, wie man in so ein Lokal gehen kann. Diese Atmosphäre ist ja nun wirklich bedrückend.‹ Worauf ihr Begleiter erwidert: ›Das Programm kommt aber blendend an, Rosy. Die Bude war pleite, bis sie sich das mit der Kreuzigung haben einfallen lassen. Seitdem schreiben sie wieder dicke schwarze Zahlen.‹«

»Also wirklich, Chaplin …«, setzte Zukor zu einem Protest an.

»Wartet, es geht noch weiter!«, fiel Chaplin ihm ins Wort. »Ein Betrunkener fängt an zu brüllen: ›Verdammt, seht doch mal, sie kreuzigen ihn! Und kein Schwein kümmert sich drum!‹«

Nun blickte Cecil DeMille, der Experte für biblische Epen, mit einem Ruck von seinen Notizen auf. »Das ist Gotteslästerung!«, empörte er sich.

Chaplin ließ das Champagnerglas, das er gerade an die Lippen gesetzt hatte, sinken. Ein entgeisterter Ausdruck trat auf sein Gesicht. »Ach, wirklich?«, fragte er, als sei ihm solch ein Gedanke nicht einmal im Ansatz gekommen. »Das war durchaus nicht meine Absicht. Da werde ich das wohl noch mal durchdenken müssen.« Und übergangslos begann er von einer blutjungen Schauspielerin zu schwärmen, die er gerade entdeckt und für seinen nächsten Film unter Vertrag genommen hatte.

»Ganz nach unserer goldenen Regel: Hol sie dir blutjung und nimm sie hart ran«, bemerkte Zukor.

Frank hatte das ernüchternde Gefühl, entweder auf die Schnelle ein paar weitere Drinks hinunterkippen oder schleunigst verschwinden zu müssen.

Er blieb, und es wurde eine lange Nacht.

23

Am Klostertor tunkte Mutter Concordia, die Oberin der Barmherzigen Schwestern von Santa Maria del Mar, ihren knochigen Mittelfinger in das steinerne Weihwasserbecken an der Mauerwand und segnete Gillmore, während sie ihm ein nasses Kreuz auf die Stirn malte. »Gottes Segen und Barmherzigkeit mögen dich allzeit begleiten, mein Sohn«, sagte sie. Es war ein milder Tag Anfang April, zwei Wochen vor dem Osterfest.

»Gottes Segen auch Ihnen, Mutter Concordia. Und nochmals danke für alles!« Er rang sich ein Lächeln ab. Dreieinhalb qualvolle Monate hatte er sich hier hinter den Mauern der Heim- und Pflegeanstalt der Barmherzigen Schwestern zusammenreißen und den bescheidenen, dankbaren Gottesgläubigen spielen müssen. An manchen Tagen hatte er das Gefühl gehabt, an dem religiösen Mief zu ersticken und gleich losschreien und um sich schlagen zu müssen. Nun, er hatte es überstanden, ohne die Beherrschung verloren zu haben. Endlich konnte er von hier weg, zurück in die Freiheit. Nur war es eine beschissene Freiheit, die ihn erwartete, und daran war kein anderer schuld als er selbst!

Er rückte die primitiven Krücken mit den abgescheuerten Achselpolstern unter seinen Armen zurecht und humpelte hinaus auf die Landstraße. Seine Stimmung hellte sich etwas auf, als er das Kaff Tomales erreicht hatte und im Bus saß, der ihn die rund vierzig Meilen von dem elenden Nest an der Pazifikküste hinüber an die Bay und nach Sausalito brachte. Auch sein Urteil über Mutter Concordia und ihre Mitschwestern fiel nun milder aus. Alles, was recht war, die alte Krähe und ihre Betschwestern hatten schon seinen Dank verdient. Auch Schwester Cecilia. Die gutgläubige Matrone hatte ihm seine Beteuerungen, er habe unschuldig in San Quentin eingesessen, doch tatsächlich abgenommen und dafür gesorgt, dass ihre ältere leibliche Schwester, die Oberin von Santa Maria del Mar, ihn zur weiteren Genesung in ihrem Invalidenheim für arme Schlucker aufgenommen hatte. Täglich hatte er sich durch stundenlange Übungen quälen müssen, um das Gehen wieder zu erlernen und die Beweglichkeit seines rechten Armes zurückzuerlangen. Auch hatten sie ihm ein ganz passabel aussehendes Glasauge verpasst, sodass er nicht mit einer verfluchten Augenklappe herumlaufen musste. Obwohl, von »herumlaufen« konnte noch längst nicht die Rede sein. Selbst jetzt, nach so vielen Monaten, ging es noch immer nicht ganz ohne Krücken.

In Sausalito nahm ihn der Fahrer eines stinkenden Schweinetransports ein Stück die Bay hinauf mit, doch für die letzten zwei Meilen bis zu seinem im Uferschlick gestrandeten Kahn gab es keine Busverbindung, und für ein Taxi war ihm das wenige Geld, das ihm geblieben war, zu schade. Deshalb schmerzten ihn alle Knochen, als er am späten Nachmittag endlich am wackligen Bootssteg eintraf.

Das schwere Vorhängeschloss vor der roststarrenden Metalltür schien unangetastet, was ihn selbst nach fast vier Monaten Abwesenheit nicht wunderte. Die verfluchten Chinks in der Siedlung nebenan wagten es nicht, bei einem »fahn quai«, einem »weißen Teufel«, einzubrechen. Außerdem: Wer kam auch auf die bescheuerte Idee, in diesem Wohnwrack etwas zu vermuten, das einen Einbruch lohnte? Niemand mit einer Unze Grips im Schädel. Und selbst wenn jemand eingebrochen wäre, die Blechdose mit seinem

Ersparten fand keiner. Dafür war das Versteck in der Bilge einfach zu gut.

Er fand alles so vor, wie er es am Tag von Tau-Taus Entlassung zurückgelassen hatte. Der Aschenbecher, der aus dem Bodenteil einer Dose Motoröl bestand, war noch immer voller Kippen. Selbst die angebrochene Packung Chesterfields war unberührt und auch der Rest Moonshine stand noch auf der Kiste neben dem Kanonenofen. Er musste schwer an sich halten, den Schwarzgebrannten nicht mit haltloser Gier in sich hineinzukippen.

Stattdessen gönnte er sich einen ersten, kräftigen Schluck. Der Moonshine brannte in der Kehle. Dann steckte er sich eine Zigarette an und sackte mit schmerzenden Gliedern auf die Pritsche. Die mit Stroh gefüllte Matratze, dünn wie eine Flunder, und die alten Decken waren klamm und rochen muffig. Wieder einmal wollte dumpfe, ohnmächtige Wut auf sich selbst in ihm aufsteigen, weil er die Sache mit Tau-Tau so katastrophal vermasselt hatte und beinahe auch noch selbst draufgegangen war. Es war ein Schwall von Übelkeit, doch er kämpfte entschlossen dagegen an. Mit dieser Wut und den Selbstvorwürfen hatte er sich bei den Betschwestern lange genug das Leben schwer gemacht. Gut, wäre er nicht so gierig gewesen, alles für sich haben zu wollen, hätte er sich viele Schmerzen ersparen und längst mit Tau-Tau zusammen Kasse machen können, so, wie es vereinbart gewesen war.

Aber alles in allem hatte er mal wieder Glück gehabt. Er war nicht nur dem Tod im letzten Moment von der Schippe gesprungen, sondern auch mit dem Mord an Tau-Tau durchgekommen. Er hatte sogar eine neue Identität. Und er hielt noch immer alle Joker in der Hand. Zeit, sie endlich einen nach dem anderen auszuspielen!

24

Seit Stunden saß Harriet an ihrem Sekretär im Arbeitszimmer und ging die neuen Frachtverträge durch, die Henry in den letzten Wochen abgeschlossen hatte. Sie fand nichts, was sie an den Konditionen hätte beanstanden können, und das erbitterte sie fast noch mehr als die Tatsache, dass sie von all diesen Verhandlungen ausgeschlossen war. Wie um alles in der Welt hatte es bloß dazu kommen können? Sie hatte die Kontrolle über die Reederei doch schon so gut wie zurückgewonnen gehabt!

Plötzlich beschlich sie ein eigenartiges, irgendwie beklemmendes Gefühl, so als stünde unverhofft jemand hinter ihr. Irritiert schaute sie auf und drehte sich um, aber da war niemand. Im nächsten Moment wusste sie, was sie hatte stutzig werden lassen. Die Stille. Nicht ein Laut war zu hören. In ihrem Haus auf dem Nob Hill herrschte eine Stille wie in einem Mausoleum. Selbst das Knistern und Knacken der Holzscheite im Kamin hinter ihr war erstorben, nur noch ein schwaches Glühen drang in das Zimmer mit seinen holzgetäfelten Wänden und den Seekarten ihres Vaters, die voller Gebrauchsspuren und handschriftlicher Notizen gerahmt zwischen den Bücherregalen hingen. Harriet hatte so viel wie möglich aus dem einstigen Kartenzimmer ihres Vaters übernommen. Das kostbarste Andenken an ihn war das Bild der Sansibar. Mit dem Schiff hatte ihr Vater den Grundstock für seine Flotte gelegt. Das großformatige Ölgemälde hing über dem Kamin und dominierte den Raum, der schon in dunkle Schatten getaucht war. Es zeigte den Schoner in stürmischer See vor Kap Hoorn hoch am Wind.

Ein bedrückendes Gefühl der Verlorenheit überkam Harriet. Die Stille und Leere in diesem prachtvollen Haus mit seinen Zimmerfluchten ließ sie frösteln. Als Jordan nach dem Erdbeben die

Pläne für ihre Villa auf dem Nob Hill entworfen hatte, war er noch voller Zuversicht gewesen, dass Adrian bald Geschwister haben und eine fröhliche Kinderschar das große Haus mit Leben erfüllen würde, doch die Natur hatte ihm den Segen, Kinder zeugen zu können, versagt, und die dafür vorgesehenen Zimmer hatten sich nie mit Leben gefüllt. Und seit Adrian in Berkeley studierte und seine freie Zeit lieber auf Seven Oaks verbrachte als in der Stadt, kam sie sich vor wie in einem Museum, das selten jemand besuchte. Sie gehörte auch nicht zu jenen Mitgliedern der High Society, die alle Nase lang zu großartigen Dinnerpartys einluden oder ihre Häuser zu Treffpunkten des gesellschaftlichen Lebens machten, für literarische Salons etwa oder andere regelmäßige Zirkel. Das hatte sie eine Zeit lang versucht und man war ihren Einladungen auch stets gern gefolgt. Ihr Bekanntenkreis erstreckte sich über alle Bereiche der gehobenen Geschäftswelt der Stadt, denn allein schon der Name Caldwell genoss in Schifffahrtskreisen einen guten Ruf, und Shaw hatte unter Bankern und Finanzleuten einen goldenen Klang. Reichtum besaß nun mal eine ganz eigene Gravitationskraft.

Aber sie hatte das bald wieder sein gelassen, weil es einfach nicht ihrem Naturell entsprach. Mit ihr war die Rolle falsch besetzt, wie Frank es in seinem Filmjargon wohl gesagt hätte. Sie hatte nichts dagegen, ein- oder zweimal im Jahr eine glanzvolle Gastgeberin zu sein oder einen Silvesterball auszurichten wie zuletzt für Adrian, was ihr ein großes Vergnügen bereitet hatte. Aber als Dauerzustand oder gar als Lebensinhalt kam diese Art der Beschäftigung für sie nicht infrage. Sie brauchte Herausforderungen, und ihre Welt war die der Handelsschifffahrt, der Frachtgeschäfte und Gewinnmargen. Zweieinhalb Jahrzehnte lang war ihr Leben davon bestimmt gewesen, dass sie aktiv handelte und wichtige Entscheidungen traf, manchmal auch riskante, weil das den Reiz erhöhte. Doch seit Henry sie mit seinen Intrigen um die Kontrolle der

Reederei gebracht hatte, fühlte sie sich ihrer Berufung und Lebensaufgabe beraubt. Einem Süchtigen auf Entzug konnte es kaum schlechter gehen, als sie sich fühlte – und das schon viel zu lange. Es wurde höchste Zeit, dass sich das änderte. Sie musste sich etwas einfallen lassen, wie sie sich aus diesem seelischen Sumpf befreien, sich von diesem Herumtaumeln in einer Art Niemandsland erlösen konnte. Sie brauchte eine Aufgabe, denn Arbeit gab dem Leben einen Sinn, Struktur und Ordnung. Und es war offensichtlich, welche Aufgabe sie mit welchem Ziel in Angriff nehmen musste!

Als ihr Blick auf die vergoldete französische Uhr auf dem Kaminsims fiel, fuhr Harriet aus ihren Gedanken auf. Viertel vor zehn. Es war Zeit, sich nach oben zu begeben und sich bettfertig zu machen. Sie hatte mehrere Tage nichts von ihm gehört und hoffte, dass Frank endlich wieder einmal anrief.

Und ihre Hoffnung erfüllte sich. »Tut mir leid, dass ich mich heute erst melde, aber es ging einfach nicht, mein Schatz«, sagte er. »Wir befinden uns mitten in der entscheidenden Bauphase für die neuen Ateliers. Nächste Woche wird das Spezialgestänge installiert, auf dessen Schienen die Scheinwerfer dann lautlos laufen, und es wird mit der Errichtung der ersten schalldichten Aufnahmekabine begonnen. Und nebenbei muss der Filmbetrieb weiterlaufen, sodass eine Besprechung die andere jagt. Manchmal weiß ich nicht, wo mir der Kopf ...« Er unterbrach sich. »Einen Augenblick, bleib dran.«

Sie hörte gedämpft, wie er sagte: »Nein, kommt überhaupt nicht infrage. Das muss eben bis morgen warten. Machen Sie endlich Feierabend, Sie sollten längst zu Hause sein! – Ja, wenn Sie so wollen, ist das ein Befehl! Andernfalls muss ich Sie entlassen! – Jaja, schon gut, und jetzt gehen Sie endlich! Danke, Ihnen auch, Doris.« Seine Stimme wurde wieder klarer, als er sagte: »So, ich bin wieder da.«

»Bist du noch im Büro?«, fragte sie betroffen.

»Ja, musste nur mal kurz ein Machtwort sprechen, damit meine Sekretärin endlich nach Hause geht. Doris Appleby ist eine wahre Perle, ich wüsste nicht, was ich ohne sie machen würde.«

»Aber du kannst doch nicht bis in die Nacht hinein arbeiten!«

Er lachte. »Lässt sich aber manchmal nicht vermeiden. Am Tag komme ich ja nicht dazu, all den Papierkram durchzugehen und mal ganz ohne Störung einen klaren Gedanken zu fassen. Ich sollte öfter in meine Douglas steigen und ein paar Runden drehen. Da oben bin ich für keinen erreichbar, und da klingelt auch kein Telefon.«

»Ach, ich weiß nicht, ob das eine gute Idee ist, wo du doch den Kopf so voll hast«, sagte sie sorgenvoll. Dass er dank seines Flugzeugs an Silvester bei ihr hatte sein können, war eine wunderbare Überraschung gewesen, und die Aussicht auf weitere Besuche ließ ihr Herz höherschlagen. Wie er sagte, konnte er die Strecke bei gutem Wetter in gut sechs Stunden zurücklegen, statt sich fast mehr als doppelt so lange im Zug durchrütteln zu lassen, aber sein neues Hobby war ihr nicht geheuer. Er hatte zwar versichert, dass das Fliegen dieser Doppeldecker gar nicht so schwierig sei. Man brauche nur ein wenig Fingerspitzengefühl und müsse gerade mal ein Handvoll Anzeigen im Auge behalten, er habe schon nach sieben Flugstunden seine erste Solorunde über Hollywood gedreht, aber das alles vermochte sie nicht wirklich zu beruhigen, kamen ihr diese Maschinen doch zu zerbrechlich vor, wie Spielbälle von Wind und Wetter. Außerdem wusste sie nur zu gut, wie unverhofft hier an der Westküste das Wetter umschlagen konnte. Doch so groß ihr Vorbehalt auch war, er hinderte sie nicht daran, wenig später zu fragen, ob Frank einen Besuch zu Ostern einrichten konnte.

»Ich werde es versuchen.«

»Das ist eine Absichtserklärung, keine Zusage.«

»Aber das Beste, was ich zurzeit bieten kann, Liebes.«

Harriet seufzte. »Ich wünschte, ich könnte zu dir kommen«, erwiderte sie mit fragendem Unterton.

Er schwieg.

Sie verzog das Gesicht zu einer Grimasse, weil sie ihm so zusetzte. Dabei wusste sie genau, was er am Hals hatte und dass er nichts unversucht lassen würde, trotz allem zu ihr zu kommen. »Ich weiß, ist keine gute Idee, wo du mitten in der Umrüstung des Studios steckst«, sagte sie schnell und fügte hinzu: »Ich würde ja doch nur den ganzen Tag auf dich warten und dir Gewissensbisse bereiten, weil du dich nicht richtig um mich kümmern kannst.«

»Ja, darauf würde es hinauslaufen.«

»Tut mir leid, dass ich davon angefangen habe, wo ich es doch besser weiß. Ich vermisse dich einfach so sehr.«

»Ich dich auch, mein Schatz. Aber ich werde nicht ewig so unter Druck sein. Wenn das Schlimmste überstanden ist, kommst du für ein paar Tage her. Dann miete ich uns eine hübsche Jacht und segele mit dir hinüber nach Catalina Island«, versprach er spontan. »Da gibt es wunderschöne Buchten, idyllische kleine Dörfer in den Hügeln und jede Menge Wildpferde. Es wird dir gefallen.«

»Ja, das wäre schön, ein paar Tage ganz mit dir allein, egal wo«, sagte sie verträumt, und eine Weile redeten sie darüber, was sie dort alles tun – und wo sie sich überall lieben würden: im warmen Sand eines einsamen Strandes, unter einem funkelnden Sternenhimmel an Deck der Jacht, auf einer Wildblumenwiese oben in den Hügeln …

Dabei wanderte Harriets Hand unweigerlich zwischen ihre nackten Schenkel, wo ihre Finger zu Ende brachten, was Franks Beschreibungen und ihre Fantasie an sinnlicher Erregung in ihr geweckt hatten. Und Frank folgte ihr fern in Hollywood auf seine Weise. Sie hatte noch sein lustvolles Aufstöhnen im Ohr, als sie schließlich schwer atmend zurück in die Kissen fiel.

»Himmel, so etwas bringst auch nur du fertig«, sagte Frank mit belegter Stimme.

»Du hast damit angefangen und mich verführt.«

»Und? Bereust du es?«

Sie lachte etwas angestrengt. »Dummkopf!« Doch sich am Telefon genussvoll selbst befriedigt und darüber auch noch gesprochen zu haben versetzte sie nun, da die Lust gestillt war, in schamhafte Verlegenheit. Schnell suchte sie nach einem Thema, das davon ablenken konnte. »Da wir gerade von Dummheiten reden, fällt mir ein, was ich dich schon seit Tagen fragen wollte.«

»So? Was denn?«

»Hast du schon was gehört, wie der Kleopatra-Film geworden ist, in dem meine Schwester die Hauptrolle spielt?«, fragte sie und zog das Nachthemd wieder über ihre Hüften. »Sie hat mir auf einer Postkarte mitgeteilt, dass ihr Film in den nächsten Tag in Los Angeles große Premiere hat.«

Franks Antwort ließ einen Moment auf sich warten. »Na ja, das mit der großen Premiere dürfte übertrieben sein. Jedenfalls ist mir nichts dergleichen zu Ohren gekommen. Ganz abgesehen davon sind die Grand Horizon auch nicht dafür bekannt, dass ihre Filme in Premierentheatern ihren ›first run‹ haben.«

»Das habe ich mir schon gedacht. Typisch Ashley, so zu übertreiben. Und wie ist *My Love, the Goddess*? Weißt du darüber was?«

»Tony, mein Fixer, hat sich erkundigt. Nach dem, was er von seinen Informanten in der Poverty Row gehört hat, steckt in dem Film kein Potenzial für einen Kinohit«, teilte er ihr unumwunden mit. »Ein historischer Schinken, solide Provinzkost, immerhin. Gut möglich, dass der Streifen sogar einen bescheidenen Gewinn abwirft. Berühmt wird er deine Schwester allerdings nicht machen. Ihr fehlt wohl einfach das gewisse Etwas, das auf der Leinwand diese eigene Faszination erzeugt und das Schauspielerinnen wie Gloria Swanson, Mary Pickford oder Laura Lynn von der

Masse gewöhnlich schöner Frauen unterscheidet. Aber wie gesagt, das ist nur meine Vermutung, so genau habe ich mich mit den Schauspieltalenten deiner Schwester noch nicht beschäftigt.«

Es überraschte Harriet nicht sonderlich, das zu hören. Frank bestätigte nur, was sie schon immer von den schauspielerischen Ambitionen ihrer Schwester gehalten hatte. Nun hörte sie es aus berufenem Mund, denn sie wusste, dass sein Urteil nicht durch persönliche Antipathie geprägt war. »Der Begriff ›gewöhnlich schöne Frauen‹ ist mir vollkommen neu. In welche Kategorie falle ich denn?«

»Du weißt doch, hier in Hollywood züchten wir die Schönheit für den Kinomarkt, wie Farmer Kürbisse der Güteklasse A oder Preisgurken großziehen. Und was dich angeht, so ist in der Kategorie ›Die Liebe meines Lebens‹ nur Platz für eine Frau – und die bist du, seit dem ersten Kuss.«

»Ach, Frank …«, flüsterte sie.

»Ich habe übrigens noch eine gute Nachricht«, wechselte nun er das Thema. »Meine Maklerin hat endlich einen Käufer für mein schreckliches Haus gefunden.«

»Das ist ja wunderbar!« Sie freute sich für ihn, wusste sie doch, wie sehr ihm daran gelegen war, das riesige Haus im Coldwater Canyon loszuwerden. »Weißt du auch schon, wo du hinziehen wirst?«

»Mit der Suche nach einem neuen Haus drängt es nicht. Selbst wenn ich die Zeit dafür hätte, was nun wirklich nicht der Fall ist, würde ich es langsam angehen lassen. Nein, vorläufig reicht mir eine überschaubare Hotelsuite. Ich habe mich im ›Ambassador‹ eingemietet.«

»Eine gute Idee. Das mache ich auch!«, entfuhr es Harriet.

Er lachte. »Was? Du ziehst zu mir ins ›Ambassador‹?«

Sie erwiderte das Lachen. »Nein, ich werde diesen riesigen Kasten hier auf dem Nob Hill verkaufen und mir im ›Fairmont‹ eine

Suite nehmen, bis ich weiß, wo und wie ich wohnen möchte! Was soll ich mit vierzehn Zimmern und einem halben Dutzend Bäder für mich allein?«

»Klingt nach einem perfekten Ort, um skurrile Marotten anzunehmen und depressiv zu werden.«

»Genau, besonders seit Adrian nicht mehr hier wohnt«, sagte sie. »Aber das ist noch nicht alles, was ich ändern werde. Ich habe nämlich noch eine wichtige Entscheidung getroffen!«

»Und die wäre?«

Harriet sagte es ihm.

25

Bobby Flake, der Nachtwächter?« Der spindeldürre Pförtner am Werkstor der Morgan-Werft, die sich »south of the slot« am China Basin erstreckte, legte den Kopf schief. »Arbeitet nicht mehr hier, is umgezogen.« Wie zur Bekräftigung spuckte er einen Strahl braunen Kautabaksaft in den Dreck der Straße.

»Ich weiß«, sagte Gillmore und verlagerte sein Gewicht auf die linke Krücke, weil die rechte Hüfte bei dem nasskalten Aprilwetter höllisch schmerzte. »Aber kannst du mir sagen, wo ich ihn finde?«

»Klar doch, drüben im Mission District, irgendwo zwischen der Chula Lane und der Dolores Street.«

Gillmore runzelte die Stirn. »Was heißt ›irgendwo‹?«

Der Pförtner, dessen Gesicht einem uralten, rissigen Stück Pergament glich, grinste ihn zahnlos an. »Na, das Grab wirste schon selber suchen müssen, Kumpel. Jedenfalls liegt er irgendwo auf dem Mission Cemetery sechs Fuß unter der Grasnarbe.«

Gillmore unterdrückte einen Fluch. »Bobby Flake ist tot?«

Der Pförtner nickte und schickte einen zweiten Strahl Tabaksaft in die braune Pfütze neben dem Tor. »Tot wie 'n Türnagel. Lungenentzündung Ende Januar, und weg war er.«

»Verdammt!«, rief Gillmore, den die Nachricht vom Tod des einstigen Decksjungen der Leviathan traf wie ein Tiefschlag.

»Kann ich nichts zu sagen, ob er verdammt ist, aber ich nehm's mal an«, trieb der Pförtner seinen Spaß mit ihm und kicherte, als Gillmore ihm einen wütenden Blick zuwarf und davonhumpelte.

Er beruhigte sich damit, dass er ja einen zweiten Zeugen des Massakers aufgetrieben hatte. Wilbur Burke hatte damals zur Mannschaft gehört und war noch am Leben, und er wusste, wo er ihn antreffen würde. Der Mann hatte an Bord des Schoners den Koch ersetzt, als dieser auf halber Strecke an einer Blutvergiftung gestorben war, und betrieb seit Jahren eine schäbige Garküche gegenüber dem Fabrikgelände der Union Iron Works. Vom China Basin war es bis dorthin nur ein kurzer Weg.

Doch von Wilbur Burke und seinem überdachten Küchenwagen fand sich an der Waterfront keine Spur. Schon beschlich Gillmore die Angst, dass auch sein zweiter Zeuge den Weg allen irdischen Lebens genommen haben könnte und er mit leeren Händen dastand.

Der Wirt der Eckschenke »High Tide«, in deren Nähe Wilbur Burkes Garküche ihren angestammten Platz gehabt hatte, erlöste ihn. »Nee, unter der Erde liegt der Wilbur mit Sicherheit nicht, könnte höchstens zu den Fischen gegangen sein, aber das will ich nicht hoffen«, teilte er Gillmore munter mit, während er ihm ein Bier zapfte.

»Will heißen?«

»Na, der schippert gerade irgendwo auf dem Meer herum.«

Gillmore wurde blass. »Er ist auf See?«, stieß er bestürzt hervor.

Der Wirt nickte und stellte den randvollen Bierhumpen vor ihn auf den nassen Tresen. »Hat bei Nacht und Nebel auf der Henrietta

Star angeheuert, als ihm der Boden hier plötzlich zu heiß wurde«, erzählte der Wirt und gönnte sich auch ein Dunkelbier. »Schade, ich konnte gut mit ihm, war auch 'n guter Kunde, vor allem im Hinterzimmer, wo er mit den anderen aus dem Viertel gezockt hat. Poker war sein Gift, vor allem Seven Card Stud. Aber er hat den Fehler begangen, sich bei Rusty, einem seiner Kumpel von den Docks, Geld zu leihen und das in einer anderen Spielhölle auch noch zu verlieren. Als dann sein Schuldschein geplatzt ist, hat Rusty, der Oberarme wie Baumstämme hat und nicht gerade ein sanftes Gemüt, nach ihm gesucht und geschworen, ihm die Knochen zu brechen. Da hat Wilbur seinen Küchenkarren verscherbelt und seiner Schwester Lizzy einen letzten Kuss gegeben, und dann ist er über Nacht auf den nächsten Kahn verschwunden. Muss 'n verdammter Seelenverkäufer sein, dass der Captain so 'nen alten Hund wie den Wilbur als Koch genommen hat. Na ja, auf fettige Bratküche versteht er sich ja.«

»Und wann ist das Schiff ausgelaufen?«

»Letzte Woche.«

In Gillmore krampfte sich alles zu einem schmerzhaften Knoten zusammen. Er ballte die Fäuste unter dem Tresen. Am liebsten hätte er seinen Frust laut hinausgeschrien, da half auch nicht das Bier, das er mit vier, fünf wilden Schlucken in sich hineinschüttete. Erst gab Bobby Flake den Löffel ab, und jetzt war auch noch Wilbur Burke verschwunden, schipperte irgendwo unerreichbar auf dem verfluchten Meer herum. Das Schicksal war gegen ihn!

Den Knock-out verpasste ihm der Mann im Gewerkschaftshaus der Sailor's Union of the Pacific, wo er sich nach der Henrietta Star, ihrer Route und ihrer vermuteten Rückkehr erkundigte. Mit Tau-Taus Seemannsbuch in der Hand hatte man ihn umstandslos hinüber in die Registratur geschickt.

Der Gewerkschaftler brauchte nicht in den dicken Wälzern der Schiffsregister nachzuschauen, um ihm die Auskunft erteilen zu können. »Den Kahn kenne ich. Ja, der Heimathafen ist San Francisco. Die Henrietta Star gehört zur Flotte der Kenmore Pacific Line.«

»Und wann wird sie zurück sein?«, fragte Gillmore erneut.

»Kann man schlecht voraussagen. Hängt sehr davon ab, ob das Wetter mitspielt, ob sie im Zielhafen noch lange auf Reede liegen muss, bevor die Fracht gelöscht oder neue an Bord genommen werden kann. Auf so 'ner Tour kann es viele Verzögerungen geben.«

»So ungefähr reicht mir schon, Kumpel.«

Der Mann wiegte den Kopf und kaute mit nachdenklicher Miene an einem Bleistiftstummel. »Na ja, vor Ablauf von sieben, acht Monaten wird sie kaum zurück sein.«

»Was?«, entfuhr es Gillmore.

»Die Henrietta Star fährt unter Segel, Genosse«, sagte der Gewerkschaftler, belustigt über seine entsetzte Miene, »und ist im pazifischen Triangel-Handel unterwegs. Da kommen auch bei günstigen Winden für einen Dreimaster locker acht, neun Monate zusammen. Und die Henrietta Star ist 'ne alte Dame, die selbst in ihren besten Jahren nicht gerade Geschwindigkeitsrekorde aufgestellt hat.«

»Pazifische Triangel?«, krächzte Gillmore verständnislos.

Der Gewerkschaftler bedachte ihn mit einem misstrauischen Blick, so als kämen ihm plötzlich Zweifel, ob er es mit einem Seemann zu tun hatte. »Bist wohl noch nicht viel auf unserer Seite der Welt herumgekommen, was? So heißt die Handelsroute Kalifornien–Südamerika–Australien–Kalifornien.«

Gillmore hatte ein Gefühl im Magen, als hätte man ihm den Boden unter den Füßen weggezogen. Das Blut wich aus seinem Gesicht. Er schmeckte Galle und schluckte hart, um die Übelkeit zurückzudrängen. Schließlich murmelte er einen Dank, verließ das Gewerkschaftshaus und suchte Zuflucht in der nächsten Flüsterkneipe.

Dumpf brütend starrte er vor sich hin und kippte einen doppelten Rum nach dem anderen hinunter. Sosehr ihm die Monate bei den Betschwestern auch zugesetzt hatten, dort hatte ihn doch die Gewissheit aufrecht gehalten, dass er noch alle Asse in der Hand hielt und der fette Zahltag aufgeschoben, aber nicht aufgehoben war. Nun jedoch war nichts mehr gewiss. Nach Bobby Flakes unverhofftem Tod blieb ihm mit Wilbur Burke nur noch ein Joker, und selbst das war fraglich. Wer sagte denn, dass der Bursche noch an Bord war, wenn die Henrietta Star in sieben, acht oder gar neun verfluchten Monaten wieder im Hafen einlief? Was hielt den Kerl davon ab, in Südamerika oder Australien das Schiff zu wechseln und San Francisco endlos zu meiden, weil er fürchtete, dass über die Sache mit dem geplatzten Schuldschein noch nicht genug Gras gewachsen war?

Wenn das der Fall war, stand er mit leeren Händen da. Ohne einen Augenzeugen des Blutbads war sein Wissen darüber so viel wert wie ein Furz. Von ihm allein würde ein hart gesottener Bursche wie Henry Caldwell sich nicht zur Kasse bitten lassen. Vielmehr würde er ihn auslachen, ihn davonjagen und ihm ein paar Schläger auf den Hals hetzen. Dem war noch viel Schlimmeres zuzutrauen. Selbst die Drohung, die Story über das Massaker an einen Journalisten zu verkaufen, würde nicht verfangen. Er hatte ja nicht mehr zu bieten als ein Gerücht, und keine Zeitung würde es wagen, solch eine Geschichte, die einen mächtigen Geschäftsmann der Stadt schlecht dastehen ließ, ohne die Bestätigung eines Augenzeugen zu drucken.

Wie er es auch drehte und wendete, seine Joker hatten sich in Luft aufgelöst. Zumindest vorerst. Endlose Monate des Hoffens und Bangens, ob Wilbur Burke wohl nach San Francisco zurückkehrte, waren das Einzige, was ihm geblieben war. Daran war niemand schuld als er selbst, und zu diesem Wissen gesellte sich nun die gallenbittere Erkenntnis, dass er sich vorläufig mit krummen

Touren durchschlagen musste, was ihm als halbem Krüppel noch schwerer fallen würde, als es schon früher der Fall gewesen war. Und das alles nur, weil er nicht mit Tau-Tau hatte teilen wollen!

Er hieb mit der Faust auf den Tisch und fluchte lästerlich. Doch er verfluchte nicht seine blinde Gier und Dummheit, sondern das ungerechte Schicksal, das ihn nicht zum Zug kommen lassen wollte.

26

Harriet hörte das Taxi, noch ehe der Fahrer herunterschaltete und von der Landstraße in die lang gezogene Allee abbog, die herauf zu ihr nach Seven Oaks führte. Die Sonne, gefiltert durch das frische Blätterkleid der Bäume, warf ein lichtgeflecktes Muster auf den Schotter der Auffahrt.

Das Weingut lag im Napa Valley. Das idyllische Tal mit seinen sanft gewellten Bergzügen, dunklen Eichenwäldern und verschlafenen Dörfern erstreckte sich auf der Nordseite der San Francisco Bay entlang des Napa River. Seit vielen Generationen hatte der Weinanbau hier im Marin County Tradition. Schon Mitte des achtzehnten Jahrhunderts hatten spanische Mönche, die eine Kette von Missionen in Kalifornien errichtet hatten, in diesem Landstrich die ersten Reben gepflanzt. Zu beiden Seiten des Flusses, den Raddampfer mit geringem Tiefgang bis nach St. Helena hinauf befahren konnten, hatten sich im Lauf der Jahrhunderte zahlreiche kleine und größere Weinbauern angesiedelt. Seit Verhängung der Prohibition jedoch war der Weinanbau auf den meisten Gütern zum Erliegen gekommen, und das Angebot an Tafeltrauben war zu groß, als dass das Geschäft sich für alle gelohnt hätte.

Seven Oaks gehörte mit seinen gut zwanzig Hektar nicht nur zu den größten Weingütern im Tal, sondern vor allem zu den wenigen Betrieben, die ihre Produktion dank einer Sondergenehmigung für die Herstellung von Messwein nicht hatten einstellen müssen.

Ungeduldig wartete Harriet auf ihren Besucher, von dessen Urteil und Entscheidung so viel abhing. Ohne ihn war ihr Plan nicht halb so viel wert.

Sie stand auf der vorderen Veranda des geräumigen Landhauses mit Sprossenfenstern und flaschengrünen Schlagläden, das mitsamt seiner umlaufenden Terrasse unter dem weit vorgezogenen Dach auf einer Anhöhe thronte. Sieben alte Lebenseichen mit knorrigem Stamm und verzweigtem Geäst hatten dem stattlichen Landgut seinen Namen gegeben. Wie Wächter, die in der Sommerhitze auch noch wohltuenden Schatten spendeten, umstanden die alten Bäume mit ihren ausladenden Kronen das Haus.

Ein Blick auf die Uhr erübrigte sich, sie wusste auch so, dass es ein, zwei Minuten vor elf Uhr war. Im Leben war auf wenig Verlass, aber auf Cecil Slocums Wort und Pünktlichkeit konnte man blind vertrauen. Sie hatten elf Uhr ausgemacht, und er würde zweifellos um Punkt elf vor ihr aus dem Taxi steigen. Vermutlich war er mit einem viel früheren Fährdampfer im Städtchen Napa eingetroffen, als nötig gewesen wäre, und hatte bis kurz vor elf am Hafen gewartet, um dann in das Taxi zu steigen und sich die kurze restliche Strecke zu ihr fahren zu lassen.

Augenblicke später hielt der staubige Wagen, und Cecil Slocum, Prokurist der Caldwell Shipping Company, stieg aus. Er war mit steifem Kragen und gedecktem Dreiteiler so korrekt gekleidet, wie sie es von ihm gewohnt war. Obwohl er um die sechzig sein musste, hielt er sich aufrecht wie ein Ladestock. Auch der altmodische Kneifer auf seiner schmalen Nase war noch keiner Brille gewichen. Die einst fuchsrote Farbe seiner breiten Koteletten und seines Haupthaares jedoch war stark nachgedunkelt und mittlerweile von vielen grauen Strähnen durchzogen. Auch hatten sich tiefe Falten in sein hageres Gesicht gegraben.

Es gab nicht wenige, die Slocum sowohl als Prokuristen als auch als Privatmann für einen unerträglichen Pedanten hielten, denn bei ihm musste alles seine perfekte Ordnung und Genauigkeit haben. Selbst für den Punkt auf dem i oder den Querstrich beim t gab es bei ihm nur eine einzige richtige Ausführung, und die musste beherrrschen, wer bei ihm als Schreiber und Kontorist beschäftigt bleiben wollte. Henry hatte Slocum zwar als Prokuristen übernommen, weil es für diese verantwortungsvolle Position einfach keinen Besseren gab, aber persönlich mochte er ihn nicht, was auf Gegenseitigkeit beruhte. Harriet dagegen wusste nicht nur Slocums Hingabe an jedes Detail und seine Verlässlichkeit zu schätzen, sondern sah in ihm auch so etwas wie eine zweite Vaterfigur, war sie doch mit ihm im Kontor ihres Vaters aufgewachsen und hatte ihn als unerschütterliche Konstante in ihrem Leben wahrgenommen.

Mit einem verhaltenen Lächeln stieg Slocum zu ihr auf die Veranda, lüftete seinen schwarzen Bowler und deutete mit der ihm eigenen steifen Förmlichkeit eine Verbeugung an.

»Ich bin Ihnen zu großem Dank verpflichtet, dass Sie es so kurzfristig einrichten konnten und die Unannehmlichkeit auf sich genommen haben, zu mir herauszukommen, Slocum. Aber ich habe gewichtige Gründe, weshalb ich Sie hergebeten und Ihnen noch nicht einmal meinen Chauffeur geschickt habe«, sagte sie.

»Davon bin ich ausgegangen, Miss Harriet.« In seinen Augen hinter dem Kneifer lag ein erwartungsvoller Blick.

»Ich wollte einfach verhindern, dass mein Onkel oder sein Sohn von unserem Zusammentreffen erfährt, durch welchen irrwitzigen Zufall auch immer. Dieser Ort hier schien mir am sichersten für solch ein … nun ja, konspiratives Treffen.«

Er nickte kaum merklich. »Verstehe.«

»Es tut mir leid, wenn ich Ihnen nicht nur reichlich Unannehmlichkeiten beschert, sondern auch noch den Sonntag ruiniert habe«, sagte sie, während sie ihn auf die rückwärtige Terrasse führte. Dort warteten bequeme Korbmöbel mit weichen Kissen auf sie. Für kühle Getränke mit und ohne Alkohol war ebenfalls gesorgt, und später würde Rosa Gonzales, ihre langjährige Haushälterin auf dem Gut und eine vorzügliche Köchin, ihnen einen herzhaften Lunch servieren. Von hier aus hatte man einen ungehinderten Blick auf die sanft ansteigenden Weinhänge.

»Von Unannehmlichkeiten kann gar keine Rede sein«, versicherte er und legte seinen Hut ab. »Wie könnte ein Ausflug in dieses liebliche Tal bei solch herrlichem Wetter einen Sonntag ruinieren?«

Harriet schenkte ihm ein dankbares Lächeln.

Slocum blieb bei der Sitzgruppe stehen und ließ seinen Blick über die schier endlosen Reihen von Rebstöcken schweifen, die sich die sanft ansteigenden Hügel hinaufzogen. Mehrere Dutzend Chinesen arbeiteten sich langsam, aber gewissenhaft durch die langen Reihen.

»Beachtlich, bei Gott!«, entfuhr es ihm. »Ich hatte ganz vergessen, was für ein großartiges Fleckchen Erde Sie hier besitzen. Geradezu ein Juwel an gezähmter Natur.« Das sagte er voller Bewunderung und ohne jeden Neid.

Harriet sah ihn verwundert an, doch dann erinnerte sie sich, dass dies nicht sein erster Besuch auf Seven Oaks war. Er hatte am Tag ihrer Hochzeit, die sie auf dem Gut gefeiert hatten, zu den geladenen Gästen gehört. Irgendwie erschien es ihr unwirklich, dass ihre überstürzte Heirat mit Jordan wenige Wochen nach dem Erdbeben nun schon einundzwanzig Jahre zurücklag.

»Das Kompliment gebührt der Tante meines Mannes, die dieses Stück Land in Jahrzehnten hingebungsvoller Arbeit zu dem gemacht hat, was es jetzt ist. Für mich ist das Weingut eine Oase, in die ich mich gern für ein paar Tage oder vielleicht auch mal ein, zwei Wochen zurückziehe, aber mein Sohn betrachtet Seven Oaks als wahres Zuhause und als Grundlage seines beruflichen Lebenstraums.«

Slocum nickte bedächtig und spähte mit zusammengekniffenen Augen zu den Arbeitern im Weinberg. »Ist das dort nicht Ihr Sohn?« Er wies auf eine schlanke Gestalt in derben Hosen und einem verblichenen blauen Hemd, die gerade aus einer der Reihen trat und einen großen Weidenkorb auf dem Weg abstellte. »Hat er die Aufsicht über Ihre Wanderarbeiter übernommen, wenn Sie mir diese Frage erlauben?«

Harriet lachte und bedeutete ihm, sich doch zu setzen. »Zweimal nein. Das ist der alte Chang mit seinem Clan unten aus dem Dorf. Er erledigt schon seit Jahrzehnten mit seinen Leuten alle Arbeiten hier auf dem Gut. Wir beschäftigen keine Wanderarbeiter, sondern halten unseren Leuten die Treue, auch was ihren gerechten Lohn angeht«, erklärte sie mit einem Schmunzeln, in das sich auch Stolz mischte. »Bald wird sein Sohn in seine Fußstapfen treten und die Kolonne führen, so, wie mein Adrian mich in gar nicht so ferner Zukunft als Gutsbesitzerin ablösen wird. Zurzeit lernt er jedoch noch und schaut dem alten Chang so viel Fertigkeiten ab wie möglich.«

»Ich schätze, die Natur nimmt keine Rücksicht darauf, dass wir Sonntag haben, nach dem christlichen Kalender also einen Ruhetag«, bemerkte er mit einem Hauch von Missbilligung.

»Wie auch auf See am Sonntag nicht das Segel eingeholt und beigedreht wird und die Heizer auf Dampfschiffen nicht das Feuer in den Kesseln ausgehen lassen«, erwiderte Harriet.

Er lächelte. »In der Tat, die Natur schafft ihre eigenen Zwänge.«

»Darf ich Ihnen einen kühlen Chablis anbieten oder ziehen Sie eine kalte Holunderlimonade vor?«

Wie nicht anders erwartet gab Slocum der Limonade den Vorzug.

»Weinanbau ist aufwendige und intensive Handarbeit. Da müssen im Frühjahr die Reben auf ein bis zwei Ruten zurückgeschnitten werden«, erklärte sie, während sie ihnen beiden aus einem beschlagenen dunkelblau glasierten Steinkrug einschenkte. »Damit schafft man die Grundlage für die Qualität der später zu erntenden Trauben. Das abgeschnittene Holz wird gehäckselt und in den Boden eingearbeitet, was für eine natürliche Humusanreicherung sorgt. Und jetzt, vor dem Austrieb, werden die Pflanzen gebogen und durch Binden in Form gebracht, damit eine gleichmäßige Versorgung der Triebe mit allen nötigen Nährstoffen gewährleistet ist.«

»Aha«, sagte Slocum höflich und trank einen Schluck, wohl aber mehr aus Höflichkeit als aus Verlangen nach einer Erfrischung.

»Aber natürlich haben Sie sich nicht an Ihrem freien Tag hier heraus bemüht, um sich in die Feinheiten des Weinanbaus einweisen zu lassen, über die ich nebenbei bemerkt selbst gar nicht so gut unterrichtet bin«, fuhr sie selbstironisch fort. »Es geht natürlich um die geschäftlichen Belange, die sich leider nicht so entwickelt haben, wie ich es mir ausgerechnet hatte. Die Explosion auf der Andrew Jackson und diese angebliche Heldentat von meinem Neffen haben das alles über den Haufen geworfen.«

Slocum nickte betrübt. »Eine wahrlich unselige Verquickung von haarsträubenden Zufällen, deren Konsequenzen ich zutiefst bedaure«, versicherte er leicht gedrechselt, wie es seine Art war.

»Nun, man kann nicht alle Schlachten gewinnen«, räumte sie mit einem bitteren Zug um den Mund ein und ließ unerwähnt, dass sie Guys Anwesenheit an Bord des Raddampfers nicht für einen Zufall hielt. Ihre dunklen Vermutungen taten hier nichts zur Sache. »Aber ich denke nicht daran, mich geschlagen zu geben, ganz im Gegenteil. Ich bin entschlossen, den Krieg zu gewinnen!

Und dazu brauche ich Hilfe. Deshalb hoffe ich, auch weiterhin auf Sie als treuen Verbündeten zählen zu können.«

Er senkte den Kopf. »Sie können, aber dieser Versicherung hätte es nicht bedurft, denn Sie konnten sich meiner Unterstützung in dieser Sache ohnehin sicher sein. Oder hatten Sie da Zweifel?«

Sie lächelte etwas verlegen. »Manchmal tut es eben gut, innere Gewissheiten noch einmal ausgesprochen zu hören«, gestand sie.

»Gewiss. Aber da dies nun geschehen ist, dürften wir jetzt wohl zum Kern der Sache kommen.« Slocum sah sie erwartungsvoll an.

Harriet nickte. »Ich sprach gerade von Gewissheiten. Nun, in den letzten Tagen sind mir Dinge klar geworden, die ich eigentlich immer gewusst, mir aber nie so deutlich vor Augen geführt habe.«

Slocums Brauen hoben sich leicht, doch er fragte nicht nach, sondern wartete.

»Eine dieser Gewissheiten ist, dass Arbeit dem Leben einen Sinn gibt, ihm Struktur und Ordnung verleiht.«

»Zweifellos. So wie ich das sehe, wird der Mensch mit seinen Fehlern geboren«, warf Slocum ein, »seine Tugenden jedoch erwirbt er, und dabei ist Arbeit zweifellos das erfolgversprechendste Mittel.«

»Seit ich bewusst denken kann, fühle ich mich der Schifffahrt und den Geschäften einer Reederei mit Leib und Seele verbunden. Was bedeutet: Ich brauche Schiffe, Slocum! Dampfer, die gute Fahrt machen und viel Frachtraum haben. Das ist die andere unumstößliche Gewissheit, zu der ich gekommen bin.«

»Sie sehen mich wenig überrascht«, sagte Slocum staubtrocken. »Die Frage, die sich aus diesen Gewissheiten in Verbindung mit der bedauerlicherweise vereitelten Übernahme der Anderson-Beteiligungen ergibt, lautet also: Auf welche Weise wollen Sie an diese Schiffe kommen?«

»Indem ich sie kaufe und mir schlicht und ergreifend eine eigene Flotte aufbaue«, antwortete sie und sah ihn mit vor Aufregung leuchtenden Augen an. »Und zwar so schnell wie möglich.«

Ein verhaltenes Lächeln trat auf sein Gesicht. »An den nötigen Mitteln dürfte es Ihnen nicht fehlen, wenn Sie mir diese persönliche Einschätzung erlauben.«

Ein spöttisches Lächeln huschte über ihr Gesicht. »Ja, ich habe mich daran erinnert, dass ich angeblich über eins der größten Vermögen von Kalifornien verfüge. Nur bringen mir Unmengen an Geld auf Bankkonten nicht die geringste Befriedigung, geschweige denn eine Aufgabe, die mich herausfordert und dem Leben Sinn verleiht. Also werde ich von dem Geld Gebrauch machen, Schiffe kaufen und eine eigene Reederei gründen!«, erklärte sie freudig entschlossen. »Und dann werde ich Henry meinen Krieg aufzwingen! Wir werden ihm das Wasser abgraben, ihn aushungern! Meine Schiffe werden ihm mehr und mehr lukrative Frachtverträge abjagen, bis ich ihn in die Knie gezwungen habe!«

Sichtlich angetan wiegte er den Kopf. »Ein interessantes Konzept, an dem ich Gefallen finden könnte, Miss Harriet. Haben Sie auch schon einen Namen für Ihre Reederei im Sinn?«

»Ja, Trans Oceanic Steamship Carrier wird sie heißen, abgekürzt TOSCA.«

Er wiegte noch einmal den Kopf. »Mhm, TOSCA, der Name gefällt mir, lässt sich leicht merken.«

»Seien Sie versichert, dass Ihnen noch viel mehr gefallen wird«, versicherte Harriet. »Wenn der richtige Zeitpunkt gekommen ist, werden Sie nicht nur als Prokurist das Kontor am Vallejo Pier leiten, sondern ich werde Sie am Erfolg der Firma beteiligen.«

»Gehe ich recht in der Annahme, dass Sie mir in Ihrem Vorhaben, Ihren Onkel in die Knie zu zwingen, eine nicht unwesentliche Rolle zugedacht haben?«, erkundigte er sich.

»So könnte man es ausdrücken.«

Er rückte seinen Kneifer zurecht und lächelte etwas angestrengt, als er sagte: »Ich denke, ein Glas Chablis wäre jetzt doch angebracht, Miss Harriet.«

27

Der Montag in der Woche vor Ostern begann mit dem Anruf aus St. Louis denkbar schlecht, wendete sich in seinem Verlauf nicht zum Besseren und fand auch mit dem Abend im »Coconut Grove« kein sehr erfreuliches Ende.

In den vergangenen Wochen hatte Frank es sich zur Gewohnheit gemacht, schon um sechs im Büro zu sein. Manchmal traf er sogar noch früher ein. Seit er sich in die gewaltige Aufgabe gestürzt hatte, einen Teil der Ateliers für den Tonfilm umzurüsten, schlief er schlecht. Dass die Silver Screen Studios nun an der Börse notiert waren, frisches Kapital in Millionenhöhe in die Firma floss und er nur noch einer von fünf Großaktionären war, wenn auch der mit dem größten Aktienpaket, half da wenig.

Jedenfalls war er spätestens um fünf wach. Was brachte es, sich im Hotelbett von einer Seite auf die andere zu wälzen und darauf zu warten, dass um sieben der Wecker schrillte? Die zwei Stunden, bevor das Studio um acht zu hektischem Leben erwachte, verbrachte er lieber ungestört hinter seinem Schreibtisch. In der Zeit konnte er sich durch den Aktenberg arbeiten, für den ihm tagsüber kaum eine ruhige Minute blieb.

Wie üblich hatte Joshua Abrahms, der studioeigene Friseur und Barbier, von allen Ol'Abe genannt, an jenem Montag um Punkt sechs seinen Friseurstuhl in Franks Eckbüro im zweiten Stock des Verwaltungsgebäudes geschoben und sich stumm an die Arbeit gemacht, hatte ihm Seidenpapier in den Kragen gesteckt, das Gesicht eingeseift und die scharfe Klinge angesetzt. Derweil hatte Frank weiter Papiere studiert. Er hatte noch Rasierschaum im Gesicht, als um Viertel nach sieben das Telefon klingelte. Es war der Direktor seines Maynard Palace in St. Louis, wo der Tag zwei Stunden früher begonnen hatte.

»Es hat in der Nacht einen Kabelschwelbrand gegeben«, berichtete er. »Der Schaden ist beachtlich. Die Bestuhlung ist ruiniert und die Wandbespannung natürlich auch.« Er schätzte den Schaden auf etwa zehntausend Dollar.

Als Frank zwanzig Minuten später auflegte, fragte er sich einmal mehr, ob es klug gewesen war, die Kinokette so mit Hypotheken zu belasten, nur um sich beim Börsengang einen Aktienanteil von dreißig Prozent zu sichern. Aber ohne eine solide Sperrminorität wäre seine Position als Präsident der Firma alles andere als gefestigt gewesen.

Um Punkt acht stand Doris Appleby in der Tür. Er hatte ihr verboten, auch nur eine Minute früher zu kommen. Sie war eine korpulente Frau von Ende fünfzig, trug altmodisch zugeknöpfte Kostüme, hatte die dunklen Haare stets streng zum Dutt hochgesteckt und war die Hüterin seines ständig belagerten Vorzimmers. Eine Filmgesellschaft war ein Minenfeld der Intrigen, der Missgunst sowie der finanzpolitischen Trickssereien, und niemand verstand sich besser als Doris darauf, nicht nur über seine Termine zu wachen, sondern auch die Übersicht über die verborgenen Tretminen zu bewahren. Kurzum, sie war ein Segen.

Sie waren die Liste seiner Termine für diesen Tag noch nicht ganz durchgegangen, als Tony Russo kurz an der ledergepolsterten Tür zum Vorzimmer klopfte und ins Chefzimmer platzte, ohne auf das »Herein« zu warten.

Frank sah ihn hereinstürmen und wusste, dass er Hiobsbotschaften brachte. »Wer?«, fragte er nur.

»Leonard Langley.«

»Hat er mal wieder im Suff eine Schlägerei provoziert und sitzt in der Ausnüchterungszelle?«, fragte Frank wütend. Leonard Langley war ein unverschämt gut aussehender Herzensbrecher und zugleich Rabauke, der erst seit zwei Jahren vor der Kamera stand, es fast über Nacht zu Starruhm gebracht hatte und mit seinen zweiundzwanzig

Jahren bei der Triple S auf die Rolle des jungen Rebellen abonniert war. Er war ihre Antwort auf Stars wie Ramón Novarro, der zurzeit bei MGM den strahlenden Latin Lover gab, oder Rudolph Valentino, der im vergangenen Jahr an den Komplikationen einer Operation gestorben war und bei dessen Beerdigung es unter den Frauen zu einer Massenhysterie gekommen war. Leonard Langley war ein wichtiger Umsatzgarant. Sein neuer Abenteuerfilm *Heaven Can Wait* befand sich in den letzten Drehtagen. »Kriegen Sie das schnell geregelt, ohne dass die Presse davon Wind bekommt?«

»So einfach macht er es uns diesmal nicht«, sagte Tony und fügte trocken hinzu: »Und zur Totenerweckung fehlt es mir an der göttlichen Berufung. Der Idiot hat sich mit seinem frisch aus Italien importierten Sportwagen bei Venice um einen Brückenpfeiler gewickelt. Muss auf der Stelle tot gewesen sein. Einen offenen Sarg wird es bei der Totenmesse jedenfalls nicht geben, habe ich mir sagen lassen.«

Doris Appleby riss entsetzt die Augen auf. »Allmächtiger!«, stieß sie hervor und bekreuzigte sich.

»Tot? Das kann doch nicht wahr sein!« Frank fluchte leise und hieb mit der Faust auf den Tisch. Was für ein verdammter Idiot! Natürlich hatte der Bursche sich für unverwundbar gehalten und seine Filme mit dem wahren Leben verwechselt wie so viele Schwachköpfe, die in dieser Stadt viel zu schnell zu Ruhm und Geld kamen. Für diese Helden der Leinwand war Hollywood ein permanenter Maskenball. Ein Alltagsleben kannten sie nicht, der überdrehte Ausnahmezustand war die Regel. Die blendenden Masken, mit denen sie über die Leinwand flimmerten, durften nie abgelegt werden, zumindest nicht, solange die Karriere währte. Und hinter diesen Masken florierten Laster aller Art, nicht zuletzt Trunksucht, Drogen, Gewalttätigkeit.

Frank verdrängte diese Gedanken schnell und konzentrierte sich auf die Frage, ob der letzte Film mit Langley noch zu retten war. Natürlich mussten das vorliegende Material umgeschnitten und die Story umgeschrieben werden. Aus dem romantischen Abenteuerfilm mit Leonard Langley als jungem Missionar, der während eines Bürgerkriegs in einem arabischen Fantasieland seine wahre Liebe und Berufung findet, musste ein herzzerreißendes Drama werden, dessen Held ein ebenso tragisches wie heroisches Ende fand. Sie hatten einfach zu viel Geld in den Film gesteckt, als dass sie ihn jetzt als Verlust hätten abschreiben können.

Tony schien seine Gedanken erraten zu haben, wie so oft in solchen Fällen. »Alan wird es schon fertigbringen«, sagte er zuversichtlich und meinte Alan Gillespie, den Chefcutter der Triple S. »Er wird den Film neu schneiden und die Story so anpassen, dass der Held zu Tode kommt. Es fehlen ja bloß noch ein paar Einstellungen. Könnte glatt der nächste Kassenschlager werden. Der strahlende jugendliche Held, der auf tragische Weise den Tod findet!« Dabei hob er die Hand, als deute er auf eine imaginäre Reklamewand, auf der er schon den Filmtitel prangen sah. »Mann, die Leute werden Schlange stehen! Wir brauchen noch nicht mal den Titel zu ändern, es könnte ja gar keinen besseren geben als *Heaven Can Wait.*«

Doris Appleby sah ihn aus tränenfeuchten Augen strafend an, zog ein Spitzentaschentuch aus dem Ärmel und kehrte schniefend in ihr Vorzimmer zurück.

Frank starrte Tony Russo an und ertappte sich dabei, dass er seinem PR-Chef und Fixer im Stillen recht gab. Einmal mehr beschlich ihn das Gefühl, dass Tony grundsätzlich mit gehöriger Distanz auf die Welt und ihren alltäglichen Irrsinn schaute. Nicht zynisch, aber ohne Illusionen, was die Natur des Menschen betraf. »Damit liegen Sie wohl nicht ganz falsch«, sagte er und ging zum Barwagen, um sich einen Whiskey einzuschenken. Zum Teufel damit, dass es noch nicht einmal neun Uhr war!

Tony nickte. »Ich mache mich dann mal an die Arbeit. Setze Pressemitteilungen mit dem nötigen Beiwerk auf und versuche, aus dem Tod dieses Schwachkopfs das Beste herauszuholen.«

»Warten Sie einen Moment, Tony. Es gibt noch etwas, das ich Sie fragen wollte.« Frank ging mit dem Glas zurück an seinen Schreibtisch und suchte in den Papieren, die er am frühen Morgen durchgesehen hatte.

»Okay, ich höre.«

»Ah, hier!« Frank zog eine Abrechnung hervor, die er hatte gegenzeichnen müssen. »Was ist das für eine Rechnung über neuntausend Dollar, ausgestellt von der Snow White Movie Set Building Company? Den Namen habe ich noch nie gehört. Wofür hatten Sie diese Kulissenbauer überhaupt engagiert?«

Es waren nicht die neuntausend Dollar, die ihn stutzig gemacht hatten, die Kulissen für die starbesetzten Filme verschlangen mittlerweile horrende Summen. Zuletzt hatte sich MGM bei der Verfilmung von *Ben Hur* allein den Bau der Arena, in dem das legendäre Wagenrennen stattfand, mehrere Hunderttausend Dollar kosten lassen. Und das hatte die Universal mit der Errichtung eines Opernhauses auf ihrem Studiogelände für *Phantom of the Opera* noch übertrumpft. Ohne mit der Wimper zu zucken, hatte Uncle Carl dafür eine satte Million hingelegt. Neuntausend Dollar für Kulissenbau waren bei einem großen Studio also nichts, was ein Revisor bei einer Buchprüfung besonders unter die Lupe genommen hätte. Auch Frank hätte sich normalerweise nicht mit dieser Kleinigkeit aufgehalten, wäre die Abrechnung regulär gelaufen, also über den Leiter der Werkstätten, und nicht für Tonys PR- und Presseabteilung.

»Hatten Sie da schon was für *Under the Yukon Sky* in Auftrag gegeben?«, fragte Frank. Tony plante für die Premiere von Laura Lynns neuestem Film im Hochsommer eine spektakuläre Werbeaktion. Dabei ging es vor allem um mehrere Schlittenhundgespanne, die von hübschen Starlets in weißen Pelzmänteln über den Sunset Boulevard gelenkt werden sollten.

Tony verzog das Gesicht und nahm einen schnellen letzten Zug. »Äh ... nein, damit hat es nichts zu tun«, sagte er, drückte die Kippe aus und schloss die Tür zum Vorzimmer. »Snow White Movie Set Building Company ist ein Fantasiename, die Firma gibt es nicht, jedenfalls nicht wirklich. Es ist ein nicht im Handelsregister eingetragenes Ein-Mann-Unternehmen.«

Frank sah ihn verständnislos an. »Und wofür hat der Inhaber uns diese neun Riesen in Rechnung gestellt?«

»Für den täglichen Schnee unserer Stars, Boss.«

»Wie bitte?«

»Ich besorge unseren Publikumslieblingen das Kokain, das sie offenbar brauchen wie das tägliche Brot«, präzisierte Tony, obwohl er wusste, dass Frank ihn sehr wohl verstanden hatte. »Und was unser tugendhafter Filmadel sonst noch an Uppers, Downers und Glückspillen braucht – da kommt im Monat ganz schön was zusammen.«

»Sie beschaffen ihnen das Mistzeug?«

Tony steckte sich eine neue Zigarette an. »Wäre es Ihnen lieber, sie würden es sich auf eigene Faust beschaffen, von irgendeinem Straßendealer, der sie dann in der Hand hat und erpressen kann? Was ich ihnen besorge, ist sauber und nicht mit irgendwelchem Dreckzeug verschnitten. Und vor allem behalten unsere Publikumslieblinge ihre weiße Weste.«

Frank biss sich auf die Unterlippe und schwieg. Er war lange genug im Filmbusiness, um zu wissen, dass wohl nirgendwo mehr Drogen konsumiert wurden als in Hollywood. Und das beschränkte sich nicht auf Schauspieler. Aber dass Tony auch die Rolle des studioeigenen Drogendealers spielte, hatte ihn im ersten Moment doch schockiert.

»Ich bin Ihr Fixer, schon vergessen, Boss? Und so, wie ich das mit unseren wichtigsten Pferden im Stall handhabe, wird es in allen anderen Studios auch gemacht«, fuhr Tony ruhig fort. »Besser, die Leute ziehen sich ein, zwei Linien Koks rein, um sich in Form zu bringen, als dass sie sich Morphium spritzen oder Heroin. Darauf achte ich streng. Ist auch nicht ratsam, dass sie selbst entscheiden, welche Pillen sie einwerfen. Die Pharmaindustrie bietet nämlich eine verdammt reichhaltige Palette an Wachmachern und Einschlafhilfen, an Aufdrehern, Dämpfern und Glücksverheißern an, da muss man wissen, was wie wirkt. Aber wenn Sie wollen, dass Ihre Leute sich das Zeug selber aus zwielichtigen Quellen beschaffen …«

»Gott bewahre!«, fiel Frank ihm ins Wort. Er hatte begriffen, dass er diese Kröte schlucken musste. Die Studioverträge aller Schauspieler enthielten seitenweise Moralklauseln, aber zu erwarten, dass die Leute die Finger von Alkohol, Drogen und Pillen ließen, war illusorisch. »Wer gehört denn zu Ihren festen Abnehmern?«

»Ich mache Ihnen eine Liste.«

»Sind es so viele?«

Tony zuckte die Achseln. »Was haben Sie erwartet? Wir sind in Hollywood, Boss. Stattdessen können Sie auch die kurze Liste der Abstinenzler haben. Sind jedenfalls nicht viele, die ich nicht regelmäßig mit Koks und Pillen versorgen muss.«

Frank winkte ab. »Besser, ich weiß es nicht … solange Sie die Sache im Griff haben und dafür sorgen, dass keiner unserer Stars auf harte Drogen umsteigt oder aus einer Produktion fällt. Geben Sie mir rechtzeitig Bescheid, wenn jemand es übertreibt und besser für ein paar Wochen in einer diskreten Entzugsanstalt verschwinden sollte«, trug er Tony auf und fühlte sich schon jetzt erschlagen, obwohl es noch nicht einmal halb neun war und er vermutlich bis spät in die Nacht keine Ruhe finden würde. Er wünschte, er könnte hinaus zum Airfield fahren, in seine

Maschine steigen und einfach ein paar Stunden hoch oben seine Kreise ziehen.

»Sie können sich auf mich verlassen, Boss!«

Ja, ich weiß, und das kann zu einem ganz eigenen Problem werden, fuhr es Frank durch den Kopf, doch er verfolgte den Gedanken nicht weiter, weil dringendere Aufgaben warteten.

Zuerst suchte er seinen Chefcutter auf. Das Gespräch darüber, ob und wie *Heaven Can Wait* gerettet werden konnte, hatte Vorrang vor allem anderen. In dieser Produktion steckte mehr als eine halbe Million.

Alan Gillespie war ein massiger Endvierziger mit kahl rasiertem Kopf, buschigen Augenbrauen und Van-Dyke-Kinnbart. Er hockte in seinem abgedunkelten Reich am Schneidetisch mit Bildbetrachter und Schneidegerät. Vor ihm und um ihn herum hingen unzählige leicht entzündliche Zelluloidstreifen von Holzgerüsten, die unter der Decke befestigt waren, alle Filmstreifen nach Szene und Einstellung nummeriert. Von Tony telefonisch über Leonard Langleys Tod informiert, studierte Gillespie bei Franks Eintreffen schon die Schnittliste von *Heaven Can Wait.* Wobei die Bezeichnung »Liste« der Sache nicht gerecht wurde, war das Konvolut doch so dick wie das New Yorker Telefonbuch.

»Wie stehen die Chancen, den Film noch zu retten, Alan?«

Gillespie verzog das Gesicht. »Da kriegen die Schneidemesser ordentlich was zu fressen, das ist mal sicher, aber es ist machbar. Zum Glück haben wir schon eine Szene, in der Leonard von einer Rebellenkugel getroffen wird und es so aussieht, als würde er die nächsten Tage nicht überleben. Das wird unsere Todesszene.«

Frank atmete auf.

»Sie werden aber ein gutes Dutzend Einstellungen nachdrehen lassen müssen«, fuhr der Chefcutter fort. »Ich brauche für das langsame Sterben unseres Helden ein paar Einstellungen mit Achsensprung.«

»Das lässt sich mit einem Double leicht machen.«

Gillespie nickte. »Und Sie müssen mir ein paar tränenreiche Nahaufnahmen von der hübschen Schwester bringen, deren Herz er erobert hat. Es gibt schon ein paar in der Originalversion, wo er langsam genesen ist, aber ich brauche eine, die am frühen Morgen spielt«, präzisierte er, »so mit glorreichem Sonnenaufgang, mit Licht, das durch einen Spalt im Zelteingang dringt und von hinten durch ihre blonde Haarpracht schimmert, während er auf der Pritsche liegt und ihr mit dem letzten Atemzug noch einmal seine Liebe schwört. Sie wissen schon, aufgefahren in den Himmel und so weiter, voll auf die Tränendrüse.«

Frank nickte.

»Könnte auch umgekehrt funktionieren, also mit Sonnenuntergang und ersterbendem Licht«, fuhr der Chefcutter fort. »Dann aber solltet ihr das in Zeitlumpe drehen, damit er nicht so Knall auf Fall abschmiert und die Leute im Kino hübsch lange was zum Schluchzen haben. Die Ausblende geht dann in den Abspann über, Sie wissen schon. Himmel, können wir froh sein, dass wir es hier nicht mit einem Tonfilm zu tun haben. Dann säßen wir wirklich dick in der Scheiße.« Er warf Frank ein anzügliches Grinsen zu. »Sie sollten sich das vielleicht noch mal überlegen. Ich könnte dann auch wieder besser schlafen.«

»Sie werden auch das Schneiden von Tonfilm meistern, daran habe ich nicht den geringsten Zweifel, Alan«, erwiderte Frank und klopfte ihm auf die Schulter. Er versprach, die gewünschten Einstellungen umgehend zu liefern, und nahm sich des nächsten Problems an.

28

Am frühen Nachmittag unternahm Frank zwischen zwei längeren Besprechungen seinen täglichen Inspektionsgang in die brandneue Halle Stage 3. Vom Verwaltungsgebäude vorn beim Studiotor war es bis zur Tonfilmhalle hinten bei den permanenten Außenkulissen eine knappe Viertelmeile. Er hätte seinen Wagen oder ein Golfcart nehmen können, entschied sich aber für den Fußweg. Die Bewegung würde ihm guttun, saß er doch endlos lange Stunden an seinem Schreibtisch oder an Konferenztischen, die leidigen Geschäftsessen in Restaurants und Clubs nicht eingerechnet. Um dem unangenehmen Nieselregen, der kurz zuvor eingesetzt hatte, zu entgehen, wählte er den trockenen Weg durch die Stummfilm-Aufnahmehallen Stage 1 und Stage 2. Überdachte Zwischengänge verbanden die Anlagen miteinander.

In beiden Hallen wurde gedreht, es herrschte die übliche Betriebsamkeit. Er kam an den Sets eines Melodrams, eines Historienschinkens und zweier Slapstick-Filme vorbei. Überall war es laut. Die Regisseure riefen Beleuchtern, Kameramännern und nicht zuletzt den Schauspielern Anweisungen zu. Dazu spielte überall Musik, während gleich nebenan unter lärmendem Hämmern Kulissen für ein neues Set errichtet oder alte abgebaut wurden. Zudem führten langbeinige Starlets, die auf den Tag ihrer Entdeckung hofften, Besuchergruppen durch die Hallen.

»Wo geht's denn hin, Frank?«, erkundigte sich Andrew Talbot. Der schlaksige Regisseur lief ihm hinter dem Eingang von Stage 2 über den Weg. »Schauen Sie bei uns vorbei?« Er drehte gerade die letzten Innenaufnahmen der Achthunderttausend-Dollar-Produktion *Under the Yukon Sky*.

»Ich wünschte, ich hätte die Zeit dazu, aber ich muss drüben bei Baker nach dem Rechten schauen, was selten ein Vergnügen ist.

Wir hängen schon Monate hinter unserem Zeitplan zurück. Ständig ist irgendetwas nicht geliefert oder nicht fachgerecht eingebaut worden oder funktioniert nicht so, wie es sollte.«

Jeff Baker gehörte zu der noch recht kleinen Gruppe von Fachleuten im Land, die mit der jungen Technik des Lichttonverfahrens vertraut waren. Er war seit Jahresbeginn Franks Bauleiter und verantwortlich für alles, was mit der Errichtung der neuen Halle und ihrem Ausbau zum Lichtton-Filmstudio zu tun hatte.

»Darum beneide ich Sie nicht«, sagte Talbot und passte sich Franks zügigem Schritt an. »Und es wird nicht Ihre letzte Baustelle sein. Hier wird sich jeder umstellen müssen, sollte sich der Tonfilm durchsetzen.«

»Das wird er.«

Talbot seufzte. »In dem Fall werden wir den Film ganz neu denken müssen. Nicht zuletzt, was den alltäglichen Krach, die lauten Anweisungen, das Herumgerenne auf den Sets und den Lärm auf den Gängen betrifft«, sagte er und machte eine raumgreifende Geste, die alles umschloss, was sich vor ihren Augen und vor allem Ohren abspielte. »Dann muss hier absolute Stille herrschen. Sobald die Klappe gefallen ist, werden wir Regisseure keinen Mucks mehr von uns geben können, nicht mal das Surren der Kameras wird man dann noch hören dürfen. Die Kameramänner müssen in engen, schalldichten Holzboxen auf Rädern sitzen und durch eine Scheibe filmen, habe ich mir sagen lassen.«

»Stimmt, obwohl das noch längst nicht das größte Problem ist.«

»Und welches ist das größte?«, wollte der Regisseur wissen und rückte seine randlose Brille zurecht.

»Das gesprochene Wort und das Schweigen, Talbot«, erwiderte Frank, ohne ins Detail zu gehen, denn nun trennten sich ihre Wege. »Grüßen Sie mir Laura. Sie soll sich nicht vom Schneegestöber unterkriegen lassen.«

Talbot lachte. »Richte ich aus.«

Augenblicke später betrat Frank die Tonfilmhalle. So vielfältig und nervenaufreibend die Probleme, mit denen Jeff Baker und er seit Monaten kämpften, auch waren, empfand er doch jedes Mal Stolz und freudige Erregung, wenn er dieses Gebäude betrat. Hier waren die modernsten Techniken zum Einsatz gekommen. Allein die Isolation der Decken und Wände war ein beeindruckendes Beispiel jener fortschrittlichen Bauweisen, die natürlich ihren Preis hatten. Jetzt konnte auf dem Dach jemand stehen und einen Presslufthammer einschalten, ohne dass man unten in den Studios auch nur einen Laut hörte. Auch die lautlose Klimaanlage war ein Wunderwerk der Technik; immer wieder konnte er staunen, dass so etwas überhaupt möglich war. Allerdings war die Anlage bei der Hitze, die von den Scheinwerfern ausging, auch unverzichtbar, denn in diesen Ateliers konnte man nicht wie beim Stummfilm Fenster und Türen öffnen, ohne sich groß an hereindringendem Straßenlärm zu stören. Die verglaste Aufnahmekabine, in der der Tonmeister am Mischpult sitzen und den Ton aufzeichnen würde, hing unter der Hallendecke und war absolut schalldicht. Und die neu entwickelten Scheinwerfer, die auf den Sets von der Decke hingen, glitten vollkommen lautlos und wie von Geisterhand geführt auf gummierten Rollen über das Gestänge. Zumindest sah der Bauplan es so vor und so stand es in den Verträgen mit den Herstellern.

»Runter! Alles wieder runter! Hat das denn keiner mal mit der Wasserwaage geprüft, verdammt? Wie oft habe ich euch das gepredigt? Herrgott, von was für Idioten bin ich hier bloß umgeben?«, hörte Frank seinen Bauleiter wüten, kaum dass er die Halle betreten hatte. Irgendetwas schepperte laut, so als hätte Jeff Baker eine Dose gegen die Wand gepfeffert oder einem Stück Metall einen Fußtritt versetzt.

Er fand ihn im hinteren rechten der drei neuen Ateliers. Der Bauleiter war ein untersetzter Mann von Anfang fünfzig, sein grauer Anzug war so zerknittert, als hätte er die Nacht darin verbracht. Ein schmaler Schnäuzer, eine kräftige Nase und wässrig blaue Augen hinter den dicken Gläsern einer Hornbrille beherrschten das überraschend knochige Gesicht. Sein schütteres Haar war von demselben Aschgrau wie der Anzug und stand nach allen Seiten ab, als müsse er es sich so oft raufen, dass es sinnlos war, zwischendurch zum Kamm zu greifen. Er stand auf einer Leiter und fuchtelte mit einer Wasserwaage durch die Luft.

»Gibt es Probleme, Baker?«

»Wann gibt es die denn mal nicht?«, knurrte der Mann und warf ihm einen Blick zu, als hätte er persönlich das zu verantworten.

Frank kannte ihn mittlerweile zu gut, um sich daran zu stoßen. Er wusste, dass Baker gern den Misanthropen spielte, in Wahrheit aber ein umgänglicher Mann war. Wichtiger jedoch war, dass er sein Metier verstand und seine Aufgaben mit brennender Leidenschaft erfüllte. »Und was ist es heute?«

»Das verdammte Gestänge für die Scheinwerfer taugt nichts! Das Zeug ist Schrott, krumm wie Türkensäbel!«, polterte Baker und hämmerte mit einer Wasserwaage gegen eine der Laufschienen, die von der Decke hingen. »Und diese geistigen Blindschleichen von Installateuren haben das nicht mal gesehen und den Schrott auch noch gleich montiert!«

Für Frank sahen die Laufschienen makellos aus, und selbst als Baker die Wasserwaage an eins der Gestänge legte, konnte er keine wesentliche Abweichung erkennen. »Also wenn Sie mich fragen – das sieht doch ganz in Ordnung aus.«

Baker schnaubte abfällig. »Ich frage Sie aber nicht, Mr Maynard! Oder fragen Sie mich, wie Sie einen Film zu drehen haben? Wenn ich sage, dass hier alles krumm und schief ist, dann ist hier alles krumm und schief! Und wenn ich das so lasse, können Sie bei dem Knirschen und Quietschen in dem Atelier nur Stummfilme drehen. Die neuen Mikrofone sind empfindlicher als die Ohren einer Waschfrau! Die nehmen auch noch das Klirren einer Stecknadel auf, die auf den Boden fällt. Ich glaube nicht, dass Sie mich für Pfusch bezahlen!«

Frank hob abwehrend die Hände. »Die Entscheidung, ob das Gestänge runtermuss, liegt natürlich ganz bei Ihnen.«

»Wer hätte das gedacht!«, höhnte Baker und stieg von der Leiter.

Frank überhörte auch das geflissentlich. »Um wie viele Wochen wirft uns das zurück?«

»Ich werde dem Hersteller Dampf machen und damit drohen, dass er in der Tonfilmbranche auf die schwarze Liste kommt. Trotzdem, zwei, drei Wochen wird es schon dauern, bis die neue Lieferung eintrifft.«

Frank seufzte. Es folgte auch wirklich eine Verzögerung auf die andere. »Gibt es denn so eine schwarze Liste?«

Baker lachte trocken. »Noch nicht, aber ich bin verdammt noch mal versucht, dafür zu sorgen.«

»Ich denke, dafür sind Sie fraglos der geeignete Mann«, sagte Frank und schaffte es, nicht allzu sarkastisch zu klingen.

Eine halbe Stunde später machte er sich auf den Weg zurück ins Verwaltungsgebäude. In einer Viertelstunde begann für Holbrook und ihn eine wichtige Verhandlung mit den Verbandsfunktionären der Kinobesitzer, aber obwohl die Zeit drängte, konnte er der Versuchung, einen kleinen Umweg zu machen und für ein paar Minuten am Set von *Under the Yukon Sky* vorbeizuschauen, nicht widerstehen.

Es war gerade Drehpause, das verrieten die ausgeschalteten Scheinwerfer. Trotz zweier Ventilatoren in den Kulissen, die einen felsigen Überhang in einer verschneiten Landschaft zeigten, herrschten fast tropische Temperaturen. Das war die Hitze, die die alten Kohlebogenscheinwerfer abstrahlten. Wie viel angenehmer würden die Arbeiten in den voll klimatisierten Ateliers in der neuen Halle sein!

Als Talbot ihn mit eiligen Schritten kommen sah, winkte er fast hektisch ab und rief: »Ganz ruhig, Frank! Es ist nichts Ernstes! Nur ein kleiner Schwindelanfall. Sie ist schon wieder auf dem Damm.«

Frank sah ihn erschrocken an. »Wer hatte einen Schwindelanfall? Laura?«

»Ja, sie war kurz weg. Aber als Sally ihr das Riechsalz unter die Nase gehalten hat, ist sie gleich zurückgekommen. Sie ist in ihrer Garderobe und ruht sich aus.«

Frank ging sofort zu ihr. Laura lag, in einen Morgenmantel aus hellblauer Seide gehüllt, in ihrer geräumigen Garderobe auf einem Diwan.

»Ich hoffe doch, dass Talbot dich nicht wegen dieser Lappalie hat kommen lassen.« Sie lächelte ihn entschuldigend an. »Es ist ja nun wirklich nichts passiert, was man an die große Glocke hängen müsste.«

»Laura, du bist in der Kulisse umgekippt!«, sagte er und fand, dass sie noch immer besorgniserregend blass war. Er setzte sich auf die Kante des Diwans und nahm ihre Hand. Sie fühlte sich kalt an.

Laura verzog das Gesicht. »Das wärst du auch, wenn du bei dieser Affenhitze auf dem Set über der dämlichen Trapperkleidung«, sie deutete auf das Ledergewand am Fußende der Chaiselongue, »auch noch einen Mantel aus Bärenfell getragen hättest. Und statt so einen Wirbel um die Sache zu machen, könntest du mir lieber meine Zigaretten da drüben vom Schminktisch holen und mir gleich eine anstecken.«

Er holte die Zigaretten, nahm zwei aus der Packung und zündete sie gleichzeitig an. Eine davon steckte er ihr zwischen die vollen Lippen.

»Was für ein Service, und dann noch vom Studioboss persönlich. Das lasse ich mir gefallen, Frank«, sagte sie mit einem fröhlichen

Augenzwinkern. »Ein Martini wäre jetzt auch nicht schlecht. Was meinst du? Besorgst du uns zwei?«

»Du darfst das nicht auf die leichte Schulter nehmen«, ermahnte er sie. »Niemand wird ohne Grund plötzlich bewusstlos, schon gar nicht so eine erfahrene und disziplinierte Schauspielerin wie du.«

»Lass dich bei der Aufzählung der Komplimente nicht aufhalten«, neckte sie ihn.

»Deshalb möchte ich, dass du gleich morgen unseren Vertragsarzt aufsuchst und dich gründlich untersuchen lässt«, fuhr er unbeirrt fort. »Du weißt ...«

Mit der Zigarette in der Hand winkte sie ab. »Ich weiß, dass mein Vertrag mich dazu verpflichtet ... Wie er mich auch dazu verdonnert, dem Studio jeden Monat Beginn und Dauer meiner Periode zu melden, dazu mein Gewicht und weiß Gott noch alles.«

»Das steht nun mal im Standardvertrag, den alle Studios verwenden. Den muss jeder unterschreiben«, sagte Frank mit einem Achselzucken.

»Eine moderne Form der Sklaverei, die ihr da mit uns betreibt«, sagte sie und nahm ihren Worten die Schärfe, indem sie lächelte. »Auch wenn eure Verträge uns nur für sieben Jahre Ketten anlegen.«

»Na, bisher scheint dir das Leben als Filmsklavin der Silver Screen Studios nicht schlecht bekommen zu sein«, gab er leichthin zurück, räumte im Stillen aber ein, dass diese Verträge den Filmproduzenten tatsächlich erhebliche Macht verliehen. Alle Studios, die Triple S machte da keine Ausnahme, banden ihre Schauspieler mit einem Siebenjahresvertrag an sich. Es war die längste Vertragsdauer, die das kalifornische Gesetz erlaubte. Dabei waren die Rechte und Pflichten recht einseitig verteilt. Lehnte ein Schauspieler ein Drehbuch als inakzeptabel ab, galt die Wartezeit bis zum nächsten Film, der ihm angeboten wurde, nicht als Vertragsdauer. Die Wochen und Monate wurden schlichtweg an die sieben Jahre drangehängt, sodass der Schauspieler, sollte er mehrere Drehbücher ablehnen, leicht für zwei oder drei weitere Jahre an das Studio gebunden war. Auch fiel für diese Zeiträume die vereinbarte Wochengage weg, die überhaupt nur vierzig Wochen im Jahr gezahlt wurde. Die restliche Zeit galt als unbezahlter Urlaub, auch wenn die Stars jederzeit für Pressetermine und andere Publicityauftritte zur Verfügung stehen und einen Lebensstil pflegen mussten, wie er von einem Star erwartet wurde. Das Studio hatte dagegen das Recht, den Vertrag alle sechs Monate neu zu »bewerten« und gegebenenfalls zu kündigen, das gängige Schicksal zahlloser Starlets und Nebenrollendarsteller, die schon verglühten, noch ehe man sie als Stern am Filmfirmament hatte wahrnehmen können.

Was den Studios aber nahezu unbegrenzte Macht verlieh, waren die Moralklauseln. Seitenweise füllten sie die Verträge. Jede Übertretung einer der vielen Verhaltensmaßregeln konnte als Vertragsbruch und Grund zu fristloser Kündigung ausgelegt werden. Ganz besonders scharf war der Sexualmoralkodex formuliert. Er untersagte jegliche sexuelle Aktivität außerhalb der Ehe, was mit der Wirklichkeit des ausschweifenden Lebens in Hollywood nicht das Geringste zu tun hatte. Und gerade deshalb stand diese Klausel in den Verträgen und hing vom ersten Tag an wie ein Damoklesschwert über jedem, egal ob Star oder Starlet. Auf der anderen Seite investierten die Studios auch erhebliche Summen, um aus einem unbekannten Gesicht einen Star mit entsprechender Gage zu machen.

»Nein, ich habe wahrlich keinen Grund zu klagen, Frank, auch wenn nicht alle Blütenträume gereift sind«, sagte Laura und ein müder, fast wehmütiger Ausdruck legte sich auf ihr blasses Gesicht. »Wie dumm von mir, überhaupt davon anzufangen, wo ich es doch so gut habe. Ich habe heute wohl meinen wehleidigen Tag. Aber vielleicht kannst du ja den Trübsinn vertreiben, du hast dafür doch ein ganz besonderes Händchen. Nur machst du dich viel zu rar.«

Ihr inniger, fast zärtlich bittender Blick rührte an etwas in ihm, das er dort lieber unter Verschluss wissen wollte. »Du bekommst mich bald so oft zu sehen, dass du dir wünschen wirst, ich würde mich endlich wieder rarmachen. Du wirst nämlich im ersten großen Feature-Tonfilm dieses Studios die Hauptrolle spielen«, erklärte er, um die Unterhaltung wieder auf sicheren Grund zu manövrieren. »Natürlich machen wir erst mal ein paar kurze Streamliner mit Ton, damit alle mit der neuen Technik Erfahrung sammeln können. Aber *Bitter Harvest* mit dir in der Rolle der Rosa McGuire wird unser erster großer Feature-Film im Lichttonverfahren sein.«

Eine Weile sprachen sie noch über das Drehbuch, das natürlich in der vorliegenden Form nicht verwendbar war und völlig neu geschrieben werden musste, und dann war er fast dankbar, als Talbot den Kopf zur Tür hereinsteckte und ihrem Zwiegespräch ein Ende machte, indem er fragte, ob Laura sich in der Lage fühle, die Dreharbeiten fortzusetzen. »Wir brauchen nur noch diese eine Einstellung vor dem Überhang, dann machen wir für heute Feierabend.«

»Vergiss nicht, morgen zum Arzt zu gehen!«, mahnte Frank, half ihr vom Diwan hoch und gab ihr einen Kuss auf die Wange.

Laura versprach es und legte dabei die Arme um ihn. »Wie schön, dass du dir solche Sorgen um mich machst«, hauchte sie ihm ins Ohr. »Vielleicht sollte ich öfter mal kurz in Ohnmacht fallen.«

Frank lachte und löste sich aus der Umarmung. Doch auch Minuten später hatte er noch das Gefühl, ihre Lippen auf seiner Haut und den Druck ihrer Brüste zu spüren.

29

Die Premiere findet im brandneuen Filmpalast El Capitan am Hollywood Boulevard statt. An dem hell erleuchteten Erker, der über die gesamte Breite des Bürgersteigs ragt, erhebt sich auf allen drei Seiten eine fünfzehn Fuß hohe Neonreklame, die den fast mannshohen Schriftzug »Ashley Caldwell Starring in *My Love, the Goddess* – World Premiere« weit in die Nacht hinaus wirft. Die Neonleuchten tauchen auch die Menschenmenge in blendendes Kunstlicht. Zu beiden Seiten des Filmtheaters drängen sich hinter den Absperrungen fünf, sechs Reihen ungeduldig wartender Leute. Dicke rote Kordeln schwingen sich mit ihren fransenreichen Quasten von einem blank polierten Messingständer zum anderen, sie reichen vom Bordstein bis an den Eingang und halten das gemeine Volk auf Abstand. Sowie die nachtschwarze Luxuslimousine vor dem Capitan hält und der livrierte Kinoportier ihr die Fondtür öffnet, setzt das Blitzlichtgewitter ein. Die Luft ist erfüllt vom Zischen und Knallen und dem beißenden Geruch von verbranntem Magnesium. Ein Raunen geht durch die Menge. Man bittet um Autogramme, hält ihr Filmmagazine wie *Photoplay* und *Variety* hin und ruft ihr Komplimente und Glückwünsche zu, während sie am Arm ihres Regisseurs und Produzenten über den roten Teppich schreitet und sich anmutig mal nach links und mal nach rechts wendet, um mit einem gnädigen Lächeln die Huldigungen entgegenzunehmen.

Und Blumen natürlich!

Unmengen festlich gebundener Sträuße …

So hatte Ashley sich die Premierenvorstellung ihres Films vorgestellt, oder zumindest doch so ähnlich, und so hatte Rodnick, dieser verfluchte Hurensohn von einem Dreckskerl, es ihr auch all die Monate versprochen. Und was davon hatte er gehalten?

Nichts!

Ihre Premiere fand noch nicht einmal in einem der besseren Filmtheater von Hollywood statt, sondern in einem Provinztheater namens Avalon in Covina, das fast an der Westgrenze von Los Angeles lag. Ein, zwei Meilen weiter begann schon das elende Nirgendwo, wo mickrige Dörfer, Farmen und Ölbohrtürme das Bild der Landschaft beherrschten. Und als wäre das nicht demütigend genug, war *My Love, the Goddess* nur der Vorfilm einer Double-Feature-Vorstellung, in der ein billiges B-Movie vor dem A-Movie eines großen Studios lief. Dafür hatte Grand Horizon den Film auf einen Fünfspuler heruntergeschnitten, sodass er, obwohl er eigentlich über volle acht Spulen hätte laufen sollen, gerade mal eine Länge von zweiundsechzig Minuten hatte.

Außerdem hatte Rodnick, der Dreckskerl, ihr viel zu spät Bescheid gegeben, welches Kino im Umkreis ihren Film zuerst zeigen würde. Genau genommen hatte er ihr gar nichts gesagt. Dem Schweinehund war längst klar, dass er von ihr keinen Cent mehr bekommen würde. Deshalb hatte er sich während der letzten Wochen auch permanent am Telefon verleugnen lassen. Und wenn sie am Morgen nicht noch einmal seiner Sekretärin zugesetzt und mächtig Krach geschlagen hätte, wäre ihr selbst die miese Vorstellung im Avalon durch die Lappen gegangen. Sie hatte gerade noch Zeit gehabt, auf eigene Kosten vier Hinterhoffotografen sowie drei Komparsen zu engagieren, die sich als Reporter ausgeben sollten.

Ashley wünschte, sie hätte es bleiben lassen. Es hatte alles so falsch und billig gewirkt, und sie hatte das entsetzliche Gefühl gehabt, dass die Leute vor dem Kino und auch später im Saal ihre Inszenierung durchschauten. Deshalb hatte sie sich ihren Film auch nicht bis zum Ende angesehen. Als ein Pärchen zwei Reihen vor ihr laut gelacht hatte, an einer Stelle, an der es eigentlich gar nichts zu lachen gab, hatte sie es nicht länger ertragen und war mit hochrotem Kopf aus dem muffigen Kino geschlichen. Was für eine Demütigung!

»Pardon, ist die Küche Ihren Erwartungen nicht gerecht geworden, Ma'am?«

Ashley fuhr aus ihren deprimierenden Gedanken und blickte auf. Sie brauchte einen Moment, um sich klarzumachen, wo sie war, nämlich in »Musso & Frank's Grill« am Hollywood Boulevard, einem der besten Lokale der Stadt und beliebten Treffpunkt der Filmgrößen. Vor ihr stand der Oberkellner in seiner dunkelroten Jacke.

»Was wollen Sie?«, herrschte sie ihn an.

»Entschuldigen Sie, aber Sie haben Ihr Essen kaum angerührt und es dürfte längst kalt sein. Selbstverständlich servieren wir Ihnen sans frais etwas anderes, sollte etwas an dem Kalbsbries nicht …«

»Nein, das ist es nicht«, fiel sie ihm ins Wort und ließ Messer und Gabel los. Klirrend fielen sie auf den Teller. »Bitte räumen Sie ab und bringen Sie mir noch einen trockenen Martini!«

»Sehr wohl.«

Ashley steckte sich eine Zigarette an. Kaum war der Martini da, kippte sie ihn mit zwei Schlucken hinunter und ließ gleich den nächsten kommen. Wie um alles in der Welt hatte sie sich bloß so täuschen und betrügen lassen können?

Mit steigendem Alkoholpegel wuchs die Wut in ihr.

30

Frank brannten die Augen von all dem Rauch und der stundenlangen Konzentration auf die »dailies«, die im studioeigenen Vorführraum über die Leinwand flimmerten und gewöhnlich den Arbeitstag beendeten. Es war kurz nach zehn, als er endlich in seinem Wagen saß und über den Cahuenga Pass hinüber nach Hollywood fuhr. Er war todmüde, freute sich aber auf das Telefonat mit Harriet.

Im »Ambassador« traf er auf Howard Hughes. Der junge Filmproduzent und seine Frau waren zwar schon vor Monaten aus dem Hotel ausgezogen und wohnten nun in einer Villa in Bel Air, aber sie hatten hier immer noch eine Suite. »Aus reiner Bequemlichkeit, wenn die Nächte im ›Coconut Grove‹ mal zu lang werden«, hatte er erklärt.

»Sie sehen müde aus, Frank. Langer Tag?«

»Nicht länger als andere, Howard.«

Howard lachte. »Sie sollten mehr Zeit im Cockpit verbringen. Ich hab Sie schon eine Weile nicht mehr auf dem Airfield gesehen.«

»Ihr Riecher für meine wunden Punkte ist erschreckend.«

»Sie sind ein ganz passabler Pilot«, sagte Howard, der schon mit sechzehn seine eigene Maschine geflogen hatte und verrückt war nach tollkühnen Flugmanövern und Geschwindigkeitsrekorden. »Ich könnte noch jemanden wie Sie gebrauchen.«

»Wobei?«

»Ich führe Krieg gegen die Hunnen, Frank. Lust, mal einen alten britischen Handley Page zu fliegen?«

Frank grinste. »Kling verlockend. Wie ich höre, haben Sie sich eine ganze Flotte aus alten Kampfflugzeugen und Bombern zusammengekauft.«

»Fünfundachtzig!«, bestätigte Howard stolz. »Die größte private Luftflotte der Welt.«

»Und mit der führen Sie jetzt einen Privatkrieg gegen die Hunnen?« Der Lift hielt im obersten Stockwerk, und der Liftboy zog das Faltgitter zurück, damit sie aussteigen konnten.

Howard grinste. »Es wird mein erster großer Film. Ein Heldenepos über die Kampfflieger des Ersten Weltkriegs. Richtig mit wüstem Geballer in der Luft, spektakulären Abstürzen brennender

Maschinen und haarsträubenden Stunts. Hab schon den passenden Titel: *Hell's Angels*! Das wird ein Riesending. Das Zeitalter Lindberghs ist angebrochen, und wenn der Bursche im Mai mit seiner Spirit of St. Louis die Strecke New York–Paris nonstop schafft, wird die Flugbegeisterung der Leute kein Ende kennen.«

»Ich hoffe, er schafft es heil rüber«, sagte Frank. »Aber die erste Nonstop-Überquerung des Atlantiks wird es nicht sein. Die hat 1919 schon der Brite John Alcock hingelegt.«

»Ja, aber der hatte noch einen Navigator mit an Bord. Außerdem war seine Flugstrecke kürzer«, hielt Howard dagegen. »Er ist ja oben von Neufundland gestartet und schon in Irland gelandet. Dagegen hat doch die Route New York–Paris einen ganz anderen Klang!«

Frank zuckte die Achseln. »Mag sein, aber für mich sind diese Verrückten alle Hell's Angels.«

Howard lachte. »Ist ein Titel, der hängen bleibt, oder? Kommen Sie noch auf einen Drink mit an die Bar?«

Frank warf einen Blick auf die Uhr. Es war fünf nach halb elf. »Ich weiß nicht, eher nicht. Hab gleich noch ein wichtiges Telefonat.«

»Okay, dann bis später einmal. Man sieht sich.«

Frank machte sich in seiner Suite einen Drink, ließ sich in einen Sessel fallen und rief Harriet an. Sie ging an den Apparat, kaum dass es geklingelt hatte.

»Tut mir leid, dass ich dich heute Vormittag im Büro angerufen habe«, sagte sie als Erstes, hatten sie doch ausgemacht, einander nicht während der Arbeitszeit anzurufen.

»Und mir tut es leid, dass ich dich so schnell wieder aus der Leitung werfen musste. Aber ich habe auf einen wichtigen Rückruf aus St. Louis gewartet.«

»Das kommt nicht wieder vor, ich verspreche es. Aber weil wir uns gestern nicht gesprochen haben und ich so voller Freude und

Aufregung war, konnte ich es einfach nicht erwarten, dir meine Neuigkeiten mitzuteilen.«

»Jetzt habe ich alle Zeit der Welt, Liebling, also schieß los. Schwanger bist du aber nicht, oder?«, fragte er neckend.

Sie lachte, wenn auch mit einem wehmütigen Unterton. »Dafür bin ich wohl zu alt, leider. Aber auf ihre Art hat die Neuigkeit auch mit einer Geburt zu tun: Ich werde meine eigene Reederei gründen und unter dem Namen Trans Oceanic Steamship Carrier ins Handelsregister eintragen lassen, abgekürzt TOSCA, in Anlehnung an die HAPAG. Na, was sagst du nun?«

Frank war überrascht, wenn auch nicht sehr. Er hatte immer gewusst, dass sie für das oberflächliche Gesellschaftsleben einer reichen Dame nicht geschaffen war. Sie war eine geborene und leidenschaftliche Geschäftsfrau und brauchte diese stimulierende Welt wie Fische das Wasser. »Und was ist mit den dazugehörigen Schiffen?«

»Die werde ich mir kaufen. Zu irgendetwas muss das viele Geld, das ich bei den Banken liegen habe, ja gut sein«, sagte sie und berichtete, was sie am Sonntag mit Cecil Slocum besprochen hatte.

»Heißt das, du gibst den Kleinkrieg mit deinem Onkel auf?«

»Fragst du mich das im Ernst?«

Er lachte. »Nein, dafür kenne ich dich zu gut.«

»Ich kann nicht zulassen, dass er mich um das betrügt, was mein Vater aufgebaut und mir hinterlassen hat – und zwar aus gutem Grund!«

»Und wie sieht deine Strategie aus?«

»Also erst einmal werde ich mich möglichst schnell in den Besitz von zehn, besser noch fünfzehn Schiffen mit ausreichendem Frachtraum bringen, ohne dass mein Onkel den Braten riecht.«

»Und wie willst du das machen? Du musst doch nach geeigneten und zum Verkauf stehenden Frachtern suchen, sie inspizieren und über den Preis verhandeln. Wenn da plötzlich jemand auftaucht und ein Schiff nach dem anderen kauft, bleibt das doch in euren Schifffahrtskreisen nicht unbemerkt.«

Nun lachte Harriet. »Ich habe nicht vor, mich persönlich auf die Suche zu machen, sondern werde mich bei der Auswahl der Frachter und den Geschäftsabschlüssen so lange wie möglich im Hintergrund halten«, erklärte sie mit flammender Begeisterung. »Slocum, der bald wieder mein Prokurist sein wird, hat beste Verbindungen in unserer Branche. Er kennt einen seriösen und vor allem verschwiegenen Schiffsmakler, den ich einschalten werde – und zwar über meinen Anwalt Charles Kipling. Der ist mir so treu ergeben, wie er es meinem Vater über viele Jahrzehnte gewesen ist. Er wird einen befreundeten Anwalt in Oakland zwischenschalten, über den wir so etwas wie eine Strohfirma mit kleiner Belegschaft gründen. Die lassen wir unter dem Namen Oakland Star Shipping eintragen. Über diese Firma werden die Ankäufe zunächst offiziell laufen. Später überführe ich sie dann in meine TOSCA. Henry wird erst wissen, was die Stunde geschlagen hat, wenn er bei den Frachtraten ständig unterboten wird und Slocum sowie mindestens sechs, sieben seiner besten Kontoristen von heute auf morgen bei ihm kündigen.«

»Raffiniert! Das könnte tatsächlich funktionieren. Ich habe immer gewusst, dass du es als Geschäftsfrau faustdick hinter den Ohren hast«, sagte er anerkennend, um dann jedoch beunruhigt fortzufahren. »Aber wenn du deinen Onkel in den Bankrott treiben willst, indem du ihn bei den Frachtraten unterbietest, wird dich das ein Vermögen kosten!«

»Wie gesagt: Zu irgendwas muss das viele Geld ja gut sein«, gab sie spöttisch zurück. »Ich kann es mir leisten, ein Vermögen von vielen zu verlieren, ganz im Gegensatz zu Henry. Er hat sich nämlich hoch überschuldet, um die sechzehn Prozent von den Andersons kaufen zu können. Das ist seine Achillesferse, Frank. Ich habe finanziell einen langen Atem, der reicht notfalls auch für einen

Marathon. Henry dagegen wird schon auf halber Strecke, ach was, sehr viel früher, die Luft ausgehen!«

»Ich hoffe, du hast dir das gut überlegt und behältst recht«, sagte Frank. Er war kurz davor, anzumerken, dass die wenigsten Pläne, egal ob privater oder geschäftlicher Natur, gegen die Unwägbarkeiten des Lebens gefeit waren, verkniff es sich aber. Harriet war nicht naiv. Als gestandene Geschäftsfrau wusste sie selbst nur zu gut, wie schnell scheinbar perfekt ausgetüftelte Pläne zu Makulatur werden konnten. Und so wechselte er das Thema und fragte sie nach Adrian.

»Wie er sich macht?« Harriet gab ein ärgerliches Schnauben von sich. »In seinem Studium macht er sich gut, da habe ich nichts zu beanstanden. Aber mit seiner Beziehung zu dieser Julie Cormack bereitet er mir reichlich Kopfschmerzen und Ärger.«

»Julie Cormack? Ist das seine Freundin?«

»Ja, du hast sie doch an Silvester kennengelernt«, sagte sie und klang ungehalten. »Ich habe mir damals nicht viel dabei gedacht, aber dieses kleine Biest hat sich zu einer regelrechten Klette entwickelt.«

»Tut mir leid, aber ich kann mich wirklich nicht an sie erinnern. Ich hatte einfach nur Augen für dich, mein Schatz. Und das ist nicht nur so dahingesagt.«

»Ach, Frank«, seufzte sie, um dann jedoch gleich wieder über Adrians Freundin herzuziehen. »Da hast du auch nicht viel verpasst. Ich weiß beim besten Willen nicht, was Adrian an ihr findet. Diese Julie ist an Busen, Hintern und Geist minderbemittelt!«

»Na, irgendwas wird schon an ihr dran sein«, erwiderte Frank besänftigend und hatte Mühe, nicht laut zu lachen. »Unser Sohn leidet ja nun nicht unter Blindheit oder Geschmacksverirrung.«

»Das dachte ich bisher auch, aber mittlerweile habe ich so meine Zweifel. Angeblich studiert sie Kunstgeschichte!« Harriet gab ein höhnisches Lachen von sich. »Was nichts anderes bedeutet, als dass sie einen Mann sucht, am besten einen mit Geld. Denn von ihrem Vater, der mit Lederwaren handelt, und zwar in sehr bescheidenem Umfang, hat sie nicht viel zu erwarten. Mir streut sie jedenfalls keinen Sand in die Augen.« Sie redete sich regelrecht in Rage, auf eine Art, die Frank gar nicht an ihr kannte. Nicht einmal in ihrem Abscheu gegen ihren Onkel und ihrem Verlangen nach Rache hatte er sie so aggressiv reden hören. »Ich weiß genau, was sie will – sich unseren Sohn krallen und sich ins gemachte Nest setzen. Darauf versteht sie sich. Und Adrian, dieser Dummkopf, fällt auf die älteste aller Maschen herein und himmelt sie an, als wäre sie Gottes Offenbarung. Und weißt du was? Diese scheinheilige Zicke möchte, dass man ihren Namen französisch ausspricht, also Ju-*lie*. Hast du so was schon gehört? Angeblich fließt in ihren Adern französisches Blut! Dass ich nicht lache! Oder klingt für dich vielleicht der Name Cormack französisch?«

Es dauerte eine ganze Weile, bis Frank sie mit gutem Zureden und dem wiederholten Versprechen, demnächst mit Adrian ein Wort von Mann zu Mann zu reden, so weit beruhigt hatte, dass sie sich wieder normal unterhalten und »Ju-lie, das scheinheilige Biest« hinter sich lassen konnten.

Als sie zum Abschied noch einige zärtliche Liebesbeteuerungen ausgetauscht hatten und er den Hörer auflegte, war es zwanzig nach elf. Eigentlich höchste Zeit, dass er sich ein paar Stunden Schlaf gönnte, doch er wusste, dass der Schlaf sich trotz aller Müdigkeit nicht einstellen würde. Ihm fiel Howards Einladung ein. Vielleicht brachte ein steifer Drink ihm die nötige Bettschwere. Den allein in seiner Suite zu sich zu nehmen schien ihm wenig reizvoll. In Gesellschaft machte es mehr Vergnügen, zumal wenn man sich dabei mit einem Flugverrückten wie Howard Hughes austauschen konnte. Und so beschloss er, sich doch noch ins »Coconut Grove« zu begeben.

Nur auf einen Absacker!

31

Das »Coconut Grove« war als Dinner Club mit einem weltberühmten Koch auch am frühen Abend schon gut besucht, und das an allen Tagen der Woche, doch so richtig füllte der Nachtclub sich erst, wenn die Paare und Grüppchen hereinströmten, die zum Dinner in einem der anderen renommierten Lokale von Hollywood gesessen hatten.

Die lange Bar war von Filmleuten und anderen Nachtschwärmern umlagert, aber seinen Fliegerfreund Howard entdeckte Frank unter ihnen nicht. Als er seinen Blick über die Tanzfläche und die unzähligen Tische unter den künstlichen Palmen schweifen ließ, entdeckte er Zukor. Der Boss von Paramount saß an einem der Tische in der Nähe der Bar, und bei ihm waren zwei junge Frauen.

»Frankie!« Zukor winkte ihn zu sich an den Tisch, wobei er seine Serviette schwenkte wie eine weiße Fahne. Dem übertriebenen Gefuchtel war unschwer zu entnehmen, dass er schon einiges intus hatte. Schief wie ein abgeknickter Propeller saß die schwarze Samtfliege auf der weißen Hemdbrust seines Abendanzugs.

Frank ging hinüber zu ihm und den beiden Frauen, die nicht älter sein konnten als achtzehn oder neunzehn. Die eine hatte rotes lockiges Haar, die andere war brünett, sie trugen fast identische schwarz-silberne Paillettenkleider. In ihren Kristallschalen perlte Rosé-Champagner.

»Ladys«, sagte Frank und deutete eine höfliche Verbeugung an. Und Zukor begrüßte er mit der Bemerkung: »Du bist um deine reizende Gesellschaft zu beneiden, Addy.«

»Komm, setz dich zu uns, Frank! Das ist übrigens Vanessa«, sagte Zukor mit schwerer Zunge und deutete auf die Rothaarige.

»Nicht Vanessa, Tessa«, korrigierte sie ihn, wenn auch mit dem geduldigen Lächeln großherziger Nachsicht. Den Schlafzimmerblick beherrschte sie trotz ihrer Jugend aus dem Effeff.

»Sag ich doch«, fuhr Zukor unbeirrt fort. »Also, dann sag meinem Freund und Kupferstecher Frank mal brav guten Abend, Kindchen.«

Tessa lächelte säuerlich, flötete dann aber ein zuckersüßes »Schönen guten Abend, Frank« über den Tisch. Fehlte gerade noch, dass sie ihm die Hand zum Handkuss reichte.

»Und das holde Küken hier zu meiner Linken ist Elisa, was sich prächtig auf den schiefen Turm von Pisa reimt.«

Das brünette Mädchen kicherte affektiert und drohte ihm spielerisch mit dem Zeigefinger. »Ich heiße Alicia, mein Lieber, und zwar mit einem sch in der Mitte«, sagte sie, klimperte mit den falschen Wimpern und machte einen Schmollmund, als erwarte sie zur Wiedergutmachung unverzüglich einen Kuss.

Auch diese Korrektur perlte an Zukor ab. Er war nicht nur viel zu betrunken, sondern auch schon zu lange von jungen Frauen heiß umschwärmter Studioboss, um etwas auf das zu geben, was zwei schöne Nobodys sagten. »Wisst ihr was, ihr beiden Holden der Nacht? Geht euch mal die hübschen Näschen pudern«, sagte er und schickte sie weg wie beliebige Bedienstete. »Wir Erwachsenen haben hier was zu bereden. Also dann hopphopp, ihr beiden!«

Die Rothaarige schien verschnupft, hatte sich aber schnell wieder im Griff. »Gute Idee, ich wollte mich sowieso etwas frisch machen. Komm, Alicia.« Und an Zukor gewandt sagte sie: »Vielleicht kannst du ja in der Zwischenzeit für kalten Nachschub sorgen, hm?« Sie ließ den Zeigefinger über ihrem Champagnerglas kreisen, warf ihm einen Blick voll stummer Verheißung zu und zog ihre Freundin in Richtung Toiletten.

»Machst du jetzt den Chaplin?«, fragte Frank und setzte sich.

»Wie meinen?«

»Na, die beiden sind doch frisch aus der Krippe gestohlen.«

Zukor grinste breit. »Hör mal, dass ich auf Diät bin, heißt doch nicht, dass ich nicht auf die Speisekarte gucken darf!«, kalauerte er und musterte Frank mit glasigem Blick. »Und ganz so jung können die gar nicht mehr sein. Frag mich aber nicht, wo ich sie aufgegabelt habe. Oder haben vielleicht sie mich abgeschleppt? Nee, ich glaube, es war Jesse, der sie eingefangen hat. Wo steckt der Kerl überhaupt? So lange kann doch keiner pissen.« Er meinte Jesse Lasky, seinen Partner bei Famous Players und Paramount.

»Da fragst du mich zu viel.«

Zukor stutzte, furchte die Stirn, wobei nicht klar war, ob er über Jesse oder die beiden Chorus Girls nachdachte, und blinzelte mit der Schwerfälligkeit des Betrunkenen. Schließlich zuckte er die Achseln. »Wird wohl Jesse gewesen sein. Tod und Teufel, ich krieg das heute nicht mehr zusammen. Scheiß auch drauf. Wüsste aber schon gern, ob die überall so prächtig rothaarig ist!« Dann winkte er den Kellner heran und bestellte zwei doppelte Single Malt sowie eine weitere Flasche sündhaft teuren französischen Champagner. Die Getränke kamen umgehend, was zeigte, dass ihre Gesichter wie auch ihre Großzügigkeit bei den Trinkgeldern wohlbekannt waren.

Zukor griff zum Glas, hob jedoch schnell Einhalt gebietend die andere Hand. »Warte! Hier kommt ein Trinkspruch, Frankie! ›Beurteile einen Tag nicht nach den Früchten deiner Ernte, sondern nach den Samen, die du gesät hast!‹ Stammt angeblich von dem Zeilenschinder Robert Louis Stevenson, der sich in der Südsee den letzten Rest Lunge aus dem Leib gehustet hat.«

»Bist du dir sicher?«

»Was, mit der Lunge?«

»Nein, mit der Autorenschaft.«

»Was weiß ich! Sicher ist jedenfalls, dass der Gute auf seiner Südseeinsel ordentlich gesät hat, wenn du verstehst, was ich meine«, nuschelte Zukor mit breitem Grinsen. »Na, bei mir wird es mit dem Aussäen heute wohl nichts mehr werden.«

Sie lachten und stießen an. Frank nahm sich eine Zigarette und folgte mit dem Blick der steifen und etwas altmodisch gekleideten Gestalt des deutschen Regisseurs Ernst Lubitsch, der gerade mit einem neuen Schwung Gäste die Showtreppe herunterkam. Seit zwei Jahren führte Lubitsch bei den großen Filmen von Warner Brothers Regie, und inzwischen galt er selbst als Star.

Auch Zukor hatte ihn und die anderen Neuankömmlinge bemerkt. »Jaja, Ernst Lubitsch, unser neuer König von Hollywood! Der Einfall der Hunnen bei uns ist schon beachtlich.«

»Genie kennt kein Vaterland, Addy.«

»Ha, da ist was dran, und die deutschen Regisseure sind schon eine Klasse für sich, das muss man ihnen lassen. Aber vergiss nicht: Bei uns werden die Könige genauso schnell gekrönt, wie sie auch wieder entmachtet werden.«

Am Fuß der breiten Treppe löste sich Louis B. Mayer aus der vielköpfigen Gruppe, und mit ihm eine junge, anmutig schlanke Blondine in einem Traum aus hyazinthenblauem Chiffon.

»Na, wenn das nicht die reizende Greta Gustafsson ist!«, rief Zukor spöttisch. »Klar ist sie das! Sonnenkönig Louis führt sein hübsches Berlin-Mitbringsel mal wieder zum Schaulaufen ins ›Grove‹!«

»Sie heißt jetzt Greta Garbo«, erinnerte Frank ihn.

Zukor nickte. »Richtig. Na, vom Gesicht her hat sie ja was, die junge Schwedin, und in den blauen Augen könnte man sich glatt ertränken«, sinnierte er mit whiskeygetränkter Aussprache.

»Es heißt, die kühle Blonde und der dicke Mayer haben was gemeinsam, was Bücher betrifft.«

»Seit wann liest Louis denn Bücher?«, fragte Zukor. »Der liest ja noch nicht einmal die Drehbücher seiner eigenen Filme! Dafür hat er doch seine eigene Scheherazade, die ihm die Geschichten vorliest oder erzählt, so, wie seine Mutter es früher getan hat. Ich bin nicht mal sicher, ob er überhaupt fließend lesen kann.«

Frank grinste. »Das ist es ja, was die beiden gemeinsam haben. Die Schwedin liest nämlich auch keine Bücher, wie sie einem Reporter verraten hat. Und weißt du, warum?«

»Verrat's mir.«

»›Weil ich schon nach wenigen Zeilen abschweife und wieder an mich selbst denken muss.‹ Kein Witz, das soll sie wirklich gesagt haben. Mit einem Augenaufschlag, an dem sie bestimmt hart gearbeitet hat.«

Zukor lachte. »Ich glaub es dir. Ist einfach zu gut, um erfunden zu sein. Mal sehen, wie sie sich bei uns macht. Unser Louis schwört jedenfalls Stein und Bein, dass sie das Zeug zum Star hat. Er soll eine Menge Geld in die Kleine investiert haben. Hat ihr erst einmal die Zähne richten lassen und sie zum Sprachunterricht geschickt. Die konnte nicht ein Wort Englisch, als er sie vor zwei Jahren über den Teich geholt hat. Mal sehen, ob sich seine Investition auszahlt. Apropos Investition, Frankie, da fällt mir ein …«

Frank reagierte nicht, denn er nahm gar nicht mehr wahr, was Zukor neben ihm redete. Seine Aufmerksamkeit galt einzig und allein der schwankenden Gestalt, die soeben hinter der Gruppe mit Mayer, Lubitsch und der Garbo aufgetaucht war.

Kein Zweifel, das war Harriets Schwester.

32

Ashley fand Rodnick und den fetten Peter Conway genau da, wo sie sie vermutet hatte, nämlich an ihrem Lieblingsplatz im »Coconut Grove«. Rodnick wollte immer einen Tisch links von der Tanzfläche. Aber es waren nicht die künstlichen Palmen und Affen, die ihn dorthin zogen, sondern die junge Artistin, die in ihrem fast skandalös knappen Trikot an einem Trapez über den Köpfen der Gäste hin und her schwang.

Doch kaum hatte sie Rodnick mit seiner Clique ausgemacht, da verließ sie jeglicher Mut. Sie verharrte einen Augenblick auf der Treppe, plötzlich gehemmt, unfähig, die richtigen Worte zu finden, um ihn mit seiner Verdorbenheit zu konfrontieren.

Eine Hitzewelle stieg in ihrem Nacken hoch und überkam sie. Abrupt machte sie kehrt, hastete aus dem »Ambassador« und flüchtete über die Straße an die Bar des »Brown Derby Hat«. Einen passenderen Namen hätte das Restaurant nicht haben können, denn das Gebäude sah aus, als hätte ein Riese dort seinen braunen Derbyhut verloren. Architektonische Auswüchse dieser Art fanden sich überall in Hollywood.

Eine gute halbe Stunde und drei Manhattan später hatte Ashley ihren Mut und ihre wütende Entschlossenheit wieder beisammen. Diesmal blieb sie nicht auf der breiten Treppe stehen. Nicht einmal der Anflug eines Zögerns hemmte ihren Schritt. Sie schwankte kurz, fand jedoch Halt am schimmernden Messinggeländer. Am Fuß der Treppe angelangt, hatte sie sich schon wieder unter Kontrolle. Grimmig entschlossen, sich ihren Rausch um keinen Preis anmerken zu lassen, bewegte sie sich mit steifen, aber zielstrebigen Schritten auf den Tisch zu. Dort saßen außer Rodnick und Conway noch drei weitere Personen, darunter zwei Frauen. Aber wie eine Kameralinse bei einer Nahaufnahme alles um das Zentrum herum ausblendet, nahm sie die fremden Gesichter nur verschwommen und mit dem Unterbewusstsein wahr. Ihr ganzes Sinnen und Trachten, ihre ohnmächtige Wut, die brennende Scham angesichts der eigenen Gutgläubigkeit, die gallige Bitterkeit, die die schäbige Premiere in ihr hinterlassen hatte – all das konzentrierte sich allein auf William »Billy« Rodnick, der sie so schändlich betrogen und ausgenommen hatte.

»Ashley! Na, wenn das nicht eine nette Überraschung ist! Wie schön, dass du dich auch mal wieder blicken lässt!«, rief Rodnick, als er sie auf sich zukommen sah. Der freudige Ton in seiner Stimme war ebenso falsch wie sein Lächeln. Statt sich zu erheben, grinste er nur zu ihr hoch und drehte seine dicke Zigarre zwischen den Lippen hin und her.

»Da scheint ja noch genug Geld von der einfältigen Tussi übrig zu sein, dass du es dir mit deinem Fettwanst von Partner so gut gehen lassen kannst«, sagte sie und blieb vor ihm stehen. »Einfältige Tussi, so hast du mich doch genannt, oder?« Sie griff nach der Champagnerflasche und zog sie aus dem Eiskübel neben dem Tisch.

»Verschwinde, du bist ja betrunken«, zischte Peter Conway.

»Nicht betrunken genug, um euch Drecksäcken nicht zu sagen, was für ein hinterhältiges, betrügerisches Pack ihr seid!«, fauchte Ashley und warf Conway die noch halb volle Flasche an den Kopf.

Conway riss die Arme hoch, schnell genug, um zu verhindern, dass die Flasche sein Gesicht traf. Was er jedoch nicht verhindern konnte, war, dass sich der Champagner über seine Brust und in seinen Schoß ergoss. »Du hast sie ja wohl nicht mehr alle!«, stieß er wütend hervor und sprang auf.

Rodnick saß völlig verdattert da.

An den umliegenden Tischen und auf der Tanzfläche wurde man aufmerksam. Schadenfrohes Gelächter mischte sich in die

Swing-Klänge des Orchesters. In Hollywood mangelte es nicht an dramatischen Szenen dieser und noch schlimmerer Art, und ihr Vorkommen war nicht auf das Nachtleben beschränkt.

»Wie war das noch mal? Ich bin dumm wie ein Pfund Brot, dass ich mich von euch Lügnern und Betrügern habe ausnehmen lassen, ja?«, zischte Ashley indessen, packte den Eiskübel und schleuderte Rodnick Wasser und Eiswürfel ins feiste Gesicht.

Rodnick stieß einen schrillen Schrei aus und kam so schnell von seinem Stuhl hoch, dass er ihn umwarf. Triefnass stand er da und schnappte nach Luft wie ein Fisch auf dem Trockenen.

Noch bevor er etwas sagen konnte, schlug Ashley ihm den Aluminiumkübel vor den Kopf. »Von wegen, die dumme Kuh spuckt noch mehr Geld für euch aus!«, brüllte sie in blinder Wut und hieb ihm den Kübel erneut auf den Schädel.

Rodnick wankte zurück, stolperte über seinen Stuhl und ging zu Boden. »Warte, mit dir Dreckstück bin ich noch nicht fertig!«, rief Ashley und hämmerte ihm den Eiskübel auf Hüfte und Knie, während er von ihr wegzukriechen versuchte.

»Ashley, hör auf!«

Sie hörte die vertraute Stimme hinter sich, dachte jedoch nicht daran, ihr Folge zu leisten. Wieder holte sie mit dem verbeulten Kübel aus, doch da legte sich von hinten eine Hand um ihren Unterarm und riss sie von Rodnick zurück.

»Lass mich los!«, schrie sie und fuhr herum zu dem Mann, der sie gepackt hatte und von ihrem Opfer wegzerrte. Es war Frank Maynard, der an ihrer Seite stand und eingegriffen hatte. Sie blinzelte mehrmals, als traue sie ihren Augen nicht.

»Genug, Ashley! Hören Sie? Sie bringen sich noch in Teufels Küche!« Er sprach leise, aber eindringlich. Sein Griff um ihren Unterarm war fest wie eine Eisenklammer. »Oder wollen Sie morgen in einer Zelle aufwachen und am Abend Ihr Polizeifoto in den Zeitungen sehen?«

Keuchend und mit wild schlagendem Herzen starrte sie ihn an. Sie spürte seinen warmen Atem auf der Wange, und ihr mörderischer Zorn fiel in sich zusammen wie ein Strohfeuer. Im selben Moment kehrte die betäubende Wirkung der Trunkenheit zurück. »Hat … hat Harriet dich geschickt?«, fragte sie mit schwerer Zunge.

Jemand half Rodnick auf die Füße. Aus einer kleinen Platzwunde rechts an seiner Stirn sickerte ein wenig Blut. Fast genauso rot lief nun sein ganzes Gesicht an. »Hast du den Verstand verloren?«, brüllte er. »Das wirst du mir büßen! Das wird ein Nachspiel haben. Ich werde dich verklagen!«

Viele Gäste waren aufgestanden, um sich nichts entgehen zu lassen. Mehrere Kellner drängten sich durch die Gänge zwischen den Tischreihen, unter ihnen auch Maurice Lafayette, der Oberkellner.

»Rufen Sie die Polizei!«, verlangte Conway, außer sich vor Empörung über diese öffentliche Demütigung.

Frank hatte seine Brieftasche schon in der Hand. Rasch zog er zwei Hunderter heraus und steckte sie dem Oberkellner zu. »Für den verbeulten Kühler und Ihre Diskretion, Maurice«, raunte er. »Eine kleine Meinungsverschiedenheit, aber nichts, was die Polizei interessieren könnte. Ich hoffe, ich kann mich auf Sie verlassen.«

»Selbstverständlich, Mr Maynard.«

Nun trat Frank zu Rodnick, packte ihn an den Revers seines durchnässten Smokings und zog ihn so nahe zu sich heran, dass ihre Nasen sich beinahe berührten. »Das mit der Polizei und der Anklage werden Sie schön bleiben lassen, Rodnick. Und Sie werden Miss Caldwell in Ruhe lassen, verstanden?«, fuhr er ihn an. »Sollten Sie irgendetwas tun, das ihr schaden könnte, werde ich dafür sorgen, dass Ihre billigen Movies in keinem Kino westlich von St. Louis mehr gespielt werden. Ist das klar, Mr Rodnick? Ich hoffe, Sie wissen, mit wem Sie es zu tun haben?«

Die Röte wich aus Rodnicks Gesicht, und er erbleichte zusehends. »Ich weiß, wer Sie sind … Mr Maynard!«, krächzte er und leckte sich über die Lippen, als hätte er plötzlich einen trockenen Mund.

»Gut, dann werden Sie auch wissen, dass ich zu meinem Wort stehe!« Frank bedachte ihn mit einem warnenden Blick. Dann schob er ihn einen Schritt von sich, fuhr glättend über die Revers, als wollte er einem Freund den verrutschten Smoking richten, und sagte mit aufgesetztem Lächeln: »So, und nun sagen Sie Ihrem Partner und allen anderen hier, dass es keinen Grund für böse Worte gibt und auch nichts zu gaffen.«

Rodnick wandte sich hastig ab und machte gute Miene zu bösem Spiel. »Okay, die Vorstellung ist vorbei, Leute. Nur 'ne kleine Meinungsverschiedenheit unter Freunden«, rief er und drängte Conway zurück an den Tisch. »Kümmert euch wieder um eure eigenen Dramen. Maurice, ein Handtuch und frischen Champagner, wenn ich bitten darf!«

Frank holte Ashley mit schnellen Schritten ein. Sie hatte den Rückzug angetreten, erheblich schwankend und nicht ganz in der richtigen Richtung. Er legte ihr den Arm um die Schultern. »Ich bringe Sie nach Hause, Ashley.«

»Ich brauche keine Hilfe«, murmelte sie störrisch.

»Das sieht mir anders aus. Nun kommen Sie schon.«

»Waren wir nicht schon mal beim Du?«

»Nein, das waren wir nicht, und wir werden es auch nicht sein«, sagte er freundlich, aber bestimmt und dirigierte sie zum Ausgang. »Wo steht Ihr Wagen? Oder sind Sie mit dem Taxi gekommen?«

»Keine Ahnung, wo mein Wagen steht. Das muss aber der süße Valet Boy wissen.«

Wenige Minuten später bugsierte er Ashley auf den Beifahrersitz ihres himbeerroten Duesenberg-Cabrios und setzte sich hinters Steuer. Das Verdeck ließ er offen. Die Nacht war warm genug, und frische Luft konnte Harriets betrunkener Schwester nur guttun. Er betätigte den Zünder, und der bullige Motor, der sagenhafte hundert PS auf die Straße brachte, erwachte mit sattem Blubbern.

»Wo wohnen Sie, Ashley?«, erkundigte er sich, während er aus der Hotelauffahrt rollte.

»›Garden of Allah‹ drüben am Sunset Boulevard, zwischen Crescent Heights und Havenhurst.«

Er warf ihr einen überraschten Blick zu. »Ich weiß, wo das Hotel ist«, sagte er. Die weitläufige Gartenanlage mit ihren fünfundzwanzig Bungalows im spanischen Stil rund um einen großen Pool und dem stattlichen Hauptgebäude war eine der exklusiven Adressen in Hollywood. Den Namen verdankte sie ihrer exzentrischen Besitzerin Alla Nazimova. Die hatte das h ans Ende ihres Vornamens gehängt, um den Namen der Anlage reizvoller aussehen zu lassen und Assoziationen mit Tausendundeiner Nacht zu wecken.

Das »Garden of Allah« war erst im vergangenen Jahr eröffnet worden, mit einer Poolparty, die selbst für Hollywood extravagant gewesen war. Geschlagene achtzehn Stunden hatte sie gedauert, und zahllose Stars hatten an dem Spektakel teilgenommen. Laura hatte sich nach der Trennung von ihrem letzten Ehemann im »Garden« eingemietet. Dass auch Ashley dort einen Bungalow bezogen hatte, wunderte ihn bei genauerem Nachdenken nicht mehr. Ashley wollte um jeden Preis dazugehören, allen filmischen Misserfolgen zum Trotz, und dank ihres Erbes, das Harriet für sie verwaltete, konnte sie sich diesen Luxus auch leisten. Zumindest noch eine Weile. So, wie sie das Geld verpulverte, um sich in billige Produktionen einzukaufen und Rollen zu spielen, für die ihre Begabung nicht reichte, würden ihr dafür schon bald die Mittel ausgehen.

»Kannst du mir eine Zigarette anzünden, Frank?« Sie klang überraschend nüchtern, so als hätte das Adrenalin, das ihr bei ihrem Ausbruch im »Coconut Grove« ins Blut geschossen war, einen Großteil des Alkohols neutralisiert.

Er fuhr langsamer, fingerte zwei Woodbines aus der Schachtel, die er sich zwischen die Schenkel klemmte, und steckte sie an der nächsten Ampel, die auf Rot umsprang, an.

Als er ihr eine reichte, hielt Ashley seine Hand fest. Ihr Griff war weich und fest zugleich. »Warum gehen wir nicht noch einen trinken?«, sagte sie und nahm einen hastigen Zug. »Wir könnten drüben in den ›Beachcomber‹ gehen oder ins ›Henry's‹.«

»Ja, könnten wir, aber das werden wir schön bleiben lassen«, erwiderte er und zog seine Hand zurück.

Die Ampel sprang auf Grün, und er wollte schon anfahren, da sagte sie mit grimmigem Trotz: »Ich habe was zu feiern, Frank. Heute hatte mein neuer Film Premiere.«

Er nahm die Hand von der Schaltung und sah sie schweigend an. Was sollte er sagen, ohne zu lügen? Natürlich sagte auch Schweigen etwas, nur wirkte es weniger verletzend, als wenn er die Wahrheit ausgesprochen hätte.

Ein Cadillac fuhr hupend an ihnen vorbei.

Sie rückte im Sitz zu ihm herum, legte den Kopf schief und bemühte sich um einen spöttischen Ausdruck. »Kein Glückwunsch?«, fragte sie mit einer Mischung aus Gekränktsein und Selbstironie, die ihren inneren Widerstreit deutlich machte. »Ich hab immerhin die Hauptrolle gespielt, die Kleopatra. Der Film heißt *My Love, the Goddess*, ein Melodram. Vielleicht hast du davon gehört?« Sie winkte mit der Zigarettenhand ab und fügte hinzu: »Klar hast du das.«

Frank nickte. Er hegte keine große Sympathie für sie, aber sie tat ihm leid. Rodnick und Conway hatten sie böse über den Tisch gezogen und mit ihrem Geld zweiundsechzig seelenlose Filmminuten heruntergekurbelt. Da durfte man selbst für eine so selbstverliebte, eigensüchtige Person Mitgefühl haben.

Sie lachte bitter. »Obwohl ›Premiere‹ dafür so passend ist, als würde man diesen Dreckskerl Rodnick einen Gentleman nennen«, sagte sie und zog zornig an ihrer Zigarette. »Der Film ist in der Provinz angelaufen, im Avalon von Covina, das ist in West Los Angeles, und dann auch nur als Vorprogramm in einer Double-Feature-Vorstellung. Dreckskerle!« Sie schnippte die nur halb gerauchte Zigarette in den Rinnstein.

»Tut mir leid«, sagte er und ließ offen, was genau ihm leidtat.

»Du hast den Film natürlich schon vorher gesehen, stimmt's?« Sie sah ihn herausfordernd an.

Er zuckte die Achseln. Er hatte keinen Grund, es zu leugnen. »Es hat sich so ergeben, Ashley. Ich kenne den Besitzer der Kopieranstalt, in der die Grand Horizon ihre Kopien ziehen lässt«, sagte er und beschloss, das Siezen aufzugeben. Sie auf formelle Distanz halten zu wollen funktionierte einfach nicht.

»Und? Hast du ihn dir bis zum Ende angesehen?«

»Mir haben der Anfang und das Ende gereicht«, sagte er unverblümt. »Ob ein Schriftsteller schreiben und eine gute Geschichte erzählen kann, weiß man auch schon nach wenigen Seiten. Dafür muss man sich nicht erst durch das ganze Buch quälen.«

Sie schnaubte ungehalten. »So schlecht also habe ich gespielt, ja?« Sie klang bissig, aggressiv, und verlangte übergangslos: »Mach mir noch eine von deinen Woodbines an!«

Er tat ihr den Gefallen.

Sie riss ihm die Zigarette aus der Hand. »Also weiter! Das war doch noch nicht alles, was du dazu zu sagen hast, oder? Ich wette, meiner reizenden Schwester gegenüber hast du dich ellenlang über meinen Film und seine vielen Schwächen ausgelassen. Ihr seht euch ja wieder und telefoniert, wie ich gehört habe. Sag bloß, bei euch flammt die Glut von damals wieder auf, so auf die alten Tage?« Sie bedachte ihn mit einem abschätzigen Blick.

»Wir haben einen gemeinsamen Sohn, der uns beiden viel bedeutet. Das allein ist Grund genug, miteinander zu reden und sich zu treffen«, sagte Frank kühl. »Und was deinen neuen Film betrifft, so bin ich mir sicher, dass du beim Dreh dein Bestes gegeben hast.« Er meinte es so, wie er es sagte, und das machte sein Urteil noch härter. »Dasselbe gilt für die Grand Horizon, für Drehbuchschreiber, Regisseur, Kulissenbauer, Kameramann und Cutter. Nur leider taugt das Beste, zu dem das Studio fähig ist, noch nicht einmal für einen zumindest handwerklich gut gemachten Streifen, geschweige denn für einen sehenswerten Film.«

»Pah!«, stieß sie hervor und fegte seine Kritik mit einer raschen Handbewegung beiseite. »Das mag auf Rodnick und seine Crew zutreffen, aber nicht auf mich. Diese Stümper waren gar nicht daran interessiert, mein Potenzial auszuschöpfen und mir ein gutes Drehbuch auf den Leib zu schreiben. Und der Cutter hat dem Film den Rest gegeben!«, ereiferte sie sich. »Aber was will man von einer B-Movie-Klitsche auf der Poverty Row anderes erwarten? Okay, ich hab das nicht früh genug erkannt und mich übers Ohr hauen lassen, aber das passiert mir nicht noch mal. Ich weiß jetzt, wie der Hase läuft. Meine Zeit kommt noch, verlass dich drauf!«

Er sah sie nur stumm an.

»Sieh mich nicht so an, Frank!«, rief sie. »Ich komm noch groß raus, du wirst schon sehen. Meine richtige Rolle hat mich nur noch nicht gefunden, das ist alles!« Damit drehte sie sich wieder nach vorn, schnippte die Zigarette gegen den Ampelmast, wo die Glut Funken sprühend zerplatzte, und starrte stur geradeaus. »Na los, fahr endlich weiter!«

33

Henry knallte den Hörer auf die Gabel. »Das gibt es doch gar nicht!«, stieß er halb wütend, halb fassungslos hervor und stemmte die Daumen in die Taschen seiner Weste. »Ein Ding der Unmöglichkeit, was der mir da aufgetischt hat. Will der Kerl mich verscheißern, oder glaubt er wirklich, ich würde ihm ein noch besseres Angebot machen?«

Guy fuhr zusammen. Er war mit den Gedanken bei seiner geliebten Vivienne gewesen. »Coastline Petroleum?«, gab er sich interessiert und wandte den Blick vom Fenster, vor dem die rußigen Rauchschwaden der benachbarten Schrottschmelze vorbeizogen. Wie er dieses dreckige Viertel am Folsom Pier hasste! Da konnte man fast zweimal am Tag den weißen Kragen wechseln, selbst wenn man hier im Kontor arbeitete.

»Nein, der Disponent von Union Iron Works. Den Auftrag über die viertausend Tonnen nach Chile, der uns schon so gut wie versprochen war, kriegen wir nicht«, rief Henry und drehte aufgebracht am rechten Ende seines pomadisierten Zwirbelbarts. »Der ist heute Morgen an die Oakland Star Shipping gegangen. Die hat unser Angebot um glatte vierzig Cent die Tonne unterboten. Kannst du dir das vorstellen? Und dabei haben wir für diesen Pfennigfuchser schon bewusst knapp kalkuliert. Vierzig Cent unter unserem Preis, das ist doch ein reines Verlustgeschäft. Sitzen da nur Idioten im Kontor? Was ist das überhaupt für eine Gesellschaft?«

»Da fragst du mich zu viel.«

Henry schnaubte. »Wäre ja auch zu schön gewesen, wenn du zur Lösung eines Problems mal was Sinnvolles hättest beisteuern können!«, knurrte er. »Und zu einem Problem scheint mir diese Oakland Star zu werden. Das ist in nicht einmal einem Monat das zweite Mal, dass sie uns um einen lukrativen Auftrag bringt! Was überhaupt keinen Sinn ergibt, denn mit solch niedrigen Frachtraten lassen sich ja noch nicht mal die laufenden Kosten decken. Fahren die sehenden Auges in den Ruin? Was ist das für eine Reederei? Bis vor ein paar Wochen war mir der Name völlig fremd. Wir müssen unbedingt mehr über die herausbekommen. Slocum soll sich dahinterklemmen.«

Guy räusperte sich. »Ähm, genau genommen ist das jetzt das dritte Mal, dass die Oakland Star uns mit einem Dumpingpreis um einen lukrativen Auftrag gebracht hat.«

Henrys Gesicht, nach zehn Tagen unter mexikanischer Sonne braun gebrannt, lief dunkelrot an, und er sah ihn scharf an. »Wie bitte? Ich weiß nur von diesen beiden. Sag bloß, du hast in meiner Abwesenheit einen Auftrag in den Sand gesetzt?«

Guy hüstelte und reckte dann trotzig das Kinn. »Ich habe überhaupt nichts in den Sand gesetzt!«, wehrte er sich und dachte verdrossen, dass es seinem Vater wieder ähnlich sah, ihm jegliche Anerkennung zu verweigern und jetzt auch noch die Schuld am Verlust des Auftrags in die Schuhe zu schieben. Der Vater hatte Ostern und die darauffolgende Woche mal wieder in Tijuana verbracht. In der Zeit hatte er, Guy, im Kontor die Stellung gehalten und seine Sache bestens gemacht. So sah er das.

Henry kniff die Augen zusammen. »Wo haben sie uns noch ausgestochen?«

»Den Frachtvertrag von Waxford Wheat & Feed haben wir auch an die Oakland Star verloren. Die haben uns mit ihren Dumpingpreisen aus dem Rennen geschmissen.«

»Das kann nicht dein Ernst sein! Wir sind schon ewig deren Spediteure zur See, wir haben einen Zweijahresvertrag mit ihnen!«

Guy zuckte die Achseln und verkniff sich das hämische Lächeln, das sich auf seine Lippen drängen wollte. »Der ist leider abgelaufen, während du dich in Tijuana amüsiert und in der Sea of Cortez Doraden gefischt hast«, erwiderte er.

»Verdammt, warum hast du mich nicht angerufen, damit ich mit einem Gegenangebot kommen konnte?«, schnauzte Henry mit hochrotem Gesicht.

Guy steckte sich eine Zigarette an und ließ sich Zeit. »Habe ich ja, wie du dich vielleicht erinnerst – sofern du die Nachrichten gelesen hast, die ich in deinem Hotel hinterlassen habe.« Genüsslich rieb er das Salz in die offene Wunde. »Wie gesagt, du warst in den Tagen, als der neue Vertrag ausgehandelt wurde, mit der Hochseejagd beschäftigt.«

»Warum ist Slocum nicht eingeschritten?«, blaffte Henry.

»Weil er da schon mit seiner schweren Grippe zu Hause im Bett lag. Wird wohl noch dauern, bis er wieder auf den Beinen ist, das sagt jedenfalls seine Haushälterin.«

»Dann wäre es deine gottverdammte Aufgabe gewesen, Waxford dazu zu bringen, die Verhandlungen über die Vertragsverlängerung bis zu meiner Rückkehr aufzuschieben!«, donnerte Henry.

Nun platzte Guy der Kragen. »Das habe ich ja versucht, zum Teufel noch mal!«, schrie er zurück. »Aber Mr Waxford hat sich nicht darauf eingelassen, der wollte innerhalb von zwei Tagen eine Entscheidung. Das Angebot der Oakland Star war ihm wohl einfach zu gut, als dass er es sich entgehen lassen wollte. Also versuch jetzt nicht, mich zum Sündenbock zu stempeln. Ich war nicht in Tijuana und habe mich Tag und Nacht amüsiert.«

Henry lachte geringschätzig auf. »Du weißt wieder mal nicht, wovon du redest, Sohn. Aber das ist ja kein Wunder. Du kennst ja gar nichts anderes als das sorglose Leben eines Junggesellen mit gut gefüllter Brieftasche. Wobei das Geld darin nicht aus eigener harter Arbeit stammt, nein, ich bin es, der deine Brieftasche immer wieder auffüllt. Das hast du hoffentlich nicht vergessen!«

Wenig später schickte er Guy in die Stadt, mit Aufträgen, die auch einer der halbwüchsigen Boten aus dem Kontor hätte erledigen können.

Während Guy all die kleinen Dinge für seinen Vater besorgte, wich sein ohnmächtiger Zorn schnell einer völlig anderen Wut – und die richtete sich gegen ihn selbst. Wie schon so oft fragte er sich, warum er sich immer wieder von seinem Vater zurechtweisen und abfertigen ließ wie ein kleines Kind. Warum brachte er nicht den Mut auf, ihm entschlossen die Stirn zu bieten oder, besser noch, sich von ihm unabhängig zu machen? Jahr um Jahr brachte er nichts zustande als dieses stets wiederkehrende ohnmächtig dumpfe Brüten, dieses ratlose, zögerliche Bangen und ziellose Suchen in einem Irrgarten nebelhafter Visionen, die einfach keine Konturen annehmen wollten, von praktischen Wegen zu ihnen hin ganz zu schweigen.

Die Vorstellung, sein eigener Herr zu sein, niemandem Rechenschaft zu schulden und etwas Eigenes aufzubauen, berauschte ihn jedes Mal, wenn er darüber nachdachte. Aber ebenso oft drängte sich schnell und zwangsläufig die hässliche Frage in seine Tagträume, woher er das Geld für dieses Eigene, wie immer es auch aussehen mochte, nehmen sollte. Wenn er etwas auf die Beine stellen wollte, dann natürlich nicht einen Krämerladen an der Ecke oder einen Ruderbootverleih auf dem Spreckels Lake im Golden Gate Park, nein, es sollte etwas sein, wofür es sich lohnte, etwas zu wagen und all seine Energie einzusetzen. Nur was sollte, was konnte das sein? Er hatte noch nicht einmal eine Geschäftsidee, von den finanziellen Mitteln ganz zu schweigen!

Nach Erledigung aller Aufträge belohnte er sich mit zwei Drinks in der Bar des »Palace Hotel«, was seine Stimmung deutlich aufhellte. Auch kehrten seine Gedanken zu Vivienne zurück, die noch immer bei ihrer todkranken Tante in Phoenix war. Ach, hoffentlich kehrte sie bald zurück! Er brauchte unbedingt einen Lichtblick, und Vivienne war für ihn mehr als das. Ob sie wohl mit einem nennenswerten Erbe aus Arizona wiederkam?

Ja, ein Erbe. Das war es, was er brauchte!

34

Frank war noch am Telefon, als Doris mit fragendem Blick den Kopf zur Tür hereinsteckte. Er bedeutete ihr hereinzukommen, woraufhin sie die Tür für Holbrook und Tony Russo freigab, die hinter ihr standen. Holbrook deutete stumm auf seine Armbanduhr und wies dann mit dem Daumen über seine Schulter.

Frank deckte die Sprechmuschel ab. »Ist es schon drei?«, fragte er. Wo im Himmel war der Tag geblieben?

Holbrook nickte. »Sie sitzen im Konferenzzimmer und wetzen die Messer.«

»In voller Besetzung«, warf Tony ein.

Frank verzog das Gesicht und nahm die Hand von der Sprechmuschel, um das Gespräch abrupt zu beenden. »Ja, ich verstehe, aber dafür habe ich jetzt leider keine Zeit, Talbot«, fiel er seinem Regisseur ins Wort. »McKinty und seine Gaunerbande sind im Haus, ich muss ins Gefecht. Wir reden später darüber.« Er legte auf, griff nach einer dünnen Akte, die er für die anstehende Verhandlung brauchte, und erhob sich. »Wenn McKinty mit voller Mannschaftsstärke angerückt ist, muss er einen verdammt guten Riecher haben, dass ihn heute nicht das reguläre Programm erwartet.« Er fuhr in sein Jackett, das er über den Schreibtischstuhl gehängt hatte. Roger McKinty war der Präsident der Motion Picture Theatre Owners of America. Der Verband vertrat die Interessen der unabhängigen amerikanischen Kinobesitzer. Diesmal war er nicht nur mit seinem Vize, sondern auch mit allen zwölf Regionaldirektoren gekommen. »Dann geht es also vierzehn gegen drei ins Rennen, ja? Na, die Nuss wird schwer zu knacken sein, Jack.«

Holbrook grinste. »Ist doch nicht unser erstes Rodeo mit denen.«

»Aber dieses Jahr quetschen wir ihnen die Eier ganz besonders ein.«

Holbrook zuckte die Achseln. »McKinty und seine Leute haben Waffen für ein kleines Scharmützel, aber letztlich keine Chance, denn die schwere Artillerie fahren wir auf.«

»Die Nebelwerfer nicht zu vergessen«, fügte Tony hinzu und meinte die Rolle, die ihm bei dem Ganzen zugedacht war.

Frank nickte. »Okay, packen wir den Stier bei den Hörnern«, sagte er und ging voran in den Konferenzsaal, wo eine gut bestückte Bar und ein üppiges Büfett aufgebaut waren. An beidem hatten die MPTOA-Funktionäre sich auch schon bedient.

Die Verhandlungen begannen verhältnismäßig friedlich, was bedeutete, dass McKinty, ein stattlicher Mittfünfziger mit dichtem silbergrauen Haar und dem vertrauenerweckenden Aussehen eines Bankdirektors aus dem tiefen Süden, sich wie üblich über das Blockbooking der Studios beklagte und, begleitet von zustimmendem Gemurmel, routinemäßig die Lockerungen dieser Knebelverträge forderte. Das übliche Geplänkel, dem in aller Regel die Klagen über die angeblich schlechte Geschäftslage der unabhängigen Kinobesitzer folgten. Jeder spielte den vertrauten Part. Nur würde es diesmal einige hässliche Misstöne geben.

Frank hob in einer Geste der Ohnmacht die Hände und blickte in die Runde der vertrauten Gesichter. »Gentlemen, Sie wissen doch, dass das nichts bringt. Wenn wir Ihnen in der Sache entgegenkommen könnten, würden wir es tun. Das Blockbooking ist nicht verhandelbar. Kein Studio kann es sich leisten, davon abzugehen.«

»Ein totes Pferd soll man nicht peitschen, McKinty«, kam es bärbeißig von Holbrook. »Der Gaul ist tot, höchste Zeit, aus dem Sattel zu steigen.« Während Frank sich bei diesen Verhandlungen verständnisvoll und möglichst konziliant gab, spielte Holbrook gewöhnlich den harten Gegenpart. »Wir sind nicht im Geschäft, um uns die Hosen ausziehen zu lassen.«

»Ich bitte doch sehr!«, verwahrte sich McKinty gegen diese Grobheit, allerdings ohne Nachdruck. Jeder wusste, wie das Spiel lief.

Während Holbrook die grimmigen, zum Teil sogar feindseligen Blicke der Funktionäre auf sich zog, griff Frank in seine Jackentasche und steckte sich einige Bohnen in den Mund. Eine fast reflexhafte Bewegung – wie auch das langsame Zerkauen und Zermahlen. Dazu zündete er sich eine Zigarette an.

Die Einführung des Blockbooking war ein genialer Schachzug von Adolph Zukor gewesen. Schon vor über zehn Jahren hatte der bei Paramount durchgesetzt, dass Kinobetreiber, die Paramount-Filme zeigen wollten, gleich die ganze Jahresproduktion einkaufen mussten – und zwar oft zu einem Zeitpunkt, da die meisten Filme noch nicht einmal im Rohskript konzipiert, geschweige denn abgedreht waren. Sie kauften das Jahresprogramm en bloc sozusagen blind. Wer die Kassenschlager der nächsten Saison zeigen wollte, musste auch die mittelmäßigen Filme und Flops nehmen. Dieses Ganz-oder-gar-nicht war, wie Zukor schon 1915 erkannt hatte, eine ökonomische Notwendigkeit. Jedes große Studio produzierte pro Jahr siebzig bis hundert Filme für die rund fünfundzwanzigtausend Kinos. Das schloss auch die Shorts und Serien ein, die alle im Angebot haben mussten. Nicht jeder Film war ein A-Movie und mit Stars besetzt, bei Weitem nicht. Vielmehr überwogen Produktionen mit unbekannten Schauspielern, die das Star-Programm eines jeden Studios unterfütterten. Ohne die Blindbuchung der Jahresproduktion hätten sich die Kinobetreiber die Rosinen aus dem Programm gepickt und all die anderen Streifen zu einem ruinösen Verlustgeschäft gemacht.

Zu den unverhandelbaren Absprachen mit den unabhängigen Kinobetreibern gehörte auch die hierarchische Einteilung der Lichtspielhäuser. Nur einige ausgewählte Filmpaläste, angesiedelt ausschließlich in den Metropolen wie New York und Los Angeles, besaßen das Premierenprivileg. Dort liefen die Filme als »first run« etwa einen Monat, bevor sie als »second run« auch für die Kinos der anderen großen Städte zur Vorführung freigegeben wurden. Beim »third run« einen weiteren Monat später tauchten sie in den Theatern der Kleinstädte und Vororte auf, und in der vierten und letzten Vermarktungsstufe ging der Verleih schließlich in die »grind houses«, die einfachen, schäbigen Kinos auf dem Land.

»Sie können jammern, so viel Sie wollen, uns werden Sie jedenfalls nicht zu Tränen rühren, Gentlemen«, sagte Frank und blickte mit kühlem Lächeln in die Runde. »Gut sechzig Millionen Amerikaner gehen regelmäßig ins Kino, nicht einmal im Monat, sondern mindestens einmal in der Woche. Und obwohl wir hier in Hollywood mittlerweile rund achthundert Filme im Jahr produzieren, können wir den Bedarf gar nicht so schnell decken, wie er uns von Ihnen gemeldet wird. Ich kann Ihnen auch sagen, warum das so ist und warum es sich kaum ändern wird, obwohl wir hier zweiundvierzigtausend Filmschaffende in Lohn und Arbeit halten.«

»Tun Sie das«, erwiderte McKinty schmallippig. »Aber unsere Spannung hält sich in Grenzen, Mr Maynard.«

»Weil das Publikum seine Ansprüche immer höher schraubt. Früher haben wir für die Produktion eines guten Feature-Films einige zehntausend Dollar gebraucht, doch die Kassenschlager von heute verschlingen astronomische Summen.«

Holbrook übernahm und führte das Argument nahtlos weiter aus. »Da braucht man bei der Budgetplanung mit Summen unter einer halben Million gar nicht anzufangen. *Ben Hur* hat fast sechs Millionen gekostet, und diese Summe muss erst wieder erwirtschaftet werden, bevor wir auch nur einen Cent Profit sehen.«

Frank verkniff sich ein Grinsen. Was er seit dem Börsengang auch an Vorbehalten gegen seinen Geschäftspartner hegte, in solchen Verhandlungen waren sie wirklich ein perfekt eingespieltes Team.

Nun war es Zeit, die Katze aus dem Sack zu lassen. »In Anbetracht der Tatsache, dass sich die Häuser der unabhängigen Kinobesitzer mehren wie der Nachwuchs in einer Kaninchenzucht …«

»Allein in diesem Jahr wird es für hundertfünfzig Millionen Dollar neue Lichtspielhäuser im Land geben«, warf Holbrook ein, »und nächstes Jahr sollen die Investitionen in neue Kinopaläste noch höher ausfallen.«

Nun übernahm Frank wieder, um den ahnungslosen Funktionären das Messer an die Kehle zu setzen. »Also, in Anbetracht dieser unbestreitbaren Fakten und der Tatsache, dass auf dem Markt ein erheblicher Mangel an guten Filmen herrscht, während bei uns die Kosten steil ansteigen – was übrigens auch auf die aufwendigen Werbemaßnahmen zutrifft, über die Mr Russo Sie gleich ins Bild setzen wird«, sagte er mit einem wohldosierten Seufzen, während er seine Aktenmappe aufschlug, einen Stoß Blätter mit allerhand Statistiken über Produktionskosten, Werbeausgaben sowie den rapide wachsenden Markt der Lichtspielhäuser und ihre Umsätze herausnahm, auffächerte und den Verbandsvertretern über den Tisch schob, »also in Anbetracht all dessen sehen wir uns leider gezwungen, neben der neu zu verhandelnden Blockbuchung auch auf einer Beteiligung am Umsatz an der Kinokasse zu bestehen!«

Fassungslose Gesichter, wohin er auch sah. Das einzige Geräusch war scharfes Einatmen, so als sei einigen der Funktionäre vor Schreck die Luft weggeblieben.

»Wir halten fünfzehn Prozent für angemessen!«, sagte Holbrook in die schockstarre Stille.

Tumult und Empörung ließen nicht lange auf sich warten. Wie nicht anders erwartet, sträubten sich McKinty, Fisk und die Regionaldirektoren mit Händen und Füßen, eine solche Beteiligung auch nur in Erwägung zu ziehen.

Dreieinhalb Stunden später vertagte Frank die Verhandlungen. »Wir reden morgen mit kühlem Kopf weiter, Gentlemen«, sagte er, bevor Holbrook, Russo und er den Konferenzraum verließen. »Übrigens stehen wir mit diesem Vorstoß nicht allein da. Alle großen Studios sind übereingekommen, künftig auf einer Umsatzbeteiligung zu bestehen. Ohne die werden Sie also nirgendwo Filme einkaufen können.«

»Hätte gar nicht besser laufen können«, sagte Holbrook draußen im Gang. »Morgen werden sie uns sieben Prozent anbieten und um jeden weiteren Punkt wie orientalische Teppichhändler feilschen.«

»Und am Schluss werden wir uns auf zehn Prozent einigen.«

»Womit wir genau da wären, wo wir von Anfang an hinwollten!« Holbrook grinste, klopfte Frank in einer selten gewordenen Geste der Vertrautheit auf die Schulter und lief die Treppe hinunter.

Frank hatte noch etwas mit Tony zu besprechen und nahm ihn mit in sein Büro. Sie hatten die Angelegenheit schnell geregelt. Der Fixer wollte schon gehen, als er plötzlich nach kurzem Zögern fragte: »Kann ich Sie was Persönliches fragen, Boss?«

Frank sah ihn verblüfft an. »Kommt ganz drauf an.«

»Ist nur 'ne Kleinigkeit«, versicherte Tony. »Nämlich was das ist, was Sie sich in letzter Zeit oft in den Mund stecken und zerkauen.«

Frank lachte, griff in die Jackentasche und hielt ihm ein halbes Dutzend schwarze Kaffeebohnen hin. »Meine Muntermacher an harten Tagen wie heute.« Wieder mal war er seit fünf auf den Beinen und mit seinem Tagesprogramm noch lange nicht durch. Gleich hatte er eine wichtige Besprechung mit Talbot, und wenn er mit Jeff Baker die Baufortschritte des Tages durchgegangen war, musste er den neuen Film mit Devin Neville abnehmen. Vor Mitternacht würde er kaum ins Bett fallen. »Wenn ich die Bohnen zerkaue, wirkt das Koffein besser, als wenn ich literweise Kaffee in mich hineinkippe. Und es schlägt mir weniger auf den Magen.«

Tony sah ihn skeptisch an. »Es gibt bessere Mittel, um sich fit durch den Tag und notfalls auch durch die Nacht zu bringen«, sagte er, fischte eine leicht gewölbte Pillendose aus der Tasche seiner weißen Leinenjacke und drückte sie Frank in die Hand. Sie war so groß wie ein Silberdollar.

Frank hob die Brauen und bedachte ihn mit einem scharfen, nicht eben freundlichen Blick. »Ist es das, was ich vermute?«

Tony nickte. »Ist frisch aufgefüllt. Der Schnee ist sauber und gut, Sie haben mein Wort«, versicherte er. »Wenn Sie mit Müdigkeit zu kämpfen haben und frische Energie brauchen, reiben Sie sich ein, zwei kleine Prisen über das Zahnfleisch. Durch die Nase gezogen wirkt es noch schneller.«

Unschlüssig und mit verkniffener Miene starrte Frank auf die Silberdose in seiner Hand.

Tony hob die Hände, als wollte er einen stummen Vorwurf abwehren. »Hören Sie, ich will Ihnen weiß Gott nichts aufschwatzen, okay? Probieren Sie es einfach mal aus, Boss. Was haben Sie denn zu verlieren? Wenn es nicht Ihr Ding ist, lassen Sie es sein. Ist immer noch besser, als sich mit Alkohol hochzuputschen oder auf Kaffeebohnen herumzukauen. So sehe ich es jedenfalls.«

Sekunden verstrichen, ohne dass Frank geantwortet oder den Blick gehoben hätte. »Okay«, sagte er schließlich mit einem resignierten Unterton und steckte die Dose in seine Westentasche.

35

Es war der dritte Mai, der erste Dienstag im Monat, als Guy mit munterem Schritt und schwingendem Spazierstock die Montgomery in Richtung Market Street hinunterspazierte und sich zu seiner Idee beglückwünschte, Vivienne mit einem hübschen Geschenk zu überraschen. Es hatte in den Tagen bevor sie zu ihrem wohl letzten Besuch bei der schwer kranken Tante aufgebrochen war, doch einige Missstimmungen zwischen ihnen gegeben. Die hatten sogar dazu geführt, dass sie lieber allein mit einem Taxi zum Bahnhof gefahren war, als sich von ihm chauffieren und bis an den Zug bringen zu lassen. Ausgesprochen kratzbürstig und unleidlich war Vivienne gewesen, was wohl der traurigen Nachricht geschuldet war, dass ihre letzte Blutsverwandte nicht mehr lange zu leben hatte. Aber er würde sich hüten, ein Wort darüber zu verlieren, sondern Blumen und ein hübsches Schmuckgeschenk sprechen lassen. Sie sollte gleich beim Wiedersehen wissen, dass er nicht nachtragend war und ihre Launenhaftigkeit vor der Abreise längst vergessen hatte. Jetzt zählte allein, dass sie endlich wieder in seinem Leben war. Wie viel sie ihm wirklich bedeutete, war ihm erst in den zwei Wochen ihrer Abwesenheit klar geworden.

Keine Sekunde zögerte Guy, bei welchem Juwelier er den Schmuck für seine geliebte Vivienne kaufen sollte. Selbstverständlich musste das Kästchen den golden eingeprägten Schriftzug Bishop & Grace tragen. Das würde ihr mehr als deutlich sagen, was sie ihm bedeutete und dass ihm das Beste für sie gerade gut genug war. Alles andere wäre ihm schäbig vorgekommen und seiner Liebe nicht würdig gewesen.

Es war erst halb zehn, als Guy das exklusive Geschäft freudig erregt verließ. Er konnte es nicht erwarten, seiner Vivienne die zweireihige Perlenkette zu überreichen. Oh, sie würde Augen machen! Und die Aussicht auf die Leidenschaft, mit der sie ihm im Bett dafür danken würde, ließ ihn unverzüglich hart werden.

Eigentlich hieß sie ja nicht Vivienne Moreau, wie es auf den Plakaten stand, sondern Emma Morris. Das hatte sie ihm einmal nach zu viel Champagner anvertraut. Aber mit solch einem Allerweltsnamen machte man als Revuegirl nicht Karriere, das verstand er natürlich. Und seine Vivienne mit ihrem himmlischen Körper, mit den endlos langen Beinen, befand sich zweifellos auf dem Weg nach oben. Erst letztlich hatte sie im Arabesque Theatre in North Beach als Hauptattraktion der Vaudeville-Revue »The Venus Trap« geradezu Triumphe gefeiert. Und dabei war sie erst dreiundzwanzig. Manchmal kam es ihm vor wie ein zu schöner Traum, dass Vivienne, die unter so vielen Verehrern hätte wählen können, ausgerechnet ihn erhört hatte. Nicht, dass er nichts zu bieten gehabt hätte, aber ein kleines Wunder war es dennoch.

Guy überlegte, ob er die Zeit bis elf an der Bar des »Palace« totschlagen sollte. Früher konnte man bei ihr nicht klingeln. Wer nachts auf der Bühne stand, hatte auch das gute Recht, sich erst am späten Morgen zu erheben. Eine Angewohnheit, die man natürlich auch beibehielt, wenn man zeitweilig kein festes Engagement hatte. Gestern Abend hatte er kurz mit Vivienne telefoniert. Sie hatte erschöpft geklungen und war nicht sehr gesprächig gewesen. Was in Anbetracht der Tatsache, dass der Apparat bei ihr im Flur des Mietshauses hing und jeder mithören konnte, nicht eben verwunderlich war. Sie hatten ausgemacht, dass er sie kurz nach elf abholte und sie zusammen zum Brunch ins »Buena Vista Café« auf der Hyde Street gehen würden.

Er entschied sich gegen die Bar und für einen längeren Schaufensterbummel auf der California Street, wo er schon bald die Blumen kaufte. Fünfzehn herrliche Rosen, eine für jeden Tag ihrer Abwesenheit. Doch bis elf zu warten wurde ihm unmöglich, schon um zehn konnte er seine Ungeduld nicht länger bändigen. Sollte sie doch ruhig in der Nachtwäsche an die Tür kommen, dann konnte er sie vielleicht dazu bringen, noch vor dem Brunch mit ihm ins Bett zu gehen. Die Rosen und der Schmuck würden ihre Wirkung schon nicht verfehlen.

Vivienne wohnte »south of the slot«, in einem fünfstöckigen Mietshaus an der Mission Street, zwei Häuserblocks westlich der Seventh Street. Sowie Guy um die Ecke kam, sah er das goldgelbe zweisitzige Cabrio mit den roten Speichenreifen vor dem schmalbrüstigen Mietshaus stehen. Er kannte sich mit Automobilen aus und wusste sofort, dass es sich um einen Gold Bug Speedster der Firma Kissel handelte. Leinwandstars wie Mary Pickford und der Sänger Al Jolson fuhren diesen eleganten Flitzer.

Was nicht ins Bild passte, war Vivienne. Sie stand, in ein elegantes Pepitakostüm gekleidet und mit passendem kleinen Hut auf der blonden Haarpracht, neben der offenen Wagentür, als gehöre der Kissel ihr, und sprach mit einem derb gekleideten Mann mit speckiger Lederschürze, der offenbar zu dem Pferdefuhrwerk gehörte, das mit allerlei Hausrat auf der offenen Ladefläche vor dem Gold Bug am Bordstein stand. Ein anderer, sehr viel jüngerer Mann wuchtete gerade einen Polstersessel zu den anderen Möbeln. An dem Blumenmotiv des Bezugs erkannte Guy Viviennes Lieblingssessel. Jäh überfiel ihn eine entsetzliche Ahnung. Das Blut wich ihm aus dem Gesicht, und ihm wurde flau im Magen.

»Vivienne!«, rief er mit erstickter Stimme. »Was … um Gottes willen … was …?« In seiner schrecklichen Beklemmung vermochte er den Satz nicht zu beenden, und fast wäre ihm der Blumenstrauß aus der plötzlich zitternden Hand gerutscht.

Erschrocken fuhr Vivienne herum und riss die Augen auf. Für einen Moment flackerte in ihrem Blick so etwas wie Panik, doch sie hatte sich sofort wieder unter Kontrolle und schaffte es sogar, ein Lächeln auf ihr Gesicht zu zwingen. »Oh, so … so früh habe ich nicht mit dir gerechnet. Was für wunderschöne Rosen. Sind die für mich? Ach, Guy …« Sie schüttelte den Kopf und schenkte ihm ein Lächeln von der Art, mit der man Verlierer zu trösten versucht.

Er sah sie verstört an. »Was hat das zu bedeuten?«

»Es tut mir leid, mein lieber Guy, dass du es so erfährst.«

»Dass ich was erfahre?«

Sie gab einen schweren Seufzer von sich. »Weißt du, ich hatte in Phoenix viel Zeit zum Nachdenken – über das, was ich mit meinem

Leben anfangen möchte, und insbesondere über uns beide. Und dabei bin ich …«

»Was gibt es da groß nachzudenken!«, fiel er ihr ins Wort und sah sie beschwörend an. »Ich liebe dich, Vivienne!« Er hielt ihr den Strauß hin, als sei der ein Wunderstab, den man nur zu heben brauchte, um alle Probleme und Widerstände aus der Welt zu schaffen.

Sie schob die Rosen sanft zur Seite. »Und dabei bin ich zu der Erkenntnis gekommen«, fuhr sie ungerührt fort, »dass wir zwar eine schöne Zeit miteinander hatten, es aber keine gemeinsame Zukunft für uns gibt. Deshalb trennen sich unsere Wege jetzt, Guy.«

Es traf ihn wie ein Hieb in den Magen. Er wollte nicht glauben, dass sie wirklich Schluss machte, so aus heiterem Himmel. Vielleicht, wenn er es einfach ignorierte, besann sie sich noch eines anderen. »Ist … gehört der Gold Bug Speedster dir?«, hörte er sich fragen und hatte das Gefühl, in Watte gepackt neben sich zu stehen. Was interessierte ihn denn der verfluchte Wagen, mochte er auch noch so teuer sein? Ein ekliger Geschmack stieg ihm in die Kehle.

Sie nickte und strich stolz mit der behandschuhten Hand über den goldgelben Lack. »Meine liebe Tante Adelaide, möge sie in Frieden ruhen, hat mir erheblich mehr vermacht, als ich mir hätte träumen lassen«, sagte sie vage. »Deshalb kann ich es mir jetzt auch leisten, in eins dieser modernen möblierten Apartments im Crown Tower zu ziehen.«

Das Blut rauschte Guy in den Ohren, und er merkte gar nicht, dass er die Rosen in den dreckigen Rinnstein fallen ließ. »Wolltest du einfach so verschwinden und mich nachher wie einen Trottel vor deiner ausgeräumten Wohnung stehen lassen?«

»Du musst mir glauben, dass es nicht so geplant war«, beteuerte sie, wenn auch nicht sehr überzeugend. Sie klang eher genervt als peinlich berührt. »Kurz nach deinem Anruf gestern Abend habe ich von meinem neuen Vermieter erfahren, dass das Apartment, an dem ich interessiert bin, unverhofft frei geworden ist. Da habe ich sofort zugegriffen. Aber natürlich hätte ich dir hier bei meiner alten Vermieterin eine Nachricht hinterlassen.«

Er glaubte ihr kein Wort. Zornesröte stieg ihm ins Gesicht. Sie hatte ihn einfach so abservieren und sich feige davonstehlen wollen, während er damit beschäftigt gewesen war, ein besonders schönes und teures Geschenk für sie auszusuchen und Rosen zu kaufen. Was für ein kaltschnäuziges Biest! Ihn derart zu hintergehen, und das nach allem, was er in den letzten Monaten für sie ausgegeben hatte! »Und da hast du noch mitten in der Nacht den Abtransport deiner alten Möbel organisiert, ja?«, fragte er höhnisch.

Sie zuckte die Achseln. »Mr Johnston wohnt im Nebenhaus, wir kennen uns, und bei meinen paar Sachen gab es heute Morgen nicht viel zu organisieren. Außerdem bin ich dir ja wohl keine Rechenschaft über mein Leben schuldig!«, beschied sie ihn. »Das mit uns war ja nicht gerade die moderne Version von Romeo und Julia. Wir hatten beide unseren Spaß und haben vom anderen bekommen, was wir wollten. Ein faires Geschäft, okay? Und jetzt ist eben Schluss, kapiert? Find dich damit ab, Guy, oder lass es bleiben, ist mir egal.« Damit setzte sie sich in den Wagen, knallte die Tür zu, rief dem Fuhrmann noch eine Anweisung zu und preschte mit röhrendem Motor davon.

Bis ins Mark erschüttert sah Guy ihr nach. Sein Vater hatte ihm das Leben nie leicht gemacht. Während seiner Kindheit und Jugend hatte er oft Prügel bezogen, und seit er erwachsen war, erfolgten die Züchtigungen in anderer Form, einfach indem der Vater ihn immer wieder spüren ließ, dass er seinen Erwartungen nicht gerecht wurde … ja, dass er zu nichts taugte. Aber was Vivienne ihm gerade angetan hatte, war schlimmer als alle Demütigungen zuvor.

36

Es war noch nicht ganz fünf Uhr, und Ashley mixte schon ihren dritten Martini. Ein schweres Gewitter fegte über die Stadt hinweg. Mit seinen gewaltigen Donnerschlägen und Kaskaden gleißender Blitze entfaltete es eine Dramatik, die fast an die Sturmszenen eines Monumentalfilms von Cecil DeMille heranreichte. Nicht, dass Ashley einen Anlass brauchte, um sich früh zu betrinken. Ihre gescheiterte Karriere lieferte Gründe genug.

Hätte die unbändige Natur mit ihrem Spektakel nicht eine kurze Pause eingelegt, wäre der harmonische Dreiklang der Türklingel zweifellos im Getöse untergegangen. So jedoch hörte Ashley die elektrische Imitation sanfter Glockentöne. Sie nahm schnell einen Schluck, stellte das Glas ab und eilte zur Tür, um zu sehen, wer sich bei diesem Sauwetter auf den Weg zu ihr gemacht hatte.

Im ersten Moment erkannte sie die Person nicht. Unter dem kleinen Vordach stand, in einem völlig durchweichten Mantel, einen Pappkoffer in der einen und eine bauchige Gobelintasche in der anderen Hand, eine junge Frau, der das klatschnasse Haar in wirren Strähnen im Gesicht klebte.

»Miss … Miss Ashley …«, stammelte sie jämmerlich.

Jetzt dämmerte Ashley, wer das war. »Kate?«, stieß sie ungläubig hervor. »Kate Dillon?«

Kate nickte.

»Um Gottes willen, was tust du denn hier, und das bei dem fürchterlichen Wetter?« Dass ihre Frage überflüssig war, wurde ihr bewusst, kaum dass sie ihr über die Lippen gekommen war. Koffer und Tasche lieferten ja wohl Antwort genug.

»Ich … ich weiß nicht … wohin, Miss Ashley«, brachte Kate unter Schluchzen hervor und senkte beschämt den Kopf.

»Was soll das heißen, du weißt nicht, wohin? Nun komm aber erst mal herein!« Ashley trat von der Tür zurück. Für Fragen und Erklärungen war Zeit genug, wenn die Arme im Trockenen war und sich gefasst hatte, wobei sie schon ahnte, dass sich daraus Unannehmlichkeiten ergeben würden.

Wie ein Häufchen Elend wankte Kate in die Diele und ließ Koffer und Tasche auf die Terrakottafliesen fallen, als hätten sie wie Bleigewichte an ihren Armen gehangen. Noch immer rannen ihr Tränen übers Gesicht, und stumm und willenlos ließ sie zu, dass Ashley sie aus dem triefenden Mantel schälte.

»Mein Gott, du bist ja nass bis auf die Haut!«, rief Ashley bestürzt, als Kate zitternd wie Espenlaub vor ihr stand, und nun regte sich wirklich Mitleid in ihr. »Du musst sofort raus aus dem Zeug und trockene Sachen anziehen, sonst holst du dir noch den Tod. Die durchweichten Schuhe lässt du besser auch gleich hier! Komm, ich bring dich ins Bad. Nein, den Koffer nehme ich. Nun mach schon. Am besten stellst du dich unter die heiße Dusche, dann wirst du wieder warm.«

Eine gute halbe Stunde später saß Kate in trockener Unterwäsche und Ashleys flauschigem Bademantel auf der mit Chintz bezogenen Couch. Sie hatte die Beine angezogen, umfasste mit beiden Händen einen resedagrün glasierten Keramikbecher und schlürfte genüsslich den heißen Grog, den Ashley ihr mit Honig und reichlich Rum zubereitet hatte.

»So, und nun erzähl, warum du bei diesem Wetter mit Koffer und Tasche vor meiner Tür stehst! Woher weißt du überhaupt, wo ich wohne?«

»Sie waren doch so nett, mich zu Ihrer Einweihungsparty einzuladen«, sagte Kate, und bei der Erinnerung huschte ein erstes zaghaftes Lächeln über ihr Gesicht.

Ashley winkte ab. »Ja, natürlich«, erwiderte sie mit einem leicht gequälten Lächeln und wünschte, sie hätte damals weniger großzügig Einladungen verteilt. Aber eine Party mit nur einer ärmlichen Handvoll Gäste war im »Garden of Allah« keine Party, die diese Bezeichnung verdiente. Und weil ihr Name nun einmal nicht auf den Favoritenlisten von Hollywood stand, hatte es eben die Masse machen müssen. »Nun erzähl mir aber, was mir deinen doch überraschenden Besuch beschert! Und vergiss das ›Miss Ashley‹, okay? Wir sind hier nicht auf dem Set.«

Kate sah sie mit einem dankbaren, ja bewundernden Lächeln an, nickte und begann zu erzählen.

Es war eine traurige Geschichte von Gutgläubigkeit auf der einen und Hinterlist auf der anderen Seite, und sie wäre schneller erzählt gewesen, als Ashley zum Mixen eines frischen Martini benötigte, hätte Kate die Ereignisse ohne die vielen Abschweifungen, Gefühlsausbrüche und tränenreichen Beteuerungen ihrer Ahnungslosigkeit geschildert. Dabei ließ sich das Ganze in wenigen Sätzen zusammenfassen.

Seit anderthalb Jahren teilte Kate Dillon sich mit Deborah Barklay, einer vier Jahre älteren Telefonistin aus Kansas, die Miete für ein kleines möbliertes Apartment in der Franklin Street. Besagte Debbie spielte leidenschaftlich gern Roulette und fuhr so oft, wie ihre Finanzen es erlaubten, mit ihrem Freund nach Venice, wo es ein richtiges Casino gab. Diese Schwäche ihrer vorgeblichen Freundin hatte Kate jedoch nicht davon abgehalten, ihr die Verwaltung der gemeinsamen Haushaltskasse und die Bezahlung ihres Vermieters zu überlassen. Nun hatte Debbie sich mitsamt Freund aus dem Staub gemacht, und zwar nicht nur mit der Haushaltskasse, sondern auch mit Kates gesamten Ersparnissen, einschließlich ihrer letzten Lohntüte. Und als wäre dieser Verrat nicht schon niederschmetternd genug, hatte sich an diesem Tag auch noch herausgestellt, dass Debbie dem Vermieter drei Monate lang die Miete schuldig geblieben war. Er hatte Kate vor die Tür gesetzt, da hatten alle Bitten und

Unschuldsbeteuerungen nicht geholfen. Sogar mit der Polizei hatte er ihr gedroht.

»Ganze zwei Dollar und einen Dime habe ich noch, und ich weiß nicht, wo … wo ich die Nacht … und die nächsten Tage bleiben soll«, schloss Kate und schlug weinend die Hände vors Gesicht.

Ob es nun an Gin und Vermouth lag, die sie durch Kates mäandernde Story begleitet hatten, herrlich warm durch ihren Körper strömten und sie sanftmütig stimmten, oder ob sie unverhofft ihr Herz für andere vom Schicksal Gebeutelte entdeckt hatte, es lief auf dasselbe hinaus: »Du kannst natürlich ein paar Tage bei mir bleiben«, bot sie großmütig an. »Bis du wieder über Geld verfügst und was Eigenes gefunden hast.« Warum auch nicht? In ihrem Bungalow gab es ein zweites Schlafzimmer mit eigenem Bad, wenn auch kleiner und nicht ganz so luxuriös ausgestattet wie die anderen Räume. Und vielleicht tat es ihr ja gut, für ein paar Tage Gesellschaft und Ablenkung zu haben. Die hatte sie weiß Gott nötig, um nicht noch tiefer in ihrer Depression zu versinken.

»O mein Gott, Ashley!« Kate sprang von der Couch auf, schlang dankbar die Arme um sie und drückte sie derart stürmisch an sich, dass es Ashley ganz anders wurde.

Sie kamen an diesem Abend spät ins Bett, denn sie hatten sich viel zu erzählen. Kate war so glücklich, bei ihr bleiben zu können, so aufgekratzt, dass sie Ashley aus ihrem traurigen Leben erzählte, in dessen ersten Jahren eine unter religiösen Wahnvorstellungen leidende Mutter und ein gewalttätiger Vater die bestimmenden Rollen gespielt hatten. Aber mit noch viel größerer Hingabe schwärmte sie von Ashleys Schauspielkunst. Die Rolle der Kleopatra sei ihr ja förmlich auf den Leib geschrieben, das sei vom ersten Drehtag an zu sehen gewesen. Vier Mal habe sie *My Love, the Goddess* schon gesehen, und die schönsten Erinnerungen ihres Leben seien die an die Monate mit ihr auf dem Set, auch wenn Rodnick ein mieser Kerl und Halsabschneider sei, der ihr einen Hungerlohn gezahlt habe und ihr mehr als einmal an die Wäsche gegangen sei.

Ashley sog Kates neidlose Bewunderung und die Lobpreisung ihrer Darstellungskunst auf wie ein trockener Schwamm. Und sie revanchierte sich, indem sie Kate mit ausschweifender Übertreibung erzählte, was für eine Szene sie Rodnick im »Coconut Grove« gemacht hatte.

»Und weißt du, was ich noch gemacht habe?«

Kates Gesicht glühte vor berauschter Aufmerksamkeit. Sie hing an ihren Lippen.

»Ich hab mir bei jemandem, der für den Zoo arbeitet und gelegentlich in der Wildnis Tiere einfängt, ein Stinktier besorgt. Das habe ich Rodnick nachts an seine Haustür stellen lassen«, erzählte Ashley voller Schadenfreude. »Mit einer Valentinskarte am Käfig, auf der stand: ›Ich stinke meilenweit, und du stinkst noch mehr. Willst du mein Valentin sein?‹«

Sie schüttelten sich vor Lachen und malten sich lang und breit aus, wie das Stinktier in panischer Angst sein stinkendes Sekret auf Rodnick gesprüht hatte und dieser beim Öffnen der Haustür zu Tode erschrocken war.

Als Ashley den nächsten Tag spät mit einem langen Schaumbad begann, dachte sie mit heiterer Verwunderung daran zurück, was für einen Spaß sie doch gehabt hatten.

Es war schon halb elf, als sie schließlich aus der Wanne stieg. Das seifenschaumige Wasser rann in den gurgelnden Abfluss, und sie ließ warmes Wasser zum Nachspülen in die Wanne rauschen. Gerade wollte sie nach einem Lappen greifen, um letzte Schaumreste zu entfernen, als sie Kate in der Tür stehen sah. Sie trug ein sommerliches Nachthemd und hatte Ashleys Bademantel über dem Arm.

»Entschuldige, ich habe geklopft … ich dachte …« Sie brachte den Satz nicht zu Ende und zuckte vage die Achseln. Dabei wandte sie keine Sekunde den Blick von Ashley, die splitternackt und tropfnass neben der Badewanne stand. »Ich hab ganz vergessen, dir den Bademantel ...« Auch diesen Satz brach sie ab, als hätte sie vergessen, was sie hatte sagen wollen. Und so verhielt es sich auch.

Ashley öffnete den Mund und wollte etwas sagen, wollte Kate auffordern, doch bitte ihre Privatsphäre zu respektieren und schnell die Tür zu schließen, aber nichts davon kam ihr über die Lippen. Als sie Kates fasziniertem Blick begegnete, war ihr, als spürte sie ihn wie eine Berührung auf der Haut. Ein Schauer ging durch ihren Körper.

»Du siehst ... mein Gott, ich weiß nicht ... du bist so wunderschön«, flüsterte Kate, ließ den Bademantel zu Boden gleiten und zog ein Handtuch von der Wandstange. Ihre Brüste hoben und senkten sich schneller unter dem Nachthemd, und deutlich bohrten sich harte Brustwarzen in den dünnen Stoff. »Darf ich dich abtrocknen? Bitte, lass mich dich ein wenig verwöhnen.« Ihre Stimme war nicht mehr als ein Hauch, aber erfüllt von Begehren.

Plötzlich spürte Ashley ihr Herz hoch oben im Hals schlagen. Ihr war, als bliebe ihr nicht genug Luft zum Atmen, ohne dass es eine beklemmende Atemnot war. Eher fühlte es sich an wie ein einsetzender Rausch. Ihre Haut begann zu prickeln, ihre Brustspitzen richteten sich auf. Aber das konnte nicht sein, das durfte sie nicht zulassen. Als junges Mädchen in der Einsamkeit eines Mädchenpensionats eng umschlungen mit einem anderen Mädchen zu schmusen, sich in der Kunst des Küssens zu üben und gemeinsam die empfindlichen Regionen des Körpers zu erkunden war nichts weiter gewesen als eine unschuldige Phase in der Entwicklung vom Kind zur Frau, nichts, worüber man sich später Gedanken machen musste. Aber das hier, was immer es sein mochte, war etwas völlig anderes, es musste aufhören – sofort!

Es war, als ahnte sie, dass alles verloren war, wenn Kate sie erst berührte. Noch konnte sie dem, was sie zu überwältigen drohte, mit beherztem Einschreiten ein Ende bereiten. Aber es gelang ihr nicht, die Hand zu heben. Ein fremdes Ich in ihr übernahm die Kontrolle, und dieses Ich wartete zitternd vor Sehnsucht darauf, von dieser jungen Frau berührt und in den Taumel der Wollust gestürzt zu werden.

Kate fuhr sanft mit dem Handtuch über Ashleys Schultern, ließ es jedoch nach kurzer Zeit ebenso achtlos fallen wie den Bademantel. Nun glitten ihre Hände zärtlich über die noch nasse Haut, strichen über den Rücken, folgten aufreizend langsam den Wölbungen der Pobacken und wiederholten dieses erregende Auf und Ab mehrmals, bevor sie schließlich nach vorn wanderten und Ashley mit kreisenden Bewegungen dazu brachten, die Beine leicht zu spreizen und sich willig zu öffnen.

Ashley spürte ein jäh anschwellendes lustvolles Ziehen im Unterleib und an den Innenseiten der Oberschenkel. Das Blut rauschte nicht nur in ihren Ohren, sondern strömte auch wie eine reißende Flut in den Schoß und entfachte dort eine feuchte Hitze, die Kates Finger willkommen hieß. Ihr Atem wurde schnell und flach und mischte sich mit leisem Stöhnen, und noch ehe Kate ihre Brüste mit Zunge und Lippen liebkoste, wusste sie, dass sie verloren war.

Als Kate sie später im Bett über den magischen Punkt hinaustrieb, an dem sie sich mit einem Schrei der Erlösung aufbäumte, die fast unerträgliche Lust in explodierenden Wellen durch ihren Körper jagte und die Zeit für eine kurze Ewigkeit stillzustehen schien, in diesen magischen Sekunden erlebte sie eine Erfüllung und glückselige Offenbarung der Lust, wie sie sie nie zuvor erfahren hatte.

37

Zwei Tage und zwei Nächte ertrug Guy die Qualen der Ungewissheit. Er versuchte sich einzureden, dass Vivienne einzig und allein deshalb mit ihm Schluss gemacht hatte, weil sie eine Erbschaft gemacht hatte und somit keinen großzügigen Liebhaber mehr brauchte. Doch der böse Verdacht, der sich in den tieferen Schichten seines Unterbewusstseins zu regen begonnen hatte, da, wo auch Instinkt und Ahnung angesiedelt waren, drang unaufhaltsam in seine Gedanken vor, entfaltete sein zersetzendes Gift und ließ ihm keine Ruhe. Schließlich ertrug er die Ungewissheit nicht länger. Er musste herausfinden, ob an seinem schrecklichen Verdacht etwas dran war oder ob er damit eine unentschuldbare Ungerechtigkeit beging.

Er meldete ein Telefongespräch nach Tijuana an, ließ sich mit dem Hotel »Caesar's« in der Avenida Revolución verbinden und bekam gleich den Hotelbesitzer persönlich an den Apparat. Da die Verbindung nicht die allerbeste war und er nicht annahm, dass der Mexikaner am anderen Ende seine Stimme von der seines Vaters unterscheiden konnte, gab er sich als Henry Caldwell aus, der erst vor wenigen Tagen abgereist war.

»Ah, sí, Señor Caldwell! Was kann ich für Sie tun, mi distinguido amigo?«

»Nur eine Kleinigkeit, Señor Caesar«, sagte Guy und fragte, ob die Zimmermädchen bei der Reinigung seiner Suite einen blauen Seidenschal mit Sternenmuster gefunden hätten. »Nicht dass es ein teures Stück gewesen wäre, aber er hat für meine … äh, Herzallerliebste doch einen gewissen sentimentalen Wert.«

»Sí, la maravillosa señorita! Natürlich, ich verstehe, Señor Caldwell«, sagte der Hotelier, bestätigte damit, dass sein Vater in Begleitung einer jungen Frau bei ihm abgestiegen war, bedauerte jedoch, nichts von einem gefundenen Seidenschal zu wissen. Er werde aber selbstverständlich noch einmal nachforschen und dann zurückrufen.

Woraufhin Guy so tat, als reagiere er auf einen Zuruf in seinem Haus. Dann teilte er Señor Caesar mit der Attitüde eines von weiblichen Nachlässigkeiten geplagten Mannes mit, die Angelegenheit habe sich gottlob erledigt, der Schal sei soeben gefunden worden. Und nach ein paar freundlichen Floskeln beendete er das Gespräch.

Er wusste nun, dass sein Vater sich mit einer Geliebten in Tijuana vergnügt hatte. Aber das war weder etwas Neues, noch brachte es ihm die Gewissheit, die er brauchte. Die brachte der Gold Bug Speedster ans unbarmherzige Tageslicht. Erschwingliche Automobile, wie sie bei Ford vom Fließband liefen, konnte man an der San Francisco Bay vielerorts kaufen. Aber ein Kissel Gold Bug Speedster kam aus einer Edelschmiede in Wisconsin, wo diese Wagen in Handarbeit und kleiner Stückzahl gefertigt wurden. Die Kundschaft für diese exquisiten Automobile war daher selbst in San Francisco überschaubar, und dasselbe galt für die Zahl der Händler, die so einen Gold Bug im Angebot hatten.

Guy suchte diese Händler auf, stellte sich mit Namen vor und begann das unverfängliche Gespräch, indem er erwähnte, sein Vater habe sich einen Gold Bug Speedster gekauft und nun sei auch er an solch einem Wagen interessiert. Verriet die Reaktion der Verkäufer, dass sein Vater den jeweiligen Händler nicht mit dem Kauf beehrt hatte, brach er das Gespräch schnell ab. Beim dritten Händler, an der Ecke Stockton und Sutter Street, erlebte er, was er insgeheim befürchtet und von dem er doch inständig gehofft hatte, es möge ihm erspart bleiben.

»Ist Ihr Herr Vater mit dem Automobil nicht zufrieden? Entspricht der Gold Bug nicht seinen Erwartungen, Mr Caldwell?«, fragte der beflissene Verkäufer, kaum dass Guy seinen Namen genannt hatte. »Das würden wir zutiefst bedauern, zumal wir uns wirklich bemüht haben, den Wünschen Ihres Vaters hinsichtlich der Lederpolster …«

Guy hatte Mühe, die Fassung zu wahren. Das Wissen, dass sein böser Verdacht gerechtfertigt war, verursachte ihm regelrechte Übelkeit. Sein eigener Vater hatte ihm Vivienne ausgespannt!

Er riss sich zusammen, um dieses Gespräch mit Anstand hinter sich zu bringen. »Nein, es ist alles bestens, mein Vater ist sehr zufrieden«, versicherte er hastig und gab vor, nur gekommen zu sein, um zu erfahren, mit welcher Lieferzeit er rechnen müsse, wenn er auch für sich ein solches Cabrio bestellen wolle. Dann stürzte er davon und ging in die nächste annehmbare Bar.

Und während er am Tresen der Flüsterkneipe kauerte und die Galle in seinem Mund mit schwarzgebranntem Whiskey hinunterzuspülen suchte, fiel es ihm wie Schuppen von den Augen. Er dachte daran, wie sein Vater Vivienne damals Anfang März, als sie ihm zufällig in der Bar des »Palace« begegnet waren, angesehen hatte. Und dass er sich die Revue mit ihr in der Woche darauf zweimal angeschaut hatte. Da musste es geschehen sein. Denn kurz darauf hatte Guy zum ersten Mal von Viviennes angeblich todkranker Tante in Phoenix gehört, und Tage später war sein Vater mal wieder für fast zwei Wochen nach Tijuana verschwunden. Jetzt ergab alles Sinn, sogar des Vaters neues Rasierwasser und dass er sich neuerdings die grauen Strähnen im Haar schwarz färbte. Auch der Streit, den Vivienne vor ihrer Abreise vom Zaun gebrochen hatte, erschien nun in einem völlig anderen Licht. Es war kalte Berechnung gewesen, er hatte einfach nicht sehen sollen, in welchen Zug sie stieg und wer da im Abteil auf sie wartete. Wie mussten sie über ihn, den ahnungslosen Trottel, dem der eigene Vater Hörner aufgesetzt hatte, gelacht haben!

Fünf Drinks kippte Guy in sich hinein, dann hatten Verbitterung und Zorn in ihm eine wild brodelnde Kraft entwickelt, die er für Mut hielt und die ihm die trügerische Sicherheit verlieh, seinen Vater zur Rede stellen und ihm diesmal die Stirn bieten zu können. Wie Letzteres aussehen sollte, war ihm selbst nicht klar, aber aus irgendeinem Grund vertraute er darauf, dass ihm schon das Richtige einfallen würde, wenn der Vater ihm rot vor Scham in die Augen blicken musste.

Doch nichts dergleichen geschah, als Guy ins Büro seines Vaters stürmte und ihm seine Anschuldigungen an den Kopf schleuderte.

Henry lachte ihn schlichtweg aus. »Wirklich? Du machst mir wegen eines gewöhnlichen Revuegirls eine Szene und fragst, ob ich keine Scham kenne? Das kann nicht dein Ernst sein, Junge. Ist dir der Verstand in den Schwanz gerutscht? Mein Gott, du bist ja so kleinkariert wie ein Kreuzworträtsel!«

Das Gelächter seines Vaters brachte Guy völlig aus dem Konzept. »Wie … wie kannst du …«, stammelte er und wusste plötzlich nicht mehr weiter.

Henrys Belustigung schwand. An ihre Stelle trat ein harter, verächtlicher Ausdruck. Abrupt stand er auf, kam hinter seinem Schreibtisch hervor und griff nach dem eleganten Spazierstock, der hinter ihm an der Wand lehnte. »Was hast du von einer wie ihr erwartet? Dass sie dir treu bleibt, wenn plötzlich saftigere Weiden winken? Frauen, die was auf sich halten, ziehen nun mal das Original der blassen Kopie vor. Das gilt auch für Mätressen.«

Guy starrte ihn mit wildem Blick an. »Für mich war Vivienne viel mehr als …«

Henry schnitt ihm das Wort ab. »Mach dich nicht lächerlich. Dass die Süße in einer höheren Preisklasse arbeitet als gewöhnliche Bordsteinschwalben, ändert nichts daran, was für eine Art Frau sie ist!«, beschied er ihn und stieß ihm den silbernen Knauf vor die Brust. »Wenn man sein Vergnügen im Bordell sucht …«, ein erneuter Schlag mit dem Spazierstock traf Guys Brust und ließ ihn in Richtung Tür zurückweichen, »… hat man keinen

Besitzanspruch gegenüber dem Freudenmädchen, das man besteigen will, es sei denn, man zahlt die ganze Nacht, wie du ja wohl weißt.« Voller Unverständnis schüttelte er den Kopf. »Himmelherrgott, wir reden hier von einer Hure, wie es sie für unsereins im Dutzend billiger gibt, und nicht von einer jungen Dame von Rang und Namen!«

Guy spürte das unbändige Verlangen, seinem Vater den Spazierstock aus der Hand zu reißen und ihm mit dem Silberknauf den verächtlichen Ausdruck aus dem Gesicht zu schlagen. Aber er wagte noch nicht einmal die Hände zu heben zum Schutz vor den Schlägen, die ihn wieder und wieder trafen. Er war seinem Vater einfach nicht gewachsen. Und in seiner Hilflosigkeit nahm er Zuflucht zum unpassendsten und armseligsten aller möglichen Vorwürfe. »Wie kannst du Mutter bloß …«

Auch diesmal ließ Henry ihn nicht zu Wort kommen. Mit einem wuchtigen Schlag vor die Brust hieb er seinem Sohn die Luft aus den Lungen und brachte ihn zum Taumeln. »Vorsicht, mein Sohn! Du stehst kurz davor, den Bogen zu überspannen! Lass bloß deine Mutter aus dem Spiel! Jeder richtet sich sein eigenes Bett. Und was die Leidenschaften deiner Mutter angeht, so kennt sie seit Jahrzehnten keine andere, als sich mit süßen Sachen vollzustopfen, pseudoreligiöse Traktate verlogener Möchtegern-Propheten zu verschlingen und in ihrem Club der Matronen und Klatschweiber die erste Geige zu spielen. Also kriech nur zum Lecken deiner Wunden unter den Rock deiner Mutter zurück, bei ihrer Leibesfülle ist dafür ja genug Platz. Und da bist du auch gut aufgehoben, du Einfaltspinsel.«

Guy blinzelte, als versuche er aus einem Albtraum aufzuwachen. Seine Rippen schmerzten, aber dieser Schmerz war nichts im Vergleich zu dem, der in seinem Innern tobte.

Henry riss die Tür auf. »Ich gebe dir Bescheid, wenn ich mit der Kleinen durch bin und du den Tröster spielen kannst. Und jetzt geh mir aus den Augen und mach dich unten im Kontor oder drüben in den Lagerhallen nützlich!«

Henry stieß ihn hinaus in den Gang, was Guy wie ein geprügelter Hund geschehen ließ, und knallte die Tür hinter ihm zu.

38

Nachdem Ol'Abe ihn wie an jedem Wochentag um sechs Uhr in seinem Büro rasiert hatte und er zwei ungestörte Stunden mit dem Papierkram auf seinem Schreibtisch beschäftigt gewesen war, führte ihn sein erster Gang hinüber in die Halle mit den drei Tonstudios. Was auch immer sonst noch auf unverzügliche Erledigung drängte, musste bis nach dem Inspektionsgang warten. Auch verließ Frank das Studiogelände nie, ohne sich von den Fortschritten des Tages überzeugt zu haben. An dieser Regel hielt er eisern fest.

Als er an diesem Maimorgen in die Center Sound Stage kam, fand er dort seinen Chefcutter im Gespräch mit Jeff Baker. Sie standen in Gillespies zukünftigem Reich, wo tags zuvor die komplizierte Anlage des Schneidetischs für Tonfilme eingebaut worden war. Mit zusammengekniffenen Augen starrte Gillespie durch seinen altmodischen Kneifer auf die Apparatur mit all ihren Hebeln, Schaltern und Knöpfen. Sein rasierter Schädel glänzte im Licht der Deckenstrahler, während er sich über den Bildbetrachter beugte und sich alles erklären ließ.

»... sodass sich das Schneiden wie beim Stummfilm von selbst verbietet«, sagte Baker gerade.

Frank bedeutete ihnen, sich nicht stören zu lassen. Aufmerksam hörte er zu, denn auch er lernte jeden Tag etwas dazu. Und je mehr er über die neue Technik wusste, je besser er mit ihr vertraut war, desto erfolgreicher konnte er das Studio in die neue Zeit führen.

»Weil die Tonfilmspur zugleich die Transportspur ist«, folgerte Gillespie, der wie üblich einen seiner Minz-Lollis lutschte. Die giftgrünen Kugeln waren während der Arbeit sein Zigarettenersatz, denn Nitratfilm war leicht entzündlich. Ein einziger Funke reichte, um einen Schneideraum voll Filmstreifen in wenigen Augenblicken in ein Flammenmeer zu verwandeln.

»Richtig«, sagte Baker. »Genau genommen besteht die Transportspur bei einem im Lichttonverfahren gedrehten Film aus den in die Tonspur gestanzten Löchern am Rand des Zelluloidstreifens, der durch den Projektor gezogen wird. Die Löcher in der Tonspur zwingen zu einer neuen Technik. Da muss man nicht erst beim Schneiden aufpassen, wo man ansetzt, sondern schon der Regisseur beim Dreh muss das beachten. Dasselbe gilt für die Komponisten. Sie müssen ihre Musik exakt für die Transportspur schreiben.«

Gillespie verzog das Gesicht und kratzte durch seinen Ziegenbart. »Damit ist die Zeit, als man noch mit einer oder zwei Kameras drehen konnte, natürlich auch vorbei. Jetzt müssen drei oder besser vier gleichzeitig laufen, damit man im Dialog mal die Einstellung wechseln kann. Sonst könnte man ja eine Szene aus mehreren Einstellungen überhaupt nicht schneiden, ohne Text zu verlieren.«

»Oder ein Objektivwechsel könnte ausschließlich in Sprechpausen erfolgen.«

Gillespie lachte, wusste er doch, dass Baker das nicht wirklich für eine Möglichkeit hielt. Er gab einen schweren Seufzer von sich. »Nein, vier Kameras werden zwangsläufig der neue Standard sein und das Schneiden eines Tonfilms ein verdammtes Zauberstück!«

»Wie gut, dass wir dafür den richtigen Magier am Schneidetisch haben«, sagte Frank und legte ihm die Hand auf die Schulter.

Der Chefcutter grinste und ließ den Lolli zwischen seinen Lippen kreisen. »Ich bin zuversichtlich, dass eine entsprechende Gehaltserhöhung für den nötigen Zauber sorgen wird«, versicherte er.

Frank versprach, nach einem Zauberstab zu suchen, und dann redeten sie noch kurz über Lauras neuen Film. Gillespie hatte den Final Cut fertig, damit stand als Nächstes die gemeinsame Abnahme an, bei der auch mögliche letzte Änderungen besprochen würden. Frank sagte zu, so schnell wie möglich einen Termin festzulegen. Was nicht einfach sein würde, denn natürlich mussten Talbot als Regisseur und Laura als Star zugegen sein, und Holbrook würde wie bei jedem kostspieligen Film auf seinem Recht bestehen, bei der Abnahme dabei zu sein und sein Urteil sowie eventuelle Änderungswünsche kundzutun. Und sie alle hatten volle Terminkalender.

Als Gillespie gegangen war, ließ Frank sich von seinem Bauleiter über die laufenden Arbeiten unterrichten. Baker gab kurz und präzise Auskunft, so, wie Frank es erwartete. Die Zeit war zu kostbar, um sie mit ausschweifenden Erklärungen und informationslosem Geschwätz zu vergeuden.

»Und wann kann ich hier den ersten Dreh ansetzen?«, fragte er abschließend. »Und diesmal bitte keine vage Schätzung. Ich will einen festen Termin.«

Baker wiegte den Kopf. »Nun, wenn nicht etwas Unvorhergesehenes eintritt, bin ich zuversichtlich, dass wir hier Anfang September mit allem fertig sind.«

»September? Das ist viel zu spät!«

»Das ist das Äußerste, was ich Ihnen versprechen kann!«

»Das genügt mir aber nicht!«, rief Frank. »Mitte Juli will ich das Tonstudio in Betrieb nehmen. Nein, in der Woche nach dem vierten Juli will ich hier die erste Klappe fallen hören!«

»Das kann ich unmöglich schaffen, Mr Maynard!«, protestierte Baker und wurde blass. »Allein die …«

»Oh, doch, das können Sie, Baker!«, fiel Frank ihm ins Wort. »Wie Sie das machen, interessiert mich nicht, das ist Ihre Sache. Meinetwegen können Sie Ihre Mannschaft verdoppeln und rund um die Uhr arbeiten lassen. Ein paar Wochen Nachtschichten bringen keinen um. An den Kosten für die Überstunden soll es nicht liegen.«

»Aber …«

Erneut schnitt Frank dem Mann das Wort ab. Es war an der Zeit, die Samthandschuhe auszuziehen. »Sind Sie noch daran interessiert, nach der Fertigstellung den Posten des Technischen Direktors der Tonfilmproduktion zu übernehmen?«

Baker schluckte. »Ja, natürlich …«

»Gut, dann sehen Sie zu, dass Sie an unserem Nationalfeiertag auch Grund zum Feiern haben und sich nicht nach einer schlechter bezahlten Stellung umsehen müssen! Also dann, bis heute Abend!«

Auf dem Weg zurück in sein Büro wanderten seine Gedanken zu Harriet und dem bevorstehenden Wochenende. Am Freitag wollte er sich mittags in seine Douglas Arrow setzen und endlich wieder einmal nach San Francisco fliegen. Es wurde höchste Zeit, dass sie ein paar Tage miteinander verbrachten, viele Wochen lang hatten sie sich nicht gesehen. Was nicht allein an ihm lag. Auch Harriet hatte mit ihrer Schatten-Reederei einen vollen Terminkalender und war neuerdings sogar häufiger auswärts unterwegs. Da fiel es schwer, ein Wochenende zu finden, an dem sie beide konnten, und wenn es endlich mal eins gab, dann aber das Wetter nicht mitspielte, nützte auch die beste Absprache nichts.

Nach dem Mittagessen – einem selbst gemixten Whiskey Sour mit doppeltem Eiweiß, einem Roastbeef-Sandwich aus der Kantine und zwei schnellen Linien Kokain – sowie zwei Telefonaten mit Agenten nahm Frank die zweite Drehbuchfassung von *Bitter Harvest* und begab sich zu James Cameron, dem Leiter der

Drehbuchabteilung, die im gegenüberliegenden Gebäude untergebracht war.

Die Silver Screen Studios hatten, wie jedes große Studio, einen festen Stab an Drehbuchautoren unter Vertrag. Mittlerweile war James Camerons Abteilung auf rund fünfzig Lohnschreiber angewachsen. Jeder von ihnen hatte oben im zweiten Stockwerk ein Zimmer für sich, die Einrichtung bestand aus einem Schreibtisch, einem harten Stuhl, einer Schreibmaschine, einem Aktenschrank und wenig sonst. Mit ihrem Mangel an Komfort unterschieden diese Klausen sich kaum von Klosterzellen. Alle Fenster gingen nach hinten hinaus, wo es bis auf die graue Wand einer Werkstatthalle nichts zu sehen gab, was von der Arbeit ablenken konnte. In den beiden Fluren, an denen diese Zellen lagen, glaubte Frank bei seinen seltenen Besuchen stets eine unangenehme Geruchsmischung aus billigem Fusel, Schweiß und Hoffnungslosigkeit wahrzunehmen.

Die Drehbuchautoren arbeiteten Ideen zu Storys aus, die das Studio ihnen vorgab. Einige hatten einst erfolgreich für den Broadway geschrieben, doch überwiegend saßen hier Schriftsteller, die früher einmal einen klangvollen Namen gehabt hatten, nun aber schon lange keinen Hit zwischen zwei Buchdeckeln mehr hatten landen können. Zu dem Pool gehörten auch sechs, sieben Jungautoren, die literarische Version der Starlets. Selten schrieben die angestellten Autoren Drehbücher, die ihrer eigenen Fantasie entsprangen. Nur eine verschwindend geringe Zahl der fertigen Bücher schaffte, nach vielmaligem Umschreiben, den Sprung auf die Leinwand, die allermeisten wanderten ins Archiv, wo sie verstaubten, oder landeten gleich nach der Abgabe im Schredder.

Die Lohnschreiber hatten Anwesenheitspflicht, mussten an der Schreibmaschine oder vor ihrem Schreibblock sitzen, ob ihnen nun etwas einfiel oder nicht. Bezahlt wurden sie samstags nach Ablieferung der zehn Drehbuchseiten, die bei den Silver Screen

Studios das vorgeschriebene Minimum an Kreativität waren. Je nach Namen und Produktivität gab es dafür zwischen fünfunddreißig und hundertfünfzig Dollar pro Woche, und für ein komplett fertiges Skript wurde ein Bonus gezahlt. Das sollte auch die härtesten Trinker unter ihnen anspornen, ihre Arbeiten zu beenden, und an der Flasche hingen sie fast ausnahmslos. Die Crème de la Crème unter den Lohnschreibern waren die fünf oder sechs »story editors«. Ihnen vertraute man Drehbücher, die deutliche Mängel hatten, es aber wert waren, gerettet zu werden, zum Umschreiben an.

Ohne sich lange mit Anklopfen aufzuhalten, riss Frank die Tür zu James Camerons Büro auf und pfefferte dem Leiter der Abteilung das Drehbuch von *Bitter Harvest* auf den Schreibtisch. Es knallte wie ein Pistolenschuss. »Das ist jetzt die dritte nutzlose Fassung, und wenn ich den Packen nicht gebraucht hätte, um mich mit diesem Knall verständlich zu machen, hätte ich den Mist gleich bei mir durch den Schredder gejagt!«

Mit einer für sein Gewicht erstaunlichen Behändigkeit schnellte James Cameron von seinem gepolsterten Drehstuhl hoch. Er war Ende fünfzig und trug sein volles, eisgraues Haar für sein Alter deutlich zu lang und deutlich zu stark onduliert. Mit seinen knorrigen Pfeifen, der randlosen runden Brille und den englischen Tweedjackets mit den Lederaufnähern an den Ärmeln gab er sich den Anschein eines Professors von der geisteswissenschaftlichen Fakultät, der nur eine kurze Auszeit von seiner Lehrtätigkeit genommen hatte, um in den literarischen Niederungen von Hollywood für ein halbwegs akzeptables Niveau zu sorgen. Diesen Missgriff hatte Holbrook zu verantworten, der war über irgendwelche Ecken mit Cameron verwandt, hatte sich von seiner Belesenheit und Redegewandtheit blenden lassen und ihm den Job zugeschanzt. Cameron war Frank schon länger ein Dorn im Auge, aber noch war es zu früh, ihn durch einen fähigeren Mann zu ersetzen.

»Mr Maynard, ich muss doch sehr bitten!«, protestierte er und warf sich in die fleischige Brust. »Diese letzte Fassung hat Richard Turnberry geschrieben. Darf ich Sie daran erinnern, dass wir hier von dem Richard Turnberry sprechen, dessen *Gardens of Versailles* fast zwei Jahre lang am Broadway gelaufen sind und auch im Ausland Anklang gefunden haben?«

Frank legte den Kopf schief und fasste sich mit versonnener Miene ans Kinn. »Lassen Sie mich nachdenken, Mr Cameron. Ich glaube, ich war noch auf der Highschool, als der Turnberry seine Eintagsfliege von Theater-Hit hatte«, sagte er. »Was mir sonst zu ihm einfällt, ist, dass er im vergangenen Jahr mal wieder mehr Zeit in der Entzugsanstalt verbracht hat als hier am Schreibtisch.«

Halb peinlich berührt, halb beleidigt sah Cameron ihn an. »Der gute Mann ist durch eine schwere Zeit …«

»Das ist offenbar so, seit er auf unserer Lohnliste steht«, fiel Frank ihm ins Wort. »Jedenfalls ist sein Geschreibsel unbrauchbar.«

»Also mit Verlaub …«, hob Cameron zu neuerlichem Protest an.

Mit einer herrischen Handbewegung brachte Frank ihn zum Schweigen. »Hören Sie, es interessiert mich nicht im Geringsten, wer von unseren Autoren früher einmal was gewesen ist und was geschrieben hat!« Auch hier bei Cameron galt es, Klartext zu reden. Ob es nun Jeff Baker war, James Cameron oder wer sonst, auf persönliche Empfindlichkeiten konnte er keine Rücksicht nehmen. Es stand einfach zu viel auf dem Spiel, als dass er die Zügel hätte schleifen lassen können. Hier oben in den Schreibzimmern musste bald ein frischer Wind herrschen, verdammt! »Ich will Ideen, Skizzen und Drehbücher sehen, aus denen ich Filme machen kann, die die Leute sehen wollen. Und was Ihr längst vergessener Broadway-Dramatiker da aus *Bitter Harvest* gemacht hat, ist für einen Tonfilm absolut unbrauchbar. Mit diesen gedrechselten Dialogen hatte man vielleicht früher auf Theaterbühnen Erfolg, auf der Leinwand aber ist solch gestelzter Schrott das Todesurteil.« Und etwas gemäßigt fuhr er fort: »Als es darum ging, Geschichten für Stummfilme zu entwickeln, hat Turnberry ja dann und wann recht vernünftiges Material zustande gebracht, das bestreite ich nicht. Aber es brechen neue Zeiten an, Mr Cameron, da spielen Autoren wie Richard Turnberry keine Rolle mehr, jedenfalls nicht in Hollywood. Und das gilt auch für viele andere, die hier hinter den Türen hocken, jeden Samstag ihre zehn Seiten abgeben und sich eine gut gefüllte Lohntüte holen. Der Tod des Stummfilms ist nur noch eine Frage der Zeit. Das Menetekel steht an der Wand, zumindest für die, die sehen können.«

»Nun, noch dürfte nicht entschieden sein, ob diese Modeerscheinung die hohe Kunstform des Stummfilms verdrängen kann«, erwiderte Cameron. »Ich persönlich teile Ihre Überzeugung jedenfalls nicht.«

Frank lächelte, wenn auch schmallippig und alles andere als freundlich. »Und darum sind Sie ja auch nicht der Studioboss, sondern leiten meine Drehbuchabteilung. Und weil ich auch Ihr Gehalt bezahle, erwarte ich, dass Sie sich an meine Vorgaben halten. Oder gibt es da etwas, was Sie nicht ganz begreifen, Mr Cameron?«

Der Mann erblasste. »Nein, na… natürlich nicht!«, stammelte er.

»Gut, dann sage ich es Ihnen noch einmal. Ich will Autoren, die diese hervorragende Romanvorlage mit einer frischen, modernen und ausdrucksstarken Sprache in ein packendes Skript für einen Tonfilm umsetzen!«, erklärte Frank. »Unsere Autoren sollen sich gefälligst an der Schreibe jener Schriftsteller orientieren, die den Roman und die Art, Geschichten zu erzählen, in den vergangenen Jahren modernisiert haben. Ich denke da an Leute wie John Dos Passos, John Steinbeck, Scott Fitzgerald, Dreiser, Sinclair Lewis und diesen jungen Burschen, diesen Hemingway, der letztes Jahr einen Roman über eine Fiesta in Spanien veröffentlicht hat.«

»Ja, *The Sun Also Rises*«, sagte Cameron verdrossen, als könne er diesem Hemingway nichts abgewinnen.

»Suchen Sie sich ein paar neue Autoren, die sich auf die Kunst des lebensnahen Dialogs und die Sprache der jungen Generation verstehen! Ich will hier neue Leute sehen, und zwar gleich zwanzig davon!«, rief Frank. In jeder Abteilung gab es die Professionellen, die Fachleute, aber ebenso sicher auch die breite Masse der Durchschnittlichen und das gute Viertel oder Fünftel der Unbrauchbaren. Also musste immer wieder die Spreu vom Weizen getrennt werden. »Nächste Woche erwarte ich von Ihnen eine detaillierte Aufstellung, welche unserer Autoren in den letzten beiden Jahren Skizzen, Vorlagen oder Drehbücher abgeliefert haben, die gut genug waren, um es auf die Leinwand zu schaffen, und welche nur Nieten produziert haben.«

Cameron schluckte und wurde noch blasser. »Und diese zwanzig neuen Autoren …«, begann er mit einem ahnungsvollen Flackern in den Augen, brachte es aber nicht über sich, das Offensichtliche auszusprechen.

Das übernahm Frank nur zu gern. »Sie werden die entsprechende Anzahl nutzloser Zeilenschinder, die nächsten Samstag zum letzten Mal gutes Geld für Zeilenschrott erhalten, durch Neuzugänge ersetzen. Und kommen Sie mir nicht mit Ausflüchten, Sie hätten keine zwanzig zusammenbekommen, weil angeblich dieser oder jener unbedingt bleiben muss«, warnte er, und als er schon halb an der Tür war, fügte er über die Schulter hinzu: »Es sei denn, Sie wollen Ihren Namen auf der Liste sehen! Einen guten Tag noch, Mr Cameron!«

39

Am Abend desselben Tages, es war der 18. Mai, gab es zum Grand Opening von Grauman's Chinese Theatre die mehr als dreistündige Premiere von Cecil DeMilles biblischem Monumentalfilm *King of Kings*. Über zwei Millionen Dollar hatte der Bau dieses Lichtspielpalastes verschlungen, eine atemberaubende Summe, selbst für Hollywoods Verhältnisse. Die Extravaganz dieses auf antik getrimmten modernen Tempels der Filmindustrie stach schon von Weitem ins Auge, bildeten doch Fassade und Vorbau eine chinesische Pagode nach. Korallenrote Säulen vor dem Eingang trugen ein gewaltiges Kupferdach, das mit seinen kleinen Seitentürmen wie eine Sprungschanze schräg aus dem Himmel fiel und sich nach unten hin verbreiterte. Ein Wasserbecken mit einer zehn Fuß hohen Lotusfontäne, steinerne Himmelshunde als Wächter vor den Säulen, das dreißig Fuß hohe Steinrelief eines Drachen und andere aus China importierte Artefakte schmückten den Eingangsbereich. Das Innere des Lichtspieltheaters, dessen Zuschauerraum mit seinen mehr als zweitausend rotsamtenen Polstersesseln steil und stufenlos zum Orchestergraben und zur Bühne hin abfiel, war nicht weniger spektakulär.

Schon Stunden vor der Eröffnung strömten Tausende Schaulustige sowie ein Heer von Reportern und Fotografen vor Grauman's Chinese Theatre zusammen und sorgten auf dem Hollywood Boulevard für einen Menschenauflauf, den selbst das große Aufgebot an Polizei nur mit großer Mühe unter Kontrolle zu halten vermochte. Als eine nicht enden wollende Kolonne von Limousinen die geladenen Gäste absetzte, kam es hinter den Absperrungen zu tumultartigen Szenen. Es war ein wildes, fast erschreckendes Gewoge, erfüllt von Geschrei und den aufgeregten Rufen derer, die einen ihrer angehimmelten Leinwandstars entdeckt hatten. Jeder wollte es sehen, dieses noch nie da gewesene Aufgebot an Stars und anderen Berühmtheiten, die im Blitzlichtgewitter über den roten Teppich schritten und hier und da verweilten, um sich vor wichtigen Fotoreportern in Pose zu stellen, Handküsse in die jubelnde Menge zu werfen oder Autogramme auf Fanpostkarten und Filmmagazine zu kritzeln.

Auch die Silver Screen Studios waren mit ihren Stars vertreten, dazu mit einigen weniger bekannten Schauspielern, in die sie Hoffnungen setzten und in deren Karriere sie kräftig investierten. Natürlich fehlte es auch nicht an Starlets, dem unverzichtbaren Blickfang bei jeder Hollywoodparty, deren Gastgeber etwas auf sich hielt.

Frank machte sich keine falschen Hoffnungen. Die Filmpremiere war nur der Beginn der Festivitäten, eigentlich nicht mehr als ein Vorwand, um danach besonders heftig zu feiern, und wenn Filmgrößen wie Cecil DeMille oder Douglas Fairbanks und Mary Pickford auf ihre herrschaftlichen Anwesen baten, schlug man eine solche Einladung selbst als Studioboss nicht aus. Es würde also eine lange Nacht werden, das stand fest. Vermutlich konnte er von Glück reden, wenn er bei Tagesanbruch ins Bett fand, vorzugsweise in sein eigenes im »Ambassador«.

Laura hatte ihn gebeten, sie zu begleiten. Sie wollte nicht im Visier der Fotografen und sensationslüsternen Reporter am Arm irgendeines befreundeten Schauspielers oder Geschäftsmannes über den roten Teppich schreiten, um nicht am nächsten Morgen in den Zeitungen von ihrer angeblichen neuen Liebschaft lesen zu müssen. »Immerhin bist du mein Boss, Frank. Außerdem sind wir als Paar bei den Schmierfinken der Journaille längst durch.«

Frank tat ihr den Gefallen gern, umso mehr, als sie nach der Premiere auch dieselben Partys besuchen würden, doch er war sich keineswegs sicher, dass die Klatschkolumnisten sie mit Gerüchten von einer angeblich neu aufgeflammten Liebe verschonen würden. Zumal Laura alle Blicke auf sich zog, und seiner Überzeugung nach zu Recht. Andere Frauen zeigten vielleicht mehr Bein und Busen, mehr augenfälligen Sex-Appeal, aber Laura Lynn in ihrem schwarzen chinesischen Seidengewand, das dezent mit rotgoldenen Drachen bestickt war, übertraf sie alle. Die Nacht war warm, und so trug sie ihr weißes Hermelin-Cape mit nachlässiger Eleganz halb über die nackte linke Schulter drapiert. Er konnte nicht umhin, voller Stolz und Zuneigung in die Kameras zu strahlen.

Seine Stimmung erhielt schnell einen Dämpfer, denn als Laura sich im Foyer kurz entschuldigte und den Schmink- und Waschraum für Damen aufsuchte, sah er sich plötzlich Holbrook und Kirkland gegenüber.

»Nanu! Ich hab Sie schon mit freundlicherer Miene gesehen, auch wenn ich da lange zurückdenken muss«, spöttelte er und griff zu seinen Zigaretten. »Liegt das vielleicht am biblischen Thema des Abends und Cecils Vorliebe für endlose Streifen, oder ist Ihnen Ihre weibliche Begleitung abhandengekommen?«

»So geht das nicht, Frank!«, knurrte Holbrook.

Frank hob die Brauen und sah ihn über die Flamme des Feuerzeugs hinweg an. »Was geht nicht? Helfen Sie mir auf die Sprünge.«

»Sie wissen genau, wovon ich rede!«

Frank wusste sehr gut, was Holbrook sauer aufgestoßen war. »Oh, ist der gute Cameron nach meinem Besuch vielleicht gleich zu Ihnen gekommen und hat sich ausgeweint?«, erkundigte er sich, als käme ihm dieser Gedanke gerade erst.

»Sie können nicht einfach die Hälfte unserer bewährten Drehbuchautoren vor die Tür setzen und lauter Jungspunde einstellen, nur weil Sie darauf beharren, dass wir bald nur noch Tonfilme produzieren!«

»Doch, als Präsident und Alleinverantwortlicher für den Tonfilmbereich kann ich das. Das werden Sie sehen, wenn Sie sich mal die Zeit nehmen, meinen Vertrag zu lesen, Jack«, erwiderte Frank freundlich, aber bestimmt. »Aber vielleicht reicht Ihnen ja mein Wort, so wie früher.«

Holbrook wich seinem Blick aus.

»Kein Vertrag ist in Stein gemeißelt«, warf Kirkland giftig ein.

Frank würdigte ihn weder einer Antwort noch eines Blickes. »Der Tonfilm kommt, Jack«, fuhr er an Holbrook gewandt fort. »Und dafür müssen wir nicht nur technisch gerüstet sein, sondern auch unsere Drehbuchabteilung muss darauf vorbereitet sein. Sowenig, wie wir weiterhin massenhaft Stummfilme produzieren können, für die es bald keine Abnehmer mehr geben wird, können wir Woche für Woche Tausende Dollar für einen Berg von unbrauchbaren Drehbüchern zum Fenster hinausschmeißen. In ihrer jetzigen Besetzung hat die Drehbuchabteilung für unser Studio jedenfalls dieselbe Bedeutung wie die Abteilung für Kunstrasen.«

»Der Ausgang Ihrer Wette auf den Tonfilm, die das Studio schon ein Vermögen gekostet hat, steht noch aus!«, gab Holbrook zurück.

»In der Tat«, sekundierte Kirkland und bedachte Frank mit einem kalten Lächeln. »Und so, wie ich das sehe, wird Sie das einiges kosten, Maynard.«

Frank ignorierte ihn weiterhin.

Holbrook warf Kirkland einen Blick zu, dem unschwer zu entnehmen war, dass er diese persönliche Bemerkung für unangebracht hielt. »Nun, das wird sich zeigen, aber das ist hier nicht das Thema, Frank. Ich meine, allein schon die Art, wie Sie Cameron abgekanzelt haben! So können Sie nicht mit ihm umspringen. Bislang hat er gute Arbeit geleistet und er ist jetzt schon über zehn Jahre bei uns.«

»Genau da dürfte das Problem liegen«, sagte Frank ungerührt. »Wir sind ein Studio im Umbruch und kein gemeinnütziger Verein, der Leute durchfüttert, die den sich wandelnden Aufgaben unserer Branche nicht gewachsen oder nicht willens sind, sich ihnen anzupassen. Mehr ist dazu nicht zu sagen.«

Holbrook beließ es dabei, doch Kirkland konnte sich eine letzte bösartige Bemerkung nicht verkneifen, bevor er Holbrook zu ihrer weiblichen Begleitung folgte: »Sie entwickeln neuerdings ein beachtliches Talent, sich Feinde zu machen.«

Zum ersten Mal an diesem Abend sah Frank ihn an. »Ziehen Sie eine Nummer und stellen Sie sich an, Kirkland«, sagte er kalt.

Wenig später war Laura wieder neben ihm, und dann verkündete ein dunkler Gong auch schon den baldigen Beginn der Premiere. Als der Organist in die Tasten der gewaltigen Wurlitzer mit ihren drei Manualen und siebzehn Registern griff und die fünfundsechzig Musiker im Orchestergraben einfielen, lief Frank ein Schauer über den Rücken. Er begriff, was er hier miterlebte – vielleicht zum letzten Mal in dieser ganz eigenen Kunstform.

Rasch beugte er sich zu Laura hinüber. »Ist dir bewusst, dass wir einen historischen Moment erleben?«

»Historisch? Aber das ist doch nicht Cecils erster Historienfilm!«

»Ich meine nicht Cecils Film, sondern den Stummfilm ganz allgemein und dass da jemand im Saal das Geschehen auf der Leinwand mit Musik untermalt, ob nun auf einem einfachen Klavier, an so einem Monster von Wurlitzer-Orgel oder im Orchestergraben«, erklärte Frank. »Das wird es so nächstes Jahr nicht mehr geben, jedenfalls wird es nicht mehr der geltende Standard sein.«

»Und wenn doch?«, fragte Laura und sah ihn besorgt an. Sie wusste, wie viel er riskierte, indem er ganz auf den Tonfilm setzte.

»Dann wird an der Spitze der Triple S ein anderer stehen.«

40

Sie lagen am Strand von Santa Monica, unterhalb der Klippen von Pacific Palisades. Dieses kleine Stück Paradies gehörte ihnen ganz allein, weit und breit war keine Menschenseele zu sehen. Dagegen herrschte eine knappe Viertelmeile weiter unten, rund um die Santa Monica Pier, die mit ihrem Vergnügungspark weit auf die tiefblaue Bay hinausreichte, dichtes Gedränge. Manchmal wehte der warme Juniwind das Rumpeln der Achterbahn zu ihnen herüber, fröhliches Gekreische oder die dudelnde Orgelmusik des Kettenkarussells.

Ashley nahm die Geräusche kaum wahr. Selbst wenn sie direkt neben der Achterbahn im Sand gelegen hätten, wäre ihr der Lärm nicht zu viel gewesen. Dafür war sie einfach zu glücklich.

Sie hatte sich zu Kate gedreht, die, den Kopf ihr zugewandt, bäuchlings neben ihr auf dem Strandtuch lag und döste. Voller Staunen und zärtlicher Dankbarkeit betrachtete sie das Gesicht dieses geliebten Menschen, der ihr das Wunder der Liebe und der sexuellen Erfüllung offenbart hatte.

Wie hatte sie die Küsse der Männer verabscheut und tunlichst zu vermeiden versucht! Manchmal war ihr, wenn einer ihr die Zunge in den Mund gesteckt hatte, fast übel geworden. Von Kates Küssen konnte sie dagegen nicht genug bekommen. Sie waren die reinste Wonne, und es gab Momente, da glaubte sie, voller Glückseligkeit darin ertrinken zu können. Von all den anderen Wundern höchster Lust, die Kate ihr beschert hatte und die nun ihr Leben erfüllten, gar nicht zu reden.

All die Jahre hatte sie geglaubt, frigide zu sein, und sich damit abgefunden. Sex mit Männern war etwas gewesen, das man hinnehmen musste wie eine bittere Medizin, um zu bekommen, was man haben wollte. Sie hatte ihren Körper als Mittel zum Zweck benutzt, nicht ahnend, in welch himmlische Höhen der Lust er sich unter den Händen und Lippen der richtigen Person erheben konnte. Und nun endlich hatte Kate sie aus ihrem Dämmerschlaf erweckt und ihre unterdrückte Libido entfesselt.

Flüchtig drängte sich Elliot in ihre Gedanken und stellte sie vor die unbequeme Frage, ob sie nun nicht dasselbe Schicksal teilten, doch alles in ihr sträubte sich gegen solch eine Gleichsetzung. Liebe zwischen zwei Männern war unnatürlich, von der Perversität eines körperlichen Aktes zwischen ihnen ganz zu schweigen. Dagegen war die Liebe zwischen Frauen etwas Natürliches und Reines. Gab es nicht sogar eine Göttin der weiblichen Liebe und mit Lesbos eine nach ihr benannte Insel? Oder war der Name Sappho? So oder so – dass die Liebe zwischen Frauen schon in der Antike besungen worden war, hatte ja wohl seine guten Gründe. Außerdem wollte sie sich nicht mit sinnlosen Grübeleien aufhalten. Was Kate und sie hatten, war ganz ohne Zweifel ein himmlisches Geschenk!

Ashley streckte die Hand aus, strich Kate zärtlich eine Strähne aus dem Gesicht und zeichnete mit der Kuppe ihres Zeigefingers den Schwung ihrer herrlich vollen Lippen nach.

Kate öffnete die Augen. »Was ist, Ash?«, fragte sie träge und lächelte sie an.

Ashley liebte es, wenn Kate ihren Vornamen so verkürzte. Ein Wort wie ein zärtlicher Kuss. »Ich liebe dich, weißt du das?«

»Und weißt du, wie sehr ich dich liebe?«, fragte Kate zurück. »Sogar ganz schrecklich.«

Ashley erwiderte das Lächeln und strich ihr liebevoll über die Wange. »Manchmal kann ich nicht glauben, dass das alles wirklich wahr ist.«

»Was soll nicht wahr sein?«, fragte Kate und richtete sich schmunzelnd auf. Natürlich wusste sie, was ihre Geliebte beschäftigte.

»Das mit uns beiden und dass ich endlich weiß, wer ich bin und zu welch wunderschönen Gefühlen ich fähig bin. Es kommt mir immer noch vor wie ein Märchen, Kate. Als wäre ich die letzten fünfzehn Jahre nicht wirklich lebendig gewesen oder hätte doch zumindest das elende Leben eines Frosches geführt und wäre plötzlich von dir wach geküsst worden«, sagte Ashley und musste schlucken.

»Dann bist du der zauberhafteste Frosch, der mir je begegnet ist«, neckte Kate und legte Ashley die Hand auf die Wange. »Und ich werde dich immer und immer wieder küssen, um sicherzugehen, dass du nicht wieder zum Frosch wirst.«

»All die Jahre bin ich blind durchs Leben getaumelt und war auf der Suche, ohne aber zu wissen, wonach ich suchen sollte. Nun endlich weiß ich, was mir gefehlt hat – du, mein Schatz! Womit habe ich dich bloß verdient?« Sie hielt Kates Hand fest, zog sie an ihren Mund und küsste sie.

»Liebe muss man sich nicht verdienen, Ash. Die bekommt man geschenkt. Und wie könnte man dich auch nicht lieben?«, flüsterte Kate voller Hingabe. »Du bist das wundervollste Geschöpf der Welt, selbst wenn du nicht vor einer Kamera stehst oder über eine Leinwand flimmerst.«

Tränen schimmerten in Ashleys Augen. »Ich wünschte, die Filmbosse und Kritiker würden nur ein bisschen von dem sehen, was du in mir siehst.«

»Das werden sie schon, eines Tages. Sie werden gar nicht anders können.«

Ashley seufzte mit einem gequälten Lächeln. »Ach, Kate …«

»Doch, ich glaube fest daran. Du hast alles, was man braucht, um ein Star zu werden. Die richtige Rolle wird dich schon finden, ganz wie du mal gesagt hast. Du musst nur Geduld haben und nicht aufgeben. Deine Zeit wird kommen, ganz bestimmt!«

Ashley kamen die Tränen. Sie liefen ihr übers Gesicht, und als Kate sie in die Arme nahm und ihr über die Haare strich, begann sie heftig zu schluchzen.

»Mein Gott, habe ich etwas Falsches gesagt?«, fragte Kate bestürzt.

»Nein, wie könntest du auch«, sagte Ashley mit erstickter Stimme. »Ich … ich fühle mich zum ersten Mal im Leben wirklich geliebt. Das nimmt mir manchmal den Atem, und ich habe Angst, diese Liebe wieder zu verlieren.«

»Ich werde dich immer lieben«, flüsterte Kate und wiegte sie wie ein Baby in ihren Armen. »Immer, ewig und einen Tag, das verspreche ich dir, Ash.«

Als Ashley sich gefasst und die Tränen weggewischt hatte, erzählte sie Kate, wie sehr sie als Kind und selbst noch als junge Frau darunter gelitten hatte, weder von ihren Eltern noch von ihren Geschwistern geliebt worden zu sein.

»Für meine Eltern war ich immer nur ›das zauberhafte Kind‹, das ihnen zwei, drei Mal am Tag wie ein kostbares Ausstellungsstück präsentiert wurde; sie haben mir kurz den Kopf getätschelt und mich schnell wieder in die Obhut der Nanny oder anderer Bediensteter abgeschoben. Dass ich ein hübsches Kind war, hat sie nicht darüber hinweggetröstet, dass ich kein Junge und damit eine Enttäuschung war«, sagte sie bitter. »Eigentlich sollte ich nämlich als Nachzügler ihren Goldjungen ersetzen, ihren ältesten Sohn Jonathan, der auf tragische Weise umgekommen war. Denn dass aus meinem schwächlichen Bruder Elliot, der damals schon drei war, niemals ein Mann werden würde, der für die Nachfolge in der Firma infrage kam, hat mein Vater damals schon geahnt.«

Kate drückte ihre Hand. »Das muss schrecklich gewesen sein. Aber wieso verstehst du dich mit deinen Geschwistern nicht? Ich hätte so gern welche gehabt.«

Ashley verzog das Gesicht zu einer grimmigen Miene. »Mit Elliot konnte ich nie etwas anfangen, ich weiß auch nicht, warum. Vielleicht, weil er immer so in sich gekehrt war und sich in seine

Bücherwelt verkrochen hat. Und dann bin ich ja schon mit zwölf nach Boston in dieses vornehme Mädchenpensionat gekommen, wo für die alte Ziege von Leiterin das Britische das Maß aller Dinge war. Und Harriet … Harriet und ich sind uns nie richtig nahe gekommen. Irgendwie sind wir wie Feuer und Wasser oder wie Essig und Öl, die sich einfach nicht richtig verbinden.« Sie zuckte die Achseln. »Außerdem hat sie mir nie eine Chance gegeben, auch wichtig für unseren Vater zu werden. Nach seinem Schlaganfall hat sie das Heft an sich gerissen, hat sich unersetzlich gemacht und alles dafür getan, nach seinem Tod die Firma übernehmen zu können.« Sie atmete tief durch. »So, und jetzt genug davon! Komm, lass uns noch einmal ins Wasser springen, und dann gehen wir zum Lunch auf die Pier! Wir werden herrlich kalten Weißwein trinken!« Damit nahm sie Kate bei der Hand und zog sie mit hoch. Der Tag war zu schön und die Zeit mit Kate zu kostbar, um diesen alten Geschichten nachzuhängen und alte Wunden aufzureißen.

Sie verbrachten auch die Nacht in Santa Monica. Ashley hatte ein Zimmer im Strandhotel »Casa del Mar« gebucht, weil sie keine Lust hatte, nach einem wunderschönen Tag am Strand abends noch nach Hollywood zurückzufahren. Die fünfundvierzig Minuten über staubige Landstraßen waren am Vormittag besser zu ertragen. Außerdem wollte sie im »La Monica Ballroom« zu den Klängen eines Swing-Orchesters mit Kate tanzen. Die Tanzhalle auf der Pier war berühmt, nicht wegen ihrer spanischen Fassade oder der Inneneinrichtung im Stil der französischen Renaissance, sondern weil es angeblich westlich des Mississippi keine größere gab. Auf der Tanzfläche aus besonders hartem, blank poliertem Ahornholz fanden fünftausend Tänzer Platz, ohne dass die Gefahr einer Massenkarambolage bestand.

Als sie sich in dieser Nacht bei offenem Fenster zum Rauschen der Brandung liebten und schließlich in seliger Erschöpfung in die

Kissen sanken, wünschte Ashley, sie könnte die Zeit anhalten und für immer in dieser samtweichen Nachtstunde gefangen bleiben. Sie weinte still in der Dunkelheit – vor Glück und vor Angst, dieses Glück eines Tages zu verlieren.

41

In diesem Jahr fiel der 4. Juli auf einen Dienstag. Wer es irgend einrichten konnte, nahm den Montag vor dem Unabhängigkeitstag frei und kam so zu einem herrlich langen Wochenende. Obwohl Harriet Gründe genug hätte aufzählen können, warum sie es sich eigentlich gerade jetzt nicht leisten konnte, die Geschäfte ruhen zu lassen, gab sie Franks Bitten, dieses lange Wochenende für einen Besuch bei ihm zu nutzen, am Ende nach. Es war ihr erster und längst überfälliger Besuch in Hollywood.

Das Wissen, dass sie volle vier Tage und fünf Nächte miteinander haben würden, versetzte Frank am Freitagmorgen in allerbeste Laune. Einer der Nutznießer war Jeff Baker. Der schwitzte schon Blut und Wasser, als Frank ihn gewohnt früh im Herzstück der Sound Stage aufsuchte und sich nach dem Stand der Arbeiten erkundigte.

Beschwörend rang er die Hände. »Ich habe getan, was in meiner Macht steht, und das tue ich auch weiterhin«, beteuerte er. »Aber ich kann das Studio beim besten Willen nicht schon übernächste Woche freigeben. Allein die restliche Verkabelung der …«

»Schon gut, Baker«, schnitt Frank ihm lächelnd das Wort ab. »Ich habe es heute eilig, also fassen Sie sich kurz. Sagen Sie mir einfach, wann ich hier drehen kann. Aber ein konkretes Datum, wenn ich bitten darf.«

»In vier Wochen mit Sicherheit. Aber ich werde alles daransetzen, vielleicht schon eher …«

»Okay, Sie haben Luft bis zum ersten August«, sagte Frank großzügig und klopfte ihm auf die Schulter. »Und am vierten Juli will ich hier keinen arbeiten sehen, das gilt auch für Sie!«

Verblüfft angesichts dieser unerwarteten Nachsicht und der Gewissheit, nicht länger um seinen Posten bangen zu müssen, blickte Baker Frank nach, um dann mit einem Gefühl schwindeliger Erlösung auf die nächste Gerätekiste zu sinken und sich den kalten Schweiß vom Gesicht zu wischen.

Frank absolvierte die nicht aufschiebbaren Termine an diesem Vormittag in geradezu rasendem Tempo. Kurz nach zwölf eilte er zurück ins »Ambassador« und stellte sich kurz unter die Dusche. Halb abgetrocknet, zog er frische Unterwäsche an, fuhr in ein weißes Seidenhemd und entschied sich in Anbetracht der sommerlichen Temperaturen für einen leichten Anzug aus hellbraunem Leinen und dazu passende Slipper. Der prächtige Strauß gelber Rosen, Harriets Lieblingsblumen, und der Picknickkorb warteten schon, als er in der Lobby aus dem Aufzug trat. Und in der Einfahrt stand sein Hispano-Suiza mit laufendem Motor und auf Hochglanz poliert.

Er holte Harriet vom Bahnhof in Los Angeles ab. Der Zug fuhr gerade in die La Grande Station ein, als er im Laufschritt auf den überdachten Bahnsteig kam. Sie hatten sich fünf Wochen nicht gesehen, er konnte es kaum erwarten, sie in den Armen zu halten und zu küssen. Am liebsten hätte er sie um die Taille gefasst und von der eisernen Trittstufe gehoben. Sie trug ein hinreißendes seegrünes Sommerkleid mit kleinen Pünktchen und weißem Matrosenkragen. Auf ihrem Kopf saß in keckem Winkel ein Strohhut mit breiter Krempe und langen seidenen Bändern, seegrün und ebenso getupft wie ihr Kleid. Kurze Handschuhe aus weißer Spitze und flache weiße Lackschuhe mit Riemchen machten das Bild perfekt. Sommerliche Eleganz von Kopf bis Fuß.

»Frank!« Sie strahlte, als sie ihn mit den mehr als drei Dutzend Rosen auf dem Bahnsteig stehen sah. Sein lockiges blondes Haar war noch feucht von der Dusche, und als die Dampflok Druck im Kessel abließ und mit den Dampfwolken die Luft auf dem Bahnsteig verwirbelte, wehte ihr ein Hauch von seinem frisch-herben Rasierwasser entgegen.

»Endlich bist du hier, mein Schatz! Mein Gott, schau dich nur an! Du siehst umwerfend aus!«, jubelte er, fasste sie um die Taille, zog sie an sich und küsste sie.

Sie erwiderte den Kuss mit Leidenschaft und bewunderte dann das Meer von Rosen in seinem Arm. »Himmel, den Strauß kann ich ja gar nicht halten!«, rief sie lachend. »Hat es einen bestimmten Grund, warum du gleich den ganzen Laden leer gekauft hast?«

»Ja, hat es«, sagte er mit einem zärtlichen Lächeln. »Es sind genau neununddreißig, eine für jeden Tag, den wir nicht zusammen waren. Also, wenn du mich nicht ruinieren willst, musst du mit dafür sorgen, dass wir uns öfter sehen.«

Hinter Harriet tauchte ein livrierter Gepäckträger auf. Er zog einen kleinen Rollwagen mit zwei eleganten Lederkoffern und drei Hutschachteln hinter sich her. »Ihr Gepäck, Ma'am«, machte er sich respektvoll bemerkbar.

Frank lachte, als er sah, was sie alles für so wenige Tage mitgebracht hatte. »Was, du bleibst in Hollywood und ziehst bei mir ein?«, rief er. »Das ist ja wunderbar! Mehr, als ich mir erhofft habe!«

»Mach dich nur lustig!« Lachend drohte sie ihm mit dem weiß umhüllten Zeigefinger. »Ich habe nicht die Absicht, hier in deinem Reich, wo dich weibliche Jugend und Schönheit umschwärmen wie Motten das Licht, mit drei abgezählten Kleidungsstücken aufzukreuzen und dich zu blamieren.«

»Die Möglichkeit besteht überhaupt nicht, nicht einmal in der Theorie«, sagte Frank und reichte ihr den Arm, um sie zum Wagen zu führen. »Und was Jugend und Schönheit angeht, so gibt es die in Hollywood an jeder Straßenecke billig und im Dutzend. Es ist das besondere, elektrisierende Etwas, die fast magische Ausstrahlung im unbarmherzigen Fokus einer Kameralinse, die jemanden aus diesem endlosen Meer an immer neuen Schönen herausstechen lässt und zum Star macht. Im Film meines Lebens gibt es für die Rolle des Stars nur eine einzige Besetzung – und die bist du, Liebling. Du hast dieses besondere Etwas für mich von Anfang an gehabt, es hat mich schon elektrisiert, als ich dir damals als junger Bursche und Austernräuber auf der Waterfront über den Weg gelaufen bin. Daran hat sich seitdem nichts geändert, und es wird auch immer so bleiben.«

»Das hast du aber schön gesagt. Ich hoffe, du hast es nicht aus dem Drehbuch für einen romantischen Film«, sagte sie neckend, doch ihre Augen leuchteten.

Er tat so, als denke er ernsthaft nach. »Warte, lass mich überlegen. Wo habe ich das noch gelesen?«

Harriet knuffte ihn in die Seite. »Untersteh dich, mir die Illusion zu rauben, du hättest so etwas wie eine lyrisch-romantische Ader!«, rief sie.

»Darf ich mich mit einem Kuss entschuldigen?«

»Ich bestehe darauf.«

Sie fuhren mit offenem Verdeck und mäßiger Geschwindigkeit, doch kaum hatten sie das Bahnhofsgelände hinter sich gelassen, bog Frank bei einem Apartmentkomplex mit großer Gartenanlage ab und hielt im Schatten von Pfefferbäumen am Bordstein.

»Ist etwas mit dem Auto?«

»Alles ist bestens, aber das hier fehlt noch zur Begrüßung«, sagte er, beugte sich nach hinten und öffnete den Picknickkorb, der mit gewachstem Stoff ausgeschlagen war und in einem Bett aus dicken Eisbrocken eine Flasche Dom Pérignon barg. Frank entkorkte die Flasche, wickelte zwei Champagnerschalen aus den schützenden Leinenservietten und öffnete eine kleine Sandwichdose aus Aluminium, die mit gletscherblauen Eiswürfeln gefüllt war. Zu Harriets Verblüffung gab er in jede Schale drei dieser Würfel, bevor er den perlenden Champagner einschenkte.

»Champagner on the rocks«, sagte er grienend und reichte ihr ein Glas. »Die Eiswürfel sind mit einem Hauch blauem Curaçao gefärbt, ist hier gerade der letzte Schrei. Aber gut möglich, dass der Gag morgen schon veraltet ist und stattdessen gefrorener Kaviar ins Glas kommt. Das Einzige, was in Hollywood von Dauer ist, ist die Tatsache, dass nichts von Dauer ist. Also dann, willkommen in Hollywood und auf vier wunderschöne Tage, mein Schatz.«

»Und ebensolche Nächte«, ergänzte sie lächelnd und stieß mit ihm an. Sie freute sich auf alles, was die Tage und Nächte mit ihm bringen würden, aber ebenso freute sie sich darauf, ihm von ihren Plänen und der stetig wachsenden Flotte zu erzählen, die sie mit Slocums Hilfe zusammenkaufte, sowie den ersten schweren Schlägen, die sie ihrem verhassten Onkel bereits beigebracht hatte.

Frank hatte vorgehabt, als Erstes ins »Ambassador« zu fahren, damit sie sich frisch machen und das Zimmermädchen ihre Koffer ausräumen konnte, doch Harriet war ausgeruht und unternehmungslustig. Sie hatte im Zug, eingelullt vom monotonen Rattern, tatsächlich mehrere Stunden geschlafen, und hungrig war sie auch nicht, denn erst vor anderthalb Stunden hatte sie im Speisewagen einen leichten Lunch zu sich genommen.

»Zeig mir dein Hollywood, Frank!«

Und so unternahm er mit ihr eine gemütliche Rundfahrt, mäanderte durch Bel Air und Beverly Hills, fuhr hinauf in die Canyons, die von Jahr zu Jahr dichter bebaut wurden, zeigte ihr den sich in die Santa Monica Mountains windenden Mulholland Drive, von wo aus man einen wunderbaren Ausblick auf Hollywood und Los Angeles hatte, und die Sehenswürdigkeiten der boomenden Filmstadt. Im Grunde genommen bestanden diese fast ausschließlich aus Filmstudios, Luxushotels und den kuriosen Villen, mit denen sich die Film-High-Society auch noch auf architektonische Weise in Szene setzte.

Harriet war verblüfft und fasziniert zugleich. »Guter Gott, wie kann man nur auf so kindische Einfälle kommen! Der eine stellt sich ein französisches Schloss hin, der Nachbar einen römischen Tempel und der nächste einen marokkanischen Palast! Und auf der anderen Straßenseite steht ein Tiroler Landhaus neben einem englischen Herrenhaus im Tudor-Stil und einer Art von Fischerhütte, wie es sie in der Normandie gibt – nur mit dem Unterschied, dass in diesem Kasten ein ganzes Fischerdorf Platz hätte. Was geht bloß in den Köpfen der Leute vor, die solche Monstrositäten in Auftrag geben?«

»Nicht viel, fürchte ich«, lachte Frank und bog auf den Cahuenga Boulevard ein, wollte er ihr doch jetzt sein Studio zeigen. »Die meisten Leinwandstars sind, was ihre geistigen Kapazitäten und ihre Bildung betrifft, eher schlicht gestrickt. Und da sie so viel Zeit in historischen Kulissen verbringen, glauben sie wohl, sich auch in ihrem Privatleben in solchem Ambiente bewegen und sich mit dem imitierten Glanz vergangener Jahrhunderte umgeben zu müssen.«

Voller Stolz führte er sie wenig später durch sein Studio. Sie war voller Staunen und Bewunderung über die Vielzahl der Gebäude und die Größe der Anlage mit ihren tief gestaffelten Reihen von Außenkulissen. »Himmel, das ist ja eine richtige kleine Stadt!«, rief sie geradezu überwältigt. »Und all die Leute, die hier arbeiten! Das müssen ja viele Hundert sein.«

»Tausendeinhundertachtzehn, um genau zu sein. Zumindest war das die Zahl, als ich das letzte Mal auf die Lohnliste geschaut habe«, sagte Frank und sonnte sich in ihrer Bewunderung. Abschluss und Höhepunkt des Rundgangs war natürlich die neue Halle mit den drei Ateliers für Tonfilmaufnahmen. Harriet staunte nur so über das technische Wunderwerk, das hier kurz vor seiner Vollendung stand.

»Ich bin so froh, dass ich gekommen bin und das alles gesehen haben«, sagte sie, als sie zum »Ambassador« fuhren. »Jetzt habe ich ein ganz anderes Bild vor Augen, wenn wir telefonieren und du von deiner Arbeit erzählst.«

»Ja, aber im Augenblick habe ich ein ganz anderes Bild vor Augen«, erwiderte er mit einem sehnsüchtigen Seitenblick und legte eine Hand auf ihr Bein.

Sie lächelte. »Was mag das wohl für ein Bild sein?«, fragte sie neckend, spreizte die Beine leicht und zog das Kleid so weit hoch, dass seine Hand unter den Stoff gleiten, über die nackte Haut ihrer Schenkel streichen und zu ihrem Schoß vordringen konnte.

»Eines mit viel nackter Haut«, sagte er und rieb über den Zwickel ihres seidenen Höschens.

Mit einem leisen Stöhnen presste sie die Beine zusammen und schob sich dem reibenden Finger entgegen, während sie die kräftige Beule über seinem Hosenschlitz massierte.

Nachdem sie sich ausgiebig geliebt hatten, erfrischten sie sich im Pool und ließen sich eiskalte Drinks servieren, aber schon bald trieb es sie wieder hinauf ins Zimmer. Die fünf abstinenten Wochen hatten ein Begehren in ihnen angestaut, das nach ekstatischer Befriedigung verlangte. Und wonach es sie in den Atempausen gelüstete, das konnten sie sich aus der exzellenten Hotelküche und der reich bestückten Bar aufs Zimmer bestellen.

Frank vergaß, was er für den Abend geplant hatte. All die Nachtclubs, Restaurants, Tanzveranstaltungen und idyllischen Ausflugsorte, die er Harriet zeigen wollte – all das konnte warten, nicht aber der wollüstige Rausch, der sie immer wieder aufs Neue erfasste.

42

Nicht ein einziger Geldschein steckte in der abgegriffenen Geldbörse. Seine Beute betrug lächerliche drei Quarter und einen Dime. Und für diesen Hungerlohn hatte er Gott weiß wie viele Jahre in San Quentin riskiert! Er hatte sich von der guten Kleidung täuschen lassen und die alte Schachtel für eine Gouvernante gehalten. War sie ja vielleicht auch, nur eine mit nichts im Beutel, verdammt. Hätte er sich doch an den betrunkenen Seemann gehalten, der hatte bestimmt mehr in der Tasche gehabt, aber nein, er musste sich mal wieder das falsche Opfer aussuchen!

Wütend schleuderte Gillmore den bestickten Geldbeutel in den Dreck der nach Urin und Fäulnis stinkenden Brandgasse, die am Fährhafen die Backsteinwände zweier Fabrikgebäude trennte. Dieser Reinfall brachte das Fass zum Überlaufen. Das war's! Er hatte die Schnauze voll – endgültig! Vier gottverfluchte Monate hatte er der Verlockung standgehalten und sich eingeredet, dass sich das Warten auszahlen würde, doch jetzt war seine Geduld erschöpft. Er hatte es satt, all seine Hoffnung daran zu hängen, dass Wilbur Burke tatsächlich Ende des Jahres nach San Francisco zurückkam. Wer sagte denn, dass der Kerl sich überhaupt jemals wieder hier an der Westküste sehen ließ?

Mit tief gesenktem Kopf klemmte er sich die Krücke unter den Arm und trat aus der gerade mal schulterbreiten Gasse. Langsam ging er die von Gaslaternen schwach beleuchtete Straße in Richtung der Union Iron Works hinunter. Dort hatte die Spätschicht bald Feierabend, und im Strom der müden Arbeiter bot sich oft eine günstige Gelegenheit, nach einem geschickten Rempler mit flinken Fingern ein paar Dollar zu ergattern. Nur durfte man da unten vor dem Fabriktor nicht zu oft auf Fischzug gehen, wollte man nicht Argwohn erregen und eine Festnahme herausfordern. Zwar konnte er auch wieder ohne Krücken gehen, aber in einer kritischen Situation richtig Fersengeld zu geben, das war nicht drin. Mehr als ein schnelles Humpeln würde nie wieder möglich sein.

Je näher er den Union Iron Works kam und je länger er über sein Pech mit der alten Schachtel von der Fähre nachdachte, desto weniger gefiel ihm sein Vorhaben, in dieser Nacht noch einen weiteren Griff in eine fremde Tasche zu wagen.

Auf einmal wusste Gillmore, was er zu tun hatte. Er würde nicht länger all seine Chips auf die Rückkehr dieses Garküchen-Kerls setzen und für lausiges Kleingeld riskieren, dass er erwischt wurde und wieder hinter Gittern landete. Er würde das Ding im Alleingang durchziehen. Zum Teufel damit, dass er mit Wilbur als Zeugen vermutlich ein Vielfaches hätte herausschlagen können. Vielleicht gelang es ihm ja, diesem Henry Caldwell die Daumenschrauben mehr als nur einmal anzulegen. Und bei Caldwells Nichte, dieser stinkreichen Harriet Shaw, ließ sich, wenn er es geschickt anpackte, bestimmt auch einiges holen. Was nützte ihm die fette Taube auf dem Dach? Da griff er sich doch lieber ein paar magere Spatzen und quetschte die ordentlich aus.

Ja, genau das würde er tun!

Die Aussicht, Henry Caldwell gleich am nächsten Tag anzapfen und sich einen ordentlichen Batzen Geld sichern zu können, hob seine Stimmung beträchtlich. Dass er sich endlich zum Alleingang entschlossen hatte, musste natürlich begossen werden, und was lag näher, als diese Entscheidung im »High Tide« zu feiern? Zwar war er dort in den vergangenen Monaten nicht gerade Stammgast gewesen, aber dann und wann hatte er sich doch blicken lassen.

Als Gillmore den Schankraum betrat, erhob sich gerade lautes Gejohle unter dem guten Dutzend Gäste. Breit grinsend hämmerten die Männer auf Tische und Tresen.

»Was ist denn hier los? Hat jemand im Lotto gewonnen?«, fragte Gillmore den Wirt und schob sich auf einen der harten Barhocker.

»Mann, du musst den besten Riecher von ganz San Francisco haben, Kumpel!«, sagte Gates, der Wirt, leutselig und zwinkerte ihm zu. »Lizzy schmeißt 'ne Lokalrunde. Hast Glück, deinen Arsch noch rechtzeitig hier reingeschoben zu haben.«

Gillmore horchte auf. »Lizzy Perkins, die verwitwete Schwester von Wilbur Burke, die nebenan das Boarding House für Seeleute betreibt?«

»Genau die«, bestätigte der Wirt und nickte in Richtung einer Frau Mitte vierzig, kräftig und mit herben Gesichtszügen, die mit einem Mann etwa gleichen Alters an einem Tisch saß und sich strahlend mit ihm unterhielt.

»Und was ist der Grund für ihre Spendierlaune?«

»Sie hat gerade gehört, dass ihr Bruder bald zurückkommt und dann seine Garküche wieder betreiben wird«, sagte Gates, der einen großen Humpen nach dem anderen zapfte. »Und sie hängt sehr an ihm.«

Die Nachricht elektrisierte Gillmore. »Wirklich? Und woher weiß sie das? Hat er ein Telegramm geschickt?«

»Sie hat es von Gary Millstone, der da mit ihr am Tisch sitzt. Er fährt als Bootsmann auf der Minnewaska, einem Dampfer der Red Star Line, die auf der Salpeterroute eingesetzt ist. Gary hat Wilbur im Hafen von Santiago de Chile getroffen und ihm erzählt, dass die Luft hier rein ist und er Rusty nicht mehr zu fürchten braucht. Wilbur kommt mit der Henrietta Star zurück, das sollte Gary seiner Schwester ausrichten.«

»Und warum hat der gute Wilbur auf einmal nichts mehr zu befürchten? Hat etwa seine Schwester die Spielschulden beglichen?«

Der Wirt lachte trocken auf. »Nein, aber Rusty, der Schwachkopf von Kranführer, hat sich im April das Genick gebrochen. Ist nach dem Entladen eines Frachters beim Abstieg von seinem Dampfkran im strömenden Regen von der Leiter gerutscht. Es heißt, seine Leiche hat drei Meilen gegen den Wind nach Fusel gestunken.

Damit sind Wilburs Spielschulden erledigt. So, hier ist dein Freibier … Wie war dein Name noch mal, Kumpel?«

»George … George Sloan«, sagte Gillmore und tauschte einen Händedruck mit dem Wirt.

»Also dann, lass es dir schmecken, George.«

»Dein Gesöff läuft mir heute wie Honig runter, das kann ich dir sagen, Gates! Noble Geste von der Witwe. Geht doch nichts über Geschwisterliebe. Werde mich gleich mal bedanken. Teufel auch, wie sich die Dinge doch manchmal fügen«, sagte Gillmore mit breitem Grinsen und sah zu Lizzy Perkins hinüber. Wenn das nicht ein Wink des Schicksals war, dass er den Alleingang schnell vergessen und sich trotz aller Härte noch eine Weile in Geduld üben sollte! Aber auf den Koch zu warten bedeutete nicht, untätig zu bleiben. Hier bot sich die einmalige Chance, schon die ersten wichtigen Fäden für das Netz auszulegen, in das er Wilbur nach seiner Rückkehr einspinnen wollte.

Und er wusste auch schon, wie er die Gunst der Stunde nutzen konnte. Wenn die Frau so an ihrem Bruder hing, würde sie bestimmt gern die Bekanntschaft eines Mannes machen, der sich höflich für das Freibier bedankte und dann einfließen ließ, dass sein seliger Vater Gordon Sloan als junger Mann auf demselben Schiff gefahren sei wie der gute Wilbur, dass die beiden Männer gute Freunde gewesen seien und er, der Sohn George Sloan, so manche haarsträubende Geschichte aus jener Zeit zu hören bekommen habe. Welche Frau, die an ihrem Bruder hing, würde ihn da nicht freudig auffordern, sich doch zu ihr zu setzen? Und saß er erst bei ihr am Tisch, hatte er Wilbur schon so gut wie am Haken!

43

Himmlisch verrückt! Einfach unübertrefflich!«, lautete Harriets begeistertes Urteil über das Ambiente im »Coconut Grove«. Wobei das exzellente Swing-Orchester und die Küche des französischen Chefs dem Nachtclub, wie sie fand, die Krone aufsetzten. Natürlich war sie auch fasziniert von dem unablässigen Strom von Berühmtheiten, die hier auftauchten und an ihren Tischen Hof hielten. Was immer Frank und sie in diesen Tagen auch unternahmen, kein Abend endete ohne einen Besuch im Nachtclub des »Ambassador«. Zu einem Absacker unter dem künstlichen Sternenhimmel war sie immer aufgelegt, wie spät es auch sein mochte. Und dabei ließ Frank bei den Touren mit ihr nichts aus, was Hollywood, Los Angeles und das Umland an Vergnügungen zu bieten hatten.

Sie waren zum Lunch bei »Sardi's«, im legendären »Musso & Frank's Grill« sowie dem nicht weniger glamourösen »Montmartre«, dinierten im »Romanoff's« am North Rodeo Drive und im »Henry's«, das von Charlie Chaplin finanziert worden war und als sein Stammlokal das erste Restaurant in Hollywood war, wo man selbst lange nach Mitternacht noch die volle Menüauswahl hatte. Sie gingen in Los Angeles ins »El Marocco« und sahen sich in Pasadena im »Martinique« die erstklassige Revue »Toujours d'Amour« an, sie tanzten im »Lido Room« des »Knickerbocker Hotel« und im »Mayfair Club« des »Biltmore«. Im »Cinegrill Club« des brandneuen »Roosevelt Hotel« saßen sie bei der Konzertpremiere des Broadway- und Schallplattenstars Tony Castello an einem der heiß begehrten vorderen Tische und tanzten zu seinen Hits. Sie sahen sich in Los Angeles mit zehntausend anderen Sportfreunden einen Boxkampf an, der nach den neuen Regeln über zehn Runden ausgetragen wurde. Im Casino von Venice spielten sie Blackjack und Roulette, in Santa Monica vergnügten sie sich auf der Pier und ließen nicht einmal die Achterbahn aus. Auch nahm Frank sie zum ersten Mal in seiner zweisitzigen Douglas mit und flog bei strahlendem Wetter mit ihr nach Catalina Island hinüber, knapp dreißig Meilen vor der Küste im tiefblauen Pazifik gelegen. Das romantische Picknick dort gehörte für sie beide zu den Highlights der Tage.

Die Idee mit dem Jachturlaub und einer gemächlichen Tour rund um die Insel hatte Frank schon Wochen vor Harriets Ankunft aufgeben müssen. Es gab Probleme bei einer mit Stars besetzten Produktion. Selbst in der Zeit ihres Besuch musste er immer wieder einmal auf den Set von *Beyond the Glory Mountains* und darauf achten, dass die Kosten in den letzten Drehwochen nicht noch weiter stiegen. Die Hauptrollen in dem Feature-Film spielten Devin Neville und Betsy La Mar, zwei Kassenmagneten der Triple S und beide die reinsten Mimosen. Seit dem ersten Tag war die Produktion mit kostspieligen Problemen behaftet, zu denen die Allüren und der giftige Kleinkrieg zwischen den beiden Stars erheblich beitrugen.

Dass aus der Segeltour nichts wurde, betrübte Harriet nicht im Geringsten. Sie war glücklich, bei ihm zu sein und so viel Zeit mit ihm zu haben. So ließ sie es sich auch nicht nehmen, ihn zu begleiten, wenn er ins Studio fuhr, um bei den Dreharbeiten von *Beyond the Glory Mountains* nach dem Rechten zu sehen. Sie fand es hochinteressant, buchstäblich einen Blick hinter die Kulissen zu werfen und zu sehen, wie ein Film entstand – vor allem, mit welch zermürbender Detailversessenheit. Sie staunte, wie groß der Aufwand für eine einzige kurze Szene war, wie viele Leute zwischen den Aufnahmen vor und hinter der Kamera herumwuselten, wie lange es dauerte, bis Set und Schauspieler richtig ausgeleuchtet waren, und wie oft manche Einstellungen wiederholt wurden, bis der Regisseur endlich das erlösende »Danke … Cut!« rief.

Aber bei allem, was Frank ihr zeigte und was sie begeisterte, das Highlight eines jeden Tages blieb der Besuch im »Coconut Grove«. Dass jeder Frank zu kennen schien und Weltstars wie Charlie Chaplin, Douglas Fairbanks oder Gloria Swanson sogar an ihrem Tisch stehen blieben, um ein paar freundliche Worte mit ihm zu wechseln und sie, die fremde Frau an seiner Seite, mit charmanten Komplimenten willkommen hießen, machte mehr Eindruck auf sie, als sie zunächst zugeben wollte. Zumal man ihr schon am zweiten Tag mit einem gesteigerten Maß an Respekt begegnete. Besonders gefiel ihr Douglas Fairbanks, nicht wegen seines Filmruhms oder seiner umwerfenden Erscheinung, sondern weil sein Charme und Auftreten die eines perfekten Gentleman waren.

Irgendwie hatte einer der Fotografen oder Klatschkolumnisten herausgefunden, wer die schwarzhaarige Schöne mit den faszinierend grünen Augen war, mit der man den Filmmogul Maynard plötzlich ständig sah. Und dann hatte sich schnell herumgesprochen, dass sie Harriet Shaw hieß, aus San Francisco kam und eine der reichsten Frauen Kaliforniens war.

»Es wurde höchste Zeit für einen Besuch bei Frank. Außerdem kann ich ein paar Tage Ruhe gut gebrauchen«, sagte Harriet, als Douglas Fairbanks fragte, was sie denn zu ihnen nach Hollywood verschlagen habe. »Ich habe ein paar sehr harte und endlos lange Verhandlungstage hinter mir.«

»Darf ich fragen, worum es bei Ihren Geschäften ging?«, erkundigte sich Fairbanks. Er galt selbst als gewiefter Geschäftsmann, der stets Ausschau nach lukrativen, aber soliden Investitionen hielt. Ein Beispiel war das feudale, gerade erst im spanischen Kolonialstil erbaute »Roosevelt Hotel« mit seinen zwölf Stockwerken, das Fairbanks zusammen mit Chaplin und Louis B. Mayer finanziert hatte.

»Um den Erwerb von sechs Hochseedampfern für meine Schifffahrtslinie«, sagte Harriet leichthin, als sei das keine große Sache.

Fairbanks, der Jahr für Jahr Gagen in Millionenhöhe einstrich und in finanziellen Dingen nicht leicht zu beeindrucken war, machte ein verblüfftes Gesicht. »Sechs Hochseedampfer?«

Harriet nickte. »Eine günstige Gelegenheit. Sie standen nach einem Firmenbankrott in Oregon zum Verkauf, und ich brauchte dringend mehr Tonnage für den Handel mit Südamerika und Australien. Nun, die Bank, die die Schuldtitel hielt, hat es mir nicht leicht gemacht, aber letztlich habe ich bekommen, was ich wollte.«

Frank lächelte stolz. Harriet hatte ihm die Geschichte natürlich schon erzählt, und selbst ihm, der seine Geschäfte auch nicht gerade mit Kleingeld betrieb, war fast der Atem weggeblieben, als er gehört hatte, um welche Summen es da gegangen war. Die Bank hatte zwölfeinhalb Millionen verlangt, doch bekommen hatte Harriet die Schiffe nach über zehn Tagen zähen Feilschens letztlich für nicht ganz neun.

»Alle mit Dreifachschraube und modernem Turbinenantrieb und keiner langsamer als fünfzehn Knoten«, ergänzte Harriet, während sie ihr silbernes Zigarettenetui aufklappte und eine Chesterfield herausnahm.

Fairbanks hatte noch vor Frank sein Feuerzeug in der Hand. »Bei Gelegenheit müssen Sie mir unbedingt mehr von Ihren Dampfern erzählen, Ms Shaw«, sagte er und beugte sich mit der Flamme zu ihr vor. Als er wenig später zu seiner Gesellschaft zurückkehrte, hatten Frank und Harriet seine Einladung angenommen. Fairbanks und seine Frau erwarteten sie am 4. Juli zu einem intimen Dinner auf Pickfair.

»Was ist Pickfair, Frank?«

»Pickfair ist das Anwesen von Fairbanks und seiner Frau Mary Pickford am Summit Drive«, erklärte Frank und bedeutete dem Kellner, ihnen eine neue Flasche Champagner zu bringen. »Vor sieben Jahren stand da oben bloß eine alte Jagdhütte. Fairbanks hat sie für sechsunddreißigtausend Dollar gekauft, ein Vermögen in den Umbau investiert und Pickfair seiner Frau zur Hochzeit geschenkt.«

»Und jetzt ist es eine prächtige Villa?«

»Ich weiß nicht, ob man ein Haus mit zweiundvierzig Zimmern in einer Parkanlage mit beleuchtetem Pool, Tennisanlage und Reitstall noch schlicht Villa nennen kann«, spöttelte Frank. »Herrenhaus kommt eher hin, immerhin hält sich der gute Douglas einen Butler und Gott weiß wie viele Bedienstete. Oh, und auf seinem Teich schwimmen natürlich ein halbes Dutzend der schönsten Schwäne. Übrigens haben wir hier für Pickfair noch einen zweiten Namen.«

»Und der wäre?«

»The White House.«

»Wie bitte? Was hat denn dieses Pickfair mit dem Amtssitz des Präsidenten zu tun?«

Frank lachte. »Fairbanks genießt in Hollywood dasselbe Ansehen wie der Präsident. Seine Frau und er sind nicht nur steinreich, was hier für sich allein nichts Besonderes ist, sondern sie sind auch kultiviert, haben einen tadellosen Lebenswandel und zeigen einfach in allem eine Eleganz und Klasse, die in diesem Haifischbecken nur wenige Paare erreichen. Die beiden gelten einfach als der Goldstandard eines Star-Ehepaars.«

In diesem Moment kam ein Mann Ende fünfzig mit ledrigem, sonnengebräuntem Gesicht an ihrem Tisch vorbei. Er trug zu schlangengrünen Lederstiefeln einen weißen Anzug, der ein skurriles Mittelding zwischen Smoking und Cowboy-Anzug mit Fransen an den Jackenärmeln war, und auf dem Kopf einen weißen 5-Gallonen-Cowboyhut. »Howdy, Frank!«, sagte er augenzwinkernd und tippte mit zwei Fingern lässig an die breite Krempe seines Stetson.

Harriet kicherte. »Der gehört sicher nicht zu eurem Goldstandard, oder?«, sagte sie. »Hast du die riesige Gürtelschnalle gesehen? Da war ein Name mit Diamanten eingelegt!«

Frank grinste. »Ja, und zwar sein eigener – Tom Mix. Er ist Hollywoods erfolgreichster Westerndarsteller. Fox zahlt ihm zehntausend Dollar pro Woche. Er hat seinen Namen auch in Neonleuchtschrift über seinem Haus angebracht und sich drüben in Edendale eine eigene Westernstadt aufgebaut, die er Mixville genannt hat.«

»Und wer sind die Turteltäubchen da drüben?«, erkundigte sie sich. »Ich bin sicher, die Gesichter schon mal im Kino gesehen zu haben, kann mich aber weder an den Film noch an die Namen erinnern.«

Er folgte ihrem Blick und lachte. »Oh, das sind Olive Borden und George O'Brien, beide Garanten für Hits an der Kinokasse.«

»Sind sie verheiratet?«

»Ja, aber nicht miteinander«, sagte Frank trocken und wechselte das Thema. »Sag mal, war das gerade so klug, Fairbanks von deiner Einkaufstour zu erzählen? Das kann schnell die Runde machen und dann auch deinem Onkel zu Ohren kommen.«

Harriet zuckte die Achseln. »Und wenn schon, die Zeit der Geheimnisse ist vorbei. In ein paar Tagen wird sowieso bekannt, wer hinter der Oakland Star Shipping steht. Wenn ich die Trans Oceanic Steamship Carrier als endgültigen Firmennamen unter meinem Namen ins Handelsregister eintragen lasse, wird das zwangsläufig am nächsten Tag in den Zeitungen angezeigt.«

Der Kellner kam mit einem frischen Kübel voll Eis und der neuen Flasche Champagner.

»Meinst du wirklich, wir sollten noch eine Flasche trinken? Wir haben heute doch schon so einiges zu uns genommen.«

»Na und? Haben wir nicht allen Grund, zu feiern und ein bisschen über die Stränge zu schlagen?« Er griff nach ihrer Hand und streichelte sie.

»Also gut«, sagte sie und ließ sich nachschenken. Als der Kellner sich entfernt hatte, stieß sie mit Frank an und fragte: »Wie kommt es eigentlich, dass Fairbanks, Pickford und Chaplin nicht wie all die anderen Stars bei einem der großen Ateliers unter Vertrag stehen, sondern ihr eigenes Filmstudio haben? Erzähl mir ein bisschen davon, damit ich beim Dinner bei ihnen nicht vollkommen ahnungslos bin. Wie haben sie geschafft, was all die anderen nicht hinbekommen haben?«

»Die drei sind zu ihrem eigenen Studio gekommen wie die Jungfrau zum Kind ... na ja, vielleicht nicht ganz so von Gottes Hand bewirkt«, sagte Frank mit einem vergnügten Grinsen. »Die Gründung von United Artists sollte zunächst nur ein Bluff sein.«

»Ein Bluff? Zu welchem Zweck?«

»Um den Studiobossen, bei denen sie unter Vertrag standen, einen Schreck einzujagen und ihnen Druck zu machen, damit sie endlich mit neuen Verträgen herausrückten. Die waren schon seit Wochen überfällig«, erzählte Frank. »Douglas Fairbanks und Mary Pickford fanden es ärgerlich, von Paramount hingehalten zu werden, und Chaplin, der damals noch bei First National war, erging es genauso. Die drei besprachen sich und ahnten, dass es sich nicht um einen Zufall handelte, sondern dass irgendetwas dahintersteckte, eine abgesprochene Aktion der mächtigen Studiobosse.«

»Da war also auch dein Freund Zukor dabei?«, fragte sie und hob die Brauen.

Frank lachte. »Ja, Addy war auch mit von der Partie. Es ist im Geschäft nun mal nicht alles persönlich«, sagte er mit breitem Grinsen und fuhr fort: »Jedenfalls war es so, wie sie vermutet hatten. Sydney Chaplin bekam mithilfe eines Detektivs und ein paar diskret zugesteckten Geldscheinen heraus, dass man bei Paramount und First National etwas gegen die immer höher steigenden Gagen unternehmen wollte. Ihre drei Stars verdienten damals ja schon über eine Million Dollar im Jahr.«

»Unglaublich!«, sagte Harriet und griff zu ihren Zigaretten. »Und wie ging es weiter?«

Frank gab ihr Feuer und steckte sich auch eine Zigarette an. »Wie gesagt, man wollte Fairbanks, Pickford und Chaplin und damit auch alle anderen hochdotierten Schauspieler dazu bringen, sich künftig mit erheblich weniger Geld zufriedenzugeben. Es war dann Sydney, der auf die Idee kam, sie könnten so tun, als wollten sie eine eigene Firma gründen, die Herstellung und Vertrieb ihrer Filme übernehmen sollte. Sie haben ein paar Gerüchte über ihre angeblichen Pläne gestreut und als hervorragende Schauspieler, die sie ja nun mal sind, hier im ›Coconut Grove‹, also vor aller Augen ihre vermeintliche Gründungssitzung inszeniert. Haben an einem gut sichtbaren Tisch die Köpfe zusammengesteckt und so getan, als würden sie Kosten durchrechnen und Geschäftspapiere vorbereiten. Und wen wundert's, was dann geschah? Schon am nächsten Morgen erhielten sie alle drei Anrufe von den Studiobossen und wurden unverzüglich zu Verhandlungen über neue Verträge in die Firma gebeten.«

»Dann war es also ein Bluff als Antwort auf einen Bluff.«

»Und was für ein erfolgreicher!«, versicherte Frank. »Nur hatten sie plötzlich kein Interesse mehr an neuen Verträgen, sondern tatsächlich Gefallen an der Idee gefunden, sich mit einer eigenen Firma selbstständig zu machen. Und so wurden ein halbes Jahr später, im April 1919, die United Artists gegründet. Fairbanks, Pickford und Chaplin sind Schauspieler von Weltformat, aber ihr Geschäftssinn steht ihren schauspielerischen Talenten in nichts nach, das sage ich dir!«

Am nächsten Abend lernte Harriet im »Romanoff's« auch Laura Lynn kennen, den größten Star der Triple S, und hinterher wünschte sie, die Begegnung wäre ihr erspart geblieben.

44

Laura Lynn betrat das Restaurant um kurz nach halb zehn. Gerade hatte Frank noch einen Digestif für Harriet und einen Whiskey für sich bestellt und dem Oberkellner gesagt, er möge die Rechnung bringen. Sie waren früh zum Abendessen gegangen, weil Harriet den Abend unbedingt im »Coconut Grove« ausklingen lassen wollte.

Laura, in atemberaubend klassischer Abendgarderobe, schritt unter dem bewundernden Raunen der Gäste durch die Tischreihen. Sie befand sich in Begleitung eines Mannes im mittleren Alter. Er hatte die makellosen Züge einer antiken Götterstatue, und der maßgefertigte Smoking aus nachtschwarzer Seide war das Tüpfelchen auf dem i seiner attraktiven Erscheinung. Frank kannte ihn. Timothy Richardson war wie Kirkland Investmentbanker, konzentrierte sich aber ausschließlich auf das Filmgeschäft.

Natürlich bat Frank die beiden zu ihnen an den Tisch, bot ihnen einen Drink an, was sie jedoch dankend ablehnten, und machte Harriet mit ihnen bekannt. Ihre Unterhaltung dauerte keine zehn Minuten und war von einer freundlichen, aber oberflächlichen Unverbindlichkeit geprägt, rechneten Laura und ihr Begleiter doch jeden Moment mit dem Eintreffen der Freunde, mit denen sie zum Essen verabredet waren. Man machte einander Komplimente und ging einige Filmneuigkeiten durch, und dann erschien auch schon der Rest von Lauras Abendgesellschaft. Großes Hallo, alles erhob sich, Küsschen links und rechts, ein letztes beiderseitiges »Wie schön, Sie endlich kennengelernt zu haben!«, und dann gesellten Laura und Timothy Richardson sich zu den beiden anderen Freundespaaren.

Als sie wenig später im Auto saßen und zum »Ambassador« fuhren, war Harriet eine Weile seltsam schweigsam und in sich gekehrt. Schließlich wandte sie sich ihm zu und sagte nachdenklich, ja fast betroffen: »Sie liebt dich, Frank.«

Er zuckte die Achseln und tat, als wüsste er nicht, worauf sie hinauswollte. Dabei war ihm sehr wohl aufgefallen, wie die beiden Frauen einander taxiert hatten. Sie hatten einander angelächelt, als wären sie beste Freundinnen, doch ihre Blicke waren wie sich kreuzende Klingen gewesen. Jede hatte in der anderen auf der Stelle die Rivalin erkannt.

»Ich bin der Studioboss und habe Laura zum Star gemacht. Warum also sollte sie mich auch nicht lieben?«, fragte er leichthin und rollte in die Einfahrt des »Ambassador«.

»Nein, diese Frau liebt dich als Frank, nicht weil du ein Filmmogul bist. Das habe ich schon gewusst, als ich in der Zeitung das Foto von euch beiden gesehen habe.«

»Welches Foto?«

»Der *San Francisco Chronicle* hat auf einer Doppelseite über die Eröffnung von Grauman's Chinese Theatre berichtet, von dem Staraufgebot auf dem roten Teppich«, sagte sie mit einem leicht spitzen Unterton. »Auf einem der Fotos warst du mit Laura Lynn am Arm, und es war nicht zu übersehen, wie sie dich angehimmelt hat, statt in die Kameras zu blicken.«

Frank wurde heiß unter dem engen Kragen seines Smokinghemdes. Mühsam bezähmte er seine aufsteigende Verärgerung. Nie hätte er für möglich gehalten, dass Harriet zu solch einem lächerlichen Anfall von Eifersucht fähig wäre. »Harriet, bitte!«

»Und so hat sie dich heute Abend auch angesehen. Sie hat dich nicht aus den Augen gelassen, hat immer deine Bestätigung gesucht. Eine Frau sieht das, Frank. Laura liebt dich, und mir hätte sie am liebsten die Augen ausgekratzt. Und das weißt du auch.«

»Mag sein, aber es gibt nur eine Frau, die ich liebe, und die bist du. Und mehr gibt es dazu nicht zu sagen.«

Aber Harriet konnte sich die Frage nicht verkneifen: »Ihr wart mal zusammen, nicht wahr?«

Er machte den Motor aus, schloss kurz die Augen und hielt das Lenkrad mit beiden Händen umklammert. Dabei ermahnte er sich, jetzt bloß nicht aus der Haut zu fahren und den Abend zu ruinieren. »Ja, das waren wir, aber das war in einem anderen Leben. Und zwar in dem, in dem du das Bett mit Jordan geteilt hast«, erwiderte er mit einer Schärfe, die Harriet sofort bereuen ließ, die kindische Frage gestellt zu haben.

Das Blut schoss ihr ins Gesicht. »Tut mir leid, das war töricht«, sagte sie und strich ihm über die Wange. »Bitte verzeih mir, Frank. Ich weiß nicht, was da eben in mich gefahren ist.«

»Ich habe dir nie einen Grund zur Eifersucht gegeben und werde es auch nicht tun.«

»Ich weiß, mein Schatz, ich weiß. Es tut mir so leid, bitte vergiss mein dummes Gerede! Es wird nicht wieder vorkommen, ganz bestimmt nicht. Bitte schau mich nicht so finster an.« Sie beugte sich zu ihm und gab ihm einen leidenschaftlichen Kuss, und spätestens als sie sich auf der Tanzfläche in seine Arme schmiegte, war alles wieder gut.

Kurz nach Mitternacht bekämpfte er die aufkommende Müdigkeit mit zwei Linien Kokain, die er sich auf der Toilette in die Nase zog. Die Nacht würde lang werden. Mit der gewohnten und ihm mittlerweile lieb gewordenen Zuverlässigkeit setzte die euphorisierende Wirkung ein. Allerdings vergaß Frank, sich wie üblich mit einem schnellen Blick in den Spiegel zu vergewissern, dass er keine Pulverspuren im Gesicht trug.

»Was hast du denn da für ein weißes Zeug an der Nase?«, fragte Harriet, als er, durchströmt von neuer Kraft und Unternehmungslust, an den Tisch zurückkehrte und sich zu ihr hinunterbeugte, um ihr einen Kuss zu geben.

»Was? Oh!« Schnell wischte er sich über die Nase. »Ich bin wohl an den Talkumpuder gekommen.«

Harriet musterte ihn mit einem Stirnrunzeln, als frage sie sich, was Talkumpuder im Waschraum einer Herrentoilette verloren hatte. Doch da setzte das Orchester wieder ein, und er rief begeistert: »Das ist *Baby Face*, damit hat Jan Garber letztes Jahr den größten Hit gelandet! Komm, lass uns tanzen!« Er ergriff ihre Hände, zog sie vom Stuhl hoch und führte sie auf die Tanzfläche, und vergessen war das angebliche Talkumpuder an seiner Nase.

Es wurde eine lange Nacht. Als Frank spät am Montagvormittag mühsam erwachte und Harriet ihn voller Begehren zu streicheln begann, brach ihm der Schweiß aus. Er fühlte sich wie gerädert und sein bestes Stück dachte nicht daran, sich zu rühren.

»Warte, mein Schatz. Ich muss erst einmal schnell nach nebenan, bin gleich zurück«, flüsterte er, rang sich ein Lächeln ab und flüchtete ins Bad. Er drehte das kalte Wasser auf, holte das Röhrchen mit den roten Pillen aus der Schublade und warf schnell einen der Muntermacher ein. Sicherheitshalber schickte er gleich noch eine zweite Pille hinterher, dann hielt er seinen Kopf unter das kalte Wasser. Als er die Toilette abzog, spürte er schon, wie die stimulierende Wirkung einsetzte und einen Strom neuer Energie durch seinen müden Körper schickte. Tony hatte nicht zu viel versprochen, diese Red Devils brachten einen in Schwung. Der Auferstehung seiner eben noch lahmen Männlichkeit stand nichts mehr im Wege.

Für den Montag hatte Harriet sich mit ihrer Schwester verabredet. Angeblich hatte Ashley nicht früher Zeit für sie gehabt. Auch dachte sie nicht daran, ihre Schwester zu sich nach Hause einzuladen. Stattdessen hatte sie Harriet einen Lunch im »Brown Derby Hat« vorgeschlagen.

Dass das Verhältnis der beiden sich nicht zum Besseren gewendet hatte, sah Frank, als er am frühen Nachmittag aus dem Studio zurück ins Hotel kam, Harriet schon von Weitem an. Blass und niedergeschlagen saß sie in der Lobby.

»Nicht gut gelaufen, Schatz?«

Harriet schüttelte den Kopf. »Wildfremde begegnen mir herzlicher als meine eigene Schwester. Gott allein weiß, was sie mir alles vorwirft. Bestimmt bin ich auch daran schuld, dass sie noch immer kein Star ist«, sagte sie mit einer Mischung aus Ingrimm und Niedergeschlagenheit. »Ich weiß nicht, was ich Dummkopf mir erhofft hatte. Das war es jedenfalls nicht. Eigentlich ging es ihr nur um ihren blöden Kleopatra-Film und ums Geld. Sie will jetzt ihr restliches Erbe, das ich für sie angelegt habe, vollständig ausgezahlt haben.«

»Was eine ansehnliche Summe sein dürfte, wenn ich mich recht erinnere.«

»Und ob! Etwas mehr als eine Million. Nur wird davon bald nicht mehr viel übrig sein, fürchte ich. Sie wird auch dieses Geld bei ihrer Jagd nach Leinwandruhm im Handumdrehen verpulvern, da bin ich mir sicher. Mein Gott, was für hochfliegende Ideen sie von sich gegeben hat! Du hättest hören sollen, wie sie sich in Szene gesetzt hat. Großspurig und scharfzüngig wie eh und je.«

Frank zuckte die Achseln. »Sie ist eine erwachsene Frau. Du bist nicht ihr Vormund und kannst ihr nur raten, nicht aber sie davor bewahren, Fehler zu machen – auch nicht, wenn die sie die horrende Summe von einer Million kosten.«

Ratlos und bedrückt starrte sie vor sich hin. »Ich weiß, aber tatenlos zusehen zu müssen ist nicht leicht. Ich wünschte, ich hätte mich gar nicht erst darum bemüht, sie wiederzusehen und darauf zu hoffen, dass wir uns vertragen. Dann hätte ich wenigstens noch die Hoffnung gehabt, dass es eines Tages mit uns besser werden könnte.« Sie presste die Lippen zusammen und kämpfte gegen die aufsteigenden Tränen an.

Frank nahm sie zärtlich in den Arm. »Komm, lass uns nach Santa Monica fahren. Das Wetter ist ideal, um einen langen Spaziergang am Strand zu machen und dann zur Abkühlung in die kalten

Wellen zu springen«, schlug er vor, um sie auf andere Gedanken zu bringen. »Und für heute Abend habe ich Karten für *Toujours d'Amour*, eine wunderbare Revue, die begeisterte Kritiken bekommen hat.«

Dinner und Feuerwerk anlässlich des Nationalfeiertags am Dienstagabend auf Pickfair bildeten schließlich den glanzvollen Abschluss ihrer gemeinsamen Tage. Was Fairbanks ein intimes Dinner genannt hatte, erwies sich als eine Abendgesellschaft von vierundzwanzig hochkarätigen Gästen, darunter Irving Thalberg, der ebenso geniale wie blutjunge und herzkranke Produktionschef von MGM, Stummfilmstar Gloria Swanson, die in ihrem letzten Film, *The Scarlet Letter*, eine Ehebrecherin gespielt und damit für einen handfesten Skandal gesorgt hatte, der Frauenschwarm Wallace Reid, den das Kinopublikum in Umfragen zum »wunderbarsten Leinwandliebhaber« gewählt hatte, sowie die beiden deutschen Regisseure Friedrich Murnau, berühmt für *Nosferatu* und Goethes *Faust*, der erst im Jahr zuvor in die Kinos gekommen war, und Ernst Lubitsch, der neue König unter den Regisseuren.

Mit an der festlich gedeckten Tafel, an der sieben köstliche Gänge serviert wurden, saß auch die Hollywoodlegende Ella Birdéll, eine lebhafte, geistreiche Person mit dem überspannten und selbstbewussten Auftreten einer verwöhnten Diva. Sie war in den frühen Jahren des Stummfilms zu Starruhm gelangt, hatte ihren Zenit jedoch schon vor zwanzig Jahren überschritten. Keiner wusste, wie alt sie wirklich war, aber die sechzig hatte sie auf jeden Fall längst hinter sich gelassen. Diese Tatsache vermochten auch die weißblond gefärbten Haare sowie all die Schminke und die extravagante Garderobe nicht zu verbergen. Trotz alldem war sie eine feste Größe in der High Society von Hollywood. Diva Birdéll mochte schon seit Jahrzehnten nicht mehr vor der Kamera stehen, doch sie spielte noch immer die Rolle eines Stars, nämlich die einer Königinmutter, die längst zugunsten ihrer Nachkommen vom Thron zurückgetreten ist, aber noch repräsentative Aufgaben wahrnimmt und nicht daran denkt, sich aus dem Licht der Öffentlichkeit zurückzuziehen.

Niemand wunderte sich, auch Harriet nicht, als Ella Birdéll sich nach der Vorspeise erhob. »Ihr habt die Güte, mich kurz zu entschuldigen«, sagte sie in die Runde und verließ das Esszimmer.

Als sie zehn Minuten später wieder bei Tisch erschien, trug sie ein völlig anderes Abendkleid, wie Harriet verblüfft feststellte. Aber niemand außer ihr schien das zu bemerken oder eines Kommentars für würdig zu halten. Die lebhafte Unterhaltung stockte nicht eine Sekunde.

Nach dem zweiten Gang wiederholte sich das Ganze. Ella Birdéll hatte sich erneut umgezogen und setzte sich wieder zu ihnen, ohne dass jemand ihren Garderobenwechsel ansprach. Sieben Gänge wurden serviert – und sieben Mal zog die Diva sich in einem der Gästezimmer um.

Frank musste laut lachen, als ein Taxi sie weit nach Mitternacht ins »Ambassador« zurückbrachte und Harriet immer noch nicht fassen konnte, wie Ella Birdéll sich in Szene gesetzt hatte. »Und keiner hat auch nur ein Wort dazu gesagt!«

»Weil jeder ihre Marotte kennt«, sagte er. »Ella ist eine Diva von altem Schrot und Korn, Harriet, und nach vier glücklichen Scheidungen von betuchten Männern obendrein noch steinreich. Zu solchen Einladungen bringt sie nicht nur einen Schrankkoffer voller Abendkleider mit, sondern auch ihre Zofe und ihren schwulen Coiffeur.«

Ungläubig sah sie ihn an. »Und die verbringen den ganzen Abend und die halbe Nacht mit Warten in einem Gästezimmer?«

Frank grinste. »Vielleicht pokern sie ja auch um das viele Geld, das die Birdéll ihnen zahlt.«

Harriet schüttelte den Kopf. »Nichts für ungut, Frank, ich habe die Tage bei dir wirklich genossen. Aber was diesen Rummel der

Eitelkeiten angeht, da ziehe ich doch unsere Art von Geschäftsleben in San Francisco vor.«

Der Abschied auf dem Bahnsteig am Mittwochvormittag fiel ihnen beiden schwer. Sie konnten nicht voneinander lassen, beschworen ihre Liebe immer aufs Neue mit Küssen voller Leidenschaft und Schmerz, selbst dann noch, als der Schaffner zum wiederholten Mal rief, dass er die Türen gleich schließen werde.

»Himmel, was hast du mich in Atem gehalten … und zwar in mehr als einer Hinsicht«, sagte sie mit Tränen in den Augen und musste sich förmlich von ihm losreißen, um den Zug nicht zu verpassen.

»Das scheint dir aber gut bekommen zu sein, mein Schatz«, sagte er und half ihr in einen Waggon der ersten Klasse.

»Ja, das ist es, und deshalb wirst du mir jetzt umso mehr fehlen!« Ihre behandschuhte Hand wischte eine Träne aus dem Augenwinkel.

Frank trat von der Plattform zurück, und ihre Hände glitten auseinander. »Ich sehe, ob ich Ende des Monats zu dir fliegen kann. Irgendwie kriege ich das schon hin.«

»Ja, auf bald, Liebster!«, rief sie und warf ihm einen letzten Luftkuss zu. Dabei wussten sie doch beide, dass alles gegen ein baldiges Wiedersehen sprach. Frank würde in den nächsten Wochen sein Tonstudio in Betrieb nehmen, sich in die neue Technik einarbeiten und Gott weiß wie viele Monate mit dem Dreh der ersten Tonfilm-Streamliner beschäftigt sein, und ihr würde auch wenig Zeit für Privatleben bleiben. Und an tagelange Abwesenheit von ihrem Geschäft war gar nicht zu denken, musste sie doch, wenn sie Henry eines Tages in die Knie zwingen wollte, den Ausbau ihrer Flotte mit Hochdruck vorantreiben. Sie hatte sich geschworen, seinen Ruin herbeizuführen, und diesen Schwur würde sie halten, um jeden Preis!

45

Die Adresse war 17 South Swall Drive in Beverly Hills, und ihr Treffen war für elf Uhr vormittags vereinbart. Sie kam natürlich etwas später. Nicht so viel, dass es unhöflich ausgesehen hätte, aber auch nicht pünktlich auf die Minute, als hätte sie es nicht erwarten können. Ihr Eintreffen zehn Minuten nach der verabredeten Zeit konnte man im Haus kaum überhören. Genau genommen konnte man es nirgendwo auf dem South Swall Drive überhören, denn Kate wendete auf Ashleys Anweisung hin mit mehr Zwischengas als nötig, ließ das Getriebe krachen und setzte mit röhrendem Motor zurück, bevor sie das auffällige Cabrio schließlich vor dem Staketenzaun des Terrassenhauses zum Stehen brachte.

»Die Gardine hat sich bewegt. Bestimmt hat er meine Fahrkünste bewundert«, sagte Kate und zog sich die schwarze Schirmmütze tiefer in die Stirn. Sie trug die Livree eines Chauffeurs, wobei ihr das Jackett eine Nummer zu groß war. Kate in eine Uniform aus dem Kostümverleih zu stecken war vielleicht etwas dick aufgetragen, aber warum nicht? Immerhin waren sie in Hollywood, hier gehörte Blendwerk zum Tagesgeschäft.

Ashley nickte. Auch sie hatte die Bewegung hinter der Fensterscheibe bemerkt. »Das bezweifle ich, aber du hast das gut gemacht«, sagte sie, rückte ihren Hut zurecht und nahm ihre Handtasche.

Kate kam um den Wagen herum und öffnete ihr die Tür. »Viel Glück«, raunte sie ihr zu und deutete einen Kuss an.

»Danke, aber das brauche ich nicht. Koenig kann gar nicht ablehnen, er wäre verrückt«, sagte Ashley und zwinkerte ihr zu. »Ich bin seine Rückfahrkarte ins heimische Glück, Kindchen.«

»Du weißt aber schon, wie sie Koenig hinter seinem Rücken

nennen, oder? Den ›deutschen Eisberg‹ nennen sie ihn, und das nicht ohne Grund.«

Ashley zuckte die Achseln. »Und wenn schon, ich bin nicht so leicht unterzukriegen wie die Titanic«, sagte sie, schwang die langen Beine aus dem Wagen und stieg aus. Scheinbar nachlässig strich sie ihr luftig dünnes Sommerkleid aus kobaltblauem Chiffon glatt. Es brachte ihre gute Figur zur Geltung, wobei der eng geschnürte weiße Gürtel die schlanke Taille noch betonte. Ein cremefarbenes Seidentuch lag um ihre nackten Schultern, ein breitkrempiger Leinenhut in der gleichen Farbe saß wie ein Wagenrad leicht schief auf ihrem Kopf, und das honigblonde Haar war erst anderthalb Stunden zuvor mit der Brennschere in anmutige Wellen gelegt worden. Sie brachte alle Waffen in Stellung, und die wirkungsvollste verbarg sich in ihrer Handtasche.

Ein perfekter Auftritt, wie sie fand, und dieser mehr als schlichte Bungalow mit seinem vernachlässigten Vorgarten und den verbeulten Regenrinnen war seiner eigentlich nicht würdig. Aber es ging ja nicht darum, bei der Nachbarschaft Eindruck zu schinden, vielmehr wollte sie diesem hochgelobten deutschen Regisseur und Eisblock namens Joseph »Joe« Koenig von vornherein klarmachen, dass sie nicht als Bittstellerin kam.

Er ersparte ihnen beiden die affige Vorstellung, ihr Klingeln abzuwarten und sich dann mit dem Öffnen der Tür Zeit zu lassen, als hätte er sie nicht kommen hören. Stattdessen öffnete er ihr, noch bevor sie die Tür erreicht hatte. Sie hoffte, dass das ein gutes Zeichen war. Zumindest besaß er Anstand.

»Miss Caldwell, bitte«, begrüßte er sie und macht eine knappe, aber einladende Handbewegung in Richtung der dunklen Diele. Sein Ton war so reserviert wie seine Miene, nicht das kleinste Zeichen von Interesse oder gar gespannter Erwartung. Der Ausdruck seiner grauen Augen war kühl. Insbesondere das rechte Auge, vor dem ein goldgefasstes Monokel mit schwarzer Kordel saß, schien sie durchdringend und alles andere als freundlich anzustarren. In der Hand hatte er eine lange Zigarettenspitze aus braun verfärbtem Elfenbein, an deren Ende eine Zigarette qualmte.

Koenig, den die Fox sechseinhalb Jahre zuvor von der deutschen UFA abgeworben hatte, war sechsundfünfzig und von hochgewachsener, ausgesprochen hagerer Gestalt. Das bleigraue Haar auf dem von Altersflecken übersäten Schädel war so kurz geschoren, dass selbst ein militärisch kurzer Bürstenschnitt dagegen bohemienhaft gewirkt hätte. Mit seinen kantigen Zügen, den dünnen Lippen und der Hakennase wirkte er wie ein Asket, der seit vielen Jahren nur noch trocken Brot und Wasser zu sich nahm und auch allen anderen weltlichen Freuden entsagt hatte. Was der Wahrheit nicht ferner hätte sein können. Seine zahllosen Affären – immer mit Starlets, nie mit Schauspielerinnen aus seinen Filmen – sowie seine Vorliebe für Kaviar und Champagner waren von der Klatschpresse hinreichend und folgenschwer dokumentiert worden. Im vergangenen Jahr hatten die Liebschaften ihm die Scheidung eingebracht.

»Ich danke Ihnen für die Gelegenheit, Ihnen persönlich und im Detail darzulegen, was genau mir vorschwebt, Mr Koenig«, erwiderte Ashley die Begrüßung und gab sich ebenfalls kühl. Er sollte bloß nicht glauben, sie mit seinem arroganten Gehabe und dem affigen Monokel einschüchtern zu können. Sie hatte es sich einiges kosten lassen, über ihn und seine Probleme informiert zu sein, und deshalb wusste sie auch, dass alle Trümpfe bei ihr lagen.

»Es ist mir zwar ein Rätsel, was Sie zu dem hier bewogen hat«, sagte er und wedelte mit seiner Zigarettenspitze in Richtung der beiden Metalldosen und des Manuskriptes, die demonstrativ auf der Kommode in der Diele lagen. Die Dosen enthielten eine Kopie ihres Kleopatra-Films, die sie ihm zwei Tage zuvor mit einem Anschreiben per Kurier hatte ins Haus bringen lassen. Jeder Regisseur hatte einen Projektor zu Hause, wie auch die meisten

Schauspieler. Und wer es sich leisten konnte, hatte sogar noch seinen privaten Vorführraum. Dass nun die Filmdosen und das Manuskript gleich neben der Tür lagen, enthielt natürlich eine unmissverständliche Botschaft: »Es liegt alles zum Abholen bereit, Miss Caldwell. Nehmen Sie Ihre Sachen und verschwinden Sie!« Aber diese plumpe Geste der Zurückweisung verfing bei ihr nicht. Er wollte hören, was sie zu sagen hatte, sonst hätte sie jetzt nicht in seiner Diele gestanden.

»Aber da ich nun mal zugestimmt habe, Sie anzuhören ...«, fuhr er in fehlerlosem, wenn auch unüberhörbar deutsch klingendem Englisch fort – was immer danach noch hätte kommen sollen, ließ er ungesagt zwischen ihnen schweben. Dabei schüttelte er mit irritierter Miene den Kopf, als wüsste er plötzlich nicht mehr, was ihn während des gestrigen Telefonats bewogen hatte, sich auf dieses Treffen einzulassen. »Nun denn, ich will Sie nicht hier im Flur abfertigen, gehen wir also ins Wohnzimmer. Aber bitte machen Sie es kurz, Miss Caldwell.«

»Ich werde gewiss nicht viel von Ihrer Zeit in Anspruch nehmen«, sagte sie und folgte ihm ins Wohnzimmer, das auf altmodische Art gutbürgerlich eingerichtet war, mit vielen Büchern und Gemälden, die ihr nichts sagten. Alte Meister waren es jedenfalls nicht. Sie fand, dass es im ganzen Haus muffig roch. Das kam davon, wenn einem die Frau mit den Kindern davonlief! »Ich bin sicher, wir werden schnell zu einer Übereinkunft kommen.«

»So, werden wir das? Und worin sollte diese Übereinkunft bestehen, Miss Caldwell? Wo uns beide nicht das Geringste verbindet?«

Sie ging mit einem Lächeln darüber hinweg. »Sie können mir gern etwas anbieten, Mr Koenig. Ein Orange Blossom oder ein Screwdriver wäre nett, aber im Notfall tut es auch ein Whiskey. Muss nicht mal mit Eis sein.«

»Ich glaube nicht, dass wir so viel Zeit haben, dass sich das Einschenken auch nur eines Glases Wasser lohnen würde.«

Ashley ließ sich nicht aus der Fassung bringen. Sollte er doch den deutschen Eisblock spielen, sie würde sich davon nicht einschüchtern lassen. Hier ging es um mehr als persönliche Empfindlichkeiten. Überdies hatte man, wenn man etwas auf Schamgefühl, Ehre und Redlichkeit gab, in Hollywood nichts verloren. Warum sich also noch lange mit höflichem Geplänkel aufhalten?

»Nun, wenn Ihnen brutale Offenheit lieber ist, Mr Koenig …«

»Das ist sie, was auch immer Sie in Bezug auf meine Person darunter verstehen«, fiel er ihr kalt ins Wort.

Sie zuckte die Achseln. »Gut, machen wir es auf Ihre Weise. Ich lasse Ihnen auch den Vortritt. Sie haben sich *My Love, the Goddess* angesehen?«

Er nickte knapp und zog eine geringschätzige Miene. »Ein kurzer Film, der mich nicht lange von Wichtigerem abgehalten hat. Dennoch schade um die zweiundsechzig Minuten B-Movie-Massenware, austauschbar und ohne jeden künstlerischen Wert. Die Ausleuchtung war miserabel, die Kameraführung schlampig, der Kulissenbau grobschlächtig und die Umsetzung der bekannten Geschichte unsäglich einfallslos.«

Im Stillen pflichtete Ashley ihm uneingeschränkt bei. »Und wie habe ich meinen Part gespielt?«

Er fixierte sie durch sein Monokel und lächelte dünn. »In den Olymp der begnadeten Schauspielerinnen würde ich Sie nicht gerade einreihen«, sagte er schließlich.

Sie hatte mit einem viel härteren, tief verletzenden Urteil gerechnet. Koenig war also diplomatisch genug, nicht gleich alle Brücken einzureißen. »Aber Kassengift bin ich auch nicht, oder?«

»Es soll zuckersüßes Gift geben, das länger braucht, um seine zersetzende Wirkung zu erzielen.«

Ashley zuckte nicht mit der Wimper, doch der Stich saß, und sie spürte, dass ihr Lächeln hart wurde. »Jemand, der mir sehr nahesteht, hat kürzlich gesagt: Ein Künstler ist wie ein Apfelbaum.

Wenn seine Zeit kommt, dann beginnt er zu blühen, ob er will oder nicht, und dann trägt er Früchte.«

Mit diesem wunderschönen Vergleich hatte Kate sie in einer ihrer depressiven Nachtstunden getröstet, und sie war es auch gewesen, die sie bei der Lektüre von *Variety* auf die Idee mit dem in Ungnade gefallenen deutschen Eisblock gebracht hatte. Die nötigen Informationen über Koenig, auch hinsichtlich seines Privatlebens, hatte ein gut bezahlter Privatdetektiv schnell beschafft, auch die, dass der Regisseur klamm war und sich schon nach den Kosten einer Überfahrt zurück nach Deutschland erkundigt hatte. Von seiner Frau mochte der Eisblock geschieden sein, und wahrscheinlich machte er sich nicht mehr viel aus ihr, aber an seinen Kindern, einer sechsjährigen Tochter und einem elfjährigen Sohn, hing er sehr.

Sein Lächeln war mitleidig. »Wie reizend, perfekt für das Poesiealbum eines kleinen Mädchens, Miss Caldwell. Aber ohne Saft im Stamm treibt kein Baum Blüten aus, von gut verdaulichen Früchten ganz zu schweigen.«

Ashley presste die Lippen zusammen. »Gut, Sie haben Ihren Teil gesagt. Dann bin also jetzt ich dran mit der brutalen Offenheit.«

»Nur zu, tun Sie sich keinen Zwang an«, forderte er sie mit einem arroganten Lächeln heraus und wedelte erneut mit seiner Zigarettenspitze.

»Sie haben für die UFA eine ganze Reihe hervorragender Filme gedreht und sich damit einen Namen gemacht, weshalb die Fox Sie vor nicht ganz sieben Jahren mit einem lukrativen Dreijahresvertrag nach Hollywood geholt und Ihnen freie Hand …«

»Wenn ich Zweifel hätte, welchen Rang ich als Regisseur bekleide, was nicht der Fall ist, dann würde mir allein ein Blick auf meine Auszeichnungen Gewissheit verschaffen«, fiel er ihr ins Wort. »Sparen Sie sich also Ihr verbales Blumengebinde und kommen Sie zur Sache. Was wollen Sie?«

Ashleys Blick wurde hart. »Ihnen die Chance geben, nicht mit eingezogenem Schwanz auf einem miesen Passagierschiff zweiter Klasse nach Deutschland zurückkehren und sich nachsagen lassen zu müssen, Sie seien in Hollywood gescheitert und auch noch so gut wie pleite.«

Seine Augen weiteten sich, erst vor Verblüffung, dann vor Empörung, bis sich schließlich das Monokel löste und herunterfiel. Dann schoss ihm das Blut ins Gesicht. »Ich verbitte mir diese ...«, setzte er entrüstet an.

Nun war sie es, die ihm das Wort abschnitt. »Ach was, jetzt passt Ihnen brutale Offenheit nicht mehr? Oder wollen Sie ernsthaft bestreiten, dass die Fox Ihren Vertrag nach den drei Jahren nicht verlängert hat, weil Ihre Filme zwar gut gemacht waren und gut besprochen worden sind, aber ihre Kosten nicht eingespielt haben?«

»Darüber kann man sehr wohl unterschiedlicher Ansicht ...«, versuchte Koenig sich herauszuwinden.

»Als die Fox Sie nicht mehr wollte«, fuhr Ashley ungerührt fort, »sind Sie zu MGM gegangen, wo man Sie mitten im Film gefeuert hat, weil Sie sich nicht ans Budget gehalten haben. Die letzte Chance haben Ihnen letztes Jahr Warner Brothers gegeben, was für einen Mann mit Ihrem Ruf eine Demütigung gewesen sein muss.«

»Ich weiß nicht, was Sie damit meinen.«

Ashley lächelte spöttisch. »Tun Sie doch nicht so, als wüssten Sie nicht, wie billig es bei Warner Brothers zugeht und wie schäbig die Ateliers sind. Meist wird dort doch bewusst mit wenig Licht gedreht, damit die Kinozuschauer nicht sehen, wie schäbig die Ausstattung ist. Da ist alles so verdreckt und heruntergekommen, dass kein Star dort drehen will. Im Warner-Brothers-Studio fühlt man sich wie in einem dreckigen Gefängnis, weshalb es von vielen ja auch das San Quentin von Hollywood genannt wird«, sagte sie, und sie kannte die katastrophalen Zustände in dem Studio nur zu gut, hatte sie dort doch in zwei Filmen kleine Nebenrollen gespielt.

Sie wusste genau, wie man sich bei Warner Brothers half, wenn auf einem Set mal wieder die Beleuchtung ausfiel: Man karrte einfach ein, zwei Automobile heran und filmte im Licht der Autoscheinwerfer weiter.

Koenig zuckte die Achseln. »Mag sein, dass dem so ist«, gestand er widerstrebend ein.

»Sie wissen, dass es so ist. Aber lassen wir das und kommen wir zurück zu Ihnen, Mr Koenig.«

»Ich bitte darum, und wenn Sie sich möglichst kurz fassen könnten, wäre uns beiden gedient«, sagte er mit dem genervten Ausdruck eines Mannes, der dem von vornherein zum Scheitern verurteilten Anliegen eines Bittstellers schon viel zu viel Zeit geopfert hat und jede weitere Minute als reine Belästigung empfindet.

»Nun, als Sie sich nach Abschluss der Dreharbeiten geweigert haben, den von Ihnen geschnittenen Film nach den Wünschen des Studios zu bearbeiten, hat man Ihnen auch bei Warner Brothers fristlos gekündigt. Und seitdem sind Sie als Regisseur in Hollywood Persona non grata! Hier fasst Sie kein Studio mehr an, Mr Koenig, nicht einmal mit einer langen Zange. Und selbst in Deutschland dürften Sie es schwer haben, diesen Ruf loszuwerden und wieder lukrative Angebote zu bekommen. Was insbesondere deshalb bedauerlich wäre, weil Sie Ihren Kindern dann wohl nicht viel zu bieten hätten.«

Das Blut, das Wut und Verlegenheit ihm eben noch ins Gesicht getrieben hatten, verschwand binnen Sekunden. Er wurde kreidebleich. »Sie nehmen sich weiß Gott eine Menge heraus, Miss Caldwell!«, presste er mühsam beherrscht hervor.

»Dafür habe ich Ihnen aber auch eine Menge zu bieten, Mr Koenig«, erwiderte sie und bedachte ihn mit einem versöhnlichen Lächeln. »Sonst wäre ich wohl kaum hier, um Ihnen dieses Angebot zu machen.« Sie öffnete ihre Handtasche, entnahm ihr einen Scheck, der auf seinen Namen ausgestellt war, und reichte ihn Koenig.

Dem wäre fast der Unterkiefer heruntergeklappt, als er sah, welche Summe sie auf dem Scheck eingetragen hatte. Seine Miene verriet, dass er nicht glaubte, was er sah. »Fünfundsiebzigtausend Dollar?«, stieß er halb freudig überrascht, halb argwöhnisch hervor. »Wofür?«

Sie lächelte. »Dafür, dass Sie *Reap the Stormy Wind* mit mir in der Hauptrolle drehen«, erklärte sie. »Übrigens ist der Scheck nur die Hälfte Ihres Honorars. Wenn Sie den Film, was Drehzeit und Budget betrifft, vertragsgemäß fertigstellen, erhalten Sie noch einmal die gleiche Summe.«

Koenig riss die Augen auf und schluckte mehrmals, bevor er wieder Worte fand. »Hundertfünfzigtausend Gage für einen Film? Das soll wohl ein Witz sein, Miss Caldwell! Das … das ist ja mehr, als sie Murnau hier für seinen ersten Film bezahlt haben!«

»Ich weiß, und wenn Murnau in derselben Klemme gesteckt hätte wie Sie, hätte ich das Angebot zuerst ihm gemacht«, sagte sie spöttisch.

»Himmel«, murmelte Koenig sichtlich verstört und kratzte sich am Kinn. »Aber wie haben Sie sich das vorgestellt? Sie haben es selbst gesagt: Kein Studio würde mich mit der Verfilmung der Novelle, die Sie mir da mitgeschickt haben, betrauen, selbst wenn ich eine bekannte Schauspielerin präsentieren könnte. Es ist ja eine reizvolle Geschichte, so an der Côte d'Azur, und das Figurentableau ist begrenzt, sodass keine große Crew nötig ist, aber auch dieser Vorteil wird mir keine Studiotür öffnen.«

»Ich habe Ihnen das Deckblatt des Manuskriptes nicht mitgeschickt, daher können Sie nicht wissen, dass die Geschichte aus der Feder von Elliot C. Ladwell stammt«, eröffnete sie ihm.

Koenig starrte sie verblüfft an. »Sie meinen den Elliot Ladwell, der die Bestseller *In Times of Darkness* und *Bitter Harvest* geschrieben hat?«

»Den und keinen anderen!«, erwiderte Ashley stolz, wobei ihr Stolz vor allem dem Umstand galt, dass sie Elliot hatte überreden können, ihr eine filmreife Geschichte zu überlassen. Es war ein hartes Stück Arbeit gewesen. »Er ist nämlich mein Bruder, und er hat sämtliche Rechte an der Verfilmung der Geschichte mir übertragen.«

»Das ist natürlich ein Pfund, mit dem man wuchern könnte. Aber dass allein deshalb ein Studio anbeißt, wage ich zu bezweifeln. Mein Ruf ist … nun ja«, er räusperte sich verlegen, »etwas ramponiert, und Sie … äh, Sie haben keine Meriten vorzuweisen, die ein namhaftes Studio dazu bringen könnten, sich für diese Produktion mit Ihnen und mir zu entscheiden.«

»Wir brauchen kein Studio, das Sie mit der Verfilmung der Story beauftragt«, sagte Ashley und rückte mit ihrem nächsten Joker heraus. »Wir werden ein Studio anmieten, denn ich werde die gesamte Produktion aus eigenen Mitteln finanzieren. Dieses Geschäft wird die Paramount sich nicht entgehen lassen, schon gar nicht, wenn wir ihnen den Film zu einem sensationellen Vorzugspreis für den Verleih überlassen. Notfalls kann ich aber auch meine Beziehungen zur Triple S nutzen.« Ihr war, als betrachte er sie auf einmal mit völlig anderen Augen. Endlich zeigte er Respekt, und den hatte sie verdammt noch mal auch verdient!

»Ja, aber das dürfte Sie mindestens eine halbe Million kosten!«, sagte er und sah sie mit einer Mischung aus Hoffnung und Bangen an.

»Da sehe ich kein Problem. Sie bekommen sogar ein Gesamtbudget von einer Dreiviertelmillion, inklusive Ihres Honorars«, verkündete sie, und das Aufleuchten seiner Augen sagte ihr, dass sie ihren Willen bekommen und Hauptdarstellerin in einem Film von Joseph Koenig, dem deutschen Eisberg, sein würde. »Aber ich verlange, dass Sie das Budget einhalten und den Dreh zügig abwickeln. Ich will, dass der Film noch in der Wintersaison in die

Kinos kommt, spätestens aber im Februar. Das alles werden wir vertraglich festlegen. Sollten Sie Ihren Teil unserer Abmachungen nicht einhalten, bekommen Sie von mir die Kündigung und verlieren die zweiten fünfundsiebzigtausend Dollar. Können Sie sich vorstellen, meinen Apfelbaum unter diesen Bedingungen zum Blühen und Tragen zu bringen, Mr Koenig?« Sie streckte ihm die Hand hin.

Ein widerwillig anerkennendes Lächeln erschien auf seinem knochigen Gesicht, und er ergriff ihre Hand. »Nun ja, manchmal wirken fachmännische Bewässerung und Pflege wahre Wunder, Miss Caldwell. Ich denke, einen Versuch ist es allemal wert.«

46

Samstag war Zahltag. Die Ausgabe der Lohntüten am Ende jeder Woche war Henrys liebste halbe Stunde im Kontor, denn nichts brachte nachdrücklicher zum Ausdruck, wer hier der Herr war und wer sich zu den Abhängigen zählen musste. Zu diesem Zweck begab er sich nach unten zu Slocum ins Hauptkontor. Während sein Prokurist am schweren Faktoreitisch saß, die Leute einzeln mit Namen aufrief und das ledergebundene Rechnungsbuch führte, stand er daneben und händigte jedem gnädig seine braune Geldtüte aus.

An diesem Samstagnachmittag jedoch stand Henry ausgesprochen schlecht gelaunt neben Slocum, und dafür waren Viviennes Launen und überspannte Erwartungen nur zum Teil verantwortlich. Vielmehr war es diese verdammte Oakland Star Shipping, die ihn immer wieder mit irrwitzigen Dumpingpreisen unterbot und ihm noch Magengeschwüre bescheren würde, wenn das noch lange so weiterging.

»Burt Monroe«, rief Slocum den nächsten Kontoristen auf. Der Mann trat vor, Slocum schob ihm das Rechnungsbuch hin, und er beugte sich darüber, um den Erhalt seines Wochenlohns zu quittieren.

Henry, den linken Daumen in die Westentasche gehakt, händigte dem Mann die Tüte aus. Doch statt sie mit gesenktem Blick sowie Hut oder Mütze in der Hand und einem respektvoll gemurmelten »Danke, Sir!« in Empfang zu nehmen, wie es sich gehörte, behielt dieser Kerl nicht nur seinen billigen Filzhut auf, sondern starrte ihm auch noch frech ins Gesicht. Und statt eines Dankes tippte er bloß mit den Fingern an die Hutkrempe, bevor er sich abwandte und pfeifend aus dem Kontor spazierte.

Irritiert sah Henry ihm nach. Das war jetzt schon der vierte von seinen Angestellten, der ihm dreist ins Gesicht sah und es am gebotenen Respekt fehlen ließ. Und Timothy Pike, sein Lagermeister, der als Letzter seine Lohntüte entgegennahm, setzte dem Ganzen die Krone auf, indem er sagte: »Na, dann machen Sie es mal gut, Caldwell!« Das Grinsen auf seinem Gesicht und der dreiste Ton verblüfften Henry derart, dass ihm die Antwort »Mr Caldwell für dich, wenn ich bitten darf!« erst einfiel, als Pike schon aus dem Kontor war. Was zum Teufel fiel den Leuten ein? Das würde ein Nachspiel haben! Slocum hatte wohl zu lange die Zügel schleifen lassen.

Als sein Prokurist das Rechnungsbuch zuschlug, es nachdrücklich von sich schob und sich erhob, fuhr Henry aus seinen grimmigen Gedanken. Er registrierte, dass Slocum ein Schlüsselbund von seinem Gürtel hakte und auf das Lohnbuch legte, dachte sich jedoch nichts dabei. »Hören Sie, Slocum. Ich muss ein ernstes Wort mit Ihnen reden. Dieses unmögliche Betragen …«, hob er an.

»Mit Verlaub, aber es gibt Wichtigeres zu bereden als das, Mr Caldwell«, fiel Slocum ihm ins Wort, ruhig und mit jener steifen

Ausdrucksweise, die ihm eigen war. »Wobei sich das genau genommen in der Ankündigung erschöpft, dass ich hiermit meine Anstellung bei Ihnen kündige.« Er zog ein Schreiben aus der Jackentasche und legte es zu den Schlüsseln. »Am Montag trete ich anderswo eine Stelle an, die mir mehr zusagt.«

Ungläubig starrte Henry ihn an. »Sie kündigen? Von heute auf morgen? Sind Sie verrückt geworden? Das können Sie nicht! Sie haben einen Vertrag unterschrieben. Ich bringe Sie vor Gericht!«

»Das ist Ihnen ganz unbenommen, nur wird es Ihnen nichts nutzen«, erwiderte Slocum gelassen und griff zu seinem Hut. »Der mir noch zustehende Urlaub deckt die Kündigungsfrist ab.«

»Zum Teufel noch mal, was ist in Sie gefahren? Wenn Sie meinen, Sie hätten eine Gehaltserhöhung verdient ...«

»Bemühen Sie sich nicht. Ich stehe schon anderswo im Wort und unter Vertrag!«, erwiderte Slocum kühl und ging zur Tür.

»Bei wem?«, bellte Henry und folgte ihm, als wollte er ihn zurückhalten.

»Bei der Trans Oceanic Steamship Carrier, kurz TOSCA«, antwortete Slocum und stieß die Tür zum Plankenweg der Waterfront auf. Der Lagermeister und sechs, sieben Kontoristen standen noch ganz in der Nähe. Rechts vom Eingang wartete mit laufendem Motor ein marineblauer, mit viel Chrom verzierter Phaeton.

»Nie gehört!«

»Wie sollten Sie auch, Mr Caldwell? Die Firma ist gerade erst ins örtliche Handelsregister eingetragen worden«, erklärte Slocum mit dünnem Lächeln. »Vermutlich dürfte es Sie interessieren zu erfahren, dass die Oakland Star Shipping am Montag in der Trans Oceanic Steamship Carrier aufgehen wird. Sie hat, wie man mir gesagt hat, ihre Schuldigkeit getan.«

Mit einem Ruck wandte Henry den Kopf nach rechts, als er eine Gestalt aus dem Phaeton steigen und auf sich zukommen sah. Harriet. Er blinzelte, als wollte er eine Halluzination vertreiben.

Plötzlich ergab alles Sinn. Wie Schuppen fiel es ihm von den Augen.

»Ich hoffe, es bereitet dir nicht zu allzu große Unannehmlichkeiten, so viele gute Leute auf einmal ersetzen zu müssen, Onkel Henry«, sagte sie. »Hier ist meine Visitenkarte. Ruf mich an, wenn du mal nicht genügend Frachtkapazitäten hast. Ich helfe mit meiner Trans Oceanic Steamship gern aus.« Und sie schob ihm die Karte zu seinem Einstecktuch in die Anzugtasche.

Fassungslos, wie gelähmt stand Henry mit halb offenem Mund da, verhöhnt, gedemütigt und blamiert bis auf die Knochen. Ihn schwindelte, und gleichzeitig war ihm, als müsste sein Kopf platzen, so heftig war der Blutandrang.

Harriet nickte ihrem Prokuristen zu. »Ich glaube, wir können dann, Slocum.« Und im Weggehen fragte sie ihn laut: »Haben Sie meinem Onkel auch gesagt, dass gut die Hälfte seiner Belegschaft am Montag nicht bei ihm zur Arbeit erscheinen, sondern im Kontor der Trans Oceanic Steamship am Vallejo Pier ihren Dienst antreten wird?«

»Oh, das ist mir doch glatt entfallen! Weiß der Himmel, wie mir das passieren konnte, Miss Harriet«, gab Slocum scheinbar betroffen zur Antwort und hielt ihr die Wagentür auf. »Ich fürchte, das werde ich mir niemals verzeihen.«

Unter dem schadenfrohen Gelächter der Männer um den Lagermeister Pike rettete Henry sich mit feuerrotem Kopf in den Schutz seines Kontors. Guy, der in der Tür stand, stieß er mit beiden Fäusten brutal aus dem Weg.

»Ich bring sie um!«, schrie er außer sich vor Wut, trat Stühle um und fegte das Kündigungsschreiben mitsamt dem Lohnbuch und den Schlüsseln vom Tisch. »Ich bring dieses verfluchte Miststück um!«

Guy zog sich still auf die Treppe zum Obergeschoss zurück, lehnte sich auf halber Höhe an die Wand und verschränkte die

Arme vor der Brust. Ein kleines Lächeln trat auf sein Gesicht. Er genoss den Anblick seines tobenden Vaters. Es erfüllte ihn mit Zuversicht und Hoffnung für seine eigene Zukunft, ihn derart reingelegt und geschlagen zu sehen – und das von einer Frau.

47

Es war Ende September und noch dunkel, als Frank sich wie üblich um kurz vor sechs in seinen Wagen setzte und zum Studio fuhr. Er fühlte sich zerschlagen wie selten zuvor, was nach der schlechten Nacht kein Wunder war. Wenn er zusammengenommen drei Stunden Schlaf gefunden hatte, war das viel. Es gelang ihm einfach immer schlechter, die Flut von Gedanken abzustellen. Manchmal hatte er das Gefühl, dass die Dunkelheit alles nur noch schlimmer machte.

Die Umrüstung des Studios für Tonfilmproduktionen hatte erheblich mehr Zeit und Geld verschlungen als veranschlagt. Nun musste er streng darauf achten, dass die Kosten für die ersten Produktionen nicht auch noch aus dem Ruder liefen. Große Summen verschlangen auch die Installation von Lautsprecheranlagen in den Häusern der eigenen Kinokette sowie die Anschaffung von Tonfilmprojektoren. Und dabei galt es nicht nur, den gesteckten Zeitrahmen einzuhalten, sondern auch, das bewilligte Budget nicht zu sprengen. Holbrook, Kirkland und Rutherford saßen ihm im Nacken wie Schakale, sie warteten nur auf den Beweis, dass er aufs falsche Pferd gesetzt hatte und die horrenden Ausgaben sich als Fehlinvestition erwiesen. Sie lauerten darauf, ihm schwerwiegende Fehler nachweisen zu können und damit eine Handhabe für seine Entmachtung zu haben. Seit die Triple S ein börsennotiertes Unternehmen war und New Yorker Investmentbanker mit an ihrem Tisch saßen, wurde das Spiel nach ganz neuen, erheblich brutaleren Regeln gespielt. Und sollte der Tonfilm sich all seinen Überzeugungen zum Trotz nicht durchsetzen, würde ihn auch der Fünfjahresvertrag als Präsident der Gesellschaft, der ihm zumindest für diese Zeitspanne die Vormachtstellung im Unternehmen garantierte, nicht retten. Kein Vertrag war so wasserdicht, dass die gerissenen und hoch bezahlten New Yorker Anwälte ihn nicht auszuhebeln vermochten; dafür brauchte er nur ein paar Fehlentscheidungen zu treffen und sich angreifbar zu machen. Und was die Situation zusätzlich verschärfte, war die Tatsache, dass Kirkland von New York nach Hollywood übersiedelte und sogar ein eigenes Büro im Studio bezog, gleich neben dem von Holbrook.

Als er auf den Santa Monica Boulevard abbog, drängte sich kurz Harriet in den Strudel seiner Überlegungen. Er war über das lange Labour-Day-Wochenende zu ihr geflogen, hatten sie sich doch seit ihrem Besuch in Hollywood nicht mehr gesehen. Es war ein irgendwie verkorkstes Wochenende gewesen, nicht nur weil Adrian darauf bestanden hatte, seine Freundin Julie Cormack einzuladen. Zwischen Harriet und ihm hatte es Spannungen gegeben. Nichts Dramatisches, aber sie hatte doch deutlich durchblicken lassen, dass er ihrer Meinung nach zu viel trank. Gut, am Montag war er schon am Nachmittag ziemlich angeheitert gewesen und hatte um ein Haar den Grill mitsamt Glut und Steaks umgeworfen. Das war nicht gerade eine Sternstunde der Selbstkontrolle, geschweige denn vorbildlichen Benehmens gewesen. Aber wofür waren denn solche Feste da, wenn nicht zum Feiern, verdammt?

Nachdem er sich den Rest des Tages jeglichen Alkohol versagt hatte, was ihm nicht gerade leichtgefallen war, hatten sich die Wogen gottlob schnell wieder geglättet. Inzwischen war der peinliche Ausrutscher von vor fast drei Wochen vergessen. Und in diesem beruhigenden Gefühl wandte er sich wieder den Problemen und Aufgaben zu, die ihn im Studio erwarteten.

Die beiden frühen Morgenstunden in seinem Büro waren leider nicht mehr so still und störungsfrei wie früher. Kaum hatte Ol'Abe ihn rasiert und seinen Drehstuhl wieder aus dem Zimmer gerollt, da hing er auch schon am Telefon und kam kaum noch davon los. Ein gutes Dutzend Ferngespräche waren die Regel, und an Katastrophentagen klingelte der Apparat nahezu ununterbrochen. Um diese Zeit hielten ihn die Leute aus seinem technischen Beraterteam, die durchs Land reisten und die Umrüstung der studioeigenen Kinos in den östlichen Zeitzonen betreuten, mit ihren Berichten und Problemen in Atem. Sie wussten, dass die Chance, ihn später am Tag in seinem Büro zu erreichen, äußerst gering war.

Nachdem er um acht mit Doris die wichtigsten Termine des Tages durchgegangen war, ließ er sich kurz bei der Morgenbesprechung der Abteilungsleiter sehen. Wie üblich leitete Holbrook die Sitzung. Frank hatte ihm die Kontrolle über die verwaltungstechnischen, administrativen Belange des Studios nur zu gern überlassen. Mit dem Rattenschwanz an Kleinkram, den die ausufernde Bürokratie unablässig produzierte, wollte er nichts zu tun haben, und deshalb blieb er auch nur kurz. Ihn zog es ins Tonstudio, denn nichts war wichtiger als die Dreharbeiten von *Hotel Splendid*.

Am liebsten hätte er gleich im August mit einer großen Tonfilmproduktion begonnen, nämlich mit *Bitter Harvest* mit Laura in der Hauptrolle, aber er hatte der Verlockung widerstanden und sich Bakers Einwänden gebeugt. Seine Regisseure, ja die ganze Crew, alle mussten mit der neuen Technik und den völlig veränderten Drehbedingungen auf dem Set erst einmal Erfahrungen sammeln. Und Fehler kosteten erheblich weniger Geld, wenn sie innerhalb einer ohnehin preiswert kalkulierten B-Produktion gemacht wurden, und dann noch bei einer Serie, die ohne Außenaufnahmen auskam. Deshalb hatte Frank eine romantische Serien-Komödie konzipieren lassen, die in einem Hotel spielte. Im Mittelpunkt von *Hotel Splendid* standen drei vollkommen unfähige, aber bemühte und liebenswerte Junggesellen unterschiedlichen Alters, die all ihr Geld in den Erwerb des Hotels gesteckt hatten, mit dessen Führung aber heillos überfordert waren. Hinzu kamen einige nicht weniger skurrile und doch liebenswerte Mitarbeiter und Gäste. Frank plante, diese zwanzigminütigen Flicks später im Vorprogramm von Double-Feature-Vorstellungen in die Kinos zu bringen.

Es hatte sich als klug und kostensparend erwiesen, dass er auf Baker gehört und mit diesen Billigproduktionen begonnen hatte. Wie oft hatten etwa Schauspieler, Regisseur oder Leute von der Crew vergessen, dass, sowie die Klappe fiel und die Kameras liefen, absolute Stille herrschen musste. Frank wollte lieber gar nicht wissen, wie oft in der ersten Zeit eine Einstellung hatte wiederholt werden müssen, weil jemand gehustet, ein Bonbon ausgewickelt, über einen Gag gelacht oder sonst ein Geräusch verursacht hatte – ganz zu schweigen von den vielen Fällen, wo jemand aus dem Aufnahmebereich des ihm zugedachten Mikrofons getreten war. Was all den Filmprofis durch jahrelange Gewohnheit in Fleisch und Blut übergegangen war, ließ sich einfach nicht von heute auf morgen abstellen. Meilen von nutzlosem Zelluloid waren diesen alten Gewohnheiten zum Opfer gefallen und in den Abfall gewandert.

An diesem Morgen lief es auf dem Set zu Franks Erleichterung erfreulich reibungslos. In der knappen Stunde, die er die Dreharbeiten beobachtete, musste nur einmal wegen eines störenden Geräusches abgebrochen werden. Allerdings fand er etwas, das ihm schon bei der letzten Prüfung der Muster aufgefallen war, erneut bestätigt. Nämlich, dass manche Stellen im Skript noch immer die Stummfilm-Slapstick-Drehbuchschreiber erkennen ließen. Die Notwendigkeiten und Möglichkeiten des neuen Mediums Sprache meisterten noch längst nicht alle seiner Drehbuchschreiber zu seiner Zufriedenheit. Manche Szenen setzten noch immer zu stark auf Gesten und Mimik, statt den Witz über die Sprache zu transportieren.

Zurück im Büro, setzte Frank gerade ein dementsprechendes und nicht eben zimperliches Memo für James Cameron auf, den Noch-Abteilungsleiter der Drehbuchschreiber, als Tony seinen ersten schwungvollen Auftritt des Tages hatte. Das bissige Grinsen, das dem Fixer trotz im Mundwinkel baumelnder Zigarette ganz mühelos gelang, verriet schon, wohin die Reise ging. Tony liebte das heraufziehende Desaster, den scheinbar nicht abzuwendenden Skandal um Stars und Starlets, und hasste nichts mehr, als wenn die Dinge in seinem Bereich reibungslos liefen und er keine Gelegenheit fand, seine Talente unter Beweis zu stellen.

»Tun Sie mir den Gefallen und beginnen Sie mit was Alltäglichem, bevor Sie zu den ernsten Vorfällen kommen«, sagte Frank und schraubte die Kappe auf seinen Füller. Das Memo musste warten. Hätte es nur Lappalien zu bereden gegeben, wäre Tony nicht zu ihm gekommen. »Simple Trunkenheit am Steuer oder eine aus dem Ruder gelaufene Orgie, irgendwas Gewöhnliches zum Warmwerden bitte.« Er stand auf, um sich einen Whiskey einzugießen.

»Solcher Kleinkram steht heute nicht auf meiner Liste, was mich selbst wundert.« Als Frank mit fragendem Blick die Flasche hochhielt, nickte Tony. Er hockte sich auf die Schreibtischkante, zog ein schwarzledernes Notizbuch aus seinem flamingoroten Jackett und klappte es auf. »Für den sanften Einstieg kann ich damit dienen, dass dringend ein Termin für eine Abtreibung gebraucht wird.«

Frank kam mit den Drinks zum Schreibtisch zurück und reichte Tony ein Glas. »Wer hat nicht aufgepasst?«

»Mary Rowland, unsere Unschuld vom Lande und Rosenknospe der Prärie – und natürlich ihre unsägliche Mutter Peggy.«

Frank verzog das Gesicht. Mary Rowland war noch keine siebzehn und spielte in einer erfolgreichen Westernserie eine junge, tugendhafte Farmerstochter. In der letzten Folge hatte sie gerade in der nahen Dorfkirche den Sonntagsunterricht der Kleinen übernommen. »Wie konnte das passieren, wo doch Peggy, diese raffgierige Furie, ihre Tochter nur rauslässt, wenn die für sie Geld machen kann?« Peggy Rowland war Marys Mutter, Managerin und Finanzverwalterin in einer Person. Die Frau hatte Haare auf den Zähnen, und ihre Stimme konnte Glas zum Bersten bringen. Seit deren Kindheit hatte sie ihre Tochter von einem Casting zum nächsten geschleppt und um Probeaufnahmen gebettelt, bis es endlich mit einem Studiovertrag geklappt hatte. Mit ihr zu verhandeln war mehr als aufreibend. Gemeinhin wachte sie über ihren Goldesel, der ihr ein Luxusleben verschaffte, wie ein giftspeiender Drache über seine Brut.

Tony zuckte die Achseln und grinste. »Wenn der Trieb erwacht, wird selbst so manches Dummerchen erfinderisch. Wie die biblische Jungfrau ist sie jedenfalls nicht zu ihrem Kind gekommen, vermute ich mal.«

»Schicken Sie sie zu Doc Willow nach Pasadena«, trug Frank ihm auf und spülte seinen Ärger mit einem Schluck Whiskey hinunter. Es lohnte sich nicht, sich über einen Vorfall wie diesen aufzuregen, geschweige denn sich moralisch zu entrüsten. Dafür war Hollywood nicht der Ort. Diese Dinge passierten immer wieder, weshalb auch auf der »schwarzen« Lohnliste eines jeden Studios verschwiegene und gut bezahlte Abtreibungsärzte und Privatkliniken für Suchtkranke standen, ebenso Anwälte und allerlei Informanten. Sie alle sorgten jeweils auf ihre Art für die nötige Schadensbegrenzung. Eine ganze Industrie lebte im Dunstkreis der Studios von den Lastern und Fehltritten der Stars und Starlets, aber auch denen der Studiobosse, Regisseure und anderen Filmleute, auf deren Verfehlungen um keinen Preis das unerbittliche Licht der Öffentlichkeit fallen durfte. »Okay, was haben Sie noch, Tony?«

»Devin Neville, Boss.«

Frank lachte freudlos. »Wann haben Sie den denn mal nicht auf Ihrer Liste?« Der gelackte Bursche war immer für eine Handvoll Sand im Getriebe gut. »Wo hat er uns denn diesmal in die Suppe gespuckt?« Devin Neville ging stramm auf die fünfzig zu, hatte viele Jahre erfolgreich den charmanten Salonlöwen und Liebhaber gespielt und war in der Rolle des reifen Gentleman lange der Schwarm der Frauen jenseits der dreißig gewesen. Vor einigen Jahren jedoch hatte sein Stern am Kinohimmel begonnen, an Leuchtkraft zu verlieren, und es hatte so ausgesehen, als würde er für das Studio zum Verlustgeschäft. Frank hatte ihm schon den Vertrag kündigen wollen, auch weil es immer wieder Ärger mit ihm gab, vor allem mit seinen männlichen Liebschaften, doch dann hatte Neville ganz unverhofft in einer Mantel-und-Degen-Produktion ein überraschendes Comeback hingelegt. Seitdem war er wieder obenauf, denn aus dem einen Film war eine erfolgreiche Serie geworden.

»Neville weigert sich, zu Probeaufnahmen ins Tonstudio zu kommen«, berichtete Tony feixend. »Das sei eine Beleidigung, meinte er, immerhin sei er ein Star und habe es nicht nötig, sich wie ein blutiger Neuling zu Probeaufnahmen herabzulassen.«

»Dann wird er vertragsbrüchig und fliegt.« Frank hatte allen Vertragsschauspielern ein Schreiben mit einem verbindlichen Termin für Probeaufnahmen im Tonstudio geschickt. Die ersten beiden Dutzend Muster lagen schon vor, die würde er sich später am Abend ansehen und vor allem anhören.

»Das habe ich ihm auch gesagt. Seine Antwort war: Auf so einen lächerlichen Bluff fällt er nicht herein, und Sie sollen ihn mit solchen Kinkerlitzchen in Ruhe lassen.«

»Wer hier wen blufft, wird sich noch zeigen. So, und jetzt können Sie langsam zu den schweren Kalibern auf Ihrer Liste kommen«, drängte Frank.

»Eigentlich wollte ich noch berichten, dass der gute Neville zusammen mit seinem neuen Jüngling von Liebhaber letzte Nacht eine Spielhalle in der 12th Street auseinandergenommen hat«, sagte Tony leichthin. »Fragen Sie mich nicht, was der Chicano, den Neville sich da angelacht hat und als seinen Fahrer ausgibt, also was die beiden da überhaupt zu suchen hatten. Neville wollte wohl mal einen Blick auf das Leben der Normalsterblichen werfen und ist in dem Schuppen auf wenig Gegenliebe gestoßen. Aber lassen wir das. Das Polizeiprotokoll, das ich gegen ein paar Scheine einkassiert habe, und die Quittung über den Schadensausgleich heben Sie sich für den Tag auf, an dem Sie Neville loswerden wollen, ohne dass er auch nur einen Mucks von sich geben kann.« Er kippte den Rest Whiskey hinunter und fuhr in veränderter Tonlage fort: »Okay, hier also der Hammer des Tages, Boss. Ich fürchte, Sie werden nicht nur das Skript für *On the Wings of Love* umschreiben lassen, sondern die weibliche Hauptrolle neu besetzen müssen.«

Diese Nachricht war nun wirklich ein Schock. »Machen Sie keine Witze, Tony!«, stieß Frank beschwörend hervor. Die Hauptrolle in der Romanze spielte Jenny Ballard. Sie stand auf der Rangliste seiner weiblichen Stars nach Laura Lynn und Betsy La Mar an dritter Stelle.

»Ich wünschte, es wäre einer«, erwiderte der Fixer. »Jenny Ballard war ja schon immer reichlich überspannt, selbst für hiesige Verhältnisse, aber gestern ist es vollends mit ihr durchgegangen. Sie ist mal wieder mitten in der Nacht vor Marlowe Burtons Haus aufgekreuzt, splitternackt unter dem Pelzmantel, und hat ihn wie eine läufige Katze angefleht, sie in sein Haus und sein Bett zu lassen. Als er ihr Liebeswerben auch diesmal nicht erhört hat, ist sie total durchgedreht, hat getobt und randaliert, hat mehrere Scheiben eingeschmissen und ist mit ihrem Cadillac durch die Blumenbeete im Vorgarten gebrettert. Dumm nur, dass der von einer recht soliden Backsteinmauer umgeben ist – oder, besser, war. In den Trümmern der umgerammten Mauer ist sie dann mit dem Wagen liegen geblieben.«

»Nicht zu fassen!«

»Zum Glück hat Marlowe mich gleich zu Beginn ihrer Serenade aus dem Bett geholt, sodass ich fast zeitgleich mit der Polizei bei ihm eingetroffen bin. Zum Glück konnte ich Jenny überreden, sich freiwillig in eine private geschlossene Anstalt zu begeben, anstatt von der Polizei ins staatliche Sanatorium gesperrt zu werden. Das hätten wir dann nicht mehr aus den Zeitungen heraushalten können. Immerhin, das hat sie trotz ihres hysterischen Zustands begriffen. Vielleicht geht das irgendwann als ›Hollywood-Selbsterhaltungsreflex‹ in die Lehrbücher für Seelenklempner ein«, witzelte Tony.

»Wohin hast du sie bringen lassen?«

»Zur Wisdom Tree Ranch in Santa Barbara, und da wird sie auch für eine ganze Weile bleiben.«

Frank nickte. »Gut, da ist sie in besten Händen und sicher vor der Presse«, sagte er. Die »Ranch« lag hinter hohen Mauern in einer Parkanlage, ein ebenso exklusives wie teures Sanatorium, das auf die Behandlung von sucht- und psychisch kranken Hollywoodgrößen spezialisiert war. Auf die Diskretion des hoch bezahlten Personals war jedenfalls Verlass.

Sie gingen noch einige andere Punkte durch, die jedoch nur mit der üblichen Pressearbeit zu tun hatten. Bevor Tony das Chefbüro verließ, fragte er noch mit gesenkter Stimme: »Wie sieht's mit Ihren persönlichen Vorräten aus? Irgendwelcher Bedarf an Nachschub?«

Frank verneinte und rief Doris zu sich, um wegen der anstehenden Krisensitzung mit dem Regisseur und dem Produktionsstab von *On the Wings of Love* einige weniger wichtige Tagestermine zu verschieben. Zum Glück befand sich die Produktion erst in der zweiten Drehwoche, sodass sich der Schaden einigermaßen in

Grenzen hielt. Lösungen für notwendige Änderungen am Drehbuch und der Ersatz für die Hauptdarstellerin waren nach einigen Stunden intensiver Besprechung gefunden.

Am Abend ging er mit Talbot, von Traunstein und Sid Cohen in den Vorführraum, der mit bequemen Sesseln für zwei Dutzend Personen und einer Bar ausgestattet war. Sid Cohen, ein kleiner untersetzter Mann mit der unerschöpflichen Energie eines Wiesels, war neu im Pool der Triple-S-Regisseure. Er hatte die vierzig gerade überschritten und kam von Warner Brothers, wo er schon Erfahrung mit dem Tonfilm gesammelt hatte, wenn auch nur mit dem Vitaphone-Verfahren. Frank hatte den richtigen Griff getan, als er ihn vor einem halben Jahr von der Konkurrenz abgeworben hatte. Sid Cohen hatte den Bau der Tonfilmstudios als einziger seiner Regisseure mit heller Begeisterung verfolgt und sich tief in die Materie gekniet. Deshalb führte er auch bei den »Hotel Splendid«-Streamlinern Regie. Talbot, von Traunstein und Cohen gehörten zu den wenigen Regisseuren, mit denen Frank nicht nur gut arbeiten, sondern auf deren Loyalität und Verschwiegenheit er auch vertrauen konnte.

»Kommen wir also zur ersten Runde der Hinrichtungen, Gentlemen«, sagte Talbot sarkastisch, als jeder einen steifen Drink neben sich stehen hatte, die Zigaretten bereitlagen und Frank dem Vorführer das Zeichen gab, die erste Rolle der Tonfilmprobeaufnahmen abzuspielen.

»In absentia«, warf von Traunstein ein.

»Aber deshalb nicht weniger tödlich«, meinte Sid Cohen, und Frank fand, dass er damit den Nagel auf den Kopf getroffen hatte.

48

Slocum hatte die Unterlagen intensiv studiert und kannte die wichtigsten Details längst auswendig. Dennoch ging er die Aufstellungen noch einmal durch, ohne dass seine bedenkliche Miene sich auch nur ein bisschen aufhellte. »Ich weiß nicht, ob es eine gute Idee ist, ihn in diesem Fall zu unterbieten, Miss Harriet«, sagte er sorgenvoll. »Das erscheint mir einfach eine Nummer zu groß.«

»Die Verschiffung des Barnum & Bailey Circus ist ein Riesenauftrag, mit dem Henry auch dieses Jahr fest rechnet. Den an mich zu verlieren würde ihn empfindlich treffen«, entgegnete Harriet. Die diesjährige Tour des berühmten englischen Zirkusses durch die USA neigte sich ihrem Ende entgegen, und Ende November würde der gewaltige Tross von Tieren, Material und Menschen in New York an Bord gehen und die Reise zurück nach London antreten.

»Aber einen derart herben Verlust in Kauf zu nehmen, nur um der Caldwell Shipping den Auftrag abzujagen ...«, setzte Slocum zu einem Einwand an.

»Ist in meinen Augen allemal gerechtfertigt!«, schnitt sie ihm das Wort ab, um dann versöhnlich fortzufahren: »Ich weiß Ihre Sorge um mein finanzielles Wohlergehen zu schätzen, möchte Ihnen jedoch noch einmal versichern, dass dafür kein Grund besteht.«

»Gewiss, es ist Ihr Geld, das Sie als Verlust verbuchen, aber wenn Sie sich darauf einlassen, haben wir außerdem einen logistischen Albtraum am Hals«, wandte Slocum ein. »Wir müssten unsere drei größten Dampfer an die Ostküste verlegen und ...«

»Seit es den Panamakanal gibt und die Schiffe nicht mehr um Kap Hoorn müssen, ist das ja wohl kein großes Problem«, sagte Harriet. Sie hatte sich längst entschlossen und Slocum würde sie nicht davon abbringen. Wo immer und wann immer sie Henry einen Schlag versetzen konnte, würde sie es tun. Sie verfügte über mehr als genug Geld, um diesen Krieg zu führen – und zwar über eine lange Zeit. Es war ja nicht so, als würden sie bei jeder Fahrt Verlust einfahren. Wozu also noch weitere Zeit mit sinnlosen Diskussionen vertrödeln? »Schicken Sie Barnum & Bailey ein Telegramm mit unserem Angebot, und machen Sie schon mal die Papiere fertig, damit diese gleich nach Eingang ihrer Bestätigung rausgehen können.«

Slocum, der wusste, wann er geschlagen war, nickte. »Das Telegramm werde ich persönlich aufgeben, und die Papiere habe ich bis heute Abend fertig.«

»Wie hätte es auch anders sein können.« Harriet schenkte ihm ein Lächeln. »Und wie sieht es mit Corpus Christi aus? Haben Sie mit diesem Schiffsmakler O'Connor gesprochen?«

»Das habe ich. Der Termin nächste Woche ist ihm recht.«

Harriet lachte auf. »Wie sollte er diesem Provisionsjäger auch nicht recht sein? Also gut, sagen Sie zu und buchen Sie uns die schnellste Eisenbahnverbindung, vorzugsweise per Pullman-Schlafwagen. Je eher wir uns mit eigenen Augen ein Bild machen, desto besser.«

Sie überließ Slocum seinen Aufgaben, erledigte einige Korrespondenz und fuhr nach dem Lunch in die Stadt, um sich von einem Immobilienmakler in Pacific Heights das Penthouse des Ross Building zeigen zu lassen. Das gerade erst fertiggestellte Apartmenthaus im neugotischen Stil war mit seinen zweiunddreißig Stockwerken nicht nur der höchste Wolkenkratzer der Stadt, sondern auch der erste mit eigener Tiefgarage, wie der Makler sie stolz hatte wissen lassen.

Am Abend leistete Adrian ihr beim Dinner im Palm Court des »Fairmont« Gesellschaft. Sie freute sich, dass er sich endlich mal wieder Zeit für einen Besuch bei ihr genommen hatte, aber natürlich verstand sie auch, dass sein Studium ihn stark in Anspruch nahm und er seine freie Zeit lieber mit seinen Freunden und auf Seven Oaks verbrachte. Es war nun mal der Lauf der Welt, dass die Kinder sich von den Eltern lösten und mit Ihresgleichen eigene Wege gingen. Es war schmerzhaft, nicht mehr wirklich gebraucht zu werden und nur noch an der Peripherie ihres Lebens von Bedeutung zu sein, aber so erging es schließlich allen Eltern. Damit musste man sich abfinden, so schwer es auch fiel.

Womit sie sich jedoch nicht abfinden konnte, war Adrians Beziehung mit dieser Julie Cormack. Sie versuchte, das Ganze aus ihren Gedanken zu verbannen, aber die Wirklichkeit stieß sie immer wieder darauf, dass Julie Cormack nicht aus Adrians Leben verschwand, nur weil sie sich das wünschte. Dass ihr Sohn sich noch immer mit ihr abgab, war ihr unbegreiflich. Was hatte diese Frau an sich, dass sie Adrian so um den kleinen Finger wickeln konnte? Was hatte sie ihm zu bieten? Weder war sie ein Hingucker, noch vermochte sie mit besonderer Intelligenz zu beeindrucken. Jedenfalls hatte Harriet noch nichts dergleichen feststellen können.

Das Dinner verlief harmonisch, bis Harriet den Fehler beging, Julie Cormack zu erwähnen. Der Ausrutscher unterlief ihr beim Dessert.

»Übrigens, kommst du am Samstag nach Berkeley, Mom?«

»Was gibt es denn da?«

»Na das Finale unseres Tennisturniers gegen das Team der Uni von Los Angeles! Wir haben doch letztens am Telefon darüber gesprochen«, sagte er, und seine Augen leuchteten. Er gehörte zu den besten Spielern von Berkeley und hatte gute Chancen, nicht nur im Einzel, sondern auch im Doppel ganz oben mitzumischen. »Da wird mächtig was los sein. Es wird dir gefallen.«

»Tut mir leid, aber am Samstag bin ich schon mit Slocum auf dem Weg nach Corpus Christi«, teilte sie ihm mit. »Wir sind da am Montag mit einem Schiffsmakler verabredet.«

Er zog ein enttäuschtes Gesicht.

»Ja, das hat sich plötzlich ergeben und lässt sich beim besten Willen nicht verschieben.« Harriet wich seinem Blick aus, erinnerte sie sich nun doch schuldbewusst, dass sie ihm versprochen hatte, den Samstagnachmittag bei ihm in Berkeley zu verbringen. »Es tut mir wirklich leid, dass ich nicht dabei sein kann. Aber beim nächsten Mal sitze ich auf der Tribüne, ganz bestimmt!« Und bevor sie ihre Zunge in Zaum halten konnte, rutschte ihr auch schon heraus: »Und gewiss wird deine kleine Herzensbrecherin dich für zwei anfeuern und jubeln, wenn du einen Pokal gewinnst.«

Seine Miene verdüsterte sich augenblicklich. »Weder hat sie mein Herz gebrochen, noch ist sie klein. Sie ist fast so groß wie ich, Mutter! Außerdem hat sie einen Namen, und der ist Julie, falls dir das entfallen sein sollte!« Er knüllte die Leinenserviette zusammen und warf sie auf den Teller, der Appetit auf die Nachspeise war ihm vergangen. Keine fünf Minuten später verabschiedete er sich mit einem kühlen, flüchtigen Kuss auf die Wange, da half weder die hastige Beteuerung, es nicht so gemeint zu haben, noch die Bitte, er möge ihre Worte nicht auf die Goldwaage legen.

Später am Telefon beklagte sie sich Frank gegenüber, dass Adrian so empfindlich reagiert und sie einfach sitzen gelassen hatte, obwohl noch nicht einmal das Dessert serviert worden war. »Das war ungehörig. Man wird doch noch einen Scherz machen dürfen, oder?«

»Ich kann mir gut vorstellen, dass deine Bemerkung alles andere als harmlos geklungen hat.«

»So, jetzt stellst du dich also auch noch auf seine Seite?«, rief sie.

»Nein, ich äußere nur eine Vermutung, Harriet«, widersprach er ruhig. »Ich weiß doch, dass du schon allergisch reagierst, sowie auch nur ihr Name fällt. Du magst sie nicht, das wirst du doch wohl nicht bestreiten, oder?«

»Dass ich diese dahergelaufene Ju-lie …«

»Siehst du, das ist sie wieder, deine Abneigung! Deine Stimme trieft nur so davon.«

»Danke für deinen liebevollen und so überaus konstruktiven Beitrag dazu, unseren Sohn vor einem fatalen Fehler zu bewahren!«, erwiderte sie grimmig. »Dass ich Ju-lie Cormack für ein berechnendes Biest halte und wünschte, Adrian würde sie in die Wüste schicken, hat seine Gründe.«

»Und die wären? Abgesehen davon, dass du ihren Vater für einen kleinen Krämer hältst und sie deiner Meinung nach zu viel Aufhebens um ihre angeblich französische Abstammung macht?«

»Dass du das noch fragen musst!«, ereiferte sie sich. »Dir habe ich ein wenig mehr Menschenkenntnis zugetraut. Ich dachte, du durchschaust, worauf dieses Biest aus ist!«

Frank seufzte. »Vielleicht hast du ja recht und ich sehe das einfach nicht. Aber selbst wenn du richtigliegst, tust du dir keinen Gefallen damit, dir deine Abneigung so deutlich anmerken zu lassen. So bringst du Adrian doch nur gegen dich auf und sorgst dafür, dass er schon aus Trotz gerade an ihr festhält. Aber davon ganz abgesehen: Wollen wir wirklich jetzt darüber streiten?« Seine Stimme nahm einen sehnsüchtigen, zärtlichen Ton an. »Du fehlst mir, mein Schatz.«

»Ach, du mir doch auch«, sagte Harriet mit nun wieder weicher Stimme.

»Übernächste Woche, wenn die ersten Folgen von *Hotel Splendid* abgedreht sind, kann ich mir ein paar Tage freinehmen«, teilte er ihr freudig mit. »Wir könnten in die Berge fahren, uns eine hübsche Blockhütte mieten und den Rest der Welt für eine Weile vergessen.«

Sie gab einen schweren Seufzer von sich. »Ja, das wäre wunderbar, aber leider wird es nicht gehen. Ich fahre am Samstag mit Slocum nach Corpus Christi. Wir treffen dort einen Makler, der einige interessante Schiffe im Angebot hat, und wenn wir schon mal da unten sind, werden wir wohl noch einen Blick auf einige Frachter werfen, die in New Orleans zum Verkauf stehen. Es kann also sein, dass wir übernächste Woche noch nicht zurück sind.«

Das lange Schweigen am anderen Ende sagte deutlicher als alle Worte, wie groß Franks Enttäuschung war. »So, du gehst also weiter auf Bruttoregistertonnen-Einkaufstour«, bemerkte er schließlich nur.

»Selbstverständlich! Ich brauche noch mindestens anderthalb, besser zweieinhalb Dutzend Schiffe mit großer Tonnage, um in der Branche eine wirklich bedeutende Rolle spielen zu können. Und das ist mein Ziel!«, erklärte sie entschlossen. »Onkel Henrys Ruin ist nur eine Etappe auf dem Weg dorthin.«

»Aber wie um alles in der Welt willst du das in so kurzer Zeit finanzieren? Ich weiß ja, dass Jordan dir ein stattliches Vermögen hinterlassen hat, aber mittlerweile hast du doch schon zig Millionen in den Ankauf von Schiffen investiert.«

Harriet lachte. »Das muss ich dir gewieftem Geschäftsmann doch nicht erklären. Ich lege ja nicht den vollen Kaufpreis hin, wenn ich Schiffe kaufe, sondern nehme meine Hausbank mit ins Boot. Auf die Weise lässt sich das Kapital weit strecken.«

»Aber sein Geschäft mit hohen Hypotheken zu belasten und auf wachsende Gewinne zu setzen ist ein gewagtes Spiel. Findest du nicht, dass du den Ausbau deiner Flotte etwas weniger risikoreich vorantreiben solltest?«

»Sage ich dir vielleicht, wie du dein Studio führen sollst und dass du besser die Finger davon gelassen hättest, alles auf den Tonfilm zu setzen?«, fragte sie zurück.

»Entschuldige, so war es nicht gemeint«, versicherte er schnell. »Ich mache mir einfach nur Sorgen um dich, das ist alles.«

»Das ist auch ganz lieb von dir, aber wie wir jeweils unsere Geschäfte führen und welche Risiken wir dabei eingehen, sollten wir besser außen vor lassen«, sagte sie versöhnlich. »Apropos Sorgen machen: Hast du mal von deinem Freund Zukor was gehört, wie Ashley mit ihren Dreharbeiten vorankommt?« Ihre Schwester drehte ihren neuen Film in einem bei Paramount angemieteten Studio. Sie hatte fast ihr gesamtes restliches Erbe in dieses Projekt investiert.

»Die Produktion ist nicht nur im Zeitplan, sondern wundersamerweise hält Koenig sich sogar an die strengen Vorgaben, die deine Schwester offenbar fürs Budget gemacht hat. Es heißt, sie hat ihm einen Bonus versprochen, wenn er die Kosten unter Kontrolle hält. Und nach den Mustern, die er bislang gesehen hat, meint Addy, dass Koenig gute Arbeit leistet, dass der Film eine runde Sache zu werden scheint und deine Schwester ihre Sache ganz ordentlich macht. *Reap the Stormy Wind* ist einfach eine gute Geschichte.«

»Ist ja auch von meinem kleinen Bruder«, sagte sie stolz. »Mit der Geschichte hat Elliot sich seinen Frieden und seine Nachtruhe erkauft.« Mit einer Mischung aus Zorn und fassungsloser Belustigung hatte Ellliot ihr in einem Brief berichtet, dass Ashley ihn zwei Wochen lang mit Dutzenden Telegrammen tyrannisiert hatte. Mal waren sie bittend und beschwörend gewesen, mal voller Wut und Vorwurf, dann wieder hatte sie behauptet, es sei seine brüderliche Pflicht, ihr eine Story zur Verfügung zu stellen. Das sei er ihr verflucht noch mal schuldig. Schließlich war er es leid gewesen, und so hatte er ihr eine längere Geschichte überlassen, die er schon seit einiger Zeit in der Schublade liegen hatte.

»Irgendwie seid ihr beide einander ähnlicher, als ihr glaubt«, sagte Frank. »Ihr habt dieselbe Entschlossenheit und Zähigkeit, nur hapert es bei deiner Schwester am Erfolg.«

Harriet war da anderer Meinung, zog es aber vor, nicht darauf einzugehen. »Ich habe mich übrigens entschlossen, aus dem ›Fairmont‹ auszuziehen. Da war ich lange genug. Ich will wieder etwas Eigenes haben, aber nicht wieder ein Haus mit endlosen Zimmerfluchten. Heute habe ich mir ein hübsches Penthouse in Pacific Heights angeschaut und beschlossen, es zu kaufen.«

»Das ist ja witzig!«, rief Frank.

»Was soll daran witzig sein?«

»Weil ich denselben Entschluss gefasst habe. Ich meine, nicht etwas Eigenes zu kaufen, aber nicht länger im Hotel zu wohnen«, sagte er. »Ich werde einen der hübschen Bungalows im ›Garden of Allah‹ mieten. Nächste Woche wird er frei!«

»›Garden of Allah‹?« Harriet versteifte sich unwillkürlich. »Wohnt da nicht auch Laura Lynn?«

»Ja, tut sie. Woher weißt du denn das?«

»Ashley hat es mir erzählt. Wie geschickt von ihr, dich in ihren Garten Eden zu locken!«, sagte sie, und es schwang ein argwöhnischer Unterton mit.

»Liebling, bitte! Das ist jetzt nicht dein Ernst, oder?« Franks Lachen klang etwas angestrengt. »Keiner hat irgendwen gelockt, schon gar nicht Laura. Doris, meine Sekretärin, hat davon erfahren und es mir gesagt, weil sie weiß, dass ich allmählich aus dem ›Ambassador‹ rauswill. Also fang bitte nicht an, Gespenster zu sehen. So, und jetzt erzähl mir mehr von deinem Penthouse.«

Harriet beschrieb ihm ein wenig die herrliche Lage und die luxuriöse Ausstattung, hatte aber die Lust an dem Thema verloren. Außerdem war es spät, und so beendeten sie ihr Telefonat bald darauf.

49

Das Schrillen des Weckers um kurz nach fünf schnitt wie das Blatt einer kreischenden Kreissäge durch Franks wirre Träume. Er erwachte mit dem Gefühl, von unsichtbaren Bleiplatten niedergedrückt zu werden und kaum die Kraft zum Aufstehen in sich mobilisieren zu können. Und er wusste, woran es lag. Er war mal wieder viel zu spät ins Bett gekommen, außerdem hatte er nach so wenigen Stunden Schlaf mit Sicherheit noch Restalkohol im Blut. Das Übliche also, aber zum Glück ohne Kater. Nicht auch noch gegen Kopfschmerzen ankämpfen zu müssen war ein Segen, für den er dankbar war.

Er wälzte sich aus dem verschwitzten Bett und wankte ins Bad. Als Erstes griff er nach dem Tablettenröhrchen, um sich mit einem Schluck Wasser aus dem Zahnputzbecher eine Red Devil einzuwerfen. Die länglichen roten Amphetaminpillen waren echte Wachmacher und ihr Geld wert. Die Wirkung setzte schnell ein. Noch ehe er sich unter die kalte Dusche stellte, spürte er, wie seine inneren Kronleuchter angingen. Von derselben Qualität waren auch die schwarzen Knock-out-Tabletten, die Tony ihm beschafft hatte. Zu den Black Beauties griff er, wenn er spät in der Nacht in seine Suite kam und zu überdreht war, um die Gedanken abschalten und Schlaf finden zu können. Die schwarzen Wunderdinger, die im Pharmahandel unter den Namen Luminal, Veronal und Pentothal liefen, knipsten bei ihm in Minutenschnelle die Lichter aus. Nur machten sie das Aufwachen zu einem elenden Kampf, der sich ohne die Red Devils quälend lange hinzog.

Eigentlich mochte er all das Zeug nicht, das Kokain eingeschlossen, aber notgedrungen hatte er sich darauf eingelassen. Ihm war gar nichts anderes übrig geblieben. Hätte er es nicht getan, er hätte das Handtuch werfen und sich zum Abschuss freigeben müssen. Den Gefallen würde er Kirkland und Rutherford nicht tun. Außergewöhnliche Herausforderungen erforderten nun mal außergewöhnliche Mittel. Zumindest hatte er den Gebrauch des Zeugs gut unter Kontrolle, und wenn er endlich aus dem Gröbsten heraus war, würde er wieder die Finger davon lassen.

Im Augenblick aber war daran nicht zu denken. Die Pillen und gelegentlich eine schnelle Prise Kokain machten ihm das Leben um einiges leichter. Und zurzeit bestand sein Leben aus einer nicht enden wollenden Kette nervenaufreibender Aufgaben und Probleme, die all seine Aufmerksamkeit und Energie verlangten. Für Dinge, die nichts mit dem Studio zu tun hatten, blieb so gut wie keine Zeit. Er hatte es noch nicht einmal geschafft, aus dem »Ambassador« auszuziehen, obwohl er für den Bungalow im »Garden of Allah« schon seit zwei Wochen Miete zahlte. Er brauchte bloß ein paar Koffer mit seinen wenigen Habseligkeiten und ein halbes Dutzend Kartons mit geschäftlichen Akten zu packen, aber selbst dazu kam er nicht, obwohl er sich jeden Tag vornahm, diese Aufgabe endlich anzugehen. Natürlich hätte er jemanden damit beauftragen können, doch dazu rang er sich nicht durch. Ihm missfiel der Gedanke, dass ein Fremder beim Ausräumen von Schubladen und Schränken all seine persönlichen Sachen in die Hände nahm, von den Geschäftspapieren ganz zu schweigen. Nein, das machte er doch lieber selbst, und wenn es noch so lästig war. Ja, am nächsten Sonntag würde er endgültig aus diesem Hotel ausziehen!

Er trank im Stehen hastig eine Tasse schwarzen Kaffee, fuhr in tiefster Finsternis ins Studio und quälte sich durch einen weiteren mühseligen Tag. Die Sitzung des Komitees der Academy am Nachmittag war eine erfreuliche Unterbrechung im zermürbenden Mahlstrom der Tagesgeschäfte. Frank hatte sich im Januar überreden lassen, zusammen mit Chaplin, Zukor und zwei weiteren Gründungsmitgliedern eines der Subkomitees zu bilden. Ihre Aufgabe bestand darin, Vorschläge auszuarbeiten, in welcher Form und in welchem feierlichen Rahmen die geplanten jährlichen Auszeichnungen stattfinden sollten.

Diesmal war Chaplin an der Reihe gewesen, zu ihrer monatlichen Sitzung einzuladen, und er hatte die Besprechung kurzerhand auf die Terrasse seiner spanischen Villa verlegt. Der prachtvolle Bau stand mitsamt diversen Nebengebäuden ein Stück unterhalb von Pickfair in ähnlich traumhafter Lage auf einem riesigen parkähnlichen Grundstück. Die sengende Sommerhitze war Ende September zur Erlösung aller eher mildem mediterranen Wetter gewichen, sodass es wieder Vergnügen bereitete, sich unter freiem Himmel aufzuhalten.

Nach einer guten Stunde unter gelb-weiß gestreiften Sonnenschirmen, mit Zugriff auf den gut sortierten Barwagen und Blick auf Chaplins glitzernden Pool, kamen sie zum letzten Punkt der Tagesordnung. Schon vor Monaten war entschieden worden, dass eine schlichte Urkunde oder eine Plakette als zu verleihender Preis nicht infrage kam. Die Auszeichnung musste etwas hermachen, musste dem glamourösen Standard von Hollywood und der Eitelkeit seiner Stars Genüge tun, und so war die Wahl auf eine Statuette gefallen. Mit der Gestaltung einer solchen Trophäe, für die ein Budget von fünfhundert Dollar festgesetzt worden war, hatte man Cedric Gibbons, den Artdirector von MGM, beauftragt. Er gesellte sich um kurz nach vier zu den fünf Männern auf der Terrasse und rollte seine großen Zeichenbögen aus. Sein Entwurf fand spontane Zustimmung. Die Zeichnungen zeigten die goldene Figur eines Schwertträgers, der auf einer Filmrolle stand.

»Das Ding wird richtig schwer«, versicherte Gibbons mit einem verschmitzten Grinsen. »Runde acht Pfund, schätze ich mal. Damit die, die diesen Preis mal in Empfang nehmen, sich auch alle schön gewichtig vorkommen.«

»Und der Kerl soll ganz aus Gold gegossen werden?«, fragte Chaplin ungläubig.

Der Artdirector lachte. »Natürlich nicht, wir spendieren ihm nur eine dünne Haut aus Vierundzwanzig-Karat-Gold. Und wie ich meinen Boss kenne, würde er ihn noch lieber mit billiger Goldfarbe anpinseln lassen.«

»Gibt's schon einen Namen dafür?«, erkundigte sich Zukor und griff nach der Kristallkaraffe mit Whiskey. In seinem Glas schwamm nur noch eine Pfütze Eiswasser.

Frank folgte seinem Beispiel.

Cedric Gibbons schüttelte den Kopf. »Da werden wir uns noch was ausdenken müssen. Aber Margaret Herrick, die erste Vorstandssekretärin der Academy, hat auch schon einen Blick auf meine Zeichnungen geworfen und meinte, der Schwertträger würde sie an ihren Onkel Oscar erinnern.«

»Na, da haben wir doch einen Namen!«, scherzte Frank.

Alles lachte.

Cedric Gibbons rollte seine Bögen wieder ein, gönnte sich einen doppelten Tequila und verabschiedete sich wenig später. Auch die beiden Regisseure brachen auf. Für ihr Komitee gab es vorerst nichts weiter zu besprechen, und die beiden hatten noch mehrere Abendstunden Drehproben vor sich.

Auch Frank und Zukor wollten gehen, aber Chaplin drängte sie, noch auf einen Drink zu bleiben. Und weil Zukor nur mit den Achseln zuckte und sich wieder setzte, gab auch Frank dem Drängen nach. Dabei ahnte er schon, dass Chaplin ihnen gleich wieder mit seiner Scheidung in den Ohren liegen würde.

Und tatsächlich, kaum waren sie unter sich, zog Chaplin über Lita Grey vom Leder. Sie war zwölf gewesen, als er sie zum ersten Mal vor die Kamera geholt hatte, und mit nicht mal sechzehn Jahren war sie seine Geliebte geworden. Die überstürzt in Mexiko geschlossene Ehe hatte keine drei Jahre gehalten, Ende August war sie nach monatelanger Schlammschlacht schließlich aufgelöst worden. Die Scheidung hatte ihn Millionen gekostet.

»Über zweiundfünfzig Seiten lang hat dieses Miststück meine angeblichen Vergehen aufgelistet!«, erregte er sich. »Sie hat sogar behauptet, ich hätte ihr die Erfüllung degenerierter Wünsche abverlangt, Sachen, die laut Paragraf 288 a des kalifornischen Strafgesetzbuches als sexuelle Perversion gelten.«

»Soso, Paragraf 288 a«, sagte Zukor und hob spöttisch die Brauen. »Geht es da nicht um das liebliche Spiel auf der Flöte?«

Chaplin schnaubte. »Ja, und darauf hat sie sich auch ohne Einweisung durch mich bestens verstanden! Vor Gericht hat sie dann die Unschuld vom Lande gespielt, um mir auch noch den letzten Dollar aus den Rippen zu pressen!«

»War aber auch nicht clever, dass du ihr nur fünfundzwanzig Dollar die Woche angeboten hast«, wandte Frank ein. »Wärst vielleicht ein, zwei Millionen billiger davongekommen, wenn du am Anfang nicht so knickrig gewesen wärst.«

»Jaja, die Liebe ist ewig, so lange sie währt, mein Bester«, murmelte Zukor.

Chaplin sah ihn konsterniert an. »Ach was, ich muss nur die Richtige finden. Ich brauche einfach eine Frau, die versteht, dass schöpferische Kunst einen Mann restlos beansprucht. Dass ich, wenn ich arbeite, weder Kraft noch Liebe für sie übrig habe.«

»Dein Problem ist, dass deine Erwählten nicht nur hübsch, sondern vor allem sehr jung und einfältig sein müssen«, sagte Frank, dem klar war, dass Chaplin auch künftig nicht die Finger von Minderjährigen lassen würde. Und nur weil die ganze Welt ihn als großen Künstler verehrte, würde er auch weiterhin ungestraft damit durchkommen. »Und die meisten dieser jungen Dinger gibt's nun mal nur mit einer misstrauischen Mutter und teuren Anwälten im Gefolge.«

Zukor hob sein Glas. »Also dann, auf deine spektakuläre Scheidung und die nächste Unschuld, die sich in dein Bett verirrt! Leg schon mal ein Extrakonto an«, sagte er und prostete Chaplin zu. »So, und jetzt muss ich los!«

»Für mich wird's auch höchste Zeit«, sagte Frank, kippte den Rest Whiskey hinunter und stand auf. Wenn er diese Gelegenheit, sich davonzumachen, nicht ergriff, würde er von Chaplin und seinem ausufernden Lamento so schnell nicht wegkommen. Chaplin konnte, das war unbestritten, auch jenseits der Kamera ein anregender Gesprächspartner sein, allerdings nicht, wenn es um seine Scheidung ging.

Am nächsten Tag begannen die Dreharbeiten von *Bitter Harvest*, dem ersten großen Feature-Tonfilm der Triple S. Frank ließ es sich nicht nehmen, am Morgen auf dem Set zu erscheinen, um der recht nervösen Crew alles Gute zu wünschen und sie noch einmal daran zu erinnern, welch historischer Moment dieser Tag für das Studio war. Für Laura gab es eine innige Umarmung sowie Blumen und Champagner.

Sie kam schon aus der Maske und trug ein verschlissenes blaugraues Kleid, was ihrer Ausstrahlung keinerlei Abbruch tat, sondern sie eher noch betonte. In dem Drama war sie eine verarmte Farmersfrau aus Oklahoma, die nach dem Tod ihres Mannes und dem Verlust ihrer armseligen Farm mit ihren halbwüchsigen Kindern in einem klapprigen alten Ford gen Westen zieht, um als Wanderarbeiterin in den Obstplantagen von Kalifornien Arbeit und damit womöglich eine neue Heimat zu finden. Sie war blass, was nicht allein an der Schminke lag, und nervös wie ein Rennpferd vor dem Start. Auf ihrem Gesicht lag ein Ausdruck von nackter Verletzlichkeit, genau wie das Drehbuch es vorsah. Aber sie schon jetzt so zu sehen, vor der ersten Einstellung, löste in ihm den Impuls aus, sie in die Arme nehmen, fest an sich drücken und schützen zu müssen.

»Das wird eine einzige Katastrophe, Frank!«, flüsterte sie, obwohl sie hinter den Kulissen standen und niemand sie hören konnte. Ihre Hand mit dem Champagnerglas zitterte leicht. »Ich werde die Rolle in den Sand setzen, meine Stimme wird grässlich klingen. Das Ganze wird ein schrecklicher Reinfall, ich mache mich zum Gespött!«

Er lachte. »Ach was, das ist nichts als Lampenfieber. Du wirst eine großartige, bewegende Rosa McGuire sein, und deine Stimme wird genauso weich und zauberhaft klingen, wie sie es schon bei den Probeaufnahmen getan hat. Zusammen mit deiner Stimme wird deine Persönlichkeit auf der Leinwand erst richtig zum

Leben erwachen, das Publikum wird hingerissen sein, mehr denn je«, versicherte er. »Glaub mir, du hast nichts zu befürchten als deine grundlose Furcht vor dem Tonfilm.«

Gequält sah sie ihn an. »Ich hätte einfach mit *Under the Yukon Sky* abtreten sollen, auf dem Höhepunkt meiner Karriere. Dann hätte man mich als die Schauspielerin in Erinnerung behalten, die ich sein wollte.«

»Du hast diesen Höhepunkt noch nicht erreicht. Mit *Bitter Harvest* wird dein Stern heller leuchten als je zuvor. Und was all die Stummfilmstars angeht, von denen wird schon in ein paar Jahren niemand mehr sprechen. Ihre Namen werden in Vergessenheit geraten, nicht deiner.«

»Das sagst du nur, weil du so unanständig viel Geld in diese Produktion gesteckt hast!«

»Das sage ich, weil ich an dich glaube, Laura. Weil ich weiß, dass du für den Tonfilm geschaffen bist wie der Vogel für den freien Flug hoch am Himmel«, erwiderte er eindringlich. »Und nicht zuletzt sage ich es, weil du mir so viel bedeutest, dass ich dich niemals dem Risiko eines Scheiterns aussetzen würde. Wenn ich auch nur einen Hauch von Bedenken hätte, du könntest dem hier nicht gewachsen sein, wärest du jetzt nicht hier.«

Plötzlich hatte Laura Tränen in den Augen und griff nach seiner Hand. »Ach, Frank, wie schaffst du es nur immer …«, hob sie an, ließ den Satz aber unvollendet.

»Heute Abend schauen wir uns zusammen die Muster des Tages an. Dann wirst du sehen, wie recht ich habe«, versprach er und wechselte das Thema, um sie ein wenig abzulenken. »Und als Gegenleistung kannst du mir am Sonntag bei meinem Einzug im ›Garden of Allah‹ helfen.«

Ihre Augen leuchteten auf. »Du ziehst wirklich zu uns?«

»Wenn ich weiß, dass du mit Putzeimer und Scheuerlappen auf mich wartest, bin ich ja wohl gezwungen, meinen Kram im

›Ambassador‹ zu packen und das nicht wieder aufzuschieben«, scherzte er und nahm ihr das Glas ab. »So, und jetzt gehst du da raus und zeigst allen auf dem Set und in der Aufnahmekabine, was ein Tonfilmstar ist!«

Am Abend desselben Tages, wenige Stunden bevor Frank, Laura und Sid Cohen im Vorführraum der Triple S Platz nahmen und sich die Muster des Tages vorspielen ließen, strömten auf der Ostseite des Kontinents die Menschen ins Warners' Theatre am Broadway. Sie erwartete eine Sensation. Die Warner Brothers hatte den Kinopalast mit seinen 1400 samtbezogenen Sitzplätzen erst ein Jahr zuvor gekauft und zum New Yorker Flaggschiff ihrer Kinokette erkoren. An diesem 6. Oktober 1927 bot er den passenden Rahmen für die Premiere ihres achthunderttausend Dollar teuren Tonfilms *The Jazz Singer*.

50

»Und du meinst, das funktioniert?«, fragte Wilbur Burke und wischte sich mit dem Handrücken den Bierschaum vom Mund. Weit vorgebeugt und die Ellbogen aufgestützt, saß er am Tisch, beide Hände gleich wieder am schweren Humpen, als suche er dort vor Aufregung Halt. Der flackernde Blick seiner wässrigen Augen verriet, dass Skepsis und Gier in ihm um die Oberhand rangen.

»Wie geschmiert!«, versicherte Gillmore und verkniff sich ein Grinsen. Der alte Sack hatte noch Skrupel, aber er war genauso scharf auf das Geld, das er ihm in Aussicht gestellt hatte. Also musste er ihm halbwegs ehrenwert klingende Gründe liefern, mit denen er sein Gewissen beruhigen konnte. »Ich hab mir das alles lang und breit durch den Kopf gehen lassen. Und ich hab verdammt lange überlegt, ob ich dir erzählen soll, was mein Alter mir auf dem Totenbett anvertraut hat. Ihm ging's nur um die Gerechtigkeit. Ist mir nicht leichtgefallen, das so lange für mich zu behalten und dann auf einmal dir anzuvertrauen, Kumpel.«

Und wenn das nicht die verdammte Wahrheit war! Sie hatten Ende Dezember, was bedeutete, dass er mehr als ein ganzes Jahr auf diesen Tag hatte warten müssen. Wahrlich Zeit genug, um bis zum Überdruss darüber zu grübeln, wie er nicht nur bei Henry Caldwell, sondern auch bei Wilbur vorgehen sollte.

Er hatte sich vorsichtig an ihn herangepirscht. Genau genommen hatte er es Lizzy Perkins überlassen, ihn mit ihrem Bruder bekannt zu machen. Kurz vor Thanksgiving war Wilbur mit der Henrietta Star nach San Francisco zurückgekehrt. Zu dem Zeitpunkt war er, Gillmore, längst Stammkunde im »High Tide« gewesen. Er war dort gern gesehen, weil er sich kumpelhaft gab und auch mal eine Runde schmiss. Besonders Lizzy Perkins, die gern einen trank, hatte er dann und wann ein großes Bier spendiert, ohne sich jedoch aufzudrängen. Das Geld, das aus nächtlichen Einbrüchen und einigen Raubüberfällen auf betrunkene Bordellbesucher in der Barbary Coast stammte, war in diese lockere Trinkfreundschaft gut investiert gewesen. Die Witwe Perkins hatte die erste sich bietende Gelegenheit genutzt, um ihn mit ihrem Bruder bekannt zu machen.

Gillmore hatte sich nach dem ersten gemeinsamen Bier gezwungen, es locker angehen zu lassen und erst so etwas wie eine Freundschaft aufzubauen. Was ihm verdammt noch mal nicht leichtgefallen war, denn Wilbur Burke war nicht gerade der Typ, mit dem man befreundet sein wollte, eher traf das Gegenteil zu. Mit seinen neunundfünfzig Jahren war er von mehr schwammiger als kräftiger Figur, hatte ein grobporiges Gesicht mit Hängebacken, fleischigen Lippen und Schlupflidern sowie schütteres graues Haar, das ihm strähnig am Kopf klebte. Von ihm ging die Resignation eines Mannes aus, der vom Leben immer aufs Neue geprügelt worden war und das Kämpfen längst aufgegeben hatte.

Aber Gillmore hatte seine Abneigung verdrängt, sich immer mal wieder zu ihm gesetzt, einen mit ihm getrunken und so getan, als ob er sich für den Scheiß interessierte, den keiner hören, Wilbur aber loswerden wollte. Nichts als öde Geschichten über das beschissene Leben an Bord der Henrietta Star, über Bordellbesuche in den Häfen von Südamerika und Australien und die Pokerspiele, die er fast gewonnen hätte. Natürlich begann das Ende fast all seiner großspurigen Geschichten mit einem verbitterten »Wenn« oder »Aber«.

Geschlagene vier Wochen und so manchen harten Dollar hatte er sich den Aufbau dieser falschen Freundschaft kosten lassen, aber der Einsatz hatte sich gelohnt. Wilbur war ihm schnell auf den Leim gegangen, zumal er ein noch schlimmerer Nassauer war als seine Schwester. Deshalb hatte er auch keinen Argwohn geschöpft, als Gillmore ihm in angeblich betrunkenem Zustand anvertraut hatte, dass sein Vater wie er damals zur Crew der Leviathan gehört habe und wegen des Massakers an den Chinesen sein Lebtag lang von Albträumen gequält worden sei. Dass nun er, der Sohn, beschlossen habe, Henry Caldwell für seine Bluttat zur Kasse zu bitten, um der Gerechtigkeit willen. Überhaupt hätten Henry und sein feiner Bruder die Crew hinterher bei der Verteilung der Fracht (das Wort »Beute« hatte er wohlweislich vermieden) schändlichst übers Ohr gehauen. Sie hätten die Leute mit ein paar lumpigen Scheinen abgespeist, während sie selbst, die doch für das Massaker verantwortlich waren, mit dem Verkauf der Seidenballen und der Kisten voller Jade ein Vermögen gemacht und damit ihre Reederei gegründet hätten.

»Verdammt, ich nehme dich mit ins Boot, auch wenn ich mich damit ins eigene Fleisch schneide, Wilbur!«, hatte er scheinbar spontan verkündet. »Mit dir teile ich, soll mich doch der Teufel holen! Und wo ich das jetzt schon alles ausgeplaudert habe und du damals ja auch von den Caldwells über den Tisch gezogen worden bist, ist das okay! Bei denen gibt's auch für uns beide genug zu holen.« Er hatte so getan, als müsste er noch ein wenig mit sich ringen, und sein Angebot wie ein Zeichen tiefer Verbundenheit klingen lassen. Und Wilbur hatte den Köder geschluckt. Nun galt es, den Fang sicher an Land zu bringen, doch da hegte er keine Bedenken. Die letzten Hemmungen würden schnell fallen, wenn Wilbur hörte, was für ihn dabei heraussprang. Die Sache war so gut wie geritzt.

»Das kann aber auch nach hinten losgehen«, gab Wilbur erwartungsgemäß zu bedenken. »Henry Caldwell ist kein Mann, der sich leicht einschüchtern lässt, George. Dem traue ich jede Schweinerei zu. Ich erinnere mich noch gut, wie brutal er war und wie kaltblütig er die Chinks umgelegt hat.«

»Kein Sorge, ich bin nicht lebensmüde. Trotzdem wird er zwanzigtausend Dollar rausrücken und nicht mal den Schimmer einer Chance haben, etwas gegen uns zu unternehmen, geschweige denn uns gefährlich zu werden«, versicherte Gillmore und erlaubte sich ein selbstzufriedenes Grinsen.

Fast erschrocken riss Wilbur die trüben Augen auf. »Zwanzigtausend willst du ihm abnehmen?«, stieß er hervor. »Tod und Teufel, du bist verrückt, Mann! Zwanzigtausend!« Er leckte sich über die Lippen, als schmecke er schon das süße Leben, das so viel Geld ihm ermöglichen würde – selbst wenn sie die Summe teilten. Zehntausend Dollar konnte er mit seiner Garküche auch in zehn Jahren regulärer Arbeit nicht verdienen. »Wie willst du das machen, ohne dass er auch uns noch umlegt oder hinter Gitter bringt, was letztlich auf dasselbe hinausläuft?«

»Wir nehmen uns einen Anwalt.«

Wilbur glotzte verständnislos. »Wie, wir nehmen uns einen

Anwalt? Was du da vorhast, ist doch … na ja, irgendwie schon so 'ne Art von Erpressung, bei so was macht doch kein Anwalt mit.«

»Erstens ist es keine Erpressung, sondern eine späte Wiedergutmachung«, erklärte Gillmore mit Nachdruck, als glaube er tatsächlich an einen Akt der Gerechtigkeit. »Das Geld steht uns einfach zu, es wäre dein gerechter Anteil und der meines seligen Vaters gewesen. Fast könnte man es auch Schmerzensgeld nennen, denn mein Alter ist nie über die Sache hinweggekommen, bis zu seinem Tod hat er darunter gelitten, dass Henry ihn zum Töten der Schlitzaugen gezwungen hat. Was hättet ihr denn auch anderes tun sollen? Euch ergeben und von den Chinks abschlachten lassen, wo das Massaker mit Henrys Schüssen schon begonnen hatte? Nein! Und zweitens habe ich nicht vor, den Anwalt einzuweihen. Nicht ein Wort wird er von der Geschichte erfahren, denn er soll ja nicht mit Henry verhandeln oder so.«

»Sondern?«

»Der Anwalt und vor allem das, was wir bei ihm hinterlegen, wird unsere Lebensversicherung sein!«, erklärte Gillmore. »Das, was er für uns aufbewahren soll, wird dafür sorgen, dass dieser Caldwell es bis ans Ende seiner Tage nicht wagen wird, uns auch nur ein Haar zu krümmen!«

51

Der letzte Tag des Jahres fiel auf einen Samstag. Harriets Silvesterparty war diesmal nach Seven Oaks verlegt. Ihr neues Penthouse in Pacific Heights wollte sie nicht für eine Invasion von Gästen um- und ausräumen lassen, und das Landhaus bot in jeder Hinsicht mehr Platz.

»Adrian hat mich übrigens wissen lassen, dass es schon in Ordnung ist, wenn du bei uns übernachtest«, teilte Harriet Frank eine Woche vorher am Telefon mit. »Er wisse schon, dass wir wieder was miteinander hätten, um ihn wörtlich zu zitieren.«

»Mein Sohn ist eben ein aufgeweckter junger Mann, er hat deinen Besuch in Hollywood nicht mit einer deiner Geschäftsreisen verwechselt«, sagte Frank, belustigt und erleichtert zugleich, mussten sie nun doch nicht länger Versteck spielen.

»Ja, das hat er mir auch klar zu verstehen gegeben, und zwar mit der gönnerhaften Attitüde des Nachsichtigen«, sagte sie leicht indigniert. »Wir brauchten uns also keinen Vorwand auszudenken, warum du auf Seven Oaks bleibst und nicht in einem der Fremdenzimmer unten in Napa. Sehr großzügig von meinem Sohn, mir ein eigenes Leben zuzugestehen, findest du nicht?«

»Na ja, ich sehe das mehr vom Ergebnis her. Wir müssen nicht in getrennten Betten schlafen.«

»Männer! Ihr denkt immer nur an das eine!«, rief sie grimmig, lachte dann aber auch.

In den wenigen Tagen, die er sich über den Jahreswechsel freinehmen konnte, wollte Frank so viel Zeit wie möglich mit Harriet und Adrian verbringen, hatte er doch beide seit Monaten nicht mehr gesehen. Deshalb stieg er am Freitag schon im Morgengrauen in seine Douglas und ließ Hollywood hinter sich, noch ehe die ersten Sonnenstrahlen die Santa Monica Mountains erreicht hatten. Er genoss es, in der Luft zu sein, sich nur um die Instrumente kümmern zu müssen und endlich mal wieder Langstrecke zu fliegen. Wenn er im Cockpit saß, den Motor gleichmäßig röhren hörte und den Wind spürte, fühlte er sich befreit von allem, was ihn sonst bis in den Schlaf hinein beschäftigte und bedrückte. Aber seit er die Umrüstung des Studios in Angriff genommen hatte, blieb ihm viel zu wenig Zeit für seine Leidenschaft. Gelegentlich ein paar Runden über Los Angeles oder das San Fernando Valley und alle zwei, drei Wochen mal eine Flugstunde mit Harry Bonefish, um seine fliegerischen Fähigkeiten zu vertiefen, mehr ließ sein Terminplan einfach nicht zu.

Eigentlich hätte er sich diese vier Tage gar nicht nehmen dürfen, wenn er bedachte, was in dieser Zeit an Arbeit unerledigt blieb. Dass die Dreharbeiten für ein paar Tage ruhten, bedeutete wahrlich nicht, dass es für ihn nichts zu tun gab. Die Stapel von Akten zu den Tonfilmproduktionen, die er für das nächste Jahr in der Planung hatte, sagten etwas ganz anderes. Abgesehen davon bereitete ihm *Bitter Harvest* zunehmend Kopfzerbrechen, war der Film doch noch immer nicht abgedreht. Die Produktion lag mehr als fünf Wochen hinter dem Zeitplan zurück, sie war geplagt von Krankheiten und unglücklichen Zwischenfällen, darunter Knochenbrüche bei einem missglückten Stunt sowie ein Feuer in der Kulissenwerkstatt.

Aber noch schlimmer war, dass Laura Ende Oktober für volle drei Wochen nicht vor der Kamera hatte stehen können. Eine schwere Grippe hatte sie ans Bett gefesselt und ihren Körper regelrecht ausgelaugt. Und so richtig zu Kräften gekommen war sie noch immer nicht. Immer wieder musste Sid Cohen kürzere Drehtage einlegen, weil Laura zu schnell erschöpft war und lange Pausen brauchte.

Frank machte sich Sorgen um sie, nicht so sehr um den Film, auch wenn der erheblich teurer wurde als im Budget festgelegt und ihm Ärger mit Holbrook & Co einbringen würde. Die Muster, die er gesehen hatte, ließen seiner Überzeugung nach keinen Zweifel daran, dass Laura in ihrer Rolle glänzte wie nie zuvor und *Bitter Harvest* als ein großer Film, ja als Meisterwerk in die Kinos kommen würde. Und das nicht nur, weil es ein Tonfilm von der ersten Minute bis zur letzten war – im Gegensatz zum *Jazz Singer*, der doch ein Zwitter war und trotzdem ein riesiger Erfolg, der Warner Brothers Millionen einspielen würde, das war schon jetzt abzusehen.

Es waren aber nicht allein die Sorgen um Lauras Gesundheit, die er nun selbst am Steuerknüppel seiner Douglas nicht abschütteln konnte. Später fragte er sich, ob es nicht vernünftiger gewesen wäre, sich nicht so unter Druck zu setzen und auf den Silvesterbesuch bei Harriet zu verzichten. Dann hätte es kein zerbrochenes Porzellan gegeben, und so manches, das hinterher so schwer wieder in Ordnung zu bringen war, wäre nicht passiert. Und das betraf nicht nur die leidige Angelegenheit mit Julie.

Das gute Wetter hielt bis nach San Francisco, sodass es bis auf den zeitweise böigen Nordwestwind ein angenehmer Flug war. Wie geplant landete er am frühen Mittag auf dem San Francisco Municipal Airport, der erst wenige Monate zuvor eingeweiht worden war. Er rollte zu den Hangars und hielt dabei schon Ausschau nach Harriets blauem Packard Phaeton. Sie hatte versprochen, ihn abzuholen, doch ihr Wagen befand sich nicht unter den wenigen Automobilen, die vor dem Verwaltungsschuppen standen. Vermutlich hatte sie sich verspätet oder nicht damit gerechnet, dass er die avisierte Ankunftszeit wirklich fast auf eine Viertelstunde genau einhalten würde.

Als Frank seine Maschine sicher an den Bodenhaken vertäut hatte, aus seinem Fliegeroverall gestiegen war sowie Lederkappe und Schutzbrille im Gepäckraum verstaut hatte, trat ein Mann in der Uniform eines Chauffeurs zu ihm.

»Mr Maynard, Sir?«

Frank drehte sich um. »Ja, bitte?«

»Gestatten Sie, Mark Henderson ist mein Name«, sagte der Mann respektvoll und reichte ihm eine Visitenkarte, die ihn als Fahrer des Limousinen-Services Clarkson & Dawn auswies. »Mrs Shaw hat mich beauftragt, Sie abzuholen und nach Napa zu fahren. Sie lässt mit großem Bedauern ausrichten, dass sie aufgrund dringender Geschäfte in der Stadt leider verhindert ist. Gestatten Sie, dass ich Ihnen das Gepäck abnehme, Sir?«

Franks freudige Erwartung verwandelte sich in Enttäuschung, und während er dem Mann seine beiden Reisetaschen überließ und in den silbergrauen Cadillac stieg, fragte er sich, was Harriet in Herrgotts Namen am Tag vor Silvester noch für Geschäfte zu erledigen hatte, die wichtiger waren als sein Eintreffen. Sie hatten sich seit Monaten nicht gesehen!

Für die Fahrt in die Stadt, das Übersetzen mit der Fähre und die Strecke hoch ins Napa Valley brauchten sie gute zweieinhalb Stunden. Zweieinhalb Stunden, die er so gern in Harriets Gesellschaft und nicht mit einem höflich stummen Chauffeur verbracht hätte. Als er auf Seven Oaks eintraf, war die einzige vertraute Person, die ihn begrüßte und willkommen hieß, Harriets langjährige Haushälterin Rosa Gonzales. Selbst sein Sohn war noch nicht da. Adrian traf erst anderthalb Stunden später aus Berkeley ein, da war Frank schon bei seinem dritten Whiskey.

»Warum hat Mom mir nichts gesagt? Ich hatte massig Zeit und hätte dich abgeholt! Aber wenn es um ihre Schiffe geht, vergisst sie alles andere«, sagte Adrian, machte sich auch einen Drink und setzte sich zu ihm auf die Terrasse.

Es tat Frank gut, zu hören, dass Adrian es gern auf sich genommen hätte, ihn abzuholen. Es versöhnte ihn ein wenig damit, dass Harriet ihn versetzt hatte und seit Stunden auf sich warten ließ, und es war eines der seltenen Zeichen der allmählich wachsenden Zuneigung seines Sohnes.

Als Harriet endlich kam, war es schon dunkel. Fast hätten Frank und Adrian das Abendessen ohne sie begonnen. Sie sah müde aus, und zugleich leuchteten ihre Augen voller Selbstzufriedenheit. »Schön, dass du da bist. Es tut mir leid, dass ich dich nicht abholen konnte, Frank«, sagte sie nach einer hastigen Umarmung und einem Kuss, der für Franks Geschmack sehr flüchtig ausfiel, was er jedoch auf Adrians Gegenwart schob. »Ich konnte wirklich nicht ahnen, dass sich die Verhandlungen mit der Werft in Oakland so lange hinziehen würden.«

»Und diese Verhandlungen konnten nicht bis zum neuen Jahr warten?«, fragte Frank.

»Nein, die musste ich aus Steuergründen noch in diesem Jahr unter Dach und Fach bringen«, erklärte sie, und damit war das Thema für sie abgeschlossen. »Kommt, lasst uns essen. Ich bin regelrecht ausgehungert.«

Das Abendessen verlief harmonisch – abgesehen davon, dass Harriet das Tischgespräch dominierte, indem sie sich über ihre geschäftlichen Vorhaben für das nächste Jahr ausließ. Sie wollte Henry den Australienhandel abnehmen, stärker auf der Atlantikroute aktiv werden und natürlich weitere Schiffe erwerben. »Wenn ich in der Liga der Großen mitspielen will, muss meine Flotte noch kräftig wachsen.«

»Und warum willst du das?«, fragte Adrian.

Harriet sah ihn verblüfft an, als verstünde sie nicht, wie er so etwas überhaupt fragen konnte. »Weil ich es kann und weil ich es will, Adrian. Außerdem ist Wachstum im Geschäftsleben eine Notwendigkeit, frag Frank. Stillstand ist Rückschritt. Ich hoffe, das steht irgendwann auch auf deinem Lehrplan. Übrigens muss ich euch unbedingt erzählen, wie das mit der Verschiffung des Barnum & Bailey Circus war …«

Frank verspürte an diesem Abend immer weniger Lust, von seiner Arbeit zu erzählen oder Anekdoten aus dem Leben der Stars zum Besten zu geben. Harriet zeigte auch wenig Interesse daran, sie war viel zu sehr von ihren Plänen eingenommen. Immerhin fragte sie zwischendurch Adrian, was es aus Berkeley Neues gebe und wie er mit seinem Studium vorankomme. Frank beschränkte seine Beiträge auf beiläufige Bemerkungen und hielt sich an den Wein. Dass Harriet ihm beim Nachschenken mehrmals missbilligende Blicke zuwarf, ignorierte er.

Sie gingen früh zu Bett, und als Frank aus dem Bad kam, erwartete Harriet ihn in einem durchsichtigen schwarzen Negligé. Er war froh, sich vorher schnell eine kräftige Prise Kokain und sicherheitshalber noch zwei rote Pillen genehmigt zu haben. Andernfalls wäre er nach dem vielen Alkohol wohl nicht in der Lage gewesen, ihre Lust zu stillen. Aber zum ersten Mal hatte der Sex für ihn etwas Angestrengtes, war wie eine Pflichtübung, eine Aufgabe, die erfolgreich zu erfüllen war. In ihm schwelte noch immer ein dumpfer Groll. Der blockierte das Verlangen nach ihr und die brennende Leidenschaft, die ihn sonst immer erfüllten. Und statt glückselige Erfüllung zu empfinden, hatte er nach dem Orgasmus einen kokainbitteren, schalen Geschmack im Mund und spürte nichts als herzjagende Leere.

52

Als er am Silvestermorgen erwachte, waren aller Groll und Vorbehalt gewichen und die Sehnsucht nach ihr groß wie eh und je. Frank streckte die Hand nach ihr aus, doch ihre Seite des Bettes war leer und kalt. Er fand sie nebenan in ihrem kleinen Arbeitszimmer. Sie saß am Schreibtisch und ging Geschäftspapiere durch.

Er trat hinter sie, umarmte sie und küsste sie auf die Wange. »Guten Morgen, mein Schatz. Komm noch mal ins Bett«, raunte er ihr ins Ohr, während seine Hand unter ihren Morgenmantel glitt und sich um ihre linke Brust legte. »Es ist noch früh und wir haben einen langen Abend vor uns.«

Sie legte die Zigarette aus der Hand, streichelte über seinen Arm und seufzte. »Ich muss unbedingt noch diese Unterlangen durchgehen und für Slocum fertig machen. Schlaf doch noch ein bisschen, du hast es bestimmt nötig. Und halt das Bett für mich warm«, sagte sie und schob seine Hand weg. »In einer halben Stunde bin ich bei dir, Liebster. Lass mich das hier erst erledigen.«

Es war wie eine kalte Dusche. »Was ist nur los mit dir?« Er gab sie abrupt frei und trat zurück.

Sie drehte sich um und sah ihn verständnislos an. »Was soll mit mir los sein?«

»Ich frage mich langsam, warum ich überhaupt gekommen bin, wenn dir deine Geschäfte wichtiger sind als ich!«, sagte er.

»Aber das stimmt doch gar nicht!«

»Und ob das stimmt! Du hättest dich gestern Abend mal hören sollen. Du hast praktisch nur von deinen Geschäften geredet!«, hielt er ihr vor. »Etwas anderes interessiert dich gar nicht mehr.«

»Jetzt redest du Unsinn, Frank.«

Er lachte bitter. »Mach dir doch nichts vor. Seit einiger Zeit bist du regelrecht besessen davon. Du hast nichts anderes mehr im Sinn, als dir eine riesige Flotte zusammenzukaufen!«

»Ich habe mir geschworen, dass Henry …«

»Hör doch auf!«, fiel er ihr gereizt ins Wort. »Es geht doch schon längst nicht mehr nur um deinen Onkel! Den hast du doch längst in den Schatten gestellt. Du hast längst eine größere Flotte als er, aber das genügt dir nicht. Es müssen immer noch mehr Schiffe und ein noch größerer Anteil an diesem und jenem Handel sein. Es ist fast schon krankhaft, wie verbissen du …«

»Ich und krankhaft verbissen?« Sie funkelte ihn an. »Das musst gerade du sagen! Wie ein Verrückter hast du dich das ganze Jahr in die Umrüstung deines Studios gestürzt.«

»Das ist ja wohl etwas anderes.«

»So, was du nicht sagst!«, höhnte sie.

»Das habe ich mir nicht ausgesucht, sondern der technische Fortschritt hat mich dazu gezwungen!«, verteidigte er sich. »Wenn ich den Anschluss an den Tonfilm verpasse, riskiere ich, alles zu verlieren, was ich in sechzehn Jahren aufgebaut habe.«

»Deine Partner sehen das offenbar anders!«, erwiderte sie bissig.

»O nein, die sind inzwischen aufgewacht und sehen die Zeichen an der Wand sehr wohl, aber ihr Stolz verbietet es ihnen, zuzugeben, dass sie falschgelegen haben.«

Harriet winkte ab. »Das ändert nichts daran, dass sich bei dir von morgens bis abends alles nur um dein Studio, deine Filme und deine Stars dreht!«, hielt sie ihm aufgebracht vor. »Du hast ja kaum noch Zeit, mich anzurufen, geschweige denn mich besuchen zu kommen.«

»Ich kann mich nicht erinnern, dass ich wochenlang auf Geschäftsreise in Corpus Christi, New Orleans oder in irgendeinem anderen verdammten Hafen gewesen wäre!«, gab er erbost zurück. »Außerdem bin ich ja wohl so oft wie möglich zu dir gekommen, während du dich nur einmal nach Hollywood verirrt hast!«

Harriet kniff die Lippen zusammen, wohl um eine verletzende Bemerkung zurückzuhalten, dann wandte sie ihm den Rücken zu. »Ich habe keine Lust, mich mit dir zu streiten! Du kannst mir nichts vorwerfen, das ich nicht auch dir vorwerfen könnte. Und jetzt lass mich den Kram hier zu Ende bringen!«

Frank fragte sich später, ob der Jahreswechsel auf Seven Oaks ein harmonischeres Ende genommen hätte, wenn er sich gleich mit ihrer Vertröstung zufriedengegeben und im Bett auf sie gewartet hätte. Er hatte da ernsthafte Zweifel. Es hatten einfach von Anfang an Spannungen in der Luft gelegen, nicht nur zwischen Harriet und ihm.

Was jedoch außer Frage stand, war, dass er sich ohne diesen Streit vermutlich nicht schon am frühen Morgen den ersten Drink eingegossen hätte. Und der zweite wäre dem ersten nicht so schnell gefolgt. Dass er auf der Suche nach Eiswürfeln in der Küche einen

Stapel Majolika-Teller umstieß, die Harriet auf einer Europareise an der Amalfiküste erstanden hatte, war jedoch nicht Trunkenheit geschuldet, sondern einfach mangelnder Aufmerksamkeit in Verbindung mit Eile.

Nicht aber in Harriets Augen. »Musst du denn auch schon früh am Morgen mit dem Trinken beginnen?«, fuhr sie ihn an, als sie die Scherben auf dem Küchenboden liegen und ihn mit einem Glas Whiskey in der Hand danebenstehen sah.

»Es tut mir leid«, sagte er zerknirscht. »Ich habe einfach nicht aufgepasst, als ich mich umgedreht habe. Ich wollte …«

»Glaub ja nicht, ich wüsste nicht, dass das schon dein zweiter Drink ist!«

»Mein Gott, es ist Silvester, Harriet!«

»Als ob du nur heute mal großzügig mit dem Alkohol wärst! Dich sieht man doch ständig mit einem Drink. Manchmal habe ich das Gefühl, du bist auf dem besten Weg, Alkoholiker zu werden – wenn du es nicht schon längst bist.«

Ihm schoss das Blut ins Gesicht, jedoch mehr vor Zorn als vor Scham. »Nun mach aber mal einen Punkt! Hast du mich schon ein Mal betrunken und lallend gesehen?«

»Nein, aber …«

»Jetzt tu doch nicht so, als würdest du zur Anti-Saloon-Liga gehören und keinen Tropfen anrühren! Du belässt es auch nicht bei einem Martini oder einem Glas Wein zum Essen!«

»Das mag sein, aber ich gönne mir ein, zwei Drinks am Abend und fange nicht schon gleich nach dem Aufstehen an!«

Wer weiß, wo der neuerliche Streit noch hingeführt hätte, wäre in diesem Moment nicht Rosa Gonzales in der Küche erschienen. Mit einer hastig gemurmelten Entschuldigung in Richtung der Haushälterin, die sofort zu Kehrschaufel und Handbesen griff, zog Frank sich zurück. Er war froh, dass sein Sohn nicht Zeuge dieser peinlichen Szene geworden war.

Adrian war auf dem Weg nach Oakland, um seine Freundin abzuholen. Als die beiden am frühen Nachmittag auf Seven Oaks eintrafen, waren bereits der Pavillon hinter dem Haus errichtet, das Tanzparkett ausgelegt und bunte Lampions aufgehängt. Und in der Küche liefen die Arbeiten für das Büfett auf Hochtouren. Als Küchengehilfen, Serviererinnen und Kellner hatte Harriet ein Dutzend lokaler Hilfskräfte eingestellt, über die Rosa Gonzales mit scharfem Auge wachte.

Harriet zeigte der Freundin ihres Sohnes die kalte Schulter. Dem herrlichen Blumenstrauß, mit dem Julie sich für die Einladung bedankte, schenkte sie keine Beachtung. Weder nahm sie ihn entgegen, noch kam ihr ein Wort des Dankes über die Lippen. Schroff winkte sie jemanden vom Hilfspersonal herbei, damit er Julie die Blumen abnahm und wegbrachte. Nicht einmal ein höfliches Lächeln hatte sie für die junge Frau übrig, dafür aber die bissige Klarstellung: »Bedanken Sie sich für die Einladung nicht bei mir, sondern bei meinem Sohn!« Und damit ließ sie die beiden auf der Terrasse stehen, Julie blass und mit betroffener Miene und Adrian mit mühsam beherrschtem Zorn in den Augen.

Frank konnte nicht behaupten, dass Julie Cormack ihm besonders sympathisch gewesen wäre. Aber unsympathisch war sie wiederum auch nicht. Harriet ließ ja kein gutes Haar an ihr, aber eigentlich gab es nichts an ihr auszusetzen. Die Studentin, die gerade einmal neunzehn war, trat weder hochnäsig noch affektiert oder ungebührlich auf. Frank fand sie einfach blass und nicht gerade aufregend, was ihr Aussehen und ihre Ausstrahlung betraf. Wobei ihm bewusst war, dass er, was das anging, nach all den Jahren als Studioboss wohl den hohen Hollywoodmaßstab verinnerlicht hatte. Und lagen Schönheit und Faszination nicht allein im Auge des Betrachters?

»Kommst du mit zum Weinkeller, Frank?«, fragte Adrian, kaum dass Harriet im Haus verschwunden war. »Ich möchte Julie unsere neue Presse zeigen.« Und etwas verlegen fügte er hinzu: »Wir können dabei auch ein bisschen reden. Das war eben nicht gerade die Begrüßung, die ich mir für Julie gewünscht habe.«

»Gerne doch, machen wir einen kleinen Spaziergang«, sagte Frank und ahnte schon, worum es Adrian wirklich ging, nämlich darum, dass er bei Harriet ein gutes Wort für Julie einlegte.

Und so verhielt es sich auch.

Kaum waren sie ein paar Schritte gegangen, klagte Adrian ihm auch schon sein Leid. »Sie ist so ungerecht zu Julie, geradezu gemein. Nichts kann sie ihr recht machen. Manchmal erkenne ich meine Mutter nicht wieder.«

»Da kenne ich einen, dem es ähnlich ergeht«, sagte Frank und zündete sich eine Zigarette an. Er wünschte, er hätte einen Drink mit auf den Spaziergang genommen.

Adrian warf ihm einen erstaunten Blick zu, fragte jedoch nicht nach. Er war zu sehr in seinen eigenen Problemen gefangen, um sich für das zu interessieren, was zwischen Frank und seiner Mutter im Argen lag. »Sie gibt Julie keine Chance, sie will sie noch nicht einmal richtig kennenlernen. Wir sind jetzt schon über ein Jahr zusammen, aber die paar Worte, die Mom in der Zeit an sie gerichtet hat, kann ich fast an einer Hand abzählen.«

»Wenn ich nur wüsste, was ich deiner Mutter getan habe«, sagte Julie mit Kleinmädchenstimme.

»Das ist leicht zu beantworten, Miss Cormack«, sagte Frank trocken. »Harriets Antipathie gilt gar nicht Ihnen persönlich, sondern richtet sich gegen das, was Sie ihr anzutun drohen. Sie wollen ihr den Sohn wegnehmen, und das akzeptiert keine Mutter, die ihren Sohn vergöttert, ohne Widerstand. Für den geliebten Prinzen ist nun mal keine Frau gut genug.«

»Ja, das ist es wohl!«, sagte Adrian bitter. »Vielleicht sähe es günstiger aus, wenn Julie als Mitgift ein Dutzend Frachter zu erwarten hätte.«

»Aber ich will ihr Adrian doch gar nicht wegnehmen, Mr Maynard«, beteuerte Julie mit tränenerstickter Stimme und einer Naivität, die selbst Frank schwer zu ertragen fand. »Und bitte sagen Sie Ju-lie zu mir.«

»Das sollten Sie sich besser abgewöhnen, wenn ich Ihnen das so offen sagen darf, Julie«, erwiderte Frank und betonte ihren Namen auf der ersten Silbe, wie es im Englischen üblich war.

»Ich verstehe nicht. Was soll ich mir abgewöhnen?«

»Die Leute gleich bei der ersten Begegnung zu verbessern und darauf hinzuweisen, dass Sie Ihren Namen französisch ausgesprochen haben möchten. Das macht auf den einen oder anderen keinen sehr freundlichen Eindruck, und Sie wissen ja, dass der erste Eindruck oft der entscheidende ist.«

»Oh!«, entfuhr es ihr.

»Da ist schon was dran«, sagte Adrian vorsichtig und warf ihr einen verstohlenen Blick zu. Frank hatte den Verdacht, dass er schon lange dieser Meinung war, es sich bislang nur verkniffen hatte, etwas zu sagen. Liebe nahm manchmal auch da Rücksichten, wo sie nicht angebracht waren.

»Aber ich bin so aufgewachsen, ich war immer Ju-lie. Das ist mein Name«, verteidigte sie sich. »So haben meine Eltern mich von Anfang an genannt. Was ist falsch daran, einen französischen Vornamen zu haben?«

»Natürlich nichts, Liebling. Frank meint ja nur, dass du besser nicht gleich mit der Tür ins Haus fallen sollst«, sagte Adrian schnell. »Später kann man immer noch mal einfließen lassen, dass du eigentlich Ju-lie heißt, nach deiner französischen Großmutter.« Und während Julie einen Schmollmund zog und schwieg, ließ Adrian das leidige Thema rasch fallen und kam wieder auf sein eigentliches Anliegen zurück. »Es würde mir unheimlich viel bedeuten, wenn du ein gutes Wort für uns einlegen könntest. Ich weiß natürlich, was für eine undankbare Aufgabe ich dir damit aufhalse. Ich wünschte, es wäre nicht nötig, aber ich weiß mir einfach keinen anderen Rat mehr.«

Die inständige Bitte seines Sohnes rührte Frank, zeigte sie doch, dass sie einander in den vergangenen Jahren sehr viel näher gekommen waren, als er es für möglich gehalten hatte. Am liebsten hätte er Adrian in den Arm genommen und an sich gedrückt, doch er war klug genug, diesem Impuls nicht zu folgen und sich nicht mehr herauszunehmen, als sein Sohn zurzeit zu geben bereit war.

Er versprach, sein Bestes zu versuchen, und das tat er dann auch. Harriet aber wollte nichts davon hören. Das Einzige, was er mit seiner Fürsprache erreichte, war ein neuerlicher Krach zwischen ihnen. Harriet wurde regelrecht wütend, dass er sich für Adrians Freundin einsetzte und ihr Verhalten kritisierte. Sie warf ihm vor, er wolle sich bei »diesem berechnenden Biest« einschmeicheln, um bei Adrian ein Stein im Brett zu haben, und falle ihr in den Rücken.

»Also gut, dann mach weiter so«, gab Frank schließlich nicht weniger wütend auf und warf die Hände in die Luft. »Offenbar willst du deinen Sohn um jeden Preis aus deinem Leben vertreiben. Jedenfalls bist du auf dem besten Weg dazu!« Dann holte er sich einen Drink. Er brauchte einen zweiten, um sich einigermaßen von dem tiefen Groll zu lösen, aber selbst der Whiskey brachte ihn wieder nicht in Feierstimmung. Und Harriet unternahm keinen Versuch, sich mit ihm zu versöhnen. Sie mieden einander, genau wie Harriet und Adrian.

Deshalb bekamen die anderen Gäste, gut fünfundvierzig an der Zahl, von der Missstimmung auch nichts mit, sie erlebten eine großartige Silvesterfeier auf Seven Oaks. Das Büfett, die Auswahl an Getränken, die aufmerksame Bedienung und die Swing-Combo waren erstklassig. Die meisten Gäste kamen aus dem Napa Valley, Leute aus der lokalen Künstlerszene, Geschäftsleute und

Großfarmer, die schon zu Lebzeiten von Harriets Mann zum örtlichen Bekanntenkreis der Whittakers und Shaws gezählt hatten. Ihrem Sohn hatte Harriet diesmal nur eine Handvoll Kommilitonen als Gäste gestattet.

Das Feuerwerk um Mitternacht wurde dem hohen Niveau der Party voll und ganz gerecht. Harriet und Frank tauschten einen kühlen Kuss und die obligatorischen guten Wünsche zum neuen Jahr, die ebenso kurz und kühl ausfielen. Aber dann hielt Frank ihre Hände fest, ließ nicht zu, dass sie von ihm ging, und verdrängte den letzten Rest Groll. So durfte das neue Jahr nicht anfangen.

»Komm, lass uns tanzen«, sagte er leise und sah sie inständig an. Es quälte ihn, dass sie sich aus dem Weg gingen, als bedeuteten sie einander nichts mehr.

Einen Augenblick lang war ihm, als wollte sie ihm ihre Hände entziehen, aber dann wichen Härte und Verkniffenheit aus ihrem Gesicht. Ihr Körper verlor seine abweisende Steife. Sie wurde weich und verletzlich, und ein warmes Licht kehrte in ihre Augen zurück. Sie nickte und schenkte ihm ein erleichtertes, dankbares Lächeln.

Sie hätten in diesen ersten Stunden des neuen Jahres zu ihrer alten Verbundenheit und Leidenschaft zurückfinden können. Der Anfang war gemacht, als er sie bei der Hand nahm und auf die Tanzfläche führte. Jeder Tanz brachte sie einander näher und riss nieder, was sich an Groll, Vorwürfen und Aversionen zwischen ihnen aufgebaut hatte. Und als sie sich knappe drei Stunden später von den letzten Gästen verabschiedet hatten und sich in Harriets Schlafzimmer zurückzogen, konnten sie es trotz aller Müdigkeit nicht erwarten, sich zu lieben.

Doch dann machte ein Ungeschick binnen Sekunden alles zunichte. Beide konnten sie gar nicht schnell genug aus den Kleidern kommen, und als er seine Hose gedankenlos über den Stuhl warf, rutschte die silberne Pillendose aus der Tasche. Es wäre vermutlich noch gut ausgegangen, wäre sie auf dem Sitzpolster liegen geblieben und Harriet nicht ins Auge gefallen, aber wie das Schicksal es wollte, glitt die flache Dose von dem Polster herunter und fiel aufs Parkett. Der Deckel klappte auf und einige Messerspitzen Kokain stoben aus der Dose.

Frank hatte das beklemmende Gefühl, als erlebe er die folgenden Sekunden in Zeitlupe, während ihm zugleich der Magen wegsackte und ihm flau wurde. Harriet saß auf der Bank am Fußende des Bettes und löste gerade die Seidenstrümpfe vom Hüftgürtel. Er sah, wie sie innehielt und ihr Blick sich auf die Dose und das Kokain richtete. Sah, wie ihr verführerisches Lächeln einem erst verwunderten, dann misstrauischen Ausdruck wich. Wie gelähmt stand er da, denn er wusste, dass es nichts nützte, sich schnell nach der Dose zu bücken und sie wegzustecken. Davon würde das Kokain nicht vom Parkett verschwinden. Und das Einzige, was ihm in dieser Schrecksekunde durch den Kopf ging, war die Frage, warum er Idiot nicht auch diesen Rest noch geschnupft hatte.

»Kannst du mir mal sagen, was das ist?«

Frank wagte die Flucht nach vorn. Wenn ihn jetzt noch etwas retten konnte, dann nur die Wahrheit. »Kokain.« Verflogen war die erotische Stimmung.

Sie beugte sich vor, tippte mit der Fingerspitze etwas von dem Pulver auf und leckte vorsichtig daran. Der bittere Geschmack ließ sie das Gesicht verziehen. Sie richtete sich auf und sah ihn an, als hätte sie einen Fremden vor sich. »Jetzt wird mir so einiges klar. Das war also das Talkumpuder, das du damals im ›Coconut Grove‹ an der Nase hattest!«, sagte sie bitter. »Mir gefällt schon nicht, dass du in letzter Zeit so viel trinkst. Aber dass du jetzt auch noch Drogen nimmst, übersteigt alles, wofür ich Verständnis habe!«

»Bitte bausch das jetzt nicht so auf!«, beschwor er sie. »Ein bisschen Kokain dann und wann ist gar nicht so schlimm. Außerdem nehm ich es nur vorübergehend.«

»Vorübergehend? Erzähl mir doch nichts. Du nimmst das Mistzeug doch mindestens seit einem halben Jahr!«

»Mein Gott, Harriet! Du weißt, was ich alles am Hals habe, unter welchem Druck ich stehe! Der Tag hat manchmal einfach nicht genug Stunden, um mit normaler Kraft alles zu tun, was getan werden muss! Ich kämpfe um mein verdammtes Studio, Harriet!«, bettelte er um Verständnis. »Wenn die Umstellung des Studios abgeschlossen ist und die Tonfilmproduktion in normalen Bahnen läuft, höre ich mit dem Kokain auf, das verspreche ich dir, aber im Augenblick schaffe ich es nicht ohne. Manchmal nehme ich eben ein bisschen von dem Pulver, weil es einem über die Müdigkeit hinweghilft und neue Energie gibt.«

»Und das brauchst du auch, wenn wir zusammen sind, ja?«, fragte sie mit einer Schärfe, die verriet, wie enttäuscht sie war, wie verletzt.

Er wich ihrem Blick aus und schwieg betreten.

Harriet ging ins Bad und kam mit seinem Waschbeutel zurück. Plötzlich sah sie entsetzlich müde aus. »Wenn du glaubst, ich wüsste nichts von deinen Pillen, dann irrst du dich. Offenbar ist Kokain nicht Droge genug für dich. Und erzähl mir nicht, diese Tabletten wären gegen Kopfschmerzen oder Muskelverspannung.«

»Du hast meine Sachen durchsucht?«

Sie schüttelte den Kopf. »Ich wollte deine Nagelschere nehmen, bei meiner war die Schraube gebrochen. Da bin ich auf dieses bunte Sortiment gestoßen. Ich verstehe dich nicht mehr, Frank.« Sie schüttelte erneut den Kopf. »Ich glaube, du schläfst besser im Wohnzimmer auf der Couch.« Mit einer fast angeekelten Geste warf sie den Beutel vor ihn aufs Bett und ging zurück ins Badezimmer, wo sie sich unter die Dusche stellte.

Frank fühlte sich elend wie selten zuvor. Er zögerte kurz, dann holte er seine beiden Reisetaschen aus dem Schrank und packte seine Sachen. Er ließ eine kurze Nachricht auf Harriets Nachtschrank zurück.

Als Harriet aus dem Bad kam, warf sie einen kurzen Blick darauf, dann löschte sie das Licht, kroch unter die Decke und rollte sich wie ein Embryo zusammen.

Zu der Zeit hatte Frank schon das Ende der Allee von Seven Oaks erreicht. Er folgte unter einem sternklaren Himmel der Landstraße nach Napa. Dort verbrachte er die schlaflose Nacht auf einer harten Holzbank im Warteraum der Eisenbahnstation. Als es endlich hell wurde, dauerte es noch eine geraume Weile, bis er endlich einen Taxifahrer gefunden hatte, der gewillt war, ihn am Neujahrsmorgen zur nächsten Fähre an die Bay zu fahren.

Alles an diesem Tag zog sich quälend lange hin, insbesondere der Flug zurück nach Hollywood, zumal das Wetter auf halber Strecke umschlug und Regen brachte. Immer wieder wollten ihm die Augen zufallen. Nur ein paar rote Pillen verhinderten, dass er am Steuerknüppel einschlief und abstürzte. Wovor die Aufputschmittel ihn jedoch nicht bewahren konnten, waren die Fehleinschätzung und die daraus folgende brachiale Landung, die er bei strömendem Regen und einsetzender Dunkelheit auf dem DeMille Airfield hinlegte. Zu seinem Glück brach das Gestänge des linken vorderen Fahrgestells erst, als er schon fast ganz ausgerollt war, sodass nur die Douglas Schaden nahm.

Frank wusste nicht, ob er die Tatsache, dass er die Bruchlandung heil überstanden hatte, als gutes Omen für das neue Jahr werten sollte, oder ob nicht eher all das Ungemach, das ja nicht erst mit der aufgesprungenen Pillendose eingesetzt hatte, der dunkle Vorbote dessen war, was 1928 für ihn bereithielt.

Dritter Teil

1928

53

Wie ein Sack Kohlen, den keine Kraft mehr zu halten vermochte, fiel Winston Woodruff in den Stuhl hinter seinem Schreibtisch. Der Lehnstuhl, massiv und aus harter Eiche gezimmert, ächzte unter dem Gewicht des Anwalts.

Gillmore schätzte, dass der Fettwanst gute zweieinhalb Zentner auf die Waage brachte, sofern er sich denn auf eine zu stellen wagte. Mit dem struppigen Walrossbart, der nichts vom Mund sehen ließ, den kleinen Kulleraugen und dem kahlen Schädel wirkte der Mann wie ein gestrandeter und von inneren Fäulnisgasen grotesk aufgeblähter Seehund, der kurz vor dem Platzen stand. Die paar Schritte von der Tür bis hinter seinen Schreibtisch hatten ihn offenbar derart erschöpft, dass er schnaufend nach Luft ringen musste. Schweiß glänzte auf dem fleischigen Gesicht, das aussah wie ein roher Schinken. Dabei drang kalte Januarluft durch das offen stehende Fenster herein. Gillmore hätte nicht im Traum daran gedacht, seinen Wollmantel auszuziehen, geschweige denn nur mit Hemd und Weste bekleidet in dieser Eiskammer von einem tristen Büro zu sitzen. Man konnte noch nicht einmal sagen, dass die Einrichtung den verblichenen Glanz einstigen Wohlstands ausstrahlte. In den beiden Räumen war alles schon beim Kauf billig gewesen und längst bis zu offensichtlicher Schäbigkeit abgenutzt.

»Gentlemen, wie kann ich Ihnen zu Diensten sein?«, erkundigte sich Winston Woodruff und warf ihnen erwartungsvolle Blicke zu. Dabei tupfte er sich mit einem geblümten Taschentuch den Schweiß von Stirn und Glatze.

»Nun ja, die Sache ist die …«, begann Gillmore nervös und wusste plötzlich nicht weiter. Der Kerl mochte ein Fettsack sein und alles hier in seinem Büro, das über einer Eisenwarenhandlung in der Folsom Street lag und damit eine Welt entfernt von den ersten Adressen unter den örtlichen Anwaltskanzleien, zeugte davon, dass er sich mehr schlecht als recht durchschlug, aber das änderte nichts daran, dass er Anwalt war und damit irgendwie Teil der Justiz, die ihm in seinem Leben mehr als einmal übel mitgespielt hatte. Da musste man auf der Hut sein. Und wenn er sich zehnmal gut umgehört und sich schließlich für Winston Woodruff entschieden hatte, weil der angeblich einer war, der nicht viele Fragen stellte.

Dass George mitten im Satz stockte und ihn nun wie um Hilfe bittend ansah, gefiel Wilbur gar nicht. »Na los! Du hast gesagt, dass du das machst, verdammt noch mal!«, zischte er, entsetzt bei dem Gedanken, dass jetzt womöglich er darlegen sollte, warum sie gekommen waren. »Das Ganze ist deine Idee gewesen.«

Winston Woodruff räusperte sich. »Darf ich Ihnen versichern, dass kein Grund zur Nervosität besteht? Was immer Sie mir anvertrauen, unterliegt selbstverständlich meiner Schweigepflicht«, versicherte er. »Aber falls Sie sich die Sache noch einmal durch den Kopf gehen lassen und sich bereden wollen …«

Gillmore fasste sich und leckte sich hastig über die trockenen Lippen. »Nein, das … das ist nicht nötig. Ich … ich war mir nur einen Augenblick lang nicht sicher, wie … äh, wo ich anfangen soll.«

»Am besten bei dem, was ich für Sie tun soll«, schlug Woodruff mit einem aufmunternden Lächeln vor. »Meine Dienste umfassen einen weit gefächerten Bereich ziviler und strafrechtlicher Belange. In welchen der beiden fällt denn Ihr Anliegen, Gentlemen?«

»In den zivilen«, sagte Gillmore.

Wilbur nickte nachdrücklich.

Fast schien Woodruff enttäuscht, doch er fand sein berufsmäßiges Lächeln schnell wieder. »Gut, dann sind wir doch schon mal einen Schritt weiter. Nun können wir den Bereich der Möglichkeiten weiter einschränken. Geht es um Erbstreitigkeiten, eine strittige geschäftliche Angelegenheit oder …«

»Es geht eher in die Richtung Erbstreitigkeit«, fiel Gillmore ihm ins Wort. »Erbstreitigkeiten« klang gut und kam ihm als Tarnung ihrer wahren Absichten wie gerufen. »Also, wir haben hier was aufgeschrieben …« Er bückte sich nach der alten Stofftasche und zog einen Manilaumschlag hervor.

»Richtig mit der Schreibmaschine!«, betonte Wilbur und grinste stolz, als hätte er das Werk vollbracht, was von der Wahrheit nicht weiter hätte entfernt sein können.

Gillmore sah ihn genervt an, schließlich war er es gewesen, der sich stundenlang an dem alten Ding aus der Pfandleihe abgemüht hatte, während Wilbur nur faul danebengesessen, billigen Fusel getrunken und sich beklagt hatte, dass es so lange dauerte. Er hatte sogar das, was Wilbur ihm als eigene Erinnerung erzählte, erst noch in ganze Sätze fassen und in eine halbwegs lesbare Version bringen müssen.

»Bitte, fahren Sie fort, Mr …?« Woodruff sah Gillmore mit seinen Schweinsäuglein fragend an.

»Sloan … George Sloan«, sagte er. »Also wie gesagt, wir haben gewisse Dinge, die geschehen sind und die wir noch gut in Erinnerung haben, zu Papier gebracht. Ja, und jetzt wollen wir, dass Sie diese … nun ja, diese Ge…« Er brach gerade noch ab, bevor ihm »Geständnisse« herausrutschen konnte, und suchte nach einem anderen, unverfänglichen Wort.

»Meinen Sie vielleicht Aussagen?«, schlug der Anwalt vor.

»Ja, Aussagen. So könnte man es sagen!«, murmelte Gillmore erleichtert.

Wilbur steuerte wieder ein heftiges Nicken bei.

»So, jetzt kommen wir Ihrem Anliegen doch schon näher«, sagte Woodruff zufrieden. »Nun also zu der Frage, was mit diesen Aussagen geschehen soll.«

Gillmore zog einen Stoß beschriebener Seiten aus dem Umschlag. »Nun, wir wollen, dass Sie … also dass Sie uns da auf den

Papieren bestätigen, dass wir hier bei Ihnen im Büro geschworen haben, dass alles so ist … äh, ich meine, dass es so gewesen ist, wie wir es aufgeschrieben haben.«

»Kurzum, Sie möchten eine eidesstattliche Erklärung abgeben«, fasste der Anwalt zusammen und strahlte, als hätten sie alle zusammen den Weg aus einem Labyrinth gefunden oder sonst eine besondere Leistung vollbracht. »Das heißt, Sie wollen unter Eid beteuern, dass alles, was Sie da aufgeschrieben haben, der Wahrheit entspricht.«

»Genau, das ist es, Mister. Wir wollen eine eidesstattliche Zusicherung!«, sagte Gillmore unendlich erleichtert, als hätte man ihm endlich einen schmerzenden Zahn gezogen.

»Und ob es der Wahrheit entspricht!«, versicherte Wilbur nachdrücklich. »Jedes verdammte Wort von der verfluchten Geschichte stimmt, da schwöre ich Stein und Bein drauf!«

Gillmore warf ihm einen warnenden Blick zu und wandte sich schnell wieder dem Anwalt zu. »Sie müssen das aber vorher nicht lesen, oder?«

»Nein, natürlich nicht. Bei der eidesstattlichen Erklärung bestätige ja nicht ich, dass die gemachten Ausführungen der Wahrheit entsprechen, sondern Sie tun das – und zwar an Eides statt. Das kann ich dann beurkunden.«

»Richtig, beurkundet haben wollen wir es von Ihnen!« Das war eines der Wörter, nach denen Gillmore gesucht hatte. Aber jetzt hatte der fette Anwalt ja verstanden. Alles in allem war es doch bestens gelaufen. Er war zufrieden mit sich, damit, wie er die Sache gemeistert hatte, während Wilbur nur wie ein blöder Affe grinste. Dabei hatte er am Anfang wie ein verschrecktes Huhn neben ihm gesessen. »Wir möchten das alles beurkundet und mit Stempeln und Lack und so versiegelt haben. Sie haben doch Stempel, die Sie unter unsere … Aussagen setzen können, damit sie offiziell sind, oder?«

Woodruff lächelte nachsichtig. »Gewiss, aber dadurch werden sie nicht offiziell, die Dokumente erhalten dadurch nur die Bedeutung einer eidesstattlichen Erklärung«, stellte er richtig.

Gillmore hatte keine Ahnung, wo der Unterschied war, aber es interessierte ihn auch nicht. Hauptsache, die Dinger kriegten ihre Stempel und all den offiziellen Scheiß, mit denen solche Dokumente eben versehen wurden. »Können Sie unsere eidesstattlichen Dokumente auch sicher für uns aufbewahren?«, erkundigte er sich und stellte damit die eigentlich wichtigste Frage. Wenn es nicht auf einen doppelten Selbstmord hinauslaufen sollte, mussten zumindest zwei Ausführungen bei dem Anwalt bleiben.

»Selbstverständlich, Mr Sloan. Ich stehe auch dafür gern zu Diensten«, sagte Woodruff, erfreut angesichts des Zusatzverdienstes, der da winkte. »Aber die tresorsichere Verwahrung eidesstattlicher Erklärungen ist wie die Beurkundung eine kostenpflichtige anwaltliche Tätigkeit, wobei sich das Honorar nach der Dauer der Verwahrung bemisst, wie Sie sicher verstehen.«

Gillmore nickte. Sie hatten Geld. Er hatte Wilbur, der einiges von seiner Heuer mit nach Hause gebracht hatte, ordentlich zur Ader gelassen. »Wir werden schon handelseinig werden, Mr Woodruff«, sagte er, und dann legte er ihm auseinander, wie sie die Sache mit der Verwahrung gehandhabt sehen wollten. Dabei sollte das persönliche Entrichten der monatlichen Gebühr eine ganz besondere Rolle spielen.

Eine halbe Stunde später standen sie wieder unten auf der Straße.

»Und jetzt?«, fragte Wilbur mit einem gierigen Blick in den wässrigen Augen. Aber hinter der Gier lauerte die Angst, etwas nicht bedacht zu haben.

»Jetzt holen wir uns zwanzigtausend Dollar!«

54

Es war der 3. Januar, Adrians einundzwanzigster Geburtstag, der Tag, an dem er volljährig wurde. Zumindest gemäß seiner Geburtsurkunde. Und er hielt am 3. Januar fest, auch nachdem er erfahren hatte, dass er in Wirklichkeit schon am 3. Dezember in jenem Schweizer Sanatorium zur Welt gekommen war. Nicht nur aus Gewohnheit, sondern auch aus Liebe zu Jordan.

Frank hasste sich für seine Unentschlossenheit, ob er nun bei Harriet anrufen oder es lieber bleiben lassen sollte. Oder war es Scham, die ihn davon abhielt? Was in der Silvesternacht vorgefallen war, hatte ihn tief getroffen und nicht weniger beschämt. Darüber war er noch längst nicht hinweg. Das galt auch für seinen Zorn über ihr Unverständnis und ihr pauschales Urteil. Er war innerlich zerrissen. Einerseits wünschte er sich nichts mehr, als ihre Stimme zu hören und sich zu vergewissern, dass nichts unwiderruflich zerbrochen war, und andererseits sperrte sich alles in ihm dagegen, reumütig angekrochen zu kommen und um Vergebung zu bitten.

Jedenfalls schlich er in seinem Büro um das Telefon herum wie eine Katze um den heißen Brei. Mittlerweise war es zwanzig nach zehn, und um elf war ihr Termin beim Notar. Harriet und Adrian würden sich bald auf den Weg machen. Wenn er jetzt nicht endlich zum Hörer griff, würde er Adrian an diesem Tag nicht mehr erreichen. Zwar hatte er sein Geschenk schon an Silvester mitgebracht, und Harriet hatte es ihm bestimmt auch gegeben, aber das war nicht dasselbe, wie ihm am Tag seiner Volljährigkeit persönlich alles Gute zu wünschen.

Frank goss sich einen Whiskey ein, nahm einen kräftigen Schluck und griff leise fluchend zum Telefon, um sich mit Harriets Penthouse verbinden zu lassen. Und er war froh, dass nicht sie abnahm, sondern gleich Adrian in der Leitung war.

»Shaw-Residenz hier, ja bitte?«, meldete sich sein Sohn fröhlich.

Frank gratulierte ihm herzlich zu seinem Ehrentag. Adrian freute sich hörbar über den Anruf und bedankte sich überschwänglich für die teure Uhr. »Woher hast du bloß gewusst, dass ich so scharf auf die Tudor-Uhr bin?«

»Ich habe dich mal im Gespräch mit deinen Kommilitonen schwärmen hören und mir ein inneres Memo gemacht. Zum Glück, denn sonst wäre mir nichts Rechtes eingefallen«, sagte Frank erleichtert, dass er mit seinem Geschenk ins Schwarze getroffen hatte. »Aber was sagst du denn zum Geschenk deiner Mutter?«

»Sie hat mir das Weingut geschenkt!«, erzählte Adrian aufgeregt. »Kannst du dir das vorstellen?«

Frank lachte. »O ja, sehr gut sogar.« Er hatte gewusst, dass Harriet vorhatte, Adrian Seven Oaks zu diesem Anlass zu überschreiben. »Und wie fühlst du dich als frischgebackener Großgrundbesitzer?«

»Ich kann es immer noch nicht fassen! Irgendwie bin ich noch total durch den Wind.« Er lachte über sich selbst. »Du hättest mich vorhin mal sehen sollen! Ich bin fast vom Stuhl gefallen, als ich das auf Moms Glückwunschkarte gelesen habe. Heute noch werde ich rechtmäßiger Besitzer von Seven Oaks. Um elf sind wir beim Notar.«

»Das Weingut ist bei dir in besten Händen«, sagte Frank im Brustton der Überzeugung. »Jetzt muss nur noch die Prohibition abgeschafft werden, damit du nach dem Studium richtig loslegen kannst.«

»Das wird nicht mehr lange dauern«, sagte Adrian zuversichtlich. »Wie ich gelesen habe, gibt es im Kongress erste ernsthafte Bestrebungen, dieses unsägliche Experiment zu beenden.« Er machte eine kurze Pause, und dann senkte er die Stimme und fragte: »Du, Frank, wir müssen in ein paar Minuten los. Möchtest du vorher noch mit Mom sprechen?«

»Ja, das sollte ich wohl«, sagte Frank und seufzte. »Vorausgesetzt, sie will auch mit mir sprechen.«

»Tut mir leid, dass es an Silvester zwischen euch nicht so gelaufen ist, wie du es dir wohl erhofft hattest«, sagte Adrian leise, anstatt sich zu verabschieden und seine Mutter an den Apparat zu rufen.

»Mir auch.«

»Haben Julie und ich dazu beigetragen?«

»Ach was, mit euch hat das nichts zu tun.«

»Na, geholfen hat es aber sicher auch nicht. Wir hätten dich lieber nicht bitten sollen, dich bei Mom für Julie einzusetzen.«

Frank antwortete nicht direkt.

»Dachte ich es mir doch.«

»Dann hast du falsch gedacht, Adrian. Du hast wirklich keinen Grund, dir etwas vorzuwerfen«, versicherte Frank mit Nachdruck. »Das ist alles allein auf meinem Mist gewachsen. Also vergiss deine Sorge schnell wieder und hab einen wunderbaren Tag. So, und jetzt schau mal, ob deine Mutter überhaupt mit mir sprechen will.«

Nach ein paar kurzen, aber herzlichen Abschiedsworten legte Adrian den Hörer ab und rief Harriet.

Frank wartete angespannt. Er spürte sein Herz schneller schlagen, hatte auf einmal einen ganz trockenen Mund und wünschte, er hätte noch einen Rest Whiskey im Glas. Im nächsten Moment hörte er Schritte, hörte, wie der Hörer aufgenommen wurde, und dann hörte er Harriet.

»Wie schön, dass du rechtzeitig angerufen hast«, sagte sie freundlich, wenn auch hörbar distanziert. »Aber ich hätte mich sonst heute auch bei dir gemeldet.«

Franks Hoffnung auf Versöhnung wuchs sprunghaft. »Ja?«

Die Ernüchterung kam umgehend. »Ich wollte dich wissen lassen, dass ich ein Oberhemd und ein paar Socken von dir in der Wäsche gefunden habe. Ich schicke sie dir nach der Reinigung zu.«

»Okay, danke«, sagte er, schluckte hart und wartete auf ein Zeichen der Versöhnung. Nicht unbedingt auf eine Entschuldigung dafür, dass sie ihn aus ihrem Schlafzimmer verbannt und damit zutiefst gedemütigt hatte, aber doch zumindest auf eine Andeutung in der Richtung, dass ihr bewusst sei, wie vorschnell und vor allem hart sie über ihn geurteilt hatte.

Doch es blieb still am anderen Ende der Leitung.

»Und das ist alles, was du mir sagen wolltest?«, fragte er schließlich.

»Wolltest du mir denn noch etwas sagen?«, fragte sie kühl zurück.

Seine Enttäuschung bekam einen bitteren Geschmack. »Ist es jetzt so weit mit uns gekommen?«

»Das könnte ich dich genauso fragen.«

»Ich dachte, wir hätten uns immer etwas zu sagen, Harriet.«

»Manchmal hilft Reden nicht weiter, Frank.«

»Sondern?«

Er hörte, wie sie tief durchatmete, als müsste sie Kraft schöpfen für das, was sie sagen wollte. »Lassen wir … lassen wir das mit uns eine Weile ruhen«, brachte sie schließlich hervor. »Mir geht zurzeit zu viel durch den Kopf, auch geschäftlich, als dass ich mir wirklich einen Reim darauf machen könnte, was richtig ist und was falsch, und damit tue ich weder mir noch dir einen Gefallen.«

»Also keine Anrufe und keine gegenseitigen Besuche mehr?«

»Erst einmal. Wir stehen doch beide unter großem Druck. Gönnen wir uns eine Atempause, okay?« Ihre Stimme war sanft und hatte einen bittenden, fast flehenden Unterton.

»Wenn es das ist, was du willst …«, sagte er niedergeschlagen.

»Ja, das ist es, Frank. Zumindest habe ich gerade das Gefühl, für eine Weile Abstand nehmen und erst einmal wieder zu mir selbst finden zu müssen. Das ist ja nichts Endgültiges.«

»Zumindest jetzt ist es das für dich nicht«, erwiderte er bissig. »Wer weiß, wie du es morgen oder übermorgen siehst.«

Sie ging nicht darauf ein. »Ich muss jetzt mit Adrian zum Notar. Also, bis dann. Pass auf dich auf, Frank.«

»Ja, du auch, Harriet.« Die Worte blieben ihm fast im Hals stecken. Dann war die Leitung tot.

55

Mit dreister Grobheit hämmerte Gillmore den polierten Messingklopfer gegen die Haustür der Caldwell-Villa. Der Kerl sollte bloß nicht denken, dass er sich von dem protzigen Kasten auf dem Russian Hill einschüchtern ließ, den Zahn würde er dem Mistkerl gleich ziehen. Nachdem er so lange auf seinen Zahltag gewartet hatte, war er fest entschlossen, jede Minute dieser Begegnung zu genießen.

Eine stämmige Hausangestellte mittleren Alters in schwarzem Kleid, weißer Schürze und einem lächerlichen Häubchen öffnete die Tür. »Ja, bitte?«, fragte sie barsch und musterte Gillmore mit unverhohlener Missbilligung. Mit einem Blick hatte sie den billigen Mantel aus grober rostbrauner Wolle, die klobigen, rissigen Stiefel, die schwarzlederne Schiebermütze und den Krückstock erfasst. »Also wenn Sie wegen der Gärtnerstelle hier sind, dann …«

»Ich bin nicht wegen 'ner Anstellung hier, Molly. Ich hab mit dem guten Henry was Geschäftliches zu erledigen«, fiel er ihr rüde ins Wort. »Und die Sache eilt.«

»Haben Sie einen Termin bei Mr Caldwell?«

Gillmore grinste frech. »Nee, brauch ich nicht, Molly. Sag ihm, der gute Sloan ist da und es geht um die Sache damals auf der Leviathan. Dann weiß er schon Bescheid.«

Die Miene der Hausangestellten wurde säuerlich. »Sie müssen mich mit jemandem verwechseln. Mein Name ist nicht Molly, sondern Martha!«, wies sie ihn kühl zurecht. »Und was Mr Caldwell betrifft, so ist er gerade erst von einer längeren Reise zurückgekehrt und sicher kaum geneigt, unangekündigten Be…«

»Da erzählst du mir nichts Neues, Molly!«, fuhr Gillmore ihr über den Mund. Lange genug hatte er sich drüben an der Ecke die Beine in den Bauch gestanden, um Henry Caldwells Rückkehr aus Tijuana nicht zu verpassen. Jedenfalls hatte dieses flachbrüstige irische Plappermaul von einem Zimmermädchen am Montag von Tijuana geredet. Gleich nach dem Besuch beim Anwalt war er hier aufgekreuzt – nur um zu hören, dass er sich noch einmal in Geduld üben musste. »Ich hab gesehen, wie dein Brötchengeber aus dem Taxi gestiegen ist. Und nun genug herumgesülzt, Molly-Schätzchen. Hier geht's um Männergeschäfte, davon verstehst du nichts. Also beweg deinen Hintern und gib Henry Bescheid, dass der alte Sloan da ist und Nachrichten von der Leviathan bringt. Und vor allem geh mir aus dem Weg.« Er hob den Stock und stieß die Tür nach innen auf.

Schockiert von dieser Dreistigkeit, riss Martha die Augen auf. »Was fällt Ihnen ein? Hören Sie, Sie können doch nicht einfach so ins Haus platzen!«, rief sie empört und taumelte, den Türknauf in der Hand, rückwärts. »Das geht nicht!«

»Du siehst doch, dass es geht«, erwiderte Gillmore hämisch, humpelte in die Eingangshalle und ging unter dem harten Klackklack seines Krückstocks den Korridor hinunter, als wäre er hier zu Hause. Wohin sein Blick auch fiel, er traf auf Marmor, kostbare Teppiche, Kristalllüster, holzgetäfelte Wände und goldgerahmte Gemälde. Hier war eine Menge zu holen, deutlich mehr als zwanzig Riesen. Er musste es nur richtig anpacken.

»Gehen Sie sofort, oder … oder ich rufe die Polizei!«, drohte Martha und wusste nicht, ob sie Angst haben oder nur empört sein sollte.

»Die Bullen lässt du besser aus dem Spiel. Damit würdest du dich bei dem guten Henry nur in die Nesseln setzen, Molly«, rief Gillmore ihr spöttisch über die Schulter zu und klopfte anerkennend mit seinem Krückstock gegen den schweren, verschnörkelten Rahmen eines Seestücks. »Nette Pinselei.«

Im nächsten Augenblick flogen wenige Schritte vor ihm die Flügeltüren zum Salon auf, und Henry Caldwell stürzte in den Flur, Hemdkragen und Weste aufgeknöpft, in der einen Hand eine brennende Zigarre, in der anderen eine Tageszeitung. »Was zum Teufel geht hier vor?«, bellte er, während Gillmore lässig auf ihn zuhumpelte. »Martha, wer ist dieser Mann?«

Martha rang hilflos die Hände. »Ich weiß es nicht. Es tut mir leid, Mr Caldwell, aber ich habe ihn nicht hereingelassen«, beteuerte sie. »Er hat mich einfach beiseitegestoßen und ...«

»Schon gut, Martha, ich kümmere mich darum«, fiel Henry ihr verdrossen ins Wort und fixierte Gillmore mit zusammengekniffenen Augen. »Noch mal: Wer sind Sie? Und was wollen Sie?«

Gillmore grinste. »Wir haben was zu bereden. Die Leviathan lässt grüßen, Henry.« Dazu zwinkerte er frech, als teilten sie ein Geheimnis. Nun, in gewissem Sinn war es ja auch so.

Henry fuhr unmerklich zusammen, und für den flüchtigen Moment reflexartigen Erschreckens zogen sich seine Augen zu Schlitzen zusammen. Doch er hatte sich sofort wieder unter Kontrolle. »Leviathan? Ich weiß nicht, wovon Sie reden, Mann!«, blaffte er. »Sie müssen sich in der Adresse geirrt haben. Und jetzt verschwinden Sie, bevor ich die Polizei rufe!«

Gillmore zeigte sich unbeeindruckt. »Die Idee hatte Ihre Molly auch schon, aber wenn Sie mich fragen, wär das nicht schlau.« Er senkte seine Stimme zu einem drohenden Zischen und beugte sich vor. »... bei dem Dreck, den Sie am Stecken haben, oder soll ich besser von dem Blut reden, das an Ihren Händen klebt, Skipper? Dann müsste ich den Bullen leider von der Sauerei erzählen, die Sie damals auf der Leviathan mit Ihrem Geballer angerichtet haben. Ich schätze, das Massaker an den Chinks gäbe wochenlang tolle Schlagzeilen ab, wo Sie doch 'nen großen Namen haben und hier in der Stadt wer sind. Wär bestimmt 'n gefundenes Fressen für die Klatschreporter. Und die Staatsanwaltschaft interessiert sich bestimmt auch für das Verbrechen von damals, auch wenn dabei nur ein paar Schlitzaugen draufgegangen sind. Ich meine, Mord ist Mord, oder?«

Henry konnte nicht verhindern, dass ihm das Blut aus dem Gesicht wich. Mit einem gequälten Lächeln blickte er zu Martha, die immer noch hinten im Gang stand, jederzeit bereit, zum Telefon zu greifen und die Polizei zu alarmieren. »Äh, das … das ist schon in Ordnung, Martha«, rief er ihr beruhigend zu. »Mir war ganz entfallen, dass ich …« Er unterbrach sich und wedelte ungeduldig mit der Zeitung, als wollte er sie davonscheuchen. »Nun, das hat Sie nicht zu interessieren. Es ist jedenfalls alles bestens. Sie können wieder an Ihre Arbeit gehen.« Und zu Gillmore sagte er mit mühsam erzwungener Freundlichkeit: »Wenn Sie mir in den Salon folgen wollen, Mr …?«

»Sloan, der werte Name ist Gordon Sloan junior, Skipper«, sagte Gillmore süffisant und zeigte unverhohlene Genugtuung. Diesem Caldwell war zweifellos der Schreck seines Lebens in die Knochen gefahren. Gut so. Jetzt verstanden sie sich.

»Was wollen Sie, Mann?«, stieß Henry hervor und schloss die Flügeltür hinter sich zu. Mit einer wütenden Bewegung knallte er die Zeitung auf eine Anrichte.

»Eine blödere Frage fällt Ihnen wohl nicht ein, was?«, höhnte Gillmore und sah sich betont unverfroren im Salon um. Alles vom Feinsten natürlich. Im Kamin brannte ein kräftiges Feuer. Sein Blick fiel auf das bauchige Glas, das zusammen mit einer Kristallkaraffe auf dem Beistelltisch neben einer Sesselgruppe stand. Die bernsteinfarbene Flüssigkeit in Karaffe und Glas sah nach Brandy aus. Er steuerte darauf zu. »Was werde ich wohl wollen, Skipper? Geld natürlich!« Wie selbstverständlich nahm er das Glas, schnüffelte an der Flüssigkeit und grinste. Er hatte richtig geraten, also nahm er einen ordentlichen Schluck. »Teufel, der Brandy ist ja die reinste Engelpisse! Die Marke müssen Sie mir verraten, ja? Den Tropfen werde ich mir auch kaufen, wenn wir uns erst einig sind.«

»Ich wüsste nicht, warum ich Ihnen Geld geben sollte«, knurrte Henry. »Was immer Ihnen da an … an Gerüchten zu Ohren gekommen sein mag, das alles ist ewig her … ich meine, wenn es überhaupt passiert ist, und das ist es eben nicht«, verhaspelte er sich. »Außerdem interessiert sich heute kein Schwein mehr dafür!«

Gillmore lachte abfällig. »Von wegen Gerüchte! Es ist alles so über die Bühne, besser gesagt: über die Planken gegangen, und das habe ich nicht nur von meinem Alten aus erster Hand, sondern auch mit Brief und Siegel bezeugt«, sagte er, zog eine der eidesstattlichen Erklärungen aus der Manteltasche und faltete sie auseinander. Der Anwalt hatte die getippten Seiten am linken Rand dreimal gelocht und durch eine bunte Kordel fest miteinander verbunden.

»Was soll das sein?«

»Zwei eidesstattliche Erklärungen über das, was damals auf der Leviathan passiert ist!«, erläuterte Gillmore genüsslich. »Auf diesen Seiten steht haarklein beschrieben, welche Verbrechen Sie und Ihr feiner Bruder Arthur damals begangen haben: die illegale Verschiffung der chinesischen Kaufmannssippe Taishu, achtzehn Leute, die in der Hongkew Wharf von Shanghai mit ihrer kostbaren Fracht, Jadeschmuck und Seide, heimlich an Bord der Leviathan gegangen sind, und dann das Massaker an den Chinks hier vor der Küste, das Sie mit Ihrer Schießerei angefangen haben. Übrigens sind die Zwillinge Feng und Yong, die beiden Neffen des Clanchefs, die damals halbwüchsig waren, nicht in der Brandung ersoffen, sondern haben überlebt. Könnte Ihnen sogar sagen, wo die hier an der Bay ihren Kramladen mit billiger Chinkware haben, aber ich will Sie ja nicht mit Kleinigkeiten langweilen.«

»Wo... woher haben Sie das?«, stieß Henry hervor, fassungslos, dass dieser spitzgesichtige Kerl so gut unterrichtet war. Sogar die Namen der Zwillinge kannte er. Die Gedanken überschlugen sich hinter seiner plötzlich schweißigen Stirn. »Sie können damals nicht zur Crew gehört haben, dafür sind Sie zu jung!«

»Aber der Alte, mein Vater Gordon Sloan, und der andere Zeuge hier haben dazugehört. Die beiden haben alles, was damals passiert ist, genau beschrieben und bezeugt«, log Gillmore und wedelte mit den zusammengebundenen Seiten. »Und ein Anwalt hat ihre Aussagen ... äh, eidesstattlich beurkundet. Da, mit Stempel und Siegel und all dem Kram. Wollen Sie mal 'nen Blick drauf werfen?« Er schlug die letzte Seite auf und wedelte aus mehreren Schritten Entfernung damit vor Henry herum, sodass der den Namen des Anwalts unter dem Stempel nicht lesen konnte. »Dürfte also in jedem Fall für die Zeitungsschreiber und die Staatsanwaltschaft ein gefundenes Fressen sein.«

Henry schluckte hart.

»Oh, und damit Sie erst gar nicht auf die dumme Ideen verfallen, Sie könnten ums Schweigegeld herumkommen, indem Sie uns aus dem Weg räumen lassen, haben wir eine kleine Sicherung in die Geschichte eingebaut«, fuhr Gillmore im Hochgefühl des Triumphes fort. »Das hier ist nämlich nicht das einzige Exemplar. Wir haben zwei weitere bei unserem Anwalt hinterlegt. Und wenn ich mich nicht regelmäßig zu verabredeten Zeiten bei ihm melde, geht die eine an die Staatsanwaltschaft und die andere an eine der großen Zeitungen. Steckt schon alles in fertig adressierten, frankierten und hübsch versiegelten Umschlägen.«

»Wie viel wollen Sie?«, presste Henry hervor und ballte in ohnmächtiger Wut die Fäuste. Er wusste, wann er geschlagen war, auch wenn sich in seinem Hinterkopf wütendes Aufbegehren regte. Der Teufel sollte ihn holen, wenn er sich mit dieser Erpressung abfand. Irgendeinen Ausweg musste es geben!

»Zwanzigtausend.«

»Sie sind ja verrückt!«, keuchte Henry.

Gillmore sah ihn verächtlich an. »Versuchen Sie jetzt nicht, mir mit Jammern und Klagen den Mittellosen vorzuspielen und mich runterzuhandeln, sonst lege ich gleich noch zehn Riesen drauf!«, sagte er scharf. »Sie sind Großreeder, Sie sind stinkreich. Zwanzig Riesen sind für Sie ein Klacks. Die werden Sie blechen, ist das klar? Also bewegen Sie Ihren fetten Arsch und holen Sie das Geld!«

Henry sah ihn verwirrt an. »Woher soll ich es denn holen? Wollen Sie etwa, dass ich jetzt zur Bank gehe?«

»Stellen Sie sich nicht dumm, verdammt noch mal!«, fauchte Gillmore. »Reiche Fettsäcke wie Sie haben doch alle 'nen Tresor im Haus.«

Henry erlaubte sich ein geringschätziges Lachen. »Sie glauben doch nicht im Ernst, dass ich zwanzigtausend Dollar in bar in meinem Haus aufbewahre!«

Ein verblüffter Ausdruck trat auf Gillmores Gesicht. Wütend schlug er mit seinem Krückstock nach einem Kissen und fegte es vom Sessel. »Mist, verdammter! Also gut, dann holen Sie eben, was Sie zurzeit im Tresor haben!«, rief er. »Und dann gehen wir zusammen zu Ihrer Bank, und Sie geben mir den Rest.«

»Daraus wird nichts«, sagte Henry und konnte sich die Häme, die sich in seine Stimme schleichen wollte, gerade noch verkneifen. Ihn durchzuckte der Gedanke, dass sich ihm hier womöglich eine Chance bot, das Blatt zu wenden. Wie genau das gehen sollte, wusste er noch nicht, aber er klammerte sich an die Hoffnung, dass es ihm noch rechtzeitig einfallen würde. Erst einmal musste er auf Zeit spielen.

»Hören Sie, wenn Sie glauben, ich bluffe, dann …«, begann Gillmore und fuchtelte mit dem Krückstock.

Erschrocken hob Henry die Hände. »Zumindest nicht heute, das wollte ich sagen!«, stieß er hastig hervor. »Schauen Sie doch mal auf die Uhr! Wir haben Samstag, um diese Zeit hat die Bank längst geschlossen.« Im Stillen betete er, dass dieser Ganove noch nie eine Bank betreten hatte und über die Öffnungszeiten nichts wusste, denn in Wahrheit waren die Schalter in seiner Bank noch eine gute Stunde besetzt. »Aber ich kann nachsehen, was ich an Bargeld im Tresor habe, und Ihnen für den Rest einen Scheck ausschreiben, den Sie am Montag …«

»Halten Sie mich für total behämmert?«, fauchte Gillmore, wobei die Wut seiner eigenen Gedankenlosigkeit galt. Warum war er an einem späten Samstagnachmittag hier aufgekreuzt? Warum zum Teufel hatte er nicht bis Montag gewartet? Zwei Tage mehr hätten nach mehr als einem Jahr der Verzögerungen nun wirklich keinen großen Unterschied gemacht. »Glauben Sie, ich weiß nicht, dass Sie so einen Scheck mit einem Anruf bei der Bank sperren können? Und dann warten vielleicht noch die Bullen auf mich, weil ich den Scheck angeblich gefälscht habe. Nee, darauf fall ich nicht rein! Kommen Sie mir bloß nicht mit so 'nem Scheiß, Mann!«

»Warum sollte ich das tun, wo Sie doch …«

»Hören Sie nicht, was ich sage? Ihren Scheck können Sie sich sonst wohin stecken, Skipper! Ich will die Kohle in bar, ist das klar?«, fiel Gillmore ihm gereizt ins Wort und überlegte, was er jetzt tun sollte. Mit leeren Händen wollte er dieses Haus auf keinen Fall verlassen. »Also gut, bringen Sie mir, was Sie an Bargeld dahaben, und den Rest hole ich mir Montagmittag. Und beeilen Sie sich gefälligst!«

»Mehr als tausend werden es nicht sein«, baute Henry geistesgegenwärtig vor, obwohl er sehr viel mehr in seinem Tresor hatte.

Plötzlich spürte Gillmore, wie verschwitzt er war und dass sein Herz ordentlich raste. Kroch da so etwas wie eine Ahnung von drohendem Unheil oder gar Angst in ihm hoch? Unsinn, solange der fette Woodruff regelmäßig seine Verwahrungsgebühr erhielt, konnte ihm nichts geschehen, und Henry Caldwell wusste das, der würde für zwanzig Riesen nicht riskieren, dass seine Verbrechen öffentlich wurden. Nein, sein Unwohlsein rührte allein daher, dass er für den gut beheizten Salon zu warm angezogen war. Er knöpfte den Mantel auf und fläzte sich breitbeinig in den Sessel neben dem Brandy. »Wenn Sie mit weniger als zweitausend zurückkommen, ist Ihre Taschenuhr fällig«, rief er Henry zu und griff nach der Karaffe.

Henry verwünschte ihn stumm, warf seine längst erkaltete Zigarre ins Kaminfeuer und stieß die Salontüren in seiner zornigen Ohnmacht so heftig auf, dass der rechte Flügel gegen die holzgetäfelte Wand krachte. Und das erwies sich als glückliche Fügung, denn das Scheppern der Tür übertönte seinen kurzen Ausruf des Erschreckens, als er um ein Haar mit seinem Sohn zusammenprallte. Guy war, als er seinen Vater näher kommen hörte, von der Tür zurückgewichen, doch er war nicht schnell genug gewesen.

Während Guy seinen Vater eine Schocksekunde lang nur anstarrte, noch ganz gefangen von dem, was er soeben mit angehört hatte, reagierte Henry mit einer Geistesgegenwart, die selbst Guy im Nachhinein bewundernswert fand. Er legte seinem Sohn die Hand auf den Mund, beschwor ihn mit Blicken, ja keinen Ton von sich zu geben, warf mit der anderen Hand die Tür zu und drängte Guy nach hinten in den Seitenflur, wo es zum steilen Dienstbotenaufgang ging.

»Du musst dem Kerl folgen und alles über ihn herausfinden. Wo er wohnt, wer sein Komplize ist und was immer du sonst noch herauskriegst!«, stieß Henry gehetzt hervor, ohne die Hand von Guys Mund zu nehmen. »Zieh einen von den grauen Regenponchos aus dem Gartenschuppen über deine guten Sachen, damit du nicht auffällst. Und stülp dir einen der alten Schlapphüte über, die da neben der Tür hängen. Hast du gehört?«

Guy nickte und schob die Hand seines Vaters von seinem Mund. »Stimmt das, was der Mann gesagt hat?«, flüsterte er verstört. Martha hatte ihn alarmiert, und er hatte umgehend vor den nicht ganz geschlossen Salontüren Wache bezogen, um notfalls eingreifen zu können. Dabei hatte er jedes Wort mitbekommen, das der Fremde und sein Vater im Salon gewechselt hatten. »Habt ihr wirklich dieses Massaker …?«, flüsterte er, obwohl er eigentlich keine Bestätigung brauchte. Er wusste einfach, dass sein Vater und Onkel Arthur dieses Blutbad angerichtet hatten.

»Später!«, zischte Henry, »dafür ist jetzt keine Zeit! Tu, was ich dir sage. Ich brauche dir ja wohl nicht auseinanderzusetzen, was hier auf dem Spiel steht – und zwar für uns alle. Also zieh die alten Sachen über, verschwinde hinten durch die Gartenpforte, warte drüben an der Ecke und hefte dich an die Fersen von diesem Kerl. Du darfst ihn unter keinen Umständen aus den Augen verlieren, hast du verstanden? Wenn du das in den Sand setzt, brauchst du dich nicht mehr hier blicken lassen! Weißt du, wie er aussieht?«

Guy fühlte sich wie halb betäubt, doch er nickte. Durch den Spalt zwischen den Türen hatte er den Erpresser gut im Blick gehabt.

»Er humpelt, es sollte also nicht schwer sein, an ihm dranzubleiben! Und jetzt beeil dich!« Henry versetzte ihm einen derben Stoß vor die Brust und polterte dann die Dienstbotenstiege hinauf.

56

Wie immer, wenn sie frisch frisiert aus Philly Fontaine's Famous Hair Salon kam, fühlte Ashley sich unwiderstehlich und wie einem Jungbrunnen entsprungen. Der Meistercoiffeur am Sunset Boulevard war zwar sündhaft teuer, aber sein geradezu magisches Geschick mit Schere, Kamm und Brennstab war jeden Dollar wert. Sie fühlte sich so gut wie lange nicht mehr, ja war regelrecht in Feierstimmung und fragte sich gespannt, wie Kate, die gegenüber in »Donovan's Drugstore« wartete, ihre neue Frisur wohl finden würde. Bestimmt war auch sie hingerissen.

Für Ashleys Hochgefühl gab es jedoch noch einen zweiten Grund, und der war weit entscheidender als Philly Fontaines Kunstfertigkeit. Die Sneakpreviews von *Reap the Stormy Wind* waren angelaufen. Am Abend zuvor hatte ein Kino in El Segundo den Film gezeigt, und am Samstagvormittag war er in Long Beach und Santa Ana in der Matinee gelaufen. Bei diesen unangekündigten Vorstellungen, für die nur der halbe Eintrittspreis, manchmal auch gar nichts zu zahlen war, wussten die Kinobesucher nicht, welcher Film gezeigt wurde. Im Gegenzug mussten sie nach der Vorstellung auf einer Beurteilungskarte kurz notieren, was ihnen gefallen hatte und was nicht. Bei allen drei Kinos waren die Urteile der Besucher positiv ausgefallen, das hatte Joe Koenig ihr noch kurz vor ihrem Termin bei Philly Fontaine telefonisch mitgeteilt.

Sie hoffte, dass Kate, die sich ihren Wagen geliehen hatte, um einige Besorgungen zu erledigen, nicht zu lange hatte warten müssen. Um fünf hatten sie sich zu Waffeln und einem Sundae bei »Donovan's« treffen wollen, und nun war es doch fast halb sechs und bereits dunkel. Aber bei Dunkelheit gefiel ihr der Sunset Boulevard umso besser, dann tauchten die zahllosen Neonlichter der Reklamen ihn in ein flimmerndes Meer aus Regenbogenfarben.

Kate saß mit Blick zum Eingang in einer der Vierertisch-Nischen, deren rot-weiß gestreifte Bänke in den Farben der amerikanischen Flagge gehalten waren. Sie hatte einen Teller mit Waffeln und eine Tasse Kaffee vor sich stehen, schien aber beides nicht angerührt zu haben. Die Waffeln wirkten in sich zusammengefallen, und die Garnierung aus Butter- und Cremebällchen war längst zerflossen.

Das fiel Ashley zunächst gar nicht auf, ebenso wenig wie Kates Blässe und ihre bedrückte Miene. Sie war ganz auf sich konzentriert, rauschte in das Lokal wie ein Wirbelwind und präsentierte sich, als sei sie bei einem Casting.

»Na, wie gefällt's dir?«, fragte sie aufgekratzt und posierte, die eine Hand in den Nacken, die andere auf die Hüfte gelegt. Dabei streckte sie mit leicht gespreizten Beinen das Becken aufreizend vor. Sie drehte sich kurz nach rechts und dann nach links, und natürlich fehlte es auch nicht an einem koketten Blick. Und währenddessen sprudelte es nur so aus ihr heraus. »Nennt sich Waverley Wave. Ist Phillys eigene Kreation und soll eine Hommage an Sir Walter Scott sein, du weißt schon, der schottische Autor, der wie am Fließband Weepies in Buchform produziert hat. Aber frag mich nicht, was dieser Schotte mit Haarwellen zu tun hat, bin jedenfalls nicht dahintergestiegen, als Philly mir das erklären wollte. Du weißt ja, wie er ist, der redet wie ein Wasserfall. Aber als Coiffeur ist er einfach göttlich, findest du nicht? Also, nun sag schon: Daumen hoch oder Daumen runter?«

»Ach, Ash«, seufzte Kate und bedachte sie mit einem Lächeln, in dem sich Zärtlichkeit mit großem Kummer mischte. »Du siehst himmlisch aus … wie immer.« Und dann biss sie sich auf die Lippe, als müsse sie Tränen zurückhalten.

Ashley stutzte. »Was ist denn mit dir los? Welche Laus ist dir denn über die Leber gelaufen?« Sie setzte sich ihr gegenüber in die Nische. »Hast du mir bei deiner Spritztour eine Beule in den Duesenberg gefahren?«

Kate schüttelte den Kopf, sah sie aber nicht an. »An deinem Wagen ist nicht ein Kratzer«, sagte sie und schob ihr die Wagenschlüssel über den Tisch.

»Was ist es dann? Ich seh dir doch an, dass du was hast. Ist es vielleicht, weil du den Job bei Warner Brothers nicht bekommen hast?«, bohrte sie. »Nimm das nicht so schwer. Du wirst schon wieder Arbeit finden. Und wenn nicht, dann …«

»Nein, das ist es nicht, Ash.«

»Was ist es dann?«

Kate hob den Kopf und sah sie mit tränenfeuchten Augen an. »Du weißt, wie sehr ich dich liebe … wirklich richtig liebe, nicht wahr? Und dass ich dich immer lieben werde. Du weißt das, ja?«, flüsterte sie beschwörend.

Ashley griff über den Tisch nach Kates Händen. »Natürlich weiß ich das, mein Schatz«, versicherte sie und dachte daran, mit welch unersättlicher Leidenschaft sie sich am Morgen geliebt hatten. »Aber um Gottes willen, warum siehst du so … niedergeschlagen aus, und warum fragst du mich das? Jetzt machst du mir wirklich Angst. Bitte sag endlich, was du hast!«

»Erinnerst du dich noch an Tim Reynolds? Er hat bei deinem Film zur technischen Crew gehört?«

»Meinst du den sommersprossigen jungen Mann, der vor dem schrecklichen Schicksal geflohen ist, in einem texanischen Nest das Lampengeschäft seines Vaters übernehmen zu müssen, und dann als Beleuchter bei Paramount gelandet ist?«, fragte Ashley, und plötzlich fiel ihr ein, dass sie Kate während der Dreharbeiten oft mit diesem Mann gesehen hatte. Sie hatte ihr für die Monate einen Job als Requisiteur-Assistentin verschafft, und Kate hatte auch an den Partys der technischen Crew teilgenommen. Üblicherweise verkehrten Regisseure, Produzenten und Schauspieler, zumindest die in den Hauptrollen, gesellschaftlich nicht mit der technischen Mannschaft einer Filmproduktion, da galt selbst in der Studiokantine eine scharfe Trennung. Aber Ashley hatte sich nie etwas dabei gedacht, dass Kate viel Zeit mit diesen Leuten verbrachte, es war ihr sogar ganz recht gewesen, denn zu all den Besprechungen, Prüfungen der Muster oder Abendessen mit Joe Koenig und Vertretern von Paramount hatte sie sie natürlich nicht mitnehmen können.

Kate nickte.

»Und was ist mit diesem Tim Reynolds?«, fragte Ashley, von einer schrecklichen Ahnung gepackt, und hatte plötzlich einen dicken, wild pochenden Kloß im Hals.

»Er hat mir schon Weihnachten einen Antrag gemacht ... und ich habe ihn angenommen«, sagte Kate gequält, und nun liefen ihr Tränen übers Gesicht. »Ich hätte es dir gern schon früher gesagt, aber dann habe ich doch lieber gewartet, bis dein Film abgedreht und geschnitten ist. Und ich freue mich für dich, weil er so wundervoll ist und dich bestimmt berühmt machen wird. Aber jetzt ... jetzt muss ich Abschied nehmen von dir, nein, von uns und dem Wunder, das uns vergönnt gewesen ist.«

Das Blut wich aus Ashleys Gesicht, und ihr war, als lege sich eine eisige Klammer um ihr Herz. »Nein!«, stieß sie hervor. »Das kannst du mir nicht antun, Kate! Du kannst mich nicht verlassen! Hast du nicht gerade erst gesagt, wie sehr du mich liebst?«

»Das tue ich auch, und ich werde dich immer, immer lieben! Das weiß ich so sicher, wie ich weiß, dass ich niemals wieder jemanden so leidenschaftlich küssen und lieben werde wie dich«, sagte Kate mit tränenerstickter Stimme. »Aber ich möchte eine Familie und Kinder haben, und wenn ich noch eine Chance auf einen guten, anständigen Mann haben will, kann ich damit nicht noch länger warten. Es war immer mein größter Wunsch, Kinder zu haben, und ich weiß, dass Tim ein guter und lieber Mann und Vater sein wird. Es ist entschieden. Ich habe meine Sachen schon bei ihm. Wir nehmen den Nachtzug nach Yuma und werden dort übermorgen heiraten. Dann bin ich einundzwanzig, und in Yuma muss nicht erst lange ein Aufgebot aushängen. Danach fahren wir zu Tims Eltern, die sich schon auf uns freuen.«

»Aber du liebst mich und nicht ihn!«, begehrte Ashley verzweifelt auf. »Zwischen dir und ihm wird es nie so sein wie zwischen uns!«

»Ich weiß, es wird eine andere, viel sanftere Art von Liebe sein. Aber wenn vielleicht auch die Ekstase fehlt, wird es doch Liebe sein, da bin ich mir sicher. Was wir hatten, Ash, war wunderbarer, als ich es in Worte fassen kann. Es war überwältigend, aber ich habe immer gewusst, dass es nicht ewig so weitergehen kann. Zwei Frauen, die wie ein Paar zusammenleben ...« Kate schüttelte den Kopf. »Nein, irgendwann wäre es nicht mehr gegangen. Du hättest es dir als berühmte Schauspielerin nicht leisten können, und ich ...«

»Ich bin aber keine berühmte Schauspielerin!«, rief Ashley und presste Kates Hände zusammen, als wollte sie sie nie wieder loslassen.

»Eines Tages wirst du es sein, Ash, ich glaube fest daran. Und dann will ich unsere Liebe nicht verleugnen, nicht in deinem Schatten leben und mich als Hausmädchen oder sonst was vor der Welt verstecken müssen.« Sie zuckte unter dem zunehmenden Druck von Ashleys Händen zusammen. »Ash, du tust mir weh!«

»O Gott!« Erschrocken gab Ashley ihre Hände frei.

»Ich muss jetzt gehen, sonst verpassen wir unseren Zug.« Schnell beugte sie sich vor, nahm Ashleys Gesicht in beide Hände und küsste sie mit verzweifelter Leidenschaft auf den Mund. »Das erste Mädchen, das ich bekomme, werde ich Ashley nennen. Ich werde dich immer lieben, vergiss das nicht. Du wirst immer in meinen Gedanken und Gebeten sein!« Dann sprang sie auf und rannte aus dem Restaurant, als fürchtete sie, sie könnte schwankend werden, wenn sie auch nur einen Augenblick länger in das Gesicht des Menschen blickte, den sie wie nichts auf der Welt liebte – und doch nicht wirklich haben konnte.

57

Das Warten zerrte an Henrys Nerven. Keine zehn Minuten konnte er still sitzen bleiben. Immer wieder sprang er auf und trat ans Fenster, um nach Guy Ausschau zu halten. Selbst in der ersten Stunde spähte er alle paar Minuten auf die Straße hinaus, obwohl er doch wusste, dass sein Sohn noch gar nicht zurück sein konnte. Oder rechnete er etwa im Stillen damit, dass Guy sich wieder einmal als unfähig erwies, einen simplen Auftrag zu seiner Zufriedenheit auszuführen?

Nun, wundern würde es ihn nicht. Guy war eine einzige Enttäuschung, schwächlich und weinerlich von Geburt an, ganz wie seine Mutter. Verflucht der Tag, an dem er sich in diese Frau verguckt hatte. Er hatte sich von ihrer Schönheit blenden lassen. Ida war die dümmste Investition seines Lebens. Nicht nur, dass ihr Mutterschoß nach diesem einen Kind ausgetrocknet war wie ein versandeter Brunnen, sie war auch gleich nach der Geburt aufgegangen wie ein Kuchenteig. Mittlerweile war sie so fett, dass ihr schon das Atmen Mühe bereitete und ihr Herz kaum noch mitmachte. Er hätte bei Gott mehr Kinder verdient gehabt, aber zumindest doch wohl einen anderen Stammhalter. Darum hatte Ida ihn betrogen, und so war er nun mit diesem unentschlossenen und verweichlichten Kerl als Sohn und Erbe geschlagen. Zu seiner Erbitterung blieb ihm demnach nichts anderes übrig, als zu hoffen, dass dieser George Sloan noch weniger auf dem Kasten hatte als Guy. Aber einen gerissenen Eindruck hatte der Kerl schon gemacht.

Gordon Sloan, Gordon Sloan, Gordon Sloan.

Wie ein nicht enden wollendes Echo hallte der Name durch seinen Kopf. Er versuchte, sich an einen Seemann dieses Namens zu erinnern, doch ihm wollte kein Gesicht dazu einfallen. Aber wer immer die beiden noch lebenden Zeugen des Massakers auch waren, sie hatten sich für ihre Erpressung den Falschen ausgesucht. Als ob sie es bei dem einen Mal belassen würden! Hatte das Raubtier erst einmal Blut geleckt, kannte es keine Gnade. Sie würden ihn langsam ausbluten lassen. Nein, sowie er wusste, wer sie waren und wie er diese eidesstattlichen Erklärungen aus der Welt schaffen konnte, würde er sie umbringen – und dabei nicht mehr empfinden als beim Zertreten einer Wanze. Aber was sollte er tun, wenn Guy den Burschen aus den Augen verlor und sie nichts über ihn und seine Komplizen in Erfahrung brachten? Zumindest nicht schnell genug?

Aus der Unruhe wurde Beklemmung und schließlich sogar würgende Angst, als Stunde um Stunde verstrich, es in den Abend ging und Guy noch immer nichts von sich hatte hören oder sehen lassen. Die Ungewissheit fraß an ihm wie ein wild wucherndes Geschwür. Er meinte förmlich zu spüren, wie es seinen Magen und seine Gedärme angriff und zersetzte, als hätte er Salzsäure geschluckt.

Als Martha das Abendessen auftrug und ihn zu Tisch bat, reichte ihm ein Blick auf Teller und Schüsseln, um zu wissen, dass er keinen Bissen hinunterbekommen würde, ohne sich danach übergeben zu müssen. Er ließ das Essen zurückgehen, ohne einen Bissen angerührt zu haben. Ida hatte sich natürlich nicht zu ihm herunterbequemt, sondern sich mal wieder alles aufs Zimmer bringen lassen, vom Vanillepudding gleich eine doppelte Portion. Nun gut, sollte sie sich doch zu Tode fressen, je schneller, desto besser. Dann war er endlich wieder ein freier Mann und konnte auf die Pirsch gehen. Attraktive junge Frauen, die sich von einem reichen Mann auch seines Alters liebend gern vor den Traualtar führen ließen, gab es genug.

Er versuchte, sich abzulenken, erst mit der Lektüre der Tageszeitung, dann mit dem Kreuzworträtsel, doch er konnte sich nicht konzentrieren. Die Zeilen verschwammen zu einem Buchstabensalat, der keinen Sinn ergab. Nicht einmal seine geliebten kubanischen Zigarren vermochten seine Nerven zu besänftigen. Aus Guys Zimmer holte er sich Zigaretten, die er eine nach der anderen hektisch rauchte. Dabei mochte er Zigaretten gar nicht. Er hielt sie für vulgär, sie zu rauchen für eine plebejische Angewohnheit, die einem Gentleman schlecht zu Gesicht stand.

Um neun schickte er Martha und Clara, die Köchin, nach Hause und Bridget, das irische Zimmermädchen, in ihre Kammer unter dem Dach. Ruhelos streifte er durch den Salon, rauchte gegen die Übelkeit an, starrte alle paar Minuten auf die Straße und fragte sich, wo Guy verdammt noch mal blieb. In seiner Nervosität drehte er so heftig an den Enden seines Zwirbelbartes, dass es wehtat. Fast regte sich so etwas wie Besorgnis in ihm. Nicht, dass er viel Zuneigung für seinen Sohn empfunden hätte, aber er hatte nun mal keinen anderen. Doch der Anflug von Besorgnis legte sich gleich wieder, und es regte sich der böse Verdacht, dass es womöglich einen ganz anderen, viel näher liegenden Grund gab, warum Guy sich nicht blicken ließ. Nämlich den, dass er auch diese Sache grandios verbockt hatte, sich nicht unter seine Augen traute und seit Stunden irgendwo in einer Bar saß und sich Mut antrank. Ja, das sähe seinem feinen Sohn ähnlich!

58

Die Zeiger der schweren Standuhr standen auf zwanzig vor zehn, als ein Taxi die Straße heraufkam und vor der Villa hielt. Henry stürzte zum Fenster und stieß ein ebenso grimmiges wie erlöstes »Na endlich!« aus, als er Guy aussteigen sah. Offensichtlich stand sein Sohn nicht allzu fest auf den Beinen. Er schwankte leicht und kam langsam und unsicher durch den Vorgarten. Henry ballte die Fäuste und fluchte leise. Guy trug noch immer den Regenponcho, der reichlich ramponiert aussah. Jetzt zerrte er sich das Ding vom Leib und warf es an die Mauer neben dem hüfthohen schmiedeeisernen Gartentor. War das zu glauben? Was bildete er sich ein?

»Verdammt noch mal, wo warst du so lange?«, rief er, als Guy endlich mit schweren Schritten in den Salon wankte.

»Brandy!«, stieß Guy heiser hervor. Er hielt sich die linke Seite und sackte mit schmerzverzerrtem Gesicht in den nächsten Sessel.

Henry stutzte, musterte ihn genauer und registrierte erst jetzt, dass sein Sohn regelrecht grau im Gesicht war. Einen betrunkenen Eindruck machte er jedoch nicht, was mehr als verwirrend war. Vielmehr schien er erschöpft und ausgelaugt, als hätte er eine überaus kräftezehrende Leistung vollbracht. Das war in Verbindung mit seinem Sohn natürlich ein Paradox. Außerdem war Guys dunkler Anzug verschmutzt, als hätte er irgendwo im Dreck gelegen. »Warum kommst du erst jetzt? Hast du mal auf die Uhr geschaut?«

»Im Krankenhaus hat es etwas gedauert.«

»Was hat im Krankenhaus gedauert? Und wieso …«

»Erst das Warten auf einen Arzt und dann das Nähen und Verbinden«, fiel Guy ihm ins Wort und klopfte vorsichtig auf eine Stelle über seiner linken Hüfte.

»Herrgott, wovon redest du?«, fragte Henry. »Was zum Teufel ist passiert? Raus mit der Sprache: Was ist mit diesem George Sloan? Hast du was über ihn herausgefunden? Oder hat er dich abgehängt?«

Guy starrte ihn an. »Er heißt nicht Gordon Sloan, sondern George Gillmore und hat fünf Jahre in San Quentin abgesessen, in einer Zelle mit diesem Gordon Sloan. Außerdem ist er tot, Vater. Sie sind alle tot.« Er sagte das in einem so beiläufigen Ton, als ginge es um etwas ähnlich Alltägliches wie das Wetter.

Henry starrte ihn ungläubig an. »Wie, sie sind alle tot?« Was sein Sohn da sagte, ergab überhaupt keinen Sinn! Es klang einfach lächerlich, vor allem das, was seine Worte nahezulegen schienen, nämlich dass er dabei die Hand im Spiel gehabt hatte. Hatte er den Verstand verloren, oder war er vielleicht doch betrunken? Aber plötzlich sah er im Blick seines Sohnes etwas, das er noch nie gesehen hatte, etwas Hartes, wild Entschlossenes, ja fast so etwas wie den Mut, ihm die Stirn zu bieten.

»Tot, krepiert wie eure Chinesen auf der Leviathan, Vater«, sagte Guy mit einem kurzen Auflachen. »Und jetzt bring mir den gottverdammten Brandy. Dann erzähl ich dir auch, was passiert ist.«

Irritiert durch den forschen Ton seines Sohnes und empört über die Tatsache, dass dieser sich von ihm bedienen lassen wollte, zugleich aber freudig erregt angesichts der Nachricht, dass irgendeine glückliche Fügung ihm die Erpresser vom Hals geschafft hatte, tat er seinem Sohn den Gefallen, brachte ihm aber nicht nur ein Glas. »Hier hast du die ganze Karaffe, schenk dir gefälligst selbst ein. Ich bin nicht dein Diener. Und jetzt erzähl endlich!«

Doch Guy dachte nicht daran, sich drängen zu lassen. Er schloss die Augen und nahm zwei kräftige Schlucke, mit denen er das Glas fast leerte. Dann steckte er sich eine Zigarette an, inhalierte tief und begann zu erzählen: »Es war nicht schwer, ihm zu folgen. Nicht nur, weil er humpelte. Er hatte es auch nicht eilig und hat sich kein einziges Mal umgesehen. Ich glaube, er war sich sicher, dass ihm keiner was anhaben kann, weil er das mit dem Anwalt für seine Lebensversicherung hielt. Er ist mit der Cablecar runter zur Market Street. Unten am Fährenterminal ist er kurz in einer Kneipe verschwunden. Ich hab überlegt, ob ich ihm folgen soll, aber bevor ich mich entschließen konnte, kam er schon wieder raus. Hatte sich nur mit zwei Flaschen Whiskey eingedeckt. Dann ging's mit der Fähre über die Bay.«

»Wohin?«

»Nach China Cove«, sagte Guy, leerte das Glas und füllte es gleich wieder auf.

Henry entging nicht, dass die Hand seines Sohns leicht zitterte. »Und dann?«, drängte er ungeduldig.

»Dann ist er fast anderthalb Meilen durch weitgehend offenes Ufergelände. War ein hartes Stück Arbeit, an ihm dranzubleiben, ohne dass er was merkt. Zum Glück war es da schon dunkel. Jedenfalls hab ich es hingekriegt«, fuhr Guy fort und erlaubte sich ein mattes Lächeln.

»Weiter! Lass dir doch nicht jedes verdammte Wort aus der Nase ziehen!«, grollte Henry.

Guy bedachte ihn mit einem seltsam spöttischen Blick und nahm erst noch einen Schluck Brandy, bevor er fortfuhr. »Kurz vor den Pfahlhütten der chinesischen Shrimper ist er dann auf einen umgebauten Schleppkahn gegangen. Ein uralter Rostpott, der da an einem morschen Steg schief im Uferschlick festsitzt, mit ein paar primitiven Bretterhütten zu so was wie einem Hausboot umfunktioniert. Das mit dem Umbau muss aber lange her sein, gut die Hälfte der Bretterkonstruktion war schon in sich zusammengefallen. Jedenfalls war der Rosteimer George Gillmores trautes Heim, und da hat Wilbur Burke, sein Komplize, auf ihn gewartet.«

»Wilbur Burke?«

Guy nickte. »Der war eigentlich nur eine Deckhand auf der Leviathan, musste dann aber, als euer richtiger Koch an einer Blutvergiftung gestorben ist, die Kombüse übernehmen.«

Henry runzelte die Stirn, sann über den Namen und den Vorfall nach und nickte schließlich. »Richtig, jetzt erinnere ich mich. Der hat seine Sache ganz ordentlich gemacht. Sein Fraß war einigermaßen genießbar. Aber woher weißt du das alles? Er wird es dir kaum freiwillig auf die Nase gebunden haben, oder?«

Guy schüttelte den Kopf. »Konnte er gar nicht, weil er schon tot war, als ich mich auf den Kahn gewagt habe.«

»Wie, er war schon tot?«

Guy zuckte die Achseln. »Ich habe ihn nur als Leiche erlebt, aber immerhin war er noch warm. Gillmore hatte ihm eingeredet, dass es zu seiner eigenen Sicherheit wäre, wenn er sich bei ihm auf dem Rostpott versteckt hielte, bis sie alles in trockenen Tüchern hätten. Der Schwachkopf war gerade dabei, das Geld zu zählen, das du Gillmore als Anzahlung gegeben hast …«

»Tausenddreihundertachtzig Dollar immerhin«, knurrte Henry mit einer Mischung aus Groll und Hohn. »Ich dachte, eine krumme Summe nimmt er mir eher ab als einen glatten Tausender.« Dabei hatte er in Wahrheit fast neuntausend Dollar im Tresor liegen gehabt.

»… als Gillmore ihm von hinten mit einem Knüppel eins übergezogen und dann mit einer Drahtschlinge den Rest gegeben hat«, beendete Guy seinen Satz und steckte sich an der Glut der fast heruntergerauchten Zigarette die nächste an. Sein Glas füllte er auch wieder auf.

»Aber woher um Gottes willen hast du das alles?«, stieß Henry hervor.

»Von deinem Erpresser Gillmore alias Sloan höchstpersönlich«, sagte Guy, und sein Lächeln bekam etwas Selbstzufriedenes. »Er konnte die Geschichten gar nicht schnell genug herausbringen. Aber wenn wir da mit zwei Kugeln im Bauch auf den Brettern gelegen hätten und langsam verblutet wären, wäre es uns wohl ähnlich ergangen, meinst du nicht auch?«

Henry blinzelte verwirrt. »Wieso hatte er denn auf einmal zwei Kugeln im Bauch? Sein Komplize war doch schon tot. Der hat sie ihm also nicht verpasst.«

Guy nickte bedächtig. »Ich habe auf Gillmore geschossen, Vater, mit meiner Taschenpistole, als er sich von hinten angeschlichen und versucht hat, mich abzustechen. Ich muss auf den Planken ein Geräusch gemacht und ihn gewarnt haben. Vermutlich ist er aus irgendeiner Luke gekrochen und hat sich von hinten an mich rangemacht. Aber ich hab's mitgekriegt und mich schnell genug umgedreht, dass er mir sein Messer nicht in den Rücken rammen, sondern nur eine fiese Fleischwunde über der Hüfte verpassen konnte. Und ich habe mich mit zwei Kugeln revanchiert«, sagte Guy, zog den Remington Double Derringer mit seinen zwei Läufen aus der Tasche und legte ihn neben die Karaffe auf die Marmorplatte des Beistelltischs. Die Waffe verschoss kleinkalibrige Kugeln und war so klein, dass sie in eine Handtasche passte, weshalb sie auch bei Damen sehr beliebt war. Dass die Geschosse nur eine geringe Mannstoppwirkung hatten, war Guy in diesem Fall zupassgekommen. Auch an den kleinen Kugeln starb man, wenn sie einem aus nächster Nähe in den Bauch gejagt wurden, nur dauerte das Sterben länger. So hatte er Zeit gehabt, aus dem Knastbruder herauszuquetschen, was er wissen wollte. »Übrigens, die ist wieder geladen.«

Fast wäre Henry der Unterkiefer heruntergeklappt. »Er ist mit dem Messer auf dich los, und du hast ihn erschossen?«

»Angeschossen«, korrigierte Guy. »Danach hat er gesungen wie eine Nachtigall, konnte die Sachen gar nicht schnell genug loswerden.«

»Und dieser Derringer …«

»Den hatte ich mir damals gekauft, als ich Anderson kaltstellen sollte. Heute Nachmittag, als Martha gerufen hat, weil sie meinte, dein Besucher könnte gefährlich sein, habe ich ihn schnell eingesteckt. Es ist also ihr zu verdanken, dass ich noch am Leben bin und Gillmore lange genug betteln konnte, dass ich ihn zu einem Arzt bringe. Ich hab ihn in dem Glauben gelassen, dass ich das tun würde, wenn er mir nur alles über den Anwalt und seine Abmachung mit ihm verrät. Und er hat nicht lange überlegt, sondern schön brav alles ausgespuckt.«

»Gut, gut … sehr gut!«, rief Henry und griff sich, grenzenlos erleichtert, ein Glas, um sich ebenfalls einen Drink zu genehmigen.

Kaum zu glauben, dass sein Sohn so viel Geistesgegenwart und Mumm bewiesen hatte. Aber offenbar war genau das geschehen, auch wenn vermutlich eine gehörige Portion Glück im Spiel gewesen war. »Erzähl weiter! Wie hat er das mit dem Anwalt geregelt, und wie heißt der Mann?«

»Winston Woodruff. Er hat seine Kanzlei in der Folsom Street, was ja schon alles sagt, und weiß nichts von dem, was in diesen eidesstattlichen Erklärungen steht«, berichtete Guy. »Die beiden haben Andeutungen gemacht, dass es um mögliche künftige Erbstreitigkeiten geht.«

»Und wie kommen wir jetzt an die beiden Umschläge heran?«, wollte Henry wissen.

»Hiermit, Vater.« Guy zog ein Papier, etwa doppelt so groß wie ein Scheck, aus der Brusttasche. Ein breites, fast triumphales Grinsen vertrieb die Erschöpfung aus seinem Gesicht. »Das ist eine Quittung und zugleich der Einlöseschein. Wer den vorlegt, dem händigt der Anwalt die Umschläge aus.«

»Gib her!«, verlangte Henry, streckte die Hand aus und trat auf ihn zu. »Das übernehme ich am Montagmorgen.«

Guy tat nicht dergleichen. Ohne Eile steckte er den Schein wieder ein. »Das halte ich für keine gute Idee«, sagte er seelenruhig. »Du bist nicht irgendein Geschäftsmann, sondern giltst in der Stadt als jemand von Rang und Namen. Er könnte dein Gesicht kennen. Und wenn jemand wie du plötzlich in dem schäbigen Büro von diesem Woodruff auftaucht, könnte der Bursche misstrauisch werden und die Herausgabe womöglich verweigern. Nein, das übernehme besser ich. Ich denke, das siehst du ein.« Und scheinbar gedankenlos griff er nach dem Derringer und drehte ihn spielerisch in den Händen.

Henry öffnete den Mund, zögerte aber, unsicher, wie er reagieren sollte. Den Blick auf den Derringer gerichtet, leckte er sich nervös über die Lippen. Seine Miene verfinsterte sich, und er schluckte hinunter, was er unter anderen Umständen gesagt hätte. »Also gut, übernimm du das«, knurrte er schließlich und lenkte von seiner Kapitulation ab, indem er fragte: »Was ist mit diesem Gordon Sloan?«

Guy erzählte ihm, dass Gillmore mit ihm in San Quentin eingesessen, in der Zeit alles über das Massaker auf der Leviathan erfahren und Sloan am Tag seiner Entlassung ermordet hatte. »Kurz nach diesem letzten Geständnis hat er sich dann selbst ins Jenseits abgemeldet. Ich habe dann den alten Kahn mit den Bretterverschlägen und den beiden Leichen in Brand gesetzt. Der Kerl hatte einen halben Kanister Petroleum herumstehen, das hat für ein hübsches Feuerchen gesorgt. Es war selbst von der Fähre aus noch gut zu sehen«, schloss er seinen Bericht.

Henry nickte mit zufriedener Miene. Da hatte sein Sohn einmal wirklich ordentliche Arbeit geleistet. Dann jedoch fiel ihm etwas ein, das Guy kurz erwähnt, aber nicht weiter ausgeführt hatte. »Was ist mit dem Geld, den tausenddreihundert, die ich diesem Gillmore gegeben habe?«

Aufreizend langsam hob Guy die Brauen, so als verstünde er die Frage nicht. »Was soll damit sein?«, fragte er zurück. »Die habe ich natürlich eingesteckt. Und?«

Dieses herausfordernde »Und?« ließ Henry das Blut in den Kopf schießen, doch er wusste, dass er ohnmächtig war. Kurz presste er die Lippen zusammen, dann rang er sich ein Grinsen ab. »Also gut, behalt sie. Du hast dir eine Belohnung verdient«, sagte er gönnerhaft, als könne er überhaupt noch über das Geld verfügen.

»Der Ansicht bin ich auch, Vater«, erwiderte Guy und erhob sich. Auf seinen Zügen lag plötzlich ein harter, ja fast grausamer Ausdruck. »Nur gedenke ich nicht, mich von dir mit solch einem Almosen abspeisen zu lassen.«

Wäre Henry aufmerksamer gewesen, hätte er die Zeichen im Gesicht seines Sohnes gelesen. Sie hätten ihm gesagt, dass er es an diesem Abend nicht mit seinem verweichlichten Versager-Sohn zu tun hatte, sondern mit einem radikal veränderten Guy. Einem gefährlichen Mann, der in einem Moment, da es um Leben und Tod gegangen war, zu sich selbst gefunden und Blut geleckt hatte. Einem Guy, der zu allem entschlossen war und den zu unterschätzen ihn teuer zu stehen kommen würde.

Doch Henry war blind für das Offensichtliche. Empört warf er sich in die Brust und hakte nach gewohnter Herrschermanier die Daumen in die Schlitze seiner Westentaschen. »Wie redest du denn mit mir? Nimm dich bloß in Acht, sonst werde ich dir zeigen …«

»Nichts wirst du mir zeigen, nie mehr!«, schnitt Guy ihm das Wort ab und war mit einem Schritt bei ihm. Ehe Henry wusste, wie ihm geschah, schlug Guy ihm rechts und links so hart ins Gesicht, dass er aufschrie, rückwärts taumelte, über einen Teppich stolperte und sich auf den Hosenboden setzte. Die Schläge hatten auf seinem Gesicht, das fassungslos zu Guy aufschaute, rote Abdrücke hinterlassen.

»Deine Tyrannei hat hiermit ein Ende!«, fuhr Guy eisig fort. »Ich stelle hier die Forderungen, und wenn dir dein Leben und dein Ruf etwas wert sind, wirst du mir geben, was ich verlange! Wenn bekannt wird, wie viel Blut du an den Händen hast und wie ihr euch damals an den Chinesen bereichert habt, bist du erledigt. Selbst wenn es nicht zu einem Prozess käme, wärst du fortan ein Niemand. Davor habe ich dich bewahrt, mein Leben habe ich für dich riskiert. Das hat seinen Preis, Vater, und den bestimme ich!«

»Was … was willst du?«, brachte Henry mühsam hervor.

»Du wirst mir am Montag beim Notar die Hälfte von deinen Firmenanteilen überschreiben«, teilte Guy ihm mit. Es war keine Forderung, sondern eine Feststellung. »Von Montag an werde ich den Posten eines Direktors bekleiden und mit allen entsprechenden

Kompetenzen für den Australienhandel der Caldwell Shipping zuständig sein. Und noch etwas: Bevor wir zum Notar gehen, wirst du Vivienne den Laufpass geben, sie aus dem Apartment schmeißen und ihr den Gold Bug abnehmen. Das ist von jetzt an mein Auto. Gute Nacht, Vater!«

Er ging, ohne eine Antwort abzuwarten, aber die war auch nicht nötig. Dass Henry sich geschlagen gab, war nicht zu übersehen.

59

Die von so vielen Pannen geplagten Dreharbeiten von *Bitter Harvest* zogen sich bis in die erste Februarwoche. Während der letzten drei Drehtage war Frank jeweils mehrere Stunden auf dem Set, obwohl er sich das bei der Vielzahl seiner anderen Verpflichtungen gar nicht hätte erlauben dürfen. Dennoch war es ihm ein Bedürfnis, den Dreh der letzten dramatischen Szenen mitzuerleben.

Laura war bewusst, dass er Zeit bei ihr am Set verbrachte, die er eigentlich gar nicht hatte. Umso mehr wusste sie seine Anwesenheit zu schätzen. »Du könntest mir gar kein größeres Geschenk machen«, sagte sie in einer Drehpause. »Wenn du da bist, gebe ich immer mein Bestes.«

»Das tust du auch dann, wenn ich nicht hinter Sid stehe«, erwiderte er im Brustton der Überzeugung. »Weil es einfach nicht in deiner Natur liegt, weniger zu geben.«

Nun wurde der müde Blick, den ihre Rolle seit Tagen verlangte, hell und strahlend. »Das hast du lieb gesagt, dafür verdienst du einen Kuss«, sagte sie, legte ihm die Hand an die Wange und küsste ihn behutsam auf den Mund. Nichts daran war flüchtig oder gar spielerisch harmlos, sondern in den zwei, drei Sekunden lagen stumme Leidenschaft und ein fast verzweifeltes Sehnen.

Die unerwartete Zärtlichkeit brachte Frank vorübergehend um sein inneres Gleichgewicht. Ihre Lippen waren ungewöhnlich kühl, was jedoch nichts an der Intensität der Gefühle änderte, die der viel zu lange Kuss in ihm weckte. »Na wenn das nicht ein filmreifer Kuss war!«, sagte er spöttisch, um seine Verlegenheit zu überspielen.

Sie sah, was in ihm vorging, als läse sie in einem offenen Buch. Ihr Blick nahm wieder den müden, traurigen Ausdruck an. »Entschuldige, ich wollte dich nicht in Verlegenheit bringen«, sagte sie. »Aber ich bin so froh, dass du dir die Zeit nimmst. Nichts wünsche ich mir mehr, als dass du da bist, wenn es zu Ende geht.«

Darauf zu antworten blieb Frank erspart, denn gerade rief Sid Cohen sie wieder vor die Kameras. In diesen letzten Drehtagen gratulierte er sich einmal mehr dazu, Sid Cohen unter Vertrag genommen zu haben. Nicht nur seine eigene Zukunft, sondern auch das Schicksal des Studios hing davon ab, dass dieser erste und sündhaft teure Feature-Tonfilm der Triple S ein Kassenschlager wurde.

Wenn er Sid bei der Arbeit zuschaute, vergaß er diese Sorgen für eine Weile. Es war einfach ein Genuss zu verfolgen, wie dieser Regisseur die Szenen aufbaute und die Kamera einsetzte. Er hatte schon im Drehbuch Anweisungen vermerkt und sogar Zeichnungen angefertigt, auf denen jede Einstellung festgelegt und jede Kamerafahrt vorgegeben war. Selbst die Schnittfolge hatte er schon im Vorfeld genauestens gestoppt. Er wusste, wann die Geschichte Tempo verlangte und wann Ruhe und Langsamkeit die größere Wirkung erzielten, und er liebte auf Anschluss gedrehte Szenenübergänge. Geschickt arbeitete er mit Licht- und Schatteneffekten, insbesondere bei den Ernteszenen in den Obstplantagen und in den halb zerfallenen Unterkünften der Wanderarbeiter. Genauso wichtig jedoch war seine Fähigkeit, die Schauspieler zu führen und die Emotionen, die ihre Rolle verlangte, aus ihnen herauszuholen. Sid Cohen war ein Meister seines Fachs und ein Mann starker Bildsprache, das bewiesen die Muster, die Frank sich jeden Abend ansah.

Am Freitag fiel die letzte Klappe. Selbst Frank hatte Tränen in den Augen, als Rosa McGuire nach der Beerdigung ihres Mannes mit ihren drei Kindern und den erbärmlichen Habseligkeiten in den rostigen Ford stieg, um nach dem verlorenen Streik ihre Odyssee fortzusetzen. Ihre letzten Worte sprach sie in die Kamera: »Sie haben uns geschlagen, aber sie haben uns nicht vernichtet. Was sie uns angetan haben, macht uns nur stärker. Wir werden nicht aufhören, gegen Willkür und Ausbeutung und für unsere Rechte und einen menschenwürdigen Lohn zu kämpfen. Niemals, hört ihr? Niemals!« Laura sah in dieser letzten Einstellung so verletzlich aus, so unendlich ausgelaugt, blass, durchschimmernd, geradezu ätherisch. Und doch strahlte sie eine eiserne Unbeugsamkeit aus.

Frank spendierte der gesamten Crew eine rauschende Party auf dem Set, und er ließ sich nicht lumpen, hatte er doch das »Ambassador« mit dem Catering beauftragt. Als er sich danach, spät am Abend, mit Sid die letzten Muster ansah, stimmten sie darin überein, dass sie ein Meisterwerk geschaffen hatten, einen Film, der seiner literarischen Vorlage in nichts nachstand. Doch seltsamerweise beschlich Frank auch eine beklemmende Ahnung, das Gefühl, mit diesem Film auch etwas verloren zu haben, das mehr wog als ein Meisterwerk. Er verstand selbst nicht, was in ihm vorging, aber das Gefühl wollte nicht vergehen.

60

Nimm deine Dokumentenmappe mit und lass uns einen Spaziergang machen«, hatte James Farrell vorgeschlagen, als Harriet ihn am frühen Nachmittag in der Pacific Maritime Bank aufgesucht hatte. »Wir können auch bei einer Runde um den See über das Geschäftliche reden.«

Der Golden Gate Park war die grüne Lunge von San Francisco, größer als der Central Park in New York, und eine Oase der Stille im lärmenden Asphaltdschungel der Großstadt.

Es war nicht ungewöhnlich, dass sie ihre Besprechungen in den Park verlegten, der im Westen bis an die Dünen des Pazifiks reichte. Dann erörterten sie das Für und Wider von Handelsverträgen und neuen Investitionen der Trans Oceanic Steamship Company, während sie gemächlich einmal um den Stow Lake wanderten. Die Pacific Maritime, seit drei Generationen im Privatbesitz der Farrells, war seit fast fünfundzwanzig Jahren Harriets Hausbank. Und ebenso lange kannte und schätzte sie James, der mittlerweile dreiundfünfzig und trotz einer gewissen Leibesfülle eine attraktive Erscheinung war, nicht zuletzt, weil er sich zu kleiden wusste. Er hatte ein offenes Gesicht mit sympathischen Zügen. Hinter den randlosen runden Brillengläsern lagen hellgraue Augen, die wachsam und doch offen in die Welt blickten. An seinen Schläfen kroch erstes Grau in das volle dunkle Haar.

Auf dem kurzen Weg hinüber in den Park musste das Geschäftliche warten, tauschten sie sich doch wie gewohnt erst einmal über ihre Familien aus. Dabei war das gegenseitige Interesse nicht vorgetäuscht, sondern Zeugnis echter Verbundenheit, denn längst waren aus Geschäftspartnern Freunde geworden. Und so wollte James denn wissen, wie Adrian in Berkeley vorankam, und Harriet erkundigte sich nach seinen beiden Kindern, die James weitgehend allein großgezogen hatte, war seine Frau Helen doch 1919 wie so viele der Spanischen Grippe zum Opfer gefallen.

Erst als sie ihren Rundweg um den kleinen See begannen, wandten sie sich den geschäftlichen Belangen zu. James machte den Anfang, indem er fragte: »Bist du mit der Pacific Mail handelseinig geworden?« Die Schifffahrtslinie hatte sich das Postmonopol auf den pazifischen Routen gesichert, ihre Flotte aber nach dem unerwarteten Ausfall von zwei Schiffen dringend durch angemietete Dampfer wieder komplettieren müssen, um die vertraglich zugesicherten Termine einhalten zu können.

Harriet nickte und lächelte. »Es war ein hartes Stück Arbeit, sie zu überzeugen ...«

»So ist es nun mal mit deinen ›Argumenten‹, wie du deine Forderungen gern euphemistisch nennst«, unterbrach er sie mit einem spöttischen Lachen.

»... aber am Ende haben sie sich meiner Sichtweise angeschlossen und den Vertrag unterschrieben. Was blieb ihnen auch anderes übrig? Sie saßen in der Klemme und brauchten schnellen Ersatz«, fuhr sie nicht ohne Stolz fort. »Sie zahlen vierzigtausend pro Monat und pro Schiff, und das garantiert sechs Monate lang. Mit der Option auf sechs weitere Monate.«

James lächelte. »Kompliment, das kann sich sehen lassen«, sagte er. »Und was ist es, was du mir da vorlegen willst?« Mit ahnungsvoller Miene deutete er auf die lederne Mappe, die Harriet unter dem Arm hielt. »Mal wieder irgendein entsetzlich teures Projekt?«

»Ich habe vor, neue Märkte für die Trans Oceanic zu erschließen.«

»Also keine neuen Schiffe?«, fragte er hoffnungsvoll.

»In diesem Fall ist das eine ohne das andere nicht möglich.«

James blieb stehen, hob den Kopf und blickte mit angestrengter Miene um sich. »Hörst du das?«

»Was? Das Vogelgezwitscher?«

»Nein, die Sirenen.«

Harriet schüttelte verwirrt den Kopf. »Sirenen? Ich höre keine Sirenen.«

Er machte ein verdutztes Gesicht. »Oh, dann müssen das die sein, die plötzlich in meinem Kopf losgegangen sind.«

Sie verzog das Gesicht. »Sehr witzig, James.«

Er seufzte und ging weiter. »Ich wünschte, du würdest Witze machen. Aber gut, lass hören, was du jetzt wieder ausgebrütet hast. In welchen Markt wirst du jetzt noch einsteigen?«

»Ins atlantische Passagiergeschäft.«

James stöhnte gequält, als fände er seine schlimmsten Befürchtungen bestätigt. »Das ist der kapitalintensivste Markt der gesamten Schifffahrt! Ich glaube, ich setze mich lieber, bevor ich mir deine Pläne weiter anhöre«, sagte er und steuerte die nächste Bank an.

»Es wird nicht halb so teuer, wie du jetzt denkst«, versicherte sie und ließ sich neben ihm nieder. »Mit den großen Reedereien wie der White Star Line oder der HAPAG und ihren Luxuslinern will ich nicht konkurrieren. Auf meinen Studentenschiffen wird es weder eine erste noch eine zweite Klasse geben, sondern nur preiswerte Passagen dritter Klasse in Vier- und Sechsbettkabinen.«

James runzelte die Stirn. »Studentenschiffe? Ist das deine Erfindung?«

»Nein, die gibt es schon, und die Nachfrage nach diesen preiswerten Passagen mit annehmbarer Verpflegung und einem abgespeckten Unterhaltungsprogramm an Bord ist in den letzten Jahren enorm gestiegen, besonders unter Studenten, aber auch ganz allgemein unter den nicht so finanzstarken Touristen«, sagte Harriet und entnahm ihrer Mappe mehrere Seiten mit Diagrammen und Aufstellungen, die ihre Worte mit trockenen Zahlen untermauerten. »Die jungen Leute wollen alle nach Europa, die Grand Tour machen und es sich mit der harten amerikanischen Währung gut gehen lassen. Besonders unter den Studenten derzeit sehr beliebt. Hier, ein Beispiel: Allein die Atlantic Transport Line hat in den letzten drei Jahren im Schnitt fast dreißigtausend Passagiere pro Jahr nach Europa befördert.«

»Mhm«, machte James und studierte die Aufstellungen. »Wie ich sehe, rechnest du mit rund zweihundertfünfzig Dollar für ein Rückfahrtticket. Das ist nur ein Fünftel dessen, was man gewöhnlich für eine Überfahrt erster Klasse hinlegen muss.«

Sie nickte. »Die vier belgischen Passagierschiffe, die ich für diese neue Sparte im Auge habe, hatten ihren Stapellauf zwar alle schon zwischen 1907 und 1911, aber sie sind gut in Schuss und können als Studentenschiffe noch einige Jahre lukrativ fahren. Außerdem sind sie, wenn man sie dieser Erbengemeinschaft im Viererpack abnimmt, verhältnismäßig billig zu haben.« Und vier Schiffe waren nötig, wenn man einen Fahrplan mit vierzehntägigen festen Abfahrtszeiten in beide Richtungen garantieren wollte.

James suchte in den Papieren nach den entsprechenden Zahlen und sog, als er die Stelle gefunden hatte, scharf die Luft ein. »Himmelherrgott, fünfzehn Millionen!«, rief er. »Das ist nicht gerade ein Schnäppchenpreis für vier zwanzig Jahre alte Pötte, Harriet! Und dazu kommen noch die Kosten für die Umrüstung der Decks der ersten und zweiten Klasse in Vierer- und Sechserkabinen. Hast du in letzter Zeit mal einen Blick auf deine Bilanzen und die Höhe der Hypotheken geworfen, mit denen deine Flotte inzwischen belastet ist? Und das frage ich jetzt nicht als dein Freund, sondern in meiner Position als dein Banker.«

Harriet zuckte die Achseln. »Ich denke, für die fünfzehn Millionen zusätzlich bin ich dem Bankhaus allemal gut«, sagte sie und griff zu ihren Zigaretten. »Natürlich werde ich den Preis noch weit herunterhandeln.«

James gab ihr Feuer. »Ich weiß nicht, ob ich das verantworten kann«, sagte er mit ernster Miene.

Harriet blies den Rauch zur Seite und bedachte ihn mit einem spöttisch herausfordernden Blick. »Mein lieber James, ich bin mir ganz sicher, dass du das tun wirst – und zwar reinen Gewissens. Oder ist die Pacific Maritime nicht mehr daran interessiert, meine zehn Prozent an der First Pacific Bank zu erwerben?«

»Du bist bereit zu verkaufen?«, stieß er hervor. »Ich dachte immer, du wolltest den Besitz nicht angreifen, sondern Adrian unbelastet vererben?«

Die First Pacific der Shaws, wie die Bank der Farrells seit Generationen im Privatbesitz, war viele Jahre lang die Hausbank der Caldwell Shipping gewesen. Geändert hatte sich das nach dem Schlaganfall von Arthur Caldwell, als Henry sich mit der Bank gegen ihn und Harriet verbündet und versucht hatte, seinen Bruder zu entmachten und sich selbst an die Spitze der Reederei zu setzen. Jordan, der jüngste Shaw-Sohn und Bruder von Randolph, hatte die ehrlose Intrige nicht mitgemacht. Er hatte Harriet und ihren Vater gewarnt und sich darüber mit seiner Familie überworfen. Dass er Jahre später Harriet auch noch geheiratet hatte, hatte den Bruch mit seiner Familie endgültig gemacht. Die zwanzig Prozent Anteile an der Bank aber hatten sein Vater und sein Bruder ihm nicht nehmen können, und bei seinem Tod waren diese Anteile je zur Hälfte auf Harriet und Adrian übergegangen.

»Willst du mir Schuldgefühle einreden?«

»Gott bewahre, ich dachte nur …«

»Pläne und Ansichten ändern sich. Und wenn es nun mal nicht anders geht, können wir darüber verhandeln«, erklärte Harriet. »Auch über die Abtretung des Stimmrechts für die anderen zehn Prozent, die ich treuhänderisch verwalte, bis Adrian dreißig wird. Damit dürfte dir wohl ein Sitz im Vorstand der First Pacific sicher sein. Aber selbst wenn Randolph Shaw das zu verhindern wüsste, hättet ihr Farrells einiges gegen euren Konkurrenten in der Hand.«

»Unter diesen Umständen bekommt dein Projekt natürlich ein völlig neues Gesicht«, sagte James. »Aber du bist dir darüber im Klaren, dass du ein Büro in New York eröffnen musst, wenn du in den transatlantischen Passagierverkehr einsteigen willst, oder?«

»Diese Tatsache ist selbst mir nicht entgangen, James«, erwiderte sie neckisch. »Und ich denke, das lässt sich gut organisieren, wie alles andere auch.«

Einen Moment lang sah er sie schweigend an, dann seufzte er, als resigniere er und verzichte auf weitere Einwände, weil ihm klar sei, dass er Harriet so oder so nicht von ihrem ehrgeizigen Vorhaben abbringen würde. Ebenso klar war jedoch, dass die zehn Prozent Anteile an der Konkurrenzbank und die damit verknüpften Stimmrechte einen erheblichen Reiz darstellten.

Wenig später setzten sie ihren Rundgang fort. Als sie die steinerne Brücke passierten, die in einem sanften Bogen hinüber auf die kleine Insel inmitten des See führte, sagte James unvermittelt: »Jordan war ein hervorragender Tennisspieler, aber auf dem Polofeld war er noch besser.«

Verblüfft sah Harriet ihn an. »Ich wusste gar nicht, dass Jordan Polo gespielt hat.«

James, der mit Jordan in Harvard studiert hatte, nickte nachdrücklich. »O ja, das hat er, und er war umwerfend gut«, versicherte er.

»Aber wie kommst du jetzt darauf?«

»Weil ich daran denken musste, dass ihm all das nicht mehr wichtig war, nachdem sein Onkel ihn mit dem Virus seiner Leidenschaft für archäologische Grabungen angesteckt hat.«

»Ja, das war es wirklich, ein Virus«, pflichtete Harriet ihm traurig bei. »Und letztlich hat ihn diese Sucht nach immer neuen Expeditionen umgebracht. Aber wieso kommt dir das gerade jetzt in den Sinn?«

Er sah sie nachdenklich an. »Es gibt viele Arten von Sucht,

Harriet. Und bekommt man sie nicht früh genug in den Griff, nehmen sie meist ein bitteres Ende. Ich wünschte, du ließest dir das mit Jordan eine Lehre sein und würdest den Ausbau deiner Flotte nicht mit solch einer … nun ja, Besessenheit verfolgen. Manchmal macht es mir regelrecht Angst, zu sehen, was du dir alles aufbürdest. Hohe finanzielle Belastungen in Verbindung mit Erfolgszwang führen immer zu physischem und psychischem Raubbau und letztlich einem Mangel an Lebensqualität. Wenn ich das mal so offen sagen darf.«

Harriet schluckte. Dann verscheuchte sie den kurzen Moment der Beklemmung mit einem Lachen. »Seit wann bist du denn so um mein seelisches Gleichgewicht besorgt? Redet da jetzt der Banker oder der Freund – oder wirst du jetzt auch noch zu meinem Lebensberater?«

Er errötete leicht. »Natürlich nicht, bitte entschuldige, dass mir das so herausgerutscht ist. Vergiss es«, sagte er und wechselte abrupt das Thema. »Übrigens wollte ich dir noch sagen, dass ich Logenkarten für *Madame Butterfly* bekommen habe. Hast du Lust mitzukommen? Wir könnten vorher zum Dinner ins ›Palace‹ gehen, wenn es dir recht ist … nur wir beide.«

Sie sah ihn überrascht an und schenkte ihm schließlich ein warmes Lächeln. »Das kommt überraschend, aber ich nehme die Einladung mit Vergnügen an«, sagte sie und betrachtete den Mann neben ihr auf einmal mit anderen Augen. Sie sah ihn mit den Augen einer Frau, die umworben wird.

Seit so vielen Jahren waren sie befreundet, und sie waren schon oft zusammen zum Essen ausgegangen, aber immer in Gesellschaft weiterer Freunde. Diese Einladung dagegen galt ihr allein. Als ob ihr ohnehin kompliziertes Privatleben noch einer weiteren Komplikation bedurfte! Allerdings stellte sich die Frage, ob dieser Teil ihres Privatlebens überhaupt noch existierte. Darüber wollte sie jetzt besser nicht nachdenken.

Sie hakte sich bei James Farrell ein. »Übrigens habe ich dir auch noch etwas zu sagen.«

»Und das wäre?«

»Ich will mit der Trans Oceanic an die Börse.«

61

Ashley fieberte der Premiere entgegen. Die Dreharbeiten von *Reap the Stormy Wind* waren wie im Flug vergangen, nun jedoch kroch die Zeit mühsam dahin. Mit Kate in ihrem Leben wäre selbst das erträglich gewesen, doch ohne sie waren die Wochen des Wartens ein zermürbendes Sich-Schleppen durch eine Wüste der Einsamkeit, und das ohne die Gewissheit, dass die Anstrengung sich lohnte und alles ein gutes, nein, ein ruhmreiches Ende nahm.

Dass Koenig es nicht für angebracht gehalten hatte, mit seiner Abreise bis nach der Premiere zu warten, trug auch nicht gerade dazu bei, dass sie dem Kinostart ihres Films mit Zuversicht entgegensah. Nicht einen Tag länger als nötig war er in Hollywood geblieben. Sobald er den Final Cut bei Paramount abgeliefert und die zweite Hälfte seines Honorars sowie den Bonus von zehntausend Dollar kassiert hatte, war er in den nächsten Zug nach New York gestiegen.

Sie sagte sich, dass der eilige Aufbruch und das Desinteresse an der Reaktion von Publikum und Kritik nichts zu bedeuten hatten und keinesfalls ein Urteil über die Qualität des Films oder ihre schauspielerische Leistung darstellten. Er wollte einfach so schnell wie möglich zurück nach Europa und in der Nähe seiner Kinder sein. Tief gekränkt war sie dennoch. Immerhin hatte er ihr am

Ende des Drehs bescheinigt, »ordentliche Arbeit« abgeliefert zu haben. Aus dem Mund dieses deutschen Eisblocks war das ja wohl eindeutig ein Kompliment.

Anfang April, als alle großen Studios mit ihrem Frühjahrsprogramm in die Kinos drängten, hatte auch *Reap the Stormy Wind* Premiere. Der Abend hätte kaum unspektakulärer ausfallen können, aber diesmal war Ashley gewarnt. Schon während der Dreharbeiten hatte Koenig ihr allzu hochfliegende Ideen ausgetrieben.

»Mach dir bloß keine falschen Hoffnungen, Ashley! Die Paramount wird nicht einen Dollar in Werbung, geschweige denn in die Premiere investieren. Sie nehmen den Film ins Programm ihres Verleihs auf, und damit hat es sich. Und ihre eigenen Kinos sind alles andere als prunkvolle Paläste, das sind einfache, solide Brot-und-Butter-Kinos. Da macht es die Masse.«

Spontan hatte sie vorgeschlagen, selbst für die Kosten einer großen Premiere mit anschließender Party in einem der teuren Hotels aufzukommen. Koenig hatte ihr den Zahn schnell gezogen.

»Willst du dich vor aller Welt lächerlich machen?«, hatte er gefragt und sie so mitleidig angesehen, dass ihr das Blut ins Gesicht geschossen war. »Tu das, und niemand nimmt dich noch ernst.«

Das Palladium am Cahuenga Boulevard war an jenem Freitag gut besucht. Angespannt saß sie im dunklen Saal und beobachtete die Menschen um sich herum, versuchte zu erkennen, ob sie gebannt waren, und das schien der Fall zu sein. Diesmal hörte sie kein spöttisches Gelächter, wo es eigentlich nichts zu lachen gab. Auch verließ nicht ein Zuschauer das Kino vor Ende des Films, die Leute schienen sich gut unterhalten zu fühlen. Als die Lichter angingen und alles zum Ausgang strömte, sah Ashley, die schnell wieder Hut und Sonnenbrille aufgesetzt hatte, nur zufriedene Gesichter. Vereinzelt drangen sogar lobende Bemerkungen an ihr Ohr.

Die Reaktion des Publikums nährte ihre Hoffnung, endlich den Durchbruch geschafft zu haben. Jetzt kam es auf die Kritiken an, aber die konnten ja wohl nur gut ausfallen, wo ein so renommierter Mann geführt hatte. Außerdem handelte es sich um die Verfilmung eines hervorragenden literarischen Stoffes aus der Feder eines Bestsellerautors. Diese Rezeptur konnte doch gar nichts anderes als Erfolg hervorbringen.

Die erste Ernüchterung kam mit den Morgenzeitungen, als sie aber *Variety* las, die *Motion Picture News, The Film Spectator, American Cinematographer* und all die anderen Fachmagazine, begriff sie, dass *Reap the Stormy Wind* einfach untergehen würde in diesem Universum, das jährlich Hunderte von neuen Filmen verschlang und nur wenigen Dutzend ein langes und ruhmvolles Leben vergönnte.

Nicht, weil die Kritiker an ihrer Schauspielkunst kein gutes Haar gelassen oder den Film für nicht sehenswert erklärt hätten. Vielmehr lag die Katastrophe darin, dass es nur so verschwindend wenige wirkliche Besprechungen gab. Bei den Erwähnungen, die nicht unter der schmachvollen Rubrik »Ferner liefen« auftauchten, handelte es sich ausnahmslos um Kritiken von der Art, die Branchenkenner »Füller« nannten. Kurze Texte in einem Kasten oder anderweitig abgesetzt, die jeweils dort eingefügt wurden, wo zwischen zwei großen Artikeln eine Lücke gefüllt werden musste. Zumeist erschöpften sie sich in einer knappen Zusammenfassung der Handlung sowie ein paar Zeilen summarischer Informationen über den Regisseur und die Hauptdarsteller.

Es waren die Talkies, denen die Kritiker nahezu grenzenlosen Platz einräumten. Nicht nur in der Fachpresse, nein, auch in den Tageszeitungen schien ein wahres Tonfilm-Fieber ausgebrochen zu sein. Eine regelrechte Flut solcher Filme war in diesem Frühjahr über die Lichtspielhäuser hereingebrochen. Warner Brothers hatte mit *Glorious Betsy*, *Tenderloin* und *The Lion and the Mouse* gleich drei Tonfilme in die Kinos gebracht, auch Fox buhlte mit Tonfilmen um die Gunst des Publikums, und die Triple S hatte

Bitter Harvest ins Rennen geschickt. Dabei war *Bitter Harvest* der einzige echte Tonfilm, alle anderen Studios hatten sich damit begnügt, eigentliche Stummfilme mit eingespielter Musik oder kurzen Dialogen anzureichern. Aber selbst von diesen Zwitterproduktionen waren die Zuschauer begeistert. In langen Warteschlangen standen sie um den Block, das hatte Ashley nicht nur mit eigenen Augen gesehen, sondern sie war sogar versucht gewesen, sich in eine dieser Schlangen einzureihen. Jedenfalls stand das Urteil des Publikums fest: Es liebte die Talkies, sie waren der Renner, von Küste zu Küste!

Noch gab es Kritiker, die den Stummfilm für die höchste Form der Filmkunst hielten und Tonfilme als »squeakies« verspotteten, aber selbst die räumten den »squeakies« viel Platz ein.

Ja, es kamen noch Stummfilme in die Kinos, und wo die Rollen mit Stars besetzt waren, herrschte auch kein Mangel an Zuschauern. Aber die fiebrige Aufregung, den Anbruch einer neuen Ära mitzuerleben, herrschte in diesen Häusern nicht. In der Filmindustrie war eine neue Zeit angebrochen, daran bestand kein Zweifel.

Sie, Ashley, hatte achthunderttausend Dollar auf das falsche Pferd gesetzt, und kam es unter »Ferner liefen« ins Ziel.

Die Erkenntnis, dass sie ihren letzten finanziellen Joker verspielt hatte, war niederschmetternd. Sie hatte nicht nur Kate verloren, sondern nun auch ihre letzte große Chance, sich in Hollywood einen Namen zu machen und das Publikum zu erobern, vertan. Es war vorbei, ihr Schicksal war und blieb die Bedeutungslosigkeit.

Als sie sich der Konsequenzen ihrer Fehlinvestition vollends bewusst wurde, überkam sie das grässliche Gefühl, von einem Augenblick auf den anderen ins Nichts zu stürzen. Ihr Magen revoltierte. Sie stürmte ins Badezimmer, wo sie sich erbrach, bis nur noch bittere Galle kam. Und dieser bittere Geschmack des totalen Scheiterns blieb, egal wie oft sie ihren Mund ausspülte und wie viel Alkohol sie in sich hineinkippte.

62

Es war an einem späten, schon herrlich warmen Sonntagmorgen, eine gute Woche nach der Premiere von *Bitter Harvest*, als Frank den spontanen Entschluss fasste, sich mit seinen Produktionsplänen für ein, zwei Stunden an den Pool der Bungalow-Anlage zu setzen. Doch noch ehe er auf dem Plattenweg um die letzte Biegung kam und die subtropischen Sträucher den Blick auf den Pool mitsamt Sonnenschirmen und Liegen freigaben, vernahm er Partylärm. Eine der lautesten, schrillsten Stimmen war die von Ashley. Sie klang betrunken, was nichts Ungewöhnliches war.

Frank verwarf sein Vorhaben und machte verdrossen kehrt, bevor er ins Blickfeld der Clique geriet, die da schon um elf Uhr vormittags Volltrunkenheit entgegenfeierte. Zum Glück lag sein Bungalow in der zweiten Reihe und damit weit genug vom Pool entfernt, um von dem Krach verschont zu bleiben.

Im Nachhinein war er Ashley sogar dankbar dafür, dass sie den Pool mit ihrer Clique in Beschlag genommen hatte, denn andernfalls hätte er sich unter einen der Sonnenschirme gesetzt, sich in seine Akten vertieft und Adrians Anruf verpasst.

Das Telefon klingelte, kaum dass er die Tür hinter sich geschlossen hatte. Er freute sich, die Stimme seines Sohnes zu hören. Ihr letztes Gespräch lag gute zwei Wochen zurück, das mit Harriet sogar noch länger.

»Wie schön, dass du dich mal wieder meldest, Sohn!«

»Ich wollte eher anrufen, bin aber irgendwie nicht dazu gekommen«, sagte Adrian. »In den letzten Tagen war … na ja, reichlich viel los, das ich erst mal in den Griff kriegen musste. Ich hatte ein paar schwere Klausuren und noch einiges andere.«

»Das verstehe ich doch, Junge. Ich freue mich, egal wann du anrufst«, versicherte Frank, klemmte sich den Hörer zwischen Ohr und Schulter und steckte sich eine Zigarette an. Ein erster Whiskey hätte ihm auch zugesagt, aber dafür war die Telefonschnur nicht lang genug.

»Ich wollte dir zu *Bitter Harvest* gratulieren. Die Premiere in Grauman's Chinese Theatre muss ja großartig gewesen sein – wenn stimmt, was so in den Zeitungen stand.«

»Das war sie. Schade, dass du nicht kommen konntest.«

»Vielleicht rufst du das nächste Mal meine Professoren an und erklärst ihnen, warum mein Erscheinen zwingend notwendig ist und die Klausuren verschoben werden müssen.«

Frank lachte. »Das lasse ich wohl lieber bleiben.«

»Übrigens, der Film ist wirklich toll. Ich habe ihn mir letzte Woche mit ein paar Freunden angesehen. Die waren auch alle begeistert. Der Ton hat uns umgehauen, einfach irre, dass das möglich ist, dass man einfach alles hört!«, rief Adrian. »Und Laura Lynn ist sensationell, ich hatte am Schluss sogar feuchte Augen. Ist überhaupt eine Klassefrau. Mann, mit der ein langes Wochenende …«

»Das lass mal nicht deine Julie hören!«, scherzte Frank.

»Wird sie nicht. Wär aber auch egal.«

Frank stutzte. »Und weshalb nicht?«

»Weil es aus ist.«

»Was?«

»Das mit Julie und mir.«

»Oh, das tut mir leid.«

»Ich weiß nicht, ob es das sollte.«

»Möchtest du darüber reden?«

»Ich denke, das tun wir schon.«

»Okay, dann frage ich mal ganz vorsichtig, was denn zu eurer Trennung geführt hat.«

»Ach, da ist im Laufe der Zeit so einiges zusammengekommen«, sagte Adrian zögerlich. »Ich hab auch keine Lust, mich lang und breit darüber auszulassen.«

»Musst du auch nicht.«

»Sie hat mir die letzten Monate ständig in den Ohren gelegen, dass wir uns verloben und nächstes Jahr heiraten sollen«, fuhr Adrian schließlich doch fort. »Dass sie immer wieder damit angekommen ist, hat mich genervt. Ich bin noch nicht mal mit dem Studium fertig, wie kann ich da an Heirat und Familiengründung denken?«

»Trotzdem tut es mir leid. Immerhin wart ihr lange zusammen, und auf deine Art hast du sie geliebt. Es tut immer weh, wenn man nach so langer Zeit erkennt, dass man doch nicht zusammenpasst«, sagte Frank und fragte sich mit einem Anflug von Bitterkeit, ob Harriet und er dieses Stadium schon hinter oder noch vor sich hatten. Doch er verdrängte den Gedanken und fragte: »Und hast du dir von deiner Mutter schon ein ›Habe ich es dir nicht gleich gesagt?‹ eingehandelt?«

»An etwas in der Art erinnere ich mich, ja.«

»Ich nehme an, für sie war die Trennung ein etwas verfrühtes, aber sehr willkommenes Geburtstagsgeschenk.«

»Jede Wette.« Adrian lachte. »Aber ich muss ihr zugutehalten, dass sie ihren Triumph nicht allzu demonstrativ ausgekostet hat.«

»Willst du vielleicht für ein paar Tage zu mir kommen?«

»Würde ich gern, aber es geht aufs Semesterende zu, da kann ich mir das nicht leisten.«

»Sag mal, von wo rufst du an?«

»Vom Penthouse, hier sind die Telefonate billiger«, sagte er und musste selbst lachen. »Du weißt doch, Mom hält mich an der kurzen Leine.«

»Brauchst du einen Scheck?«

»Schaden kann's nicht.«

Für einen Augenblick herrschte Schweigen, weil Frank nicht wusste, ob er nach Harriet fragen sollte oder nicht. Sein Stolz riet ihm davon ab, vermochte sich aber wieder einmal nicht durchzusetzen. Und so fragte er hoffnungsvoll: »Kann ich mit ihr sprechen?«

»Warte, ich frag sie.« Offenbar deckte Adrian die Sprechmuschel ab, denn es waren weder Geräusche noch seine Stimme zu hören. Dann war er wieder in der Leitung. »Sie sagt, sie ist schon auf dem Sprung. Sie hat eine Verabredung in Oakland.«

»Am Sonntag?«, fragte Frank grimmig.

»Ich bin nur der Bote.«

»Natürlich.«

»Ich soll dich aber grüßen.«

»Wie reizend. Na, dann grüß mal schön zurück«, erwiderte Frank und zwang sich, mit seinem Groll auf Harriet nicht das Gespräch mit seinem Sohn zu vergiften. »Und Kopf hoch, die Welt ist voll wunderbarer Frauen.«

Eine halbe Stunde nachdem sie aufgelegt hatten, stand Tony Russo vor der Tür. Der Fixer brachte den Nachschub an Kokain und Tabletten, den Frank am Abend zuvor bestellt hatte. Frank machte ihnen einen Drink.

»Wenn Sie den Schnee vom Handrücken schnupfen, verschütten Sie einfach zu viel von dem guten Stoff«, sagte Tony, als er die Ware auspackte. »Hiermit geht es einfacher, sauberer und eleganter, Boss.« Er hielt ihm einen winzigen silbernen Löffel hin. »Bestes Sterlingsilber, soll ich ausrichten. Mit Grüßen von Snow White.«

Frank verzog das Gesicht zu einem schiefen Grinsen, schob Tony ein Glas zu, stieß mit ihm an und nahm einen kräftigen Schluck Whiskey. Nun war er schon ein so guter Kunde, dass der Dealer ihm einen Kokainlöffel aus Sterlingsilber spendierte! Darüber, was das über ihn sagte, musste er bei Gelegenheit ernsthaft nachdenken. Aber das hatte Zeit. Jetzt musste er erst einmal dieses herrlich dekadente Löffelchen einweihen und probieren, ob die neue Lieferung so gut war wie die letzte.

63

Der Kuss brannte auf Harriets Lippen und jagte eine Welle erregender Hitze durch ihren Körper. Sie spürte, dass James nur darauf wartete, dass sie den Kuss erwiderte und ihn damit zu weiteren Zärtlichkeiten ermutigte. Doch das tat sie nicht. Sie legte ihm die Hände auf die gestärkte Hemdbrust und schob ihn sanft, aber unmissverständlich von sich. Hinter ihnen brandeten die Wellen des Pazifiks an den Strand, der im schwachen Licht der aufsteigenden Mondsichel lag.

»Puh!«, machte sie, als hätte der Kuss ihr den Atem verschlagen. Und sie lächelte, um James zu zeigen, dass sie sich nicht überrumpelt gefühlt, sondern den Kuss genossen hatte.

Ein flüchtiger Ausdruck der Enttäuschung zog über sein Gesicht, aber er hatte sich sofort wieder im Griff. »Der Abend war so wunderbar, das musste einfach sein.«

»Ein würdiger Abschluss, würde ich sagen«, erwiderte Harriet, um ihm zu verstehen zu geben, dass es Zeit war, sie nach Hause zu bringen.

»In uns allen liegt wohl mehr verborgen, als uns bewusst ist. Aber nur wenige Menschen haben die Gabe, in uns Gefühle und Wünsche zu wecken, von deren Existenz wir bis dahin gar nichts wussten.«

»Damit hast du wohl recht, James«, sagte sie. »Aber jetzt sollten wir besser zum Wagen gehen, es wird doch langsam kühl.« James hatte sie ins »Cliff House« ausgeführt, den grandiosen weißen Prachtbau oberhalb der Klippen bei Land's End, und nach dem Essen hatten sie noch einen Spaziergang am Strand gemacht.

»Natürlich.«

Bevor er nach ihrer Hand greifen konnte, hakte sie sich schnell bei ihm ein. Hand in Hand zum Wagen zurückzukehren hätte dem Kuss eine viel größere Bedeutung gegeben, als Harriet ihm zuzugestehen gewillt war. Sie wusste, was James für sie empfand. Sie dagegen war sich ihrer Gefühle noch längst nicht gewiss.

»Wie lange wirst du fort sein?«, fragte er, als er seinen Rolls-Royce wenig später an den Bordstein vor dem Ross Building lenkte.

»Gute zwei, vielleicht drei Wochen«, sagte sie und dachte, dass es bei dem einen Besuch in New York wohl nicht bleiben würde. Dafür war einfach zu viel zu organisieren und vor Ort in die richtigen Bahnen zu lenken. Sie konnten nicht alles Slocum überlassen, schon aus Prinzip nicht.

»Ich hoffe, wir können uns nach deiner Rückkehr öfter sehen. Das würde mir viel bedeuten, Harriet. Aber das dürfte dir nicht neu sein, nicht wahr?« Erwartungsvoll sah er sie an.

»Ja, das wäre schön, aber ich kann dir nichts versprechen. Du weißt, dass … dass es noch einen anderen Mann in meinem Leben gibt«, erinnerte sie ihn.

Er zog eine schuldbewusste Miene. »Manchmal ziehe ich es vor, das zu vergessen«, sagte er. »Bitte entschuldige, wenn das zu fordernd oder gar besitzergreifend geklungen hat.«

»Da gibt es nichts zu entschuldigen, ich möchte nur nicht, dass du Erwartungen hegst, die ich vielleicht nicht erfüllen kann oder nicht erfüllen will. Warten wir ab, wie sich die Dinge entwickeln. Das ist alles, worum ich dich bitte«, sagte sie mit einem Lächeln, das ihren Worten etwas die Spitze nahm. Indessen trat der livrierte Portier unter der Markise hervor, um ihr den Wagenschlag zu öffnen. Und bevor James sie zum Abschied noch einmal auf den Mund küssen konnte, beugte sie sich schnell vor und hauchte ihm einen Kuss auf die Wange. »Danke für den wunderschönen Abend!«

Harriet verbrachte eine schlaflose Nacht. Zu viel ging ihr durch den Kopf, nicht zuletzt die Einsicht, dass sich ihr Privatleben schon viel zu lange in einem Zustand der Verwirrung und Unordnung befand. Ihre Beziehung zu Frank hing irgendwie in der Schwebe. Sie schwankte zwischen dem Wunsch nach Versöhnung und dem Gefühl, das Ganze als gescheitert betrachten und einen Schlussstrich darunter ziehen zu müssen. Auch die wenigen Telefonate, die sie seit der Silvesternacht geführt hatten, waren ein Spiegel dieser Zerrissenheit gewesen, geprägt von Sprachlosigkeit und Hemmungen, das Offensichtliche anzusprechen. All das war nicht länger hinnehmbar.

Am Morgen rief sie ihn im Studio an. »Das geht so nicht weiter, Frank. Wir müssen miteinander reden«, verkündete sie.

»Da gebe ich dir recht.«

»Aber nicht am Telefon. Ich komme nach Hollywood. Ich nehme den Frühzug. Können wir uns morgen im »Hollywood Hotel« treffen?«

»Ja, natürlich. Ich kann dich aber auch gern …«

»Gut, dann bis morgen um halb drei«, fiel sie ihm schnell ins Wort und legte auf. Dass sie unter allen möglichen Treffpunkten das »Hollywood Hotel« ausgewählt hatte, war kein Zufall. Sie wollte Frank nicht an einem Ort begegnen, den sie mit wunderschönen, romantischen Erinnerungen verband. Und für einen Besuch im »Hollywood Hotel« hatten sie damals keine Zeit gehabt.

Nach dem Telefonat mit Frank gab sie Slocum Bescheid, dass sich die Reiseroute änderte. »Bitten buchen Sie unsere Tickets um. Wir machen einen kurzen Umweg über Hollywood. Ich habe dort morgen um vierzehn Uhr dreißig einen wichtigen Termin.«

»Warum auch nicht, Hollywood liegt ja fast am Weg«, bemerkte er trocken und kümmerte sich um das Umbuchen.

Frank saß auf der überdachten Veranda, als Harriet fünf Minuten nach der vereinbarten Zeit aus dem Taxi stieg. Vor sich hatte er ein

Glas stehen, dessen Boden nur noch knapp von etwas bedeckt war, das der Farbe nach nur Whiskey sein konnte.

Die Begrüßung fiel linkisch aus, beide wussten sie nicht, ob sie einander nur die Hand geben sollten oder ob ein Kuss angebracht war. Sie einigten sich auf eine kurze, verlegene Umarmung und einem flüchtigen Wangenkuss.

»Du siehst gut aus«, sagte Frank und sprach damit eine schmerzhafte Wahrheit aus. Nur war sie für die beinah sommerlichen Temperaturen im südlichen Kalifornien viel zu warm gekleidet. Zudem wäre ihr Kostüm, sehr konservativ und streng geschnitten, ohne jeden Ausschnitt, für eine Besprechung unter Geschäftsleuten passender gewesen. Vielleicht betrachtete sie ihr Treffen ja als eine geschäftliche Angelegenheit. Nach Versöhnung sah es jedenfalls nicht aus.

Sie musterte ihn in seinem hellen Sommeranzug. Auf eine Krawatte hatte er verzichtet. »Ich wünschte, ich könnte das von dir sagen, Frank. Du scheinst noch mehr abgenommen zu haben.«

Er zuckte die Achseln. »Das kommt mit dem Job. Hast du Hunger? Sollen wir Lunch bestellen?«, fragte er und rückte ihr einen der Bambusstühle im Schatten zurecht.

»Nein, ich habe schon im Zug gegessen«, wehrte sie ab. »Nur eine Limonen- oder Holunderlimonade.«

Frank winkte den Kellner heran. »Holunderlimonade mit viel Eis und für mich noch mal das Gleiche.«

»Sehr wohl, Sir.«

»Du trinkst zu viel«, entfuhr es ihr, als der Kellner außer Hörweite war, und sofort wünschte sie, sie hätte sich die Bemerkung verkniffen. Kein guter Start. Es war auch so schon schwer genug, miteinander zu reden, ohne sich gegenseitig noch weitere Verletzungen zuzufügen.

»Ja, ich glaube, das hast du schon mal gesagt.« Er kam nicht los von ihren grünen Augen, die ein schmerzhaftes Verlangen in ihm weckten.

»Deshalb ist es ja nicht weniger wahr«, sagte sie und fügte hinzu: »Wenn du mir gleichgültig wärst, hätte ich keinen Anlass für solch eine Bemerkung, Frank.«

Er senkte den Blick und zuckte die Achseln, klappte sein Zigarettenetui auf und hielt es ihr hin. Sie nahm eine Woodbine, und er gab ihr Feuer. Um sich nicht schon zu Beginn ihres Gesprächs auf dünnes Eis zu begeben, erkundigte er sich nach ihrer Firma. »Adrian hat mir erzählt, dass du dich nicht länger mit Frachtschiffen zufriedengibst, sondern auch in den atlantischen Passagierverkehr einsteigen willst.«

»Ich bin schon eingestiegen«, sagte sie mit einem stolzen Lächeln und erzählte ihm von den vier belgischen Schiffen, die ausschließlich Passagen dritter Klasse anbieten würden. »Sie befinden sich schon zur Umrüstung in der Werft. Ich fahre nachher mit Slocum weiter nach New York. Wir müssen die letzten Entscheidungen und Vorbereitungen für die Eröffnung unseres dortigen Büros treffen.«

»Da wagst du aber eine ganze Menge«, sagte er, rauchte nervös und dachte: Komm, lass uns endlich über uns beide reden, darüber, wie wir das wieder in Ordnung bringen!

»Keine Frage«, erwiderte sie stolz. »Aber hast du das mit deiner Wette auf den Tonfilm nicht auch getan?«

Er lächelte müde. »Stimmt.«

»Und du hast sie gewonnen, das hat der Erfolg von *Bitter Harvest* ja bewiesen. Wirklich ein wunderbarer Film, darauf kannst du stolz sein.«

»Danke.«

»Es ist ein Jammer, dass Ashley auf das falsche Pferd gesetzt und so viel Geld verloren hat. Aber ich finde, sie hat ihre Sache in dem Film recht gut gemacht. Vielleicht wird ja doch noch eine große Schauspielerin aus ihr, was meinst du?«

Er nickte, obwohl ihn das alles nicht einen Deut interessierte. Er wollte wissen, wie es mit ihnen beiden weiterging. Aber wie sollte er den Bogen dorthin schlagen? Sprach er es nicht an, weil er Angst hatte vor dem, was er zu hören bekommen würde? Bislang ließ nichts darauf schließen, dass sie die lange Zugfahrt auf sich genommen hatte, weil sie genauso unter ihrem Zerwürfnis litt wie er.

»Adrian plant übrigens, in den Semesterferien mit einigen Freunden auf Europareise zu gehen. Er will auch seinen Onkel in Paris für eine Weile besuchen«, erzählte Harriet.

Wieder nickte Frank nur und schwieg.

Die Getränke kamen.

Verlegenes Schweigen senkte sich über sie wie eine Platte aus Blei. Frank nahm einen demonstrativ kräftigen Schluck von seinem Whiskey und stellte das Glas hart auf den Tisch zurück. »So, jetzt rück endlich heraus mit dem, was du mir unbedingt von Angesicht zu Angesicht sagen musst!« Er suchte ihren Blick. »Genug mit dem Herumgerede, Harriet!«

Sie atmete tief durch und drückte ihre Zigarette aus. »Es ist in letzter Zeit viel passiert, Frank. Ich weiß nicht, wie ich mit dem, was sich zwischen uns aufgebaut hat, umgehen soll und wie ich dazu stehe. Ich will auch gar nicht ins Detail gehen«, sagte sie mit leiser, aber fester Stimme. »Ich weiß nur, dass wir das nicht mit unseren verkrampften Telefonaten alle paar Wochen gelöst kriegen. Die sind für mich quälender als totales Schweigen.«

»Das lässt sich am Telefon nicht klären, da stimme ich dir zu.« Er steckte sich eine neue Zigarette an und wappnete sich, bevor er all seinen Mut zusammennahm und fragte: »Was schlägst du also vor?«

Sie ließ sich Zeit. »Wir sollten uns eine Weile weder sehen noch anrufen, sondern einander Raum und Zeit geben«, sagte sie schließlich. »Zeit, uns darüber klar zu werden, was wir füreinander empfinden, was wir zu ändern bereit sind und was wir beim anderen tolerieren.«

»War nicht unser Problem, dass wir immer von unserer Arbeit gehetzt waren und einfach zu wenig Zeit füreinander hatten?«

»Ja, das war eines unserer Probleme, wahrscheinlich das größte. Um eine Beziehung zu festigen, braucht es Zeit und Nähe, und davon haben wir einander wenig zu bieten. Daran bin ich genauso schuld wie du. Wir verfolgen beide ehrgeizige Ziele, die uns für ein Privatleben wenig Zeit lassen. Es fällt mir nicht leicht, das einzugestehen, aber so liegen die Dinge nun mal.«

»Du schlägst also vor, dass wir eine richtig große Atempause einlegen«, er gab dem Wort einen sarkastischen Klang, »bis wir wirklich so richtig schön viel Zeit füreinander haben?«

Sie sah ihn mit einem traurigen Lächeln an. »Das schlage ich nicht nur vor, das gedenke ich auch zu tun«, sagte sie. »Eine Trennung auf Zeit, damit wir Klarheit gewinnen. Nur so haben wir vielleicht noch eine Chance. Das ist jedenfalls meine Hoffnung.«

»Und wie lange sollen wir einander Raum und Zeit geben? Vielleicht zwanzig Jahre, wie beim letzten Mal?«

»Gib uns einfach ein paar Monate, Frank«, sagte sie und sah auf die Uhr. »So, ich muss jetzt zum Bahnhof, sonst verpasse ich den Zug. Slocum wird schon warten.« Was nicht stimmte. Sie hatten Tageszimmer im »Roosevelt Hotel« und würden Hollywood erst mit dem Nachtzug verlassen. Im Pullman-Waggon des Santa Fe Chief waren es achtundsechzig Stunden nach Chicago. Dort würden sie die Reise mit dem 20th Century Limited fortsetzen und zwanzig Stunden später die Grand Central Station von New York erreichen.

Ja, sie hatte noch unendlich viel Zeit, aber sie konnte nicht länger bleiben, sie musste fort, bevor sie etwas sagte oder tat, das sie später bereuen würde. Sie ertrug es nicht länger, ihm in die Augen zu schauen und Dinge zu sagen, die sie sich qualvoll abringen musste. Die ihr tiefer ins Herz schnitten, als sie vor sich selbst zugeben wollte. Sie hatte Angst, er könnte ihr das anmerken, Angst, wankelmütig zu werden und doch wieder das Gefühl über den Verstand siegen zu lassen.

»Ja, dann gehst du jetzt besser«, presste Frank hervor. Er verspürte einen stechenden Druck hinter den Augen.

»Mach's gut, Frank. Und bitte pass ein bisschen besser auf dich auf.«

»Ich gebe mein Bestes, wie immer!«, spottete er bitter. »Wer wüsste das besser als du.«

Harriet beließ es dabei. Sie erhob sich. Keine Umarmung, kein Kuss zum Abschied. Nicht einmal die Hand reichten sie einander. Ein verlegenes Nicken und eine vage Handbewegung von Harriet, dann war ihre Trennung auf unbestimmte Zeit besiegelt.

»Ja, bis dann, Harriet«, murmelte er und kippte den Rest Whiskey hinunter, während sie schon über die Terrasse schritt. Er nahm ihre Gestalt nur verschwommen wahr.

Dann bestellte er sich noch einen. Nicht, dass es bei drei Drinks bleiben musste. Der Tag war so oder so versaut, also zum Teufel mit dem Studio und seinen Terminen. Und wenn er gut aufgetankt hatte, würde er sich in seine Douglas setzen und diesem verdammten Leben hier unten davonfliegen!

64

Es war natürlich nur eine Frage der Zeit gewesen. Zwei Tage hatte Guy seinem Vater gegeben, um ihm dahinterzukommen, dass er ihm die Sable abgenommen hatte, den neuesten und größten Dampfer ihrer Flotte. Henry hatte nur halb so lange gebraucht, und das war Guy nur recht, hatte er den Ausbruch seines Vaters doch kaum erwarten können.

Er hatte sich gerade den zweiten morgendlichen Kaffee bringen lassen und las den Wirtschaftsteil des *Chronicle*, als nebenan die Tür knallte und Henry in sein Büro stürmte.

»Wie kannst du es wagen, die Frachtpapiere für die Sable einfach zu ändern und das Schiff anderweitig einzusetzen!«, brüllte er.

Mit aufreizender Gelassenheit faltete Guy die Zeitung zusammen. »Da gab es nichts zu wagen, Vater«, erwiderte er fast belustigt. »Für den Salpeterhandel und die Verschiffung des Stückguts nach Südamerika kannst du ebenso gut die Sicily oder die Salisbury einsetzen.«

»Ich lasse mir doch von dir nicht vorschreiben, welches Schiff ich auf der Südamerika-Route einsetze!«, schrie Henry und sprühte Speichel.

Guy genoss die Wut des Vaters und grinste ihn unbeeindruckt an. »Und was willst du dagegen unternehmen? Ich allein habe über das Australiengeschäft zu entscheiden, wie du dich vielleicht erinnern wirst. Du hast keinen Auftrag vorzuweisen, der den Einsatz der Sable rechtfertigen würde, ich dagegen schon«, erklärte er hämisch. »Meine Verträge mit der Wattlebank Cattle Company und der Murray Sheep & Wool lasten das Schiff für den Rest des Jahres voll aus. Außerdem habe ich die Sable schon an die Harrison Pier verlegen und mit dem Einbau der Viehboxen beginnen lassen.«

Henry war hochrot im Gesicht, so als müsste ihn jeden Moment der Schlag treffen. Drohend hob er die Faust und trat auf seinen Sohn zu. »Ich lasse nicht zu, dass du mir mit deinen Eigenmächtigkeiten …«

»Lass das Theater!«, schnitt Guy ihm das Wort ab. »Die Sable fährt ab jetzt auf meiner Route, und damit hat es sich! Es steht dir natürlich frei, daraus einen öffentlichen Führungsstreit zu machen, indem du eine außerordentliche Sitzung der Firmeneigner einberufst«, fügte er süffisant hinzu. »Ich glaube allerdings nicht, dass du gut abschneidest, wenn ich die Gelegenheit nutze, um all die Frachtaufträge aufzulisten, die Harriet dir in deinem Verantwortungsbereich abgejagt hat. Mir sind solche Schlappen im Australiengeschäft nicht passiert. Gut möglich also, dass du danach die längste Zeit auf dem Chefsessel gesessen hast.«

In ohnmächtiger Wut starrte Henry ihn an.

»Apropos Harriet«, fuhr Guy im Plauderton fort und rieb Salz in die Wunden, indem er genüsslich fortfuhr: »Hast du schon gelesen, dass sie ihre Flotte um vier weitere Schiffe aufgestockt hat? Passagierschiffe. Zwar nur mit Kabinen dritter Klasse, aber immerhin. Nicht mehr lange, und die TOSCA schluckt uns wie eine ausgehungerte Katze eine fußlahme Maus. So, und jetzt verschwinde aus meinem Büro, Vater. Es muss ja wenigstens einer hier für schwarze Zahlen in der Bilanz sorgen.«

Mit brennendem Gesicht und einem geradezu mörderischen Hass im Blick stürzte Henry aus dem Büro, das sein Sohn ebenso willkürlich an sich gerissen hatte wie die Kontrolle über das Australiengeschäft und jetzt die Sable, den Stolz ihrer Flotte.

Guy war stolz, dass er auf die Idee mit dem Büro verfallen war. Damit hatte er seinem Vater einen schweren Schlag versetzt. Vor fünf Wochen hatte dieser Raum im oberen Stockwerk noch zu dem Saal gehört, den sein Vater für sich als Kontor beanspruchte. Weil Guy aber gar nicht daran dachte, sich als Direktor mit einem der rückwärtigen Zimmer mit Blick auf die Lagerhallen zu begnügen oder sich gar in einem der Büroverschläge unten einzurichten, hatte er stillschweigend eine Baufirma damit beauftragt, das Büro seines Vaters durch eine Trennwand in zwei gleich große Räume aufzuteilen. Henry hatte geschäumt, als Guy ihn nach Ostern vor vollendete Tatsachen gestellt hatte, aber er hatte es nicht gewagt, den Umbau rückgängig machen zu lassen. Zu groß war seit jener Januarnacht seine Furcht nicht nur vor dem, was Guy über seine Vergangenheit wusste, sondern auch vor der Gewalt, zu der er fähig war.

Eine ähnlich große Genugtuung hatte Guy nur am Morgen des Notartermins empfunden, als sein Vater gezwungen gewesen war, Vivienne in seiner Gegenwart aus dem Bett zu holen und vor die Tür zu setzen. Und weil er seine Wut nicht an seinem Sohn hatte auslassen können, hatte sie sich gegen seine Geliebte gerichtet. Vivienne hatte ein wüstes Geschrei gemacht, wild um sich geschlagen und sogar versucht, Henry das Gesicht zu zerkratzen. Es hätte nicht viel gefehlt und sie hätte ihm ein paar Haare aus seinem lächerlichen Zwirbelbart gerissen. Währenddessen hatte Guy mit verschränkten Armen am Gold Bug gelehnt und jede Sekunde der peinlichen Szene, die sein Vater und Vivienne da am frühen Morgen veranstalteten, genossen. Schließlich war sie in Tränen ausgebrochen und hatte sich in ein verquollenes Häuflein Elend verwandelt, als sie begriff, dass sie nicht nur ihren Sugardaddy und all die Annehmlichkeiten seiner Wohltaten verloren hatte, sondern dass ihr, wenn sie nicht unverzüglich aus der Stadt verschwand, noch Schlimmeres drohte.

Darauf hatte Guy bestanden, und weder ihre Tränen noch ihr erbärmliches Flehen, sie doch nicht auch noch aus der Stadt zu jagen, hatten ihn erweichen können. Er hatte sie aufrichtig geliebt, und sie hatte ihm seine Fürsorge mit einem Verhalten vergolten, das schamloser und skrupelloser nicht hätte sein können. Nein, nicht ein Funken Mitleid hatte sich bei ihrem jämmerlichen Anblick in ihm geregt.

Den Gold Bug hatte er nicht behalten, nicht nur wegen der aufdringlichen Farbe. Er hatte ihn gleich nach dem Notartermin bei dem Autohändler, bei dem Henry ihn gekauft hatte, in Zahlung gegeben und sich den brandneuen Cadillac Roadster mit silberner Lackierung und schwarzen Ledersitzen bestellt. Die Rechnung hatte er an die Firma schicken lassen, und sein Vater hatte sie bezahlt und nicht ein Wort darüber verloren.

Als sein Vater sich an diesem Maimorgen geschlagen geben und ihm die Sable überlassen musste, fand Guy, dass er ihm in den wenigen Monaten seit Gillmores elendem Tod einige bittere Schläge versetzt und viel Macht genommen hatte. Er konnte mit sich zufrieden sein. Vorläufig. Denn das war noch längst nicht genug Vergeltung für die jahrzehntelangen Zurücksetzungen und Demütigungen, die er hatte ertragen müssen. Nein, es reichte noch lange nicht. Er wollte seinen Vater ruiniert sehen, ihm nehmen, was ihm das Teuerste war – die Kontrolle über die Caldwell Shipping.

65

Das erste fahle Licht kroch über den östlichen Horizont, als Frank kurz vor sechs Harry Bonefishs roten Kunstflieger über die Startbahn des DeMille Airfields jagte und steil in den Himmel stieg. Im feuerroten Schein der aufgehenden Sonne, die wohl auch an diesem Julitag unbarmherzig auf Los Angeles herabbrennen würde, absolvierte er zum Warmwerden ein paar Rollen und Loopings. Eine gute Stunde später beendete er die Kunstflugmanöver mit einer Todesspirale. Scheinbar unabänderlich trudelte der Doppeldecker in einer Korkenzieherbahn dem Flugfeld entgegen.

In keinem anderen Moment des Fliegens hatte Frank das Gefühl, so mit der Maschine eins zu sein. Er meinte die unterschiedlichen Kräfte, die auf Tragflächen und Ruder einwirkten, förmlich in den Fingerspitzen zu spüren. Was ihn dort unten auf der Erde in Atem hielt und quälte und ihn ohne die Hilfe der schwarzen Pillen keinen Schlaf finden ließ, zog sich tief in sein Unterbewusstsein zurück, ja, schien wie ausgelöscht, wenn er mit der Curtiss

Jenny oder seiner eigenen Maschine die Grenzen des technisch Möglichen und seiner eigenen fliegerischen Fähigkeiten ausreizte. Er wünschte, er könnte sich das öfter gönnen, aber wenn es ihm gelang, sich zwei Mal die Woche früh am Morgen für ein, zwei Stunden von seiner Arbeit fortzustehlen, war das schon viel.

Mit angespannter Konzentration behielt er den Höhenmesser im Blick. Als die Nadel die 3000-Fuß-Marke erreichte, leitete er die Gegenmaßnahmen ein. Er funktionierte wie ein Automat, wie von selbst folgten Hände und Füße der Kommandostimme in seinem Kopf: Querruder neutral! Seitenruder voll entgegen der Drehrichtung ausschlagen! Jetzt eine kurze Pause! Dann Höhenruder nach vorn drücken, aber nicht voll durch, sonst gerät die Maschine ins Rückentrudeln! Liegt die Strömung wieder an? Gut, jetzt alle Ruder auf neutral und den Sturzflug weich abfangen!

Butterweich glitt der Doppeldecker aus dem Sturzflug und ging im hellen Morgenlicht über Hollywood in den Landeanflug über.

»Langsam haben Sie den Bogen raus, Maynard«, schrie Bonefish gegen den Fluglärm an und klopfte ihm auf die Schulter. Er hatte an diesem Tag nicht einmal eingreifen müssen, nicht einmal mit einer geringfügigen Korrektur. »Aus Ihnen kann noch mal ein ganz ordentlicher Pilot werden.«

Frank lachte und fühlte sich großartig. Ein Gefühl, das ihn nur noch sehr selten überkam. Mit dem von Herzen kommenden Lachen verhielt es sich nicht anders. Zeit und Raum sollten sie einander geben! Lachhaft geradezu, wäre es nicht so verdammt schmerzhaft gewesen. Zum Teufel, es gab wirklich geistreichere Euphemismen, um zu sagen, dass man Schluss machen wollte.

Nachdem er den Fliegeroverall in Bonefishs Hangar gegen einen hellbraunen Sommeranzug ausgetauscht hatte, setzte er sich in seinen Wagen und fuhr hinüber nach Los Angeles, wo er mit Holbrook verabredet war. Er war gespannt, was Jack mit ihm besprechen wollte – eine Stunde vor der Halbjahressitzung der

Großaktionäre. Dass Holbrook dieser Sitzung nicht gerade freudig entgegensah, lag für jeden, der Zeitungen und Bilanzen lesen konnte, auf der Hand. Holbrook würde sich ein paar sehr unangenehmen Fragen stellen müssen und Schwierigkeiten haben, auch nur halbwegs glaubwürdige Antworten zu finden. All das stand fest. Die Frage war nur, was er von ihm wollte.

Es war kurz vor acht, als er den »Los Angeles Athletic Club« an der Ecke Olive und West 7th Street betrat. Der exklusive Fitnessclub, der auch Hotel war, belegte in dem zwölfstöckigen Jugendstilhaus gleich mehrere Etagen. Für alle nur erdenklichen sportlichen Aktivitäten gab es Räume und Spielfelder, daneben gehörten türkische Dampfbäder, ein erstklassiges Restaurant mit opulent sortierter Bar sowie eine Bibliothek und allgemeine Aufenthaltsräume zum Angebot des Clubs. Seine Mitgliederliste las sich wie das Who's who der High Society von Los Angeles und Hollywood, wobei der Körperkult der Traumfabriken dafür sorgte, dass der größte Mitgliederzuwachs aus den Reihen der Schauspieler kam.

Unten an der Rezeption stellte man ihm einen Besucherausweis aus, Holbrook hatte ihn als seinen Gast eingetragen. Mit filmreifem Lächeln teilte die schlanke Schönheit am Empfang ihm mit, dass Mr Holbrook sich noch im Poolbereich aufhalte. Der riesige Swimmingpool lag hoch oben unter einer gläsernen Kuppel. Mit seinen olympischen Maßen in dieser Höhe galt er als ein Wunder der modernen Bautechnik.

Frank verzog das Gesicht und ließ sich vom Liftboy nach oben bringen. Er hasste Unpünktlichkeit. Immerhin hatte Holbrook ihn um dieses Gespräch gebeten. Oder steckte Absicht dahinter, dass er mit seinem Morgensport noch nicht fertig war? Nein, das konnte sich Holbrook in seiner derzeitigen Lage nicht erlauben.

»Sie können nicht mit Schuhen in den Poolbereich, Sir!«, verkündete der junge Bursche, der gelangweilt hinter seiner Theke stand und flauschige Badetücher mit dem Logo des Clubs sowie Nasenkneifer und Schwimmbrillen bereithielt.

»Ich glaube, jetzt schon«, sagte Frank, steckte ihm eine Fünfdollarnote in die Brusttasche seines Bediensteten-Blazers und stieß die Flügeltüren auf. Ein Schwall feuchter Wärme schlug ihm entgegen und legte sich ihm auf die Brust.

Holbrook hatte den Pool ganz für sich und war offensichtlich in seinem Element. Er pflügte im Kraulstil durch das Wasser, das stark nach Chlor roch, und legte eine perfekte Wende hin.

Geschmeidig, Jack! Aber auf solche Manöver hast du dich ja schon immer gut verstanden, dachte Frank bissig, steckte sich eine Zigarette an und wartete am Beckenrand. Er hätte sich gar nicht so zu beeilen brauchen. Die Zeit hätte er gut noch im Cockpit der Curtiss verbringen können. Er gab Jack die eine Bahn zurück zu ihm. Stieg er dann nicht aus dem Wasser, konnte er sich sein Gespräch unter vier Augen sonst wohin stecken.

Holbrook ließ es nicht darauf ankommen. Prustend tauchte er vor ihm auf, zerrte die Schwimmbrille vom Kopf und legte die Arme über den Beckenrand. »Sagen Sie bloß, es ist schon acht?«, stieß er etwas außer Atem hervor.

Frank deutete nur mit dem Daumen auf die Uhr, die hinter ihm an der Stirnwand hing, groß wie eine Bahnhofsuhr.

»Tut mir leid«, sagte Holbrook und stemmte sich aus dem Becken.

Ein Blick genügte, um zu sehen, dass an ihm kein unnötiges Gramm Fett war. Er hatte den Körper eines Mannes, der viel Zeit mit Training verbrachte. Zu viel Zeit für Franks Geschmack, aber das war jetzt wohl nicht das Thema. Er wurde ungeduldig, und die saunaschwere Luft trug auch nicht dazu bei, dass er sich wohlfühlte.

»Warum haben Sie mich hergebeten, Jack?«

»Ich wollte mit Ihnen reden.« Holbrook angelte sich ein Badetuch von einer Liege nahe am Pool.

»Wir reden ständig.«

»Ja, wir sehen uns bei Besprechungen, aber wir haben uns lange nicht mehr zusammengesetzt … ich meine, nur wir beide … so wie früher«, sagte Holbrook mit einem vertraulichen Lächeln, das wohl an ihre einstige Verbundenheit erinnern sollte. Die hätte ohne Kirkland vielleicht sogar zu einer Freundschaft werden können, aber das hatte Holbrook verspielt, indem er sich damals auf die Seite des Investmentbankers geschlagen hatte und vor Rutherford eingeknickt war. »Ich dachte, wir könnten zusammen frühstücken und einiges bereden, bevor wir alle bei Wells Fargo zusammenkommen.« Die Sitzung der Großaktionäre war für neun Uhr bei Rutherford in der Bank anberaumt.

»Ich frühstücke nicht. Mir reicht schwarzer Kaffee.«

»Aber wir können doch reden, oder? Ich meine, wo Sie nun schon mal hier sind.« Holbrook sah ihn bittend an. »Ich bin schnell fertig. In fünf Minuten bin ich unten. Mein Frühstück kann ich mir schon von hier oben bestellen.«

Frank zuckte die Achseln. »Also gut, warum nicht«, sagte er und machte, dass er hinunterkam in das herrlich kühle Restaurant, das über eine Klimaanlage verfügte. Er bestellte sich schwarzen Kaffee, und während er auf Holbrook wartete, gönnte er sich auf der Toilette zwei schnelle Löffelchen Kokain dazu.

Holbrook beeilte sich tatsächlich. Keine zehn Minuten später saß er bei Frank am Tisch, die Haare noch nass, aber streng gescheitelt. Er bot einen unverschämt frischen und gesunden Anblick. Nur der unruhige, nervöse Ausdruck seiner Augen passte nicht ins Bild. Kaum hatte er Platz genommen, brachte ein Kellner das bestellte Frühstück: Rühreier, Speck, Röstkartoffeln und Pancakes.

Frank kam gleich auf den Punkt. »Was wollen Sie?«

»Ein Geschäft auf Gegenseitigkeit«, sagte Holbrook und schob sich einen knusprigen Speckstreifen in den Mund.

»Klingt unwiderstehlich«, sagte Frank und steckte sich eine Zigarette an.

»Ich bin sicher, Sie kommen nachher mit Plänen, die nicht unbedingt auf die begeisterte Zustimmung der Mehrheit treffen werden«, begann Holbrook und machte sich über Rührei und Kartoffeln her.

»Mag sein«, sagte Frank mit ausdruckslosem Gesicht. Er plante in der Tat einige drastische Maßnahmen. Die alte Halle Stage 2 musste umgehend abgerissen werden, damit zusätzliche Tonstudios entstehen konnten, was einen erneuten finanziellen Kraftakt erforderte. Außerdem war er entschlossen, allen Schauspielern und Regisseuren, mit denen die Triple S reguläre Standardverträge abgeschlossen hatte, zu kündigen. Die anderen großen Studios würden ebenfalls eine solche Massenkündigung aussprechen, so war es ausgemacht. Und wenn sie sich nicht daran hielten, kümmerte ihn das auch nicht. Der Schock der Kündigung würde im Licht der gewaltigen Umwälzungen in der Filmindustrie eine heilsame Wirkung haben und ihm bei der Wiedereinstellung derjenigen, die als Schauspieler oder Regisseure für das Zeitalter des Tonfilms geeignet waren, eine stärkere Verhandlungsposition geben. Und das waren nur zwei der Neuerungen, die er für unausweichlich hielt, die ihm aber zweifellos eine Menge Ärger und Quertreiberei einbringen würden.

»Ich könnte Ihnen Feuerschutz geben, Frank.«

»Sind Sie sicher, dass Sie das nicht mit Schüssen in den Rücken verwechseln?«, erwiderte Frank.

Holbrook ließ Messer und Gabel sinken. »Hören Sie, wir waren in letzter Zeit nicht immer einer Meinung, und ich räume ein, dass es in der Vergangenheit gewisse Vorfälle gab, auf die ich nicht unbedingt stolz bin. Aber jetzt brauche ich Ihre Hilfe, und der Teufel soll mich holen, wenn Sie nachher nicht auch meine brauchen!«

Frank sah ihn einen langen Augenblick scharf an, so als zweifle er an dieser späten Reue, dann nickte er und drückte seine Zigarette aus. »Damit liegen Sie vielleicht nicht ganz falsch, aber das ändert nichts daran, dass Sie früher oder später der Teufel holt. Aber verlieren wir uns nicht im Metaphysischen. Also noch einmal, Jack: Was soll ich für Sie tun?«

»Mir mehr Spielzeit für meine Stummfilmproduktionen im dritten und vierten Quartal geben«, rückte Holbrook heraus. »Einen doppelten ›first run‹ in unserer studioeigenen Kinokette und das Gleiche in Ihren Maynard-Filmpalästen.«

Frank bedachte ihn mit einem dünnen Lächeln. Wie schnell hatte sich doch der Wind gedreht! Seit dem Frühjahr blies er den Stummfilm-Apologeten scharf ins Gesicht und versaute den Studios, die noch vor wenigen Monaten den Schwur »Never ever talkies!« vor sich hergetragen hatten, landauf, landab die Bilanzen. Eine regelrechte Panik war in den Chefetagen ausgebrochen und hatte schnell auch unter den anderen Berufsgruppen um sich gegriffen, schienen doch fast über Nacht die altvertrauten Rezepte der Filmproduktion nicht mehr zu funktionieren, weil das Publikum einen völlig neuen Geschmack entwickelt hatte. MGM hatte gerade angekündigt, in der nächsten Saison gleich vierzig Tonfilme im Programm zu haben. Zukor, der noch vor Kurzem Stein und Bein geschworen hatte, Paramount werde nie und unter keinen Umständen Tonfilme produzieren, ließ Tonstudios bauen; bei Fox expandierte man fieberhaft und beschäftigte nur noch zwei Regisseure für Stummfilme, während alle anderen zum Tonfilm gewechselt waren; und Warner Brothers, Vorreiter und allen anderen in der Produktionskapazität weit voraus, warf eine wahre Flut von Tonfilmen auf den Markt.

Das hatte auch Holbrook als Verantwortlicher für die Stummfilm-Sparte der Triple S zu spüren bekommen. Im zweiten Quartal würde er vermutlich noch mal mit einem blauen Auge davonkommen, aber in den beiden darauffolgenden Quartalen drohte ihm ein katastrophaler Absturz bei den Besucherzahlen. Seine fertig produzierten Stummfilme, vierunddreißig an der Zahl, wurden für das Studio zu einem Verlustgeschäft in Millionenhöhe. Wenn die Hälfte der Filme ihre Kosten einspielte, konnte er sich schon glücklich schätzen. Er hatte also allen Grund, zu fürchten, dass er bei Kirkland und Rutherford in Ungnade fiel und um seinen Posten bangen musste. Der Stummfilm mochte keinen jähen Todesstoß erhalten haben, aber dass er im Sterben lag, stand mittlerweile außer Frage. Wie ein Hurrikan war der Tonfilm über Hollywood gekommen, und wer sich ihm widersetzte, den fegte er gnadenlos in die Bedeutungslosigkeit.

Frank klopfte eine neue Zigarette aus seiner Schachtel und steckte sie an. Es schien ein guter Tag zu werden, die bevorstehende Sitzung eingeschlossen. Er hatte Holbrook am Haken, und der hatte in naher Zukunft keine Möglichkeit, sich davon freizuzappeln.

»Ihnen ist doch wohl klar, dass das reine Augenwischerei ist, Jack. Bilanztechnische Trickserei. Längere Spielzeiten für Ihre Produktionen sichern Ihnen zwar ein besseres Einspielergebnis, bescheren aber der studioeigenen Kinokette und meinen Filmpalästen erhebliche Umsatzeinbußen«, hielt er ihm vor. Ein doppelt so langer »first run« bedeutete zwangsläufig, dass die Zuschauerzahlen nach den ersten Tagen sanken und der Programmplatz nicht von einem Tonfilm eingenommen werden konnte, der erheblich mehr Zuschauer angezogen hätte. Aber er war gewillt, den Verlust für die zwei Quartale hinzunehmen, um bei der anstehenden Sitzung seine Vorhaben durchzubringen und weiterhin frei schalten und walten zu können. »Sie erwarten, dass ich nicht nur die Einspielergebnisse Ihrer Ladenhüter aufpoliere, sondern auch persönlich an der Kasse meiner Filmpaläste für Ihre Fehlentscheidungen blute. Verstehe ich das richtig, Jack?«

Holbrook wich seinem Blick aus und leckte sich nervös über die Lippen. »Sie müssen entscheiden, was Ihnen meine Unterstützung wert ist«, sagte er gepresst und schob den Teller von sich, als sei ihm bei dem Gedanken, dass Frank ihm eine Abfuhr erteilen könnte, der Appetit vergangen.

Frank trank einen Schluck Kaffee, zog an seiner Zigarette und fixierte ihn schweigend. Es mochten nicht mehr als vier, fünf Sekunden sein, doch das genügte, um Holbrook den Schweiß auf die Stirn zu treiben. Er wog das Für und Wider noch einmal ab, dann sagte er knapp: »Einverstanden.«

»Danke, Frank!«, stieß Holbrook hervor, und man sah förmlich, wie die nervöse Anspannung aus seinem Körper wich.

»Aber wenn Sie nicht zu Ihrem Wort stehen und mir noch einmal in den Rücken fallen, lasse ich Ihnen die Knochen brechen«, sagte Frank schon im Aufstehen und wunderte sich selbst, wieso er plötzlich mit Gewalt drohte. »Wir sehen uns dann bei Wells Fargo.«

Verstört blickte Holbrook ihm nach.

Frank hatte später nicht den geringsten Anlass, sich über mangelnde Unterstützung zu beklagen. Holbrook legte sich ordentlich für ihn und seine Pläne ins Zeug. Aber selbst mit Jack an seiner Seite wurde es ein zähes Ringen, und am Ende war der Sieg mühsam erkämpft. Er war und blieb Kirkland und Rutherford ein Dorn im Auge. Das hatte mit unterschiedlichen Auffassungen zu geschäftlichen Dingen nichts mehr zu tun, es war längst persönlich geworden, und Frank erwiderte die Antipathie aus tiefstem Herzen. Dass er in Sachen Tonfilm recht behalten hatte und sie ihre Fehleinschätzung eingestehen mussten, kam sie bitter an. Einmal mehr bereute er, mit dem Studio an die Börse gegangen zu sein und damit die Kontrolle aus der Hand gegeben zu haben. Er mochte noch immer der Studioboss sein, aber seine Macht ruhte auf tönernen Füßen. Andererseits – hätte er ohne das enorme

Kapital, das der Börsengang in die Kasse der Triple S gespült hatte, in dieser Zeit der technischen Revolution überhaupt eine Chance zu überleben gehabt? Sehr fraglich.

66

Mit stechenden Kopfschmerzen quälte Frank sich durch die letzten Tagesordnungspunkte. Als die Sitzung vorbei war, konnte er gar nicht schnell genug aus der Bank und in seinen Wagen kommen. Er zog seinen silbernen Flachmann unter dem Sitz hervor, aber es war nicht ein Tropfen Scotch mehr drin. Fluchend schleuderte er den Flachmann auf den Beifahrersitz. Wie hatte er bloß vergessen können, ihn aufzufüllen? Trocken würgte er zwei Red Devil hinunter.

Seine Stimmung besserte sich beträchtlich, als er ins Büro kam und Doris ihn daran erinnerte, dass er für den Abend mit Laura zum Dinner verabredet war. »Sagen Sie mir, wo ich einen Tisch reservieren soll, Mr Maynard.«

»Geben Sie mir fünf Minuten.« Beschwingt griff er zum Telefon und wählte Lauras Nummer. Er freute sich auf den gemeinsamen Abend, hatte er sie doch Monate nicht mehr gesehen. Nach der Premiere von *Bitter Harvest* und dem PR-Pflichtprogramm, das sie bis nach New York geführt hatte, war sie nach Europa weitergereist. Acht Wochen Erholung hatte sie sich auf dem alten Kontinent gegönnt. Vor zwei Tagen war sie zurückgekehrt, und es wurde Zeit, den nächsten Film mit ihr zu besprechen.

»Danke für die Grüße aus Berlin und Zürich, aber danach scheinst du uns hier in Hollywood völlig vergessen zu haben«, scherzte er nach der Begrüßung. »Oder waren die Postkarten in Rom und London ausverkauft?«

»Kaum, aber ich bin leider nicht dazu gekommen, Frank.«

»Klingt ganz so, als hättest du dich prächtig amüsiert.«

»So ungefähr.«

»Gut so, das hattest du nach dem Film und der Tour nicht nur verdient, sondern auch bitter nötig. Aber jetzt bin ich froh, dass du wieder in der Stadt bist.«

»Ich auch, Frank.«

»Wo wollen wir heute Abend essen? Wir müssen übrigens dringend über deinen neuen Film reden, *City on a Shining Hill*. Du wirst von dem Drehbuch begeistert sein.«

»Sei mir nicht böse, aber mir ist heute nicht nach Ausgehen«, sagte sie mit matter Stimme. »Würde es dir etwas ausmachen, wenn wir bei mir zu Hause darüber reden?«

Er zögerte kurz. Lauras Bungalow im »Garden of Allah« stand zwar auf der anderen Seite der Anlage, aber trotzdem waren sie praktisch Nachbarn. Gerade deshalb hatte er es bislang tunlichst vermieden, sie privat zu besuchen. Er wollte weder sie noch sich selbst in Versuchung bringen. Manchmal genügte ja schon ein Funke, um ein für tot erachtetes Feuer wieder aufflammen zu lassen. Aber dann hörte er sich zu seiner eigenen Überraschung geradezu begeistert sagen: »Natürlich nicht, ganz im Gegenteil. Da können wir viel freier reden. Ich bring das Abendessen mit, also mach dir bloß keine Arbeit.« Er war aufgekratzt wie schon lange nicht mehr, schlug acht Uhr vor und legte auf. Fünf Minuten später brachte er Doris eine kleine Liste mit all den Köstlichkeiten, die sie für ihn im »Romanoff's« zum Mitnehmen bestellen sollte.

Die Vorfreude machte ihm die Arbeitsstunden bis zum Abend leichter. Um halb acht rasierte er sich in seinem privaten Bad den Bartschatten aus dem Gesicht, zog im angrenzenden Ankleidezimmer, das immer mit einer gut sortierten Auswahl an formeller wie salopper Wechselkleidung bestückt war, ein frisches Hemd an und fuhr zum »Romanoff's« auf dem North Rodeo Drive, um die bereitstehende Kühltasche mit den georderten Speisen sowie einer eiskalten Flasche Dom Pérignon abzuholen. Regenwolken verdunkelten den Himmel. Aus der Ferne rollte Donner heran, und über den Bergzügen zuckten grelle Blitze aus dem schwarzen Himmel.

»Oh!« entfuhr es ihm, als Laura die Tür öffnete. Er wusste nicht, was er erwartet hatte, bewusst oder unbewusst, aber dass sie nur einen cremeweißen, flauschigen Bademantel anhaben würde, damit hatte er ganz sicher nicht gerechnet. Er fühlte sich überrumpelt und schluckte, überlegte sogar für einen flüchtigen Moment, ob er nicht besser auf der Stelle umkehren sollte, bevor es zu spät war und er der Versuchung erlag.

Als sie seine halb verblüffte, halb erschrockene Miene sah, lachte Laura leise und trat in die Diele zurück. »Du kannst unbesorgt hereinkommen, Frank. Es ist nicht das, wonach es aussieht«, sagte sie mit einem schwachen Lächeln. »Ich konnte mich einfach nicht aufraffen, mich wenigstens einigermaßen präsentabel zu machen. Hoffentlich siehst du mir die Schlamperei nach.«

»Um Himmels willen, natürlich!«, stieß er bestürzt hervor, denn erst jetzt sah er, welch mitgenommenen Eindruck sie machte. Nicht ein Hauch von Verführung ging von ihr aus. Unter ihren geröteten Augen lagen Schatten, als hätte sie nächtelang nicht geschlafen. Die Blässe ihrer Haut, die allzu durchscheinend über den hohen Wangenknochen spannte, hatte einen kränklichen Stich ins Gräuliche. Selbst ihre sonst so sinnlichen Lippen wirkten erschlafft und blutlos. Er schloss hastig die Tür, stellte die Kühltasche ab, fasste sie bei den Schultern und gab ihr einen Kuss auf die Wange. »Mein Gott, du siehst wirklich nicht gut aus. Hast du dir auf der Rückreise etwas eingefangen? Soll ich einen Arzt rufen? Du solltest im Bett liegen.«

Sie schüttelte den Kopf. »Nicht nötig, den Gang habe ich schon hinter mir. Was ich an Pillen brauche, habe ich hier.« Sie klopfte auf ihre Bademanteltasche, in der Tablettenröhrchen klapperten. Ein Klang, der Frank nur allzu vertraut war. »Im Bett geht es mir nicht besser. Aber wenn du kalten Champagner mitgebracht hast, was ich mal annehme, dann hätte ich jetzt gern ein Glas. Ach, es dürfen auch zwei sein.«

Sie gingen ins Wohnzimmer, dessen ebenso geschmackvolle wie moderne Einrichtung die diplomierte Architektin und stilsichere Innenausstatterin verriet. Laura sank auf die weiße Ledercouch, die in einem Chromgestänge ruhte, zündete zwei Zigaretten gleichzeitig an und reichte ihm eine, so wie früher, als sie für wenige Monate ein Liebespaar gewesen waren. Und dann sagte sie ihm, in welchem der hellen Schränke sie ihre Champagnerschalen aufbewahrte.

Frank legte das neue Drehbuch auf den gläsernen Couchtisch und holte zwei von den Schalen. Unter seinen Händen entwich der Korken dem Flaschenhals mit einem sanften Seufzen. Nachdem er die Gläser mit golden perlendem Champagner gefüllt hatte, reichte er ihr eins und setzte sich zu ihr.

»Auf deine Rückkehr, aber vor allem darauf, dass es dir schnell wieder besser geht, Laura!«

»Ich trinke lieber auf das, was wir zusammen hatten, Frank«, sagte sie mit einem wehmütigen Lächeln. »Die wunderbare verrückte Liebe, die wir einander in einer herrlichen und leider viel zu kurzen Ewigkeit geschenkt haben, und ich trinke auf die Filme, die ich machen durfte, und das Wunder meiner Karriere. All das verdanke ich dir, Frank.« Sie hatte Tränen in den Augen, versuchte sie jedoch wegzulächeln.

»Du redest ja so, als wäre deine Karriere schon zu Ende«, sagte Frank irritiert. »Dabei hast du noch so viel vor dir. Habe ich dir nicht gleich gesagt, dass du im Tonfilm noch größere Triumphe feiern würdest als im Stummfilm? *Bitter Harvest* hat es bewiesen. Und mit *City on a Shining Hill*«, er deutete auf das Drehbuch, »wirst du einen weiteren Welterfolg haben, das garantiere ich dir!«

Sie schüttelte den Kopf. »Es wird keinen Film mehr geben.«

Beinahe hätte Frank sich verschluckt. Er sah sie entsetzt an. »Laura! Du denkst doch wohl nicht ernsthaft daran, deine Karriere zu beenden!«, rief er. »Das Gerede, dass man auf dem Höhepunkt abtreten soll, macht sich gut auf einem Abrisskalender, ist aber für jemanden, der seinen Beruf so liebt wie du, dummes Zeug. Ganz abgesehen davon, dass du den Höhenpunkt deiner Karriere noch gar nicht erreicht hast. Mein Gott, du hast doch noch so viel vor dir!«

»Ja, so ungefähr fünf, sechs Monate, wenn die Ärzte mit ihrer Einschätzung richtigliegen«, sagte sie mit einem bitteren Auflachen. »Und die werde ich nicht mit Dreharbeiten vergeuden.«

Er wurde blass, und eine eiskalte Faust krampfte sich um sein Herz. »Fünf, sechs Monate? Wovon redest du?«

»Von der Zeit, die mir noch bleibt. Ich sterbe, Frank. In spätestens einem halben Jahr bin ich tot.«

Die Nachricht traf ihn wie ein Schlag in den Unterleib. Fast wäre ihm das Glas entglitten. Fassungslos sah er sie an. Sein Hirn weigerte sich, das Entsetzliche aufzunehmen. Wie konnte Laura todkrank sein? Sie war doch noch keine vierzig. Und wenn sie krank gewesen wäre, hätte Jonathan Carlton, der leitende Studioarzt, ihm das doch längst gemeldet. Alle halbwegs wichtigen Schauspieler standen unter scharfer medizinischer Beobachtung und mussten regelmäßig Untersuchungen über sich ergehen lassen. Er wusste nicht, was er tun oder sagen oder wo er seine Hände lassen sollte. Die niederschmetternde Wucht der Nachricht machte ihn sprachlos.

»Ich habe eine aggressive Form der Leukämie«, sagte Laura in sein Entsetzen hinein. »Erinnerst du dich an meine vermeintliche

Grippe letztes Jahr? In Wirklichkeit hat Carlton die Krankheit damals festgestellt und mich in den Wochen behandelt, dir das aber nicht gemeldet. Jeder hat seinen Preis, und du wirst den Teufel tun und ihn dafür zur Rechenschaft ziehen. Außerdem geht er im Herbst sowieso in den Ruhestand und zieht nach Florida.«

»Nein, das … das kann nicht sein«, stieß Frank hervor, als könnte er ihre Krankheit mit seiner Weigerung niederringen.

»Leider ist es aber so«, sagte sie müde und fuhr sachlich fort: »Carlton hat getan, was in der Macht der Medizin steht, hat die besten Experten zurate gezogen, aber die Behandlung hat nicht angeschlagen. Auch die Fachärzte in New York hatten kein Wundermittel für mich und all die anderen, die an dieser Form der Leukämie leiden. Und die Reise zu den Fachleuten in Berlin und Zürich hätte ich mir sparen können. Sie konnten mir auch nicht helfen.«

»Dann bist du wegen deiner Krankheit nach Europa gereist?«, sagte er erschüttert.

Sie zuckte die Achseln und lächelte schwach. »Du weißt doch, die Hoffnung stirbt zuletzt. Ist auch was Wahres dran. Aber nun gibt es keine Hoffnung mehr, es sei denn, ich würde an Wunderheiler glauben, aber das tue ich nicht.« Sie leerte ihr Glas und hielt es ihm hin. »Wärst du so nett?«

Er drückte seine Zigarette aus. Als er nach der Flasche griff und ihr Glas auffüllte, zitterten seine Hände. »Mein Gott, Laura, ich … ich kann und ich will es nicht glauben. Es muss doch irgendeine Möglichkeit …« Er brach ab und schüttelte hilflos den Kopf. Was sagte man einem geliebten Menschen, der einem gerade mitgeteilt hatte, dass ihm nur noch wenige Monate zu leben blieben?

»Der eigene Tod ist die größte narzisstische Kränkung«, sagte Laura mit fast heiterer Selbstironie und trank einen Schluck Champagner. »Aber ich hatte Zeit, mit dieser Kränkung fertigzuwerden und sie nicht länger persönlich zu nehmen. Die Antwort auf das Leben ist nun mal der Tod. Er ist der Tribut für den Reichtum der genossenen Jahre. Und weißt du, was ich erkannt habe? Das, worum es auf der Welt am dringlichsten geht, ist die Tatsache, dass es unwiderruflich endet. Spät, aber immerhin. Nein, wir dürfen den Tod nicht fürchten.«

»Nur vermeiden sollte man ihn«, sagte er in einer Anwandlung von Galgenhumor und nahm sie in die Arme. Und als sie zu weinen begann und er mit ihr weinte, überkam ihn ein Gefühl tiefer Verlorenheit, das Gefühl, von allen Menschen, die er liebte, verlassen zu werden.

»Du darfst keinem von meiner Krankheit erzählen, hörst du? Nicht ein Wort, zu niemandem! Und auch du wirst mich nicht mit deinem Mitleid quälen!«, beschwor sie ihn. »Wir werden nie wieder darüber reden, das ist heute das erste und letzte Mal. Das musst du mir versprechen!«

Er tat es.

»Bitte lass mich heute nicht allein«, bat sie später, als der Regen einsetzte, wie ein Sturzbach über das Dach rauschte und, begleitet von Donner und Blitzen, über die Fenster wusch. »Bleib die Nacht bei mir. Ich will nur in deinen Armen liegen, nur spüren, dass du da bist, nichts weiter.«

»Ich lasse dich nicht allein«, flüsterte er mit erstickter Stimme und vergrub sein Gesicht in ihrem Haar.

Sie machten kein Licht, als sie unter die seidige Bettdecke krochen und beieinander Zuflucht suchten. Aus dem Radio im Wohnzimmer drang leise Musik zu ihnen, eine traurige langsame Nummer. Duke Ellington, vermutete Frank. Ein seltsamer Gedanke war ihm durch den Kopf gegangen, als er auf Lauras Bitte nach einem Sender mit Jazz gesucht hatte. Er hatte sich daran erinnert, dass es 1921 gerade einmal acht lizensierte Radiostationen gegeben hatte, im Jahr darauf aber schon über fünfhundert. Jeder konnte einen Radiosender gründen, in jeder größeren Stadt gab es Dutzende.

Laura lag eng an seine Brust geschmiegt. Sie fühlte sich erschreckend dünn und zerbrechlich an. Manchmal flüsterten sie ein paar Minuten in der Dunkelheit, dann versanken sie wieder in Schweigen, hingen jeder den eigenen Gedanken nach, wobei die bei ihr wie bei ihm um sie beide kreisten.

»In *Moby Dick* steht irgendwo der seltsame Satz: ›Das Leben ist eine Reise, die heimwärts führt‹«, sagte Laura, nachdem er das Radio ausgestellt hatte und wieder zu ihr unter die Decke geschlüpft war. »Aber was heißt ›heimwärts‹? Und was ist das Leben überhaupt? Eigentlich leben wir doch nur im ewigen Jetzt, nichts anderes ist real. Es gibt nur das Jetzt, Frank. Gestern ist eine Erinnerung, morgen eine Möglichkeit. Aber weder das eine noch das andere ist real, es ist immer nur ein Gedanke.«

Er erwiderte nichts darauf, und sie erwartete auch keine Antwort. Es reichte und erfüllte sie mit friedlicher Ruhe, dass er bei ihr war und sie durch den Gedankenstrom, dem sie sich in dieser Nacht überließ, begleitete.

Ein anderes Mal fragte sie nach einer langen Phase des Schweigens: »Glaubst du an Glück?«

»Ich weiß nicht«, sagte er und überlegte. »Vielleicht als eine Form des Zufalls, aber richtig Gedanken habe ich mir darüber noch nicht gemacht.«

»Ich in letzter Zeit schon. Ich glaube weder an Glück noch an Zufall, zumindest nicht mehr«, flüsterte sie, und er spürte ihren warmen Atem auf der Brust. »Was uns wie zufällig an einen Ort verschlägt oder uns eine Richtung weist, erscheint mir nicht länger wie ein vages Angebot, sondern wie etwas, das uns unerbittlich vorgegeben ist wie ein Gleis. Und ich bin zu der Überzeugung gelangt, dass man den vorgegebenen Kurs nur ändern kann, indem man absichtlich entgleist. Genau das habe ich damals mit uns getan, Frank.«

»In welcher Hinsicht?«

»Mein Gleis hat mich zu dir auf das alte Bohrfeld geführt und später dann dich zu mir nach Santa Monica, und als wir uns beide auf dem Gleis befanden, das uns vorbestimmt war, habe ich alles getan, um absichtlich zu entgleisen.«

»Das ist nicht wahr«, sagte er und strich ihr sanft das Haar aus der Stirn. Außerdem glaubte er nicht an Vorbestimmung, aber das tat jetzt nichts zur Sache.

»O doch, das ist es sehr wohl. Ich habe unsere Beziehung beendet, wie du dich vielleicht erinnerst.«

»Mhm«, machte Frank, denn es stimmte, was sie sagte. »Aber es war kein abruptes Ende. Wir haben zwar nicht groß darüber geredet, waren uns aber irgendwie einig, dass es vernünftig wäre, unsere berufliche Beziehung nicht durch eine intime zu verkomplizieren.«

»Ja, aber das ging von mir aus. Ich war mir meiner nicht sicher, hatte kein Zutrauen in mein Können vor der Kamera, und mein Stolz hat verlangt, dass ich auf ehrliche Art herausfinde, zu was ich fähig bin. Ich wollte keine Vorzugsbehandlung und kein falsches Lob, nur weil ich mit dem Boss des Studios ins Bett ging. Ich wollte es unabhängig von dir schaffen oder eben scheitern und in meinen Beruf als Architektin zurückkehren«, sagte sie und seufzte. »Heute weiß ich, wie dumm das war, aber so war es nun mal. Nichts bereue ich mehr als diese Entscheidung, und zwar schon lange. Im Grunde genommen waren all meine gescheiterten Ehen und Affären nichts weiter als die vergebliche Suche nach einem zweiten Frank Maynard. Ich wollte eigentlich immer nur dich. So, wie Emily Dickinson es auf den Punkt gebracht hat: A heart wants what it wants. Das warst für mich immer nur du. Aber immerhin hatten wir unsere Zeit, auch wenn sie viel zu kurz war.«

»Ja, die hatten wir«, flüsterte er und küsste sie aufs Haar. »Versuch ein bisschen zu schlafen.«

»Und die kann uns keiner nehmen«, murmelte sie. »Ach, Gott, was rede ich da?« Ihre Stimme klang, als hätte sie einen Kloß im Hals, und einmal mehr wechselte sie sprunghaft zu einem anderen Gedanken. »Hast du mal Nietzsche gelesen, *Also sprach Zarathustra*?«

»Nein, meine klassische Bildung fand ein jähes Ende, als ich mit vierzehn auf einen Güterzug aufsprang, um meinem prügelnden Vater zu entkommen und in San Francisco unter die Austernräuber zu gehen.«

Sie war viel zu sehr in ihren Gedanken gefangen, um auf diese Erwiderung einzugehen. Aber das musste sie auch nicht, denn nichts davon war neu für sie. »Da steht irgendwo: ›Was ist Liebe? Was ist Schöpfung? Was ist Sehnsucht? Was ist Stern? – so fragt der letzte Mensch und blinzelt.‹ Was ich wohl sage oder frage, wenn es bei mir so weit ist? Wirst du dann bei mir sein?«

»Ja, das werde ich«, brachte er mühsam hervor.

»Versprich es, Frank.« Ihre Stimme verlor sich in der Dunkelheit, und er versprach es. Dass sie weinte, merkte er nur an den Tränen, die auf seine Brust rannen. Gleichzeitig schmeckte er das Salz seiner eigenen Tränen auf den Lippen. Wenig später sagte ihm ihr ruhiger, gleichmäßiger Atem, dass sie eingeschlafen war.

Er wagte nicht, sich aus ihrer Umarmung lösen, denn er wollte sie nicht wecken. Seine Gedanken wanderten ziellos durch die Vergangenheit. An Schlaf war nicht zu denken, schon gar nicht ohne seine Black Beauties. Aber selbst wenn er welche zur Hand gehabt hätte, wäre er nicht in Versuchung geraten, sie zu nehmen. Er wollte diese Stunden nicht mit Schlafen vergeuden, es wäre ihm wie Verrat vorgekommen, wie das Versagen eines Soldaten, der vor einem unsichtbaren Feind auf seinem Wachposten einschläft und damit seine Schutzbefohlenen ihrem Schicksal überlässt.

Es war schon spät in der Nacht und der Regen hatte längst aufgehört, als Laura im Halbschlaf murmelte: »Es war ein traumhafter

Ritt auf einer Sternschnuppe, Frank. Man darf nur nicht den Absprung verpassen, sonst verglüht man mit ihr. Versprich, dass du rechtzeitig abspringst.«

»Ich verspreche es dir.«

Sie rückte sich in seinem Arm zurecht. »Man sagt, die Polarlichter singen. So nennen es die Einheimischen da oben im Norden«, murmelte sie und war im nächsten Moment schon wieder eingeschlafen.

Irgendwann übermannte auch ihn der Schlaf, zog ihn in das verschlungene Labyrinth seines Unterbewusstseins. Ein Strudel wilder Träume riss ihn mit sich fort. In einem dieser Träume kam Laura zu ihm. Mit zärtlichem Verlangen glitten ihre Hände über seinen Körper. Er antwortete auf die Liebkosungen, indem er sich im Traum von seiner Unterhose befreite, die Schlaufen ihres Negligés löste und der stummen Aufforderung ihrer Hände, sie zu lieben, folgte.

Doch dann merkte er, dass er all das nicht träumte, sondern tatsächlich ihre Brüste küsste und in sie eindrang und dass sie ihn feucht und heiß empfing und die Beine um ihn schlang und sich ihm entgegendrängte, um ihn so tief wie möglich in sich zu spüren. Nicht ein Wort fiel in der tiefen Dunkelheit, die sie umfing und die Illusion nährte, dass es ein erotischer Traum war. Sie liebten sich mit wortloser Leidenschaft, und als die Wellen der Lust über sie kamen, bäumte sich ihr Körper unter ihm in einem stummen Schrei der Erlösung auf, um dann mit einem schier endlosen Ausatmen in die Kissen und zurück in den Schlaf zu fallen.

Frank ließ mehrere Minuten verstreichen, bevor er sich aus ihr zurückzog und sich auf die Seite drehte, woraufhin sie sich sofort an seinen Rücken schmiegte und einen Arm um ihn legte, als wollte sie sichergehen, dass sie ihn selbst im Schlaf noch spürte.

Er fand nicht in den Schlaf zurück. Stattdessen lauschte er ihren tiefen, friedlichen Atemzügen und starrte in die nächtliche

Schwärze. Um kurz vor sechs Uhr schob er behutsam ihren Arm von sich und glitt lautlos aus dem Bett. Im Dunkeln suchte er seine Kleidung zusammen und zog sich an. Dann trat er an ihre Seite des Bettes. Ihre Atmung hatte sich verändert. Sie war vielleicht noch nicht richtig wach, aber im Tiefschlaf befand sie sich auch nicht mehr.

Er beugte sich zu ihr hinunter und küsste sie auf die Stirn. »Es ist gleich sechs. Es wird Zeit für mich, Laura.«

»Danke für die Nacht, Frank«, murmelte sie.

»Danke, dass du mich darum gebeten hast.«

Er wollte gehen, aber sie griff nach seiner Hand und hielt ihn zurück. »Warte, ich muss dir noch etwas sagen.«

»Ja?«

»Ich hatte einen wunderschönen Traum, nämlich dass wir uns noch einmal geliebt haben, genau wie damals in Santa Monica«, murmelte sie mit schläfriger Stimme.

»Dann haben wir denselben Traum geträumt«, flüsterte er, aber das hörte sie schon nicht mehr, und er verließ den Bungalow und trat hinaus in den heraufdämmernden Morgen. Es war jetzt schon warm, was einen weiteren schwülheißen Tag versprach, und die Luft war erfüllt vom schweren Duft der blühenden Jasmin- und Frangipani-Sträucher, die den Weg zum Parkplatz säumten.

Er saß lange in seinem Wagen, weil die Tränen ihn blind machten und einfach nicht versiegen wollten. Er weinte um Laura und um vieles andere, das ihm im Leben entglitten war. Es war schon hell, als er schließlich vom Parkplatz rollte. Er musste ins Studio. Schuld und quälende Gedanken konnten nur von erschöpfender Arbeit ausgelöscht werden.

67

Schwankend wie ein Schilfrohr im Wind ging Ashley über den Plattenweg und fluchte leise vor sich hin. In diesem beschissenen »Garden of Allah« sah man nachts kaum die Hand vor Augen, und der Weg zwischen den Bungalows war eine einzige Stolperfalle! Was dachte sich die reiche Tussi, der hier alles gehörte, dass sie die Wege nur mit diesen lächerlichen Funzeln beleuchtete? Was hatten die da unten zu suchen, gerade mal eine verdammte Handbreit über dem Boden? Sie zahlte doch nicht diesen unverschämten Wucherpreis, damit Ameisen, Würmer und all das andere Viehzeug bei Flutlicht über die Erde kriechen konnten, während sie sich von Bungalow zu Bungalow tasten musste! Und überhaupt: Seit wann schlängelten sich diese blöden Wegen wie verbogene Korkenzieher durch die Anlage? Von dem ständigen Hin und Her konnte man ja seekrank werden, und dass ihr übel wurde, fehlte gerade noch. Und wieso war es immer noch so verflucht heiß, dass man kaum richtig Atem bekam, wo sie doch schon Mitte September hatten? Also wer diesen hirnrissigen Zickzack entworfen hatte, musste noch betrunkener gewesen sein als sie jetzt. Ach was, von wegen betrunken! Sie war ein bisschen angeheitert, mehr nicht. Da hatte es schon ganz andere Nächte gegeben, das war mal sicher. Jawohl, klar wie Gin war das!

Sie blinzelte, um diese wässrigen Schleier vor ihren Augen zu vertreiben. Nur schwerfällig hoben sich ihre Lider, und es half ohnehin nicht. Alles blieb so verschwommen wie zuvor. Das musste mit dem Santa-Ana-Wind aus der Wüste zu tun haben. Kein Wunder also, wenn die Nacht vor Hitze zerfloss.

Sie stolperte über die Kante einer Bodenplatte und ruderte im Taumeln wild mit den Armen. Die dichte, brusthohe Jasminhecke zu ihrer Linken fing sie sanft auf, und sie fand ihr Gleichgewicht gerade noch rechtzeitig wieder. »Gütiger Himmel, das war knapp! Ganz schön wacklig auf den Beinen, Madame!«, tadelte sie sich mit schlurrender Aussprache und machte in Richtung der Hecke eine Bewegung, die sie für eine elegante Verbeugung hielt. »Verbindlichsten Dank für deinen Beistand, du holder Jasmin!« Sie kicherte, als wäre ihr damit der Witz ihres Lebens eingefallen, und dann fiel ihr ein, dass sie nicht ohne den verlässlichen Beistand einer Flasche Wild Turkey zu ihrem nächtlichen Canossagang aufgebrochen war. »Ich schätze, du brauchst eine Stärkung, Ashley! Auf dass dir Schwingen wachsen!«

Gute Idee! Ein ordentlicher Schluck aus dem Flachmann würde sie wieder ins Lot bringen und hinter diesem letzten Zickzack von beschissenem Plattenweg auf die Zielgerade zu Franks Haus führen. Also genau der richtige Zeitpunkt, um noch mal einen zu nehmen. Mut antrinken für ihre Selbsterniedrigung. Allmählich bekam sie Übung darin …

Am Morgen hatte sie sich auch schon mal Mut angetrunken. Der Mistkerl Ralph Sheridan, der als Produzent für Paramount am großen Rad drehte und den sie noch von ihrer Produktion mit Joe Koenig her kannte, hatte sich endlich herabgelassen, ihr einen Termin zu gewähren. Der Start von *Reap the Stormy Wind* lag mehr als fünf beschissene Monate zurück, und in der ganzen Zeit hatte sie nicht ein Angebot für eine auch nur annähernd annehmbare Rolle erhalten. Sheridan war ihre letzte Chance gewesen, der letzte Strohhalm in ihrem verflixten Meer des Scheiterns. Natürlich hatte er sie erst auf seiner Castingcouch gevögelt, bevor er ihr eine Rolle angeboten hatte. Wenigstens hatte er sie von hinten genommen, sodass sie sein fettes, schweißglänzendes Gesicht nicht hatte sehen müssen. Gegrunzt hatte er wie ein Schwein, das er auch war. Als sie jedoch gesehen hatte, was für eine miese und lächerlich kleine Nebenrolle er ihr anbot, hätte sie ihm um ein Haar ins Gesicht gespuckt. »Drei kurze Auftritte und nur vierzehn Zeilen

Text?«, hatte sie sich empört. »Und dann auch noch in der Rolle einer dämlichen Blumenverkäuferin, die am Ende unter dem Schneidetisch landet? Das können Sie einem Komparsen anbieten, aber doch nicht mir! Ich habe in zwei Filmen die Hauptrolle gespielt!«

»Kaufen kann man sich in Hollywood alles, sogar einen Regisseur und eine Hauptrolle, aber den Erfolg an der Kinokasse muss man sich verdienen. Das hast du mit deinen selbst finanzierten Abenteuern ja klar bewiesen, Herzchen«, hatte er erwidert. »Mehr als eine Komparsenrolle ist der Fick mit dir nun mal nicht wert.« Und damit hatte er nach seiner Sekretärin geklingelt und sie aus seinem Büro geschmissen.

Übelkeit wallte in ihr auf und ließ sie würgen, als sie daran zurückdachte. War das ihr Schicksal? Ins elende Heer der Komparsen zurückzusinken, nachdem sie über eine Million Dollar versenkt hatte und nicht mehr genug besaß, um sich ein weiteres Mal irgendwo einzukaufen? Über zehntausend von diesen armen Teufeln waren in Hollywood eingetragen, und im Schnitt konnte ein Komparse gerade mal alle zwei Wochen mit einem Arbeitstag zu fünf, maximal zehn Dollar Honorar rechnen. Immer in der Hoffnung, eines Tages entdeckt zu werden. Nein, unmöglich! Alles, was sie brauchte, war eine echte Chance in einem Tonfilm, und die konnte Frank ihr geben.

Endlich sah sie seinen Bungalow zwischen den Büschen auftauchen. Sie torkelte auf die Haustür zu, drückte die Klingel und nahm noch schnell einen Schluck aus dem Flachmann. Aber weder auf ihr wiederholtes Klingeln noch auf ihr ungeduldiges Gegen-die-Tür-Hämmern hin rührte sich etwas.

Wieso war Frank nicht zu Hause? Es war doch bestimmt schon nach elf. Schöne Bescherung. Was jetzt? Sollte sie wieder zurück und es später noch mal versuchen? Nein, das kam gar nicht infrage. Wer wusste schon, ob sie es überhaupt zurück schaffte? Jetzt war sie schon mal hier, also würde sie verdammt noch mal auch hier auf ihn warten. Konnte ja nicht lange dauern, bis er kam, und im Flachmann schwappte noch Wild Turkey. Der würde ihr Gesellschaft leisten, war 'n treuer Kumpel, der Vogel, ja, das war er! Und bloß nichts umkommen lassen! Himmlisch, wie das Zeug durch die Kehle brannte und einen im Kopf ganz leicht machte. Jetzt musste sie sich aber unbedingt mal hinsetzen, das fühlte sich ja an wie Pudding in den Beinen. Ja, immer hübsch langsam an der Wand lang, runter auf den Boden und dann schön gegen die Tür gelehnt. Prächtig hast du das gemacht, Ashley! Darauf nehmen wir noch einen Schluck. Verdient ist verdient, oder? So, und dann mal kurz die Augen zumachen ist jetzt auch keine so üble Idee …

Irgendetwas schüttelte sie. Schon wieder so ein Scheißerdbeben wie letztes Jahr? Nee, sie saß gut. Aber da war jetzt eine Stimme, und wieder rüttelte was an ihrer Schulter. Wenn sie doch bloß die Augen aufkriegte. Um die Lider hochzuziehen, brauchte sie ja eine Motorwinde! Na also, ging doch. Was leuchtete denn da über ihr so rot auf? Wenn das nicht eine Zigarette war, roch zumindest so. Gut kombiniert, Herzchen! Und zu dem roten Leuchten gehörte auch der schwarze Umriss einer Gestalt mit weißer Hemdbrust.

»Ashley? Himmel, was hast du um diese Uhrzeit hier verloren?«

»Frankie?« Ihre Glieder fühlten sich an wie mit Blei ausgegossen, und noch mehr ihr Kopf. Den kriegte sie kaum richtig hoch, und die Nacht schwamm immer noch vor ihren Augen. »Na endlich. Hast mich ganz schön warten lassen.«

»Was hast du gesagt?«

Hatte er was auf den Ohren? Wollte er vielleicht behaupten, dass sie lallte? Sie sprach doch wohl klar und deutlich, sie verstand doch auch jedes Wort, das sie sagte. Aber weil er es war, würde sie sich besondere Mühe geben. »Hab auf dich gewartet und 'n kleines Nickerchen gemacht.«

»Mein Gott, wir haben gleich halb zwei.«

»Scheiß doch drauf, ich brauche 'ne Rolle, Frankie. Du hast doch so viele. Da wird doch eine für mich drin sein, oder? Alles weg, das viele Geld in den Sand der toten Kunst gesetzt … ist lautlos durch die Finger gerieselt. Verrückt, was?« Sie lachte, was noch verrückter war, denn eigentlich war ihr doch, verdammt noch mal, zum Weinen zumute.

»Was du brauchst, ist ein Bett – und zwar dein eigenes, Ashley. Na, komm schon, hoch mit dir. Ich bring dich nach Hause.«

Er beugte sich zu ihr herunter und fasste sie bei den Händen, um sie auf die Beine zu ziehen, aber sie hatte keine Lust aufzustehen und machte sich schwer. »Mir gefällt's aber hier bei dir. Komm, setz dich zu mir, und lass uns über meine Rolle reden. Und wenn du noch 'nen Schluck zu trinken hast …«

»Kommt gar nicht infrage«, fiel er ihr ins Wort und hob sie kurz entschlossen hoch. »Du bist sternhagelvoll und gehörst ins Bett, am besten gleich mit einem Eimer daneben. Denn bis ins Bad wirst du es nicht schaffen, wenn es dir hochkommt.«

»Hui, was bist du stark! Schön, dass du mich auf Händen trägst, Frankie.« Sie kicherte und legte ihre Wange auf die Hemdbrust. »Du riechst gut.« Als sie seine Arme so fest um sich spürte, stand ihr plötzlich Kates Bild vor Augen, und mit dem Bild kam die Erinnerung, wie sehr sie sich geliebt hatten und mit welch zärtlicher Leidenschaft sie sich in Kates Arme geschmiegt hatte, und während Frank sie durch die schwüle Julinacht schaukelte, überkam sie das heulende Elend.

»Nicht weinen, Ashley.«

»Ich musste sie gehen lassen, Frank.«

»Wen?«

»Kate. Alles hätte ich hergegeben für sie … und ich weiß, dass sie mich wirklich geliebt hat, so wie niemand sonst, das musst du mir glauben«, schluchzte sie an seiner Brust. »Sie wollte mich nicht verlassen, aber sie musste … und ich … ich muss sie gehen lassen. Wie hätte ich sie auch halten sollen, wo sie sich so nach eigenen Kindern gesehnt hat und ich ihr doch keine Kinder schenken kann. Alles hätte ich für sie getan, aber das konnte ich doch nicht.«

»Nein, das konntest du nicht.«

»Frankie?«

»Ja?«

»Wusstest du, dass … dass Einsamkeit keine anerkannte Todesursache ist?«

»Nein, das wusste ich noch nicht.«

»Sollte es aber sein, oder?«

»Ja, das sollte es wohl, Ashley. Aber mach dich doch nicht so schwer. Gleich haben wir's geschafft.«

Ihr fielen die Augen zu. Zu schwer, sie offen zu halten. Frankie wusste ja, wo ihr Bungalow war, und sie hatte nicht abgeschlossen. Wer sollte ihr auch etwas stehlen? Sie hatte möbliert gemietet. Aber wenn Kate bei ihr geblieben wäre …

Sie schreckte auf und blinzelte. »Was machst du?«

»Schlaf nur weiter. Wir sind in deinem Bungalow, du liegst auf deinem Bett, und ich ziehe dir das Kleid aus. Du willst es doch wohl nicht ruinieren, oder?«

»Ich mag es, wenn du mich ausziehst. Gefällt dir, was du siehst?«

»Lass es gut sein, Ashley. Du bist nicht die erste hübsche Frau, die ich ohne Kleider sehe, aber du bist ganz sicher die erste Stockbetrunkene, und das ist alles andere als verführerisch. Hier, die Decke, und der Eimer steht gleich rechts neben dem Bett. Falls dir übel wird.«

Ihr war schon übel, aber nicht vom Magen, sondern vom Kopf her. In einem kurzen Moment innerer Klarheit kam ihr zu Bewusstsein, dass sämtliche hochfliegenden Pläne und Träume, mit denen sie nach Hollywood gekommen war und die sie all die Jahre in sich genährt hatte, zerplatzt waren wie Seifenblasen.

»Frankie?« Sie war so entsetzlich müde, aber sie musste ihn unbedingt noch fragen, ob sie sich mit Alkohol und Tabletten darüber hinwegtrösten sollte oder ob er dafür war, dass sie gleich zu Rasierklingen griff. Oder vielleicht alles zusammen?

68

Frank nippte an seinem Scotch und ging die Morgenzeitungen durch, die Doris ihm auf den Schreibtisch gelegt hatte. Es war das Erste, was sie tat, wenn sie Punkt acht wie ein frischer Wind ins Büro kam. Die Nachrichten interessierten ihn nicht, das taten sie selten, an diesem Morgen aber noch weniger als sonst. Er fühlte sich alles andere als frisch, und das trotz der Red Devils und einer guten Nase voll Snow White. Auf der Fahrt ins Studio hatte er auch wieder das Ziehen in der linken Schulter und diesen ekelhaften Druck auf der Brust gehabt. Aber gut, das hatte sich gegeben. Vielleicht sollte er noch ein, zwei Löffelchen nachlegen, bevor er sich in diese verdammte Sitzung mit Holbrook und seinen Erbsenzählern aus der Finanzverwaltung begab. Gut möglich, dass auch Kirkland kam. Nahm Kirkland an der Sitzung teil, würde er sich durch das reinste Minenfeld kämpfen müssen, ging es doch wieder um den Bau der neuen Tonstudios in Halle 2 und ihre Finanzierung.

In diese Grübeleien wollte er sich jetzt lieber nicht vertiefen. Stattdessen ließ er seine Gedanken zu Ashley wandern. Gütiger Gott, so abgefüllt hatte er sie noch nie erlebt. Sie hatte sich ja nicht mal mehr auf den Beinen halten können. Wie sie sich heute Morgen wohl fühlte? Bestimmt sterbenselend. Nach einem derart totalen Besäufnis wartete selbst auf jemanden mit ihrer Trinkfestigkeit mehr als ein gewöhnlicher Kater, der sich mit den üblichen Hausmitteln in den Griff bekommen ließ. Mehr Sorgen bereitete ihm jedoch, was sie ihn gefragt hatte, bevor sie endgültig in den Schlaf gefallen war. Sie hatte zwar dermaßen gelallt, dass er nicht alles verstanden hatte, aber das mit den Rasierklingen und dem »es hinter sich bringen« hatte er doch deutlich herausgehört. Deshalb hatte er um halb sechs, bevor er ins Studio gefahren war, bei ihr vorbeigeschaut. In ihrem Schlafzimmer hatte es fürchterlich nach Erbrochenem gerochen, doch Ashley hatte geschlafen und ganz normal geatmet.

Frank überlegte, ob er Harriet anrufen und ihr davon erzählen sollte. Falls Ashley sich wirklich etwas antat, würde sie es ihm nie verzeihen, sie nicht gewarnt zu haben. Das wollte er nicht auf dem Gewissen haben.

Er griff zum Telefon und war schon im Begriff, ein Ferngespräch anzumelden – Adrian hatte vor zwei Tagen am Telefon beiläufig erwähnt, dass Harriet mal wieder in New York nach dem Rechten sah und wie üblich im »Waldorf Astoria« wohnte –, aber dann schoss ihm durch den Kopf, dass das wohl keine so gute Idee war, und er legte schnell wieder auf. Was, wenn Harriet seinen Anruf völlig falsch verstand? Sie hatte auf zeitlicher und räumlicher Trennung bestanden, ohne jeden Kontakt. Rief er sie jetzt an, unterstellte sie ihm womöglich, dass er die Sache mit Ashley maßlos übertrieb und nur zum Vorwand nahm, um ihre Abmachung zu brechen und sie ans Telefon zu bekommen. Nein, sie sollte bloß nicht glauben, er käme jetzt angekrochen, als hätte er völlig vergessen, wie sie ihn auf der Terrasse des »Hollywood Hotel« abgefertigt hatte! Nein, diesmal sollte sie den ersten Schritt machen und ihn anrufen, das war sie ihm ja wohl schuldig!

Eine Weile erwog er, später Adrian von seiner unerquicklichen Begegnung mit Ashley in Kenntnis zu setzen, damit der die Geschichte an Harriet weitergab. Aber die Idee verwarf er ebenfalls, und am Ende entschloss er sich, Harriet ein Telegramm ins Hotel zu schicken und ihr den guten Rat zu geben, dass sie sich auch mal um ihre Schwester kümmern solle und nicht nur um ihre verdammten Schiffe. Aber vermutlich hatte Ashley das mit den Rasierklingen und dem »es hinter sich bringen« gar nicht ernst gemeint. Sie war einfach nur stinkbesoffen gewesen und hatte gar nicht gemerkt, was für einen Unsinn sie von sich gab.

Frank formulierte den Text für das Telegramm und brachte ihn Doris, damit sie einen Boten zum Telegrafenamt schickte. Dann musste er sich auch schon für die Sitzung bereit machen. In seinem privaten Bad gönnte er sich schnell noch eine Nase Koks, zog den Stoff mit einem kräftigen Schniefen möglichst weit hoch und spürte augenblicklich die euphorisierende Wirkung. Kirkland sollte nur kommen und es wagen, ihm Schwierigkeiten zu machen! Damit klemmte er sich den dicken Ordner mit den Unterlagen für die neuen Tonstudios unter den Arm und machte sich auf den Weg in den Konferenzraum.

Er kam nicht weit. Kaum war er fünf Schritte den Korridor hinuntergegangen, riss seine Sekretärin die Vorzimmertür auf und rief: »Telefon, Mr Maynard!«

Er blieb stehen und drehte sich um. »Wer ist es?«

»Mr Cohen aus Tucson. Er muss Sie unbedingt sprechen. Es ist sehr dringend, sagt er.«

Frank verdrehte die Augen. »Ach, das ist ja mal was ganz Neues«, spottete er. Sid Cohen drehte einige Meilen nordwestlich von Tucson, im rauen Saguaro Valley, wo Kakteen so hoch wie mehrstöckige Häuser wuchsen, einen Tonfilm-Western mit Starbesetzung, in den Hauptrollen Mary Rowland und Brett Hart. »Als ob es nicht immer dringend wäre. Sagen Sie ihm, ich rufe später bei ihm im Hotel an.«

»Sie sollten wohl besser sofort mit ihm sprechen!«, insistierte Doris.

»So, meinen Sie? Worum geht es überhaupt?«, fragte er genervt.

»So, wie ich Mr Cohen verstanden habe, liefern Mary Rowland und Brett Hart sich einen Psychokrieg und verweigern nun sogar die Arbeit, statt das verliebte Traumpaar zu spielen. Mr Cohen sagt, wenn Sie die beiden nicht zur Vernunft bringen, schmeißt er die Regie hin und reist auf der Stelle ab«, berichtete Doris. »Und das gibt schon zu denken, meinen Sie nicht? Mr Cohen ist ja eigentlich nicht der Typ, der die Kontrolle über seine Crew verliert, geschweige denn mitten im Dreh solch eine Drohung ausspricht.«

Die Besorgtheit seiner Sekretärin, auf deren Urteilskraft und Einfühlungsvermögen er mehr gab als auf irgendjemandes sonst, sprang nun doch auf ihn über. Er lief zurück in sein Büro und sprach mit Sid Cohen, mit dem er sich inzwischen genauso gut verstand wie einst mit Vergil Hall und Holbrook. Keiner von seinen Leuten stand ihm näher, Tony vielleicht ausgenommen. Aber die Beziehung zu seinem Fixer verlief auf einer anderen, recht dunklen Ebene.

»Was zum Teufel ist da unten los, Sid?«

»Der reinste Irrsinn, Frank, anders lässt sich das gar nicht beschreiben. Erst waren die beiden ein Herz und eine Seele, und ich wette, sie sind schon am dritten Tag miteinander ins Bett gegangen. Aber dann ist irgendwas passiert, und seitdem können sie sich nicht mehr riechen und sabotieren sich gegenseitig, wo und wie sie nur können. Und jetzt geht gar nichts mehr, die Dreharbeiten sind eingestellt. Ich habe alles versucht, glauben Sie mir, aber das Ende der Fahnenstange ist erreicht«, erklärte der Regisseur. »Mary verlangt, dass Brett gefeuert und ersetzt wird, und Brett will, dass ich Mary aus dem Film schmeiße und ihre Rolle mit einer anderen besetze. Also wenn Sie den Dreh nicht abschreiben wollen, werden Sie Mary und Brett, aber auch Peggy, diese verfluchte Giftspritze von Mutter und Managerin, zur Vernunft bringen müssen. Ich habe getan, was in meiner Macht steht, glauben Sie mir. Tut mir leid, Frank, aber ich passe.«

Frank fluchte. Wenn Sid sagte, dass er nicht weiterwusste, dann saß die Karre wahrhaftig im Dreck. Was bedeutete, dass er als Studioboss den Laden da unten wieder zum Laufen bringen musste, wollte er nicht Hunderttausende abschreiben. Die Dreharbeiten zu retten war zehnmal wichtiger als die Sitzung. Er blickte auf die Uhr. Es war kurz nach neun. Schnell überschlug er die Entfernung von Los Angeles nach Tucson, mehr als fünfhundert Meilen konnten es nicht sein. Schließlich sagte er: »Okay, ich komme mit meinem Flieger. So gegen drei sollte ich in Tucson sein. Sorgen Sie dafür, dass die verdammte Bande im Hotel versammelt ist!« Er legte auf, rief Tony zu sich und ließ sich von ihm zum Flugplatz fahren. Eine knappe halbe Stunde nach dem Telefonat mit Sid Cohen saß er in seiner Douglas und raste mit Vollgas die Startbahn hinunter.

Um zehn Minuten nach drei landete er mit einer fürchterlichen Wut im Bauch in Tucson, auf dem Wagon Wheel Airfield, das noch primitiver war als der DeMille-Flugplatz in Hollywood zwei Jahre zuvor. Sid wartete schon mit dem Wagen. Er rauchte nervös und sah verstört aus, ja geradezu erschüttert. Dass er die Sache nicht selbst in den Griff bekommen hatte, ging ihm wohl schwer an die Nieren.

»Sie wären besser in Hollywood geblieben, Frank.«

»Haben die Idioten sich wieder eingekriegt, während ich in der Luft war? Sagen Sie bloß, allein die Drohung hat gereicht, um sie zur Vernunft zu bringen.«

»Nein, aber vor einer guten Stunde hat Tony Russo angerufen und wollte Sie dringend sprechen.«

»Weshalb?«

»Sie werden es nicht glauben, aber Laura Lynn ist heute Mittag ins Krankenhaus eingeliefert worden.« Sid schüttelte ungläubig den Kopf. »Sie liegt auf der Intensivstation. Ich verstehe das nicht, aber Tony sagt, die Ärzte geben ihr nicht mehr lange. Er hat irgendwas von Leukämie gesagt und von Organversagen, aber das ergibt doch keinen Sinn. Wieso kann Laura plötzlich todkrank sein?«

Frank war, als hätte man ihm den Boden unter den Füßen weggezogen. Sein Herz krampfte sich zusammen. Ihn schwindelte, und er stützte sich am Wagendach ab.

Keine vierzig Minuten später, kaum dass die Maschine aufgetankt war, er mit dem Bodenpersonal auf dem DeMille Airfield in Hollywood telefoniert und Sid noch einige hastige Anweisungen gegeben hatte, was er Mary Rowland und Brett Hart von ihm ausrichten sollte, befand er sich wieder mit seinem Doppeldecker in der Luft.

Sid hatte ihn beschworen, mit dem Rückflug bis zum Morgen zu warten. »Das ist unvernünftig, Frank! Sie haben einen verdammt langen Flug hinter sich. Sie sind müde, das sieht man Ihnen doch an. Und wenn Sie mir nicht glauben, schauen Sie mal in einen Spiegel. Sie können jetzt unmöglich noch einmal fünf Stunden im offenen Cockpit verbringen. Außerdem haben Sie nur noch drei Stunden Licht. Was ist, wenn Sie aus irgendeinem Grund irgendwo zwischenlanden müssen oder den DeMille im Dunkeln nicht finden? Das ist zu riskant! Sie muten sich zu viel zu!«

Aber er hatte nichts darauf gegeben. Er hatte unmöglich bis zum nächsten Morgen warten können. Er hatte Laura versprochen, bei ihr zu sein, wenn es zu Ende ging, und er würde Wort halten. Aber dass dieser entsetzliche Tag schon gekommen sein sollte, konnte doch unmöglich sein! Sie hatte von fünf, sechs Monaten gesprochen, da konnte sie doch nicht jetzt, nur wenige Wochen später, schon auf Leben und Tod auf der Intensivstation liegen. Das durfte nicht sein, sie hatten doch für den kommenden Samstag einen Ausflug nach Santa Monica vereinbart, vielleicht mit einem frühen und leichten Abendessen im »Costello's«, wo sie damals ihren ersten gemeinsamen Abend verbracht hatten!

Frank holte alles aus der Douglas heraus, raste mit Höchstgeschwindigkeit nach Westen, hinein in den Glutball der untergehenden Sonne, die sich selbst durch die schützende Fliegerbrille schmerzhaft in seine Augen brannte. Dann schluckte ihn die Nacht. Mit der Dunkelheit wuchs die Angst um Laura, wie ein schwerer Klotz lag sie auf seiner Brust und presste ihm das Herz zusammen. Die Nadel auf der Ölanzeige, die sich immer weiter dem roten Bereich näherte, ignorierte er. Sollte das verdammte Öl doch kochen! Ein, zwei Stunden würden die Kolben noch durchhalten. Wenn der Motor nach der Landung in Hollywood verreckte, war ihm das egal – solange er nur rechtzeitig bei Laura war.

Gott, lass mich nicht zu spät kommen! Gott, lass mich nicht zu spät kommen! Gott, lass mich nicht zu spät kommen! Gott, lass mich nicht zu spät kommen!

Wie in einer Endlosschleife hallte die Beschwörung durch seinen Kopf. Im jagenden Takt seines Herzens hämmerten die Worte auf ihn ein, trieben die Angst tiefer und tiefer in ihn hinein, während er mit brennenden Augen in die Nacht spähte.

Gott, lass mich nicht zu spät kommen!

Die Wirkung der letzten roten Pillen ließ nach. Was blieb, war bleierne Müdigkeit. Endlich tauchten die Bohrfelder von La Habra vor ihm auf, südöstlich von Los Angeles. Über den Bohrtürmen, die Tag und Nacht das nutzlose Gas abfackelten, loderten Dutzende Flammen in den Nachthimmel. Jetzt war es nur noch eine halbe Stunde bis nach Hollywood, aber jede Minute wurde zu einem Kampf gegen die Erschöpfung, die ihn zu überwältigen drohte.

Gott, lass mich nicht zu spät kommen!

Das Kokain, das er bei sich hatte, war nutzlos. Der Wind würde das Pulver aus der Dose fegen, noch bevor er sie ganz geöffnet hätte.

Gott, lass mich nicht zu spät kommen!

Ihm brach der Schweiß aus. Er umklammerte den Steuerknüppel. Es konnten doch nur noch zehn, zwölf Meilen sein. Hatten sie auf dem DeMille Airfield auch nicht vergessen, die Leuchten einzuschalten? Es musste doch irgendwo da vorn sein. Eine seltsame Art von Benommenheit ergriff ihn, dazu eine Art Schwindel.

Da! Die parallelen Lichter! Das DeMille Airfield! In den Landeanflug gehen!

Gott, lass mich nicht zu spät kommen!

Er drückte die Schnauze nach unten und nahm Gas zurück. Die Landebahn schoss ihm entgegen. War er zu schnell? Zu spät zum Hochziehen. Nadel tief im roten Feld der Ölanzeige. Egal, gleich setzten die Räder auf. Er hatte es geschafft.

Ja, aber was ist, wenn ich doch zu spät komme und Laura schon nicht mehr am Leben ist?

Sein Herzklopfen wurde zu einem unregelmäßigen Rasen. Ihm war, als schlössen sich Klammern um seine Brust. Hart und mit einer starken Linksneigung setzte die Douglas auf. Er hörte das hässliche Geräusch von Metall, das gestaucht wird. Es ging vom Fahrgestell aus. Seine Hände zitterten. Ihm wurde übel und eng im Hals. Ein entsetzliches Gefühl des Erstickens überkam ihn. Die Landebahn verschwamm vor seinen Augen. Er schrie erstickt auf, krümmte sich unter einem stechenden Schmerz in der Brust und verriss den Steuerknüppel.

Jäh scherte der Doppeldecker nach links aus und kippte, als das Fahrgestell unter dem Rumpf wegbrach, zur Seite weg. Die linke untere Tragfläche pflügte ein, zwei Sekunden durch den Boden, dann rissen Verstrebungen, und unter der brutalen Gewalt, die auf sie einwirkten, lösten sich Verkleidungen. Das Metall barst und die Tragfläche flog in Fetzen davon, während der Flieger sich blitzschnell um seine Längsachse drehte, sich halb auf den Kopf stellte, sodass der Propeller für einen Moment kreischend die Erde aufwühlte, und sich dann überschlug. Ein Stück rollte und rutschte das Flugzeugwrack noch über das Gelände, dann kam es wie ein toter Käfer mit zerstörten Flügeln auf den Rücken zu liegen.

Das Letzte, was Frank wahrnahm, war die Stille, die ihn plötzlich umgab. Ein Gedanke wollte sich in ihm formen, doch es gelang nicht. Irgendwie schien er zu fallen, einer schmerzerfüllten Schwärze entgegen. Dass er eingeklemmt und kopfüber aus dem Cockpit hing und Flugbenzin den Rücken seines Overalls tränkte, bekam er schon nicht mehr mit.

69

Die letzten zwanzig Minuten, die sich das Taxi durch den abendlichen Verkehr von Los Angeles zum Krankenhaus quälte, waren die schlimmsten der vergangenen Tage und Nächte. Seit sie vor dreieinhalb Tagen die Nachricht von Franks Unfall erhalten hatte und zu James' bitterer Enttäuschung umgehend aus New York abgereist war, lebte Harriet in der Angst, zu spät zu kommen. Man hatte Frank lebend, aber schwer verletzt aus dem Wrack geborgen. Das war alles, was sie wusste. Welcher Art die Verletzungen waren und ob er sie überleben würde, dazu hatte Doris Appleby ihr nichts sagen können. Und der Zug hatte sowohl in Chicago als auch in St. Louis zu kurz gehalten, als dass sie telefonisch nähere Erkundigungen über Franks Zustand hätte einholen können. Aber selbst wenn sie die Zeit gehabt hätte, sie hätte es nicht getan – aus Angst vor der schrecklichen Nachricht. Solange sie nichts anderes wusste, konnte sie sich an die Hoffnung klammern, dass das Schicksal ihnen noch eine Chance gab, ihr Zerwürfnis aus der Welt zu räumen und einander wieder näherzukommen.

Dass sie sich das so sehr wünschte, führte ihr vor Augen, wie viel Frank ihr trotz aller Zweifel bedeutete. Ebenso deutlich zeigte es ihr, dass es ein Fehler gewesen war, James die Reise zu ihr nach New York nicht ausgeredet zu haben. Sie hätte nicht nachgeben und ihm damit Hoffnung machen sollen, und schon gar nicht hätte sie mit ihm ins Bett gehen dürfen. Nicht, dass sie sich deshalb schuldig fühlte. Sie war eine gesunde Frau mit gesunden Bedürfnissen und niemandem Rechenschaft schuldig, auch Frank nicht. Dennoch war es nicht richtig, besser gesagt: Es war nicht sehr klug gewesen, weil James vielleicht mehr daraus machte, als sie ihm zu geben bereit war. Außerdem war es immer ein Fehler, Geschäftliches mit intimen Beziehungen zu verquicken, so etwas verlief selten in gutem Einvernehmen. Selbst im besten aller Fälle musste man, wenn man in denselben Kreisen verkehrte, für solch eine Dummheit mit peinlichen Momenten bezahlen. Aber all das war im Augenblick bedeutungslos.

Der Fahrstuhl brachte sie zur Intensivstation. Alles war modern im St. Vincent's Hospital, das erst vier Jahre zuvor nach den neuesten Erkenntnissen gebaut worden war und über die modernste Ausstattung verfügte. Was sich jedoch unbeschadet in die neue Zeit hinübergerettet hatte, waren das herrische Regiment der Schwestern gegenüber Besuchern außerhalb der regulären Besuchszeit sowie der Kommandoton der diensthabenden Stationsschwester.

Oberschwester Deborah Hobbs, die verantwortliche Nachtschwester auf der Intensivstation, machte da keine Ausnahme. Sie war eine untersetzte, kräftige Frau von Anfang fünfzig mit runder Nickelbrille und Gesichtszügen, die auf den ersten Blick verrieten, dass sie auf die strikte Einhaltung der Krankenhausvorschriften achtete und keine Übertretung duldete.

»Ich möchte zu Mr Maynard. Er soll hier bei Ihnen liegen. Shaw ist mein Name … Harriet Shaw«, stieß Harriet hervor. Die

Oberschwester hatte ihr, kaum dass sie aus dem Fahrstuhl getreten war, den Weg versperrt und barsch gefragt, wer sie sei und was sie um diese Uhrzeit hier oben zu schaffen habe. Und dann war ein wahrer Schwall an Belehrungen gefolgt: Sie wisse doch wohl, dass Krankenbesuche nach achtzehn Uhr nicht gestattet seien, und könne an der Wanduhr unschwer sehen, dass sie mittlerweile halb acht hätten; sie solle bloß nicht glauben, dass hier von den Hausvorschriften, die allein dem Wohl der Patienten dienten, Ausnahmen gemacht würden. »Er ... er ist der Vater meines Sohnes.«

»So, ist er das«, sagte die Schwester und musterte sie von oben bis unten, um dann die Achseln zu zucken. »Nun, da kommen Sie zu spät, Miss Shaw. Der Vater Ihres Kindes ist nicht mehr bei uns.«

Ein eisiger Schauer überlief Harriet. »O mein Gott! Ist er ...«

Deborah Hobbs schnaubte abfällig und schüttelte den Kopf. »Nein, nicht, was Sie glauben. Der Vater Ihres Sohnes ist den Umständen entsprechend wohlauf ...«

»Dem Himmel sei Dank!«

»Obwohl an seinem Verstand doch sehr zu zweifeln ist«, fügte die Schwester giftig hinzu.

»Wie meinen Sie das?«

»Der Vater Ihres Sohnes ...«

»Sie können ruhig seinen Namen benutzen, Oberschwester«, fiel Harriet ihr ins Wort. »Er lautet Frank Maynard.« Sie dachte nicht daran, sich diese Süffisanz noch länger bieten zu lassen. Wenn die Frau glaubte, ihr moralische Vorhaltungen machen zu müssen, dann war sie an die Falsche geraten. »Und wenn es Ihnen nichts ausmacht, sagen Sie mir jetzt bitte, wie es Mr Maynard geht, welche Verletzungen er hat und wieso er nicht mehr bei Ihnen auf der Station liegt. Meinen Sie, das lassen Ihre Hausvorschriften zu?«

Die Oberschwester musterte sie ein weiteres Mal, registrierte die elegante und zweifellos teure Garderobe sowie die doppelreihige Perlenkette mit dem Diamantenverschluss und hielt es vermutlich für ratsam, eine vermögende Frau, die Beziehungen zu höchsten gesellschaftlichen Kreisen unterhalten mochte, nicht über Gebühr gegen sich aufzubringen.

»Nun, Ihr Mr Maynard hat sich gegen den Rat von Dr. Markham vor gut einer Stunde selbst entlassen, obwohl er wegen seiner Panikattacken und der anderen Herzgeschichte sicherheitshalber noch einige Tage unter Beobachtung hätte bleiben sollen«, verkündete sie.

»Er hat sich selbst entlassen? Soll das ein Witz sein?«

»Sehe ich aus, als würde ich zu Scherzen neigen?«, fragte Deborah Hobbs bissig zurück und verschränkte die Arme vor der Brust.

»Nein, den Eindruck machen Sie ganz und gar nicht«, murmelte Harriet und zwang sich, ihre Abneigung gegen diese Frau zu überwinden und sie um weitere Auskünfte zu bitten.

»Nun, Dr. Markhams Untersuchungen haben ergeben, dass Mr Maynards Unfall bei der Landung wohl auf eine Panikattacke zurückzuführen ist, etwas, das von den Betroffenen zumeist mit einem Herzinfarkt verwechselt wird«, dozierte die Oberschwester. »Es war offenbar nicht die erste Attacke dieser Art, aber wohl die bislang schwerste. Was nun seine Verletzungen betrifft, so wurde er mit Verbrennungen zweiten Grades auf dem Rücken, einer Fraktur der fünften und sechsten Rippe links sowie einigen Platzwunden bei uns eingeliefert. Dass er den Unfall überlebt hat, verdankt er der Geistesgegenwart eines gewissen Harry Bonefish, der ihn aus dem brennenden Wrack gezogen hat. Genau genommen hat er ihm zweimal das Leben gerettet, denn Mr Maynard hatte kurz nachdem er aus dem Wrack geborgen war, einen Herzstillstand.«

»O mein Gott!« Harriet schlug die Hand vor den Mund.

»Dieser Bonefish, der offenbar über medizinische Grundkenntnisse verfügt, hat ihn noch auf dem Feld wiederbelebt«, fuhr die

Oberschwester schmallippig fort. »Der Krankenwagen wäre dafür zu spät gekommen. Dr. Markham hielt es wegen dieses Herzstillstands und der Panikattacken für dringend erforderlich, weitere Untersuchungen vorzunehmen, aber das hat Ihren Mr Maynard nicht davon abgehalten, sich selbst zu entlassen und feiern zu gehen.«

»Wie bitte?«

Deborah Hobbs gab erneut dieses abfällige Schnauben von sich, das bei den untergebenen Schwestern sowie Patienten und Besuchern der Station gleichermaßen gefürchtet sein musste. »Wenn ich es recht verstanden habe, wollte er mit seinem Freund Tony Sonstwas, der hier ständig herumgelungert und ihn vor einer guten Stunde mitgenommen hat, ins ›Coconut Grove‹ und Geburtstag feiern, das stelle man sich einmal vor!«, stieß sie entrüstet hervor. »Und wenn dieser Tony Wieauchimmer geglaubt hat, ich hätte die Flasche für Mr Maynard nicht gesehen, dann ist er kein bisschen schlauer als der Vater Ihres Sohnes! So, und wenn Sie gestatten, wende ich mich jetzt wieder wirklich wichtigen Dingen zu. Den Weg zum Fahrstuhl finden Sie ja wohl allein, Miss Shaw!«

Harriet war wie vor den Kopf geschlagen, ja, fast fühlte sie sich getäuscht und ausgelacht. Dreieinhalb Tage und Nächte hatte sie sich um Frank geängstigt, und diese Ängste waren, wie sie nun gehört hatte, wohl begründet gewesen. Nicht nur Verbrennungen und Rippenbrüche, was schon schlimm genug war, sondern auch noch Panikattacken und Herzstillstand! Damit scherzte man nicht. Und was tat Frank? Er schoss jeden ärztlichen Rat in den Wind, entließ sich einfach selbst aus dem Krankenhaus – und fuhr mit seinem dubiosen Presseagenten zum Feiern ins »Coconut Grove«! Hatte er denn restlos den Verstand verloren?

Aber irgendwie passte es auch zu den veränderten Gewohnheiten, die sie seit einiger Zeit an ihm feststellte und die ihn ihr immer fremder machten, von seinem Alkoholkonsum, der mittlerweile fast eine Abhängigkeit befürchten ließ, über das Kokainschnupfen bis hin zu den verdammten Pillen, ohne die er wohl neuerdings nicht mehr leben konnte.

Zorn kochte in ihr hoch, und kurz war sie versucht, gleich am nächsten Morgen nach New York zurückzukehren, ohne Frank überhaupt gesehen zu haben. Mit Ashley hatte sie ja gleich nach dem Eintreffen von Franks Telegramm telefoniert. Die wollte nur Geld, das sie mit einem weiteren erfolglosen Film versenken konnte, aber von ihr würde sie das nicht bekommen. Und Elliot würde sich ebenso wenig erweichen lassen.

Am Ende entschied Harriet sich doch dagegen, einfach wieder abzureisen. Sie musste ja sowieso ins »Ambassador«, der Pullman-Gepäckservice hatte ihre Koffer längst ins Hotel gebracht. Da konnte sie auch gleich hinunter in den Nachtclub gehen und Frank die Meinung sagen.

Es war noch keine acht Uhr, als sie zu den Klängen des Swing-Orchesters die breite Treppe hinunterschritt. Zu dieser frühen Stunde war nicht viel los. Auf der Tanzfläche waren ganze vier Paare, die sich auf dem weiten Parkett fast verloren, und auch die Mehrzahl der Tische wartete noch auf festlich gekleidete Nachtschwärmer.

Zu Harriets Zorn gesellte sich eine bittere Ernüchterung, als ihr Blick durch den Nachtclub schweifte und sie nichts von der Faszination und freudigen Erregung spürte, die sie noch ein Jahr zuvor hier empfunden hatte. Nicht ein Hauch davon stellte sich ein, während sie an den leeren Tischen vorbeiging, nichts von dem, was sie in ihrer Erinnerung bewahrt hatte, fand sie wieder. War ihr die Dekoration mit den künstlichen Palmen und Affen damals originell und für einen Nachtclub sehr passend erschienen, so fand sie sie jetzt aufgesetzt, falsch und billig, grell und geschmacklos. Dasselbe galt für den falschen Mond über Hawaii, die Sternendecke und die aufreizend kostümierten jungen Frauen auf den schwingenden Trapezen. Nichts von alldem fand sie noch bemerkenswert. Es schien ihr unbegreiflich, dass sie damals die Stunden im »Coconut Grove« so genossen und den Club zu ihrem Lieblingsort erkoren hatte.

Sie entdeckte Frank mit einem Whiskeyglas hinten an der langen Theke, umgeben von einer lärmenden Gruppe ebenso hübscher wie blutjunger Starlets sowie einiger herausgeputzter männlicher Schönlinge. Tony Russo, der exaltierte Paradiesvogel von einem Pressesprecher und Fixer, war auch bei ihnen. Gerade füllte er den Frauen schwungvoll die Champagnerschalen.

Frank hatte sich in Schale geworfen. Er trug einen Sommeranzug aus cremefarbener Seide, dazu ein lachsrotes Hemd und eine etwas dunklere Seidenkrawatte, die von einer Diamantnadel mittig auf dem Hemd gehalten wurde. Als wohl einziger Gast hatte er noch seinen weißgrauen Fedora auf. Aber der Hut konnte nicht ganz verbergen, dass man ihm das Haar über dem rechten Ohr weitflächig abrasiert hatte. Die Pflaster, unter denen sich die vernähten Platzwunden befanden, ragten deutlich unter dem Fedora hervor. Und weder der elegante Hut noch der Maßanzug konnten darüber hinwegtäuschen, dass er schlecht aussah, ungesund blass, die Wangen eingefallen, die Augen blutunterlaufen.

Eine unbändige Wut im Bauch, stürmte Harriet auf ihn zu. »Bist du denn völlig von Sinnen, Frank?«, rief sie. »Was hast du in deinem Zustand hier zu suchen? Wie konntest du dich bloß selbst aus dem Krankenhaus entlassen?«

Er fuhr herum, machte ein ungläubiges Gesicht und strahlte sie schließlich an. »Du hier? Ich werde verrückt! Wo kommst du denn her? Ich denke, du bist in New York, Schiffchen sammeln und nach dem Pazifik nun auch noch den Atlantik erobern? Und wer hat dir gesteckt, dass ich bei der Landung einen üblen Crash hingelegt habe? Bestimmt die verlässliche Doris, was? Klar, dachte ich's mir doch. Ist aber auch egal. Ich freu mich riesig, dass du

Schiffchen hast Schiffchen sein lassen und zu mir gekommen bist, so ganz ohne Zeit und Raum. Das hast du wirklich sehr gut abgepasst. Wir feiern nämlich meinen neuen Geburtstag, wegen Herzstillstand und Wiedergeburt und so. War ja schon so gut wie drüben, bin dem Sensenmann aber dank Bonefish noch mal von der Schippe gesprungen«, redete er mit schwerer Zunge auf sie ein. Dann wandte er sich halb zum Barkeeper um, wedelte mit seinem Glas, ohne sich daran zu stören, dass der Whiskey herausschwappte, und rief großspurig und viel zu laut: »Champagner, Sean! Und zwar euren besten, wenn ich bitten darf.«

»Haben Sie je etwas anderes bestellt, Mr Maynard?«, gab der Barkeeper zurück, und die Gruppe um Frank lachte schallend.

Tony Russo griff ein und sorgte dafür, dass Harriet ungestört mit Frank reden konnte. »Los, die Karawane zieht ein Stück weiter, muchachas y amigos!«, sagte er und scheuchte die Gruppe von der Theke weg. »Macht's euch da drüben am Tisch gemütlich. Ich sorge für Nachschub, die Quelle versiegt noch lange nicht!«

Unter Gejohle gab die Gruppe den Platz an der Theke frei.

»Ich will keinen Champagner, Frank. Ich will, dass du Vernunft annimmst. Du musst zurück ins Krankenhaus! Du hast zwei gebrochene Rippen, schwere Verbrennungen auf dem Rücken, und mit diesen Herzgeschichten ist schon gar nicht zu spaßen. Das musst du sorgfältig untersuchen lassen«, beschwor sie ihn. »Du gehörst ins Krankenhaus. Oberschwester Deborah …«

»Mann, das ist ein Kaliber, was? Die braucht noch nicht mal den Mund aufzumachen, um schlechte Laune zu verbreiten, bei der reicht schon ein Blick«, fiel er ihr mit breitem Grinsen ins Wort. »Aber Spritzen setzen, das kann sie. Tolles Zeug, dieses Morphin. Hab mir von Schwester Helena auch noch eine verpassen lassen, bevor Tony gekommen ist und wir den Abflug gemacht haben. Und was die beiden Rippen angeht, da kann man nichts machen, nicht mal 'n Verband taugt da was. Das heilt von selbst. Darfst mich bloß auf der linken Seite nicht zu fest drücken, okay?« Er zwinkerte ihr zu, als wäre das alles ein großer Scherz. »So, und jetzt lass uns meinen zweiten ersten Geburtstag feiern und tanzen, Harriet! Ich freue mich so, dass du gekommen bist und dir Sorgen um mich gemacht hast, mein Schatz.«

Sie schlug seine Hand weg und funkelte ihn an. »Lass das, du bist betrunken, und ich bin nicht dein Schatz! Mit einem Trinker will ich nichts zu schaffen haben, begreif das gefälligst! Und bei dir fehlt nicht viel zum Alkoholiker, um das mal klipp und klar auszusprechen!« Sie ballte die Fäuste. »Ich bin ein solcher Dummkopf, dass ich so überstürzt aus New York abgereist bin und dachte, ich müsste jetzt unbedingt an deiner Seite sein.«

Schlagartig verflog Franks Fröhlichkeit, und hinter der Maske aufgesetzter Munterkeit traten Schmerz, Selbstvorwürfe und tiefer Kummer hervor. »Sei doch froh, dass ich noch am Leben bin. So hast du dir wenigstens nichts vorzuwerfen«, sagte er bitter, und seine Miene verdüsterte sich. »Ich war nicht rechtzeitig zurück. Laura ist in derselben Nacht gestorben, in der ich ins Krankenhaus eingeliefert worden bin, ein paar Zimmer von meinem entfernt, und ich habe es nicht mal mitbekommen, weil ich unter Morphin stand und nicht ansprechbar war.«

»Wie bitte? Laura Lynn ist gestorben?«, stieß Harriet hervor.

Er nickte.

»Mein Gott, das tut mir leid. Hatte sie einen Unfall?«

Frank schüttelte den Kopf, eine langsame, müde Bewegung, die ihm sämtliche Kraft abzuverlangen schien. »Leukämie. Sie war schon länger krank, aber außer mir hat das nur ihr Arzt gewusst«, sagte er mit gepresster Stimme. Er klang, als kämpfe er gegen Tränen an. »Ich hatte ihr hoch und heilig versprochen, sie nicht allein sterben zu lassen, und dann habe ich es doch getan. Sie war ganz allein. Keiner war bei ihr. Jedenfalls keiner, der ihr etwas bedeutet hätte. Ich hätte bei ihr sein müssen, ihre Hand halten, aber dann …« Er brach ab, schluckte und wandte sich ab, wohl weil er nicht wollte, dass sie seine Tränen sah. »Das … das werde ich mir nie verzeihen. Sie muss sich so verlassen gefühlt haben! Und das, wo ich ihr fest versprochen hatte, für sie da zu sein …«

»Aber du hast es versucht, Frank.«

Erneut schüttelte er den Kopf. »Ich hätte bei ihr sein müssen, Harriet! Ich hätte da sein müssen!«, murmelte er, leerte sein Glas und stellte es auf die Theke. Den fragenden Blick des Barkeepers beantwortete er mit einem Nicken. Dann sah er sich verwirrt um, als wüsste er nicht, was er als Nächstes tun sollte. »Ich muss … was … kaltes Wasser. Warte hier, Harriet, ich … ich bin gleich zurück.« Und mit hastigen, etwas unsicheren Schritten ging er an der immer noch leeren Tanzfläche vorbei Richtung Toiletten.

Harriet sah ihm verstört nach, um ihm dann spontan zu folgen. Es war nicht mehr als eine dunkle Ahnung, die sie bewog, auf die Konventionen zu pfeifen, schnurstracks auf die Tür mit der Aufschrift »Gentlemen« zuzugehen und sie aufzustoßen.

Den Männertoiletten war, wie nebenan bei den Damen, ein geräumiger Waschraum mit bequemen Sitzgelegenheiten, holzgetäfelten Wänden und Fliesenboden im Schachbrettmuster vorgelagert. Frank stand mit zwei jüngeren Männern bei den Waschbecken. Er warf den Kopf in den Nacken und schniefte. In der rechten Hand hielt er einen kleinen silbernen Löffel. Vor ihm zog sich eine breite Spur aus weißem Pulver über die Marmorplatte, in die die Becken eingelassen waren. Daneben lag aufgeklappt seine Pillendose.

»Nur keine Hemmungen, bedient euch, Leute! Ist genug davon da!«, ermutigte er die anderen, und dann zog er wieder die Nase hoch. »Ich feiere heute meinen ersten Geburtstag!«

Die beiden Fremden lachten wie über einen gelungenen Scherz und ließen sich nicht lange bitten. Mit zusammengerollten Geldscheinen machten sie sich über das Kokain her.

Im nächsten Moment erblickte Frank Harriet im Spiegel, sah die maßlose Enttäuschung auf ihrem Gesicht. Erschrocken fuhr er herum. »Harriet, warte! Ich kann dir das erklären!«

»Ich brauche keine Erklärung, ich habe Augen im Kopf. Ich weiß alles, was ich über dich wissen muss. Und fass mich bloß nicht an! Geh mir aus den Augen, Frank!« Sie schlug ihm die Tür vor der Nase zu und stürmte, Tränen in den Augen, aus dem »Coconut Grove«.

Sie quälte sich durch eine der schlimmsten Nächte ihres Lebens. Am nächsten Morgen stand sie in aller Herrgottsfrühe auf und dankte im Stillen für den Segen guter Cremes und Puder, mit deren Hilfe sie ihr verquollenes Gesicht einigermaßen in Ordnung bringen konnte. Dann bestellte sie ein Taxi, ließ ihre Koffer abholen und fuhr hinunter in die Lobby.

Dort wartete Frank auf sie. Er kauerte in einem der Sessel und sprang auf, sobald er sie durch die Halle kommen sah. Seinem völlig verknitterten Anzug, dem schweißdurchtränkten Hemd und der verrutschten Krawatte war unschwer anzusehen, wo und wie er die Nacht verbracht hatte. Sie schoss ihm einen warnenden Blick zu, er sollte ihr hier bloß keine Szene machen. Tatsächlich ließ er sie unbehelligt ihre Rechnung bezahlen. Doch als sie die Lobby verließ und auf das wartende Taxi zutrat, stellte er sich ihr in den Weg.

»Harriet, bitte gib mir fünf Minuten!«, flehte er.

Sie musterte ihn mitleidig, während der Portier ihre Koffer in das Taxi lud. Er roch nach Alkohol. Vielleicht noch von der Nacht, vielleicht auch von ein, zwei schnellen Drinks im Morgengrauen. Neuerdings hielt sie bei ihm alles für möglich. »Sag bloß, du hast die ganze Nacht in der Lobby ausgeharrt.«

»Ich wollte dich um keinen Preis der Welt verpassen.«

»Reichlich theatralisch, wenn du mich fragst. Das kommt vielleicht in deinen Melodramen gut an, aber ich find's lächerlich«, sagte sie und steckte dem Portier ein Trinkgeld zu. »Das hättest du dir und mir ersparen können.«

»Ich weiß, ich habe viel Mist gebaut. Aber ich krieg das wieder hin, ganz bestimmt. Lass mir nur ein bisschen Zeit. Ich weiß, dass ich es schaffe. Ich werde mich ändern, das schwöre ich dir!«, beteuerte er, während er ihr um den Wagen herum folgte. Mit unbewegter Miene, so als bekäme er von dem Drama, das sich vor seinen Augen abspielte, nichts mit, hielt der Taxifahrer ihr die Beifahrertür auf. »Gib mir noch eine Chance und lass uns heiraten!« Franks rechte Hand kam hinter seinem Rücken hervor und mit ihr ein Schmuckkästchen. Er klappte es auf, fiel vor ihr auf die Knie und hielt ihr das blaue Samtbett mit dem Diamantring hin. »Bitte, sag Ja! Ich habe den Hoteljuwelier um sechs aus dem Bett geholt, damit ich dir das heute Morgen geben kann. Lass uns heiraten.«

Sie starrte auf den funkelnden Ring. Wie viele Jahre hatte sie davon geträumt, dass sie eines Tages mit Frank vor dem Traualtar stehen und er ihr den Ring an den Finger stecken würde! Und jetzt empfand sie – überhaupt nichts. Nein, das stimmte nicht. Sie fühlte sich von ihm betrogen, und sie fühlte eine so entsetzliche Leere, dass es sie würgte.

»Nein, Frank. Wie kannst du glauben, ich könnte jemanden wie dich heiraten? Und was die Chancen betrifft, so habe ich dir genug davon gegeben. Du hast sie aber nicht genutzt, sondern einfach so weitergemacht. Du bist ein Trinker und Drogensüchtiger, und rede dir nicht ein, dass es nicht so wäre. Sieh doch zur Abwechslung mal in den Spiegel. Vielleicht erkennst du dich ja selbst nicht wieder, das würde mich nicht wundern. Ich jedenfalls erkenne dich nicht. Du bist nicht der Frank Maynard, den ich geliebt habe und liebend gern geheiratet und meinen Ehemann genannt hätte. Diesen Frank Maynard gibt es nicht mehr, er ist im Alkohol ersoffen und von Drogen zerstört«, sagte sie und stieg in den Wagen. »Ich hoffe nur, dass Adrian dich niemals so erlebt. Es würde ihm das Herz zerreißen.« Und an den Fahrer gewandt sagte sie: »Fahren Sie, Mister. Hier ist nichts mehr, was mich hält.«

»Sehr wohl, Ma'am«, sagte der grauhaarige Mann, schlug die Tür zu und klemmte sich hinter das Lenkrad.

»Heißt das, es ist aus zwischen uns?«, brüllte Frank, von Jähzorn gepackt.

»Was sollte es denn sonst heißen, Frank?«, sagte sie resigniert, ja fast mitleidig und schloss die Augen, um seinem Anblick zu entkommen. Doch so leicht ließ die Trostlosigkeit sich nicht verdrängen.

»Dann fahr doch zu deinen verdammten Schiffen und werd selig damit!«, schrie er, als das Taxi anfuhr, und dann hörte sie etwas Hartes gegen die Heckscheibe prallen und über die Kofferraumhaube klappern. Das war wohl der Diamantring.

70

Dr. Nathaniel Mortimer beugte sich noch einmal mit seinem Stethoskop über Ida Caldwell, die in ihrem Himmelbett aus dunkler Eiche lag. Sie hatten ihr zwei dicke Kissen in den Rücken geschoben, damit sie im Schlaf besser Luft bekam. Konzentriert lauschte er den Herztönen und den Lungengeräuschen seiner schwergewichtigen Patientin.

»Und?«, fragte Guy angespannt. Seine Mutter mit leichenblassem Gesicht wie tot in ihrem Bett liegen zu sehen schnürte ihm die Kehle zu. Er hatte an diesem herrlichen Septembernachmittag eine Ausfahrt nach Lobos Point mit ihr machen wollen, doch als er sie aus dem Haus und zu seinem Wagen führen wollte, war ihr plötzlich schwindelig geworden und sie war an seinem Arm bewusstlos zu Boden gesackt. Bei ihrem Gewicht hatte er Mühe gehabt, zu verhindern, dass sie hart auf die Marmorfliesen schlug. Bridget war mit Riechsalz herbeigeeilt, und seine Mutter war auch schnell wieder zu sich gekommen. Dennoch hatte er keine Sekunde gezögert, ihren Hausarzt zu verständigen. Sein Vater hatte das für unnötig gehalten und gar nicht daran gedacht, zu helfen, als es darum ging, die Mutter nach oben in ihr Zimmer zu bugsieren. Das hatte er seinem Sohn sowie Hausmädchen und Köchin überlassen, die zum Glück anzupacken wussten. Und jetzt stand er mit geradezu angewiderter Miene in der Tür, als würden ihn keine zehn Pferde über diese Schwelle bringen.

»Ihrer Mutter geht es so gut, wie wir es unter den gegebenen Umständen erhoffen können«, sagte Mortimer, trat vom Bett zurück und legte das Stethoskop in seine lederne Arzttasche zurück. »Ich habe ihr ein sehr mild dosiertes Schlafmittel gespritzt, das wird genügen, damit sie die Nacht gut durchschläft.«

»Wäre meine Mutter nicht im Krankenhaus besser aufgehoben?«, fragte Guy besorgt.

Der Hausarzt schüttelte mit einem bedauernden Lächeln den Kopf. »Ihre Mutter hat ein schwaches Herz, wie Sie wissen. Und um ihre Nieren steht es leider auch nicht zum Besten. Im Fall Ihrer Mutter ist ein Krankenhausaufenthalt sinnlos, so schwer es mir auch fällt, das zu sagen, Guy. Unserer ärztlichen Kunst sind leider immer noch enge Grenzen gesetzt, und andere Medikamente als die von mir verschriebenen würde sie dort auch nicht bekommen.«

Guy schluckte und nickte stumm.

»Sorgen Sie dafür, dass sie sich schont, ausreichend Flüssigkeit zu sich nimmt und allzu fettes Essen meidet«, sagte Dr. Mortimer.

»Dass ich nicht lache!«, ließ Henry sich von der Tür her vernehmen. »Da müsste ja ein Wunder geschehen!«

Guy bedachte seinen Vater mit einem bösen Blick, während Mortimer so tat, als habe er die herzlose Bemerkung nicht gehört.

Er stellte ein Rezept über ein leichtes Schlafmittel aus, das er Guy mit der Warnung »Bitte nicht mehr als zwanzig Tropfen!« aushändigte, und klickte die Verschlüsse seiner bauchigen Tasche zu. Was er für Ida Caldwell hatte tun können, hatte er getan. Alles Weitere lag in Gottes Hand.

Kaum hatte der Hausarzt die Villa verlassen, teilte Guy seinem Vater mit, dass er nicht in sein Junggesellenapartment auf der California Street zurückzukehren gedenke, sondern für die nächste Zeit wieder sein altes Zimmer im Elternhaus beziehen werde.

»Und was soll dieser Unsinn?«, blaffte Henry. Spätestens seit der unseligen Erpressergeschichte, die ihn die Hälfte seiner Firmenanteile gekostet hatte, konnten sie doch beide die Gegenwart des jeweils anderen nicht ertragen. Selbst in der Firma gingen sie einander aus dem Weg und redeten nur miteinander, wenn das Geschäft es verlangte. Deshalb verstand er nicht, dass Guy wieder zu ihnen ins Haus ziehen wollte, wenn auch wohl nur bis zu Idas Tod, der hoffentlich nicht mehr lange auf sich warten ließ.

Guy sah ihn hasserfüllt an. »Ich bin dir keine Erklärung schuldig, Vater!« Er spuckte das Wort förmlich aus. Er hatte nicht vergessen, dass Henry unten in der Halle nicht einen Finger gerührt und eben in Dr. Mortimers Gegenwart so hässlich über seine Mutter gesprochen hatte. Es gab so vieles, das er nie vergessen hatte. All die Missachtung, die Demütigungen und die Tyrannei, die er sein Leben lang hatte ertragen müssen und unter denen auch seine geliebte Mutter seit Jahrzehnten litt. Und so hatte er eben, im Zimmer seiner Mutter, entschieden, dass es an der Zeit war, Henry seine bittere Medizin selbst kosten zu lassen. »Finde dich damit ab, Vater!«

Henry zuckte scheinbar gleichgültig die Achseln, wich seinem Blick aber aus. »Tu, was du nicht lassen kannst«, knurrte er und ging davon.

Bridget deckte an diesem Abend für zwei. Als Henry sich zu Tisch setzen wollte, fand er seinen angestammten Platz im Lehnstuhl an der Stirnseite von Guy besetzt. Er zögerte kurz, presste die Lippen zusammen und nahm vor dem anderen Gedeck Platz.

Als Bridget mit dem Braten kam, teilte Guy ihr mit: »Sie können bei meinem Vater wieder abdecken. Er fühlt sich nicht wohl. Ihm ist nicht nach fettem Essen zumute.«

»Oh!«, sagte das Hausmädchen mit verblüffter Miene.

Henry riss die Augen auf. »Was zum Teufel …«, rief er.

»Überleg dir gut, ob du nicht besser beraten bist, auf das Essen zu verzichten, Vater!«, schnitt Guy ihm das Wort ab und fixierte ihn. »Es könnte dir schwer im Magen liegen!«

Ein nervöses Flackern trat in Henrys Augen. Kurz rangen sie mit Blicken miteinander, dann knüllte Henry seine Serviette zusammen, schleuderte sie auf den Tisch und sprang auf. »Jetzt, wo du es sagst, merke ich auch, dass mir der Appetit vergangen ist, vor allem mit dir am Tisch!«, zischte er und stürmte aus dem Zimmer.

Guy genoss das Abendessen ganz für sich und gönnte sich einen besonders teuren Bordeaux. Dass sein Vater sich einen Teller in den Salon bringen ließ, störte ihn an diesem Abend nicht. Aber dass er nicht nur im Esszimmer unerwünscht war, sondern auch den Salon zu verlassen hatte, wenn er, Guy, sich darin aufhalten wollte, machte er ihm kurz darauf unmissverständlich klar.

Im Kamin brannte ein Feuer, als er nach dem Essen in den Salon kam. Sein Vater saß in einem der bequemen Sessel beim Feuer und las in der Abendzeitung, neben sich auf dem Beistelltisch ein Glas Brandy.

»Verschwinde!«, befahl Guy und riss ihm die Zeitung aus der Hand.

Henry sprang auf. »Sag mal, bist du von allen guten Geistern …?«

Mit einem harten Schlag mit dem Handrücken brachte Guy ihn zum Schweigen. »Du tust, was ich sage!«, herrschte er ihn an, während Henry zurück in den Sessel sackte und mit unverhohlener Angst zu ihm hochstarrte. »Wenn ich ein Zimmer betrete, hast du zu verschwinden. Und wo ich mich aufhalte, kommst du nicht herein. Dein Anblick widert mich an! Und jetzt verschwinde mit deinem Brandy und zwing mich nicht, dich noch einmal zu schlagen. Du bist es nicht wert, dass man die Hand gegen dich erhebt.«

»Du musst wirklich den Verstand verloren haben«, keuchte Henry, wand sich aus dem Sessel und machte, dass er aus dem Salon kam. Von der Tür her rief er noch: »Du kommst ganz nach deiner Mutter. Ihr seid beide widerlich!«

»Ich bin mir meiner noch nie so sicher gewesen wie heute, Vater!«, rief Guy zurück.

In der Nacht sah er mehrmals nach seiner Mutter, saß an ihrem Bett und hielt ihre Hand. Sie war immer für ihn da gewesen. Ihrer Liebe hatte er sich immer sicher sein können. Anders als Evelyn, Harriets Mutter, die die Aufzucht und Erziehung ihrer Kinder stets Kindermädchen und Gouvernanten überlassen hatte und ihnen nie länger als ein paar flüchtige Minuten Beachtung geschenkt hatte, war Ida ihm eine wirkliche, liebende Mutter gewesen. Sie hatte stets Zeit für ihn gehabt, hatte sogar mit ihm gespielt und ihm abends vor dem Einschlafen Geschichten vorgelesen. Jede Lieblosigkeit seines Vaters ihr gegenüber, jede Ungerechtigkeit, jedes hässliche Wort über ihr Gewicht, jede seiner Affären hatte auch ihn, Guy, verletzt.

Noch lag Dunkelheit über der Stadt, aber das erste Licht des neuen Tages war nicht mehr fern, als seine Mutter erwachte und merkte, wer da bei ihr saß und ihre Hand streichelte.

»Nicht mehr lange, mein lieber treuer Junge«, flüsterte sie schwer atmend und drückte seine Hand. Sie hatte ihn empfangen, hatte ihn neun Monate in sich getragen und trug ihn noch immer als unverbrüchlichen Teil ihrer selbst im Herzen. Deshalb wusste sie auch von seiner unerschütterlichen Hingabe wie von seiner geheimen Sehnsucht, die tief in ihm verwurzelt waren, auch wenn er ihr gegenüber nie ein Wort darüber verloren hatte. »Nicht mehr lange, und du bist frei, mein Sohn. Nicht mehr lange, das verspreche ich dir …«

Er wusste, was sie meinte und was es für sie selbst bedeutete, und ihm liefen Tränen übers Gesicht.

71

Kurz hinter Echo Park geriet Frank an einer Baustelle in einen Stau. Er stieg auf die Bremse und fluchte. Das hatte ihm gerade noch gefehlt, dass er hier Gott weiß wie lange festsaß, während die Lunte in dem verdammten türkischen Dampfbad munter brannte und der Skandal ihm jeden Moment um die Ohren fliegen konnte. Er taxierte die freie Strecke auf der Gegenfahrbahn, gab Gas und scherte aus der Schlange aus. Die entfesselten Pferdestärken ließen den Hispano-Suiza buchstäblich vorwärtsspringen. Mit röhrendem Motor raste er an den sechs, sieben vor ihm wartenden Autos vorbei, begleitet vom wütenden Hupkonzert der Fahrer, die er im Staub hinter sich ließ. Er war an diesem späten Montagmorgen in wahrhaft mörderischer Stimmung. Die Woche hatte gerade erst angefangen, und schon in den ersten Stunden knallte sie ihm so einen gottverdammten Schlamassel vor den Kopf!

Und als hätte der Tag nicht schon beschissen genug angefangen, juckten jetzt auch noch die Brandnarben auf seinem Rücken wieder wie verrückt. Er verrenkte sich auf dem Sitz, um die juckenden Stellen an der Kante der Rückenlehne zu reiben. Er konnte dem Himmel danken, dass er so glimpflich davongekommen war. Was ihn jedoch immer noch wahnsinnig wütend machte und seine Schuldgefühle nicht zur Ruhe kommen ließ, war das Wissen, dass sein Flug nach Tucson vollkommen unnötig gewesen war. Er hätte bloß damit drohen müssen, Marys Abtreibung an einen Klatschreporter durchzustechen, und schon wäre sie zur Vernunft gekommen und hätte sich mit Brett versöhnt. Dann wäre er in Hollywood gewesen, als Laura ins Krankenhaus eingeliefert wurde, und hätte in der Stunde des Todes an ihrem Bett sein und ihre Hand halten können, so, wie er es ihr versprochen hatte. Dass er versagt und sie im Sterben alleingelassen hatte, würde er sich nie verzeihen.

Unwillkürlich dachte er an Harriet, was seine Stimmung noch weiter sinken ließ. Er war sicher, dass sie es gewesen war, die den Hörer abgenommen hatte. Er hatte Adrian am Morgen in seiner Bude in Berkeley angerufen, um ihm alles Gute für sein Tennisturnier zu wünschen. Auf sein »Hallo, Adrian!« hatte er keine Antwort erhalten, aber deutlich den Atem eines Menschen gehört. Sie hatte dann wohl die Sprechmuschel abgedeckt, doch dass es eine Frau war, die »Für dich!« flüsterte, war eindeutig gewesen. Ja, er war sich ganz sicher, dass er Harriet am Apparat gehabt hatte. Welche andere Frau hätte zu dieser frühen Stunde auch bei Adrian sein sollen? Erst letzte Woche hatte Adrian ihm gesagt, dass er im Augenblick keine feste Freundin habe und auch nicht daran denke, so schnell wieder eine feste Bindung einzugehen. Immerhin hatte er an diesem Morgen genug Stolz aufgebracht, Adrian nicht zu fragen, ob seine Mutter bei ihm sei. Damit hätte er ja zu erkennen gegeben, dass er wusste, dass sie ihm am Telefon die kalte Schulter gezeigt hatte. Diese Genugtuung hatte er ihr nicht gegönnt. Sie wollte ganz klar die Oberhand behalten und ihn zwingen, angekrochen zu kommen und für alles um Verzeihung zu bitten – was immer es auch war, das sie ihm verdammt noch mal vorwarf. Aber wenn sie glaubte, er würde den reuigen Sünder spielen, hatte sie sich geschnitten. Gut möglich, dass sie ihr böses »Es ist aus!« längst bereute. Aber falls dem so war, lag es bei ihr, den ersten Schritt zu tun. Er würde ihr jedenfalls nicht wie ein

Schoßhündchen hinterherhecheln und sich selbst an den Pranger stellen, bloß weil er ab und an mal einen zu viel trank und sich mit ein bisschen Koks und harmlosen Pillen durch den brutal langen und mörderischen Arbeitstag half. Das hatte er alles bestens im Griff. Es war wahrlich kein Grund, ihm eine solche Szene zu machen und ihn wie einen Rauschgiftsüchtigen hinzustellen, der sich auf halbem Weg in die Gosse befand!

Wenig später fuhr er die Alameda Street hinunter. »Murat Bora's Turkish Baths« lag auf der linken Seite, kurz vor der Ferguson Alley, wo die Gassen von China Town begannen, und damit in einer alles andere als respektablen Gegend. Diese schmuddeligen Ecken waren genau die Viertel, in denen der schmierige Dreckskerl mit Vorliebe auf Streifzug ging. Aber jetzt hatte er den Bogen überspannt, mit dem üblichen Vertuschen war es diesmal nicht getan. Das würde knallharte Konsequenzen haben für diesen eitlen Pfau, auf die eine oder andere Weise.

Er bog links ab und fuhr durch das Tor, das Tony für ihn offen gelassen hatte, in den Hof des türkischen Dampfbads. Dort parkte schon ein geschlossener Lieferwagen, der die Aufschrift »Jenkins & Sons Plumbing« trug. Er stammte aus dem Fuhrpark des Studios. Tony hatte ihn mit der Rückseite so nahe vor die Hintertür gestellt, dass bei geöffneten hinteren Ladetüren der Zwischenraum bis zur Hauswand fast völlig verdeckt und damit ein perfekter Sichtschutz garantiert war. Ja, auf seinen Fixer war Verlass, wieder einmal.

Frank parkte neben dem Lieferwagen. Bevor er ausstieg, das Hoftor schloss und sich zu Tony begab, stärkte er sich für das, was ihn im Badehaus erwartete, mit einem ordentlichen Schluck aus seinem Flachmann, der griffbereit im Netz an der Fahrertür steckte.

Feucht drückende Wärme schlug ihm entgegen, als er die Tür öffnete und in den gekachelten Flur trat. Wie ein nasser Sack legte sie sich ihm auf die Brust. Die Luft war erfüllt von einem herben exotischen Duft, den er nicht genau zu benennen vermochte. Er meinte, Minze und Eukalyptus zu riechen, aber es war auch eine süßlich schwere Note dabei. Sofort brach ihm der Schweiß aus, und er zog sein Jackett aus und lockerte Hemdkragen und Krawatte.

Tony kam ihm entgegen. Er steckte in seinem blau-weißen Seersucker-Anzug, der für Mitte Oktober unpassend sommerlich war, und das galt auch für die Kreissäge von Strohhut. Aber wann hatte sein Fixer sich jemals darum geschert, welche Kleidung passend gewesen wäre? Sein Markenzeichen war nun mal die Extravaganz. Sein Gesicht glänzte schweißnass, und der Anzug klebte ihm am Körper, als wäre er damit unter die Dusche geraten.

»Tut mir leid, dass ich Sie aus dem Studio holen musste, Boss!«

Frank zog eine säuerliche Miene. »Wenn der Morgen im Arsch ist, kann der Mittag nicht nach Rosen duften«, sagte er.

»Da ist was dran.«

»Können wir frei reden? Sind wir hier unter uns?«, erkundigte sich Frank mit gedämpfter Stimme.

Tony nickte. »Ich habe dafür gesorgt, dass der Dicke den Badegästen erzählt, das Abwasser aus der Kanalisation würde sich zurückstauen und womöglich gleich ins Badehaus laufen. Damit hatte er sie zügig draußen, zum Glück waren es um diese Tageszeit auch nur ein paar. Sein Masseur und die beiden Handlanger haben den Rest des Tages freibekommen. Vorn ist jetzt abgeschlossen. Da hängt ein Schild, dass das Dampfbad wegen Sanitärarbeiten geschlossen ist.«

»Und wo stecken der Stricher und unsere verdammte Hollywoodschwuchtel?«

»Auf den Stricher, der sich fast in die Hose geschissen hätte, wenn er denn eine angehabt hätte, passt der dicke Murat in seinem Büro auf. Und unseren Liebling aller reifen Frauen habe ich in eine der privaten Ruhe- und Umkleidekabinen gesperrt.«

»Und? Ist er ansprechbar?«

»Sehen Sie doch selbst«, sagte Tony mit einem schiefen Grinsen und führte ihn in den Gang mit den Umkleidekabinen. Er schloss die erste auf, öffnete die Tür und trat zurück, damit Frank einen unverstellten Blick hatte.

Die Kabine war geräumig und verfügte nicht nur über einen Spind und ein Waschbecken, sondern auch über eine breite, gepolsterte Liege mit einem strapazierfähigen Plastiküberzug, sodass sie einfach zu reinigen war, nachdem ein Stricher und sein Kunde sich hier vergnügt hatten.

Devin Neville, der strahlende Held der Musketier-Filme *The Secret Brotherhood*, saß, halb zusammengesackt und in die Ecke gelehnt, am Kopfende der Liege. Bis auf ein Badetuch um die Hüften war er nackt. Mit glasigen Augen und einem dümmlichen Lächeln auf den Lippen starrte er an ihnen vorbei auf etwas, das nur er in seinem Rausch sah. Die Einstiche an seinen Armen verrieten, dass er sich nicht erst neuerdings wieder Heroin spritzte. Er gab ein trauriges Bild ab. Mit dem angeblich siebenunddreißigjährigen Frauenschwarm hatte er wenig Ähnlichkeit. Ohne die Kunst professioneller Maskenbilder und maßgeschneiderte Kleidung oder Musketier-Kostümierung konnte er seine neunundvierzig Jahre nicht verleugnen. Im gnadenlosen Neonlicht der Kabine half zur Täuschung noch nicht einmal die Gesichtsstraffung, der er sich letztes Jahr unterzogen hatte.

Frank furchte die Stirn. »Sie haben zugelassen, dass er sich hier noch einen Schuss setzt?«

Tony zuckte die Achseln. »Was sollte ich machen, Boss? Nachdem dieser eifersüchtige Chicano mit dem Messer auf ihn und seinen neuen Lover losgegangen war, ging bei Devin gar nichts mehr. Da hat zur Hysterie nicht viel gefehlt. Jedenfalls habe ich es für klüger gehalten, ihm zur Beruhigung einen leichten Schuss zu erlauben. Ich habe schon darauf geachtet, dass er sich nach all dem Ärger nicht auch noch einen goldenen Schuss setzt. Das hätte uns die verfluchten Aufräumarbeiten noch schwerer gemacht. Von jetzt auf gleich kommt er vom Heroin sowieso nicht los. Und sein Rausch macht es uns gleich leichter.«

»Da ist was Wahres dran«, sagte Frank und bedeutete ihm, die Tür wieder zu schließen.

Tony schloss ab, ließ den Schlüssel aber stecken. »Wir haben übrigens noch mehr am Hals als Devin und sein Heroinproblem.«

»Das überrascht mich nicht.« So etwas hatte Frank schon geahnt. »Aber lassen Sie uns draußen weiterreden. Ich kriege in diesem verdammten Dampfkessel keine Luft, Tony.«

Der Fixer winkte ab. »Das ist doch gar nichts. Sie hätten mal vor einer Stunde hier sein sollen. Da hätten Sie durch Dampfschwaden schwimmen müssen.«

Draußen im Hof zündeten sie sich eine Zigarette an, und Frank spendierte seinem Fixer einen Schluck aus dem Flachmann. »Okay, dann lassen Sie hören. Ich nehme an, der Chicano will mehr als nur seinem treulosen Lover mit dem Messer einen Schreck einjagen.«

Tony nickte und griff ein zweites Mal zum Flachmann.

»Wie war noch mal sein Name?«

»Carlos Martinez.«

»Richtig«, sagte Frank und genehmigte sich ebenfalls einen zweiten Schluck. Sie hatten immerhin Mittag, und etwas musste der Mensch ja im Magen haben.

»Offenbar besitzt er ein paar Schmuddelbilder, die er heimlich aufgenommen hat«, fuhr Tony fort, »darunter auch zwei oder drei, auf denen zu sehen ist, wie Devin sich Heroin spritzt.«

Devin Neville, schon immer auf junge Männer fixiert, hatte sich im vergangenen Jahr einen gerade eben volljährigen Mexikaner zum Liebhaber genommen. Offiziell hatte Carlos als sein Chauffeur fungiert. Nun war Neville seiner überdrüssig geworden und hatte ihn in die Wüste geschickt, weil es ihn nach neuem Männerfleisch gelüstete. So war es immer mit Neville. Doch dieser

Mexikaner dachte nicht daran, sich damit abzufinden, und sann auf Vergeltung, zumindest in Form einer ansehnlichen Summe Schweigegeld.

»Wie wollen Sie die Sache angehen, Boss?«

Frank überlegte nicht lange. Einen Skandal um Devin Neville konnte er sich nicht erlauben. Über dessen sexuelle Orientierung waren schon zu viele Gerüchte im Umlauf, als dass er riskieren konnte, dass irgendein Klatschreporter von diesem Vorfall Wind bekam. Und wenn sich auch noch herumsprach, dass Neville an der Spritze hing, drohte ein Riesenskandal. Dann würden sie die beiden schon abgedrehten Filme mit ihm wohl nicht mal mehr zu Ramschpreisen in die Kinos bringen.

»Wer hat Devin angefixt, Tony?«

»Der Chicano. Dachte wohl, ihn damit bei der Stange halten zu können – buchstäblich wie auch im weiteren Sinne.«

Frank verzog keine Miene. Die Angelegenheit war zu ernst, als dass er für Tonys zynische Sprüche auch nur ein schwaches Grinsen übriggehabt hätte. »Was haben wir gegen den Stricher, den Devin hier aufgegabelt hat, und diesen Murat Bora in der Hand?«

»Genug, um sie beide für ein paar Jahre in den Knast zu bringen, Boss. Murat steht noch wegen einer anderen Sache bei mir in der Kreide.«

»Pokerschulden?«

»So was in der Richtung«, sagte der Fixer ausweichend. »Deshalb hat er mich auch angerufen, als Devins Ex-Lover hier aufgetaucht ist und Krawall gemacht hat.«

Frank nickte, sein Plan nahm Gestalt an, und er war sicher, dass Tonys Überlegungen längst in dieselbe Richtung gegangen waren. »Dann nehme ich an, dass weder er noch der Stricher sich weigern wird, eidesstattlich zu bezeugen, dass sie diesen Carlos Martinez dabei beobachtet haben, wie er Devin Neville mit dem Messer ausrauben wollte.«

Tony grinste. »Die werden alles schwören, was Sie wollen, und es schneller hinschreiben, als ich diktieren kann«, versicherte er.

»Gut.« Frank war zufrieden. »Wer ist uns bei der Polizei einen größeren Gefallen schuldig?«

Auch diesmal brauchte Tony nicht lange zu überlegen. »Captain O'Shaunassy vom Beverly-Hill-Revier auf der North Rexford. Der schmückt sich auf seiner Silvesterparty immer mit einem halben Dutzend Starlets, die wir ihm zum Erhalt unserer guten Beziehungen schicken.« Den regelmäßig überreichten Umschlag mit Geld brauchte er nicht eigens zu erwähnen. Jedes Studio hatte »seine« Polizisten auf der inoffiziellen Lohnliste.

»Okay, versprechen Sie ihm für dieses Jahr zusätzlich zu den Starlets noch irgendeine junge Schauspielerin aus unserer B-Liga«, trug Frank ihm auf. »Wissen Sie, wo dieser Carlos Martinez sich herumtreibt?«

Tony bedachte ihn mit einem beinahe empörten Blick. »Natürlich, Boss! Er hat eine feste Anstellung beim Limo-Service Lindgren Swell auf dem Santa Monica Boulevard. Er ist garantiert nicht untergetaucht, denn er hat für einen kranken Vater und eine kleine Schwester zu sorgen, und zumindest diese Verantwortung nimmt er ernst. Der ist also schnell aufgegriffen.«

»Umso besser. Der Captain soll ihn verhaften und eine Nacht in der Zelle schmoren lassen. Das wird ihn gefügig machen.«

»Und ich hole ihn morgen gegen Herausgabe der Negative aus der Zelle und schaffe die vermeintliche Anzeige gegen ihn aus der Welt«, folgerte Tony.

Frank nickte. »Die beiden eidesstattlichen Erklärungen und das falsche Polizeiprotokoll heben Sie aber für alle Fälle auf.«

»Ist doch klar wie Gin, Boss.« Tony schnippte seine Kippe in eine Pfütze und sah Frank mit leicht hochgezogenen Brauen an. »Aber damit ist das Problem Devin noch nicht einmal halb gelöst.«

»Ich weiß«, pflichtete Frank ihm verdrossen bei. »Dass er zum Entzug nach Santa Barbara muss, steht außer Frage. Aber ihn für ein paar Wochen hinter den Mauern der Wisdom Tree Ranch verschwinden zu lassen wird die Gerüchte nicht aus der Welt schaffen. Sie können jeden Tag in den Klatschkolumnen auftauchen und uns Hunderttausende kosten. Diese Gefahr müssen wir bannen, und zwar so schnell wie möglich. Devin muss, was sein Sexleben betrifft, unangreifbar erscheinen. Zumindest, bis die beiden schon fertigen Filme guten Umsatz gebracht haben und ich ihm endlich kündigen kann«, sinnierte er und griff wie von selbst nach dem Flachmann. »Wir brauchen an dieser Front also bis Mitte nächsten Jahres unbedingt Ruhe. Und es gibt nur ein Ereignis, das uns das Schweigen der Klatschkolumnisten lange genug garantieren kann.«

Tony wusste sofort, was seinem Boss vorschwebte. »Eine Lavendelhochzeit?« Solche Scheinehen, die der Verschleierung wahrer sexueller Vorlieben dienten, waren in Hollywood keine Seltenheit.

Frank zuckte die Achseln. »Uns und ihm wird nichts anderes übrig bleiben. Nach der Beinahe-Katastrophe heute wird Devin allem zustimmen. Aber es muss schnell gehen«, sagte er und ratterte herunter, was umgehend in Angriff zu nehmen und zu organisieren war. »Am besten findet die Trauung schon übermorgen in Yuma statt. Dort braucht es kein Aufgebot, man kann heiraten, ohne dass einem eine ganze Horde von Reportern auflauert. Wir brauchen gute Fotos von der Eheschließung und von dem verliebten Paar beim Honeymoon in einem mexikanischen Resort. Danach verschwindet Devin auf die Ranch. Die Nachricht von der heimlichen Eheschließung und die Fotos spielst du am besten Lulu Parson zu. Sie kann die Geschichte als ihr Ding ausgeben und mit dem angeblichen Insider-Scoop bei ihrer *Los Angeles Tribune* ordentlich glänzen. Nachdem wir das letzte Mal Hedda Fletcher vom *Examiner* den Vorzug gegeben haben, ist Parson jetzt an der Reihe.« Die beiden waren unangefochten die tonangebenden

Gesellschaftskolumnistinnen, erbitterte Konkurrentinnen und Berühmtheiten auf ihre eigene Art. Mit ihren Berichten, die von Millionen Lesern landesweit verschlungen wurden, konnten sie ebenso leicht müde dahindümpelnde Karrieren in Schwung bringen wie glänzende Karrieren mit spitzer Feder beenden. Deshalb wurden sie ebenso gefürchtet wie hofiert.

Tony zog eine halb amüsierte, halb säuerliche Miene, wusste er doch, dass er es nicht nur am Hals hatte, die Täuschung zu organisieren, sondern auch bis zu Devin Nevilles Einweisung ins Sanatorium dessen Aufpasser und Kindermädchen spielen musste. Was Lulu Parson anging, so tendierte er dazu, sie einzuweihen und nach Yuma und Mexiko mitzunehmen. Er konnte gut mit ihr und wusste, dass sie auf diese Story mehr als scharf sein würde. Für so eine exklusive Geschichte samt Fotostrecke würde sie ihre Seele verkaufen. Aber wer tat das in Hollywood nicht für die Chance, groß herauszukommen und die Konkurrenz auszustechen?

»Bleibt nur noch die Frage, wer das Kreuz auf sich nehmen und Devins große Liebe spielen soll, bis sie nächsten Sommer die Scheidung einreichen kann.« Tony sah Frank erwartungsvoll an. »Die Frau, die sich darauf einlässt, muss schon ein gewisses Format haben. Nicht gerade eine Berühmtheit, aber auch nicht irgendein dahergelaufenes Starlet. Das würde eher den Gerüchten Vorschub leisten. Dürfte nicht billig werden, so jemanden zu finden und morgen mit Devin in Yuma zu haben. Haben Sie schon jemanden im Sinn?«

Frank nickte und ging ins Haus, um den Anruf zu tätigen. Er hatte keine Zeit zu verlieren. Sein Fixer hatte natürlich recht, es würde ihn einiges kosten, eine Ehefrau für Devin zu finden. Er ging ins Büro des Badehausbesitzers und wählte Ashleys Nummer. Sie meldete sich schon nach dem zweiten Klingeln, was die Hoffung zuließ, dass sie einmal nicht schon mittags betrunken war.

»Frank?«

»Ich könnte dir unter Umständen eine … nun ja, tragende Rolle in einem meiner nächsten Filme anbieten«, sagte er und dachte daran, wie oft sie ihn in den vergangenen Monaten um eine Rolle angebettelt hatte, irgendeine Rolle mit mehr als nur ein paar Zeilen Text.

Ein kurzer Moment verblüfften Schweigens.

»Und was müsste ich dafür tun?«

»Übermorgen in Yuma einen Frauenschwarm und Star der Triple S heiraten, wobei die besonderen Umstände darin bestehen, dass dein künftiger Ehemann nicht nur schwul ist, sondern auch an der Nadel hängt.«

»Wie nett!«

»Ein paar Tage Honeymoon in Mexiko mit den entsprechend harmonischen Fotos von euch beiden wären auch zu überstehen, dann lassen wir deinen Ehemann zum Entzug ins Sanatorium verschwinden«, ergänzte Frank. »Na, klingt das nicht nach einer verlockenden Rolle, Ashley?«

»Der Traum meiner schlaflosen Nächte. Wie lange habe ich, um es mir zu überlegen?«

»Ich kann dir zehn Sekunden geben, Ashley, und die Zeit läuft.«

»Okay, okay, ich mach's! Aber ich will einen festen Drei-Filme-Vertrag, Frank!«, rief sie. »Für einen Standard-Studiovertrag, mit dem du mich versauern lassen oder jederzeit rausschmeißen kannst, mache ich es nicht. Und es müssen tragende Nebenrollen sein mit mindestens fünfzehn Minuten Leinwandpräsenz. Mit Text. Nach dem letzten Schnitt.«

Frank verzog das Gesicht zu einer spöttischen Miene. Eine Garantie auf fünfzehn Minuten Leinwandpräsenz, und dann noch mit Text, das konnte sie vergessen. Aber damit musste er ja nicht jetzt schon herausrücken. »Über die Konditionen lass uns nachher reden«, wich er einer konkreten Zusage aus. »Erst mal musst du die Hürde der Probeaufnahme im Tonstudio nehmen.«

»Oh, ja … natürlich«, kam es ernüchtert aus der Leitung, und von ihrem eben noch forschen Ton war nicht mehr viel übrig. »Und wann soll die stattfinden?«

Frank rief sich in Erinnerung, wer gerade drehte und welche Produktion er für Probeaufnahmen mit ihr am ehesten unterbrechen konnte. Die Entscheidung war schnell getroffen, auch wenn Sid Cohen nicht begeistert sein würde. Darauf konnte er jetzt keine Rücksicht nehmen. »Wir treffen uns in einer Stunde bei mir in Halle 3. Ich sorge dafür, dass dich jemand am Studiotor in Empfang nimmt und zu mir bringt.«

Damit legte er auf, klopfte eine Zigarette aus seiner Woodbine-Packung und zündete sie an. So weit, so gut. Als er sich zu seinem Fixer umdrehte, fing er dessen skeptischen Blick auf. »Was ist, Tony?«

»Kleopatra aus der Powerty Row? Wirklich?«

Frank zuckte die Achseln. »Haben Sie vielleicht eine bessere Nummer auf Lager?«

Tony schüttelte den Kopf und hob die Hände. »Wird schon schiefgehen, Boss«, sagte er, nahm sich eine von Franks Zigaretten und machte sich an die Arbeit.

72

Die Szene auf dem Set von *Hotel Splendid* war ausgeleuchtet, der Kameramann in seinem engen Rollkasten hatte eine neue Filmkassette aufgesetzt, und das zehn Pfund schwere Mikrofon hing anderthalb Fuß über Ashleys Kopf. Sie saß an der Theke der Hotelbar, spielte nervös mit ihrem Zigarettenetui und wartete auf das Zeichen für ihren Einsatz. Eine von den Nebendarstellerinnen der Kurzfilm-Serie stand in der Kulisse bereit, die ungeschickte Kellnerin zu spielen und Ashley bei ihrer Improvisation die nötigen Stichworte zu liefern.

Frank blickte hinauf zur Aufnahmekabine. Der Soundman hinter der dicken Glasscheibe reckte den Daumen, also rief er: »Okay, Ton läuft! Kamera ab!«, und setzte sich neben Sid Cohen in einen der stoffbespannten Klappstühle. Nur widerwillig hatte der Regisseur seine Crew für eine Stunde in die Drehpause geschickt, aber die Probeaufnahme mit der hübschen Blondie wollte er sich doch nicht entgehen lassen.

Ashley sollte eine zickige Frau spielen, die in der Hotelbar auf ihren Verlobten wartet, dabei verdrossene Selbstgespräche führt, argwöhnt, er könnte sie versetzen, und ihren Groll an der einfältigen Kellnerin auslässt.

Mit der Improvisation hatte Ashley keine Mühe, aber schon nach wenigen Minuten war Frank klar, dass er die Probeaufnahme nicht entwickeln lassen, geschweige denn ansehen musste, um zu wissen, dass sie nichts taugte. Es tat ihm fast körperlich weh, Ashley zuzusehen, wie sie sich abmühte, der Sprechrolle gerecht zu werden. Ganz offensichtlich hatte sie nicht begriffen, welche veränderte Art von Schauspielkunst der Tonfilm verlangte. Und dabei hatte er ein so gutes Gefühl gehabt. Irgendetwas nagte in ihm, und er überlegte fieberhaft, was da in seinem Unterbewusstsein rumorte und was es ihm sagen wollte.

»Das wird nichts, Frank. Schade um den Rohfilm«, raunte Sid Cohen ihm zu. »Hübsche Verpackung und auch nicht auf den Kopf gefallen, aber mit der Trickkiste aus der Stummfilmzeit ist heute kein Blumentopf mehr zu gewinnen. Wer wüsste das besser als Sie, Chef? Geben Sie mir Bescheid, wenn ich hier weiterdrehen kann.« Er erhob sich, um das Set zu verlassen.

»Cut!«, rief Frank und sprang auf. »Warten Sie, Sid!«

Dankbar für jede Atempause in der kühlen, klimatisierten Luft des Studios, kam der Kameramann aus seinem stickigen Verschlag. Fragend blickte er zu Frank herüber.

»Das war es schon?«, rief Ashley verblüfft, und schon im nächsten Moment beschlich sie die böse Ahnung, sie könnte versagt haben. »Aber mit den paar Minuten hast du mir ja noch nicht mal eine Chance gegeben …«

Frank winkte ab. »Wir sind noch nicht fertig. Also bleib bitte sitzen. Wir unterbrechen nur kurz, ein kleines technisches Problem, ist schnell behoben. Wir machen gleich weiter, Ashley!«, beruhigte er sie hastig und zog Sid mit sich fort, um bei der Eisentreppe zur Aufnahmekabine ungestört mit ihm reden zu können.

»Sie wollen die Probeaufnahmen doch nicht im Ernst fortsetzen, Chef?«, fragte der Regisseur.

»Ich weiß, das war nicht gerade vielversprechend«, räumte Frank ein.

»Es war grauenhaft.«

»Das bestreite ich auch nicht. Es war Stummfilm mit Ton und damit unsäglich. Aber wundert Sie das? Wir haben sie einfach so ins kalte Wasser geworfen, Sid! Ohne jede Einweisung.«

Der Regisseur zuckte die Achseln. »Entweder sie kann schwimmen, oder sie kann es nicht«, sagte er ungerührt. »Das Warum ist ohne Belang.«

»Für Sie vielleicht, nicht aber für mich. Hier geht es um mehr als eine gewöhnliche Probeaufnahme. Aber Ihnen das zu erklären würde zu viel Zeit in Anspruch nehmen, und Zeit ist genau das, was ich nicht habe.«

Sid Cohen sah ihn verwundert an. »Also gut, Sie haben Ihre Gründe, und ich will nicht indiskret sein. Aber was hat das jetzt mit mir zu tun? Was ich von der Blonden halte, ist ja nun kein Geheimnis mehr.«

»Ich habe eine Idee, die ich ausprobieren möchte, bevor ich mein endgültiges Urteil spreche.«

»Und was ist das für eine Idee? Ein Jahr Unterricht bei einem von unseren Stimmbildnern?«, spöttelte Sid Cohen. Selbst mit intensiver Hilfe dieser Sprachtherapeuten, die mittlerweile alle Studios eingestellt hatten, um ihre wichtigsten Stars vor dem Sturz in die Bedeutungslosigkeit zu bewahren und damit auch zu retten, was sie in diese Stars investiert hatten, war vielen der Wechsel nicht geglückt. »Wobei ihre Stimme immer noch das Beste an ihr ist … na ja, vielleicht das Zweitbeste«, schränkte er nach einem taxierenden Blick in Ashleys Richtung ein. »Aber gutes Aussehen wächst ja in Hollywood an jedem Baum, wenn ich das mal so sagen darf. Also gut, wofür brauchen Sie mich?«

Frank sagte ihm, was ihm vorschwebte.

Der Regisseur hörte es sich mit skeptischer Miene an und zuckte schließlich die Achseln. »Okay, wenn Sie meinen, dass das was bringt, sorge ich dafür. Ist immerhin Ihr Studio und Ihr Geld, das Sie zum Fenster rausschmeißen«, murrte er und redete kurz mit dem Kameramann. Der grinste, nickte und stieg kurz in seine Box zurück. Dann kam er wieder heraus, schloss die Tür hinter sich, hockte sich auf die unterste Stufe der Eisentreppe und griff zu seinen Players, während Sid kopfschüttelnd die Treppe erklomm, um den Soundman zu informieren.

Indessen kehrte Frank in die Hotelbarkulisse zurück, setzte sich zu Ashley an die Theke und holte seine Woodbines hervor. Er hielt ihr die Schachtel hin. »Zigarette?«

Sie nickte und zog eine heraus. »Wie war ich bisher?«, fragte sie angespannt.

Er gab ihr Feuer. »Sah ganz gut aus«, log er, während sie tief inhalierte, den Kopf in den Nacken legte und den Rauch zur Hallendecke schickte, »aber du weißt ja, dass wir die Aufnahme noch nicht im Kasten haben und ich sie mir erst in aller Ruhe ansehen muss.«

»Weshalb mussten wir denn unterbrechen?«

»Irgendetwas mit dem Ton, aber Sid meint, dass er das in ein paar Minuten in den Griff bekommt. Na, wir hören es gleich, wenn er wieder runterkommt.«

Ashley befeuchtete mit der Zungenspitze ihre Lippen. »Hat man gemerkt, dass ich nervös war, obwohl ich doch schon so oft vor der Kamera gestanden habe?«

Frank schenkte ihr ein beruhigendes Lächeln. »Und wenn? Lampenfieber gehört dazu, Ashley, ganz egal, wie lange man schon vor einer Kamera oder auf der Bühne steht. Wer das nicht mehr hat, ist meist auch zu abgestumpft, um wirklich gut zu spielen.«

»Na, ich habe jedenfalls mehr als genug davon«, versicherte sie mit einem Seufzer und wollte das Gespräch auf die Lavendelhochzeit und ihren Filmvertrag bringen. Doch er fiel ihr sofort ins Wort, um zu verhindern, dass das verräterische Wort überhaupt fiel. Sie waren nicht allein auf dem Set, da standen Techniker und Regieassistenten und sonst welche Leute von Sids Crew herum, wenn vielleicht auch in den Schatten jenseits der Scheinwerfer. »Nicht hier, Ashley. Darüber reden wir, wie gesagt, wenn wir hier fertig sind und ich mir das Muster angesehen habe.«

Sie zog einen perfekten rosa Schmollmund, um ihn dann keck von der Seite anzusehen und mit gedämpfter Stimme zu fragen: »Sag mal, ist es schon wieder aus mit dir und Harriet? Meine herzallerliebste Schwester scheint jedenfalls nicht mehr gut auf dich zu sprechen zu sein.«

»Ich wüsste nicht, was dich das angehen sollte, Ashley.«

Sie lachte und zwinkerte ihm zu. »Verstehe, war auch nur so eine Frage, um die blöde Wartezeit totzuschlagen«, sagte sie. »Na, wundern würde es mich nicht, wenn du auch nicht mehr mit ihr klarkommst. Harriet hat bloß noch ihre blöden Schiffe im Kopf und interessiert sich für nichts anderes mehr. Selbst Adrian stößt das langsam sauer auf, und das will was heißen, wo er doch sonst nichts auf sie kommen lässt.«

»Da du gerade von Harriet sprichst«, nahm er das Stichwort auf. »Warst du nicht auch auf diesem snobistischen Mädchenpensionat in Boston, von dem sie mir mal erzählt hat?«

Ashley lachte grimmig und nickte. »Und ob ich da war, sogar länger als Harriet. ›Madame Worchester's Institute for Young Ladies‹ hieß der Laden! Für unsere Mutter, die uns dahin abgeschoben hat, war das der Hort vornehmer Erziehung. Die Jahre dort zählen mit Abstand zu den schlimmsten meines Lebens, vor allem, weil wir so eingesperrt waren. Es war so öde, so todlangweilig«, erzählte sie und unterstrich ihre Worte mit lebhaften Gesten. »Und dann die ständige Beweihräucherung von allem, was mit der britischen Krone und der Kultur in England zu tun hat. Für Madame Worchester, diese vertrocknete Ziege, war wie für meine Mutter die englische Kultur das Maß aller Dinge.«

Frank schmunzelte. »Hast du dir diesen leicht britischen Akzent damals angeeignet?«

Ashley lächelte und strich sich kokett eine lockige Strähne aus der Stirn. »Kann sein, aber damals haben wir ihre Aussprache noch viel stärker nachgeahmt«, sagte sie. »Sie hat uns das Britische ja als besonders vornehm verkauft, und wir haben ihr das abgenommen. Und ich kann dir sagen, Madame Worchester hat mit einem so dicken britischen Akzent gesprochen, dass du anfangs wirklich dachtest, sie stamme aus vornehmsten britischen Kreisen und wäre gerade erst von der Insel gekommen«, erzählte sie und gab ihm, animiert von seiner Belustigung, ein paar amüsante Kostproben.

Und dann rief Sid Cohen von der Treppe herüber: »Das wird leider eine etwas längere Geschichte, Frank! Könnte eine oder anderthalb Stunden dauern, bis Widmark wieder alles am Laufen hat.«

Ashley zog eine verdrossene Miene und drückte ihre Zigarette aus. »Natürlich, so was muss immer mir passieren!«, stieß sie hervor und trat nach einem der Barhocker. »An mir klebt einfach das verdammte Pech.«

»Die meiste Zeit verbringt man beim Drehen mit Warten, das müsstest du doch langsam wissen«, sagte Frank, winkte einen Assistenten herbei und trug ihm auf, Ashley zu den Aufenthaltsräumen bei der Cafeteria zu bringen. »Wenn wir weitermachen können, lass ich dich holen.«

Kaum hatte Ashley das Set verlassen, stieg der Kameramann in seine Box, stellte die Kamera ab und brachte ihm die belichtete Filmkassette. »Ich hab schon oft Probeaufnahmen ohne Film in der Kamera gemacht«, sagte er mit einem breiten Grinsen auf dem Gesicht, »aber unbeaufsichtigt habe ich mein gutes Stück noch nie laufen lassen.«

»Und die Einstellung?«, erkundigte Frank.

»›Medium shot‹, wie gewünscht, Boss.«

Frank nickte. Bei dieser Einstellung war die aufgenommene Person vom Kopf bis zur Hüfte im Bild, genau so hatte er es Sid aufgetragen. Er selbst würde wohl nicht zu sehen sein, da er etwas Abstand gehalten und sich mit dem Rücken zur Kamera gesetzt hatte.

Rasch brachte er die Kassette persönlich zur Entwicklung, um sicherzustellen, dass der Cheflaborant alles andere liegen ließ und den Film unverzüglich durch das Bad schickte.

Eine knappe Stunde später saß er, ein Glas Scotch neben sich auf der Konsole, allein im Vorführraum, rauchte nervös und sah sich das Muster an.

»Noch einmal!«, rief er dem Vorführer zu. »Aber nur den zweiten Teil, ohne die Szene mit der Kellnerin.«

»Okay, kommt sofort, Mr Maynard.«

Die knapp zwölfminütige Aufnahme seiner Unterhaltung mit Ashley war noch nicht ganz zum zweiten Mal durch den Projektor gelaufen, als er zum Telefon griff, sich mit Sid Cohen verbinden ließ und ihn aufforderte, auf der Stelle in den Vorführraum zu kommen.

»Jetzt? Himmelherrgott, wie denken Sie sich das, Frank?«, entrüstete sich Sid. »So ist kein ordentliches Arbeiten möglich! Ich habe gerade wieder alle in der Szene, wie ich sie haben will, und muss den Dreh unbedingt …«

»Wenn ich jetzt sage, meine ich jetzt, Sid! Also her mit Ihnen!«, fiel Frank ihm ins Wort. »Sie haben dann auch was gut bei mir.«

»Wann wollen Sie die vielen Gefallen, die Sie mir schulden, eigentlich einlösen?«, knurrte der Regisseur und legte auf. Zehn Minuten später ließ er sich mit säuerlicher Miene in den Sessel neben Frank fallen.

Frank reichte ihm ein gut gefülltes Glas Scotch.

Sid Cohen verzog das Gesicht. »Wollen Sie mich milde stimmen? Ich habe schon einfallsreichere Arten der Bestechung erlebt«, maulte er, griff jedoch sofort zu.

»Sie werden ihn brauchen«, sagte Frank und gab dem Vorführer das Zeichen, den Film ein drittes Mal laufen zu lassen.

Schon nach wenigen Minuten richtete Sid Cohen sich im Sessel auf und beugte sich vor, als wollte er ja nichts verpassen.

»Hol mich doch der Teufel!«, murmelte er, als der Endstreifen Leerbilder über die Leinwand flackern ließ und Frank die Beleuchtung im Raum wieder hochfuhr. »Ich wusste nicht, dass die Blonde eine Zwillingsschwester hat, die schauspielern kann und mit ihrem britischen Akzent so überzeugend rüberkommt!«

Frank nickte. »Ashley hat ein natürliches Talent, Sid. Sie muss nur den ganzen Mist vergessen, den man ihr beim Stummfilm beigebracht hat. Wäre sie heute neu nach Hollywood gekommen, wären die Probeaufnahmen von Anfang an so toll ausgefallen. Da sie aber schon ein paar Jahre im Geschäft ist, hat sie Schauspiel vor der Kamera mit Pantomime gleichgesetzt.«

»So, wie sie den britischen Akzent beherrscht, wäre sie die perfekte Besetzung für meinen nächsten Film«, sagte Sid Cohen mit nachdenklicher Miene.

»*The Sister Trap*, richtig?«, vergewisserte sich Frank. In der Komödie ging es um Schwestern, die wegen der Scheidung der Eltern schon kurz nach der Geburt getrennt und an verschiedenen Orten aufgezogen wurden, die eine in Amerika, die andere in England. Die amerikanische Schwester lebte in Reichtum, die englische eher ärmlich, was sie jedoch durch großspuriges Auftreten zu kaschieren suchte. Eine Erbschaft führte die beiden nach fünfundzwanzig Jahren zusammen, und obwohl sie einander zunächst nicht ausstehen konnten und sich ständig wegen ihrer Verehrer stritten, mussten sie um der Erbschaft willen kooperieren. Ein Film mit vielen Verwicklungen und natürlich einem Happy End.

»Ja, die Besetzung ist eigentlich so gut wie abgeschlossen, in drei Wochen fangen wir an«, sagte Sid Cohen grüblerisch. »Womit sich die Frage stellt, ob es gelingt, dieser Ashley bis dahin die übertriebene Mimik und Gestik abzugewöhnen. Die Erfahrung hat gezeigt, dass das nicht bei allen funktioniert. Was meinen Sie, Frank? Wollen Sie das Risiko eingehen?«

Frank hatte gar keine Wahl, doch das behielt er für sich. Er besprach sich noch eine Weile mit seinem besten Tonfilmregisseur, und dann ging er zu Ashley in die Cafeteria.

»Na endlich!«, rief sie und sprang auf. Sie war von der langen Warterei sichtlich mitgenommen. »Kann ich jetzt endlich meine Probeaufnahme machen?«

»Die hast du schon hinter dir, du hast es bloß nicht gewusst.«

»Wie? Das verstehe ich jetzt nicht«, sagte sie verwirrt.

»Das macht nichts, ich erklär's dir später. Wichtiger ist wohl die Nachricht, dass ich dir einen Drei-Filme-Vertrag gebe«, sagte er.

Ihre Augen wurden groß wie Scheinwerfer. »Wirklich?«, stieß sie hervor und presste die Hände mit fest gedrückten Daumen gegen die Lippen, als könne sie es nicht glauben. »Kein Scherz jetzt?«

»Nur das mit den fünfzehn Minuten Leinwandpräsenz funktioniert nicht«, fügte er mit ernster Miene hinzu, um ihr im nächsten

Moment breit grinsend zu eröffnen: »Du kriegst nämlich in deinem ersten Tonfilm für die Triple S die dritte Hauptrolle und wirst deshalb wesentlich länger als fünfzehn Minuten zu sehen sein!«

Mit einem Jubelschrei, wie Frank ihn noch nie gehört hatte, schon gar nicht so nah an seinem Ohr, fiel Ashley ihm um den Hals.

73

Der Chauffeur schloss die Tür, und Harriet versank förmlich in den Polstern von James' neuem Rolls-Royce. Das Lammleder der Rückbank hatte die Farbe edlen Cognacs, war handgenäht und weich wie warme Butter. Die Bankgeschäfte mussten blendend gehen, wozu ihre TOSCA sicher nicht unwesentlich beitrug.

»Du siehst hinreißend aus, meine Liebe«, sagte James und hauchte ihr einen Kuss auf die Wange. Er hatte gelernt, dass sie, wenn sie ihr dezentes Make-up aufgelegt hatte und mit ihm zu einer öffentlichen Veranstaltung ging, nicht auf den Mund geküsst werden wollte.

»Ist es für diese Feststellung nicht ein bisschen zu dunkel, zumal ich mit Hut und hochgeschlossenem Mantel neben dir sitze?«, fragte sie mit mehr ironischem Biss, als sein harmloses Kompliment verdient hatte. Ein deutlicher Hinweis darauf, dass sie nicht gerade bester Stimmung war. Und das lag weniger an dem tristen Novemberwetter als vielmehr ihrer Unzufriedenheit mit sich selbst. Je länger sie diese Affäre am Leben hielt, desto schwerer würde es sein, ihm klarzumachen, dass es für sie beide keine gemeinsame Zukunft geben konnte. Und doch ging sie immer aufs

Neue nicht nur mit ihm aus, sondern auch mit ihm ins Bett. Was wollte sie sich damit bloß beweisen?

»Ich wüsste selbst in der schwärzesten aller schwarzen Nächte, dass du hinreißend aussiehst, Harriet«, versicherte James mit unbeirrtem Charme und reichte ihr, während sich die noble Limousine ohne einen Ruck und fast lautlos in Bewegung setzte, ein Glas Champagner. »Auf einen schönen Abend mit Konzert und allem, was er sonst noch Wunderbares bringen mag.«

»Wäre eine heiße Schokolade mit einem Schuss Rum oder Cognac zur Stärkung nicht angebrachter gewesen?«, fragte Harriet mit Blick auf die Flasche Taittinger in der kleinen, verspiegelten Barkonsole aus rotbraunem Palisander. »Immerhin fahren wir nicht zu einem prickelnden Mozart, sondern müssen uns für eine wehmütige Mahler-Sinfonie wappnen.«

»Wenn dir Mahler zu schwermütig ist, können wir auch woandershin fahren«, bot er sofort an. »Wir können uns auch einen schönen Abend machen, indem ...«

»Nein, das war nur ein Scherz«, fiel sie ihm schnell ins Wort und nahm das Glas. »Du weißt doch, ich liebe Champagner, und Mahlers Fünfte ist äußerst hörenswert.« Aber selbst wenn das Orchester Mozart oder Beethoven gespielt hätte, wäre sie jetzt lieber zu Hause gewesen und hätte sich mit ihren Geschäftspapieren beschäftigt. Da gab es genug, was ihrer Beachtung und Planung bedurfte. Warum nur war sie nicht standhaft geblieben?

»Hast du inzwischen etwas von deiner Schwester gehört?«, erkundigte sich James in dem Bemühen, leichte Konversation zu machen.

»Nein, aber ich bin auch nicht scharf darauf, dass sie mir mit ihren Hollywoodgeschichten die Zeit stiehlt«, sagte Harriet mürrisch und wünschte, James hätte nicht ausgerechnet dieses Thema angesprochen. Denn über ihre Schwester und Hollywood zu reden bedeutete unweigerlich, dass ihre Gedanken zu Frank und ihrem Zerwürfnis gingen. Und wenn sie über etwas nicht nachdenken wollte, dann war es das, was Frank und sie einmal gehabt hatten und was in der Auffahrt des »Ambassador« an jenem Morgen ein Ende gefunden hatte.

»Dich mit dieser Nachricht so zu überrumpeln ist einfach ungehörig. Das wirft kein gutes Licht auf ihren Charakter, wenn du mir diese Bemerkung erlaubst«, sagte James, nippte am Champagner und schaute hinaus ins nächtliche Lichtermeer von San Francisco. »Kennst du diesen Devin Neville? Ich habe schon mal einen Film mit ihm gesehen. Ist schon Jahre her, aber ich fand, er war recht gut. Zumindest auf der Leinwand.«

»Nein, ich kenne ihn nicht und habe auch kein Verlangen, ihn kennenzulernen«, sagte sie schmallippig. »Und wer weiß, wie lange diese Ehe hält. Ich habe da so meine Bedenken.«

Sie war natürlich aus allen Wolken gefallen, als Ashley sie drei Wochen zuvor aus Yuma angerufen und ihr geradezu triumphierend mitgeteilt hatte, sie habe gerade den Hollywoodstar Devin Neville geheiratet. Und dann hatte sie ihr genüsslich unter die Nase gerieben, dass Frank sie unter Vertrag genommen und ihr in ihrem ersten Film für die Triple S die dritte Hauptrolle gegeben hatte.

Dass Frank sich nun ihrer Schwester annahm und sie umwarb, hatte ihr einen heftigen Stich versetzt, auch wenn sie sich das zunächst nicht hatte eingestehen wollen. Und irgendwie schmerzte es sie noch immer, dass er meinte, ihr ihre Zurückweisung auf diese Art heimzahlen zu können. Aber was immer ihn auch bewogen haben mochte, plötzlich ihre Schwester unter seine Fittiche zu nehmen, oder wohin sonst, es sollte sie nicht mehr kümmern. Sie musste den Tatsachen ins Auge sehen, und bittere Tatsache war nun mal, dass Frank nicht mehr der Mann war, an den sie einst ihr Herz verloren hatte. Er war ein anderer geworden, einer, für den sie bestenfalls Mitleid zu empfinden vermochte. Einen Mann, der an der Flasche hing, Kokain schnupfte und von nicht weniger gefährlichen Pillen abhängig war, konnte sie nicht lieben. Früher oder später würde er die Kontrolle auch über alle anderen Bereiche seines Lebens verlieren. Sie hatten einander nichts mehr zu geben und nichts mehr zu sagen. Es war vorbei, und das musste sie endlich akzeptieren, so bitter und schmerzlich es auch war!

Harriet spürte einen Kloß im Hals, blinzelte und presste den Zeigefinger der freien Hand unter ihre Augen.

»Ist was, Liebes?«

»Nein, ich habe nur was im Auge«, log sie und wechselte hastig das Thema. »Übrigens habe ich nun doch beschlossen, die Weihnachtstage und den Jahreswechsel in New York zu verbringen. Du weißt, das Stück meines Bruders hat Mitte Dezember am Broadway Premiere. Elliot kommt dafür extra aus Paris angereist.«

»New York im Dezember würde mir auch gefallen.«

»Tut mir leid, aber das geht nicht«, erwiderte sie, um seine Hoffnung auf einige gemeinsame Liebeswochen gleich zunichte zu machen. »Adrian wird mich begleiten, und wir werden viel zusammen unternehmen. Es wird also eine rein familiäre Angelegenheit.«

»Oh, natürlich … ich verstehe«, sagte er gefasst, doch der gelbliche Schein einer Straßenlaterne, der über sein Gesicht glitt, enthüllte seine tiefe Enttäuschung.

Harriet unterdrückte einen Seufzer und legte James zum Trost die Hand auf den Oberschenkel. Sie würde also auch diese Nacht in seinem Bett verbringen. Die Trennung musste noch ein wenig warten. Mit Beginn des neuen Jahres würde die TOSCA ein börsennotiertes Unternehmen sein. Eine große Zäsur in ihrem Leben und kein schlechter Zeitpunkt, um aus dieser Affäre wieder eine rein geschäftliche Beziehung zu machen.

74

Der letzte Abend des Jahres war regnerisch und ungewöhnlich kalt. Kalt war auch der Grabstein unter Franks Hand. Laura hatte den weißen Marmor selbst ausgesucht, ebenso die schlichte Inschrift, die nur aus ihrem Namen sowie ihrem Geburts- und Sterbejahr bestand. Das einzig Ungewöhnliche war die stilisierte Sternschnuppe mit ihrem angedeuteten Schweif in der oberen rechten Ecke.

Der Regen rann Frank wie ein Schleier von der Hutkrempe, und dann und wann fand ein Rinnsal auch seinen Weg unter den hochgeschlagenen Mantelkragen und in den Nacken. Es war dunkel auf dem Memorial Cemetery am Sunset Boulevard, der schwache Schein der spärlich verteilten Leuchten reichte nicht bis zu Lauras Grab. Aber Frank brauchte kein Licht, um zu wissen, wo auf dem Stein die feinen Linien aus dem Marmor gemeißelt waren. Seine Finger fuhren über den zur Erde hin geneigten Schweif und blieben auf dem kleinen Stern liegen.

Er blinzelte in die regengetränkte Dunkelheit und schüttelte den Kopf. »Nein, so ist es nicht gewesen, Laura. Du warst mehr als eine Sternschnuppe, die schnell verglüht. Viel mehr warst du, nämlich ein wunderbarer, hell strahlender Stern, zumindest in meinem Leben. Vor allem aber bist du viel zu früh gestorben.« Es war ein verlorenes Flüstern in der Nacht. Oder waren das nur seine Gedanken, die er im Rauschen des Regens hörte? Aber so betrunken war er nicht, dass er den Unterschied nicht mehr gewusst hätte. Egal, viel wichtiger war ja wohl die Frage, welchen Platz Harriet in seinem Universum einnahm, wenn Laura darin ein wunderbarer Stern gewesen war. Die feurige, alles überstrahlende Sonne, an der er sich verbrannt hatte und von der er vernichtend weggeschleudert worden war?

Himmel, was gingen ihm für schwachsinnige Gedanken durch den Kopf! Offenbar war er noch nicht betrunken genug. Und wieso hatte er gemeint, ausgerechnet abends zu Lauras Grab pilgern und hier tiefschürfende Gedanken fassen zu müssen wie ein drittklassiger Drehbuchschreiber, der ein paar rührende Zeilen für ein B-Melodrama in seine Underwood hackte? Und das alles bei diesem Mistwetter.

Er riss sich von Lauras Grab los, stapfte missmutig zu seinem Wagen und fuhr zurück zur Bungalowanlage, wo er sich erst einmal unter die heiße Dusche stellte. Danach mixte er sich, ein Badetuch um die Hüften gewickelt, einen Drink. Immerhin war Silvester, da konnte er sich ja wohl ein paar mehr gönnen als sonst.

Als er sah, dass es erst halb neun war und damit an der Ostküste noch eine halbe Stunde bis Mitternacht, griff er in einer spontanen Anwandlung zum Telefon und meldete ein Gespräch nach New York an. Verdammt, er hatte noch Anstand und Rückgrat genug, um ihnen da drüben alles Gute zum neuen Jahr zu wünschen, auch Harriet, und wenn sie ihn noch so schäbig behandelt hatte!

Schneller als gedacht hatte er die Rezeption des »Waldorf Astoria« in der Leitung. »Hier Frank Maynard in Hollywood. Bitte schicken Sie einen Pagen mit einer Tafel in den großen Ballsaal, dass Mr Adrian Shaw und Mrs Harriet Shaw ans Telefon gebeten werden! Wir sind verwandt.«

»Gern, Mr Maynard«, sagte der Mann an der Rezeption beflissen, »aber bei dem Trubel ist es sehr fraglich, ob der Page mit der Nachricht rechtzeitig bemerkt wird. Und länger als fünf Minuten können wir die Leitung nicht offen halten.«

»Dann sagen Sie Ihrem Pagen, dass er sich beeilen und die Tafel schön hochhalten soll«, erwiderte Frank, klemmte sich den Hörer ans Ohr und zündete sich eine Zigarette an. Sein Blick folgte dem Sekundenzeiger seiner Armbanduhr. Er rauchte nervös und trank noch einen Schluck. Vier Minuten und zehn Sekunden verstrichen, dann vernahm er im Hintergrund ein kurzes Anschwellen von Stimmen, das jedoch sofort wieder erstarb. Er wusste, was das bedeutete: Jemand hatte kurz die Tür einer Telefonkabine geöffnet und gleich wieder geschlossen.

»Frank?«

Er war wie gelähmt, als er ihre Stimme so klar und nah hörte. Er wusste nicht, was er sagen sollte. Seine Gedanken rasten. Wollte er denn überhaupt mit ihr reden? Warum war nicht erst Adrian ans Telefon gekommen? Dann hätte es weniger offensichtlich gewirkt. Das Herz schlug ihm bis zum Hals. Er ließ die Zigarette in den Aschenbecher fallen und deckte schnell die Sprechmuschel ab.

»Frank? Bist du es? Kannst du mich hören?«

Mit angehaltenem Atem und ganz langsam legte er auf. Dann ließ er sich in den nächsten Sessel fallen und schlug sich mit der flachen Hand vor den Kopf. Was war er doch für ein gottverdammter Idiot! Warum hatte er das getan? Wenn Harriet sich mit ihm versöhnen wollte, dann sollte sie verdammt noch mal den ersten Schritt tun. Immerhin hatte er ihr einen Heiratsantrag gemacht!

Eigentlich hatte er Silvester allein verbringen wollen, weshalb er alle Einladungen ausgeschlagen hatte, auch die von Chaplin und Fairbanks. Ihm war nicht nach Feiern zumute gewesen. Doch jetzt war ihm die Vorstellung, mit seinen Gedanken allein zu sein und in brütendem Schweigen stumpfsinnig der Mitternacht entgegenzutrinken, zuwider.

Er schmiss sich in seinen Smoking und stand kurz vor zehn im »Coconut Grove«. Der Nachtclub war gerammelt voll und mit Girlanden sowie Ballons und anderem Silvesterfirlefanz geschmückt. Natürlich gab es keinen Tisch mehr, die waren alle seit Wochen reserviert und vergeben. Aber er war auch gar nicht darauf aus, an einem Tisch zu sitzen, sich ein mehrgängiges Festmenü servieren zu lassen und Konversation zu machen. Vielmehr wollte er flotte Musik, fröhliches Stimmengewirr und wildes Leben um sich haben, während er sich langsam in die Gleichgültigkeit trank. Und dafür war die Theke der beste Ort.

Auf dem Weg dorthin begegnete ihm Kirkland. Er kam ihm in dem Gang jenseits der Tischreihe entgegen und befand sich in Gesellschaft von zwei Männern Mitte fünfzig und drei bildhübschen, aber halb so alten Frauen. Über die Tische hinweg richtete Kirkland seine ausgestreckte Hand auf ihn, imitierte eine Pistole und drückte pantomimisch ab. Dabei bewegten sich seine Lippen. Frank nahm an, dass es sich bei dem stummen Zuruf um so etwas handelte wie: »Nächstes Jahr bist du dran, Maynard!«

Frank antwortete mit dem gestreckten Mittelfinger. Hinten an der Theke traf er auf Zukor, und Andrew Talbot, der sich vor Weihnachten von seiner Frau getrennt hatte, leistete ihm Gesellschaft. Beide schienen schon reichlich hinüber.

»Willkommen zu Hause, Frankie!«, begrüßte Zukor ihn mit schwerer Zunge.

»Mi casa es su casa, compadre«, erwiderte Frank, grinste und nickte dem Barkeeper zu. In der Gesellschaft der beiden Männer, mit denen er schon so oft gebechert hatte, fühlte er sich gleich besser. Gut, dass er sich nicht in seinem Bungalow verkrochen hatte.

»Steigst 'n bisschen spät ins Rennen ein«, nuschelte Talbot.

Zukor, der eine Schale Erdnüsse vor sich stehen hatte, nickte mit der ernsten Miene eines Mannes, der sich noch für nüchtern hält, obwohl sein Geist längst in Hochprozentigem schwimmt. »Nie wurde ein wahreres Wort gesprochen, Talbot! Wir haben ordentlich Vorsprung. Hart erarbeitet, das kann ich dir versichern, Frankie. Talbot arbeitet schon an seinem sechsten Gimlet, da wirst du schwerlich Anschluss finden«, sagte er, knackte eine Nuss und wollte sie sich in den Mund werfen, verfehlte sein Ziel aber um eine gute Handbreit. Er lachte, fegte mit einer fahrigen Bewegung die Schalen vom Tresen und griff zur nächsten Nuss.

»Keine Sorge, ich schließe schnell auf«, sagte Frank und griff nach dem Whiskey, den Sean ihm über die polierte Platte schob.

Auch Zukor nahm einen neuen Drink entgegen. Er stieß mit Frank an. »Essen und Trinken sind doch die drei schönsten Dinge im Leben!«, kalauerte er, und Frank fand es witzig.

Talbot hielt tapfer mit und orderte Gimlet Nummer sieben bereits, als er mit dem Vorgänger noch gar nicht fertig war. »Hollywood ist schon ganz in Ordnung«, sinnierte er mit der Tiefenschärfe des Betrunkenen. »Wenn nur die Filme nicht so schlecht wären.«

Zukor nickte gedankenvoll. »Ich halte es mit Mayer, der mal gesagt hat: ›Ich lese nur die antiken Philosophen, weil ich keinen Sinn darin sehe, ein Buch von jemandem zu lesen, der dümmer ist als ich.‹ Was meiner bescheidenen Meinung nach auf den größten Teil der modernen Romane zutrifft.«

»Das kann Mr MGM nicht gesagt haben! Der liest doch gar nicht, nicht mal Drehbücher. Was soll der auf einmal mit den Schinken von den antiken Klugscheißern anfangen?«, widersprach Talbot.

»Stimmt. Na, dann wird es wohl ein anderer gewesen sein.«

»Und was hat das mit Hollywood und den miesen Filmen zu tun?«, rätselte Talbot.

Erstaunt blinzelte Zukor ihn an. »Das frage ich mich gerade auch.«

Und in dieser Art ging es weiter.

Irgendwann gesellte sich ein langes Elend mit schütterem Vollbart und einem viel zu weiten Abendanzug zu ihnen. Der Mann war um die vierzig, sprach mit starkem russischen Akzent, aber flüssig und präsentierte sich mit den Worten: »Wenn Sie erlauben, Gentlemen, Igor Kopinsky, Musiknutte aus Kiew, dem Paris des Ostens!« Dabei schlug er soldatisch die Hacken zusammen und zog einen nicht vorhandenen Hut von seinem Eierkopf. Zukor schien ihn zu kennen, er war Komponist und schrieb auf Bestellung. Seit der Tonfilm seinen Siegeszug angetreten hatte, gab es in jedem großen Studio eine eigene Abteilung mit fest angestellten Komponisten, für jede Musikrichtung mindestens einen. Und die hatten zu komponieren, ohne zu wissen, welche Stücke von anderen für denselben Film beigesteuert wurden oder wie die Handlung des Films weiterging. Igor Kopinsky war nicht nur ein geselliger Mann, sondern hatte auch viele Geschichten auf Lager.

»… und da sagt der Szmul Gelbfisz zu mir …«

»Welcher Geldfuß?«, unterbrach ihn Talbot, der Mühe hatte, die Augen offen zu halten.

»Na, der Samuel Goldwyn«, rief der Ukrainer, dessen Sinfonien in seiner Heimat buchstäblich Klang und Namen hatten, und feixte. »Also der sagt: ›Igor, kannst du mir eine Polka schreiben?‹ Als ich ihn frage, für wen die Polka denn sein soll, sagt er: ›Für Elefanten, Igor!‹ Nun ja, denk ich, das ist schon ein dickes Ding, aber warum nicht? Polkas gibt's für alles Mögliche. Also frag ich ihn: ›Wie alt sind denn die Elefanten?‹ Da sagt er: ›Na, ganz jung, Igor.‹ Okay, denk ich, eine Polka für ganz junge Elefanten ist nur halb so schwer wie eine für ausgewachsene.« Er kippte den Drink, den Zukor ihm spendiert hatte, auf einen Zug hinunter, fuhr sich mit dem Handrücken über den Mund und grinste. »Wir sind nun mal Nutten, wir polstern mit unserer Musik Filme auf, nichts weiter.«

Allgemeines Gelächter.

Als Kopinsky wenig später zu erzählen begann, wie er David Selznick ein Stück »Orgasmusmusik« hatte schreiben sollen, verlor Frank das Interesse. Außerdem war ein Gang zur Toilette fällig, nicht allein der Blase wegen, sondern auch, weil er eine Prise Koks nachlegen wollte, hatte er doch gegen alles Mögliche zu kämpfen, nicht nur gegen die Müdigkeit. Im Weggehen hörte er den Komponisten sagen: »… also das Stück hat ihm gefallen, war ja auch ein Motiv aus einer meiner Sinfonien, aber dann fing er an: ›Alles schön und gut, Igor, aber so ficke ich nicht!‹ Maria und Jesus, was soll man da machen, Leute? Orgasmusmusik wollte der, kein Witz!«

Als Frank gestärkt zurückkam, traf er auf Ashley und ihre Begleiterin, eine junge Schönheit mit schwarzem Bubikopf und einem herzförmigen Gesicht. Ashley sah blendend aus in dem rubinroten Abendkleid, das an der Seite hoch geschlitzt und im Rücken tief ausgeschnitten war. Eine Nerzstola lag um ihre nackten Schultern, und über dem Spalt zwischen ihren Brüsten hing ein großer, tropfenförmiger, von Diamanten eingefasster Rubin. Seit sie als Schauspielerin zu sich gefunden hatte, kam sie ihm vor wie ausgewechselt. Während der ersten beiden Probenwochen hatte es gelegentlich noch Probleme mit übertriebener Gestik und Mimik gegeben, aber das hatte sich mit Drehbeginn schnell gegeben. Ashley war förmlich aufgeblüht, so als hätte sie endlich das Element gefunden, in dem sie sich sicher fühlte wie ein Fisch im Wasser. Jedenfalls hatte sie ihren Part hervorragend gespielt, und die Muster von »The Sister Trap« sprachen dafür, dass sie nun ihren Weg in Hollywood machen würde.

»Frank, mein Retter und Held!«, rief sie, umarmte ihn stürmisch und gab ihm einen Kuss. Dabei zwängte sie ihre Zunge zwischen seine Lippen und ließ ihn ihre Brüste spüren, was ihm sagte, dass sie auch nicht mehr ganz nüchtern war.

»Ashley, Ashley!«, tadelte er sie scherzhaft und konnte nicht verhindern, dass er eine Erektion bekam.

Wieder einmal dankte sie ihm überschwänglich, dass er an sie geglaubt und ihr diese einmalige Chance gegeben hatte. »Ach, meine Schwester weiß ja gar nicht, was sie an dir hat, Frank. Sie hat dich überhaupt nicht verdient.«

»Der Meinung scheint sie auch zu sein.«

»Ihr Pech, wenn sie lieber mit ihren blöden Schiffchen spielt. So, wir verschwinden. Für Mitternacht haben wir was Besseres vor, als hier im ›Grove‹ herumzuhängen und ins Geschrei einzustimmen. Also, alles Gute für 1929, Frank!«

»Ja, komm du auch gut ins neue Jahr.«

Ashley lachte ihn an. »Und ob ich gut kommen werde!«, rief sie, zwinkerte ihm zu und hakte sich bei der schwarzhaarigen Schönen ein, die leicht errötete und Franks Blick kichernd auswich.

Neidvoll blickte Frank den beiden Verliebten nach, und während Kokain und Alkohol wild durch seinen Körper pulsierten, fragte er sich plötzlich, warum er mit Zukor, Talbot und diesem Igor an der Theke herumhing und die Zeit mit Hollywoodgeschichten totschlug. Er hatte doch ganz andere Möglichkeiten, den Jahreswechsel gebührend zu feiern, oder? Hier wimmelte es doch nur so von Starlets, die scharf darauf waren, mit einem Studioboss ins Bett zu gehen. Und hatte diese Brittany nicht schon versucht, mit ihm zu flirten? Gerade schaute sie wieder herüber und lächelte ihm verführerisch zu. Verdammt, worauf wartete er? Er konnte doch tun und lassen, was er wollte! Liebemachen, das war es, was er jetzt brauchte. War Sex denn nicht die Antithese zum Tod, die sinnesfreudige Feier des Lebens? Ja, genau. Und der Teufel sollte ihn holen, wenn er sich ausgerechnet in der Silvesternacht diese Feier des Lebens versagte!

VIERTER TEIL

1929

75

Ida Caldwell starb in den frühen Morgenstunden des Aschermittwochs, der in diesem Jahr auf den 13. Februar fiel. Beerdigt wurde sie vier Tage später bei sonnig klarem Himmel auf dem Laurel Hill Cemetery in Presidio Heights.

Zur kirchlichen Trauerfeier traf Harriet als eine der Letzten ein. Als sie kam, erklangen schon Orgelspiel und Gesang. Sie hatte sich bewusst verspätet, weil sie nicht gezwungen sein wollte, vorn bei den Verwandten Platz zu nehmen, womöglich noch neben Henry. Es war ihr ganz recht, dass Adrian nicht mit war und sie nicht drängen konnte, ihre Abneigung für die Dauer der Feier zu beherrschen und dem Anstand Genüge zu tun. Er war Anfang des Monats mit einigen Studienfreunden zum Mardi Gras nach New Orleans gereist und wollte erst Mitte kommender Woche zurück sein. Ihm ein Telegramm zu schicken und ihm eine vorzeitige Rückkehr nahezulegen, hatte sie nicht für nötig erachtet. Ihr Sohn war Ida nie begegnet, wozu sollte das also gut sein?

Auch auf dem Friedhof hielt sie sich von Henry fern. Dass ihr das einige verwunderte, auch missbilligende Blicke eintrug, kümmerte sie nicht. Es fiel ihr schon schwer genug mit anzusehen, wie ihr Onkel den gramgebeugten Witwer spielte. Immer wieder führte er sein blütenweißes Taschentuch an die Augen, wobei er jedoch streng darauf achtete, dass er die gewachsten Enden seines Zwirbelbartes nicht in Unordnung brachte. Und anders als bei Guy, der wahrhaftig um seine Mutter trauerte und stumm weinte, konnte Harriet in Henrys Augen noch nicht mal einen wässrigen Glanz entdecken, geschweige denn eine Träne, die sich lösen wollte.

Sie trat ans Grab, warf ihren Strauß Lilien auf Idas prachtvollen Sarg, nahm Guys Hand und drückte sie fest. »Mein tief empfundenes

Beileid. Sie war eine sehr warmherzige Frau und hat dich über alles geliebt. So musst du dich an sie erinnern.«

Guy schluckte und nickte mit einem gequälten Lächeln, die Augen verquollen, das Gesicht nass von Tränen. Als Harriet sich seinem Vater zuwandte, streckte der ihr ganz selbstverständlich die Hand entgegen.

Sie blickte verächtlich auf die Hand und dann ihrem Onkel ins Gesicht. »Glaubst du, ich spreche dir mein Beileid aus? Wo du Ida so schäbig behandelt hast? All die Jahre hast du sie mit deinen billigen Liebchen betrogen, sie in die Depression gestürzt und am Ende vorzeitig unter die Erde gebracht«, fauchte sie und nahm keine Rücksicht darauf, dass einige in der Nähe Stehende alles mit anhören konnten. Wenn es nach ihr ging, konnte der ganze Friedhof hören, was sie ihrem Onkel zu sagen hatte.

Der starrte sie mit offenem Mund an. »Also, hör mal …«

Sie schnitt ihm das Wort ab. »Etwas Verlogeneres als deine Trauer gibt es gar nicht! Bei dir wäre doch eher ein Glückwunsch angebracht. Jetzt hast du es endlich geschafft und kannst dich deinem abscheuliches Lotterleben ganz ungestört hingeben.«

Einer von Idas Verwandten sog scharf die Luft ein, und hinter Harriet erhob sich erregtes Raunen und Zischeln.

Henry lief hochrot an und warf sich entrüstet in die Brust. »Du hast sie ja nicht mehr alle! Einweisen müsste man dich! Geh mir bloß aus den Augen, du … du überspannte Suffragette!«, zischte er.

»Danke für das Kompliment, du Heuchler«, sagte sie, warf Guy einen bedauernden Blick zu und entfernte sich rasch. Wo sie nun schon mal auf dem Friedhof war, wollte sie auch dem Grab ihres Mannes einen Besuch abstatten. Sie hatte dort schon lange nicht mehr nach dem Rechten gesehen, aber die Arbeit ließ ihr ja auch so wenig Zeit für Dinge, die nichts mit der Reederei zu tun hatten. Und seit die TOSCA das Büro in New York unterhielt und an der

Börse notiert war, hatte das Wort »Freizeit« in ihrem Leben noch weniger Bedeutung. Dass Guy ihr gefolgt war, bemerkte sie erst, als sie an Jordans Grab stand und mit einer behandschuhten Hand trockenes Laub von der Marmorplatte wischte.

»Harriet?«

Überrascht richtete sie sich auf. Er wirkte gefasst und ernst, das Gesicht war zwar noch gerötet, aber die Tränen waren weggewischt. Sie glaubte zu wissen, warum er ihr gefolgt war. Jetzt tat es ihr leid, dass sie sich zu dieser unschönen Szene hatte hinreißen lassen.

»Ich weiß, es war dir gegenüber nicht sehr rücksichtvoll, deinem Vater diese hässlichen Worte an den Kopf zu werfen, wobei ich in der Sache nichts davon zurücknehme. Aber wenn ich dich damit verletzt haben sollte …«

»Das hast du ganz und gar nicht«, fiel er ihr ins Wort. »Mit dem Skandal, für den du da gerade gesorgt hast, kann ich sehr gut leben.«

»Da bin ich aber erleichtert, Guy.«

»Genau genommen bin ich dir sogar dankbar dafür, dass du das in aller Öffentlichkeit gesagt hast. Du hast mir aus der Seele gesprochen. Ich wünschte, ich hätte es ihm so ins Gesicht gesagt, aber mir hat der Mut gefehlt, mich über die Konventionen hinwegzusetzen«, sagte er mit einem schwachen Lächeln.

Sie zuckte die Achseln. »Bei mir war da nicht viel Mut vonnöten. Was die Konventionen betrifft, ist mein Ruf schon ruiniert, seit ich es gewagt habe, den Männern im Geschäftsleben die Stirn zu bieten und auf ihrem eigenen Feld Konkurrenz zu machen. Wäre ich gescheitert, hätten sie es mir vielleicht noch nachgesehen. Aber einer Frau, die Erfolg hat und sie überflügelt, können sie nicht verzeihen.«

In sein Gesicht kehrte etwas Wärme zurück, und auch in sein Lächeln kam mehr Leben. »Ja, du hast dich schon immer über das hinweggesetzt, was andere von dir erwarten. Es war dir egal, was sie denken könnten, wenn du diesen Erwartungen zuwiderhandelst. Das habe ich immer an dir bewundert, Harriet.«

»Danke«, sagte sie gerührt, »aber ich nehme an, du bist mir nicht hinterhergekommen, um mir das zu sagen, oder?«

Er schüttelte den Kopf, zog sein Zigarettenetui hervor und hielt es ihr hin. »Meine Mutter ist friedlich im Schlaf gestorben. Ich war die ganze Nacht bei ihr, als hätte ich gewusst, dass es bald so weit ist. Um halb drei hatte ich ihr noch mal von dem Bergamottetee gebracht, den sie so liebte. Danach ist sie wieder eingeschlafen und … und nicht mehr aufgewacht.« Sein Blick ging an ihr vorbei und über das Gräberfeld. Dann fügte er leise hinzu: »Um kurz nach vier hat Mutter ihren letzten Atemzug getan. Es war plötzlich entsetzlich still im Zimmer, aber irgendwie war es auch eine friedliche, erlöste Stille, wie ich sie noch nie erlebt hatte.«

»Diesen sanften Tod hatte deine Mutter verdient. Es tut gut, das zu hören, Guy«, sagte Harriet, nahm eine Zigarette und ließ sich Feuer geben. Sie wusste, dass er nicht gekommen war, um ihr von Idas friedlichem Tod zu berichten. Er musste noch etwas ganz anderes auf dem Herzen haben. »Kann ich irgendetwas für dich tun?«

Er nickte bedächtig. »Ja, das kannst du.«

»Und das wäre?«

»Ich möchte dir meinen Anteil an der Caldwell Shipping verkaufen«, sagte er so ruhig, als sei das nichts Besonderes. »Besser gesagt: Ich möchte dir den Vorzug geben, bevor ich mich nach anderen Interessenten umhöre.«

Harriet fiel aus allen Wolken. Mit allem hatte sie gerechnet, aber nicht damit. »Du willst verkaufen? Ist das dein Ernst?«

»Ich habe gerade meine Mutter begraben, da ist mir nicht nach Scherzen zumute, Harriet.«

»Natürlich nicht, entschuldige«, sagte sie schnell und hatte Mühe, ihren inneren Aufruhr in Zaum zu halten. Er wollte an sie verkaufen! Was für ein fantastisches Angebot! Wenn sie mit Guy handelseinig wurde, konnte sie Henry den Todesstoß versetzen, sie konnte ihn für immer entmachten. Sich mit der Hilfe seines eigenen Sohns die überwältigende Mehrheit zu verschaffen wäre die perfekte Vergeltung. »Das ist mir nur so herausgerutscht, weil ich nicht im Traum gedacht hätte, dass du jemals würdest verkaufen wollen. Ich meine, wo dein Vater dir doch erst letztes Jahr die Hälfte seiner Anteile überschrieben hat und du eines Tages als sein Erbe …«

»Er hat mir die zwanzig Prozent nicht in einem Anfall von väterlicher Herzensgüte überschrieben, sondern ich habe sie eingefordert, und er musste sich meiner Forderung fügen«, stellte Guy klar, und er tat es mit einem Selbstbewusstsein, das Harriet nie zuvor an ihm erlebt hatte.

»Und wieso willst du jetzt verkaufen?«

»Bist du nicht interessiert?«, fragte er spöttisch zurück.

»Und ob ich das bin!«, beeilte sie sich zu versichern und überschlug im Geist, um welche Summe es wohl ging. Auch Henry hatte in den letzten Jahren Schiffe gekauft und die Flotte nicht nur vergrößert, sondern auch verjüngt. Sie schätzte deshalb, dass der Marktwert von Guys Firmenanteil wohl irgendwo zwischen sieben und neun Millionen lag. Das versprach einen harten Kampf mit James, denn allein mit dem Verkauf eines Teils ihrer TOSCA-Aktien würde sie die Summe nicht zusammenbringen, wollte sie nicht die Kontrolle über ihre Firma verlieren. Gut ein Drittel der Kaufsumme würde sie über einen Kredit decken müssen. Zu dumm, dass sie die Affäre mit James kurz nach Neujahr beendet hatte. Zumindest hatte es weder Streit noch hässliche Szenen gegeben. Aber obwohl sie ihm nie mehr versprochen hatte als eine unverbindliche Liebschaft und er das Ende schon hatte kommen sehen, bevor sie im Dezember nach New York gereist war, hatte er sich doch eine Weile reichlich verärgert gezeigt und sich aufgeführt wie ein kleiner Junge, dem man sein Lieblingsspielzeug genommen hat. Im Stillen schalt sie sich für die Dummheit, sich überhaupt auf diese Liebelei eingelassen zu haben. Wäre sie nicht so bitter enttäuscht gewesen, so zornig auf Frank, sie wäre gar nicht in Versuchung geraten, mit James ins Bett zu gehen. Das hatte sie doch nur getan, um sich zu beweisen, dass sie von Frank nicht abhängig war. Als sie jetzt darüber nachdachte, kam ihr der Anruf in der Silvesternacht wieder in den Sinn. War es Frank gewesen, der sie im Ballsaal hatte ausrufen lassen? Und wenn ja, hatte er mit ihr oder nur mit Adrian sprechen wollen? Ihr Sohn hatte nachfragen wollen, wer da versucht hatte, sie zu erreichen, aber die beiden Manager an der Rezeption waren anderweitig beschäftigt gewesen, und weil es schon stramm auf Mitternacht zugegangen war, hatten sie nicht länger gewartet, sondern sich umgehend wieder zu Elliot in den Ballsaal begeben. Die Nachfragen am Neujahrsmorgen hatten auch keine Aufklärung gebracht, da es zu dem Anruf keine Notizen gegeben hatte. Danach hatten sie die Sache auf sich beruhen lassen. Aber warum um Himmels willen ging ihr das jetzt durch den Sinn, als wäre es auch nur im Entferntesten von Bedeutung? Sie hatte mit Frank abgeschlossen, und wenn Adrian gelegentlich mit ihm sprach, wollte sie weder wissen, dass er es tat, noch, worüber sie sprachen.

Sie verjagte Frank aus ihren Gedanken und kehrte zu James zurück. Sein kindisches Schmollen hatte sich mittlerweile gegeben. Bedenken würde er dennoch anmelden, und vermutlich würde er versuchen, ihr den Ankauf auszureden, aber diese Chance würde sie sich nicht entgehen lassen, um keinen Preis! Und wenn ihr noch so harte Verhandlungen mit James bevorstanden, letztlich würde er die zusätzlichen Millionen bewilligen. Die Bank verdiente einfach zu gut an ihr. Innerhalb der vier Wochen, die sie nun an der Börse gehandelt wurden, waren die TOSCA-Aktien im Wert schon um sensationelle siebzehn Prozent gestiegen. Und der Kurs stieg beständig weiter. Andererseits: Welche Aktien stiegen gerade nicht?

»Da bin ich ja beruhigt«, sagte Guy spöttisch.

»Selbstverständlich bin ich interessiert! Ich wundere mich nur, dass du aussteigen willst. Denn wenn ich ehrlich sein soll, setzt du mir im Australienhandel zu wie kein anderer Konkurrent auf der Route. Du führst deinen Teil der Firma um einiges profitabler als dein Vater den seinen. Daher dachte ich, dass du es gar nicht erwarten kannst, irgendwann das alleinige Sagen zu haben.«

Er lächelte flüchtig, aber nicht geschmeichelt, sondern mit dem Stolz eines Mannes, der sich seines Erfolgs sehr wohl bewusst ist. Doch das Lächeln verschwand so schnell, wie es über sein Gesicht gehuscht war, und an seine Stelle trat ein harter, grimmiger Ausdruck. »Ich will weder mit meinem Vater noch mit der Firma noch länger zu tun haben. Und weiter möchte ich darauf nicht eingehen«, erklärte er, und sein plötzlich schroffer Ton ließ keinen Zweifel daran, dass er kein weiteres Wort darüber verlieren würde. »Halten wir uns ans Geschäftliche.«

»Mir soll es recht sein. Was hast du dir denn vorgestellt? Wie viel willst du haben?«, erkundigte sie sich.

»Hör zu, ich will nicht mit dir schachern, Harriet«, sagte er, ließ die halb gerauchte Zigarette fallen und trat sie mit dem Absatz aus. »Deshalb mache ich dir ein faires Angebot, so wie du es damals den Anderson-Brüdern gemacht hast.«

Sie hob die Brauen. »Mit oder ohne Mitternachtsultimatum?«, fragte sie spöttisch.

Der Anflug eines sarkastischen Lächelns kräuselte seine Lippen. »Ich weiß, wie sehr du meinen Vater hasst, wie sehr du darauf brennst, es ihm heimzuzahlen und ihn im Kampf um die Firma endgültig zu schlagen. Du wirst alles tun und mir jeden halbwegs vernünftigen Preis zahlen, um dich in den Besitz meiner zwanzig

Prozent zu bringen«, sagte er unverblümt. »Wozu sollte ich da noch ein Ultimatum brauchen?«

So, wie er das sagte und sie dabei ansah, fühlte sie sich irgendwie entlarvt. Es war, als hätte er einen beschämenden, wunden Punkt berührt. »Dann rede auch nicht lange drum herum, sondern sag deinen Preis!«, erwiderte sie barsch.

»Du hast den Andersons für jeweils acht Prozent zwei Millionen geboten. Seitdem hat die Caldwell Shipping fünf Frachter mehr, und mein Australiengeschäft läuft hervorragend. Eigentlich könnte ich unsere Verhandlungen guten Gewissens mit einer Forderung von siebeneinhalb Millionen beginnen«, rechnete er ihr vor. »Aber wie gesagt: Ich will nicht mit dir schachern und nach wochenlanger Buchprüfung mit deinen Anwälten darüber streiten, was dieser oder jener Dampfer wert ist oder nicht, sondern den Handel fair und schnell über die Bühne bringen. Deshalb liegt mein Preis bei sechs Millionen. Was sagst du?« Er streckte ihr die Hand hin.

Sechs Millionen für die Flotte, das war ein Schnäppchen. Harriet konnte ihr Glück kaum fassen. Ohne zu zögern, schlug sie ein. »Abgemacht, Guy!«

76

Die Panikattacke riss Frank aus wirren Träumen. Er hatte das entsetzliche Gefühl, keine Luft zu bekommen und zu ertrinken, und sein Herz raste in einer viel zu engen Brust. In den ersten Momenten hielt er die Schwärze um ihn her für die lichtlose Tiefe der Unterwasserwelt. Deutlich spürte er die kalte Nässe, die seinen nackten Körper umhüllte. Röchelnd griff er sich an die Brust, bäumte sich auf und fiel aus dem Bett. Beim Aufprall auf dem Boden stieß er sich am Bein des Nachttischs, und der Schmerz riss ihn aus der Halluzination. Obendrein kippte im selben Moment der Wecker von der Nachttischkante und kam neben seinem Kopf auf dem Teppichboden zu liegen, sodass er die phosphoreszierenden Markierungen auf dem Zifferblatt direkt vor Augen hatte. Es war zwanzig vor vier. Dass er nicht unter Wasser war und erstickte, sondern einen seiner Angstanfälle erlebte, machte ihm auch die Sirene eines Feuerwehrwagens bewusst, die unweit der Bungalowanlage durch die Nacht jaulte, sich aber schnell entfernte. Sein Atem ging schnell und flach.

Hechelnd, als hätte er einen Marathon hinter sich, tastete Frank nach dem Schalter der Nachttischlampe. Als er ihn gefunden hatte und das Licht endlich die erdrückende Schwärze von seiner Brust nahm, zwang er sich, ruhig zu atmen, so, wie der Krankenhausarzt es ihm gezeigt hatte. »Alles ist gut, es ist nichts!«, keuchte er selbstbeschwörend. »Alles ist gut. Du hast nichts.« Er brauchte keinen Arzt, er hatte keinen Herzanfall. Alles nur Einbildung. Es war seine verdammte Angst vor der Angst, die er unter Kontrolle bringen musste. »Alles ist gut! Alles ist gut! Es ist nichts!«

Endlich ging sein Atem ruhiger, der Druck wich von ihm, und sein Herz hörte auf zu klopfen, als wollte es ihm in seiner Not die Brust sprengen. Ihm war kalt, und als er sich zitternd aufrichtete, wurde ihm bewusst, dass sein Körper von kaltem Schweiß bedeckt war. Auch das Bettlaken war nass von Schweiß. Er wankte ins Badezimmer, ließ heißes Wasser in die Wanne laufen und schluckte drei Pillen. Er wartete nicht, bis das Wasser hoch genug stand, sondern stieg sofort hinein und legte sich unter den heißen Wasserstrahl.

Allmählich kehrten seine Lebensgeister zurück. Der starke Kaffee, den er sich machte, bevor er gegen fünf ins Studio fuhr, vertrieb die letzte Benommenheit aus seinem Körper. Er wollte auch nicht länger darüber nachdenken, was es mit diesen verfluchten Panikattacken auf sich hatte, es genügte ihm zu wissen, dass es nichts wirklich Ernstes war und sich schon wieder legen würde. Immerhin waren seit dem letzten Beklemmungsanfall fast anderthalb Monate vergangen. Kein Grund also, sich in Behandlung zu begeben, geschweige denn, sich auf die Couch eines Seelenklempners zu legen. Er hatte einfach mörderisch viel am Hals, da war es ja wohl kein Wunder, dass der Stress sich gelegentlich ein Ventil suchte. Vermutlich hätte der Anfall ihn auch nicht im Schlaf erwischt, wenn er am Abend eine Schlaftablette mehr genommen hätte. Die Wirkung ließ spürbar nach, auch die der Aufputschmittel, sodass er wohl höher dosieren musste. Aber was auch immer der Grund dafür war, dass es ihn mitten im Schlaf so heftig gepackt hatte, der Teufel sollte ihn holen, wenn er sich davon unterkriegen ließ oder gar einen Teil seiner Verantwortlichkeiten an Holbrook abgab!

Wie gut er daran tat, alles in seinem Bereich genau im Blick zu behalten und sich auch um scheinbare Kleinigkeiten zu kümmern, zeigte sich wieder einmal, als er sich wenige Stunden später die Muster der Außenaufnahmen von *The Red Arrow* vorspielen ließ. Der Film erzählte die Geschichte eines jungen Offiziers der US-Kavallerie, der während der Indianerkriege in einem weit vorgeschobenen Außenposten die Stellung hielt. Duncan Sutherland, einer der neuen Tonfilmregisseure, hatte in der rauen Landschaft von Arizona gedreht. Vor zwei Tagen war er mit seinem Tross von Schauspielern, Statisten und Technikern sowie den neuen Mustern nach Hollywood zurückgekehrt, um nun im Studio mit den Innenaufnahmen fortzufahren.

Zweimal sah Frank sich die Muster an. Dann griff er zum Telefon und rief Tony zu sich in den Vorführraum. »Setzen Sie sich und sagen Sie mir, was Sie sehen!«, wies er seinen Fixer an.

»Irgendwas, worauf ich achten muss?«

»Schauen Sie hin und sagen Sie mir, was Sie sehen und was Sie nicht sehen«, wiederholte Frank übellaunig. Damit hob er die Hand und rief dem Mann in der Projektorkabine zu: »Film ab, Jake!«

Konzentriert sah Tony sich die Muster an. Eine aufwendig produzierte und meisterlich gefilmte Szene nach der anderen flimmerte über die Leinwand.

»Und?«, fragte Frank immer wieder ungeduldig.

Tony suchte angestrengt nach Mängeln, fand aber nichts, was zu beanstanden gewesen wäre. Die Aufnahmen gefielen ihm ausnehmend gut, und das sagte er auch. »Tut mir leid, aber ich habe nicht den Schimmer einer Ahnung, wonach ich suchen soll«, gestand er. »Ich bin kein Regisseur, und natürlich kann man über jede Szene …«

Frank schnitt ihm das Wort ab und rief: »Jake, das Ganze noch mal!«

Tony schüttelte den Kopf, hielt aber den Mund und sah sich die Muster ein zweites Mal an. Das Ergebnis war dasselbe: Er fand einfach nichts, was an den Szenen nicht richtig sein oder was darin fehlen sollte. Und das sagte er seinem Boss auch.

»Herr im Himmel, haben Sie denn ein verdammtes Brett vorm Kopf?«, rief Frank, sprang auf und griff sich den langen Zeigestock, der in der Ecke neben der Leinwand lehnte. »Also gut, dann muss ich Sie wohl wie einen Schuljungen mit der Nase auf das Offensichtliche stoßen!« Er ließ die Muster ein drittes Mal durch den Projektor rattern, und während die Kavallerie aus dem Fort preschte, die Indianer in einem Canyon einen Hinterhalt legten und die Postkutsche mit der weiblichen Heldin mit Achsenbruch liegen blieb, hämmerte er immer wieder mit dem Zeigestock auf den Himmel. »Wo sind die Wolken, Tony? Sehen Sie hier irgendwo eine Wolke?«

»Oh, verdammt!«, entfuhr es Tony. »Sie haben recht, Sutherland hat nur klaren Himmel eingefangen.«

»Eingefangen?«, stieß Frank hervor und war in seiner Empörung nicht zu bremsen. »Nichts hat Sutherland eingefangen, schon gar keinen dramatischen Himmel, und der wäre für so einen Film ein unverzichtbares Spannungselement. Wofür drehen wir denn da draußen, verdammt noch mal? Nicht zu fassen, was für eine Schlamperei er sich da geleistet hat! Jake, schalten Sie auf Schnellvorlauf! Sehen Sie auch nur ein beschissenes Wölkchen am Himmel? Nein! Auf den gesamten Außenaufnahmen findet sich nicht eine gottverdammte kleine Wolke!«

»Und jetzt, Boss?«

»Sutherland dreht in 2B. Er müsste mittlerweile auf dem Set sein. Sagen Sie ihm, ich will ihn sofort hier sehen«, trug Frank ihm auf. »Aber halten Sie bloß den Mund, wenn er fragt, worum es geht.«

»Ich werde den Teufel tun und ihm sagen, was ihm blüht«, versicherte Tony mit einem schiefen Grinsen und empfand schon jetzt Mitleid. Der Zusammenschiss, der auf Sutherland wartete, würde es in sich haben, das war so klar wie Gin!

Es kam schlimmer. Duncan Sutherland, ein untersetzter, stiernackiger Mann Ende dreißig mit kantigem Gesicht und krausem rotbraunen Haar, zuckte angesichts der fehlenden Wolkenstimmungen nur die Achseln. »Wir hatten eben immer herrlich klaren Himmel«, erklärte er hochmütig. »Da kann man nichts machen.«

»Doch, ein guter Regisseur kann da sehr wohl etwas machen, nämlich darauf achten, wann und wo sich ihm ein dramatischer Himmel bietet!«, fauchte Frank ihn an. Die dämlichen Rechtfertigungen des Regisseurs brachten ihn noch mehr in Rage als das Fehlen der Wolken.

Duncan Sutherland zeigte sich unbeeindruckt. »Tja, wir haben nun mal alle Außenaufnahmen im Kasten, also wird mein Film eben einer mit wolkenlosem Himmel sein.«

»Das wird er nicht! Die Muster gehen in den Müll, Sutherland! Und Sie bewegen Ihren Arsch zurück nach Arizona und drehen die Szenen neu. Diesmal aber mit gottverdammten Wolken!«, donnerte Frank.

Der Regisseur lachte auf. »Soll das ein Witz sein? Wie soll ich all die Leute so schnell wieder zusammenkriegen? Das wäre allein schon logistisch ein Albtraum, ganz zu schweigen von den Kosten. Das würde das Budget um mindestens zweihunderttausend Dollar überschreiten. Außerdem habe ich weder Lust noch Zeit dazu. *Red Arrow* muss in zwei Wochen abgedreht sein, denn dann mache ich die Regie von *Above and Beyond Valor*, wie Sie sehr wohl wissen.«

Frank bestand auf seiner Forderung, und der Streit eskalierte. Er endete damit, dass Frank eine fristlose Kündigung aussprach, zwei Männer vom studioeigenen Sicherheitsdienst rief und den Regisseur vom Gelände eskortieren ließ. Noch aus dem Vorführraum rief er Talbot an und beauftragte ihn, die Regie von *The Red Arrow* zu übernehmen – einschließlich neuer Außenaufnahmen in Arizona. Er wusste, dass er mit dem Rausschmiss und den hohen Kosten für den Neudreh der Außenszenen mal wieder ins heimische Wespennest stach, aber das war ihm egal. Ohne Wolken kam ihm der Feature-Film nicht in die Kinos!

Holbrooks hitziger Auftritt ließ denn auch nicht lange auf sich warten. Doris bekam keine Gelegenheit, ihn anzukündigen, Holbrook stürmte direkt in Franks Büro. »Sind Sie verrückt geworden?«, polterte er und baute sich vor dem Schreibtisch auf, als wollte er Frank die mangelnde Vernunft mit Fäusten einbläuen. »Wissen Sie, was diese Kündigung und der Neudreh das Studio kosten? Mindestens eine Viertelmillion!«

Frank hatte sich gerade erst einen Whiskey eingegossen und in seinem ledergepolsterten Drehstuhl Platz genommen. »Ein Fliegendreck gegen die Verluste, die Sie mit Ihrem störrischen Beharren auf weiteren Stummfilmproduktionen eingefahren haben«, erwiderte er kühl, nahm ein Schluck von seinem Whiskey und steckte sich gelassen eine Zigarette an.

»Meine Produktion ist längst ...«

»Die Details Ihrer Inkompetenz interessieren mich nicht!«, schnitt Frank ihm das Wort ab und schnippte die Asche von seiner Zigarette verächtlich in Holbrooks Richtung. »Ihre Streifen werden wir doch längst nur noch als Ramschware los, als Zugabe zu den wirklich begehrten Filmen – und die kommen aus meiner Produktion, falls Sie das vergessen haben sollten. Und noch habe ich hier das Sagen!«

Holbrook lief dunkelrot an. »Das kann sich schnell ändern, Frank! Und wie mir scheint, tun Sie alles, um mir dabei zu helfen.«

Frank bedachte ihn mit einem abfälligen Blick. »Kommen Sie mir doch nicht schon wieder mit Ihren leeren Drohungen, Jack. Sie mögen Kirkland, Rutherford und die ganze Investment-Clique auf Ihrer Seite haben, aber solange ich fette schwarze Zahlen schreibe, können Sie an meinem Stuhl rütteln, so viel Sie wollen, runter kriegen Sie mich davon nicht, und das wissen Sie! Also nehmen Sie den Mund nicht so voll. Und jetzt verschwinden Sie, ich habe zu arbeiten.«

»Ich kriege Sie, Frank, darauf können Sie Gift nehmen!«, zischte Holbrook mit ohnmächtiger Wut, und dann stürmte er davon, wie er hereingeplatzt war. »Abgerechnet wird immer am Schluss!«

Auch Frank war wütend, aber weniger auf seinen Partner als vielmehr auf Doris, und er stauchte sie zusammen, kaum dass Holbrook die Tür hinter sich zugeworfen hatte. »Das will ich nicht noch mal erleben, dass dieses Großmaul oder sonst irgendwer einfach so in mein Zimmer gestürmt kommt! Sorgen Sie gefälligst dafür, dass so etwas nicht wieder vorkommt. Dafür habe ich schließlich ein Vorzimmer und bezahle Sie!«

Sie sah ihn an, erst verblüfft, dann indigniert. »Was hätte ich denn tun sollen ... nein, tun können?«, fragte sie und reckte trotzig das Kinn vor. »Ihm einen Aktenordner zwischen die Beine werfen?«

»Ja, beispielsweise!«, knurrte Frank und ging zurück in sein Büro.

Den Rest des Tages behandelte sie ihn äußerst reserviert. Später bereute er seine groben Worte. Was hätte sie denn tun können? Er schickte ihr einen Strauß Blumen und eine Schachtel teurer Pralinen nach Hause.

Hätte Frank sich an diesem Tag nicht so heftig mit Holbrook gestritten und sich über dessen Drohungen so aufgeregt, er hätte wohl kaum am späten Nachmittag Sid Cohen grünes Licht für *A Honorable Man* gegeben. Er war von dem Drehbuch genauso begeistert gewesen wie Sid, ein Problem war jedoch, dass die Produktion ein Budget von mehr als einer Million nötig machte und damit ein Mehrheitsvotum verlangte. Finanziell wäre das Projekt zu stemmen gewesen, aber nachdem sie das Drehbuch gelesen und begriffen hatten, dass mit dem »Ehrenwerten Mann« der Zeitungstycoon Randolph Hearst gemeint war, hatten Kirkland und Rutherford sofort ihr Veto eingelegt, und Holbrook hatte sich angeschlossen. Um keinen Preis wollten sie diesen einflussreichen Mann, der mit seinem Zeitungsimperium wie ein Krake mit giftigen Armen die Macht über die öffentliche Meinung immer mehr an sich riss und auf alle Bereiche der Politik direkt oder indirekt Einfluss nahm, gegen sich aufbringen.

»Liegen Sie mir doch nicht schon wieder mit der Hearst-Story in den Ohren, Sid«, stöhnte Frank, als Cohen erneut auf sein Lieblingsprojekt zu sprechen kam. »Wenn ich allein darüber entscheiden könnte, hätte ich Ihnen längst grünes Licht gegeben, aber bei einer Million und einem Dollar hört meine Vollmacht auf. Und Sie wissen, dass der Film mit dem Budget nicht zu machen ist.«

»Aber das Geld wäre da, oder?«

Frank zuckte die Achseln. »Ja, schon, aber was ändert das? Ohne ein klares Zweidrittelvotum, zu dem ich Holbrook und Kirkland brauchte, ist *A Honorable Man* nicht zu machen.«

»Das ist mir klar. Aber über Probeaufnahmen, auch wenn sie etwas höher zu Buche schlagen als gewöhnlich, können Sie jederzeit frei entscheiden, da müssen Sie von keinem Ihrer Partner die Zustimmung einholen, richtig?«, fragte Sid Cohen mit verschmitzter Miene.

Frank stutzte. »Nein, natürlich nicht. Für Probeaufnahmen wird ja kein Budget festgelegt.«

Sid sah ihn mit einem breiten Grinsen an. »So lässt sich das Kind doch schaukeln. Ich meine, wenn man nur genug Probeaufnahmen macht, hat man irgendwann auch einen fertigen Film – sofern man es geschickt anstellt und die Kosten der einzelnen Probeaufnahmen irgendwo in den laufenden Kosten versteckt. Was meinen Sie?«

»Sie sind ja noch durchtriebener, als ich dachte«, sagte Frank und erwiderte das Grinsen.

»Und? Geben Sie mir grünes Licht für ein paar Probeaufnahmen?« Sids Augen blitzten, und er streckte ihm die Hand hin. »Machen wir es, Boss?«

Frank zögerte einen Moment. Was der Regisseur ihm da vorschlug, war riskant, aber wenn sie es richtig anfingen, ließ es sich machen. Die Vorstellung, Holbrook und seiner Clique von Finanzhaien ein Schnippchen zu schlagen, war einfach zu verlockend. Also schlug er ein.

»Wir drehen *A Honorable Man* – eine Probeaufnahme nach der anderen. Ich halte Ihnen den Rücken frei«, sicherte er Cohen zu. »Sehen Sie nur zu, dass Schauspieler und technische Crew möglichst lange im Ungewissen bleiben, für welchen Film die angeblichen Probeaufnahmen gedacht sind.«

»Kein Problem, das Drehbuch bekommt einen anderen Namen, und ich füge ein paar neue Szenen hinzu, die dem Plot eine andere Richtung geben«, sagte Sid Cohen. »Und die Schauspieler kriegen immer nur ihre ein, zwei Seiten Text für die jeweilige Einstellung. Die zentralen Hearst-Szenen hebe ich mir für den Schluss auf.«

»Was machen Sie dann noch hier? Sie wollen doch als der Regisseur mit den meisten Probeaufnahmen für einen nicht genehmigten Feature-Film in die Filmgeschichte eingehen, oder nicht? Also, an die Arbeit!«

Kurz nach der Besprechung mit Sid Cohen fuhr Frank zu einem frühen Geschäftsessen mit dem Agenten und Scout Bernie Goldstein im »Roosevelt Hotel«. Der New Yorker, fünfzigjährig, wohlbeleibt und klein von Statur, war in der Filmindustrie ein Gigant. Seine Agentur vertrat die Leute, deren Namen auf dem Broadway die Leuchtreklamen der Theater dominierten. Seit der Stummfilm immer schneller dem Tod entgegensiechte und zahlreiche einstige Stars den Wechsel zum Tonfilm trotz Stimmbildner und Sprachtherapie nicht gemeistert hatten, gehörten die Schauspieler, die Goldstein vertrat, zu der in Hollywood am heißesten gehandelten Ware.

Frank konnte gut mit dem kleinen Agenten, der den trügerischen Eindruck eines gemütlichen Allerweltsmannes machte, in Wahrheit aber ein ausgefuchster und gefürchteter Verhandlungspartner mit ebenso scharfem Geist wie scharfer Zunge war. Das Treffen mit Goldstein gestaltete sich wie erhofft erfolgreich und endete nach kurzem, hartem Feilschen mit der Verpflichtung von drei namhaften, aber noch jungen Broadwaystars. Den Abschluss, der mit einer hohen Provision für die Agentur verbunden war, zu feiern war nicht Bernie Goldsteins Stil – vielleicht abgesehen davon, dass er sich noch ein zweites Dessert schmecken ließ. Er war ein bekennender Langschläfer, der schon vor neun im Bett lag und erst aufstand, wenn helles Tageslicht in sein Schlafzimmer fiel.

Als Frank sich um kurz nach acht vor dem »Roosevelt« von Goldstein verabschiedete, kam er gar nicht auf die Idee, nach Hause zu fahren. Was hätte ihn in seinem Bungalow auch anderes erwartet als kalte und dunkle Zimmer ohne einen Hauch von Leben? Sein eigentliches Zuhause war das Studio und sein Zweitwohnsitz, das »Coconut Grove«. Dort kannte ihn jeder Kellner,

Page und Liftboy mit Namen, und die Küche wusste auf die Prise Salz und Pfeffer genau, wie er sein Steak und seine Langusten wollte. Hinten an der langen Bar war sogar dauerhaft ein Platz für ihn reserviert.

An diesem Abend traf er zu seiner freudigen Überraschung auf Howard Hughes. Der junge Multimillionär, besessene Flieger und Filmemacher saß allein an einem der Tische ganz vorn an der Tanzfläche. Frank hatte ihn lange nicht gesehen, was nicht verwunderlich war, wenn man wusste, dass er bei den Dreharbeiten zu seinem Erster-Weltkrieg-Fliegerepos *Hell's Angels* mit einem Doppeldecker über Caddo Field abgestürzt war und einen längeren Krankenhausaufenthalt hinter sich hatte. Der Kopfverband, den er mit einem roten Seidenschal in eine Art Turban verwandelt hatte, kündete von der schlimmsten seiner Verletzungen und der Operation, die hinter ihm lag.

»Willkommen im Club der Crasher!«, begrüßte Frank ihn und grinste.

Howard hob abwehrend die Hände. »Bloß keine dummen Sprüche, Frank! Davon krieg ich Kopfschmerzen«, sagte er, griente jedoch ebenfalls und wedelte mit der Hand in Richtung der freien Stühle. »Setzen Sie sich! Meine Mädchen kriegen nicht genug vom Tanzen, was mir ganz recht ist. Ein Mann, der was auf sich hält, verrenkt sich nicht auf dem Parkett.«

»Darüber kann man geteilter Meinung sein.«

»Das kann man auch über den Duft von Misthaufen oder den erzieherischen Wert der Prohibition.«

Frank lachte und setzte sich. »Dann erzählen Sie mal, wie Sie das hingekriegt haben«, sagte er und deutete auf den Verband. Wenig später stand sein bevorzugter Whiskey vor ihm, ohne dass er eine Bestellung hätte aufgeben müssen. Und so würden auch alle weiteren Drinks kommen, immer wenn der Spiegel im Glas sich dem Boden näherte.

Howard Hughes zuckte die Achseln. »Ganz einfach, ich wollte perfekte Bilder und habe die Maschine einen Tick zu lange trudeln lassen. Als ich sie dann abfangen und hochziehen wollte, war dummerweise nicht mehr genug Luft zwischen der guten Mutter Erde und mir.«

»Für solche riskanten Szenen gibt es Leute, Howard. Schon mal was von Stuntmen gehört?«

Howard verzog das Gesicht. »Drei von denen, die für mich geflogen sind, haben sich bei mir schon ihren Grabstein verdient.«

»Vielleicht sollten Sie mal überlegen, ob Ihre Kampfszenen in der Luft wirklich so realitätsnah ausgeführt werden müssen«, sagte Frank und nahm einen kräftigen Schluck von seinem Drink.

»Also Al Johnson habe ich nun nicht auf dem Gewissen«, verteidigte sich Howard Hughes. »Der hat einfach beim Landeanflug nicht aufgepasst und ist mit dem Fahrgestell in Stromleitungen geraten. Und Phil Jones, der Mechaniker, der hinten Rauchbomben gezündet hat, um den Absturz eines Bombers echt aussehen zu lassen, hätte auch nicht sterben müssen. Der hätte Zeit gehabt, den Fallschirm anzulegen und mit dem Piloten rechtzeitig aus der brennenden Maschine zu springen.«

»Und warum hat er das nicht getan?«

»Weiß der Teufel, Frank. Al Wilson, der Pilot, der sauber abgesprungen ist, hat mir erzählt, dass Jones vor Angst wie gelähmt war und sich an den Rumpfstreben festgekrallt hat. Und in fünftausend Fuß Höhe bleibt einem nicht viel Zeit, um jemanden aus so einer Schockstarre zu holen.« Er seufzte und schüttelte den Kopf. »Wirklich schade.«

Frank hob die Brauen. »Schade?«

»Ja, um den prächtigen deutschen Gotha-Bomber, der dabei zu Bruch gegangen ist«, sagte Howard. »Ich hätte die Szene so arrangieren sollen, dass der Bomber entkommt, dann hätte ich ihn demnächst noch mal einsetzen können.«

»Ist der Film denn immer noch nicht abgedreht?«, fragte Frank. »Sie sind doch schon seit zwei Jahren dabei, und wie man hört, soll Sie das Ganze jetzt schon satte zwei Millionen gekostet haben.«

»Was kümmert es mich, ob der Film nun eine Million mehr oder weniger kostet?«, gab Howard zurück, und es klang keineswegs großspurig. Er war längst dafür bekannt, dass Kosten ihn wenig interessierten, wenn er sich einmal etwas in den Kopf gesetzt hatte. »Was mich vielmehr ärgert, ist, dass ich nicht gleich auf Sie gehört, sondern weiter auf den Stummfilm gesetzt habe. Jetzt kann ich den größten Teil noch mal drehen – mit einer neuen Hauptdarstellerin.«

Das war eine echte Neuigkeit. »Und was ist mit Greta Nissen, die Sie extra aus Norwegen haben kommen lassen?«

»Die habe ich voll ausgezahlt«, sagte Howard. »Dass sie mit ihrem norwegischen Akzent keine englische Aristokratin spielen kann, hat sie eingesehen. Wir haben uns im Guten getrennt.«

»Und wer übernimmt die Rolle?«, wollte Frank wissen.

Howard grinste. »Eine achtzehnjährige Blondine aus Kansas. Klingt für Hollywood nicht weiter aufregend, ich weiß. Aber die Kleine ist die reinste Sexbombe, pures blondes Gift, das sag ich Ihnen. Ich habe sie für zweihundertfünfzig die Woche eingekauft.«

»Und hat dieses blonde Gift auch einen Namen?«

»Sie heißt Harlean Carpenter, aber ich bring sie als Jean Harlow auf die Leinwand«, sagte Howard. »Sie tanzt da irgendwo in der Menge mit James Whale, meinem Regisseur für Dialoge.«

Es kamen frische Drinks, und ihre Unterhaltung wandte sich anderen Themen zu. Irgendwann in der Nacht fand Frank sich an seinem Stammplatz an der Bar wieder, wo er in Gesellschaft bewährter Kumpane weitertrank.

Es ging auf drei Uhr zu, als er vom Hocker rutschte und langsam wie in einem Slapstick zu Boden sackte. Er fand es lustig, dass ihn die Beine nicht mehr tragen wollten. Jemand wollte ihm aufhelfen, doch er wollte nicht und rollte sich zum Schlafen ein. Es war so bequem und schön, einfach zu liegen. Später wusste er nicht zu sagen, ob er sich das nur eingebildet hatte oder ob es tatsächlich Holbrooks Stimme gewesen war, die von oben verächtlich gesagt hatte: »Lasst ihn liegen und schlafen. Er muss morgen das Studio weiter in den Ruin wirtschaften, das kostet seine ganze Kraft!«

77

Und bitte beehren Sie uns bald wieder, Mr Caldwell«, verabschiedete sich der Bankdirektor und ließ es sich nicht nehmen, ihn persönlich durch die Schalterhalle und zur Tür zu begleiten. Das stand einem Kunden, der gerade sechs Millionen bei ihnen deponiert hatte, zweifellos zu. »Und was die Investition Ihres Vermögens in die von unserem Haus empfohlenen Aktien betrifft, sollten Sie Ihre Entscheidung nicht allzu lange aufschieben. Wir erleben ein wahres Feuerwerk steigender Kurse. Noch ist es möglich, auf den Zug aufzuspringen und sich erhebliche Gewinne zu sichern. Es wäre mehr als bedauerlich, wenn Sie den idealen Zeitpunkt verpassen würden.«

»Das wäre es in der Tat, Mr Campbell«, erwiderte Guy heiter und versprach, sich die Unterlagen über das empfohlene Aktienportfolio noch heute gewissenhaft anzusehen. Dann lüftete er höflich seinen Hut, wünschte dem Direktor einen guten Tag und trat hinaus in den trüben Freitagnachmittag.

Der kühle Wind und der graue, tief hängende Himmel vermochten seine Stimmung nicht zu trüben. Harriet hatte Wort gehalten. Die Beerdigung seiner Mutter war noch keine Woche her, und schon lagen die sechs Millionen auf seinem neuen Konto bei der Bank of America.

Mit dem Verkauf seines Firmenanteils hatte er nicht nur sämtliche geschäftlichen Verbindungen zu seinem Vater und der Firma gekappt, nein, er hatte einen erdrückenden Berg aus Verpflichtungen, Schuld und Ohnmacht abgeworfen. Zum ersten Mal in seinem Leben fühlte er sich richtig frei … oder eher befreit, das war das treffende Wort. Seine Mutter hatte das richtig erkannt.

Ohne Eile und regelrecht beflügelt ging er die Taylor Street hinauf Richtung Russian Hill. Er hatte noch einige persönliche Dinge zu holen, die bei seinem Auszug am Tag der Beerdigung nicht in die beiden Koffer gepasst hatten. Danach würde er nie wieder ein Fuß in die Villa setzen.

Während des Spaziergangs den Hügel hinauf genoss er das berauschende Wissen, dass er frei darüber entscheiden konnte, welche Richtung sein Leben nun nehmen sollte. Vierunddreißig Jahre hatte er in Tyrannei und Abhängigkeit gelebt, sich dem Willen des Vaters beugen müssen und aus Liebe zu seiner Mutter an diesem verhassten Leben festgehalten. Nun stand ihm im wahrsten Sinne des Wortes die Welt offen, und die Millionen auf seinem Konto versetzten ihn in die Lage, nein, gaben ihm die Macht, nicht länger nur große Träume zu haben, sondern diese Träume auch Wirklichkeit werden zu lassen.

Bridget hatte schon all seine Kleidungsstücke, die sich am Sonntag noch in der Wäsche befunden hatten, sorgfältig in einen Koffer gelegt. Der Rest war schnell eingepackt. Gerade hatte er den silbernen Bilderrahmen mit der Fotografie seiner Mutter in jüngeren Jahren zwischen die Hemden geschoben, als sein Vater die Treppe heraufgepoltert kam und die Tür aufstieß.

»Was machst denn du schon wieder hier?«, fragte er. »Hast du deinen Kram immer noch nicht zusammen? Soll das ein Auszug auf Raten werden oder was?«

Guy klappte den Koffer zu. »Keine Sorge, du wirst mich nicht wiedersehen«, sagte er, ohne sich umzudrehen, und ließ die Schlösser einschnappen. »Und wärst du nicht so früh aus dem Kontor gekommen, wäre dir mein Anblick auch heute erspart geblieben.«

»Ich werde darüber hinwegkommen«, knurrte Henry. »Aber da du schon vom Kontor sprichst, die Arbeit dort tut sich nicht von allein. Und komm mir jetzt nicht mit sentimentalem Gewäsch von wegen Trauer und so. Du hast dich am Montag wieder an deinem Schreibtisch einzufinden, damit das klar ist.«

»Das werde ich sicher nicht«, sagte Guy und hob den Koffer vom Bett. »Ich habe mit der Firma nämlich nichts mehr zu schaffen, Vater. Ich habe meinen Anteil an der Reederei verkauft.« Er fasste sich ans Kinn, legte den Kopf schräg, als versuche er sich an etwas zu erinnern, und setzte dann eine betrübte Miene auf. »Oh, habe ich dir das noch gar nicht gesagt? Mein Gott, das tut mir leid, wo der Verkauf dich doch ganz unmittelbar betrifft, nicht wahr?«

Henry wurde blass. »Du lügst!«, stieß er hervor, wankte wie unter einem Schlag und streckte, Halt suchend, die Hand nach dem Türrahmen aus. »Das würdest du nie tun! Die Caldwell Shipping ist unsere Firma, und bald wirst du die Tradition der Familie …«

»Was mir zusteht, habe ich mir genommen und zu Geld gemacht«, teilte Guy ihm kalt mit. »Mit einem Familienunternehmen, das auf dem Blut Dutzender unschuldig hingeschlachteter Menschen gründet, will ich nichts zu tun haben.«

»An … an wen hast du verkauft?«, fragte Henry, schwer atmend, als schnüre ihm etwas die Brust ein und er bekomme nur schwer Luft. In seinen Augen stand die Angst, die schlimmste seiner Ahnungen gleich bestätigt zu hören. »An … an unsere Bank?«

Guy bedachte ihn mit einem kalten Lächeln. »Nein, an Harriet, so, wie du es verdient hast«, sagte er und blieb von dem schieren Entsetzen auf dem Gesicht seines Vaters völlig unberührt. »Sie wird in den nächsten Tagen eine außerordentliche Sitzung der

Anteilseigner einberufen, und danach hast du in der Firma nichts mehr zu sagen. Die Caldwell Shipping wird es dann nicht mehr geben. Sie wird in Harriets TOSCA aufgehen. Du hast verloren, Vater. Deine Nichte hat dich vernichtend geschlagen.«

»Nein! Nein!«, röchelte Henry, fasste sich an die Brust und sackte zu Boden. »Meine … meine Herzpillen! Guy, bitte …«

Guy empfand nicht das geringste Mitleid. Er stieg über seinen Vater hinweg, ohne sich um dessen keuchendes Flehen zu kümmern. »Mit dir bin ich fertig, Vater. Sieh zu, wie du mit dem Rest deines abscheulichen Lebens und deiner Schuld fertigwirst«, sagte er und ging die Treppe hinunter. Unten traf er auf Bridget, die aus dem Wirtschaftstrakt gelaufen kam und sich die nassen Hände an der Schürze abtrocknete. Von oben kamen erstickte Schreie.

»Ich glaube, mein Vater fühlt sich nicht ganz wohl«, rief Guy dem verstört dreinblickenden Hausmädchen im Hinausgehen zu. »Sie sollten vielleicht Dr. Mortimer kommen lassen.« Dann zog er die Haustür zum letzten Mal hinter sich zu und schritt hinaus in ein neues Leben, das er allein gestalten würde – im Guten wie im Schlechten.

78

Wie stellen Sie sich das vor, Frank?«, protestierte Andrew Talbot am anderen Ende der Leitung. »Wir sind mitten im Dreh!«

»Jetzt übertreiben Sie mal nicht. Sie drehen seit Montag, Talbot. Nach drei Tagen kann von ›mitten im Dreh‹ ja wohl nicht die Rede sein. Sie müssen einfach zwei, drei Einstellungen mit Valery Lake nachdrehen. Keine große Sache.«

»Und wenn schon! Ich kann Judy Flynn doch nicht einfach so vom Set jagen, nur weil der fette Goldstein Sie bei den Eiern hat und seine kleine Nichte im Film unterbringen will!«

Frank nahm ihm die vulgäre Zuschreibung nicht übel, zumal sie zutreffend war. Er konnte gut mit Talbot und wusste, dass er letztlich bekommen würde, was er wollte. Talbot wusste es ebenso, musste aber natürlich das Gesicht wahren. »Nun machen Sie nicht so einen unnötigen Wirbel. Sie sind doch ein alter Hase und wissen, wie die Dinge bei uns laufen«, redete er beruhigend auf ihn ein, klemmte sich den Hörer hinters Ohr und zündete sich eine Zigarette an. »Wenn man etwas will, das nur im Paket zu haben ist, muss man schon mal ein paar Wermutstropfen hinnehmen. Mein Deal mit Goldstein beinhaltet nun mal die Rolle der Abigail in *Trail to Paradise* für seine Nichte. Außerdem ist es ja nicht so, als würde ich Ihnen mit Valery Lake eine Niete aufs Auge drücken. Sie ist eine gute Schauspielerin und hat schon große Rollen gespielt.«

»Ja, auf dem Broadway, aber nicht vor der Kamera!«

»Das spricht ja wohl mehr für als gegen sie, außerdem hat sie nicht nur eine ansprechendere Stimme als Judy Flynn, sondern ist auch gute zehn Jahre jünger«, erwiderte Frank ungerührt. »Überhaupt hat Judy Flynn ihre beste Zeit schon lange hinter sich. Also schmeißen Sie sie aus dem Film, Talbot.«

»Ohne stichhaltigen Grund ist das unmöglich, Frank! Sie hat einen festen Vertrag. Wenn Sie nicht verklagt werden wollen …«

»Herrgott, dann finden Sie gefälligst einen Grund! So schwer wird das doch nicht sein«, rief Frank. Ein Studiovertrag enthielt zahllose Klauseln und Vorschriften und bot damit Dutzende von Möglichkeiten, einen Rausschmiss zu begründen. Rasch ging Frank die gebräuchlichsten Varianten durch. »Hat die Flynn mal abtreiben müssen?«

»Nicht dass ich wüsste.«

»Wie sieht's mit Affären aus?«

Talbot lachte spöttisch. »Ist der Papst katholisch? Natürlich führt sie nicht das Leben einer Heiligen. Aber es gibt nichts Handfestes, das vor Gericht Bestand hätte.«

»Hat sie ihre Tage mal nicht fristgemäß gemeldet?«

»Nein, ihre Meldungen kommen immer pünktlich.«

»Verstoß gegen die Potato Clause?«

Talbots Antwort ließ ein, zwei Sekunden auf sich warten. »Na ja, sie ist vielleicht drei Pfund über ihrem vorgeschriebenen Gewicht, aber die kriegt sie schnell …«

»Okay, das ist es!«, fiel Frank ihm ins Wort. »Eindeutiger Verstoß, Talbot! Sie können ja keine wohlgenährte Siedlerfrau in Ihrem Treck haben, und Valery Lake ist gertenschlank. So, und damit Ende der Diskussion! Die Flynn ist raus, und Valery Lake übernimmt ihre Rolle!«

»Also gut, Frank«, gab Talbot sich geschlagen. »Aber es gefällt mir gar nicht. Ist nicht gerade die feine Art.«

»Mag sein, aber wir sind nun mal nicht die Heilsarmee«, gab Frank zurück. »Mit Samthandschuhen kann man ein großes Studio nicht führen.«

»Ich erinnere mich an Zeiten, da haben Sie anders geredet.«

»Zum Glück habe ich rechtzeitig dazugelernt, sonst hätte die Triple S längst einen anderen Präsidenten, und der würde Ihnen entschieden mehr Druck machen als ich!«

»Da mag was dran sein«, brummte Talbot, der sehr wohl wusste, auf wen Frank anspielte.

»Übrigens habe ich mir noch einmal die Probeaufnahmen von dieser Morena Henderson angesehen«, wechselte Frank das Thema und schielte zum Barwagen hinüber. Immerhin ging es auf elf zu, da war ein zweiter Whiskey ja wohl gerechtfertigt. »Zu dieser Entdeckung muss ich Sie wirklich beglückwünschen, Talbot. Sie ist eine hinreißende Tänzerin und strahlt eine wunderbare Sinnlichkeit aus. Kaum zu glauben, dass sie noch keine achtzehn ist.«

Talbot lachte. »Ich wusste, dass sie Ihnen gefallen würde. Entdeckt habe ich sie im Jockeyclub ›Agua Caliente‹, da hat sie in kleinen Revuen mitgespielt. Sie hat sich bewegt wie eine Katze. Als ich das gesehen habe, wusste ich, dass sie die ideale Lucia in *Spanish Nights* ist. Übrigens glaube ich, wir werden hinsichtlich der Story noch ein paar mehr Anleihen bei ›Carmen‹ machen.«

Frank grinste in sich hinein. »Tut mir leid, aber für die Rolle müssen Sie sich eine andere Schönheit suchen. Ich werde sie nicht als spanische Tänzerin verheizen.«

»Verheizen? Aber Sie haben doch selbst gerade ...«, sagte Talbot verwirrt.

»Wenn sie die Lucia spielt, ist sie für immer auf diese Art von Rollen festgelegt. Dann kann sie mexikanische Bauernmädchen oder Bodega-Frauen spielen, aber weiter wird ihr Rollenspektrum nicht reichen. Das lasse ich nicht zu, dafür steckt zu viel Potenzial in ihr.«

»Was haben Sie denn mit ihr vor?«

»Ich mache sie zu einer All-American Beauty mit einem jugendlich frischen Sex-Appeal, dem die Zuschauer hoffnungslos verfallen werden«, erklärte Frank. »Und sie wird einen neuen Namen bekommen, Rita Hudson oder Haythorn oder so.«

»Was ist mit ihren Haaren, Frank? Morena hat dunkle Locken und einen sehr tiefen Haaransatz.«

»Ich habe schon mit unserer führenden Hairstylistin gesprochen. Wir färben sie auf ein zartes Kastanienbraun, vielleicht mit einem Stich ins Rötliche«, sagte Frank, »und der Haaransatz lässt sich durch eine Elektrolyse-Behandlung korrigieren. Da wird jede Haarwurzel einzeln abgetötet, eine schmerzhafte, teure und langwierige Prozedur, aber es wird sich lohnen.«

»Und Sie meinen, Morena Henderson stimmt dem zu?«

»Siegen in Hollywood nicht immer Eitelkeit und Ruhmsucht?«

Talbot lachte. »Da haben Sie wohl recht, Frank.«

»Die Morena war ein guter Griff. Sie haben was bei mir gut, Talbot«, sagte Frank zum Abschluss. Es wurde höchste Zeit, dass er sich auf den Weg zur Wisdom Tree Ranch in Santa Barbara machte. Devin Neville war mal wieder rückfällig geworden, und er hatte ihn nur mit großer Mühe zu einer neuerlichen Entziehungskur bewegen können. Jetzt drängte Neville auf seine Entlassung, während die Ärzte das für völlig verfrüht hielten. Also musste er mit ihm reden und drohen, dass er ihn diesmal wirklich feuern würde, sollte er sich selbst entlassen und kurz darauf schon wieder an der Spritze hängen. Aber bevor er sich auf den Weg an die Küste machte, wollte er sich noch eine kleine Stärkung genehmigen. »Ich schicke Ihnen Valery Lake nachher rüber. Und jetzt bringen Sie es hinter sich und schmeißen Sie die Flynn raus! Die Sentimentalitäten heben Sie sich für Taufen und Beerdigungen auf, Talbot!«

79

Kaum hatte Frank aufgelegt und zur Whiskeykaraffe gegriffen, da blinkte die kleine Leuchte der Gegensprechanlage zu Doris im Vorzimmer auf. Er stellte die Karaffe zurück, ging zum Schreibtisch und drückte die Sprechtaste. »Was gibt's?«

»Sie haben Besuch, Mr Maynard«, sagte Doris, angesichts seiner Knurrigkeit überraschend beschwingt.

Frank kniff unwirsch die Augen zusammen und warf schnell einen Blick auf seinen Terminkalender. Da war für diese Stunde kein Besuch eingetragen, sondern sein Motivationsgespräch mit Devin Neville im Sanatorium. »Hören Sie, ich habe jetzt keine Zeit für unangemeldeten Besuch. Sie wissen doch, dass ich gleich nach Santa Barbara muss.«

»Ich denke, den werden Sie verschieben, Mr Maynard«, erwiderte Doris Appleby unbeirrt heiter, und bevor sie die Verbindung trennte, hörte Frank noch, wie sie zu jemandem sagte: »Nun gehen Sie schon hinein.«

Wie eine Stichflamme schoss der Ärger in ihm hoch. Was glaubte sie denn, wer sie war, dass sie seine Anweisungen ignorierte und über seinen Kopf hinweg Entscheidungen traf, die seinen erklärten Wünschen entgegenstanden? Das würde er ihr nicht einfach so durchgehen lassen! Das würde eine Abmahnung …

Frank ließ den Gedanken in dem Moment fallen, in dem die Tür aufging und der unangemeldete Besucher in sein Büro stiefelte. Er glaubte seinen Augen nicht zu trauen. Die Überraschung war perfekt, die Freude überwältigender als eine doppelte Prise Kokain in Verbindung mit zwei, drei Red Devils. Sein einstiger Partner und Freund Vergil Hall! Fast zehn Jahre hatten sie sich nicht mehr gesehen. So lange war es her, dass er seinen Anteil an der Triple S verkauft hatte, nach Wyoming gezogen und Rancher geworden war.

Vergil Hall war schon immer ein Mann von kräftiger Statur gewesen, doch Frank schien es, als seien seine Schultern in den zehn Jahren noch breiter geworden. Ein ergrauter, sorgfältig gestutzter Vollbart umrahmte das wettergegerbte Gesicht. Grau war auch der Walrossbart unter der knochigen Nase. Das ebenfalls graue Haupthaar war wie einst raspelkurz, und die hellen Augen hinter der Hornbrille leuchteten lebhaft wie eh und je. Er trug Cowboystiefel, blaue genietete Denimhosen, ein weites kariertes Flanellhemd und eine braune Lederjacke mit Schaffellkragen.

»Vergil? Heiliger Kuhschwanz!«

»Frankie, alter Kurbeldreher! Wie ich sehe, ruinierst du noch immer endlose Meilen gutes Zelluloid!«, rief Vergil und kam mit ausgebreiteten Armen auf ihn zu. »Komm, lass dich drücken, du treuloser Hund! Seit zehn Jahren warte ich auf deinen Besuch!«

»Ich wollte eben nichts überstürzen und dir ein bisschen Erholung gönnen, Partner!«, flachste Frank.

Lachend umarmten sie einander, drückten übertrieben fest zu und schlugen einander auf den Rücken, um ihre Rührung zu überspielen. Doris stand mit einem strahlenden Lächeln in der Tür und erfreute sich am Wiedersehen der beiden, um sich schließlich diskret zurückzuziehen und die Tür zu schließen. Egal, wer jetzt anrief oder etwas von ihrem Chef wollte, sie würde keine Störung zulassen, und wenn das Studio lichterloh brannte. Sie hatte Vergil genauso schweren Herzens gehen lassen wie Frank, und wenn sie es recht bedachte, war seitdem nichts mehr so, wie es gewesen war, als nur die beiden das Geschick des Studios bestimmt hatten. Aber was war in Hollywood überhaupt noch so wie vor zehn, elf Jahren? Das verschlafene Hollywood von damals gab es längst nicht mehr.

»Was um alles in der Welt hat dich zu uns verschlagen?«, fragte Frank, nachdem er schnell zwei Gläser mit Scotch gefüllt, mit Vergil angestoßen und ihn zu der Sitzgruppe im hinteren Teil seines Büros gezogen hatte. Er war so voller Freude, dass er Vergil förmlich mit Fragen eindeckte. »Und erzähl mir nicht, die Sehnsucht nach mir hätte dir keine Ruhe gelassen. Warum hast du nicht angerufen und dich angekündigt? Ich hätte dich doch vom Bahnhof abgeholt. Ich nehme doch an, dass du mit dem Zug gekommen bist. Oder hast du das Abenteuer von Wyoming hierher mit dem Auto gewagt? Seit wann bist du in der Stadt? Hast du schon ein Zimmer? Du kannst natürlich bei mir schlafen, in meinem Bungalow gibt's ein freies Schlafzimmer. Und bevor du fragst: Ich lebe immer noch in einem Junggesellenhaushalt.«

»Lass mich mal kurz Luft holen und einen Schluck trinken, bevor ich deinen Rattenschwanz von Fragen abarbeite«, scherzte Vergil und nippte an seinem Scotch. »Also, ich bin mit dem Zug gekommen, war ziemlich umständlich, bin heute Morgen eingetroffen und habe mir ein Zimmer im ›Plaza‹ genommen. Und natürlich musste ich hier mal unerwartet auftauchen und nach dem Rechten sehen.« Er zwinkerte Frank zu und holte Tabakbeutel und Pfeife hervor.

»Du bist auf Pfeife umgestiegen?«

»Bei dem Wind, der bei uns oft herrscht, hast du bei der Arbeit auf der Weide mit einer Zigarette nicht viel Freude«, sagte er und stopfte Tabak in den Pfeifenkopf. »Aber zurück zu der Frage, warum ich hier bin: Ich habe morgen einen Gerichtstermin in Santa Ana.«

Frank hob die Brauen. »Was hast du verbrochen?«

»Im Testament meiner Ex mit einigen Grundstücken bedacht worden zu sein«, sagte Vergil, riss ein Streichholz an der Stiefelsohle an und setzte den Tabak paffend in Brand. »Judith, meine Ex, hat sich nach unserer Scheidung wieder verheiratet, ist aber leider an einen Schläger geraten. Jedenfalls hat dieser Kerl nach Judiths Tod ihr Testament angefochten, und nun muss ich vor Gericht bezeugen, dass sie ihm von ihrem Vermögen nicht einen Cent hinterlassen wollte.«

»Und wie willst du das beweisen?«

»Ein paar Jahre nach unserer Scheidung und nachdem sie wiederholt von ihrem zweiten Mann grün und blau geprügelt worden war, hat Judith sich sehr viel freundlicher an unsere gemeinsame Zeit erinnert als am Tag unserer Trennung«, sagte Vergil mit einem schiefen Grinsen. »Jedenfalls hat sie vor zwei Jahren, als sie ernsthaft krank wurde, Briefkontakt mit mir aufgenommen. In ihren Briefen steht klar und deutlich, wie gewalttätig ihr zweiter Mann ihr gegenüber war und dass sie ihm nichts von ihrem Geld hinterlassen wollte. Eigentlich wollte ich gar nicht kommen und der Anfechtung nicht widersprechen, aber dann ging es mir doch zu sehr gegen den Strich, dass dieses Dreckschwein nicht nur ungestraft davonkommen, sondern auch noch ihr Geld einstreichen soll.«

»Nicht gerade ein schöner Anlass für einen Besuch hier. Aber ich finde es gut, dass du dich so entschieden hast – schon aus ganz egoistischen Gründen.«

»So, und jetzt erzähl du! Deinen gelegentlichen Weihnachtskarten ist ja nicht mehr zu entnehmen, als dass du noch am Leben bist und munter Filme produzierst, als gäbe es davon nicht schon genug«, frotzelte Vergil.

Frank kippte ein halbes Glas Scotch auf einen Zug hinunter und sprang auf. »Komm, lass uns einen Rundgang machen. Du musst dir unbedingt die neuen Hallen mit den Tonstudios und die neuen Außenkulissen ansehen! Du wirst staunen, was sich hier alles getan hat!«, rief Frank voller Stolz. Er konnte es nicht erwarten, seinem Freund und Mentor zu zeigen, was er im letzten Jahrzehnt hier aufgebaut hatte und welche unglaublichen technischen Umwälzungen in dieser Zeit zu meistern gewesen waren.

»Ich bestehe darauf!«, sagte Vergil und leerte sein Glas wie Frank auf einen Zug.

»Du wirst die Triple S nicht wiedererkennen. Mein Gott, wenn ich daran denke, dass wir die Kameras damals noch mit der Handkurbel angetrieben haben!«

»Und das mit der perfekten Drehgeschwindigkeit von sechzehn Bildern pro Sekunde!«, erinnerte sich Vergil und griff nach seiner Rancherjacke. »Da musste man im wahrsten Sinne des Wortes ›den Dreh‹ heraushaben!«

»Weißt du noch, wie wir die Aeroscope für einen großen Fortschritt gehalten haben, weil da der Antrieb mit komprimierter Luft arbeitete?«

Vergil nickte und zog wie eine Lokomotive bläuliche Rauchwolken hinter sich her. »Endlich hat man kein Stativ mehr gebraucht, sondern konnte sie in der Hand halten und mobil arbeiten.«

»Nur musste man nach zehn Minuten Dreh zur Luftpumpe greifen und den Luftspeicher wieder aufpumpen. Erzähl das mal heute einem jungen Kameramann«, sagte Frank vergnügt. »Der sieht dich an, als hätte er einen Neandertaler vor sich.«

»Und? Wär es denn nicht so?«

»Vorsicht, Kuhtreiber!«

Sie schwelgten in Erinnerungen. Es war, als hätte es die Jahre der Trennung nicht gegeben, die alte Verbundenheit war sofort wieder da. Der Beweis wahrer Freundschaft.

Stolz führte Frank ihn durch die Hallen mit den Tonstudios, und Vergil ließ es an der erhofften Bewunderung nicht mangeln. Am meisten faszinierten ihn die schalldichten Kabinen für die Tonaufnahme, die fünfunddreißig Fuß über dem Set unter der Hallendecke hingen. Die großen Mischpulte, hinter denen der Soundman thronte, versetzten ihn in ungläubiges Staunen.

Was ihn jedoch regelrecht schaudern ließ, waren die engen und stickigen Holzboxen, in denen die Kameramänner sich beim Dreh einschließen mussten, damit die empfindlichen Mikrofone auf dem Set das Surren der Kameras nicht auffingen. »Das sind ja aufrecht stehende Särge mit einer Sichtscheibe! In so einer Folterkammer könnte ich nie Kameramann sein!«

Frank zuckte die Achseln. »Irgendwann wird sich auch dafür eine bessere Lösung finden lassen. So, und jetzt zeige ich dir unsere neuen Außenkulissen.«

Als es nach einem ausgiebigen Rundgang Franks Meinung nach Zeit für ein paar weitere Wiedersehensdrinks wurde und auch ein Lunch angebracht war, da Vergil langsam der Magen knurrte, fuhren sie über den Cahuenga Pass zurück in die Stadt und setzten sich in die Bar des »Hollywood Hotel«, wo sie einander an einem heißen Junitag im Jahr 1910 zum ersten Mal begegnet waren.

Frank fühlte sich so gut wie schon lange nicht mehr. Zum Teufel mit der Arbeit und den Terminen, die im Studio auf ihn warteten! Zum Teufel auch mit Devin Neville. Der verdammte Troublemaker musste warten, bis er Zeit für ihn fand. Und wenn ihm das nicht passte, konnte er seine Kündigung auch gleich haben und nicht erst im Herbst!

»Wie kommst du mit Holbrook klar?«, erkundigte sich Vergil.

Frank verzog das Gesicht. »Am besten kommen wir miteinander aus, wenn wir uns weiträumig aus dem Weg gehen«, sagte er selbstironisch und bedeutete dem Kellner, ihm noch einen Scotch zu bringen. »Als Regisseur hat er eigentlich immer gute Arbeit geleistet, aber seit wir auf Tonfilm umgerüstet haben, konzentriert er sich ganz auf die Finanzen und die Verwaltung, und auf dem Gebiet ist er leider noch um einiges besser. Als Bürohengst, der sich in Papierberge gräbt und jeden kleinen Mist unter die Lupe nimmt, hat er seine wahre Berufung gefunden.«

»Und was ist mit diesem Investmentbanker, der groß bei euch eingestiegen ist?«

»Kirkland ist ein einziger Kotzbrocken und kann sich in dieser Hinsicht mit Holbrook die Hand reichen, wobei er als Finanzhai mehr das große Ganze im Auge hat.« Frank stocherte lustlos in seinem Essen herum. »Er ist kalt wie Eis und meint, ihm scheint die Sonne aus dem Arsch.«

Vergil schmunzelte und spießte ein Stück Steak auf. »War vielleicht keine so gute Idee, mit der Triple S an die Börse zu gehen, oder?«

Frank lachte freudlos, während der Kellner ihm den zweiten Scotch hinstellte. »Der enorme Kapitalbedarf hat uns doch gar keine Wahl gelassen, Vergil«, sagte er und nahm einen ordentlichen Schluck. »Weißt du noch, wie hoch vor zwanzig Jahren die Kosten für einen Einspuler waren?«

Vergil strich über seinen Schnäuzer, dessen weiße Spitzen fettig glänzten, und grinste. »Fünfzig Dollar für eine Dreiminutennummer, und für hundert konnte man schon einen sehr ordentlich gemachten Flick abliefern.«

Frank nickte grimmig. »Dafür kriegst du heute nicht mal eine kleine Rolle Rohfilm. Selbst für billig gemachte und schnell abgedrehte B-Movies liegt das Budget heute selten unter einer Viertelmillion, und Feature-Filme sind kaum noch unter einer Million zu machen. Griffith konnte vor fünfzehn Jahren seinen monumentalen Zwölf-Spuler *Birth of a Nation* – über drei Stunden Länge – noch für hunderttausend Dollar drehen. Keine acht Jahre später hat *The Ten Commandments* von Cecil DeMille schon über anderthalb Millionen verschlungen.«

Vergil wiegte bedächtig den Kopf. »Ja, Griffith und DeMille! Die beiden könnten auch das New Yorker Telefonbuch verfilmen und zum Kassenschlager machen.«

»Sterben oder wachsen, hieß es damals, und diese Devise gilt heute mehr denn je. Genau genommen ist Hollywood längst nicht mehr unabhängig«, sagte Frank finster, leerte sein Glas und orderte mit in der Luft kreisender Hand ein neues. »In Wahrheit sind es Finanzhaie wie Kirkland und die Generaldirektoren der Banken und Investmentfirmen von New York, die in der Filmindustrie bestimmen.«

Als Frank kurz darauf seinen dritten Drink in Empfang nahm, runzelte Vergil die Stirn. »Meinst du nicht, du legst ein reichlich hohes Tempo vor?«, fragte er vorsichtig. »Zumal du dein Essen kaum angerührt hast. Dabei könntest du gut ein paar Pfund mehr auf den Rippen gebrauchen. Du bist verdammt hager geworden, wenn du mir diese Feststellung erlaubst.«

»Nur mit einer strengen Diät aus Alkohol, Zigaretten und Zynismus kann man sich hier heutzutage über Wasser halten«, ging Frank grinsend über die Besorgnis seines Freundes hinweg. »Es war klug von dir, dass du aus dem Irrsinn ausgestiegen bist.«

»Dich scheint es aber noch hier zu halten.«

»Ich gehöre wohl zu den starrköpfigen Leuten, die sich von dem Acker, den sie der Wildnis mühsam abgerungen haben, ungern von Profiteuren vertreiben lassen«, spottete Frank und wollte schon wieder zum Drink greifen, ertappte sich aber noch schnell genug, um stattdessen die Hand auf die Zigarettenschachtel neben dem Glas sinken zu lassen. »Da wir gerade von Wildnis sprechen, jetzt bist du mit Erzählen an der Reihe. Wie geht es dir und deiner Familie? Was machen die Kinder? Du hast vor acht Jahren noch eine Tochter bekommen, richtig? Und, wie groß ist deine Ranch in den Bergen von Wyoming überhaupt?«

Vergil wischte seinen Teller mit einem Stück Weißbrot ab. »Die Ranch liegt nicht in den Bergen, sondern einige Meilen westlich der Grand Teton Mountains. Und was ihre Größe betrifft, so ist die Triple R inzwischen auf zweiundzwanzigtausend Morgen angewachsen. Das ist ausreichend Land für mehr als fünftausend Rinder und …«

Frank unterbrach ihn. »Warte mal! Deine Ranch heißt Triple R?«

Vergil grinste stolz und wischte sich Mund und Bart mit der Serviette ab. »Durch unser Land fließt ein kleiner Creek namens Red River. Da lagen der Name Red River Ranch und drei R als Brandzeichen nahe.«

»Und du bist Herr über eine Herde von fünftausend Longhorns?«

Vergil schüttelte lachend den Kopf. »Longhorns gibt es bei uns nicht, die findest du unten im Süden von Texas. Wir züchten Black Angus und Herford-Rinder. Aber die fünftausend haben wir noch lange nicht erreicht. Im Augenblick haben wir knappe zweitausend. Wie viele es genau sind, wissen wir erst im Herbst.«

»Wieso?«

»Anfang oder Mitte Oktober, je nach Wetterlage, findet der große Round-up statt. Dann holen wir die Tiere von der Sommerweide und treiben sie nach Hause, und erst dann wissen wir, wie viele Kälber geboren worden sind und überlebt haben«, erklärte Vergil und gab ihm mit kleinen Geschichten einen lebhaften Eindruck von seinem Alltag in der rauen Natur. Er konnte sich ein anderes Leben gar nicht mehr vorstellen, und das galt auch für seine Frau Emily, aber noch viel mehr für seine Söhne Benjamin und Jared sowie seine Tochter Susan.

»Sieht so aus, als hättest du mit deiner Triple R genau das Richtige gefunden für ein zweites Leben«, stellte Frank bewundernd fest und musste sich stark beherrschen, nicht noch einen vierten Drink zu bestellen. Vielleicht konnte er einen doppelten Tequila Shot kippen, wenn Vergil gleich zur Toilette ging. Auf jeden Fall würde er nach ihm gehen und sich zumindest noch schnell ein, zwei Löffelchen Kokain genehmigen. Sie würden heute noch eine Menge Spaß haben.

Vergil nickte und lächelte stolz. »Ja, das habe ich, dem Himmel sei Dank! Inzwischen zählen mich die Einheimischen auch schon zu den Stickers.«

Frank hob fragend die Brauen.

»Stickers sind die wenigen Zugewanderten, die sich nicht unterkriegen lassen, was immer die Natur oder sonst wer ihnen auch an Nackenschlägen verpasst, und in einer Gegend wie Wyoming kann da einiges zusammenkommen, davon kann ich ein Lied singen«, versicherte Vergil.

»Du bist zu beneiden«, sagte Frank und dachte im Stillen, dass er in gewisser Weise auch so ein Sticker war. Immerhin hielt er eisern die Stellung gegen die perfiden Versuche von Kirkland, Holbrook & Co, ihn zu entmachten und womöglich sogar aus der Firma zu drängen. Im Augenblick hielten sie still, aber damit täuschten sie ihn nicht. Er spürte, dass das nur Ruhe vor dem Sturm war, dass sich etwas zusammenbraute. Ganz sicher bereiteten sie schon ihren nächsten Zug vor und warteten nur auf den richtigen Zeitpunkt. Wenn es dann dazu kam, stand ihm zweifellos die härteste aller Schlachten bevor. Zwangsläufig stellte sich da die Frage, für wen er diesen Kampf überhaupt auf sich nahm. Aber darüber wollte er jetzt lieber nicht nachdenken. Unruhe packte ihn. Er konnte nicht länger still sitzen, es kribbelte ihn überall. »Komm, lass uns nach Santa Monica fahren, wie in alten Zeiten!«

Nachdem er während Vergils Gang zur Toilette einen doppelten Tequila hinuntergekippt und sich kurz darauf eine schnelle Prise Koks gegönnt hatte, fuhren sie an die Küste, wo sie am Strand und auf der Vergnügungspier einige herrliche Stunden verbrachten.

Auf der Rückfahrt am Abend saß Vergil hinter dem Lenkrad des Hispano-Suiza. Frank war viel zu betrunken, auch wenn er es lautstark bestritt – um Augenblicke später im Sitz zusammenzusinken und einzuschlafen. Dass Vergil ihn in seinen Bungalow gebracht, ihn aufs Bett gelegt und ihm Hose und Schuhe ausgezogen hatte, daran konnte Frank sich am nächsten Morgen nicht erinnern.

Vergil machte keine große Sache daraus. Als sie sich am Nachmittag des folgenden Tages wiedersahen, ging er mit der verständnisvoll-scherzhaften Bemerkung darüber hinweg, dass sie ja wohl alle schon den einen und anderen Absturz dieser Art hinter sich hätten. Und dann lenkte er schnell von dem peinlichen Vorfall ab, indem er von seinem Vormittag bei Gericht erzählte. Die Anhörung war positiv verlaufen, und nach dem Vorlegen der Briefe sowie seiner mündlichen Aussage hatte das Nachlassgericht nicht lange beraten müssen, um die testamentarischen Verfügungen seiner Ex-Frau für rechtens zu erklären und die Klage abzuweisen.

Das galt es zu feiern, fand Frank, und er lud Vergil ins exklusive »Musso & Frank's Grill« ein. Und natürlich mussten sie anschließend auf ein, zwei Drinks ins »Coconut Grove«, wo gerade das berühmte Fletcher-Henderson-Swing-Orchester gastierte. Frank riss sich während der Stunden, die er noch mit seinem Freund zusammen war, sehr zusammen. Und als er in dieser Nacht ohne fremde Hilfe in sein Bett fand, war er der Meinung, dass er sich bestens im Griff hatte. Dass Vergil darauf bestanden hatte, den

Hispano-Suiza am »Ambassador« stehen zu lassen und ein Taxi zu nehmen, und dass er ihn im »Garden of Allah« bis zur Haustür gebracht hatte, war ihm zwar übertrieben erschienen, aber er hatte sich nicht gegen die Fürsorge gewehrt.

Am nächsten Morgen in aller Herrgottsfrühe reiste Vergil ab. Frank holte ihn im »Plaza« ab und fuhr ihn zur La Grande Station. »Ich wünschte, du würdest noch ein paar Tage bleiben«, sagte er auf dem Weg zum Zug, der schon bereitstand. Was er an ihm als Partner gehabt und wie sehr er ihn als Freund vermisst hatte, war ihm erst während der vergangenen beiden Tage so richtig klar geworden. »Deine zweitausend Rinder kommen doch auch noch länger ohne dich zurecht, wo sie sowieso irgendwo auf einer Sommerweide vor sich hin grasen.«

Vergil schmunzelte. »Die Arbeit auf einer Ranch ruht nie, egal wo die Rinder gerade grasen. Außerdem vermisse ich meine Frau und die Kinder.«

Frank verzog das Gesicht. »Reib es mir nur unter die Nase, dass ich nach all den Jahren in Hollywood noch nicht einmal eine Scheidung vorzuweisen habe«, sagte er und rieb sich die Augen, die im hellen Morgenlicht schmerzten. Er beneidete Vergil um seine Familie und seine glückliche Ehe, und es versetzte ihm einen Stich, dass ihm das nicht vergönnt war. Aber wie sollte eine feste Beziehung bei ihm auch funktionieren, wenn er noch nicht einmal Zeit für eine Affäre hatte, die länger als eine Nacht dauerte? Und selbst darauf hatte er immer weniger Lust, buchstäblich. Kein Wunder, dass die Sache mit Harriet in die Brüche gegangen war. Was ihn daran erinnerte, dass er Adrian mal wieder anrufen musste. Beim letzten Telefonat, das schon mehrere Wochen zurücklag, war sein Sohn sehr kurz angebunden gewesen und hatte ihm doch wahrhaftig geraten, wieder anzurufen, wenn er nüchtern sei. Dabei war er so betrunken, wie Adrian getan hatte, nun weiß Gott nicht gewesen.

Vergils Gesicht nahm einen ernsten Ausdruck an. »Du reibst dich für das Studio auf, Frank. Nein, streite es nicht ab. Ich habe eine ziemlich genaue Vorstellung von dem, was du dir abverlangst, und das nicht nur, weil ich lange mit Doris gesprochen habe, als ich nach meinem Gerichtstermin auf dich gewartet habe.«

»Darauf musst du nichts geben. Manchmal vergisst Doris, dass sie nicht meine Mutter ist, sondern meine Sekretärin und mein Zerberus«, versuchte Frank die Sache ins Scherzhafte zu ziehen, und um dem eindringlichen Blick seines Freundes auszuweichen, steckte er sich eine Zigarette an.

Vergil schüttelte den Kopf. »Was du da tust, ist alles andere als gesund«, sagte er ernst. »Und damit meine ich nicht nur den Berg Arbeit, den du dir aufhalst. Du treibst auch Raubbau an deinem Körper, du bist regelrecht mager geworden.«

»Das wenige, das ich esse, kann ich auch trinken«, tat Frank die Ermahnung mit einem Kalauer ab.

Vergil vermochte sich noch nicht einmal ein dünnes Lächeln abzuringen. Traurig sah er ihn an. »Und genau das scheinst du auch zu tun, Frank.«

Verlegen winkte Frank ab. »Das war doch nur ein Scherz. Ich hab das alles im Griff, glaub mir.«

»So kannst du nicht weitermachen!«, beschwor Vergil ihn, während die Lokomotive Dampfwolken spie und der Zugführer dem Schaffner auf dem Gleis das Zeichen gab, dass er zur Abfahrt bereit war. »Ich weiß, was dir das Studio bedeutet und dass du die Kontrolle nicht an deine Gegenspieler verlieren willst. Aber nichts von alldem ist es wert, dass du dafür deine Gesundheit ruinierst.«

Frank lachte freudlos. »Mitten im reißenden Strom steigt man nicht aus dem Boot, Vergil.«

»Wenn hinter der nächsten Biegung so etwas wie die Niagarafälle wartet, dann schon.«

»Ach, vor mir liegen nur ein paar ungemütliche Stromschnellen, für die man nichts weiter als ein bisschen Geschick und Willensstärke braucht«, spielte Frank seine Probleme herunter. Ein langer Signalton schrillte über den überdachten Bahnsteig. »Und wenn du den Zug nicht verpassen willst, solltest du jetzt einsteigen, Partner!«

Ein letzte feste Männerumarmung, dann stieg Vergil ein, und im nächsten Augenblick setzte sich der Zug stampfend und keuchend in Bewegung.

Frank blickte ihm nach, schnippte seine Zigarettenkippe ins Schotterbett des Gleises und dachte, dass er jetzt dringend einen Drink brauchte.

Mitte Mai, drei Wochen nach Vergils Abreise, machten Holbrook, Kirkland und Rutherford ihren Zug, so, wie Frank es geahnt hatte. Es war jedoch kein raffinierter taktischer Vorstoß, um Boden zu gewinnen und sich für die endgültige Auseinandersetzung in eine günstige Ausgangslage zu bringen, sondern ein offener, brutaler Angriff auf breiter Front.

80

Slocum war nicht bei der Sache. Das merkte Harriet, kaum dass er zu ihr an den Schreibtisch getreten war, wo sie die überarbeiteten Baupläne für das neue Verwaltungsgebäude ausgebreitet hatte. Der vierstöckige Neubau im neugotischen Stil, mit viel Glas und Stahl, war dringend nötig, platzte das Kontor an der Vallejo Pier doch aus allen Nähten. Und das war nicht verwunderlich. Nachdem die TOSCA in den atlantischen Passagierverkehr eingestiegen war und sich auch noch die Flotte der Caldwell Shipping einverleibt hatte, war sie nicht mehr nur eine mittelgroße Reederei, die in der lokalen Wirtschaft der Westküste eine bedeutende Rolle spielte, sondern gehörte mit ihren über hundertfünfzig Schiffen zu den großen nationalen Frachtunternehmen zur See.

»Der Fahrstuhl wird die Kosten natürlich etwas in die Höhe treiben«, sagte Harriet und deutete auf den Bauplan, wo der Architekt die Abweichung vom vorherigen Entwurf farbig markiert hatte. Sie hatten Mitte Mai, und in wenigen Wochen sollte mit den Bauarbeiten begonnen werden. Bis dahin mussten alle Änderungen beschlossen sein. »Aber dafür habe ich vorerst auf den Ausbau des Dachbodens verzichtet. Sollten wir später noch mehr Raum benötigen …« Als ihr klar wurde, dass er gar nicht richtig zuhörte und nicht auf den Bauplan sah, brach sie ab, stemmte die Hände in die Hüften und sah ihren Prokuristen irritiert an. »Was ist heute nur los mit Ihnen, Slocum? Sie hören ja gar nicht hin? Überhaupt sind Sie schon den ganzen Tag komisch. Ist Ihnen was auf den Magen geschlagen?«

Der Prokurist spielte nervös mit seiner Uhrkette, die einen goldenen Bogen über seine taubengraue Weste warf, und nickte. »Gewissermaßen, Miss Harriet.«

»Was ist los, Slocum? Nun rücken Sie schon raus damit!«

Er griff in die Innentasche seines Jacketts mit den altmodisch schmalen Revers und zog ein gefaltetes Papier heraus. »Ich … äh, ich trage es nun schon seit Monatsanfang mit mir herum. Mittlerweile haben wir Mitte Mai.«

»Was Sie nicht sagen.«

»Nun, bisher habe ich es einfach nicht über mich gebracht, es Ihnen auszuhändigen«, sagte er mit gequälter Miene. »Aber irgendwann muss es ja mal sein.«

Harriet verdrehte die Augen. Auf Slocum konnte man bauen wie auf den Fels von Gibraltar, aber manchmal ging ihr seine betuliche, pedantische Art gegen den Strich. »Nun geben Sie schon her und lassen Sie mich sehen, was es ist!«, sagte sie und nahm ihm das Schreiben kurzerhand ab.

»Es ist meine Kündigung, Miss Harriet«, sagte er kläglich, als müsse er ein unverzeihliches Vergehen gestehen.

Harriet musste an sich halten, um nicht laut aufzulachen. Ihre Gebete waren erhört worden! Schon lange wünschte sie sich, dass Slocum abtrat und den Platz für seinen Stellvertreter frei machte. Er war nicht nur grau und knochig geworden, sondern auch langsam in der Arbeit, und dabei war er schon in jüngeren Jahren nicht von der schnellen Truppe gewesen. Jason Radcliff dachte und arbeitete nicht nur schneller, sondern verfügte auch über ein sichereres Gefühl für die Kräfte und Strömungen des Marktes und wusste, dass man nicht stillstehen, sondern weiter aggressiv expandieren musste, um sich im Wettkampf der Großen zu behaupten. Aber sie hatte es nicht übers Herz gebracht, Slocum den Ruhestand nahezulegen, dafür verdankte sie ihm zu viel. Dass er nun selbst darauf gekommen war, ersparte ihr die Peinlichkeit einer Kündigung ihrerseits.

Sie unterdrückte den Impuls zu lachen und machte das gebotene betroffene Gesicht, ja, sie brachte sogar ein »Oh!« zustande, so als hätte sie nicht im Traum damit gerechnet, dass dieser Tag einmal kommen würde.

»Ich bleibe natürlich noch länger als die vereinbarten vierzehn Tage«, beeilte er sich zu versichern, »sollten Sie nicht so schnell einen Nachfolger finden.«

Es kostete sie einige Mühe und Zeit, Slocum davon zu überzeugen, dass sein Weggang in zwei Wochen den täglichen Ablauf der Geschäfte nicht zum Erliegen bringen würde. Dabei vergaß sie nicht zu beteuern, dass sie seinen großen Erfahrungsschatz und seine fachliche Kompetenz natürlich vermissen werde. Andererseits, so fuhr sie fort, habe er es mit Mitte sechzig und nach all den Jahren harter Arbeit erst für ihren Vater und dann für sie nun wirklich mehr als verdient, sich zur Ruhe zu setzen und in die warmen Gefilde von Florida zu ziehen, wo die Familie der Schwester seiner Frau wohnte und schon seit Jahren darauf drängte, dass die Slocums ihrem Beispiel folgten.

Als er endlich davon überzeugt war, die Geschäfte des Prokuristen guten Gewissens aus den Händen geben zu können, und ihr Büro verlassen hatte, öffnete Harriet den kleinen Wandschrank und goss sich einen Brandy ein. Den hatte sie sich wirklich verdient, so, wie sie sich den Mund fusselig geredet hatte.

»Hast du einen Moment Zeit, Harriet?«

Überrascht wandte sie sich um. Es war ihr Cousin, der in der Tür stand, Lederhandschuhe und Fedora in der Hand. Er trug einen edlen dunkelblauen Nadelstreifenanzug, der wie angegossen saß, und sah ausgesprochen gut aus. Irgendwie kam er ihr verwandelt vor, was nicht allein daran lag, dass er sichtlich Gewicht verloren hatte. Er hatte auch den Van-Dyke-Bart abgenommen. Ja, er machte richtig etwas her, ein Gedanke, der ihr früher in Bezug auf ihren Cousin nie gekommen wäre. Ein Bankkonto mit einem ordentlichen Millionenbetrag konnte einen Menschen schon in mehr als einer Hinsicht verändern.

»Entschuldige, dass ich einfach so hereinplatze«, sagte er, »aber dein Vorzimmer ist unbesetzt, und Slocum hat mich gleich zu dir hochgeschickt.«

Sie schenkte ihm ein Lächeln. »Mein Sekretär ist kurz zur Bank, aber das ist auch kein Problem. Komm nur herein, Guy. Kann ich dir auch etwas anbieten?« Sie deutete auf die Brandy-Karaffe.

Er nickte. »Ja, danke. Ich glaube, ein Brandy ist ganz passend.«

»Ist das ein Abschiedsbesuch?«

»Sozusagen.«

»Schön, dich noch einmal zu sehen«, sagte sie, reichte ihm ein Glas Brandy und bedeutete ihm, sich zu ihr an den Schreibtisch zu setzen. Die Baupläne ließ sie offen liegen. Von Guy hatte sie nichts zu befürchten, ganz im Gegenteil. »Ich dachte, du hättest San Francisco längst den Rücken gekehrt. Oder habe ich dich beim Notar falsch verstanden?«

»Nein, hast du nicht. Es hat nur etwas gedauert, bis ich mir sicher war, was ich mit meinem Leben anfangen will.« Er legte Hut und Handschuhe auf die Schreibtischkante und setzte sich. »Und vor allem wo das geschehen soll.«

»Und?«, fragte Harriet erwartungsvoll. »Verrätst du es mir?«

Er lächelte. »Ich gehe nach Australien.«

Das überraschte Harriet. Nie hätte sie damit gerechnet, dass ausgerechnet Guy sich zum Auswandern entschließen würde. Es war ein wagemutiger Schritt, der eigenen Kultur den Rücken zu kehren und sich ganz allein, Tausende Meilen fern der Heimat, auf etwas ganz Neues einzulassen, selbst als Millionär.

»Oh, du bringst gleich einen ganzen Ozean zwischen dich und deinen Vater!«, sagte sie. »Das nenne ich mutig.«

»Nicht halb so mutig wie das, was du gewagt hast, Harriet«, erwiderte er. »Aber eigentlich bin ich nur gekommen, um dir das hier zu geben.«

Verwundert blickte sie auf das Schriftstück, das er unter seinem Hut hervorzog und ihr reichte. Es waren mehrere mit Schreibmaschine beschriebene Seiten, am linken Rand gelocht und durch eine mehrfarbige Kordel zusammengehalten.

»Was ist das?«

»Die Geschichte, wie unsere Väter zu dem Kapital gekommen sind, mit dem sie neben der Sansibar noch zwei weitere Schoner erwerben und die Caldwell Shipping gründen konnten.«

Sie schüttelte lachend den Kopf. »Aber das hättest du doch nicht aufzuschreiben brauchen, Guy! Die Geschichte habe ich schon als Kind tausend Mal gehört.«

Er sah sie mitleidig an. »Das, was Onkel Arthur dir und mein Vater mir darüber erzählt haben, waren Märchen … nein, es waren schändliche Lügen«, sagte er grimmig. »Da auf diesen Seiten steht die hässliche Wahrheit. Es ist eine eidesstattliche Erklärung von zwei Seeleuten, die damals mit deinem und meinem Vater auf der Sansibar gefahren sind und miterlebt haben, wie es wirklich war.«

»Und wie soll es wirklich gewesen sein? Wie sollen sie zu dem Geld gekommen sein?«

»Durch achtzehnfachen Mord, Harriet!«, sagte er voller Abscheu. »Durch ein Massaker an einer reichen chinesischen Kaufmannssippe, die dein Vater mit der Sansibar illegal von China nach Kalifornien bringen sollte und die ihr Vermögen mit an Bord hatte, nämlich Kisten voller Jadeschätze und Ballen kostbarer Seide. Es war übrigens mein Vater, der den ersten Schuss abgegeben und damit das Gemetzel ausgelöst hat, falls dir das ein Trost ist.«

»Das kann nicht sein!«, stieß Harriet hervor.

»Lies, dann wirst du begreifen, dass es die Wahrheit ist. Aber nimm vorher noch einen Schluck Brandy, du wirst es brauchen.«

Harriet ignorierte seinen Rat. Sie glaubte ihm kein Wort. Aber als sie zu lesen begann, wich ihr das Blut aus dem Gesicht. Mit wachsender Fassungslosigkeit überflog sie, was da stand. Beim Umblättern zitterte ihre Hand, und ihre Augen weiteten sich vor Entsetzen. Als sie zu Ende gelesen hatte, war sie leichenblass. All die Erzählungen von abenteuerlichen Handelsfahrten in der Südsee und kaufmännischem Wagemut, all die Geschichten, mit denen sie aufgewachsen war und die die Grundlage ihrer grenzenlosen Bewunderung für ihren Vater gewesen waren, all das stellte sich nun als Lügen heraus. Ihr wurde fast schlecht bei der Erkenntnis, wie grauenvoll und erbärmlich zugleich die Wahrheit über die Quelle ihres Reichtums war!

Sie musste das Kristallglas in beide Hände nehmen, um den Brandy nicht zu verschütten. »Wie bist du an diese eidesstattliche Erklärung gekommen?«, flüsterte sie und bediente sich aus seinem Zigarettenetui, das er ihr über den Schreibtisch hinhielt. Jetzt wusste sie auch, wie Guy Henry dazu gebracht hatte, ihm die Hälfte seines Firmenanteils zu überschreiben.

Guy gab ihr mit dem goldenen Feuerzeug, das sein Monogramm trug, Feuer, steckte sich selbst eine Chesterfield an und erzählte ihr die Geschichte, so, wie er sie erlebt hatte, ruhig und seltsam abgeklärt. Er ließ nichts aus und beschönigte nichts. »Es gibt vieles, was ich mir immer von meinem Vater gewünscht hätte, und noch viel mehr, was ich ihm vorzuwerfen habe«, sagte er schließlich mit bitterem Ernst. »Was ich ihm aber niemals verzeihen werde, ist, dass er mich zum Mörder machen wollte – wie er einer ist.«

»Die Sache damals mit Bradley Anderson auf der Andrew Jackson …«, setzte Harriet zu einer Frage an.

Er nickte. »Vater wollte, dass ich ihn umbringe, egal wie. Es wäre nach der Explosion auch leicht gewesen«, sagte er und drückte seine Zigarette aus. »Aber ich konnte es nicht. Ich bin eben nicht aus dem richtigen Caldwell-Holz geschnitzt. Was das betrifft, hat mein Vater schon recht gehabt.«

Sie schüttelte den Kopf. »Nein, du bist auf deine Weise sehr wohl ein Caldwell, Guy«, widersprach sie. »Nur ohne die gewissenlosen Anlagen.«

Guy erhob sich. »Mit der Erklärung hast du meinen Vater vollends in der Hand. Ich habe ihm verschwiegen, dass ich auf dem Kahn noch eine weitere Ausfertigung gefunden habe. Sloan und Burke hatten vor, dich auch noch zu erpressen. Nun, jetzt kannst du Vater auch noch die paar TOSCA-Aktien abnehmen, die er für seinen restlichen Anteil an der Caldwell Shipping erhalten hat.« Er streckte ihr die Hand hin. »Alles Gute, Harriet«, sagte er und fügte mit einem Lächeln hinzu: »Aber um dich muss man ja nicht besorgt sein.«

»Dir auch alles Gute, Guy«, erwiderte sie und drückte seine Hand. »Pass auf dich auf, und lass mal von dir hören.«

Er versprach es, nahm Hut und Handschuhe und ging.

Kraftlos sackte Harriet zurück auf ihren Stuhl. Sie fühlte sich krank und elend und eines kostbaren und liebevoll gehüteten Teils ihres Lebens beraubt. Eine Welt, die ihr unendlich viel bedeutet hatte und die sie für unumstößlich gehalten hatte, war zusammengebrochen.

81

Nur ein paar Lokalreporter und eine recht übersichtliche Menge von Schaulustigen interessierten sich dafür, wer an diesem Abend, es war der 16. Mai 1929, vor dem »Roosevelt Hotel« aus den Luxuslimousinen stieg. Hollywood war derlei gewohnt. Auf die Schauspieler, Regisseure und Studiobosse wartete weder ein Blitzlichtgewitter noch ein roter Teppich. So flammten denn auch nur zwei oder drei Magnesiumblitze auf, als Frank mit den beiden Schönen erschien und sie in den Blossom Room zum Black-Tie-Dinner führte. Ashley hatte sich links bei ihm eingehakt, während ihre Geliebte seine rechte Seite zierte, beide immerhin in hinreißend eleganter Abendrobe. Insgeheim jedoch wünschte er, er hätte sich nicht von Ashley erweichen lassen, sie und ihre Freundin zu dieser Veranstaltung mitzunehmen. Wann gab er endlich die Hoffnung auf, über seinen beruflichen Kontakt mit Ashley irgendwie eine Nachricht oder eine Art von Fingerzeig von Harriet zu erhalten? Wenn das schon über Adrian nicht klappte, weil der verständlicherweise nicht zwischen die Fronten geraten wollte, wie sollte es dann über Ashley gehen, die doch zu ihrer Schwester kaum noch Kontakt hatte?

Ihm brach der Schweiß aus, als er daran dachte, dass ihm ein langer Abend mit belanglosem Geschwätz bevorstand und er wohl oder übel bis zum bitteren Ende würde ausharren müssen, gehörte er doch zu dem Komitee, das dieses Dinner samt Preisverleihung organisiert hatte. An diesem Abend verlieh die Academy of Motion Picture Arts and Sciences hier im großen Ballsaal zum ersten Mal den vergoldeten Schwertträger als Auszeichnung für besondere Leistungen auf dem Gebiet des Films. Die Ehrung nannte sich Academy Award of Merit und wurde in zwölf Kategorien vergeben.

Zweihundertsiebzig Gäste, die Crème de la Crème der Filmschaffenden, kamen im Blossom Room zusammen, um sich, verteilt auf sechsunddreißig festlich gedeckte Banketttische, selbst zu feiern. Es handelte sich um eine reine Insiderveranstaltung, für die sich noch nicht einmal die lokalen Radiosender interessierten, geschweige denn die überregionalen. Weshalb hätten sie die Preisverleihung auch übertragen sollen, wo die Academy die Gewinner doch schon vor drei Monaten bekannt gegeben hatte? Der deutsche Schauspieler Emil Jannings, der für seine Rollen in *The Way of All Flesh* und *The Last Command* in der Kategorie »Bester Schauspieler« als Sieger hervorgegangen war, hatte es nicht mal für nötig erachtet, dafür seine Rückkehr nach Deutschland um kurze Zeit zu verschieben.

Es war eine Preisverleihung ohne jede Spannung, ganz wie Frank es vorausgesagt hatte. Aber als er sich gegen die vorzeitige Nennung der Preisträger ausgesprochen hatte, war er ignoriert worden. Er bekämpfte seine Langeweile mit Scotch, während befrackte Kellner Sole Sautée au Beurre servierten. Zäh wie Gummi zog sich das Essen durch den Abend. Frank wurde immer kribbeliger, die Zeit schien förmlich zu versickern. Es waren noch nicht einmal die Teller des Hauptgangs abgeräumt, und Douglas Fairbanks, der wie nicht anders erwartet zum ersten Präsidenten der Academy gewählt worden war, würde, zusammen mit Cecil DeMille, die goldenen Schwertträger erst nach dem Essen übergeben.

Die eigentliche Preisverleihung würde gerade mal eine Viertelstunde dauern, und dafür musste er sich zwei öde Stunden durch ein Dinner quälen!

Er ließ die erste der beiden Nachspeisen unberührt stehen und flüchtete auf die Toilette, wo er sich in eine Kabine einschloss und sich üppig aus seinem Kokain-Döschen bediente. Die Stirn gegen die kalte Marmorwand gelehnt, wartete er, bis er die Wirkung spürte und sich wieder in der Lage sah, die Öde im Blossom Room noch für eine halbe oder drei viertel Stunden zu ertragen.

Auf dem Weg zurück zu seinem Tisch musste er einem Keller mit seinem Servierwagen ausweichen und daher einen kleinen Umweg machen. Zu spät merkte er, dass dieser ihn direkt an dem Tisch vorbeiführte, an dem Holbrook, Kirkland und Rutherford saßen. Kirkland hatte sich gerade eine Brechstange von Zigarre angezündet und winkte ihm mit jovialem Lächeln zu sich. »Maynard, wie schön, Sie so munter zu sehen!«, rief er. »Demnach haben Sie die Neuigkeit mit der außerordentlichen Hauptversammlung und der Kapitalerhöhung gut weggesteckt. Kompliment, Maynard. Zumindest als Verlierer haben Sie offensichtlich Format.«

Ruckartig blieb Frank stehen. »Wovon reden Sie?«

»Sagen Sie bloß, die Benachrichtigung über den Beschluss, im Juli eine außerordentliche Aktionärsversammlung zum Zweck einer Kapitalerhöhung einzuberufen, hat Sie noch gar nicht erreicht?«, fragte Kirkland scheinheilig, um sich gleich darauf mit der Zigarrenhand an die Stirn zu tippen. »Ach ja, natürlich, Sie können es ja noch gar nicht wissen. Ich Dummkopf hab ganz vergessen, dass der Bote Ihnen das Schreiben erst morgen ins Büro bringt, wegen der Empfangsbestätigung und so weiter.«

Frank bedachte ihn mit einem abfälligen Blick. »Und? Was soll dieses Spielchen? Meine Stimmen kriegen Sie nicht. Die Mühe mit der außerordentlichen Versammlung hätten Sie sich sparen können.«

»Eine solche einzuberufen ist unser gutes Recht, immerhin vertreten wir die Mehrheit.«

»Und ich habe mit meinen dreißig Prozent eine Sperrminorität, falls Sie das vergessen haben sollten. Dafür würden schon fünfundzwanzig Prozent und eine einzige weitere Aktie genügen. Und deshalb wird es keine Kapitalerhöhung geben.«

»Nur mit Stammaktien kann man eine Sperrminorität ausüben«, warf Rutherford belehrend ein, während Douglas Fairbanks vorn das kleine Podest betrat und sich anschickte, seine kleine Rede zu halten und die Preise zu übergeben. »Nicht aber mit Vorzugsaktien.«

»Was wollen Sie, Rutherford?«, blaffte Frank leise. »Meine dreißig Prozent sind Stammaktien!«

Ein kaltes, triumphierendes Lächeln trat auf Kirklands Gesicht. »Richtig, aber Sie wollten fünf Jahre als Präsident der Triple S unangefochten im Sattel sitzen und bei der Umstellung des Studios auf Tonfilm freie Hand haben. Dafür mussten Sie uns etwas geben, falls Sie sich erinnern. Sie haben das Zugeständnis gemacht, für die Dauer Ihrer Präsidentschaft auf Ihr Stimmrecht zu verzichten und Ihren Stammaktien den Status von Vorzugsaktien zu geben, für die es immerhin eine höhere Dividende gibt. Kurzum: Sie werden bei der Hauptversammlung im Juli kein Stimmrecht haben.«

Frank wurde bleich. Er spürte, wie sich sein Magen zusammenkrampfte und das schweißnasse Smokinghemd sich kalt an seinen Rücken klebte. »Das kann nicht …«, setzte er zu einem hilflosen Widerspruch an. Er konnte sich nicht erinnern, einem solchen Paragrafen zugestimmt zu haben, aber ihr Vertrag war viele Seiten lang, und er fürchtete, nicht allen Nebensätzen die nötige Aufmerksamkeit geschenkt zu haben. Fest stand, dass Kirkland ihn nicht so frontal angehen würde, wenn er sich seines Sieges nicht absolut sicher wäre.

»Sie haben natürlich ein Bezugsrecht und können bei der Emission nach dem Bezugsverhältnis ausreichend junge Aktien kaufen, damit Sie auch nach der Kapitalerhöhung wieder im Besitz von über fünfundzwanzig Prozent der Papiere sind«, fuhr Kirkland fort und zog genüsslich an seiner Zigarre, bevor er zum letzten, vernichtenden Schlag ausholte. »Vorausgesetzt, Sie bringen die dafür nötigen zwei, drei Millionen auf. Aber darüber reden wir doch besser bei anderer Gelegenheit, mein Bester. Wenn Sie erlauben, möchte ich mir jetzt die Ehrungen nicht entgehen lassen.« Und damit kehrte er ihm den Rücken zu und schaute nach vorn zu Douglas Fairbanks, der gerade Cecil DeMille zu sich gebeten hatte.

»Wünsche noch einen schönen Abend, Maynard«, sagte Rutherford hämisch. »Und bleiben Sie zur Abwechslung mal nüchtern. Obwohl, heute hätten Sie ja allen Grund, es bei Ihren alten Gewohnheiten zu belassen.«

Frank presste die Lippen zusammen und ballte die Fäuste.

Holbrook zuckte die Achseln, als hätte er mit der ganzen Sache nichts zu tun. Doch er wich Franks Blick aus und hatte rote Flecken im Gesicht. Offenbar war ihm noch nicht alles Schamgefühl abhandengekommen.

Frank verließ den Blossom Room, ohne sich um die verblüfften Blicke zu kümmern, die ihm kurz folgten, lief in die Halle und rief aus einer der Telefonkabinen seinen Anwalt Harold Seymour an.

»Mr Maynard? Wie bitte? … Ich verstehe nicht ganz … Nein, aber deshalb müssen Sie nicht brüllen, ich höre noch sehr gut, trotz meines Alters, mit Verlaub. Und darf ich Sie daran erinnern, wie spät wir es haben? Was? Entschuldigen Sie, aber dafür ist jetzt wohl nicht der richtige Zeitpunkt. Ich habe Gäste, und meine Frau …«

»Es interessiert mich einen feuchten Kehricht, ob Sie Gäste haben, und wenn es der Kaiser von China oder Präsident Herbert Hoover persönlich wäre!«, fiel Frank ihm ins Wort. »Ich will wissen, ob ich das mit dem Verzicht auf das Stimmrecht damals wirklich unterschrieben habe. Sie haben den Vertrag doch geprüft!«

Harold Seymour räusperte sich. »Mr Maynard, ich habe Sie pflichtgemäß darauf hingewiesen …«

Das war so gut wie ein klares Ja und brachte die Gewissheit, dass Kirkland die Wahrheit gesagt hatte. »Hingewiesen? Sie hätten sich standhaft weigern müssen, mir solch einen Vertrag zur Unterschrift vorzulegen!«, schnitt Frank ihm erneut das Wort ab.

»Mit Verlaub, Mr Maynard!«, protestierte Harold Seymour. »Um Ihre Forderungen durchzusetzen, waren Sie zu allen Zugeständnissen bereit. Und wenn ich mir diese Bemerkung noch erlauben darf: Ihr alkoholisierter Zustand bei unserem Termin hat vermutlich nicht unwesentlich dazu beigetragen, dass Sie den Ernst meiner wiederholten Einwände …«

»Sie sind gefeuert, Seymour!«, schrie Frank und knallte mit ohnmächtiger Wut den Hörer auf die Gabel.

Woran er sich am nächsten Morgen erinnerte, war, dass er sich in der Bar des »Roosevelt« eine Flasche Haig besorgt hatte und, wundersamerweise ohne Unfall, nach Santa Monica gefahren war, um dort aus dem »Costello's«, wo Laura und er ihr erstes Rendezvous gehabt hatten, unsanft hinausgeworfen zu werden. Er glaubte sich auch daran zu erinnern, dass er im Restaurant einen Tisch umgeworfen hatte und nicht hatte akzeptieren wollen, dass Besitzer und Bedienung abschließen und nach Hause gehen wollten. Danach hatte er einen totalen Filmriss.

Er erwachte mit mörderischen Kopfschmerzen in einer Ausnüchterungszelle des Polizeireviers von Santa Monica. Er trug nur Hemd und Hose, seine Taschen waren leer. Er stank nach Urin und Erbrochenem. Irgendwann kam Tony, um ihn auszulösen, die Polizisten zu schmieren und ihn nach Hause zu bringen.

82

Der Bankangestellte zog die große und sichtlich schwere Stahlkassette aus ihrem Schließfach und stellte sie auf den Tisch mit dem hufeisenförmigen Sichtschutz. »Bitte geben Sie Bescheid, wenn Sie etwas brauchen oder fertig sind, Sir«, sagte er und deutete auf den Klingelknopf neben der dickwandigen Tresortür.

»Danke, das werde ich«, sagte Guy und stellte seinen kleinen ledernen Reisehandkoffer neben die Kassette auf den Tisch, während der Bankangestellte den Raum verließ.

Die Kassette war gut zur Hälfte mit australischen Banknoten gefüllt, Zwanzigpfundnoten, jeweils hundert Scheine gebündelt und von einer gestempelten Banderole der Bank umschlossen. Die Gesamtsumme belief sich auf hunderttausend Pfund. Dazu kamen anderthalb Dutzend Goldbarren, jedoch nicht die banküblichen fünfundzwanzig Pfund schweren Ziegelsteine, sondern handliche Einpfünder, die sich leichter zu Bargeld machen ließen. Eigentlich hätte er sich mit alldem gar nicht belasten müssen, hatte er doch schon vor Tagen von der Bank in Sydney die telegrafische Bestätigung erhalten, dass die drei Millionen Dollar auf seinem Konto eingegangen waren, aber eine ansehnliche Menge Bargeld sowie einiges an Feingold bei sich zu haben gab ihm ein gutes Gefühl. Dasselbe galt für das dicke Bündel Aktien, die in einer Seitentasche des Handkoffers steckten. Er hatte eine beträchtliche Summe in die Homestake Mining in South Dakota und die kanadische Dome Mines investiert. Sie gehörten beide nicht zu den großen Rennern an der Börse, die fast täglich neue Rekorde verzeichnete, waren aber solide und warfen seit Jahren Gewinne ab. Anders als sein Vater, der sein Leben lang ein Glücksspieler gewesen war und den Rausch der Spekulation liebte, zog er das seriöse Geschäft vor.

Guy räumte alles in seinen Handkoffer, wobei er die Goldbarren in vorgefertigte, mit Samt ausgeschlagene Schatullen mit jeweils sechs Ausbuchtungen legte. Dann drückte er den Klingelknopf. Er war hier fertig, und zwar in mehr als nur einer Hinsicht. Das Schließfach war gekündigt, den Schlüssel ließ er stecken. Er glaubte nicht, dass er jemals in diese Stadt zurückkehren würde.

Begleitet von den besten Wünschen des Bankdirektors, trat Guy hinaus in den sonnigen Juninachmittag. Der Handkoffer war angenehm schwer, der Weg nicht weit. Vom Gebäude der Bank of America an der Ecke Clay und Montgomery Street bis zum Pacific Pier, wo sein Schiff wartete, war es nur ein kurzer Spaziergang. Die vier Überseekoffer mit seinem Reisegepäck hatte er schon am Morgen an Bord bringen lassen. Freudig erregt, dass der große Tag gekommen war und er in zwei Stunden San Francisco, ja, Amerika hinter sich lassen würde, machte er sich auf den Weg.

Die Empress of Australia dominierte das Bild der vor Anker liegenden Schiffe. Mit ihrer Länge von über sechshundert Fuß, den vierstöckigen schneeweißen Deckaufbauten, den drei mächtigen Schornsteinen und ihrem eleganten schwarzen Rumpf, der zum Bug hin leicht anstieg und knapp unterhalb der Reling von einem weißen Streifen geziert wurde, war sie der Inbegriff eines Luxusliners.

Wie üblich herrschte an der Waterfront lärmendes Gewimmel, und auf der Pacific Pier war so kurz vor dem Ablegen der Empress of Australia das Gedränge und Geschiebe von Passagieren, Gepäckträgern und Zulieferern noch übler. Die Telegrammboten von Western Union sah man nie in gemütlichem Schritt, sie hatten es immer eilig, aber der junge Mann, der sich jetzt in einem wilden Zickzack durch die Menge drängte, hatte offenbar eine so eilige Nachricht zu überbringen, dass er jegliche Rücksicht vermissen ließ. Um ein Haar wäre dabei eine Frau, die er im Vorbeirennen grob angerempelt hatte, zwischen Kaimauer und Bordwand ins Hafenbecken gestürzt.

Die junge Frau, sie trug ein blau-weiß gepunktetes Kleid mit breitem Matrosenkragen und hatte schulterlange honigblonde Locken, stand nahe am Rand. Sich der Gefahr nicht bewusst, hantierte sie mit einer Kamera und beugte sich vor, wohl um die Menschen auf der Gangway, die schweren Trossen oder sonst ein Motiv aufzunehmen. Sie sah den Boten nicht kommen, sodass der Stoß sie völlig unvorbereitet traf.

Eher instinktiv als geistesgegenwärtig bewahrte Guy sie vor dem Sturz und Gott weiß welchen Folgen. Er stand zwei Schritte schräg hinter ihr, als der Bote sie aus dem Gleichgewicht brachte und sie im Taumeln entsetzt aufschrie. Er ließ den Handkoffer fallen, sprang vor und konnte gerade noch rechtzeitig den Arm um ihre Taille schlingen und sie zurück auf den festen Boden ziehen. Jemand rief dem Boten eine unflätige Verwünschung nach, andere klatschten und nickten Guy anerkennend zu.

Indessen blickte er in das hübsche Gesicht einer vielleicht Siebzehn- oder Achtzehnjährigen mit gleichmäßigen Zügen, einer reizenden Stupsnase und haselnussbraunen Augen, die ihn verstört ansahen. Die Kamera baumelte an einem ledernen Trageriemen, den sie sich gottlob umgehängt hatte, vor ihrer Brust.

»Sie wollten doch wohl nicht nach Australien schwimmen, oder?«, scherzte er und gab sie frei. »Dazu wäre das hier auch ein denkbar schlechter Ausgangspunkt, so zwischen Kaimauer und Bordwand.« Er zwinkerte ihr zu.

»O mein Gott, Sie … Sie haben mir das Leben gerettet!«, stieß sie hervor, rieb sich die schmerzende Schulter und wurde nachträglich blass.

»Also so weit würde ich nicht gehen, aber vor einem eher unangenehmen Bad im Hafenbecken habe ich Sie wohl bewahrt, Miss«, sagte er leichthin, lüftete den Hut und stellte sich mit einer angedeuteten Verbeugung vor: »Sie gestatten, Guy Caldwell.«

»Abigail, Abigail Glenville«, sagte sie und schenkte ihm ein zaghaftes Lächeln.

Guy begleitete sie an Bord der Empress of Australia, wo sich ihre Wege, nachdem Abigail sich noch einmal wortreich für ihre Rettung bedankt hatte, erst einmal trennten. Am Abend, als sie sich schon auf See befanden, begegnete er ihr im Speisesaal der ersten Klasse wieder. Diesmal trug sie ein enges Abendkleid aus schwarzem Seidenkrepp und ging am Arm ihres Vaters, eines stattlichen Mannes Mitte fünfzig mit wettergegerbtem Gesicht, hellen, wachsamen Augen und einer dichten silbergrauen Mähne.

»Pa, das ist Mr Caldwell!«, rief sie aufgeregt und strahlte Guy an, als hätte sie schon überall nach ihm Ausschau gehalten. »Mein Lebensretter! … Mr Caldwell, darf ich Ihnen meinen Vater Stuart Glenville vorstellen?«

»Ich habe schon von Ihrer Heldentat gehört, Mr Caldwell, und freue mich, Ihre Bekanntschaft zu machen«, sagte Stuart Glenville mit sonorer Stimme und lächelte freundlich, während er Guy kurz und kräftig die Hand schüttelte. »Darf ich Ihnen meinen tief empfundenen väterlichen Dank aussprechen?«

»Es war nichts weiter als ein beherztes Zugreifen, eigentlich sogar mehr instinktiv«, wehrte Guy schmunzelnd ab. »Nichts, was zur Legendenbildung taugt, fürchte ich.«

»Und ob Sie mir das Leben gerettet haben!«, widersprach Abigail energisch, aber mit einem strahlenden Lächeln. »Und ich denke, das muss gefeiert werden, Pa! Mit Champagner!«

Stuart Glenville nickte. »Da bin ich ganz deiner Meinung, Liebes. Wie könnte ich auch meinem Augenstern widersprechen? Würden Sie uns also die Freude machen, sich zu uns an den Tisch zu setzen, Mr Caldwell?«

»Mit Vergnügen.«

»Darf ich Sie fragen, was Sie nach Australien führt?«, erkundigte sich Stuart Glenville, als sie an einem der besten Fenstertische

Platz genommen hatten und beim zweiten Glas Champagner waren. Sie blieben zu dritt. Eine Mrs Glenville gab es offenbar nicht, zumindest nicht an Bord der Empress. Dass Abigails Mutter schon seit drei Jahren tot war, erfuhr er erst im Laufe des Abends.

»Mein Königreich«, sagte Guy und fügte angesichts der verblüfften Mienen hinzu: »Man hat mir erzählt, dass man sich in Australien noch sein eigenes Königreich schaffen kann – sofern man den unumstößlichen Willen hat und das nötige Startkapital besitzt. Und ich denke, diese Voraussetzungen bringe ich mit.«

»Interessant«, sagte Stuart Glenville und musterte ihn wohlwollend. »Offenbar haben Sie nicht nur große Pläne, sondern es mangelt Ihnen auch nicht an Entschlossenheit und Selbstbewusstsein. Das gefällt mir.«

Abigail schien es auch zu gefallen, denn Guy, der den ganzen Abend mit ihnen verbrachte, wie auch viele weitere, hatte den Eindruck, dass sie ihren verträumten Blick kaum einmal von ihm nahm. Und das gefiel ihm.

83

Kochend vor Wut und mit quietschenden Reifen bog Frank von der Ventura Road ab und schoss in die lange Einfahrt zum Studio. Der Hispano-Suiza schlingerte über den Asphalt, der unter der sengenden Hitze kurz vorm Schmelzen war, und brach kurz mit dem Heck aus. Frank steuerte gegen und bekam den Wagen wieder unter Kontrolle, hielt jedoch mit unverminderter Geschwindigkeit auf den hohen, elegant geschwungenen Torbogen zu. Edgar Ludlow, der kriegsversehrte Wachmann mit dem Armstumpf links und dem Glasauge rechts, kannte ja seinen

Wagen und würde schon früh genug öffnen, damit er nicht anhalten musste. Aber obwohl der Kerl im Schatten der Wachbude stand und ihn kommen sah, machte er keine Anstalten, die verdammte Schranke zu heben.

Fluchend stieg Frank in die Bremsen, brachte den Wagen gerade noch rechtzeitig zum Stehen und hämmerte auf die Hupe. »Haben Sie keine Augen im Kopf?«, brüllte er und hängte sich aus dem Fenster. »Was stehen Sie da faul herum? Na los, machen Sie schon die verdammte Schranke hoch, Mann!«

Der stämmige Wachmann, der gerade zu ihm an den Wagen hatte treten wollen, sah ihn fassungslos an. Dann fuhr er erschrocken zusammen. »Natürlich, Mr Maynard! Entschuldigen Sie, Mr Maynard!« Er salutierte, als wäre er noch beim Militär, und sprang zur Schranke, um sie zu öffnen.

»Schön, dass Ihnen doch noch eingefallen ist, warum Sie da stehen!«, rief Frank ihm im Vorbeifahren zu.

Doris strafte er mit ähnlicher Grobheit und Missachtung. Blick- und grußlos fegte er durch ihr Vorzimmer. »Lassen Sie mich bloß damit in Ruhe!«, fiel er ihr ins Wort, als sie ihm eine wichtige Nachricht übermitteln und die Zettel geben wollte, auf denen sie Namen und Anliegen derjenigen notiert hatte, die am Vormittag versucht hatten, ihn zu erreichen. »Und kommen Sie nicht auf die Idee, Telefonate durchzustellen oder jemanden in mein Zimmer zu lassen! Ich will von keinem belästigt werden, haben Sie gehört? Von keinem!« Damit knallte er die Tür hinter sich zu, schloss sicherheitshalber ab und stieß den Telefonhörer von der Gabel.

Als er seine angestaute Wut mit einem kalten Scotch hinunterzuspülen versuchte, regte sich sein Gewissen. Seit Edgar Ludlow seinen kargen Lohn als Wachmann bei der Triple S verdiente, wechselten sie oft, wenn Frank vor dem Wachhaus anhielt, ein paar freundliche Worte. Dann erkundigte er sich nach Edgars Familie, fragte, welche Fortschritte der Sohn in der Schule und im

Footballteam mache und die kleine Tochter beim Ballettunterricht. Und stets strahlte Edgar vor Stolz, dass er, der mächtige Boss, sich nicht nur die Zeit nahm, ein paar Worte mit ihm zu wechseln, sondern sich sogar die Namen seiner Kinder gemerkt hatte.

Doch die Reue angesichts seines miesen Benehmens hielt sich nicht lange, sie war nur ein Strohfeuer. An ihre Stelle trat Gleichgültigkeit. Was kümmerte es ihn, was ein Edgar Ludlow über ihn dachte und dass er sich mies behandelt fühlte? So ging es nun mal zu im Leben. Sollte er doch froh sein, dass er als Kriegskrüppel schon seit über zehn Jahren einen festen Job bei ihm hatte! Fragte denn ihn jemand, wie es ihm ging und ob er sich gerecht behandelt fühlte?

Zum Teufel, nein! Kein Schwein interessierte sich dafür, wie dreckig es ihm ging und wie übel ihm mitgespielt wurde. An diesem Tag hatte Jack Holbrook, der Mann, den er jahrelang gefördert und dem er nach Vergils Weggang die großartige Chance gegeben hatte, sein Partner zu werden, ihn mithilfe dieser verfluchten Finanzhaie Kirkland und Rutherford bei der außerordentlichen Aktionärsversammlung eiskalt abgesägt. Die Kapitalerhöhung war beschlossene Sache, würde im September über die Bühne gehen und ihn unabänderlich um seine Sperrminorität bringen. Künftig hatten seine Gegenspieler bei Kampfabstimmungen eine komfortable Dreiviertelmehrheit und damit das Ruder fest in der Hand. Er hatte dann in seiner eigenen Firma noch so viel Macht, wie ein Eunuch Sex hatte. Und er brauchte kein Hellseher zu sein, um zu wissen, dass die drei sich mit diesem Sieg nicht zufriedengeben würden. Wie sie vermutlich auch nicht warten würden, bis sein Fünfjahresvertrag als Präsident ausgelaufen war. Dass sie sich vier Jahre in Geduld üben würden, glaubte er nicht. Aus irgendeiner Richtung würde der Zug, der ihn von den Schienen seines Lebenswerks katapultieren würde, unter Volldampf auf ihn zugerast kommen. Da war er sich sicher, nur wusste er nicht, was er dagegen unternehmen sollte. Der Whiskey brachte diesbezüglich auch keine Erkenntnis, weichte aber seine Beklemmung auf, schenkte ihm, bei mäßigem Konsum, immer wieder die trügerische Zuversicht, das miese Blatt irgendwie doch noch wenden zu können, und gewährte ihm in den schwärzesten Stunden zumindest trunkselige Gleichgültigkeit.

Im August hatte er das Gefühl, alle im Studio wüssten, dass er zwar noch auf dem Königsthron saß, die mächtigen Hofschranzen seine Hinrichtung aber längst beschlossen hatten und der Henker schon in den Kulissen stand, bereit, auf Zuruf den letzten vernichtenden Schlag zu führen. Der Strom der täglichen Telefonate und persönlichen Besucher ließ immer mehr nach. Entscheidungen, die eigentlich über seinen Schreibtisch hätten laufen müssen, schienen in anderen Büros getroffen zu werden. Talbot ging ihm auffällig aus dem Weg. Auch registrierte er, dass selbst Tony, der Holbrook nie hatte ausstehen können, neuerdings oft dessen Gesellschaft suchte. Mehrmals sah er sie zusammen in der Cafeteria.

An einem frühen, drückend heißen Abend Mitte August wollte er sich an der Bar des »Russian Eagle« in aller Stille besaufen. Er traute seinen Augen nicht, als er in einer der Nischen seinen Fixer mit Holbrook, Kirkland und Rutherford an einem Tisch sitzen sah. Sie lachten wie die besten Kumpel, hatten Champagner und Kaviar auffahren lassen und schienen ein Herz und eine Seele zu sein. Der Anblick traf ihn wie ein Schlag in den Unterleib.

»Die Ratten verlassen das sinkende Schiff!«, murmelte er und zog sich fluchtartig aus dem »Plaza« zurück, um in einer schäbigen Flüsterkneipe in einer dunklen Seitenstraße zu trinken.

Der Gangster aus Chicago, dem es in der Woche darauf gelang, zu Frank vorzudringen und ihn noch halbwegs nüchtern in seinem Büro anzutreffen, hatte offensichtlich noch nicht gehört, dass an der Spitze der Triple S ein Machtwechsel bevorstand und sie vom falschen Baum Früchte zu schütteln versuchten. Das war nicht weiter verwunderlich, denn ein verlässliches Netz von Informanten mit Insiderwissen gab zu dieser Zeit noch nicht.

Das Ende der Prohibition war abzusehen, deshalb hielten die Gangstersyndikate in New York und Chicago vorsorglich Ausschau nach neuen Einnahmequellen. Die Filmindustrie bot sich dafür geradezu an, galt Hollywood doch schon seit Jahren als das Rauschgiftzentrum der Westküste. Damit waren die Grundvoraussetzungen für lukrative Erpressungen gegeben. Man streckte also die Fühler aus, sondierte das Terrain und testete, wie viel es bei wem zu holen gab.

»Wir machen zurzeit die Runde in Hollywood«, teilte Joe Salerno Frank an jenem Morgen mit. Er war ein gedrungener Mann um die dreißig mit breitem Brustkorb, breiten Schultern und kleinen kalten Augen in einem groben, platt geprügelten Gesicht. Bekleidet war er mit einem cremeweißen Anzug mit breiten Revers, dazu trug er eine mit bunten Papageien bedruckte Seidenkrawatte sowie einen weißen Homburg und weiße Schuhe mit Gamaschen. Mit einem dünnen Lächeln reichte er Frank die Visitenkarte, die er zwischen Zeige- und Mittelfinger geklemmt hielt. »Ihre Filme haben mir immer besonders gut gefallen, und da dachte ich, geben wir doch Mr Maynard die Ehre unseres ersten Besuchs.«

»Wer ist wir?«, fragte Frank misstrauisch und nahm die Karte entgegen. Sie trug keinen Namen, sondern nur die Buchstaben IATSE und eine Telefonnummer in Chicago. Frank war alarmiert. Die Abkürzung IATSE stand für International Alliance of Theatrical Stage Employees. Diese Gewerkschaft für Bühnenarbeiter mit Sitz in New York stand für Ärger, und das nicht erst, seit Gangster sie unterwandert und die Führungsspitze übernommen hatten.

»Ich nehme an, Sie sind mit unserer Gewerkschaft vertraut, Mr Maynard«, erkundigte sich Joe Salerno und spielte mit den protzigen goldenen Ringen an seinen Pranken.

»Der bittere Kelch ist leider nicht an mir vorbeigegangen«, sagte Frank und ließ die Karte fallen, als hätte er sich daran verbrannt oder als hätte sie etwas Ekliges an sich.

Joe Salerno blieb bei seinem dünnen Lächeln. »Das freut mich ungemein, dann können wir ja gleich zum Geschäft kommen.«

»Ich wüsste nicht, was für ein Geschäft das sein sollte, Mr Palermo.« Frank verhunzte den Namen des Mannes, der vor seinem Schreibtisch stand, absichtlich. »Unsere Bühnenarbeiter und Techniker sind in der Academy organisiert.«

»Das mag sein, aber die Filmvorführer in Ihren Kinos stehen unter unserem Schutz«, erwiderte Joe Salerno, »und ich könnte mir vorstellen, dass es Ihre Firma eine Menge Geld kosten würde, wenn keiner mehr in Ihre Kinos kommt, weil die Filme plötzlich kopfüber über die Leinwand flimmern oder rückwärts laufen, weil der Ton wegbleibt, ständig Feueralarm ist oder es zu anderen bedauerlichen Vorfällen kommt.«

»Und vor diesen bedauerlichen Vorfällen können Sie uns bewahren, ja?« Frank griff nach der Flasche in der unteren Schreibtischschublade und füllte sich das Glas noch einmal randvoll mit Whiskey. Die Hälfte davon kippte er in einem Zug hinunter.

Joe Salerno nickte und versicherte: »Das können wir Ihnen ebenso garantieren wie das Gegenteil, Mr Maynard. Natürlich gegen einen entsprechenden Unkostenbeitrag, wie Sie gewiss verstehen. Jede zuverlässige Versicherung hat ihren Preis, und wir sind sehr zuverlässig, wenn ich das so sagen darf.«

Frank gab ein abfälliges Schnauben von sich. »Und wie viel wollen Sie für Ihren zuverlässigen Schutz von uns erpressen?«

»Wir begnügen uns mit hunderttausend Dollar jährlich«, sagte der Gangster und bedachte ihn mit einem schmierigen Grinsen.

»Dabei ziehen wir es vor, die Prämie im Voraus und in bar entgegenzunehmen. Das spart Verwaltungsaufwand.«

Frank verschränkte die Arme im Nacken und lehnte sich zurück. »Ein interessantes Geschäft, das Sie da betreiben, Mr Palermo«, spottete er. »Vielleicht sollte ich mir von Ihrer Versicherung ein paar Aktien kaufen. Oder ist Ihre Ganovenfirma nicht an der Börse notiert? Nein? Schade. Nun, wie auch immer, von mir werden Sie jedenfalls keinen lausigen Cent erhalten. Ich habe nämlich in diesem Laden nichts mehr zu melden und sitze hier bloß noch auf Abruf.«

»Wirklich? Was Sie nicht sagen!« Joe Salerno legte den Kopf schief, tippte sich mit zwei Fingern ans Kinn und zog eine verwirrte Miene. »Komisch, dabei könnte ich meinen Schwanz drauf verwetten, dass da an der Tür so ein Messingschild mit der Aufschrift ›Frank Maynard – Präsident‹ klebt!«

Frank beugte sich wieder vor. »Was eine Menge darüber sagt, wie wenig Staat mit Ihrem Schwanz zu machen ist«, gab er zurück und spürte die Schwere seiner Zunge. »Das Schild ist nichts weiter als eine hübsche Kulisse. Wir sind hier in Hollywood, falls Sie das vergessen haben sollten, da ist nicht die Hälfte von dem, was Ihnen präsentiert wird, real. So, und jetzt machen Sie, dass Sie rauskommen, bevor ich den Sicherheitsdienst rufen lasse.«

Joe Salerno lachte auf und sah ihn mit kalten Augen an. »Wir hören voneinander, Mr Maynard«, sagte er, und dass er das als Drohung verstanden haben wollte, war nicht zu überhören. »Ich habe keinen Zweifel, dass Sie die Versicherung mit uns abschließen werden, früher oder später.«

»Machen Sie das mit meinem Nachfolger aus! Holbrook oder Kirkland, suchen Sie sich einen aus«, blaffte Frank. »Und jetzt raus mit Ihnen!«

Die Drohung ließ Frank kalt, und zwar nicht nur, weil der Alkohol seinen Verstand benebelte. Wie konnte sie ihm persönlich gelten, wo es doch nur noch eine Frage von Tagen, höchstens aber ein, zwei Wochen war, bis sie ihn ganz erledigt hatten?

Doris erhielt die Anweisung, unter keinen Umständen Anrufe von diesem Joe Salerno zu ihm durchzustellen, und dem Wachdienst am Tor teilte er ebenso kategorisch mit, dass dieser Mann Hausverbot hatte und nicht auf das Studiogelände gelassen werden durfte. Außerdem kritzelte er ein kurzes Memo für Holbrook und legte es in seinen Ausgangskorb. Damit war die Sache für ihn erledigt. Sollten die Gangster sich doch mit Holbrook und Kirkland über die Höhe des Schutzgeldes auseinandersetzen!

Was Frank in diesen letzten Augusttagen am meisten beschäftigte, war die Frage, wer sich als Verräter erweisen würde. Er tippte auf Tony. Der Fixer wusste, wann es ein mieses Blatt abzuwerfen galt. Skrupel waren ihm fremd, und er verstand sich darauf, immer obenauf zu schwimmen. Doch am Ende war es Sid Cohen, der ihn an Kirkland verkaufte, um beim Gezeitenwechsel nicht auf der Verliererseite zu stehen.

Am Samstag des langen Labor-Day-Wochenendes setzte Holbrook ihn abends an der Bar des »Coconut Grove« davon in Kenntnis. »Kirkland weiß, dass Sie Cohen die Erlaubnis zum Dreh von *A Honorable Man* gegeben haben«, sagte er.

Frank winkte fahrig ab. »Er macht nur ein paar Probeaufnahmen.«

Holbrook schüttelte den Kopf. »Damit kommen Sie nicht durch. Cohen hat Kirkland alles gebeichtet und sogar die Belege der Geldanweisungen vorgelegt, die Sie unterschrieben haben. Aus der Kiste kommen Sie nicht raus, Frank. Kirkland hat jetzt Beweise, dass Sie vertragsbrüchig geworden sind.«

»So, hat er die.«

»Und zwar erdrückende! Wenn Kirkland nach der Labor-Day-Woche aus dem Golfurlaub kommt, wird er Ihren Rücktritt fordern«, fuhr Holbrook fort. »Und wenn Sie nicht freiwillig gehen, wird er Sie vor Gericht zerren, und das sollten Sie sich ersparen. Denn den Prozess werden Sie verlieren.«

»Der arme Sid Cohen hat es also mit der Angst gekriegt«, murmelte Frank benommen, »und ist Kirkland in den Arsch gekrochen.« Er hob sein Glas. »Auf deine Heldentat, Cohen!«

Holbrook sah ihn mitleidig an und legte ihm eine Hand auf die Schulter. »Ich an Ihrer Stelle würde Kirkland zuvorkommen, morgen schriftlich meinen Rücktritt erklären und je eine Ausführung an Kirkland, Rutherford und mich schicken. Damit nehmen Sie ihm den Wind aus den Segeln«, sagte er. »Hören Sie, ich wollte nicht, dass die Sache so unschön endet. Wir hatten gute Zeiten zusammen, Frank, das vergesse ich nicht. Und wenn Sie jetzt das Richtige tun, versichere ich Ihnen, dass Sie auch in Zukunft eine wichtige Rolle in der Triple S spielen werden. Ich werde mich dafür einsetzen, dass Sie die Verantwortung über einen wichtigen Teilbereich unserer Produktion erhalten, Sie haben mein Wort.«

»Etwa für Vor- und Abspann, Holbrook?«, höhnte Frank. »Ihr Wohlwollen rührt mich zu Tränen.«

Holbrook seufzte und zuckte die Achseln. »Ich hätte Sie ins offene Messer laufen lassen können, aber ich wollte Ihnen die Demütigung ersparen. Mehr kann ich nicht tun. Machen Sie es gut, Frank.« Damit klopfte er ihm auf eine befangene Art auf die Schulter und ging.

Frank torkelte früher aus dem Nachtclub als sonst. Selbst die Lust am Trinken war ihm vergangen, zumindest am Trinken unter den hämischen Blicken der Filmleute, die seinen geschäftlichen Tod so zuverlässig rochen wie Aasgeier den Kadaver einer verendeten Kreatur. Er wusste, dass es aus war.

Wie in letzter Zeit üblich nahm er den Weg zurück zur Bungalowanlage über stille Seitenstraßen, wo kein Streifenwagen ihn dabei ertappte, gelegentlich vom Kurs abzukommen und Schlangenlinien zu fahren.

Er schaffte es bis hinter den »Wilshire Country Club« und fuhr die Clinton Street in westliche Richtung, als ihm plötzlich an der Kreuzung Las Palmas Avenue ein schwarzer Packard den Weg versperrte. Als er bremste und wartete, dass der Wagen weiterfuhr, leuchteten hinter ihm grelle Scheinwerfer auf. Er war eingekeilt. Im nächsten Moment sprangen aus beiden Autos je zwei dunkel gekleidete Männer. Sie waren mit Baseballschlägern bewehrt.

Während die beiden Schläger aus dem vorderen Packard ihre Prügel auf den Hispano-Suiza niedersausen ließen, die Scheinwerfer einschlugen und die Frontscheibe zertrümmerten, stürzten sich die Ganoven aus dem hinteren Wagen auf ihn selbst, zerrten ihn hinter dem Lenkrad hervor und warfen ihn auf den Boden. Dann schlugen sie auf ihn ein. Auch Fußtritte setzte es. Einer traf ihn im Gesicht.

»Nicht auf den Kopf!«, rief jemand.

Frank schrie vor Schmerz, riss die Arme vor den Kopf und krümmte sich unter dem Hagel der Schläge, die seine Beine, Oberarme und den Rücken trafen.

So jäh, wie der Überfall begonnen hatte, endete er auch. Wie auf ein stummes Kommando hörten die Schläge auf. Jemand packte Frank am Kragen, riss ihn halb hoch und zischte: »Das nächste Mal nimmst du ab, wenn die Versicherung aus Chicago anruft, hast du verstanden?« Dann liefen die Männer zu ihren Wagen und sprangen hinein. Die Packards rasten davon, noch ehe die Schläger die Türen hinter sich zugezogen hatten.

Obwohl sein Körper ein einziger Schmerz war, begann Frank hysterisch zu lachen. Salernos Schläger hatten sich den Falschen gegriffen. Obwohl er verraten und entmachtet war, hatte er jetzt auch noch die Prügel eingesteckt, die eigentlich Holbrook und

Kirkland gegolten hätten. So weit hatte er es gebracht! Als mit jaulender Sirene die Polizei eintraf, die ein Anwohner alarmiert hatte, lachte Frank immer noch. Aber es klang inzwischen mehr nach einem wilden, verzweifelten Heulen.

84

Die Premiere von *The Sister Trap*, der Ashley seit über einem halben Jahr entgegengefiebert hatte, fiel auf den Montag vor dem Labor Day. Werbeaufwand und Publikumsinteresse waren groß, der Tag übertraf ihre wildesten Träume, war ein einziger Rausch. Die Stunden trugen sie von einem Höhepunkt zum anderen, und Beatrice machte den Anfang.

Ihre Liebste, die seit dem Frühjahr mit ihr in Devin Nevilles Villa in den Hügeln von Bel Air lebte, streichelte sie am späten Vormittag sanft aus dem Schlaf. »Bleib liegen und lass dich verwöhnen«, flüsterte sie.

»Tust du das denn nicht immer, Bea?«, fragte Ashley und räkelte sich unter den Händen ihrer Geliebten wie eine träge Katze. Beatrice Shannon würde ihr nicht das Herz brechen, so wie Kate es getan hatte. Sie hatte die Kleine in einem Diner kennengelernt, sich gleich in sie verliebt und sie im Sturm erobert. Bea mochte nicht die klügste aller Freundinnen sein, aber sie war eine wunderbare, hingebungsvolle Geliebte. Außerdem hatte sie ein großes Herz und keine Filmambitionen, was für Hollywood geradezu eine Sensation war. Nach den kargen Jahren als Kellnerin in jenem Diner war Beatrice dankbar für das sorglose Leben, das Ashley ihr bot. Mit der Freude und dem Staunen eines großen, anspruchslosen Kindes ließ sie sich von ihr einkleiden und mit all den herrlichen fremden Dingen vertraut machen, die ein Leben in Luxus mit sich brachte. Und natürlich hatte Ashley in ihr eine große Bewunderin ihrer Schauspielkunst. Besser als mit Beatrice hätte sie es nicht treffen können. Der einzige Wermutstropfen im letzten halben Jahr war gewesen, dass sie so lange auf die Premiere von *The Sister Trap* hatte warten müssen. In der Zwischenzeit hatte sie schon die zweite Komödie mit Betsy La Mar erfolgreich abgedreht. Zumindest würde dieser Film nicht auch so lange im Regal des Studios liegen, sondern zu Weihnachten in die Kinos kommen.

»Heute ist dein großer Tag – der erste von vielen großartigen Tagen, die auf dich warten!«, erwiderte Beatrice mit einem zärtlichen Lächeln. »Und deshalb soll er ganz besonders schön beginnen.«

Und wie herrlich er begann! Beas Liebeskünste raubten ihr im wahrsten Sinne des Wortes den Atem, sodass sie nach dem Orgasmus, der kein Ende nehmen wollte, liebessatt und erschöpft in die Kissen sank und noch einmal für anderthalb Stunden einschlief. Als sie erwachte, hatte Beatrice schon ein üppiges Champagnerfrühstück vorbereitet, das sie gemeinsam im Bett einnahmen, während im Radio Swing lief. Später am Tag trafen mehrere Blumensträuße sowie Karten mit den besten Wünschen zur Premiere ein. Das frühe Lob war nicht verwunderlich, hatten die Previews Ende Juli und Anfang August doch schon darauf hingedeutet, dass der Film zu den Publikumsfavoriten des Herbstes zählen würde.

Am frühen Nachmittag sah Devin bei ihnen herein, um sich für den Premierenabend mit Ashley abzusprechen. »Prächtig siehst du aus, so früh am Tag, wie das blühende Leben, mein Schatz!«, sagte er aufgekratzt. Er war auch gerade erst aufgestanden und hatte sich nur einen rotseidenen Morgenmantel übergeworfen. »Du scheinst für meine Frau der reinste Jungbrunnen zu sein, Beatrice.«

Beatrice kicherte, senkte den Blick und errötete, was Ashley ungemein amüsant und erregend fand. Allein mit ihr und hinter verschlossenen Türen kannte Bea weder Scham noch Grenzen, aber außerhalb dieser Welt wurde sie zu einem schüchternen Mädchen.

»Du machst ebenfalls den Eindruck, als hättest du eine höchst befriedigende Nacht hinter dir, mein Göttergatte.«

»Der Vormittag war nicht übel. Ich glaube, wir beide sind in Hollywood das Ehepaar mit dem besten Sexleben unter demselben Dach«, scherzte Devin und zwinkerte ihr zu. »Bis später dann, ihr zwei Süßen.«

Ashley wusste, dass ihr »Ehemann« einen neuen Liebhaber hatte, der wie üblich offiziell den Chauffeur spielen würde. Er hing auch wieder an der Spritze. Aber zumindest hielt er seinen Konsum so weit in Grenzen, dass kein Skandal drohte. Und solange es dabei blieb, interessierte es sie nicht, welche Drogen er nahm und mit wem er vögelte. Überhaupt hatten sie zu ihrer größten Überraschung beide festgestellt, dass sie als verheiratetes Paar besser miteinander auskamen, als sie es anfangs für möglich gehalten hatten. Was natürlich damit zusammenhing, dass sie jeder ihr eigenes Leben lebten, auf Diskretion achteten und dieses große Haus teilten, in dem jeder seinen Trakt hatte. Längst waren sie sich darüber einig, dass ihre Ehe perfekt war und es in absehbarer Zukunft für eine Scheidung keinen Grund geben würde.

Am Nachmittag nahm Ashley ein Bad. Danach verrichteten ihre Hairstylistin und die Kosmetikerin ihr Werk, während Beatrice ihr im Ankleidezimmer die seidene Unterwäsche und das rote Abendkleid zurechtlegte und sich anschließend um ihre eigene Garderobe kümmerte. Ein junger, gut aussehender Nebendarsteller würde ihr offizieller Premierenbegleiter sein, aber für sie beide würde sich niemand interessieren. Ashley würde mit Devin erscheinen – natürlich in ihrem himbeerfarbenen Duesenberg, der sofort die Aufmerksamkeit der Presse und der Schaulustigen auf sich ziehen würde.

Kurz bevor es Zeit wurde, aufzubrechen, rief Frank an. Über den nächtlichen Überfall auf ihn war in der Zeitung berichtet worden. Er meldete sich, um ihr für den Abend alles Gute zu wünschen. »Tut mir leid, dass ich deine Premiere verpasse und auch nicht zur Party kommen kann, aber das halte ich nicht durch, Ashley. Dieses Pack hat mich ordentlich in die Mangel genommen.« Außerdem könne er sich mit all den blauen Flecken im Gesicht unmöglich in der Öffentlichkeit zeigen. Das linke Auge sei inzwischen völlig unter der Schwellung verschwunden, und sämtliche Knochen täten ihm weh, sodass er nur mit einem Krückstock gehen könne.

»Das bedaure ich wirklich sehr, Frank, aber wichtiger ist ja wohl, dass du dich gut verarzten lässt, damit du schnell wieder obenauf bist«, sagte sie mit der gebotenen Anteilnahme, obwohl sie in Wahrheit überhaupt nicht traurig war, dass er nicht kommen konnte. Ein bedeutender Mensch weniger, der von ihr ablenken konnte, und ein Studioboss stand immer im Zentrum der Aufmerksamkeit.

»Obenauf?« Frank gab ein trockenes Lachen von sich. »Schmerz ist ein einsames Land, Ashley.«

Sie hatte nicht die leiseste Ahnung, was er damit meinte, aber ihr stand auch nicht der Sinn danach, sich darüber Gedanken zu machen. »Ich hoffe, die Polizei fasst die Dreckskerle, die dich überfallen haben«, sagte sie und beeilte sich, das Gespräch zu beenden.

Ort der Premiere war Grauman's Chinese Theatre am hell erleuchteten Hollywood Boulevard. Die lange Kolonne von Luxuslimousinen, die Filmprominenz, die Absperrungen, der rote Teppich, das Blitzlichtgewitter, die wogende Menschenmenge, die Zurufe und Autogrammwünsche, der bis auf den letzten Platz besetzte Saal, das schallende Gelächter an den richtigen Stellen und nach der Vorstellung der Jubel und minutenlange Applaus, die Flut dramatisch gebundener Blumensträuße, die man kaum halten konnte, die großartige Party im exklusiven Mayfair Club im

»Biltmore Hotel« – all das, was Ashley sich seit so vielen Jahren erträumt hatte und was so lange unerreichbar fern gewesen war, all das und noch mehr trat an diesem Abend ein. Dass Betsy La Mar und Stuart Lawson, die beiden Hauptdarsteller der Komödie, im Mittelpunkt der Aufmerksamkeit standen, tat ihrer Glückseligkeit keinen Abbruch. Es fiel noch genügend Glanz auf sie. Ihr Stern war aufgegangen, wie später in einer Kritik zu lesen war. Sie hatte sich ihren Platz am Leinwandhimmel erobert, und ihr Stern würde steigen.

Um kurz vor fünf schnappte sich Ashley eine eisgekühlte Flasche Champagner sowie zwei Gläser und lotste Beatrice aus dem Hotel. Es war eine herrlich warme Septembernacht. Mit wehendem Haar und unter Lachen und Jubel fuhren sie im offenen Duesenberg aus der Stadt und in die Santa Monica Mountains. Sie folgten dem gewundenen Mulholland Drive bis an jenen hoch gelegenen Punkt, wo es auf der rechten Straßenseite eine breite, sandige Ausbuchtung gab und man einen herrlichen Blick über das Tal mit dem Lichtermeer von Hollywood und Los Angeles hatte.

Ashley fuhr auf den Sandstreifen, stellte den Motor ab, ließ den Champagnerkorken knallen und stieß mit Beatrice an. »Heute ist mein Stern aufgegangen, ich habe es geschafft, Bea!«, flüsterte sie und hatte plötzlich Tränen in den Augen. Sie war erfüllt von einem Glücksgefühl, das zu erleben sie nie für möglich gehalten hatte. Ihr kam ein Ausspruch in den Sinn, der dem dicken Mayer von MGM zugeschrieben wurde: »Es dauert zehn Jahre, bis ein Star über Nacht berühmt wird.« Fürwahr!

»Ja, da oben steht dein Stern«, raunte Beatrice, schmiegte sich an sie und deutete hinauf in den samtschwarzen Himmel, wo Myriaden von Sternen funkelten. »Da, der ganz große, helle, siehst du ihn?«

Überwältigt von dem Wissen, eine magische Schwelle überschritten zu haben, nickte Ashley. Sie hielten einander umfangen und schwiegen. Eine traumhafte Stille senkte sich über sie.

85

Als der Labor Day dämmerte, schwamm San Francisco in einer dicken Nebelsuppe. Selbst vor den Fenstern von Harriets Penthouse waberten dicke milchige Schwaden. Schon seit einer Stunde saß Harriet am Schreibtisch und prüfte die Baukostenabrechnungen, die wieder einmal höher ausgefallen waren als veranschlagt. Sie musste unbedingt noch vor ihrer Abreise nach New Orleans ein ernstes Wort mit dem Architekten reden; es war zwingend geboten, dass er die galoppierenden Kosten für das neue Verwaltungsgebäude in den Griff bekam. Vielleicht sollte sie ihm drohen, ihn in Regress zu nehmen, wenn die tatsächlichen Kosten die veranschlagte Summe um mehr als fünfzehn Prozent überstiegen. Das würde ihn sicher auf Trab bringen, andererseits aber auch ihre Beziehung vergiften. Doch was spielte es für eine Rolle, ob sie darüber seine Sympathie verlor? Hier ging es um ihr Geld, und da galt letztlich nur …

Das Schrillen des Telefons riss sie aus ihren Überlegungen. Ungehalten über die Störung hob sie ab. »Shaw!«

»Harriet?«

Ihr Körper versteifte sich. Das war Frank.

»Entschuldige, dass ich so früh anrufe.« Seine Stimme klang heiser und irgendwie zittrig, und Harriet vermutete, dass er mal wieder die Nacht durchgezecht hatte und nun im whiskeyseligen Zustand bei ihr gut Wetter machen wollte. Obwohl, wirklich betrunken klang er eigentlich nicht. »Ich hoffe, ich habe dich nicht geweckt, aber …«

»Nein, hast du nicht«, fiel sie ihm kühl ins Wort. »Ich sitze schon seit einer Stunde am Schreibtisch. Wenn du Adrian sprechen willst, musst du auf Seven Oaks anrufen.«

»Ich muss mit dir reden.«

»Das ist keine so gute Idee, das sollte dir eigentlich klar sein«, beschied sie ihn schroff. »Ganz davon abgesehen, dass ich dafür auch nicht die Zeit habe. Ich muss …«

Frank unterbrach sie. »Es hat einen Autounfall gegeben. Ashley ist tot!«

Einen Moment lang sträubte sich Harriets Gehirn, die Nachricht aufzunehmen und zu verarbeiten. Ihres Wissens befand sich ihre Schwester auf irgendeiner glamourösen Premierenparty, die, wie sie Ashley kannte, zweifellos bis in den Morgen ging. Frank hatte ihr aus unerfindlichen Gründen eine tragende Rolle in einem richtig teuren Feature-Film verschafft. Der Titel war ihr entfallen. »Autounfall? Wovon redest du? Ashley ist auf irgendeiner Premierenparty, die gehen bei euch doch immer bis ins Morgengrauen.«

»So, wie ich es gehört habe, hat deine Schwester die Party gegen fünf verlassen und ist in die Santa Monica Mountains gefahren. Oben auf dem Mulholland Drive ist es zu einem Unfall gekommen. Dem Protokoll nach war es da kurz vor sechs. Ihnen ist wohl ein Tier in den Wagen gelaufen«, berichtete Frank mit gepresster Stimme, und Harriet hörte ein klirrendes Geräusch, als würden Eiswürfel in ein Glas geworfen. »Die Polizei hat Fellfetzen und Blutspuren am Kühlergrill gefunden. Vermutlich ist Ashley zu schnell gefahren, und ganz nüchtern war sie bestimmt auch nicht mehr. Jedenfalls ist der Wagen von der Fahrbahn abgekommen und in eine Schlucht gestürzt. Ihre … ihre Freundin und sie müssen sofort tot gewesen sein.« Er machte eine Pause und atmete schwer. »Es tut mir leid, dass ich dir diese schreckliche Nachricht überbringen muss. Mein Beileid, Harriet.«

Sie gab keine Antwort, sondern starrte auf den Nebel vor den Fenstern, presste den Hörer ans Ohr und hörte das rhythmische Rauschen ihres Blutes. Die Todesnachricht war ein Schock, verursachte aber keine innere Erschütterung. Vielmehr war ihr erster klarer Gedanke, dass sie nun ihre Geschäftsreise nach New Orleans verschieben musste und dass Ashley ihr selbst noch im Tod Unannehmlichkeiten bereitete. Zwar schämte sie sich dieses Gedankens, kaum dass er ihr durch den Kopf geschossen war, aber sie konnte nichts dagegen tun, dass er sich im Hintergrund ihres Bewusstsein festsetzte.

»Harriet? Bist du noch da?«

»Ja«, murmelte sie verstört, wobei ihr nicht ganz klar war, welcher Art ihre Verstörung war. Wo blieben Schmerz und Trauer? Waren sie einander so fremd geworden?

»Es ist eine Tragödie, Harriet«, fuhr Frank fort, und sie hörte, wie er zu seinem Drink griff. »Es war Ashleys großer Abend, und wie Tony mir gesagt hat, war sie überglücklich. *The Sister Trap* wird ein riesiger Erfolg, deine Schwester hat wunderbare Kritiken bekommen. Sie war tatsächlich auf dem Weg, ein Star zu werden. Und wenn …«

Sie hörte das Klicken eines aufklappenden Feuerzeugs, das Fauchen der hochspringenden Flamme und das Knistern von brennendem Tabak. »Kümmerst du dich um die Beerdigung?«, fragte sie.

»Natürlich.«

»Kriegst du es hin, dass sie schon morgen beigesetzt wird?«, setzte sie nach in der Hoffnung, ihre Termine in New Orleans nur um einen Tag verschieben zu müssen.

»Wie bitte? Morgen?«, fragte er ungläubig. »Wie denkst du dir das?«

»Wieso? Juden setzen ihre Toten innerhalb von vierundzwanzig Stunden bei, weil ihr Glaube es so verlangt«, verteidigte sie sich hastig. »Also warum soll das hier nicht auch gehen? Und ob sie nun am Mittwoch, am Donnerstag oder am Samstag unter die Erde kommt, dürfte Ashley ja wohl egal sein.«

»Ich werde sehen, was ich machen kann. Aber da du gerade von Glauben gesprochen hast, weißt du, ob Ashley einer Religion oder einer bestimmten Gemeinde angehört hat?«

»Sie hat keiner angehört, jedenfalls nicht als Erwachsene. Meine Schwester hatte es nicht mit der Religion, egal in welcher Ausführung. Pfaffen und andere Betbrüder waren ihr zuwider, also bitte keinen Weihrauch und keine frommen Sprüche am Grab«, wies sie ihn an. »Eine schnörkellose Zeremonie in einem Bestattungsinstitut wird ihrer schlichten Weltsicht wohl am besten gerecht.«

»Deine Schwester war alles andere als schlicht«, widersprach er und klang fast entrüstet. »Aber wenn du es so haben willst, gebe ich es so weiter.«

»Tu das, Frank«, sagte sie kühl. »Und keinen Sarg. Sie war für Einäscherung, das hat sie mir mal gesagt. Ruf mich an, wenn du etwas arrangiert hast. Ich danke dir für deine Mühen.«

»Mein Gott, das sind doch keinen Mühen, Harriet! Ashley war immerhin …«

»Gut, dann haben wir ja erst mal das Wichtigste besprochen. Ich muss jetzt Adrian anrufen und … und einige Vorkehrungen treffen. Die Beerdigung bringt natürlich so einiges durcheinander, aber das kenne ich ja von Ashley. Bis später, Frank.« Sie legte auf, ohne eine Antwort abzuwarten.

Die Beerdigung war für den Donnerstagvormittag angesetzt. Die Zugfahrt am Mittwoch war alles andere als ein Vergnügen, ließ ihr Sohn sie doch deutlich spüren, dass er noch immer verstimmt war. Er versteckte sich und seinen Unmut, indem er sich entweder schlafend stellte, Stunden vorn im Speisewagen verbrachte oder vorgab, ausgerechnet jetzt den dicken Wälzer über Pflanzenschädlinge und ihre Bekämpfung studieren zu müssen. Sie wusste natürlich, warum Adrian ihr grollte. Nach einem langen und heißen Sommer hatte die Weinernte im Napa Valley früher begonnen als sonst. Entgegen langjähriger Tradition hatte Harriet weder an dem Fest unten in der Stadt teilgenommen noch sich Zeit für einen Besuch auf Seven Oaks genommen. Dort hatte sie sich schon seit Monaten nicht mehr sehen lassen. Aber die

Geschäfte gingen nun mal vor, und der Tag hatte einfach nicht mehr als vierundzwanzig Stunden.

Was Adrian ihr außerdem zum Vorwurf machte, war ihre Weigerung, ihm für seine geplante Verlobung an Thanksgiving ihren Segen zu geben. Sie bestand darauf, dass er erst sein Studium abschloss, was im kommenden Frühjahr der Fall sein würde. In Wahrheit aber, auch wenn sie sich das ungern eingestand, wurmte sie, dass an Adrians Liebster einfach nichts auszusetzen war. Das Mädchen, nun ja, mit ihren zweiundzwanzig Jahren konnte man sie schon als junge Frau bezeichnen, kam aus einer angesehenen Familie, sah gut aus, war von tadellosem Benehmen, besaß natürliches Selbstbewusstsein, ohne sich in den Vordergrund zu spielen, und konnte zu allem Übel nicht nur ein abgeschlossenes Literaturstudium vorweisen, sondern auch eine Anstellung als Junglektorin in einem namhaften Verlag. Das Einzige, was Harriet mit einigem Recht gegen ihre zukünftige Schwiegertochter vorbringen konnte, war ihr Name. Wer in Gottes Namen taufte seine Tochter bloß auf den Namen Rosalind? Aber nicht einmal das konnte sie ihr schließlich ankreiden! Genau betrachtet hatte sie also nichts gegen sie und die geplante Verlobung in der Hand – und das passte ihr gar nicht!

Wenn die Zugfahrt mit ihrem Sohn schon kein Vergnügen gewesen war, so war das Unbehagen dieser Stunden doch nichts im Vergleich zu dem Albtraum in der Gedenkhalle des Bestattungsinstituts am nächsten Morgen. In den ersten beiden Reihen, reserviert für Angehörige und nahe Freunde, herrschte abgesehen von fünf Trauergästen, vermutlich Ashleys Bekannten vom Film, gähnende Leere. Die zehn, zwölf Bankreihen dahinter dagegen waren zu Harriets Verblüffung bis fast auf den letzten Platz besetzt. Nur machten diese fremden Männer und Frauen unterschiedlichen Alters überhaupt nicht den Eindruck, als hätten sie in der Gedenkhalle des Evergreen Funeral Home am Sunset Boulevard etwas verloren. Harriet bemerkte, dass zwei Männer sich mit einem kleinen Schachspiel mit Steckfiguren beschäftigten. Einige lasen mehr oder weniger diskret Zeitung, ein anderer feilte sich hingebungsvoll die Fingernägel, ein rotgesichtiger Kahlkopf studierte eine kleinformatige Wettzeitung und leckte jedes Mal die Spitze seines Stiftes an, bevor er auf der Liste einen Namen markierte, und wieder ein anderer las in einem zerfledderten Buch. Einmal, als sie sich irritiert umdrehte und nach Frank Ausschau hielt, fiel ihr Blick auf Tony Russo, der hinten an der Tür stand. Und als sie sah, dass er einigen spät Eintreffenden Dollarnoten zusteckte, begriff sie. Franks Fixer hatte die Gedenkhalle mit bezahlten Komparsen bestückt. Von Frank selbst aber fehlte jede Spur.

Ein verhärmter Musiker mit schütterem Haar und einer keilförmigen Nase, die wie ein Rammsporn in seinem grauen Gesicht saß, spielte auf der Hausorgel getragene Stücke, deren Melodien in Harriet vage Erinnerungen an Kirchenbesuche in ihrer Jugend weckten. Sie versuchte, nicht immer wieder auf die schlichte Urne zu starren, die vorn auf dem grünen Samt eines reich mit Blumen geschmückten Tisches stand und Ashleys Asche enthielt. Flankiert wurde das schwarz-grau marmorierte Gefäß von zwei großen, perfekt ausgeleuchteten, sichtlich von einem Profi aufgenommenen Fotos ihrer Schwester.

Frank hatte seinen Auftritt, kaum dass der beleibte Direktor des Bestattungsinstituts seine fünfminütige Standardtotenrede routiniert salbungsvoll abgeliefert, mit der Gewandtheit eines Conférenciers in die Runde geblickt und gefragt hatte: »Wenn jemand etwas sagen und Erinnerungen an die Verstorbene mit uns teilen möchte?« Er trat seitlich vom Pult weg und machte eine einladende Geste. »Bitte, jetzt ist die Zeit dafür, verehrte Trauergäste.«

»Willst du nicht etwas sagen, Mom?«, flüsterte Adrian. »Sie war doch deine Schwester, und du standest ihr am nächsten.«

»Ashley stand nur sich selbst nahe!«, zischte Harriet.

»Das war nicht meine …« Ihr Sohn brach ab, um bestürzt zu flüstern: »Da ist Frank, Mom! … Oh, mein Gott!«

Frank wankte an ihnen vorbei und stellte sich ans Rednerpult. Sein Anzug war verknittert, als hätte er ihn aus einem Kleidersack gezogen, das Hemd hatte Flecken, und die Krawatte hing links unter dem offenen Kragen. Und wer nicht schon an seinem schlingernden Gang gesehen hatte, dass er betrunken war, wusste es spätestens nach den ersten Worten. Wenigstens waren die Gedanken, die er von sich gab, anfangs noch einigermaßen nachvollziehbar und ergaben Sinn – wenn man den Maßstab an Logik und Zusammenhang nicht allzu hoch ansetzte.

»Friedfhöfe sind 'ne prächtige Mahnung, dass man nicht nur lebt, um glücklich zu sein«, fing er an und stützte sich schwer auf das Pult. »Glück als oberstes Lebensziel klappt nicht, da is immer der Wurm drin. Von wegen, das Leben soll einen glücklich machen. Das ist einfach nicht wahr, Leute. Die funnemen… die funnementale Wirklichkeit des Lebens liegt in der Tragik. *In Times of Darkness*, sage ich nur! Aber vor allem *Bitter Harvest*! Da steckt das alles drin. Und wenn das jemand begriffen hatte, dann unsere Laura.«

Harriet riss die Augen auf und zuckte zusammen, als hätte Frank ihr eine Ohrfeige verpasst. Ihr war danach, aufzuspringen und davonzurennen. Sie presste die Lippen zusammen und spürte ihren Herzschlag bis in die Kehle. Ihr Mund war wie ausgedörrt.

Der Bestatter hinter Frank raunte indessen viel zu laut: »Ashley, Sir! Der Name der Verstorbenen ist Ashley Caldwell. Bitte kommen Sie schnell zum Ende, damit auch andere …«

Aus den hinteren Reihen kam leises Kichern und Raunen.

»Jawohl, heimwärts geht's mit der Ashley«, fuhr Frank unbeirrt fort. »Das Leben is 'ne Reise, die heimwärts führt, so hat das schon der Moby Dick vom alten Melville gesehen. Und da isse jetzt hin, die Laura … Nee, nicht zu Melville, heimwärts, okay?« Er zog einen verknitterten Zettel hervor und glättete ihn umständlich auf der schrägen Platte des Rednerpults. »Und das hier geben wir ihr mit. Hab's mir aufgeschrieben, weil ich es sonst nicht zusammenkriege. Also, los geht's, Freunde: ›Ich weiß, was ewig bleibet, / wo alles wankt und fällt, / wo Wahn die Weisen treibet / und Trug die Klugen prellt. / Das ist das Licht der Höhe …‹« Frank schwankte und blinzelte mit glasigem Blick, während er den Zettel mehrmals hin und her drehte. »Das geht noch weiter, is aber nich hier drauf. Komisch, war mir doch sicher … Egal, ihr wisst, was gemeint ist, oder?«

Der schwergewichtige Direktor, dem der Schweiß auf Stirn und Oberlippe stand, trat zu ihm und fasste ihn am Arm. »Das war sehr bewegend, Sir, wirklich sehr bewegend. Aber jetzt sollten Sie einem anderen Gelegenheit geben, auch ein paar Worte des Abschieds …«

»Nimm deine Patscher weg und nerv nich, Dicker!«, blaffte Frank ihn an und stieß die Hand weg. »Bin noch nich fertig mit meiner Eloge, okay? Wer die Musiker bezahlt, bestimmt, was gespielt wird, klar?«

Der Direktor rang hilflos die Hände.

Leises Gelächter von hinten. Und jemand murmelte: »Hier wird einem echt was geboten! Ist die beste Bestattung meines Lebens.«

Inzwischen fiel Frank vornüber, sackte mit dem Brustkorb schwer auf das Pult, hing halb darüber und deklamierte lallend: »Was ist Liebe? Was ist Schöpfung? Was ist Stern? So fragt der Zaradingsda die Sternschnuppe und blinzelt mit dem letzten Menschen ins Wohinauchimmer!« Er gab ein heiseres Lachen von sich, hob die Hand und wedelte in Richtung Decke. »Aber es war 'n traumhafter Ritt auf 'ner Sternschnuppe, ja, das war es, Laura! Hättest bloß früher abspringen sollen! Wir sollten alle ganz schnell runter von der Sternschnuppe, okay?« Er neigte den Kopf. Sein Blick fiel auf Harriet, und er starrte sie an, als hätte ein klarer Gedanke seinen von

Alkohol betäubten Geist durchdrungen wie ein eisiger Stich. Speichel rann ihm über das Kinn.

Harriet ertrug es nicht länger. Sie stieß ihren Sohn an. »Himmel, tu doch was!«

Adrian sah sie gequält an. »Was soll ich denn tun? Ihn da wegzerren und aus der Halle schmeißen?«

»Das ist mir egal! Schaff ihn einfach raus!«

Adrian erhob sich widerstrebend, aber da kamen schon Tony Russo und ein anderer kräftiger Mann durch den Gang und griffen beherzt ein. Widerstandslos ließ Frank sich von ihnen in die Mitte nehmen und aus dem Raum führen.

Harriet, die Hände um die Bügel ihrer Handtasche gekrampft, blickte mit versteinerter Miene über den blumengeschmückten Tisch hinweg ins Nirgendwo. Sie konnte es nicht erwarten, dass dieser Albtraum ein Ende nahm, die Urne mit Ashleys Asche unter die Erde kam und sie in ihren Zug nach New Orleans steigen konnte.

86

Als Frank am Donnerstagnachmittag auf den kalten Fliesen seines Badezimmers erwachte, lag er in seinem Erbrochenen. Die Lache um seinen Kopf herum war längst getrocknet, doch sie stank noch immer ekelhaft. Erneuter Brechreiz packte ihn. Diesmal schaffte er es noch zur Kloschüssel. Bis auf Galle und Magensäure hatte er nichts mehr in sich, das er hätte ausspeien können. Dennoch würgte und würgte er, dass ihm die Augen aus den Höhlen quollen. Ihm war, als wollte sich sein Magen umstülpen. Entkräftet zerrte er sich das beschmutzte Jackett vom Leib und wankte unter die Dusche. Für eine scheinbar endlos lange Zeit kauerte er auf dem Boden, während das Wasser auf ihn niederprasselte. Irgendwann kam nicht mehr schnell genug heißes Wasser nach.

Zitternd lehnte er sich gegen die Kachelwand, und die ganze Zeit hatte er nur ein Bild vor Augen – nämlich, wie Harriet ihn angeschaut hatte, als Tony und sein Assistent ihn vom Rednerpult weggeführt hatten. Was war es gewesen, das er in dem Moment in ihren Augen gelesen hatte? Verachtung? Abscheu? Ja, so hatte sie ihn angestarrt, fassungslos, als sei er ein Fremder, vor dem ihr schauderte. Selbst stockbetrunken hatte er diesen Blick aufgefangen und begriffen, was er bedeutete. So gut wie alles, was davor und danach geschehen war, entzog sich seiner Erinnerung, Harriets entsetzlicher Blick aber hatte sich ihm eingebrannt und mit ihm die Erschütterung. Was um alles in der Welt hatte er bloß aus seinem Leben gemacht, dass er, völlig zu Recht, mit einem solch angewiderten Blick bedacht wurde? Er schlug die Hände vors Gesicht, doch vor Harriets Blick schützte ihn das nicht.

Mühsam kam er schließlich auf die Beine, zog sich aus und stellte sich noch einmal unter die eisige Dusche, bis er die Kälte nicht länger ertrug. Danach stand er lange vor dem Spiegel und versuchte sich wiederzuerkennen in dem Mann, der ihm da entgegenstarrte: ausgemergelte Wangen, Stoppelbart, verquollene Augen, stumpfer Blick. Er war sich selbst fremd geworden. Erschüttert wandte er sich ab und machte sich daran, das Erbrochene aufzuwischen. Die nassen, stinkenden Kleider warf er in die Mülltonne.

Anderthalb Stunden ging er rastlos im Wohnzimmer seines Mietbungalows auf und ab. Dabei zwang er sich, trockenes Brot zu essen und an dem Whiskey, den er sich schließlich doch eingegossen hatte, nur zu nippen. Dann rief er Tony an und teilte ihm mit, was er brauchte. Eine knappe Stunde später ließ er den Fixer ins Haus.

»Das ist alles, was ich auf die Schnelle organisieren konnte«, sagte Tony, während er ihm ein Tütchen mit zwanzig Gramm Kokain und zwei Schachteln mit Red Devils reichte. »Bekomme erst am Wochenende Nachschub.«

Frank winkte ab. »Ich bin erledigt, Tony.«

»So weit würde ich nicht gehen, Boss. Aber in Höchstform sind Sie ganz sicher nicht. Da war heute einfach nicht Ihr Tag.«

»Machen wir uns doch nichts vor«, sagte Frank und steckte die Drogen ein. »Die Sache ist gelaufen, ich bin raus, nicht nur als Präsident. Da ist nichts mehr zu machen.«

»Warum ziehen Sie sich nicht für ein paar Wochen auf die Ranch in Santa Barbara zurück?«, schlug Tony mit einem verlegenen Grinsen vor. »Soll gar nicht so übel sein. Und danach steigen Sie wieder ein ins Spiel. Ich bin sicher, Sie haben noch ein paar Asse im Ärmel.«

Frank lachte trocken. »Sie irren sich. Was ich auf der Hand habe, sind nur noch Luschen. Und ich bin kein Don Quijote, der gegen Windmühlen kämpft. Entschuldigen Sie, dass ich Sie gleich wieder rauswerfe, aber ich habe zu tun. Machen Sie es gut, Tony«, sagte er, drückte ihm die Hand und brachte ihn zur Tür. Danach erledigte er drei Telefonate. Die ersten beiden waren kurz, während es sich bei dem dritten um ein längeres Gespräch handelte.

Um zwanzig nach elf setzte er sich in seinen Wagen und fuhr hinüber zum Studio. Er fuhr langsam und machte einige Umwege durch Hollywood, sodass es Mitternacht war, als er vor dem Studiotor eintraf.

Der Nachtwächter war wie Edgar Ludlow ein Urgestein seines Sicherheitsdienstes. »Sie sollten so spät nicht mehr arbeiten, Mr Maynard«, sagte er gutmütig, als Frank vor dem Wachhäuschen hielt und ihm einen Gruß zurief. »Damit bringen Sie sich noch früh unter die Erde!«

»Das schaffe ich notfalls auch ohne übermäßige Arbeit, Ron.«

Der Nachtwächter lachte und hob die Schranke.

Das Verwaltungsgebäude war um diese nächtliche Stunde wie ausgestorben. Er ging durch die dunklen Flure und Treppenhäuser, wo seine Schritte laut hallten und etwas Verlorenes an sich hatten. In seinem Büro machte er Licht, inspizierte seinen Vorrat an Alkohol, der mit drei Flaschen Haig und zwei Flaschen Brandy ganz ordentlich war, holte sich die Schreibmaschine seiner Sekretärin aus dem Vorzimmer und setzte sich damit an seinen Schreibtisch. Er hatte einiges an Arbeit vor sich. Kurz vor zwei goss er sich einen zweiten steifen Drink ein und begab sich damit in die Hallen der Tonfilmateliers. Im Dunkeln wanderte er durch die Studios, streifte durch die Kulissen von Sets, wo am nächsten Tag wieder gedreht wurde, und ließ hier und da Scheinwerfer aufflammen. Auf dieser nächtlichen Wanderung begleiteten ihn die Erinnerungen an die ebenso aufregende wie aufreibende Zeit des Aufbruchs und an all die Filme, die hier entstanden waren.

Gegen drei kehrte er zurück in sein Büro und legte sich auf die Pritsche, die er in seinem angrenzenden Ankleideraum stehen hatte. Wundersamerweise fiel er binnen Minuten in Schlaf. Drei Stunden später, um Punkt sechs Uhr, weckte ihn das Quietschen der Rollen, als Ol'Abe gut gelaunt wie immer seinen Rasierstuhl ins Büro schob. Den ergrauten Schwarzen, der ihm so viele Jahre treu gedient hatte, hatte er in der Nacht ganz vergessen, aber es war noch Zeit, das Versäumte nachzuholen. Nach der Rasur kümmerte er sich um die Flaschen. Unauffällig schaffte er Whiskey und Brandy in seinen Wagen und verstaute die kostbare Fracht in der mitgebrachten Tasche. Er wusste, dass er es ohne den Alkohol nicht schaffen würde.

Ungeduldig wartete er, dass es endlich acht wurde und seine Sekretärin zum Dienst erschien. Doris machte ein verblüfftes Gesicht, als sie ihn mit einem Stapel Briefe in der Hand in ihrem Vorzimmer warten sah. Und als er sie unverhofft in die Arme nahm und an sich drückte, verwandelte sich ihr Staunen in eine Mischung aus Rührung und Bestürzung

»Das musste einfach mal sein! Ich bin Ihnen so viel schuldig«, sagte er und hielt sie bei den Händen gefasst. »Ich danke Ihnen für alles, was Sie für mich getan haben, Doris. Alles Gute!«

Erschrocken-ahnungsvoll sah sie ihn an. »Mein Gott, was tun Sie da? Wieso sagen Sie das? Sie machen mir Angst, Mr Maynard!«

Er schenkte ihr ein Lächeln, das jedoch trotz allen Bemühens schwach ausfiel. »Machen Sie sich keine Sorgen, Doris, es ist alles gut so, wie es ist.« Damit drückte er ihr schnell noch einen Kuss auf jede Wange und beeilte sich, aus dem Zimmer zu kommen, bevor sie ihn aufhalten und mit Fragen bestürmen konnte. Was sie wissen musste, würde sie seinem Brief und dem beiliegenden Scheck entnehmen.

Frank fuhr hinaus zum DeMille Airfield, wo seine Douglas schon aufgetankt wartete. Er rollte mit seinem Hispano-Suiza bis an den Hangar. In der Tür erschienen Harry Bonefish und Neil Tucker, sein junger Gehilfe.

»Kriegst du die Beulen aus dem Blech?«, fragte Frank den schlaksigen blonden Burschen, der ihn schmerzhaft an ihn selbst erinnerte, damals als Austernräuber in der Bay, als er noch das ganze Leben vor sich gehabt hatte. Die Scheinwerfer und die Frontscheibe hatte er schon ersetzen lassen.

Der Gehilfe sah sich die Schäden an und nickte. »Denke schon, dass ich das hinkriege, Mr Maynard.«

»Dann viel Spaß mit dem Wagen, Neil«, sagte Frank und warf ihm die Schlüssel zu. »Er gehört jetzt dir. Ich habe keine Verwendung mehr für ihn.«

Zehn Minuten später war er in der Luft. Die Santa Monica Mountains, die im warmen Licht der Morgensonne badeten, glitten unter ihm weg. Gleich darauf kam das Studiogelände in Sicht. Er flog eine Schleife über den Silver Screen Studios, schaute hinunter auf den alten Bohrturm und das weitläufige Gelände mit all den Gebäuden und Außenkulissen und wartete auf den großen, herzzerreißenden Schmerz. Aber der stellte sich nicht ein. Nicht einmal Bedauern oder wenigstens so etwas wie Wehmut regte sich. Genau genommen spürte er gar nichts.

Er klemmte sich die offene Flasche Haig zwischen die Oberschenkel, stieß den Gashebel bis zum Anschlag vor und zog den Doppeldecker steil in den Himmel.

87

Er hatte ausgezeichnetes Flugwetter, klaren Himmel und keinen nennenswerten Gegenwind. Mit seiner Douglas waren die rund tausendzweihundert Meilen bis nach Wyoming in zehn, zwölf Flugstunden zu bewältigen, er hätte also am selben Abend, spätestens aber am nächsten Vormittag auf der Triple R einige Meilen östlich der Grand Tetons eintreffen müssen. Doch trotz idealer Flugbedingungen brauchte Frank fast viereinhalb Tage.

In Las Vegas, einer trostlosen und staubigen Siedlung in der Wüste von Nevada, legte er am Mittag seines Abflugtages den ersten Zwischenstopp ein. Eigentlich landete er auf dem Rockwell Field nur, um aufzutanken, damit er für die zweite Etappe hinüber nach Salt Lake City genug Sprit hatte. Aber irgendwie kam er im Hangar der kleinen Flugpostfirma Western Air Express mit einem Mechaniker ins Gespräch, nahm die Einladung auf einen Drink an und versackte später in einer der Bars der schäbigen Ortschaft. In Salt Lake City zog sich das Auftanken sogar über zwei Tage hin, wobei für seinen Doppeldecker davon nur zwanzig Minuten nötig waren. Er war noch betrunken, als er am späten Vormittag des vierten Tages wieder ins Cockpit kletterte und auf die Westflanke der Grand Tetons zuhielt. Dass er auf dem Flug nach Alpine Junction nicht vom Kurs abkam oder am Steuerknüppel einschlief, grenzte an ein Wunder. Mehrmals kämpfte er sogar gegen die Versuchung, die Maschine so hoch wie möglich steigen zu lassen, dann die Hand vom Steuerknüppel zu nehmen, die letzte Flasche zu leeren und seelenruhig dem Tod entgegenzutrudeln. Es war so einfach, seinem Elend ein Ende zu bereiten. Unter ihm war weit und breit nichts als menschenleere Wildnis. Hier würde ihn niemand finden. Aber wer würde ihn auch vermissen und suchen?

Nun, Vergil wusste, dass er auf dem Weg war. Der würde zweifellos nach ihm suchen und dabei weder Mühen noch Kosten scheuen. Das konnte er seinem alten Freund nicht antun. Also brachte er es doch besser auf weniger dramatische Weise hinter sich.

In dem Dreihundertseelennest Alpine Junction am südlichen Ende des Snake River Canyon musste er im schwindenden Licht des Abends auf einem besseren Kartoffelfeld landen. Von hier aus war es zu Vergil nur noch ein Sprung von rund fünfzig Meilen Luftlinie. Aber zwischen Alpine Junction und der Ranch lag die mächtige Bergkette der Grand Tetons, deren schneebedeckte Gipfel majestätische vierzehntausend Fuß in den Himmel ragten. Eine Höhe, die seine Douglas an die Grenze der ihr möglichen Flughöhe bringen würde. Er konnte nicht riskieren, dass dem Motor über dem zerklüfteten Bergmassiv plötzlich die Luft ausging und er an einer Felswand zerschellte.

Deshalb nahm Frank die sichere Route und folgte am Vormittag des fünften Tages dem Lauf des Snake River. In sicheren zweitausend Fuß Höhe flog er durch den gleichnamigen Canyon, der sich mit zahllosen Windungen durch die Bergkette zog und ihn schließlich auf die Ostseite der Grand Tetons und dort zur Siedlung Jackson Hole brachte. Hier öffnete sich das Tal und ging in weites offenes Land über. Unter ihm spannte sich ein grüngrauer Teppich aus niedrigem Salbei, durchzogen von klaren Flüssen und dunklen Wäldern. Jetzt waren es bis zur Triple R am Red River nur noch wenige Minuten Flug.

Vergil hatte ihm am Telefon genau gesagt, an welchen markanten Punkten er sich hinter Jackson Hole orientieren musste. Diese Hinweise hatte er sich notiert und gut eingeprägt. Dort, wo der Snake River sich kurz in zwei Arme teilte, legte er die Douglas in eine scharfe Rechtskurve, dann folgte er einer Landstraße zwei, drei Meilen in nordöstliche Richtung. An einem kleinen See, der in einem schon herbstlich verfärbten Waldstück lag, zweigte eine schmale Sandpiste im rechten Winkel rechts von der Landstraße ab. Diese Piste führte ihn einige Meilen hinter der Abzweigung geradewegs zu Vergils Ranch.

Das große Blockhaus mit seinem Giebeldach und den zwei mächtigen Kaminen aus grauem Feldstein sowie die Nebengebäude und Koppeln waren in der scheinbar menschenleeren Weite auch schwer zu verfehlen. Dasselbe galt für den Teil der sandigen Piste, den Vergil für eben genug hielt, dass Frank dort mit der Douglas landen konnte. Vergil hatte die Strecke, die eine knappe Meile hinter dem Haus lag und in südöstliche Richtung verlief, deutlich markiert. Zwei große Kreuze aus Heuballen neben der Piste, jeweils eins am Anfang und eins am Ende, fassten die provisorische Landebahn ein.

Frank flog eine enge Schleife über dem Ranchhaus, woraufhin sofort mehrere Personen nach draußen gelaufen kamen, zu ihm hochblickten und winkten. Er wackelte mit den Tragflächen und sah sich an, wo auf der Piste er zur Landung aufsetzen sollte. Zweimal flog er nur wenige Fuß über dem Boden darüber hinweg und lehnte sich weit aus dem Cockpit, um sich zu vergewissern, dass ihn keine gefährlichen Rillen, Steinwülste oder Schlaglöcher erwarteten. Die Strecke, die Vergil abgesteckt hatte, schien in

Ordnung, wenn auch reichlich kurz. Und was jenseits der Heuballen wartete, würde das Fahrgestell der Douglas ohne Frage in Stücke zerlegen. Aber es war nun mal, wie es war. Als er schließlich zur Landung ansetzte, war Vergil auch schon mit einem schwarzen Pritschenwagen zu ihm unterwegs.

Um mit möglichst geringer Geschwindigkeit aufzusetzen, nahm Frank das Gas früher heraus als sonst. Dementsprechend hart war die Landung. Der Doppeldecker krachte förmlich auf den Boden, schwere Schläge trafen die Maschine und rüttelten Frank durch, während sie wild bockend und schlingernd über die Piste rollte und eine riesige Staubfahne hinter sich herzog. Aber das Fahrgestell hielt, auch wenn der Doppeldecker erst ein gutes Stück hinter dem Heuballenkreuz endlich zum Stehen kam. Eine leere Flasche rollte zwischen seinen Füßen hin und her und klirrte gegen das Gestänge des Sitzes.

Er stellte den Motor ab, sackte erschöpft zusammen, lehnte die Stirn gegen den Windschutz und schloss kurz die Augen. Als er den Kleinlaster heranrumpeln hörte, riss er sich zusammen und kletterte aus dem Cockpit. Ihm war klar, dass er aus jeder Pore Alkohol schwitzte und alles andere als nüchtern war, wenn auch nicht sinnlos betrunken. Er öffnete die Stauraumklappe, zog seine zwei Segeltuchtaschen aus dem Hohlraum und ließ sie ins strohige Gras fallen.

Obwohl seine Kinder sicher darauf brannten, den Doppeldecker in Augenschein zu nehmen, war Vergil allein, und Frank verstand auch, warum. Vergil stieg aus dem Pritschenwagen und nickte ihm aufmunternd zu. Wortlos streckte er die Arme aus und zog ihn an sich. Frank erwiderte die Umarmung, wollte sich jedoch gleich wieder daraus lösen. Vergil ließ das nicht zu, sondern hielt ihn lange und fest an sich gedrückt. Frank spürte die stumme Botschaft dieser Umarmung: dass ihre Freundschaft unverwüstlich war, er sich seines erbärmlichen Zustands nicht zu schämen brauchte und immer und unter allen Umständen auf Vergil zählen konnte. Er hatte Mühe, die Tränen zurückzuhalten, schämte er sich doch so vieler Dinge.

»Tut mir leid, dass ich dir das antue«, sagte er, als Vergil ihn schließlich freigab, und kaschierte seine Verlegenheit mehr schlecht als recht, indem er eine Zigarette aus seiner letzten Schachtel Woodbines klopfte und anzündete.

Vergil winkte ab und holte seine Pfeife hervor. »Es gibt nichts, was dir leidtun müsste«, erwiderte er und stopfte Tabak in den dicken Kopf. »Schon gar nicht, dass du mich angerufen hast und zu uns gekommen bist.«

Frank zuckte hilflos die Achseln, sog den Rauch tief in die Lunge und schaute an seinem Freund vorbei. Sein Blick verlor sich in der Ferne. Er hatte noch nie einen so hohen und weiten Himmel gesehen. Fast wirkte er einschüchternd, erdrückend, zugleich aber auch atemberaubend. »Weißt du, woran mich meine letzten zehn, zwölf Jahre erinnern?«

Vergil sah ihn fragend an, steckte seine Pfeife an und wartete.

»Ich komme mir vor wie eine Rakete, die einen langen und steilen Flug in den Himmel hinter sich hat und dann, als der Treibsatz längst verbrannt war, noch ein gutes Stück weitergeflogen ist. Nur dass sie danach, ausgebrannt, nicht weniger steil abgestürzt ist.«

»Kein schlechter Vergleich«, sagte Vergil und lehnte sich rücklings an den Kühler seines Ford-Kleinlasters, dessen Motor leise vor sich hin tuckerte. »Im Grunde ging es mir damals, als ich die Reißleine gezogen habe und ausgestiegen bin, ähnlich.«

Frank blickte ihm geradewegs in die Augen und sagte müde: »Ich bin am Ende, Vergil. Ich bin restlos fertig und am Ende.«

Vergil nickte. »Das ist gut so.«

»Was soll daran gut sein?«

»Erstens, dass du dir dessen bewusst geworden bist, und zweitens: Wo ein Ende ist, da ist auch immer ein neuer Anfang. Es gibt kein totales Ende, jedenfalls meiner Überzeugung nach. Und ich denke, das gilt sogar für den Tod, ob man nun an irgendeine Form der Existenz danach glaubt oder nicht.«

Frank verzog das Gesicht. »Der Anfang nach diesem Ende wird kein Spaziergang sein«, sagte er mit dunkler Ahnung. »Ehrlich gesagt habe ich eine Scheißangst vor dem, was mir bevorsteht.«

»Du meinst den kalten Entzug.«

»Ja, es soll die Hölle sein.«

Vergil schüttelte den Kopf. »Den kalten Entzug kannst du vergessen. Ich habe mich schlaugemacht und kann es nicht mehr zulassen, dass du dich da oben verkriechst und wir einfach abwarten, ob du lebend wieder rauskommst oder krepierst.«

Frank sah ihn betroffen an. »Aber hast du denn nicht gesagt, dass ich mich in deine Blockhütte da irgendwo in den Vorbergen der Grand Tetons zurückziehen und den verdammten Alkohol ausschwitzen kann? Mein Gott, Vergil! Deshalb bin ich doch überhaupt nur gekommen!«

»So habe ich es nicht gemeint, abgesehen davon, dass es mit Ausschwitzen wohl nicht getan sein wird. Natürlich stehe ich zu meinem Wort. Wenn du mit den primitiven Verhältnissen klarkommst, kannst du in der Hütte bleiben, solange du willst«, versicherte Vergil. »Was ich meinte, war, dass ich nicht zulassen kann, dass du es völlig auf dich gestellt mit einem kalten Entzug versuchst.«

Frank lachte grimmig. »Ich kann dir versichern, dass du jemanden wie mich nicht in deinem Haus haben willst. Schon gar nicht in einem Haus mit Kindern, und Emily tust du auch keinen Gefallen, wenn du mich unter dein Dach lässt. Wird kein schöner Anblick sein, wenn die Entzugserscheinungen einsetzen, und weiß der Teufel, wie ich mich dann aufführe. Die Geschichten, die ich über die ersten Tage eines Alkoholentzuges gehört habe, waren nicht gerade rosig.«

Vergil nickte. »Dann weißt du sicher auch, dass du in der Zeit nicht nur unter Zittern, Schweißausbrüchen, trockenem Erbrechen, Schwindelanfällen und ähnlichen Beschwerden zu leiden haben wirst, sondern dass es auch zu lebensbedrohlichen Zuständen kommen kann, zu gefährlicher Unterzuckerung oder Herzbeschwerden und Krampfanfällen, die tödlich enden können.«

Frank hob abwehrend die Hand. »Mag sein, aber das muss ich riskieren. Das ist dann eben der Preis, den ich für die jahrelange Sauferei und die verdammten Drogen zahlen muss!«, sagte er hitzig. »Also wenn du mich jetzt überreden willst, mich selbst in ein gottverdammtes Sanatorium einzuweisen und wegschließen zu lassen, dann …«

»Immer mit der Ruhe, Frank!«, fiel Vergil ihm ins Wort. »Ich rede nicht von einer Anstalt. Es gibt eine bessere Lösung.«

»Und die wäre?«

»Du wirst die ersten anderthalb Wochen beim Major verbringen.«

Frank sah ihn verständnislos an. »Major? Wer soll das sein?«

»Major Glenn Perry ist ein guter Bekannter, und er schuldet mir noch einen Gefallen. Er ist ein leidenschaftlicher Angler und Jäger und lebt seit dem Tod seiner Frau in einem großen Blockhaus am Westufer des Snake River, keine zwölf Meilen von hier. Du wirst bei ihm wohnen, und er wird deinen Entzug medizinisch begleiten und überwachen.«

»Und was macht diesen Major zu einer Koryphäe für Alkoholiker, die auf Entzug sind und von dem Scheißzeug loskommen wollen?«

»Perry war Stabsarzt und hat nach seiner frühen Pensionierung in der Wind River Indian Reservation ein paar Dutzend Meilen östlich von hier die ärztliche Versorgung der dortigen Shoshone- und Arapaho-Indianer übernommen«, erklärte Vergil. »Da hat er viel mit Alkoholismus zu tun gehabt und mit Patienten auf Entzug reichlich Erfahrung gesammelt. Nur haben die keinen kalten Entzug gemacht, sondern sich von ihm ärztlich begleiten lassen. Wenn du das Schlimmste hinter dir hast, kannst du dich gern in meine Hütte zurückziehen und dort bleiben, solange du Lust hast. Aber jetzt fahren wir zum Major. Er erwartet dich schon.«

»Was ist mit meiner Maschine?«

»Die schleppe ich später hinter die Scheune. Ich pflocke sie an und besorge ein paar große Planen, um sie gut abzudecken«, versicherte Vergil. »Aber der Doppeldecker dürfte jetzt deine geringste Sorge sein. Was ist, bist du bereit?«

Frank verzog das Gesicht. »Nein, ganz und gar nicht, aber zum Feigling tauge ich auch nicht«, sagte er, packte seine beiden Taschen und warf sie hinten auf die Ladefläche. Es gab kein Zurück mehr. Und als er zu Vergil in die Fahrerkabine stieg, kam ihm ein altes amerikanisches Sprichwort in den Sinn: There is no free lunch! Wohl wahr, früher oder später wurde einem für alles im Leben die Rechnung präsentiert. Und für ihn war es an der Zeit, den Preis für sein selbstzerstörerisches Tun zu bezahlen.

88

Jetzt ist es nicht mehr weit. Gleich sind wir da, Sir«, sagte der Makler auf dem Beifahrersitz. »Da vorn an der Allee müssen Sie rechts abbiegen. Dann ist es nach Yulara nur noch eine halbe Meile.« Er deutete auf ein ovales weißes Schild mit roter Umrandung. Darauf stand in schwungvoller Schrift der Name des Anwesens, zu dem die Seitenstraße führte.

Guy war gespannt, ob dieses Objekt seinen Erwartungen entsprechen würde, wobei er selbst nicht so genau wusste, wonach er eigentlich suchte. Es war mittlerweile das siebte Anwesen, das er sich anschaute. Die Fotos waren jedenfalls vielversprechend gewesen, und mit mehr als zweihundertfünfzigtausend Morgen hatte das Gut auch ausreichend Grund und Boden, zumindest für den Anfang. Nun, gleich würde er wissen, ob dies der Ort war, an dem er sein neues Leben beginnen und sein eigenes kleines Reich aufbauen würde!

Das Auto scheuchte einen Schwarm bunt gefiederter Vögel aus der blühenden Krone einer Akazie auf. Ihr Lärmen, als sie in einer wogenden bunt schillernden Wolke davonflogen, klang wie menschliches Gelächter.

»Das sind Kookaburras«, bemerkte der Makler, als Guy ihnen nachschaute. »Wir nennen sie auch Lachvögel. Morgens machen sie ein Geschrei, dass man kein Auge mehr zukriegt.«

»Es sind schöne Vögel.«

Der Makler zuckte die Achseln. »Nun, vor allem sind sie laut.«

Sie hatten die Abzweigung erreicht. Guy bremste, schaltete herunter und lenkte die cremeweiße Pierce-Arrow-Limousine in eine lange und prächtige Allee aus stattlichen Eukalyptusbäumen. Die alte, aufgeplatzte Borkenhaut der immergrünen Bäume, die sich wie Schlangen häuteten, hing in rissigen grauen Streifen von den Stämmen. Mildes Morgenlicht fiel durch das dunkelgrüne Laub und warf ein Muster aus Sonnen- und Schattenflecken auf die Allee, die in einem sanften Linksbogen auf eine Anhöhe führte. Bis zurück nach Sydney war es eine knappe Autostunde, eine annehmbare Entfernung, sollte es ihn hin und wieder in die Stadt ziehen. Oft würde das ohnehin nicht der Fall sein, dafür hatte er sich schon zu sehr in das herrliche Hinterland von New South Wales verliebt.

Er fuhr langsam und kurbelte das Fenster herunter. Die Luft war erfüllt vom aromatischen Duft der »gum trees«, wie die Einheimischen die Eukalyptusbäume nannten, weil ihr Holz den

Äxten der ersten britischen Siedler so viel Widerstand entgegengesetzt hatte, als bestünde es aus hartem Gummi. Überall zwischen den Bäumen fiel der Blick auf eine Fülle von Wildblumen und blühenden Sträuchern. In Australien hatte jetzt, Mitte September, der Frühling eingesetzt. Unter dem Kreuz des Südens verhielten sich die Jahreszeiten entgegengesetzt zu denen auf der nördlichen Halbkugel, sodass Weihnachten hier in den Hochsommer fiel.

Auf der Anhöhe verlief sich die Allee der alten Eukalyptusbäume und gab den Blick frei auf weites, fruchtbares Weideland, das nur in der Ferne von den noch im Morgendunst liegenden Blue Mountains begrenzt wurde. Und auf das Landhaus, ein zweistöckiges Gebäude mit einer umlaufenden Veranda sowohl unten als auch im Obergeschoss. Trotz seiner baulichen Eigenheiten erinnerte es Guy an die Herrenhäuser der Plantagenbarone im amerikanischen Süden, nur fehlten hier die Säulen. Die vordere Fensterfront ging nach Westen, man blickte hinüber zu der bläulich schimmernden Bergkette und über den breiten Hawkesbury River, dessen klare Fluten im Licht der steigenden Sonne verlockend glitzerten. Und dazwischen dehnte sich, von sanften Hügelketten durchzogen, das fruchtbare Weideland. Dreißig Meilen weiter im Nordwesten lag Maralinga Station, der gewaltige Besitz von Stuart Glenville, der über tausend Quadratmeilen Land und eine Herde von rund zwanzigtausend Schafen herrschte.

»Das ist Yulara, Mr Caldwell«, sagte der Makler unnötigerweise und mit einem Stolz, als sei er der Besitzer. »Vierzehn Zimmer, fünf Bäder und alle Räume mit elektrischem Strom. Warten Sie nur, bis Sie das Parkett, die Täfelungen und das elegante Mobiliar sehen. Jedes Stück von Meisterhand und aus England eingeführt! Und was den Preis betrifft, so lässt sich da noch einiges machen, Sir. Die Erben sind eingefleischte Städter und wollen Yulara lieber heute als morgen zu Geld machen.«

Guy hörte nicht wirklich, was der Mann redete, während er anhielt und aus dem Wagen stieg. Ihm war nicht bewusst, dass er das Bild vor seinen Augen mit einem etwas dümmlich verträumten Lächeln in sich aufnahm. Was er jedoch wusste, war, dass er gefunden hatte, wonach er suchte.

Yulara!

Hier würde er Wurzeln schlagen und eine Familie gründen, den australischen Zweig der Caldwells. Und wenn sein Treffen mit Stuart Glenville am Nachmittag so verlief, wie er es sich innigst wünschte, dann würde er dabei die Frau an seiner Seite haben, die auf der Empress of Australia sein Herz erobert hatte!

89

Es war noch früh am Morgen, als sie von Major Perrys Blockhaus am Ufer des Snake River schweigend zu Vergils Hütte fuhren. Es war ein einvernehmliches Schweigen unter Freunden, die auch ohne große Erklärungen wussten, was in dem anderen vorging. Was es zu sagen gegeben hatte, war gesagt worden. Nicht mit Worten, sondern allein durch den kräftigen Händedruck, das kurze Schulterklopfen und den zufriedenen Blick, mit denen der Major Frank verabschiedet hatte. Der pensionierte Armeearzt, ein Mann, der generell nicht viele Worte machte, hatte ihn durch die qualvollsten Tage und vor allem Nächte seines Lebens gebracht. Trotz der Mittel, die Perry ihm verabreicht hatte, war es eine Tortur gewesen. Er hatte durchgehalten, und das Schlimmste lag hinter ihm. Aber er wusste auch, dass er noch nicht über den Berg war und der Kampf gegen die Versuchung längst nicht vorbei. Vermutlich würde er bis an sein Lebensende gegen seinen inneren Dämon der Versuchung zu kämpfen haben. Aber dass dieser Kampf auch immer wieder zu gewinnen war, hatten unzählige Alkoholiker vor ihm bewiesen. Ein Tag nach dem anderen, das war die Devise.

Die Luft war klar und kühl, der hohe Himmel blau wie blank polierter Stahl. Die Espen und Pappeln standen in voller Herbstfärbung, und das tiefe, saftige Rot des Ahorns leuchtete in der Sonne. Sie fuhren durch einen Birkenhain, der sie für einige magische Augenblicke in die goldene Flut seines flirrenden Laubes hüllte. Dann ging es über eine große Wiese, einen grüngrauen Teppich aus Salbei, und hinauf auf einen Hügel. Jenseits der Anhöhe lag eine weite, sichelförmige Lichtung mit einem Teich auf der linken Seite und etwa hundert Schritte rechts davon einem kleinen Blockhaus. Direkt dahinter stand dichter Wald, der die Lichtung nach drei Seiten hin umgab. Die Hütte wirkte winzig vor der majestätischen Kulisse der Grand Tetons, deren schneebedeckte Gipfel wie überfrorene Eistüten in den wolkenlosen Himmel ragten.

»Das da ist Kendalls alte Hütte«, sagte Vergil unnötigerweise und ließ den Wagen ausrollen. George Kendall war der Mann, dem er das Land für seine Ranch am Red River abgekauft hatte. Der alte Mann hatte unter der Bedingung verkauft, dass er bis zu seinem Lebensende hier wohnen bleiben konnte. Dreieinhalb Jahre später war er während eines morgendlichen Jagdausflugs an einem Gehirnschlag gestorben. Einen besseren Tod hätte der alte Kendall sich nicht wünschen können.

Vergil hielt vor der Hütte, und sie stiegen aus. Frank steckte sich eine Zigarette an und sah sich um. Zwei Stufen führten auf die schmale Veranda, auf der ein alter, verwitterter Schaukelstuhl stand. Die beiden Fenster neben der Tür hatten schwere Schlagläden. Sein Blick fiel auf einen windschiefen Schuppen und einen kleinen Holzverschlag links hinter der Hütte, bei dem es sich zweifellos um das Plumpsklo handelte.

»Willst du nicht doch lieber bei uns wohnen?«, fragte Vergil und sah ihn eindringlich an. »Wir haben genug Platz. Du weißt, dass du bei uns willkommen bist. Und meine Kinder mögen dich, weiß der Teufel, warum. Sogar unsere kleine Susan, die sonst so schüchtern ist, hat einen Narren an dir gefressen. Du weißt, für Jared, Benjamin und sie bist du so etwas wie mein verlorener und plötzlich wiedergefundener Bruder. Und bei Emily hattest du schon immer ein Stein im Brett, was vermutlich daran liegt, dass sie dich nicht so gut kennt wie ich. Aber egal, was ich eigentlich sagen wollte, ist, dass wir dich gern bei uns im Haus hätten. Besonders nach den zwölf harten Tagen beim Major.«

»Ja, das weiß ich«, sagte Frank dankbar und legte ihm kurz die Hand auf die Schulter. »Aber mir ist es lieber, wenn ich erst mal eine Weile für mich bin. Es ist besser so. Ich habe meinen inneren Kompass verloren, und den muss ich erst wiederfinden. Das geht nicht von heute auf morgen.«

Vergil nickte. »Wollte es nur noch mal gesagt haben. Kendalls Hütte ist auch kein schlechter Ort, um mit sich ins Reine zu kommen, vor allem, wenn man Tolstois *Gesammelte Werke* im Gepäck hat«, sagte er mit einem Schmunzeln, um gleich wieder ernst zu werden. »Außerdem sind wir ja nicht aus der Welt. Bis zu unserem Haus sind es etwa vier Meilen, fast immer an dem Creek da unten entlang. Wenn du genau hinschaust, siehst du sogar die Spitze von dem Kamin auf der Westseite unseres Hauses.«

Frank folgte seinem Blick. »Ja, sehe ich. Es steigt Rauch auf. Das ist also jetzt mein Nordstern, an dem ich mich orientieren kann.«

Vergil griff sich eine von seinen Segeltuchtaschen. »Komm, ich zeig dir alles. Obwohl, viel gibt es in der Hütte ja nicht zu zeigen. Wie gesagt, es ist eine primitive Unterkunft. Kein fließendes Wasser, kein elektrisches Licht, kein Komfort. Und das Klo ist draußen, wie du siehst.«

Frank zuckte die Achseln. Er suchte nicht Komfort, sondern sich selbst.

Das Blockhaus bestand aus einem einzigen großen Raum, etwa zehn Schritte in der Länge und sechs in der Breite. Auf den breiten Bohlen lagen verschlissene handgewebte Läufer mit indianischen Mustern. An der Rückwand hinten rechts stand ein Doppelbett mit schmiedeeisernem Rahmen. Unter dem Fenster, das zum Teich hinausging und unter allen drei Fenstern das größte war, stand ein alter verkratzter Küchentisch mit Schubladen, davor ein schlichter, ungepolsterter Lehnstuhl. In der linken hinteren Ecke, auf halbem Weg zwischen Bett und Tisch, thronte der Kanonenofen mit zwei Herdplatten auf einem Stück Stahlblech. Dort stand auch ein alter Lehnsessel. Ein halbes Dutzend Töpfe und Pfannen hingen an Eisenketten von der Decke. Eine sehr überschaubare Auswahl an Tellern, Schüsseln, Kaffeebechern und Gläsern sowie an Besteck und Kochutensilien fand sich in einem Wandregal neben dem Herd. Eine Kommode, ein Kleiderschrank, ein zweiter Stuhl sowie eine Kiste – das war die ganze Einrichtung.

»Emily hat das Bett heute Morgen frisch bezogen, und im Schrank liegen Handtücher sowie ein paar zusätzliche Decken«, sagte Vergil. »Die Nächte sind kalt, wie du ja schon gemerkt haben wirst. Also sieh zu, dass du noch einmal Holz auflegst, bevor du zu Bett gehst. Du wirst es dir nicht nur in der Nacht danken, sondern auch am Morgen, wenn du noch genügend Glut vorfindest, um die Hütte schnell wieder warm zu kriegen. Jared bringt dir nachher ein paar Fuhren Holz. Es ist übrigens ausgemacht, dass du um fünf zum Essen kommst.«

Frank hob die Brauen. »So? Und mit wem hast du das ausgemacht?«

»Mit Emily, der Person, auf die es ankommt.«

»Holst du mich ab?«

Vergil grinste. »Ich bring dich vielleicht zurück, falls Wolken aufziehen und den Mond verdecken, wonach es aber nicht aussieht«, sagte er ungerührt und gab ihm einen Vorgeschmack auf das, was ihn erwartete. »Aber kommen musst du zu Fuß. Die vier Meilen sind ein schöner Spaziergang, die schaffst du locker in einer Stunde. Die Bewegung wird dir guttun. Dann hast du auch richtig Appetit, wenn du ankommst. Also, bis dann.«

Etwa anderthalb Stunden später tauchte Jared, Vergils großer Sohn, bei ihm auf. Frank sah ihn von Weitem kommen. Der Junge war vierzehn, und er lenkte den mit Holz hoch beladenen Pritschenwagen mit der Sicherheit eines routinierten Lastwagenfahrers. Vergil hatte ihm schon das Fahren beigebracht, als er zehn gewesen war. Auf einer Ranch wurde jede Hand gebraucht. Reiten konnten die Kinder natürlich auch, das hatten sie von klein auf gelernt.

Jared war von sehnig schlanker Gestalt und groß für sein Alter. Er hatte ein markantes, offenes Gesicht mit einem oft schelmischen Ausdruck in den hellen Augen. Das dunkle, borstige Haar trug er so raspelkurz wie sein Vater. Ohne groß rangieren zu müssen, setzte er den Pritschenwagen rückwärts vor den windschiefen Schuppen mit dem rostigen Wellblechdach.

Als er sah, wie dick und groß die Holzstücke auf der Ladefläche waren, runzelte Frank die Stirn. »So passt das Holz aber nicht in den Kanonenofen!«

Jared legte ein dickes Scheit auf den Hauklotz, griff zur Axt und spaltete es mit einem kräftigen Hieb. »So schon«, sagte er trocken.

»Oh, ja, natürlich«, entfuhr es Frank. Ihm dämmerte, dass er für die passende Größe der Holzscheite selbst würde sorgen müssen und was das für Arbeit bedeutete.

»Bei uns wärmt Brennholz dreimal, Onkel Frank«, sagte Jared mit einem breiten Grinsen. »Das erste Mal beim Fällen, das zweite Mal beim Spalten und das dritte Mal beim Verbrennen.«

Frank ahnte nicht, dass diese Fuhre nur die erste von vielen war, die ihn nötigen würden, die Axt zu schwingen, bis ihn jeder Atemzug schmerzte und seine Muskeln brannten wie Feuer. Jared brachte allein an diesem Tag noch zwei weitere Ladungen, und er schaffte es nicht einmal, die Hälfte davon zu spalten, denn irgendwann wurde es Zeit, die Axt aus der Hand zu legen und sich für das Essen um fünf Uhr fertig zu machen. Doch bevor er sich waschen und umziehen konnte, musste er erst einmal zu der Quelle gehen, die den Teich speiste und laut Vergil auch im tiefsten Winter nicht zufror, Wasser holen und dieses eisige Wasser auf der Herdplatte anwärmen.

Für die vier Meilen zum Ranchhaus brauchte er nicht eine Stunde, sondern fast anderthalb. Er war völlig außer Atem. Emily und Vergil schienen auch nicht früher mit ihm gerechnet zu haben, jedenfalls warteten sie nicht schon mit dem Essen.

»Das mit der Stunde für die vier Meilen kommt mit der Zeit«, versicherte Vergil. »Du bist einfach aus der Übung.« Er war jedoch mitfühlend genug, ihn später im Dunkeln nicht zu Fuß zur Hütte zurückzuschicken, sondern ihn zu fahren.

Beim Essen machten sich Jared und der neunjährige Benjamin, der die dunkelblonden Locken der Mutter geerbt hatte und von allen nur »Bondy« gerufen wurde, einen Spaß daraus, von den Wölfen und Kojoten und insbesondere den Grizzlys zu erzählen, deren natürlicher Lebensraum die Wälder und Berge der Grand Tetons waren. Erst als ihre Schauergeschichten allzu gruselig wurden, griff Emily ein. Aber das fröhliche Funkeln ihrer Augen verriet, dass selbst sie dabei ihren Spaß gehabt hatte.

Dass er sehr wohl vor Bären auf der Hut sein sollte, machte der Revolver deutlich, den Vergil ihm mitsamt einer Schachtel Patronen gab, bevor er ihn vor der Hütte absetzte. »Das ist eine .357er Magnum, die stoppt zur Not auch einen Grizzly«, sagte er. »Nicht, dass du je einen zu sehen kriegen wirst, höchstens dann und wann mal Schwarzbären. Aber falls du mal Lust hast, durch die Wälder zu streifen, solltest du die Waffe bei dir haben. Nur für den unwahrscheinlich Fall der Fälle. Kannst du damit umgehen?«

Frank nickte. In den vier Jahren seiner ziel- und rastlosen Wanderschaft nach dem Erdbeben von San Francisco hatte er zur Sicherheit einen Revolver im Wagen gehabt, und mehr als einmal war er versucht gewesen, die Waffe gegen sich selbst zu richten.

Vergil schien seine Gedanken zu erraten. »Versprich mir, dass du sie nur benutzen wirst, um dich zu schützen, und zu nichts sonst!«

»Du hast mein Wort.«

Vergil nickte. »Gut! Dann eine gute erste Nacht, Frank«, sagte er und fügte nach einer kurzen Pause leise hinzu: »Mir ist klar, dass du noch einen weiten Weg vor dir hast. Aber den wirst du auch noch schaffen, da bin ich mir jetzt sicher. Ich bin froh, dass du wieder in unserer Welt bist.«

»Ich auch, Vergil.«

Todmüde begab er sich in die Hütte und legte Holz nach, um dann fluchend in die Kälte zurückzukehren, weil er vergessen hatte, dass sich die Toilette draußen befand. Kaum war er wieder im Blockhaus und unter die warmen Daunen gekrochen, fiel er in den Schlaf. Die ersten Stunden schlief er tief und ruhig, doch gegen Morgen stellten sich wieder die Albträume ein.

90

Es war früher Nachmittag, und die Oktoberluft war klar und so eisig, als könnte sie jeden Moment splittern wie dünnes Glas unter Druck. Frank verstand nicht viel vom Wetter in Wyoming, aber er hatte das Gefühl, dass Schnee in der Luft lag. Von Nordosten zogen Wolken auf. Tief und grau wie heller Schiefer segelten sie lautlos heran. Noch waren sie weit weg, aber sie würden das Land am Fuß der Grand Tetons lange vor der Dämmerung erreicht haben.

Er saß in dem alten Schaukelstuhl auf der Veranda, schlürfte frisch aufgebrühten Kaffee aus einem verbeulten Emaillebecher und gönnte seinen schmerzenden Gliedern etwas Ruhe. Vergil schien ständig etwas für ihn zu tun zu haben. Ihm saß nicht nur der gestrige, elend lange Tag mit dem Round-up von Vergils Herde in den Knochen, sondern auch die letzten Stunden, die er mit der Axt im Holzschuppen verbracht hatte, machten ihm zu schaffen. Zudem hatte ihn der Revierkampf von zwei Wapitibullen in aller Herrgottsfrühe aus dem Schlaf geholt. Es war Brunftzeit, und der Horseshoe Pond schien bei den mächtigen Geweihträgern sehr beliebt, um mit viel Gebrüll und Gepose einen Konkurrenten aus dem Feld zu schlagen und dabei gleich noch den eigenen Harem von Hirschkühen zu vergrößern.

Sein Atem dampfte wie der Kaffee im Becher. Ohne die dicken Socken in den Stiefeln, die lange Unterhose unter den Denims und die warme, hüftlange Schaffelljacke hätte er es im Freien nicht lange ausgehalten. So aber war er gewärmt, müde und mit sich zufrieden. Gleich würde er ein halbes Dutzend Schubkarren voller Holzscheite in die Hütte bringen, das Brennholz in dem Eisengestell neben dem Kanonenofen aufschichten und dann die beiden Petroleumlampen auffüllen. Dann würde auch schon die Dämmerung einsetzen, und er würde sich sein Abendessen zubereiten. Danach wartete Anna Karenina, die im letzten Kapitel eingewilligt hatte, dass der Maler Michailow ein Porträt von ihr anfertigte, so, wie Wronski es sich wünschte. *Krieg und Frieden* hatte er längst durch. *Anna Karenina* sagte ihm weitaus mehr zu, und es gefiel ihm, dass er von den fast tausendvierhundert Seiten noch knapp die Hälfte vor sich hatte.

Er steckte sich eine Zigarette an. Sein Vorrat an Woodbines war längst aufgebraucht, seitdem rauchte er Chesterfields oder Lucky Strikes. Es war ihm egal. Die englischen Zigaretten waren eins der vielen Dinge, die ihm überraschenderweise weder fehlten noch etwas bedeuteten. Er rauchte mit bedächtigen Zügen, während sein Blick einem Schwarm von mehreren Dutzend Kanadakranichen folgte. In fast perfekter V-Formation zogen die eleganten Vögel gen Süden, wärmeren Gefilden entgegen. Ein Zeichen, dass auch er bald seine Zelte hier abbrechen und sich für den Winter einen weniger unwirtlichen Platz suchen sollte? Nein, dafür war es noch zu früh. Er hatte gerade erst in seine Routine gefunden, und es tat ihm gut, sich noch eine Zeit lang vom Rhythmus dieses anspruchslosen Lebens tragen zu lassen. Harte Stunden blieben nicht aus, aber er hatte es nicht anders erwartet. Es mussten noch einige abgenutzte Häute abgestreift werden, bevor sein wahres altes Selbst sich durchgesetzt hatte und er sich der Belastungsfähigkeit seiner neuen Haut sicher sein konnte.

Indessen saß der Weißkopfadler noch immer regungslos auf der Spitze des toten Baumes jenseits des Teichs und hielt Ausschau nach Beute. Frank war aufgefallen, dass diese Raubvögel immer wieder auf demselben Ast landeten, wo sie dann scheinbar endlos verharrten und mit ihren scharfen Augen die Landschaft ausspähten.

Während er den heißen Kaffee und die Zigarette genoss, ließ er seine Gedanken ziellos wandern. Bei manchen Dingen verharrte er eine Weile, von anderen löste er sich schnell wieder, wenn er merkte, dass sie ihm Unbehagen bereiteten oder nichts in ihm berührten. Morgen Nachmittag würde Bondy wiederkommen. Seinen Mischlingshund Spade im Schlepptau und das Schachspiel in der Satteltasche, war der Lockenkopf schon am zweiten Tag auf seinem gescheckten Pony Bandit angeritten gekommen und hatte ihm einen Besuch abgestattet. Frank musste lachen, als er an diese Begegnung mit dem pfiffigen Jungen dachte.

»Spielst du eine Runde Schach mit mir, Onkel Frank?«, hatte er gefragt und sich mit seinem Schachspiel an den Küchentisch gesetzt, woraufhin sich Spade zu seinen Füßen eingerollt hatte.

»Tut mir leid, aber ich kann nicht Schach spielen.«

Bondy hatte die Stirn gerunzelt und ihn mit seinen großen nussbraunen Augen mehr irritiert als enttäuscht angesehen. »Dad hat erzählt, du hast mal als Kameramann gearbeitet. Stimmt das?«

»Ja, so habe ich damals bei ihm angefangen.«

»Und dann hast du viele große Filme gedreht, wie sie im Kino laufen, und ihr habt ein eigenes Studio aufgebaut, das mit all seinen Gebäuden so groß war wie Jackson Hole und in dem mehr Leute gearbeitet haben, als unsere Ortschaft Einwohner hat, richtig?«

»Na ja, ich weiß nicht, wie groß euer Jackson Hole ist ...«

»Es hat siebenhundertvierzehn Einwohner.«

»Ja, dann stimmt es. Dein Vater und ich haben die Silver Screen Studios aufgebaut, und am Ende haben dort fast zweimal so viele Leute gearbeitet, wie Jackson Hole Einwohner hat.«

Bondy hatte zufrieden genickt. »Gut, dann kannst du auch Schach spielen!« Er hatte den Schachkasten aufgeklappt und, ohne lange zu fragen, die Figuren aufgestellt. Und seitdem spielte er mit dem Jungen Schach, nicht etwa widerwillig, sondern mit wachsender Begeisterung. Früher wäre er gar nicht auf die Idee gekommen, dass es lohnend sein könnte, sich mit diesem Spiel der Könige zu beschäftigen. Allenfalls hätte er es als eine unter vielen Möglichkeiten gesehen, Zeit zu verschwenden. Dasselbe galt für das scheinbar todlangweilige Fliegenfischen, mit dem der Major ihn angesteckt hatte, und die langen Wanderungen durch die Wälder und die Bergwelt. Wie hatte Jared einmal so schön gesagt: »Dad sagt, die Berge sind wie Frauen – sie haben ihre Launen. Wenn du also die Berge lieben willst, musst du auch lernen, ihre Launen zu lieben. Ich glaube, dass Dad damit ganz richtigliegt, unsere Mom kann nämlich auch ganz schön launisch sein.« Was hatte er darüber gelacht! Und wenn er …

Der laute Flügelschlag des Weißkopfadlers, der sich von der toten Baumspitze in die Luft erhob, riss Frank aus seinen Gedanken. Und im nächsten Moment hörte er den Wagen, der über die sandigen Fahrrillen im Salbei zur Hütte heraufkam. Es war Vergils Pritschenwagen.

Vergil war nicht allein. Er hielt ein Stück von der Blockhütte entfernt, als wollte er bewusst Abstand wahren. Warum er das wollte, zeigte sich schnell. Es war Jack Holbrook, der da, eine Aktentasche in der Hand, auf der Beifahrerseite aus dem Kleinlaster stieg. Frank wusste sofort, warum er gekommen war und was er von ihm wollte. Fast tat Holbrook ihm leid. Die Mühen der umständlichen Reise hätte er sich sparen können.

Indessen hob Vergil die Hände, als wollte er sagen: »Was sollte ich machen? Ohne mich hätte er dich doch nicht gefunden!« Er blieb beim Wagen, lehnte sich gegen den verkratzten Kotflügel und holte Pfeife und Tabakbeutel hervor. Offenbar wollte er nicht bei dem Gespräch dabei sein. Was immer es war, das Holbrook bewogen hatte, sich zu ihnen nach Wyoming zu bemühen, Vergil wollte nichts damit zu tun haben.

Demonstrativ und mit ungläubiger Miene sah Holbrook sich um, als könne er nicht fassen, dass dies tatsächlich der Ort war, an den sich der einstige Filmmogul vor nunmehr sechs Wochen zurückgezogen hatte – ausgebrannt und als alkoholabhängiges Wrack. Kopfschüttelnd kam er die Stufen zur Veranda herauf. Er trug Lederhandschuhe, einen braunen Fedora und über dem Tweedanzug einen wadenlangen Wintermantel aus rehbraunem Kaschmir mit Pelzkragen. Er war blass und sah abgekämpft und verfroren aus.

»Sie sehen gut aus, Frank«, rief er mit der jovialen Großherzigkeit des Siegers.

»Was man von Ihnen nicht sagen kann, Jack.« Frank erhob sich aus dem Schaukelstuhl und streckte ihm die Hand hin. Zu seiner eigenen Verwunderung empfand er Jack Holbrook gegenüber keinerlei Groll. Die Welt, aus der Holbrook kam, berührte ihn nicht mehr. Sie gehörte zu einem seltsam fernen Kapitel seines Lebens, mit dem er endgültig abgeschlossen hatte. Selbst die Wut auf Kirkland und Rutherford, die jahrelang tagtäglich an ihm gefressen hatte, war nichts weiter als eine ferne Erinnerung.

Holbrook schüttelte ihm die Hand und verzog das Gesicht. »Lange Zugfahrten bekommen mir nicht, schon gar nicht, wenn es solche schwankenden Bummelzüge sind. Aber Sie hüllen sich ja in Schweigen, und wenn Sie sich nicht rühren, müssen wir uns eben rühren.«

»Ich hoffe, es hat Sie nicht allzu viel Überwindung gekostet.«

Holbrook zuckte die Achseln. »Immerhin hatten Sie in Sachen Tonfilm den richtigen Riecher, und wir anderen haben falschgelegen. Nur unser Charlie hält noch eisern am Stummfilm fest. Na ja, Genies sieht man so manches nach, nicht wahr?«

»Wollen Sie einen Becher Kaffee? Ich habe gerade welchen aufgebrüht. Ist noch genug in der Kanne.«

Holbrook zögerte kurz, nahm das Angebot aber an. »Warum nicht, wenn es schnell geht. Ich habe nämlich nicht viel Zeit. Vergil muss mich gleich wieder nach Jackson Hole bringen. Mein Zug geht um zwanzig nach fünf. Wenn ich den verpasse, sitze ich für eine Nacht in dem dreckigen Nest fest, und das will ich doch lieber vermeiden.«

Frank enthielt sich eines Kommentars, und sie gingen in die Hütte. Während Frank einen zweiten Emaillebecher aus dem Regal nahm, ihn mit schwarzem Kaffee füllte und die drei Löffel Zucker dazugab, mit denen Holbrook seinen Kaffee trank, sah dieser sich staunend und immer wieder kopfschüttelnd in dem Raum mit der niedrigen Balkendecke um.

»Sagen Sie mal …«

»Weder noch«, fiel Frank ihm ins Wort und reichte ihm den Becher. »Kein fließendes Wasser, kein Strom. Das war es doch, was Sie fragen wollten, oder?«

Holbrook sah ihn verblüfft an und grinste. »Stimmt. Und hier hausen Sie wirklich? Ich konnte es erst gar nicht glauben, als ich Vergil endlich am Telefon hatte und er mir davon erzählt hat.«

»Ich hause nicht, ich lebe hier. Und das Leben kommt hier nicht zum Erliegen, wie Sie irrigerweise anzunehmen scheinen, sondern es ändern sich nur das Tempo und die Perspektive. Übrigens geht es mir trotz aller Primitivität an diesem Ort um ein Vielfaches besser als jemals in meiner Villa, im ›Ambassador‹ oder in meinem Bungalow im ›Garden of Allah‹. Wissen Sie, wenn ein Chor von Stimmen unablässig und aus allen Richtungen auf einen einredet, hört man irgendwann seine eigene Stimme nicht mehr. Hier habe ich sie wiedergefunden … oder ich bin dabei, sie wiederzufinden«, sagte Frank, doch er bezweifelte, dass Holbrook verstand, was er meinte.

Holbrook nahm einen Schluck von der zuckrigen schwarzen Brühe. »Hören Sie, mich geht es ja nichts an, aber es kann doch nicht Ihr Ernst sein, dass Sie sich hier vor der Welt verstecken und …«

»Wenn ich mich hätte verstecken wollen, hätte ich kaum Vergils Adresse und Telefonnummer bei Doris hinterlassen«, fiel Frank ihm erneut ins Wort. »Auch habe ich nicht vor, hier bis ans Ende meiner Erdentage das Leben eines Einsiedlers zu führen. Aber ganz abgesehen davon haben Sie völlig recht. Es geht Sie nichts an. Sie begreifen sowieso nicht, worum es mir geht, also sparen wir uns die sinnlosen Wortgefechte. Ich nehme an, Sie sind nicht gekommen, um mir gut zuzureden und mich nach Hollywood zurückzuholen.«

»Ganz sicher nicht. Sie wissen genau, warum ich hier bin! Und erzählen Sie mir nicht, Sie hätten meine beiden Telegramme und die Sendung mit den Dokumenten nicht bekommen«, sagte Holbrook verdrießlich, stellte den Emaillebecher ab, holte einen Stoß Papiere aus seiner Aktentasche und knallte sie neben den Becher auf die Tischplatte. »Ich weiß, dass Sie die Verträge erhalten haben. Aber für alle Fälle: Hier sind sie noch mal, Frank. Und jetzt ist Schluss mit der Hinhaltetaktik. Wenn Sie glauben, noch mehr aus uns herausholen zu können, weil die Aktie weiterhin munter steigt, dann haben Sie sich geschnitten. Unser Preis steht, egal, was die Börse sagt. Mehr bieten wir nicht für Ihren Firmenanteil und die wenigen Premiere-Theater, die Ihnen noch gehören. Sie werden hier und jetzt die verdammten beiden Verträge unterschreiben!«

»Mein Rücktritt von allen Posten reicht Ihnen also nicht, Sie wollen mich ganz aus der Firma drängen, ja?«, sagte Frank. »Sie sind mir schöne Partner. Aber was ist, wenn ich nicht verkaufen will?«

Holbrook starrte ihn unverwandt an. »Ja, wir wollen Sie aus der Firma raushaben. Und machen Sie sich doch nichts vor, Sie werden verkaufen, und zwar zu unseren Bedingungen, damit das klar ist. Ihnen bleibt gar keine Wahl.«

Frank gab sich verblüfft. »So? Das ist mir neu. Soll das vielleicht eine Drohung sein?«

Ein hinterhältiges Grinsen glitt über Holbrooks Gesicht. »Nein, es ist eine reine Feststellung, bestenfalls eine Warnung. Wir haben es nämlich nicht nötig, Ihnen zu drohen. Wenn Sie nicht unterschreiben, bringen wir Sie vor Gericht, ganz einfach«, verkündete er siegesgewiss. »Dann werden Sie anstelle von einem Haufen Geld ein Dutzend Jahre hinter Gittern kassieren. Es gibt da nämlich nicht nur das kleine Notizbuch, in dem der gute Tony Russo neben seinen Gaunereien auch seinen schwunghaften Handel mit Kokain und Pillen dokumentiert hat, nein, er hat in weiser Voraussicht auch einen ganzen Stoß von Ihnen unterschriebener

Abrechnungen aufbewahrt. Die von der netten Snow White Movie Set Building Company ebenso wie fingierte Belege, hinter denen in Wahrheit Abtreibungen, Schweigegelder und Schmiergelder für Polizisten …«

Frank hob die Hand. Trotz des inneren Abstands, den er mittlerweile zu seinem alten Leben hatte, traf es ihn, dass auch Tony Russo ihn verraten und verkauft hatte. Allen, die ihm wie Doris, Ol'Abe oder der Wachmann Edgar viele Jahre lang treu gedient hatten, hatte er an jenem Morgen einen großzügig bemessenen Scheck hinterlassen. Auch sein Fixer hatte einen solchen Umschlag erhalten. »Es reicht, Jack. Hier stinkt's schon genug. Und ein totes Pferd soll man nicht peitschen, wie Sie mal so treffend gesagt haben.«

»Hören Sie, ich bin nur der Überbringer der Nachrichten. Außerdem ist der Fixer von sich aus gekommen und hat Mitch sein Büchlein zum Kauf angeboten«, sagte Holbrook und fügte beinahe entschuldigend hinzu: »Falls es Ihnen ein Trost ist: Tony Russo hat Lungenkrebs, er hat nicht mehr lange zu leben. Mit dem Verkauf des Notizbuchs hat er seiner Frau und der kleinen Tochter für eine lange Zeit nach seinem Tod den Lebensunterhalt gesichert.«

Frank nickte nur und sah ihn schweigend an.

Holbrook wich seinem Blick aus, schlug in den Dokumenten die Stelle auf, an der Frank unterschreiben musste, und zog einen Federhalter hervor.

»Stecken Sie Ihren Füller weg. Ich habe längst unterschrieben und hätte den Vertrag in den nächsten Tagen zurückgeschickt. Sie hätten sich also nicht nur die Reise, sondern auch die schäbige Erpressung sparen können.« Frank riss neben ihm die Schublade auf, zog die Papiere hervor, die drei Wochen zuvor bei ihm eingetroffen waren, und schlug sie Holbrook verächtlich vor die Brust. »Und jetzt verschwinden Sie.«

Dass Holbrook eine Spur von Schamröte ins Gesicht schoss, verriet, dass er noch nicht alle Skrupel verloren hatte. Aber selbst das berührte Frank nicht wirklich. Er hatte mit dem Studio und Hollywood abgeschlossen, seine Unterschrift unter dem Vertrag war davon nur der letzte Akt gewesen. Er blickte Holbrook, der hastig zu Vergil in den Pritschenwagen kletterte, noch nicht einmal nach, sondern stapfte hinüber zum Holzschuppen. Ihm war viel wichtiger, dass er vor Einbruch der Dunkelheit das Holz in die Hütte brachte und die Petroleumlampen auffüllte.

Als das getan war, wärmte er den Rest Kaffee auf, schnitt sich eine dicke Scheibe von Emilys krustigem Walnussbrot ab, legte sich eine gesteppte Decke um die Schultern und setzte sich für den schwindenden Rest des lichten Tages noch einmal auf die Veranda.

Der Schnee kam, bevor die Nacht anbrach. Von dem Moment an gab es nicht mehr Himmel und Erde, sondern nur noch Schnee, der endlos in die Stille fiel.

91

Nach Wochen aufwendiger Renovierungsarbeiten erstrahlte Yulara in neuem, herrschaftlichem Glanz. Noch immer lag auf den Veranden ein schwacher Hauch von frischer Farbe in der Luft. Das Haus hatte einen neuen Anstrich erhalten und leuchtete wieder in seinem angestammten pastellweichen Lindgelb, das so perfekt mit den flaschengrünen Schlagläden, dem moosgrünen Dach und den grüngrauen Schattierungen der umstehenden Eukalyptusbäume harmonierte. Auch die Innenräume waren einer eingehenden Instandsetzung unterzogen worden. Die Bäder und die Küchenräume waren von Grund auf modernisiert, die kunstvollen Holzpaneele und Kassettendecken von Salon, Bibliothek und Esszimmer schimmerten wieder in einem satten Honigton. Wo die Wände nicht holzgetäfelt waren, trugen sie frische Farbe oder neue Tapeten.

Guy hatte ein Gutteil des edlen Mobiliars der Vorbesitzer übernommen, aber auch aus den besten Läden Sydneys einige neue kostbare Möbelstücke sowie Gemälde und Teppiche kommen lassen. Nun hatte das Haus die exquisite und dennoch wohnliche Ausstattung, die Abigail und ihm während der vergangenen Monate vorgeschwebt hatte. Yulara war bereit, das Zuhause der Familie Guy und Abigail Caldwell zu werden, der Sitz einer neuen Dynastie von Großgrundbesitzern, denn eines Tages würde auch Maralinga Station, der gewaltige Besitz der Glenvilles, Caldwell-Land sein. Und was dazwischen war, würde er nach und nach kaufen. Aber das hatte keine Eile, ebenso wenig wie der Erwerb der Schafherden, die bald auf seinem Land grasen sollten. Sein Schwiegervater würde ihm dabei mit Rat und Tat zur Seite stehen, und er war mehr als willens, diesen fachmännischen Beistand anzunehmen.

Das Telegramm aus Amerika kam am sommerheißen Weihnachtstag, gerade als Guy sich mit seinen Gästen zu Tisch begeben wollte. Abigail und ihr Vater sowie ein Dutzend ihrer nächsten Verwandten hatten sich auf Yurala eingefunden, um außer Weihnachten auch die offizielle Verlobung zu feiern.

Guy entschuldigte sich und zog sich in die Bibliothek zurück. Die Nachricht kam von Harriet. Aus einer sentimentalen Anwandlung heraus hatte er sie stets über seinen jeweiligen Aufenthaltsort und seine Pläne auf dem Laufenden gehalten. Ebenso kurz und knapp, wie seine Briefe an sie gewesen waren, teilte nun sie ihm mit, dass sein Vater sich verspekuliert, beim weltweiten Börsencrash Ende Oktober alles verloren und sich vor einer Woche, am Tag der Pfändung seines Hauses, erschossen hatte.

Er spürte weder Trauer noch Verlust, und das versetzte ihm einen Stich. Dagegen hatte er aufrichtiges Mitleid empfunden, als er Anfang November im Wirtschaftsteil des *Sydney Morning Herald* vom Zusammenbruch der TOSCA gelesen hatte. Offenbar hatte Harriet zu aggressiv expandiert, die Schiffe mit extrem hohen Krediten belastet und die Schuldtitel mit ihren Aktien abgesichert. Nach dem dramatischen Kurssturz, der in einer Kettenreaktion ein Land nach dem anderen erfasst und eine weltweite Wirtschaftskrise ausgelöst hatte, war der Zusammenbruch ihrer Firma nicht mehr aufzuhalten gewesen.

Einmal mehr beglückwünschte Guy sich dazu, dass er nicht nur nach Australien ausgewandert und dabei seiner geliebten Abby begegnet war, sondern auch die Finger von spekulativen Aktien gelassen hatte. Zweifellos hatten die Spielsucht seines Vaters und seine heftige Abneigung dagegen wesentlich dazu beigetragen, dass die Börse ihn nie hatte locken können. Deshalb lag sein Geld jetzt auch sicher bei der Bank of Australia. Nur einen kleinen Teil seines Vermögens hatte er in die beiden Minen investiert, deren Börsenwert mittlerweile sogar schon wieder stieg. Er hatte für so vieles dankbar zu sein, und das war er auch.

»Guy?«

Er fuhr aus seinen Gedanken auf und drehte sich um. In der Tür stand Abigail und schaute mit besorgter Miene zu ihm herein. Sie sah hinreißend aus in dem taillierten lila Kleid mit den Rüschen am Kragen und an den Ärmeln.

»Ist etwas … etwas Schlimmes passiert?«

»Nein, es ist alles in Ordnung, mein Liebling«, versicherte er lächelnd, faltete das Telegramm zusammen und steckte es in die Tasche. Er ging zu ihr, nahm ihre Hände und gab ihr einen Kuss. »Alles ist bestens. Mein Vater hat uns seinen Segen gegeben, das ist es, was in dem Telegramm steht.«

92

Voll innerer Unruhe ging Harriet durch die Zimmer. Weihnachten lag erst zwei Tage zurück, und doch erinnerte in ihrer Wohnung nichts mehr daran. Der Weihnachtsschmuck lag wieder in seinen Kisten und Kartons im Kofferzimmer, und die Edeltanne hatte Adrian gestern schon, unterstützt vom Hausmeister, aus dem Penthouse geschafft. Dabei nahm sie den Schmuck sonst immer erst am Tag nach Epiphanias vom Baum und ließ diesen wegbringen. In diesem Jahr war alles anders. Sie wussten ja nicht einmal, ob sie am 6. Januar wieder hier sein würden. Ihre Welt, derer sie sich so sicher gewesen war, war aus den Fugen geraten … nein, genau genommen existierte sie nicht mehr, weder beruflich noch privat.

Je näher der Abreisetermin rückte, desto nervöser wurde sie und desto mehr begann sie daran zu zweifeln, dass sie das Richtige tat und die vage Hoffnung all den Aufwand und die Mühen lohnte. Was, wenn Adrian falschlag? Was, wenn sie selbst sich täuschte? Das würde sie nicht verkraften, nicht nach allem, was hinter ihr lag. Der Zusammenbruch ihrer Reederei war über Nacht gekommen wie damals das Erdbeben. Erbarmungslos hatte der Crash ihr Imperium, dessen Aufstieg sie für unaufhaltsam gehalten hatte, in einen Trümmerhaufen unbeglichener Schulden verwandelt und sie an den Rand eines Nervenzusammenbruchs gebracht.

Sie ging in ihr Arbeitszimmer, setzte sich auf den Diwan vor dem Kamin und zündete sich mit zitternder Hand eine Zigarette an. Im Flur hörte sie ihren Sohn mit dem Gepäckträger sprechen, den der Portier ihnen hochgeschickt hatte. Plötzlich fühlte sie sich von aller Kraft verlassen und glaubte sich nicht in der Lage, je wieder von diesem Diwan aufzustehen, geschweige denn, die lange Reise ins Ungewisse anzutreten. Wie sollte sie ihm in die Augen sehen?

Als Geschäftsfrau hatte sie auf ganzer Linie versagt, war grandios gescheitert – und zwar vor allem an sich selbst, an ihrem Hochmut, ihrer Besessenheit und ihrem blinden Größenwahn. All ihre Gewissheiten waren dahin, vom Wirbelsturm der zusammengebrochenen Börsen hinweggefegt wie welkes Laub. Wie tief sie gefallen war, nicht nur geschäftlich, sondern auch seelisch! Wochen hatte sie gebraucht, um sich aus dem Sog der Depression zu befreien und sich vor Augen zu führen, dass dies nicht das Ende der Welt war und das Verschulden allein bei ihr lag. Und dieser Blick in den Spiegel der Selbsterkenntnis war ihr alles andere als leichtgefallen.

Adrian trat ins Zimmer. »Mom? Es wird Zeit«, mahnte er sanft. »Unser Gepäck ist schon unten. Wir müssen langsam.«

Sie sah ihn gequält an. »Ich weiß nicht, ob ich es kann, Adrian«, sagte sie leise. »Was, wenn du dich getäuscht hast und es hoffnungslos ist?«

»Du bist es dir schuldig, genau das herauszufinden«, erwiderte Adrian und hielt ihr einen Aschenbecher hin, damit sie ihre heruntergebrannte Zigarette ausdrücken konnte. »Ich weiß, welche Überwindung es dich kostet, aber ich kann mich nicht erinnern, dass du jemals vor einer Herausforderung davongelaufen wärst. Und jetzt lass uns bitte gehen.«

Harriet seufzte. »So weit ist es also mit mir gekommen. Mein eigener Sohn muss mir gut zureden und mich seelisch aufbauen«, sagte sie mit bitterer Selbstironie und erhob sich. Dabei fiel ihr Blick auf das Gemälde über dem Kamin. Jäh versteifte sich ihr Körper. Warum um alles in der Welt hing dieses Bild, das die verlogene Legende der Caldwell Shipping repräsentierte wie nichts sonst, immer noch hier?

»Was ist, Mom?«

»Bitte häng das Gemälde ab.«

Verständnislos sah er sie an. »Jetzt? Aber warum …«

»Bitte frag nicht lange, sondern tu es einfach«, fiel sie ihm energisch ins Wort. »Jedenfalls wenn du rechtzeitig mit mir zum Bahnhof kommen willst!«

Adrian schüttelte den Kopf, hob das Gemälde mit dem schweren Goldrahmen vom Haken und lehnte es seitlich gegen den Kamin. Als Harriet, mit Brieföffner und Schere bewehrt, neben ihn trat und unvermittelt mit spitzer Klinge in die Leinwand stach, fuhr er erschrocken zurück.

»Um Gottes willen, was tust du denn da?«, stieß er hervor und wollte ihr in den Arm fallen.

»Keine Sorge, ich habe nicht den Verstand verloren«, versicherte sie grimmig und riss die Leinwand weiter auf. »Ich habe gute Gründe, warum ich dieses Bild nicht anschauen, sondern in Fetzen reißen will. Es reicht mir zu wissen, wofür dieses Schiff steht und welches Unglück es über so viele Menschen gebracht hat. Die Geschichte über die Sansibar und die heroischen Anfänge der Caldwell Shipping, die Geschichte, mit der ich aufgewachsen bin und die ich auch dir im guten Glauben erzählt habe, ist eine Lüge. Sie sollte eine Wahrheit verschleiern, die abscheulicher kaum sein könnte. Du darfst mir übrigens gern helfen, dann geht es schneller. Ich denke, das Taxi wartet.«

Adrian sah seine Mutter prüfend an, zuckte die Achseln und packte schließlich mit an, Leinwandfetzen aus dem Rahmen zu reißen. »Du hast mir gerade richtig Angst gemacht, Mom. Was hat es denn mit der Sansibar auf sich? Und seit wann weißt du, dass die Geschichte, die man dir und mir erzählt hat, nicht stimmt?«

»Das ist eine ebenso lange wie hässliche Geschichte, aber im Zug haben wir ja Zeit genug.« Sie riss einen weiteren Leinwandfetzen aus dem Rahmen, knüllte ihn zusammen und warf ihn in den Papierkorb unter ihrem Schreibtisch. »Dann erzähle ich dir auch, warum ich im Sommer die kostbare Jadekette zur Auktion nach New York geschickt und den Erlös anonym an den chinesischen

Wohlfahrtsverband gespendet habe. Die Sansibar und der Jadeschmuck gehören nämlich zusammen, sie sind ein und dieselbe Geschichte.« Auf der Grundlage dieser abstoßenden Lüge war ihre Familie zu Geld und Namen gekommen und hatte ihr privilegiertes Leben aufgebaut. Dass der Name Caldwell nun für einen feigen Selbstmord sowie einen totalen und beschämenden Firmenbankrott stand, auch damit würde sie fortan leben müssen. Was sie jedoch vor allem beschäftigte, war die Frage, wer ihr helfen würde, die Last der Vergangenheit zu tragen und einen Weg in ein neues Leben zu finden.

Epilog

1930

NEUJAHR

Noch immer fiel Schnee, doch nicht mehr in wildem Gestöber. Vielmehr tanzten die dicken weichen Flocken in ihrem lautlosen Fall sanft durch die Dunkelheit des neuen Jahres. Es war noch früh am Morgen, doch im Ranchhaus brannte unten schon Licht, und aus dem Schornstein des Wohnzimmerkamins stieg Rauch. Dabei würden erst um sieben, also in einer guten halben Stunde, die ersten Sonnenstrahlen den Nachthimmel über Wyoming durchbrechen und nach den eisigen Spitzen der Grand Tetons greifen. Und danach würden noch weitere zwanzig Minuten verstreichen, ehe die Sonne ihr Licht über die eingeschneiten Weiden und Koppeln der Triple R warf.

Frank kam mit zwei großen Bechern dampfenden Kaffees wieder zu Harriet auf die Veranda. Sie hatte sich dick eingemummelt und musste erst den Arm aus der gesteppten Decke winden, bevor sie ihren Becher entgegennehmen konnte.

»Mhm, der riecht himmlisch«, sagte sie, umfasste das bauchige Steingutgefäß mit beiden Händen und schlürfte vorsichtig einen ersten Schluck. »Und so schmeckt er auch. Aber da ist doch was drin. Woher kommt dieses Aroma?«

»Von einem halben Löffel Vanillezucker und einer Messerspitze Zimt«, sagte Frank, setzte sich in den Schaukelstuhl neben ihr und zog sich seine Decke wieder um die Schultern. »Emilys Spezialrezept.«

»Göttlich! Das habe ich jetzt gebraucht. Er öffnet einem so richtig die Augen.«

Frank steckte zwei Chesterfields an und reichte ihr eine. Harriet nahm sie und nickte ihm lächelnd zu, hatte sie doch eben gedacht, dass zum ersten Kaffee am Morgen eine Zigarette gehörte. Sie rauchten und blickten in einvernehmlichem Schweigen hinaus in den Schnee, der jetzt spärlicher fiel und Flocke für Flocke durch das aus dem Haus fallende Licht segelte. Sie warteten auf den neuen Tag und das, was sie dann angehen würden – gemeinsam oder auf getrennten neuen Wegen.

Nach der Silvesterfeier, zu der auch die Familien von zwei benachbarten Ranches eingeladen gewesen waren, hatten sie noch bis um zwei miteinander geredet. Dennoch hatte es sie schon kurz nach sechs wieder aus dem Bett getrieben. Sie hatten beide nicht mehr schlafen können und waren fast zur selben Zeit hier auf die breite Veranda mit dem weit vorgezogenen Dach gekommen, als hätten sie gewusst, dass der andere nicht lange auf sich warten lassen würde. Dass es diese wechselseitige Anziehungskraft zwischen ihnen noch immer gab und es sie unwiderstehlich zueinandertrieb, empfand Frank als das zweite Wunder. Das erste war, dass Harriet überhaupt gekommen war, und das mitten im Winter. Es hatte ihn derart erschüttert, dass ihm bei ihrem Anblick die Tränen nur so über das Gesicht gelaufen waren. Es war, als hätten sich in ihm Schleusen geöffnet, stumm und wie ein Kind hatte er geweint. Die Flut der Tränen hatte all den vergeudeten Jahren gegolten, die er – von Drogen aller Art betäubt und berauscht zugleich – mit atemloser Hast, ja, mit unstillbarer Sucht nach immer noch mehr Erfolg und Macht und mit immer weniger Zeit für sich selbst zugebracht hatte, und sie hatte den Enttäuschungen, Verletzungen und Schmerzen gegolten, die er Harriet und Adrian und nicht zuletzt sich selbst zugefügt hatte. Irgendwann hatte Harriet ihm die Hände, die er beschämt vors Gesicht geschlagen hatte, sanft weggezogen und ihn in die Arme genommen, und seine Tränen hatten sich mit ihren vermischt.

Dass es so gekommen war, hatte er Adrian und Vergil zu verdanken. Adrian war, nachdem er wochenlang nichts von ihm gehört hatte, nach Hollywood gefahren und hatte von Doris alles erfahren, auch, zu wem und zu welchem Zweck er sich in die Wildnis von Wyoming zurückgezogen hatte. Seitdem hatten Vergil und er regelmäßig miteinander telefoniert.

Frank gab sich keinen Illusionen hin. Einander wieder ohne Bitterkeit in die Augen sehen und den anderen in den Arm nehmen zu können war wunderbar und kam einer Erlösung gleich. Es machte Hoffnung auf eine Versöhnung, die ihre verschüttete Liebe vielleicht wieder ans Licht brachte. Aber so weit waren sie noch lange nicht. Und das wussten sie beide nur zu gut.

»Es ist schön hier«, brach Harriet das Schweigen, »jedenfalls für ein paar Tage auf Besuch. Aber vier Monate? Und dann auch noch da oben in dieser Hütte, ohne jeden Komfort?« Sie schüttelte den Kopf. »Es ist mir ein Rätsel, wie du das ausgehalten hast. Von dem anderen ganz zu schweigen.«

Er lachte leise. »Im Nachhinein ist mir so manches in meinem Leben ein Rätsel«, sagte er, und nach einer langen Pause fügte er scheinbar zusammenhanglos hinzu: »In all den Jahren in Hollywood habe ich fast immer schlecht geschlafen, und wenn ich geträumt habe, waren es immer Albträume. Seit einiger Zeit schlafe ich nicht nur wieder gut, sondern fahre auch nicht mehr schweißnass aus Albträumen hoch.«

Harriet nickte, sah ihn an und wartete. Sie spürte, dass dem noch etwas folgen würde.

»Ich träume jetzt sogar wieder von damals«, fuhr Frank denn auch fort, »als Lenny und ich nachts auf der Bay die Austernbänke ausgeraubt und im Morgengrauen unsere Beute den Schiebern auf der Waterfront verkauft haben. Wovon ich seltsamerweise nie träume, ist, wie wir von den Wachen verfolgt und gejagt wurden, wie unsere Sloop in Flammen aufging und wie ich mit siebzehn gezwungen war, an Land irgendwie meinen Lebensunterhalt zu verdienen. Im Traum sehe ich mich immer nur mit prallem Segel, bei gutem Wind und im Licht der Morgendämmerung, völlig unbeschwert über die blaue Bay segeln, ohne Ziel und ohne Sorgen, einfach nur frei und glücklich.«

»Meinst du, dein Unterbewusstsein gibt dir im Schlaf ein Zeichen?«

Frank nickte. »Als ich mich nicht länger von meinem Vater verprügeln lassen wollte, von zu Hause fortgelaufen und nach San Francisco gekommen bin, da habe ich mich auf Anhieb in die Bay verliebt. Mir war klar, dass ich für immer an dieser Küste, am Golden Gate, leben wollte. Nun wird sich der Kreis endlich schließen.«

Harriet wurde leicht ums Herz. Was immer sie jetzt noch trennen mochte, eine geografische Entfernung würde wohl nicht mehr dazugehören. »Adrian hat dich nie aufgegeben, ich schon«, sagte sie beschämt. Sie musste es einmal aussprechen. Das war sie ihm schuldig.

»Es gab eine Zeit, da hatte ich mich selbst aufgegeben. Also warum hättest du es nicht tun sollen?«, erwiderte er. »Ich habe dir jedenfalls gute Gründe geliefert, und das lange genug.«

Sie schüttelte den Kopf und konnte ihm nicht in die Augen sehen. Keiner war ohne Schuld. »Das ist etwas anderes. Du weißt, wie ich es meine.«

»Was zählt das denn jetzt noch, Harriet? Außerdem habe ich noch einen weiten Weg vor mir, und stellenweise wird er sehr steinig sein. Da mache ich mir nichts vor.«

»Du wirst auf diesem Weg nicht allein sein, Frank, du wirst Begleiter haben.«

Ja, Adrian, dachte Frank stolz und dankbar.

Es war, als hätte sie seinen Gedanken erraten. »Und nicht nur dein Sohn wird zu dir stehen«, sagte sie und streckte die Hand nach seiner aus.

Stumm erwiderte er ihren Händedruck und trank schnell einen Schluck Kaffee, um seine innere Bewegung in den Griff zu bekommen. Später, als der Morgen dämmerte und der weiße Mantel der

Bergzüge die ersten Sonnenstrahlen auffing, kam sie auf den Börsencrash zu sprechen und darauf, wie verheerend er sich auf ihre Finanzen ausgewirkt hatte. Sie waren beide nicht ungeschoren davongekommen, hatten beide Millionen verloren, er beim Zusammenbruch der Banken, sie beim Bankrott ihrer Firma.

»Ich habe nicht alles verloren, und zum Glück hatte ich Seven Oaks ja schon Jahre vorher auf Adrian überschrieben«, sagte Harriet. »Ein bisschen ist mir noch geblieben, nachdem die Gläubigerbanken die TOSCA zerschlagen und stückweise verscherbelt haben.«

»Was ist für dich ›ein bisschen‹?«

»Na, das Penthouse und so ein, zwei Millionen.«

»Ha, da bin ich ja endlich mal reicher als du!«

»Du bist eben im richtigen Moment ausgestiegen.«

»Eher ausgestiegen worden.«

»Dann solltest du deinen ehemaligen Partnern eine Dankeskarte schicken.«

»Ich habe eine bessere Idee.«

»So? Was denn?«

»Wir könnten zusammenlegen, Harriet.«

»Und damit was machen?«

Er wiegte den Kopf und grinste verschmitzt. »Zum Beispiel eine Fluglinie gründen. Der Zeitpunkt ist ideal, die Maschinen sind jetzt für einen Spottpreis zu haben, und im Flugverkehr liegt die Zukunft. Wenn man es richtig aufzieht, wär das bestimmt ein Selbstläufer.«

Harriet lachte, fand den Witz gelungen. »Frank, wirklich!«

Er sagte nichts.

Sie stutzte, sah ihn an, und ihre Augen wurden groß. »Frank?« Sie schnappte nach Luft. »Frank!«

Die große Familiensaga aus der spannendsten Epoche Kaliforniens:

Kate O'Hara

STADT DER TRÄUME

Roman

San Francisco, Anfang des 20. Jahrhunderts. Harriet Caldwell ist Reederstochter, behütet, klug und technisch interessiert. Die Waterfront mit ihren Schiffen, Werften und Lagerhallen – das ist ihre Welt. Doch als ihr Vater, Gründer der angesehenen Caldwell Shipping Company, einen Schlaganfall erleidet, ist es keineswegs klar, dass sie ihn vertreten darf. Hass und Intrigen kommen in der Familiendynastie ans Licht, als Harriet sich langsam nach oben kämpft; da hilft es wenig, dass immer wieder der junge Abenteurer Frank Maynard ihren Weg kreuzt, der sie von einem ganz anderen Leben überzeugen will – und sich unverhofft im Stummfilmgeschäft wiederfindet. Sie alle werden auf härteste Proben gestellt, als es 1906 zur Katastrophe kommt: Ein schweres Erdbeben erschüttert die Stadt …

»Stadt der Träume« ist der erste Teil der Caldwell-Saga, die von den Anfängen Kaliforniens von San Francisco bis Hollywood erzählt, vom Schicksal einer reichen Reederfamilie und einer großen Liebe.

KNAUR

Neugierig auf die Fortsetzung der Caldwell-Saga?

Kate O'Hara

Tal der Illusionen

Roman

Ein verschlafenes, staubig-heißes Nest in den Hügeln Kaliforniens wird 1911 als idealer Ort für die Produktion billiger »nickel movies« entdeckt. Der Name des Kaffs: Hollywood …
Der zweite Teil der opulenten Familiensaga erzählt die Geschichte der Reederfamilie weiter. Im Mittelpunkt steht neben Harriet Caldwell auch ihr Geliebter, Frank Maynard, der aus einfachsten Verhältnissen stammt. Als einer der Ersten hat Frank den richtigen Riecher und steigt in der noch jungen Filmindustrie schnell zum Studioboss auf. Doch ist es ihm der Erfolg wirklich wert, seine Liebe zu Harriet zu opfern?

In »Tal der Illusionen« verknüpft Kate O'Hara das dramatische Schicksal der Reederfamilie Caldwell im Kalifornien der Jahre 1898 bis 1926 mit dem Aufstieg Hollywoods zum Zentrum der Filmindustrie. Die große Liebe zwischen Harriet und Frank wird auf eine harte Probe gestellt.